NIET STOREN!

Van Jill Mansell is verschenen:

Solo
Open huis
Tophit
Kapers op de kust
Hals over kop
Geknipt voor Miranda
De boot gemist
Millies flirt
Niet storen!
Kiezen of delen
Gemengd dubbel
Geluk in het spel
De prins op het verkeerde paard
Schot in de roos
En de minnaar is...
Ondersteboven
Scherven brengen geluk
Eenmaal andermaal verliefd
Versier me dan
De smaak te pakken
Drie is te veel
Vlinders voor altijd
Huisje boompje feestje
Rozengeur en zonneschijn
Je bent geweldig
Lang leve de liefde
Ik zie je op het strand
Stuur me een berichtje
Ik wil met je mee!

Jill Mansell

Niet storen!

UITGEVERIJ LUITINGH-SIJTHOFF

MIX
Papier van verantwoorde herkomst
FSC® C014496
www.fsc.org

Oorspronkelijke titel: *Staying at Daisy's*
Vertaling: Annemieke Oltheten
Omslagontwerp: Marlies Visser
Omslagillustratie: Ingrid Bockting

ISBN 978 90 210 2504 9

www.lsamsterdam.nl
www.jillmansell.nl
www.boekenwereld.com

Dit is een speciale uitgave van Veldboeket Lektuur.

Voor mam en pap
Met al mijn liefde

1

Bij gebrek aan een voorzittershamer pakte Hector MacLean een zware, glazen asbak en ramde ermee op het mahoniehouten bovenblad van de bar.
'Dames en heren, mag ik even uw aandacht. Kan dat Australische tuig achterin zich een beetje koest houden? Ik zou graag een toast willen uitbrengen.' Hij gebaarde naar Daisy dat ze naast hem moest komen staan en sloeg een arm om haar middel. 'Laten we allemaal het glas heffen... op mijn mooie dochter.'
'Op je mooie dochter,' zeiden alle aanwezigen in koor. Daisy keek vertwijfeld naar het plafond. Moest hij haar nu werkelijk zo voor schut zetten?
'Je bent nog wat vergeten,' zei ze tegen hem. 'Wat je eigenlijk wilde zeggen was "Op mijn mooie, intelligente dochter, die altijd zo ontstellend hard werkt en zonder wie dit hotel binnen een week bankroet zou zijn."'
'Dat allemaal. Absoluut. Spreekt vanzelf.' Hector zwaaide heftig met zijn whiskyglas met Glenmorangie. 'Dat weet iedereen hier allang. Zoals ze ook weten dat je eigenwijs bent en bazig en dat je gezegend bent met een ongelooflijk gebrek aan bescheidenheid. Maar ik ben toch trots op je. Als ik bedenk dat je op school alleen maar gerookt en gespijbeld hebt en dat je moeder en ik nooit gedacht hebben dat je het ver zou schoppen, ben je nog heel redelijk uit de verf gekomen. En nu zou ik graag een toast willen uitbrengen op die goede, oude Dennis.'
'Goede, oude Dennis,' brulden ze allemaal terug, zelfs de gasten die geen flauw idee hadden wie Dennis was. Dat kon je verwachten bij Hector MacLean, zijn enthousiasme en joie de vivre werkten altijd aanstekelijk.
Voor de zoveelste keer keek Daisy verbaasd toe hoe in een mum van tijd een rustig onderonsje met een paar drankjes uitmondde in een spontaan, luidruchtig feest. Haar vader kon nu elk moment roepen dat hij zijn accordeon wilde hebben en dat ze allemaal moes-

ten gaan dansen. Het was eigenlijk de bedoeling geweest te profiteren van deze betrekkelijk rustige dagen – de kerstgasten waren net vertrokken en de oudejaarsgasten moesten nog komen – maar dat interesseerde Hector niet. Het was 28 december en dat was wat hem betreft voldoende reden om een feestje te vieren. Waarom zou je het kalm aan doen als je plezier kon hebben?

Daisy, die blij was dat haar drankje voor negen tiende bestond uit sodawater, liet zich op een barkruk zakken, terwijl haar vader een paar laatkomers begroette alsof het zijn allerbeste vrienden waren.

'Eindelijk! Wat ontzettend leuk! Hoor eens, het zit er dik in dat we hier een enorm feest gaan bouwen – kan een van jullie beiden overweg met een piano?'

Een van de Australiërs dook naast Daisy op, toen ze druk bezig was haar lege maag te vullen met cashewnoten en geroosterde amandelen. Niet ideaal, maar beter dan niets.

'Jouw pa is een mooie figuur, zeg. Toen iemand ons dit aanraadde dachten we, godsamme, een of ander oud chic hotel op het platteland vol bekakte mevrouwen in tweed mantelpakjes en opgeblazen, hoge pieten uit het leger, ons niet gezien. Maar een paar vrienden zeiden dat het hier heel anders is, en ze hadden gelijk. Het is hier fantastisch.'

'Misschien ga je er wel anders over denken,' zei Daisy, 'als mijn pa met z'n doedelzak op de proppen komt.'

'Dat meen je niet!' De Australiër begon helemaal te glimmen. 'Kan hij echt op de doedelzak spelen?'

'Nee. Dat denkt hij alleen maar. Als je weet wat goed voor je is,' fluisterde Daisy, 'dan zorg je ervoor dat hij het bij de accordeon houdt.'

Hij lachte, ook al had ze het niet als grapje bedoeld.

'En wie is die andere gozer op wie we net een toast hebben uitgebracht, die goede oude Dennis? Is dat ook iemand die hier werkt?'

'Nou, dat zit zo. Dennis is onze weldoener. Zonder hem,' lichtte Daisy toe, 'zouden we dit hotel niet hebben.'

'Bedoel je dat hij de eigenaar is?'

Achter de bar gooide Rocky nonchalant een cocktailbeker de lucht in en ving hem weer op. Er was nog niemand cocktails aan het drinken, maar hij begon maar vast. Hij grijnsde naar Daisy en begon een lekker in het gehoor liggend deuntje te fluiten.

'Je kent Dennis vast wel,' zei Daisy tegen de Australiër. Met een hoofdbeweging naar Rocky voegde ze eraan toe: 'Als je dat liedje herkent, weet je honderd procent zeker wie het is.'
Tara Donovan, die naast de Australiër was komen staan, begon mee te fluiten. De Australiër fronste zijn voorhoofd. 'Het is dat kinderding, hè? Dennis de Dappere Dashond? Het spijt me, maar ik snap het nog niet helemaal.'
Rocky en Tara floten heupwiegend door tot het liedje uit was. Ze konden er niets aan doen, want eenmaal begonnen, moesten ze het ook afmaken.
'Mijn vader heeft in zijn leven misschien niet zo heel veel briljante ideeën gehad,' zei Daisy liefkozend, 'maar vijfentwintig jaar geleden was het wel raak. Toen heeft hij Dennis bedacht.'
'Je meent het! Echt waar? Dat is ongelooflijk!' De Australiër sloeg zich op de knieën van plezier. 'Ik heb die boeken vroeger voor mijn kinderen gekocht.'
Rocky was er nu helemaal in; hij was achter de bar aan het tapdansen en ondertussen zong hij zachtjes: 'Mijn naam is Dennis, de dappere dashond,' want Dennis danste als Fred Astaire en Rocky wilde graag laten zien dat hij op de theaterschool had gezeten.
Eigenlijk, dacht Daisy bij zichzelf, was hij gewoon een aansteller. Maar als puntje bij paaltje kwam, was dat nu juist de reden waarom ze hem had aangenomen.
'Vroeger toen ik klein was, verzon mijn vader altijd verhalen voor mij,' vertelde Daisy aan de Australiër die aan haar lippen hing, 'over een verwijfde dashond. Maar omdat ik niet wist hoe die eruitzag, begon mijn vader tekeningetjes van hem te maken. Die nam ik mee naar school en daar liet ik ze aan mijn vriendinnetjes zien en voor we het wisten vroegen alle moeders waar ze die boeken over Dennis konden kopen waar hun kinderen de hele tijd over liepen te zeuren. Dus heeft mijn vader zijn verhalen naar een uitgever gestuurd en die hapte meteen toe. Toen er ook nog een televisieprogramma bij kwam, was er opeens een enorme Dennisrage – knuffelbeesten, spelletjes, pyjama's, alles wat verkoopbaar was, je kunt het zo gek niet bedenken. Allemaal begonnen met een lief, klein ideetje. Paps heeft vijf jaar geleden de rechten verkocht en met dat geld kon hij dit hotel kopen,' zei Daisy tot slot. 'Dus je ziet dat we alles aan Dennis te danken hebben.'

'Vroeger had ik een dekbedovertrek met Dennis de Dashond erop,' riep Rocky met een stralend gezicht. 'En Dennispantoffels met oortjes die wiebelden als je liep.'
'Bij mij was álles Dennis wat de klok sloeg,' kreunde Daisy, en ze trok een vies gezicht. 'Tegen de tijd dat ik negen jaar was, geneerde ik me dood. Ik was toen alleen maar geïnteresseerd in Adam Ant.'
Een van de laatkomers werd net op dat moment overgehaald om zijn harmonica te gaan halen; hij kon dan wel geen piano spelen, maar, zo verzekerde Hector hem, een mondorgel was ook prima.
'Het is hier geweldig,' riep de Australiër. 'Ik moet even met je pa praten.'
Over de bar leunend vroeg Rocky zacht: 'Gaat het een beetje?' terwijl de man uit het zicht verdween. 'Je ziet er nogal... afgepeigerd uit.'
'Ik? Nee, hoor.' Daisy besefte dat ze een moment niet op haar hoede was geweest. Wat was het verschil tussen de schijn ophouden en ongegeneerd staan te liegen? 'Natuurlijk is er niets aan de hand. Hoezo?'
Rocky haalde zijn schouders op, pakte het zilveren tangetje en mikte een paar ijsblokjes in een whiskyglas.
'Ik dacht dat je Steven misschien miste. Wanneer komt hij terug?'
'Oudejaarsavond.' Terwijl ze nog een handjevol noten pakte, schonk Daisy hem een brede grijns. Rocky was niet bepaald dol op Steven, dat wist ze, en misschien had hij zelfs wel een vermoeden van de gebeurtenissen van de afgelopen week, maar ze piekerde er niet over het hele verhaal aan hem op te biechten. Ze had het aan niemand verteld. Niet aan Tara en ook niet aan haar eigen vader. Voorlopig moest ze gewoon doorgaan alsof er niets aan de hand was.
'Want als je je een beetje eenzaam voelt, weet ik wel iets om je op te vrolijken.' Rocky bewoog zijn wenkbrauwen speels op en neer terwijl hij dit zei en grijnsde ondeugend à la Robbie Williams. 'Ik ben jong, niet getrouwd en beschikbaar. En, niet te vergeten, onweerstaanbaar.'
Rocky was drieëntwintig en hij had een sexy glimlach en een superkort, witgebleekt kapsel. Zijn lievelingsband was Oasis, wat uiteraard inhield dat ze nooit ofte nimmer op hem zou kunnen vallen.

‘Dat is een heel lief aanbod.’ Daisy klopte hem plechtig op zijn hand. ‘Maar je bent vijf jaar jonger dan ik. Je vindt Liam Gallagher een leuke vent.’ Ze fronste haar wenkbrauwen om de schijn te wekken dat ze even nadacht. ‘O ja, ik wist dat er nog iets was. En ik ben getrouwd.’
‘Je weet niet wat je mist. Ik ben seksueel gezien op mijn hoogtepunt.’
‘Ik ben nog steeds getrouwd.’ God sta me bij.
Rocky zei: ‘Is dat alles wat je tegenhoudt? Ik weet zeker dat we iets kunnen regelen.’ Persoonlijk had hij niet zo’n hoge pet op van het huwelijk, als datgene wat Daisy en Steven samen deelden, een lichtend voorbeeld zou moeten zijn. Daisy deed net alsof er geen vuiltje aan de lucht was, maar je hoefde hen maar even samen te zien of je zag al dat er problemen waren. En het grootste probleem was het feit dat Steven Standish een echte zak was.
‘Waar hebben jullie het over?’ Tara liep met onzekere passen naar hen toe op zoek naar een fles wijn. Het was veel leuker om te drinken en feest te vieren dan te werken als kamermeisje, ze zou niet weten waarom ze daar haar beroep niet van kon maken. Ze zou het geweldig doen in de boulevardbladen, maar jammer genoeg heette ze niet Tinker Tonker-Parkinson of iets dergelijks, zoals dat idiote mens dat altijd in de kranten stond. Het leven was echt niet eerlijk.
‘Seks,’ zei Daisy met een knipoogje. ‘En het feit dat die arme oude Rocky niet erg aan zijn trekken komt.’
‘Dat heb ik niet gezegd. Ik heb niet gezegd dat ik niet aan mijn trekken kwam,’ protesteerde Rocky, maar Daisy’s opmerking was raak geweest. ‘Ik heb Daisy gewoon een uniek aanbod gedaan en ze doet net alsof ze er niet in geïnteresseerd is. Ze zit ontzettend preuts te doen en probeert mij wijs te maken dat ze haar man niet wil kwetsen.’
‘We krijgen bezoek.’ Tara stootte Daisy aan en wees naar de politieauto die langzaam in de richting van het hotel reed. Toen wendde ze zich weer tot Rocky en zei: ‘Een uniek aanbod? Jíj? O jeetje, wat jammer nou, ze zullen je moeten arresteren. Die grote, enge politieagent gaat jou beschuldigen van misleiding en bedrog.’
‘Aan de andere kant,’ zei Rocky spottend, ‘komen ze jou misschien wel arresteren omdat je denkt dat je grappig bent terwijl dat niet zo is.’

Dit was kenmerkend voor de manier waarop Tara en Rocky met elkaar omgingen.
'Ze kunnen onmogelijk hier zijn om te klagen over mijn vaders doedelzak,' zei Daisy verontwaardigd. 'Hij heeft hem nog niet eens te voorschijn gehaald.'
De Fiat Panda stopte vlak voor het hotel. Door de openslaande deuren zagen ze hoe Barry Foster, hun wijkagent, zich uit de auto hees en een paar woorden in zijn walkie-talkie mompelde. Toen hij met een klap zijn portier dichtgooide en naar de ingang van het hotel liep, liet Daisy zich van haar hoge kruk af glijden. 'Ik hoop maar dat hij niet een van de gasten komt arresteren.'
'Tenzij het die daarginds is.' Tara trok een gezicht in de richting van de boerenkinkel die dacht dat hij op de mondharmonica kon spelen.
'O, dat spreekt vanzelf,' zei Daisy grijnzend. 'Meneer Harmonica mag hij wel meenemen.'

In het kantoor van Daisy haalde Barry Foster een zakdoek uit zijn zak en veegde daarmee stiekem zijn zweterige handen af. Hij had altijd de pest aan zijn baan als hij iemand slecht nieuws moest gaan vertellen.
De muren van het kantoor met het groen-met-gouden behang leken van links naar rechts te zwaaien. Daisy knipperde langzaam met haar ogen in een poging ze tot stilstand te brengen.
'Luister, er moet ergens een fout zijn gemaakt.' Ze hield even haar mond en maakte haar droge lippen nat. 'Steven is helemaal niet in Bristol. Hij is in Glasgow op bezoek bij zijn grootvader. Hij komt pas op oudejaarsdag terug.'
Barry keek haar medelijdend aan. Hij kende Daisy en hij vond haar aardig. Hij kende Steven ook. 'Het spijt me, lieverd. Het was de auto van Steven. Zijn rijbewijs zat in zijn portefeuille... wil je misschien een glaasje water?'
'Nee, dank je.' Daisy schudde haar hoofd en voelde hoe haar hart als een razende tekeerging. Het ongeluk was volgens Barry vlakbij Siston Common gebeurd. Op een afstand van nog geen vijftien kilometer van het hotel. De BMW van Steven was geslipt op een glad weggedeelte en tegen een muur aan geknald. Maar Barry bleef wat ongelukkig zitten kijken alsof er nóg iets was dat hij haar niet durfde te vertellen.

Tenzij...

'O god.' Daisy slikte heftig. 'Is hij dood?'

'Nee, nee,' zei Barry haastig. 'Nee, lieverd, hij is niet dood. Hij is ernstig gewond, wat ik al zei. Zijn toestand is kritiek. Maar hij leeft nog wel, dat verzeker ik je.'

Kritiek. Gewond aan zijn hoofd. Zwaar bewusteloos.

'Waarom doe je dan zo...?' Met een knikje naar zijn handen deed Daisy na hoe hij zijn zakdoek zat te verfrommelen. Het klonk allemaal zo onlogisch; Steven had haar de avond tevoren uit Glasgow gebeld met jammerklachten over het weer daar. Hij had het erover gehad dat hij kaartjes zou kopen voor de thuiswedstrijd van Glasgow Rangers morgen. En hij had contact gehad met een loodgieter die in het huis van zijn grootvader de kapotte thermostaat van de boiler zou repareren. En nee, hij had zijn grootvader niet over dat andere verteld. Die arme oude man. Hij was drieëntachtig! Had hij al niet genoeg aan zijn hoofd?

'Daisy, ik vind het heel vervelend, maar Steven was niet alleen in de auto toen hij dat ongeluk kreeg.'

'Wat?' Heel even dacht ze dat hij bedoelde dat Steven zijn grootvader bij zich had gehad. Maar nee, natuurlijk bedoelde hij dat niet. De reden van zijn zakdoekgefriemel stond haar in één klap helder voor ogen, alsof ze er met een camera op had ingezoomd.

'Ga verder,' zei Daisy met een bemoedigend knikje. Het was net het einde van een thriller, wanneer je opeens besefte wie de moordenaar was.

'Hij... ahum... had een meisje bij zich.' Het zat Barry duidelijk niet lekker; eigenlijk was hij degene die eruitzag alsof hij een borrel nodig had.

Daisy fronste haar voorhoofd. 'Bedoel je zoiets als een vriendinnetje?'

'Ah, nou... dat ziet er wel zo uit, ja.'

'En is zij ook bewusteloos?'

'Nee. Nee, lieverd. Zij heeft geluk gehad. Ze heeft slechts een paar lichte verwondingen.'

Gebeurt dit echt? Met míj?

Daisy ontdekte dat ze een lange pluk haar zo strak om haar wijsvinger had zitten wikkelen dat het topje al helemaal blauw was. Vanachter de gesloten deur van haar kantoor hoorde ze hoe er in

de bar luidkeels werd gelachen. Daarna volgde het geluid van een opstartende accordeon.
Ze zou eigenlijk aan Hector moeten vertellen wat er aan de hand was, maar het was allemaal zo ingewikkeld. Hoe kon ze nu zoiets als dit uitleggen, als ze zelf nog helemaal in de war was?
'Ze hebben een feestje.' Daisy gebaarde – nogal overbodig – in de richting van de bar. 'Dat wil ik niet voor iedereen verpesten. Mijn auto staat achter het hotel geparkeerd.'
'Je kunt toch niet zelf gaan rijden, lieverd.' Barry's onderkinnen wiebelden mee toen hij zijn hoofd schudde. 'Ik kan je naar het ziekenhuis brengen.'
'Dat hoeft niet. Het gaat wel.' Daisy vroeg zich af of ze eigenlijk zou moeten huilen. De muren van het kantoor bewogen niet meer van links naar rechts en dat was in ieder geval iets om dankbaar voor te zijn. Ietwat bibberig stond ze op. 'Ik red me wel.'

2

Over de snelweg was het maar een kwartier naar het Frenchay ziekenhuis aan de rand van Bristol. Voor het eerst in jaren reed Daisy zonder dat ze de stereo keihard aan had staan en zonder dat ze uit volle borst meezong met de muziek. En toen ze haar auto bij het ziekenhuis neerzette in de laan met aan weerskanten bomen, graaide ze niet automatisch in haar tas naar de lippenstift om in het achteruitkijkspiegeltje haar lippen nog een extra laagje te geven.
Het was kwart voor vier. De lucht werd steeds donkerder – eerst asgrauw en toen donkergrijs – en in de verschillende gebouwen van het ziekenhuis gingen overal de lichten aan. Daisy volgde de bordjes die haar de weg wezen naar de intensive care. Personeel en bezoekers liepen rond alsof er niets was gebeurd. Een klein meisje slaakte een kreet van verontwaardiging toen ze vlak voor de ziekenhuiswinkel haar zak met snoepjes liet vallen.
Hoe was het in godsnaam mógelijk dat Steven een ander had?
De dokter was ontzettend aardig. Hij legde uit waar de verschil-

lende apparaten voor dienden die om Stevens bed heen stonden. Dit was de beademingsmachine en dit kleinere geval was het ECG-apparaat dat zijn hartslag in de gaten hield. Die knijper op zijn vinger was een zuurstofmeter. Dat slangetje hadden ze aangebracht om hem intraveneus de benodigde medicijnen te kunnen toedienen en het infuus zorgde ervoor dat hij voldoende vloeistof kreeg.
De afdeling was hel verlicht. Alles was er wit, behalve de uniformen van het personeel. Die waren zachtblauw. Daisy, die besefte dat ze met haar rode fluwelen blouse, zwarte leren rokje en zwarte lakleren schoenen met hoge hakken bespottelijk uit de toon viel, deed hevig haar best om zich te concentreren op de woorden van de dokter. Ze had het gevoel dat het van levensbelang was dat ze alles wat hij zei begreep, alsof ze met een examen bezig was waar ze absoluut niet voor mocht zakken. Alleen bleek het een examen te zijn in een taal die ze nooit had geleerd. Ze kon de woorden horen, maar ze zeiden haar niets. Behalve toen er iets werd gezegd over Stevens kritieke toestand.
De pieper van de dokter ging af.
'Waarom gaat u hier niet even zitten.' De dokter zette een plastic stoel naast het bed neer en loodste haar ernaartoe. 'Houd zijn hand maar vast. Praat tegen hem. Je mag zo lang blijven als je wilt. Ik kom straks weer langs, oké?'
Hij rende weg om zich met een volgende noodsituatie bezig te houden, Daisy alleen bij Steven achterlatend. Nou, niet echt alleen. Een meter of vijf verderop hielden een paar verpleegsters een discreet oogje in het zeil.
Ze ging op de keiharde plastic stoel zitten en hield volgens de instructies Stevens hand vast.
Hij zag er belachelijk gezond uit. Er was een smal, wit laken over zijn onderlichaam gedrapeerd, maar verder was hij naakt. Hij was gebruind en gespierd, kennelijk kerngezond, trots op zijn lichaam, en dat was volkomen terecht. Al die uren in het fitnesscentrum hadden hun vruchten afgeworpen, want dit was het lichaam van een man in topconditie. Je kon helemaal niet zien dat hij gewond was.
Daisy knipperde met haar ogen en probeerde zich weer te concentreren. Wat moest ze nu ook alweer doen? O ja, tegen hem praten.
Maar wat moest ze zeggen? Niet 'Jij smerig leugenbeest, jij vieze,

vuile klootzak,' dat stond als een paal boven water. O nee, dat had die dokter zeker niet in gedachten gehad.
Na twintig minuten maakte Daisy aanstalten om te vertrekken.
'Er is hier een wachtkamer voor de familie,' zei de vriendelijke verpleegster die de bloeddruk van Steven kwam controleren. 'Gaat u daar maar heen, dan breng ik u een lekker kopje thee.'
Daisy vroeg zich af waarom ze dat altijd zeiden. Misschien was het wel een afschuwelijk vies kopje thee, maar dan noemden ze het nog lékker.
'Doet u geen moeite. Het gaat wel. Ik ga alleen maar even naar buiten voor wat frisse lucht.'
'Goed zo, doe dat maar. Wilt u dat we met iemand anders contact opnemen?'
'Nee, dank u wel.' Om de onaardige gedachte over de thee goed te maken wees Daisy met een klein glimlachje naar haar tas. 'Ik heb mijn mobieltje bij me. Ik zal dat nu meteen gaan doen.'
In de hol klinkende, schuin aflopende gang voor de ingang van de zaal moest ze haastig opzij springen toen er een portier met een jongen in een rolstoel langszoefde. Een meisje in een spijkerbroek en een donkerblauw Puma-jack stond aandachtig het prikbord te bestuderen. De TL-buizen aan het plafond gaven een flikkerend licht, waardoor ze nog bleker leek dan ze al was. Daisy bleef even staan, omdat het haar opviel dat het meisje een seconde in haar richting had gekeken waarna ze onmiddellijk, bijna schuldbewust, weer de andere kant uit keek.
Daisy haalde haar mobiel uit haar tas, drukte in het wilde weg op een paar toetsen en zei: 'Hoi, ik ben het. Ik ga nu uit het ziekenhuis weg. Tegen vijven ben ik thuis.'
Minder dan een minuut nadat ze de deuren waarop UITGANG stond achter zich had dicht laten vallen, liep ze zo onopvallend mogelijk terug de gang in. Het meisje in het Puma-jack hing niet meer rond in de buurt van het prikbord.
Toen Daisy door het glazen patrijspoortje van de buitendeur van de intensive care tuurde, zag ze haar staan bij de tweede deur, die rechtstreeks naar de zaal zelf leidde.
Ze werd toegesproken door de vriendelijke verpleegster en ze was hartverscheurend aan het snikken. Daisy voelde zich belachelijk jaloers toen ze zag dat de verpleegster even aardig tegen het Puma-

meisje was als zoëven tegen haar, alleen had ze nu in plaats van een lekker kopje thee een papieren zakdoekje in de aanbieding. Daisy zag nu ook dat de linkerpols van het Puma-meisje in verband zat.

Tegen de buitendeur aanleunend zodat die op een kiertje ging staan, hoorde Daisy de verpleegster met een warme, kalmerende stem zeggen: 'Het spijt me verschrikkelijk, liefje, maar je mag niet naar binnen. Alleen familieleden mogen dat.'

Het meisje was radeloos. Als ze niet zo huilde, zou ze knap zijn, merkte Daisy onwillekeurig op. Maar daar stond weer tegenover – en misschien was het onder deze omstandigheden wel erg ongepast om dit te denken, maar ze kon er echt niets aan doen – dat het meisje misschien wel knap was, maar niet zo knap als zíj.

Daisy liet de deur behoedzaam los, waardoor hij weer dicht viel. Nu had ze werkelijk wat frisse lucht nodig. En het werd ook langzamerhand tijd dat ze Hector opbelde in plaats van net te doen alsof. Hij zou zich onderhand wel afvragen waar ze uithing.

Die nacht verslechterde Stevens toestand. De volgende morgen tegen elf uur liet Daisy, die een droge mond had en wat onvast op haar benen stond omdat ze geen oog had dichtgedaan, zich gedwee van de afdeling wegleiden. Daarna werd ze de slechtnieuwskamer binnengeloodst. Je kon zien dat dit de slechtnieuwskamer was, want er stonden gemakkelijke stoelen.

De specialist, een man van in de vijftig die onder zijn smetteloos witte jas een verkreukeld, geruit overhemd droeg, zei: 'Mevrouw Standish, het spijt me. We hebben een tweede reeks testen uitgevoerd en die bevestigen waar we al bang voor waren. Het hoofdletsel dat uw man heeft opgelopen is buitengewoon ernstig. Er zijn geen tekenen dat de hersenen nog actief zijn.'

O nee.

O néé.

'Juist.' Daisy knikte en staarde uit het raam. Buiten regende het hard. 'Dus eigenlijk is hij al dood.'

'Ik ben bang van wel.'

Op het bureau voor haar stond een doos met papieren zakdoekjes. Voor de tranen uiteraard. Daisy, die zich geneerde omdat ze niet kon huilen, zei: 'Nou, dank u wel voor alles wat u heeft gedaan.'

De specialist schraapte zijn keel. 'Er is nog iets anders wat ik met u als Stevens naaste familie zou willen bespreken. De gelegenheid om anderen een kans op leven te geven.' Hij liet zijn lange vingers even op een formulier rusten en schoof het toen over het bureau naar haar toe. 'Ik weet niet of u en uw man het ooit over de kwestie van orgaandonatie hebben gehad, maar in onze ervaring kan het een grote troost zijn voor de familie in de jaren na het overlijden. Het besef dat...'

'U wilt Stevens organen gebruiken voor transplantatie?' Daisy keek hem stomverbaasd aan. 'Wat? Ook al heeft hij kanker? Zou dat niet gevaarlijk zijn voor degene die ze krijgt?'

De specialist fronste zijn wenkbrauwen. 'Kanker? Het spijt me. Ik kan het even niet volgen.'

'Zijn kanker. Ik nam aan dat het daar allemaal in stond.' Daisy duidde met een knikje op de map van het ziekenhuis, die opengeslagen op het bureau lag. 'Hij zei dat hij bij een van de dokters hier was geweest... tenminste, ik dacht dat het in dit ziekenhuis was. Tenzij hij naar een privékliniek is gegaan.'

De rimpels in het voorhoofd van de specialist werden steeds dieper. 'Heeft u een ogenblikje?'

Daisy wachtte in haar eentje in de slechtnieuwskamer en keek naar de regen die tegen de ruiten kletterde. Omdat ze absoluut niet meer wist wat ze moest denken, concentreerde ze zich maar op het tellen van de regendruppels die langs het raam naar beneden gleden. Zoals beloofd kwam de specialist een poosje later terug.

'Ik heb met Stevens huisarts gesproken. Ze heeft al meer dan twee jaar geen contact met uw man gehad, en hij kan niet naar een ziekenhuis zijn verwezen – naar wat voor ziekenhuis dan ook – zonder een verwijzing van de huisarts. Ik denk dat we veilig kunnen aannemen dat het hier om een misverstand gaat,' rondde hij voorzichtig af. 'Uw man heeft geen kanker.'

Daisy trof de verpleegster die ze zocht, aan in het spoelhok waar ze metalen bekkens terugzette in de kast.

'De specialist heeft me over Steven ingelicht,' zei Daisy, en de vriendelijke verpleegster zette de bekkens onmiddellijk neer.

'O mevrouw, het spijt me zo. Zal ik een lekker kopje thee voor u zetten?'

'Nee, dank u.'
'U bent de hele tijd zo dapper.'
Daisy dacht stiekem bij zichzelf dat het waarschijnlijker was dat de verpleegsters op de afdeling haar gewoon knettergek vonden.
'Ik wilde u iets vragen over het meisje dat hier gistermiddag was. Dat bij Steven in de auto zat toen hij dat ongeluk kreeg.'
De verpleegster kreeg een kleur. Het klopte dus.
'Het is namelijk zo,' vervolgde Daisy, 'dat ik u hoorde zeggen dat ze niet bij hem mocht, omdat ze geen familie was. Maar in deze omstandigheden... ach, het kan geen kwaad meer, hè? U mag haar wel even binnenlaten, dan blijf ik zolang uit de buurt.'
De bleke wangen van de verpleegster hadden de kleur van een aardbeienijsje toen ze zei: 'Ze is hier niet meer. Ik heb gezegd dat ze naar huis moest gaan.'
Daisy keek haar doordringend aan. 'Maar ik wed dat ze u haar telefoonnummer heeft gegeven.'
Te oordelen naar de gezichtsuitdrukking van de verpleegster had het meisje dat inderdaad gedaan. Nou ja, dat was ook wel logisch.
'Bel haar op,' zei Daisy. 'Ik weet niet wie ze is en ik wil haar ook niet ontmoeten. Maar als ze Stevens vriendin is, verdient ze op z'n minst de kans om afscheid van hem te nemen.'

3

Een jaar later
'Daisy, kun jij vanmiddag hier zijn? Om vier uur komen de Cross-Ballen om het menu van de huwelijksreceptie door te nemen.'
Tara Donovan, die in het hotel werkte als kamermeisje, onderdrukte een glimlach. Haar eigen ouders leefden niet meer, maar haar vader was een rustige man geweest, zo eentje met een pijp en pantoffels. Het moest leuk zijn om een pa als Hector te hebben.
Daisy gaf haar vader met een blik te verstaan dat hij zich moest gedragen. Zijn harde stem en zijn ongelooflijke gebrek aan tact zouden hem nog eens opbreken.
'Oké, maar je moet ze niet meer zo noemen.'

'Dat weet ik wel, schat, maar ze verdienen het. Die lui beginnen me op de zenuwen te werken,' zei Hector verontschuldigend. 'Waarom kunnen ze verdorie niet gewoon een menu uitkiezen in plaats van zich constant te bedenken? Ik kan me trouwens absoluut niet voorstellen waarom iemand een veganist bij zijn huwelijk wil hebben.'

Daisy en Tara keken elkaar hierop een moment aan en Daisy slaakte een diepe zucht. Tact was nu eenmaal niet Hectors sterke punt. Gelukkig waren er toevallig geen gasten in de buurt. Terwijl ze over de receptiebalie heen haar stapel met ongeopende post pakte, zei Daisy: 'Pap, ik handel dit wel af. Voor veganisten moeten ze gewoon dubbel betalen. En we hebben het niet meer over de Cross-Ballen, of de Cross-Fietsers of de Crossantjes, oké? Ze heten Cross-Calvert en ik had graag dat je aardig tegen ze deed.'

Tara, die de trap aan het stofzuigen was, liet prompt de slang met het mondstuk vallen. 'Wíé?' Met bonzend hart schakelde ze het apparaat uit en zette haar voet erop om te voorkomen dat het naar beneden viel en iemand verpletterde. Misschien had ze het verkeerd verstaan. 'Wat voor naam noemde je net?'

'De heer en mevrouw Cross-Your-Heart-Beha,' antwoordde Hector met een ernstig gezicht. 'En ik kan je verzekeren dat ze een flinke maat nodig heeft. Stevige schouderbanden, versterkt elastiek, alles erop en eraan.' Hector had ook niet veel op met politieke correctheid.

'Mijn vader, de Neanderthaler.' Daisy sloeg in wanhoop haar ogen ten hemel. 'Vreemd, hè, dat hij nooit hertrouwd is?'

Tara probeerde het nog een keer. 'Zei je Cross-Calvert?'

'Inderdaad.' Daisy gaf een afwezig knikje, want ze had haar aandacht nodig voor de brief die ze zojuist had opengemaakt.

'Dominic Cross-Calvert?' Haar stem klonk alsof hij van iemand anders was.

'Dominic, dat klopt, dat is hem.' Hector ging geïnteresseerd rechtop zitten. 'Wil je soms zeggen dat je hem kent?'

'Ja, dat wil ik.' Belachelijk, Tara besefte dat het net leek alsof ze haar jawoord gaf. Dat zei je toch als je beloofde je man lief te hebben tot de dood je scheidde? Of moest je iets anders zeggen? Ze wist het eigenlijk niet zeker omdat ze nog nooit zelf met iemand voor het altaar had gestaan. De mannen vonden dat ze er leuk uitzag en dat je met haar kon lachen en ze waren vooral gesteld op haar buitenformaat boezem, maar er had er nog nooit eentje met haar willen trouwen.

'Hé, moet je jouw gezicht zien,' riep Hector uit. 'Hij is een van je ex-en, hè? De een of andere zielepoot uit je verdorven verleden. Kom op, vertel het nou maar. Wie heeft wie de bons gegeven?'

Tara, die verschrikkelijk haar best deed om uit de hoogte te klinken, zei plechtig: 'Ik heb geen verdorven verleden.' Wat duidelijk een enorme leugen was. En dat wist Hector, dat maakte het nog erger.

'Dat betekent dus dat hij jou heeft gedumpt.' Hector keek triomfantelijk. 'Schat, ik hang aan je lippen. Zet die stomme stofzuiger nu maar gauw weg en vertel ons eens hoe dat zit.'

Ze aarzelde. 'Ik moet de trap nog afmaken.'

Dit was een goede maar tegelijk ook een slechte eigenschap van Hector. Hij was de eigenaar en de manager van het hotel, maar hij ging daar zo onorthodox mee om dat het heerlijk was om voor hem te werken. Maar het werk moest wél gedaan worden. Aan de andere kant wilde ze erg graag meer te weten komen over Dominic.

Hector maakte een nonchalant gebaar naar de trap. 'Laat dat schoonmaken toch zitten, we moeten iets drinken. Daisy, je wilt dit toch ook horen?'

Daisy was helemaal verdiept in de inhoud van haar brief. Ze luisterde helemaal niet. Nou, en dat noemde zichzelf een vriendin.

Tara vroeg: 'Wanneer trouwt hij?'

'Over twee weken. Op tien januari. Zesennegentig gasten, drie zijn allergisch voor gluten, twee kunnen niet tegen melksuiker, zeventien vegetariërs, en,' Hector vertrok zijn mond in een minachtende grijns, 'een veganist.'

'En het meisje met wie hij... eh, trouwt?' Tara deed haar uiterste best om onverschillig te klinken.

Hector, die zich geen moment iets wijs liet maken, verpestte het allemaal door brullend van het lachen zijn hoofd in zijn nek te gooien. 'Ze heet Annabel. Een fors meisje, dat zei ik al. Jij en Daisy kunnen wel met z'n tweeën in haar trouwjurk.'

Tara was op de hoogte van Hectors neiging tot overdrijven en daarom wist ze dat dit waarschijnlijk betekende dat Annabel een wel-

gevormde maat tweeënveertig was. Een wúlpse maat tweeënveertig.
'Ja, maar is ze knap?' Niet dat ze zich ook maar een moment kon voorstellen dat Dominic met iemand zou trouwen die niet knap was. Dat zou ver beneden zijn waardigheid zijn.
Hector sloeg op weg naar de bar een arm om Tara's schouders. 'Schat, ze haalt het niet bij jou.'

'Walking in a winter wonderland,' klonk het liedje in Daisy's hoofd toen ze de oprijlaan van het hotel afliep. Het was op de radio geweest toen ze die morgen wakker werd en vanaf dat moment was het blijven hangen, wat geen ramp was, omdat ze het een leuk liedje vond. Zo kerstmisachtig en opgewekt dat je er wel vrolijk van moest worden. Het zou nog beter zijn geweest als er echte sneeuw had gelegen, maar je kon niet alles hebben. En als het vroor, was het ook mooi, dacht Daisy trouwhartig. Vooral als de zon scheen, zoals nu, en als alles schitterde zoals die glinsterende bollen waarin je een sneeuwstorm zag als je ermee schudde.
Zelfs zonder sneeuw zag het hotel er prachtig uit. Toen ze bij het einde van de oprijlaan was aangekomen, hupte Daisy over het muurtje rechts heen, dat bestond uit de honingkleurige stenen die zo typisch zijn voor de Cotswolds. Dat was de kortste weg naar het kerkhof. Er was niemand anders in de buurt, toen ze naar het graf van Steven liep.
Mervyn Tucker, wiens vrouw naast Steven begraven lag, had het aluminium emmertje laten staan waarmee hij de plantjes op haar graf altijd water gaf. Daisy zette het ondersteboven, ging erop zitten en viste toen de envelop uit de diepe zak van haar donkerblauwe fluwelen jas. De emmer was niet bijzonder comfortabel, maar ze vond het prettiger om te zitten. Op de een of andere manier leek dat een beetje vriendelijker.
'Hoi, ik ben het. Ik heb een nieuwtje voor je.' Terwijl ze dit zei, dacht Daisy onwillekeurig dat iemand die haar nu bezig zag, wel moest denken dat ze stapelgek was geworden, zoals ze daar balancerend op een omgekeerde emmer een brief voorlas aan een hoopje aarde. Maar wat deed dat ertoe? Ze was alleen op het kerkhof. Niemand kon haar zien of horen. En in deze brief stonden dingen die Steven moest weten.

Daisy blies op haar vingers om ze te ontdooien en haar adem blies wolken in de ijskoude lucht. Ze ontvouwde de eerste van de twee velletjes papier die in de envelop zaten.
'Nou, daar gaan we dan. Deze brief is vandaag gekomen en hij is van iemand die Barney heet. Je hebt hem een van jouw nieren gegeven en de operatie was een groot succes. Stel je eens voor! Hij is vijfentwintig en jij hebt zijn leven gered. Hier, ik lees hem je wel voor. Hij begint met "Beste Vriendin", omdat hij mijn naam niet weet. Hij heeft deze brief aan de transplantatiecoördinator moeten geven en zij heeft hem weer naar mij doorgestuurd – klaarblijkelijk moeten ze om veiligheidsredenen zo te werk gaan. Hoe dan ook, dit is wat hij schrijft: "Beste vriendin, ik hoop dat u het niet erg vindt dat ik u schrijf. Ik kan me niet voorstellen hoe moeilijk het voor u moet zijn geweest om in zo'n vreselijke periode de beslissing te nemen die u hebt genomen. Maar ik wilde u zo graag bedanken voor het nieuwe leven dat u mij heeft geschonken. Alle woorden die ik nu kies, schieten tekort – bedankt is vast en zeker het understatement van het jaar. Wat kan ik anders zeggen? U bent een fantastisch mens – ik weet zeker dat uw man dat ook was – en ik kan alleen maar hopen dat u door het lezen van deze brief wat steun zult ondervinden waardoor u wellicht op den duur uw verlies leert te accepteren. U verdient het echt om weer gelukkig te worden. Ik zal u altijd dankbaar zijn. Ik zou het heerlijk vinden om via mijn coördinator iets van u te horen, als u voelt dat u daar weer toe in staat bent. Zo niet, dan kan ik daar uiteraard begrip voor opbrengen. Nogmaals bedankt en mijn allerbeste wensen, Barney."'
Stilte.
Toen ze klaar was met voorlezen veegde Daisy een lok haar uit haar ogen en legde haar hand op Stevens witte marmeren grafsteen. 'Zo, dat was het. Is dat geen fantastische brief? Vandaag een jaar geleden ben je gestorven en heb je Barney zijn leven teruggegeven. Je hebt toch nog iets fatsoenlijks gedaan. En hij klinkt lief, vind je niet? Ik moet hem absoluut terugschrijven en hem bedanken. Ik zou weleens willen weten hoeveel tijd het hem heeft gekost voordat hij wist wat hij moest zeggen – o ja, zijn handschrift maakt ook een heel keurige indruk. Zwarte inkt op roomkleurig papier van een goede kwaliteit, en geen spelfouten. Ik ben zo blij dat hij

het niet op een computer heeft geschreven, dat zou lang niet zo persoonlijk zijn geweest. Ik heb nooit...'
Daisy hield abrupt haar mond, omdat ze vanuit haar ooghoeken een beweging zag. Er stond iemand met een helderrood jack links van haar, bij het hek. Ze realiseerde zich dat die persoon haar moest hebben gezien, maar omdat ze per se geen stom figuur wilde slaan, bleef Daisy doodstil zitten waar ze zat. De opstaande metalen rand aan de onderkant van de emmer begon zich in haar achterwerk te priemen. Ze gaf niet toe aan de verleiding te verschuiven omdat ze bang was om te vallen.
Uiteindelijk, omdat de persoon naast het hek zich niet bewoog, draaide Daisy haar hoofd om en tuurde in de richting van het hek. Toen ze in de gaten kreeg wie het was, viel ze van de weeromstuit toch nog bijna van haar emmer af.
Aan de andere kant was het precies een jaar geleden dat Steven was gestorven. Misschien moest ze niet zo verbaasd zijn.
Daisy, die zichzelf al snel weer onder controle had, riep: 'Het is oké. Je kunt wel hierheen komen.'
Puma-jack – alleen had ze dit keer geen Puma-jack aan – aarzelde en liep toen tussen de grafstenen door in de richting van Stevens graf. Het bevroren gras kraakte onder haar platte, leren laarzen. Ze droeg een knalrode fleecetrui, een witte spijkerbroek, een helgroene wollen sjaal en blauwe, gebreide handschoenen. Ze had een klein, in cellofaan verpakt boeket witte rozen bij zich.
Ze kwam behoedzaam dichterbij en zei: 'Hoor eens, het spijt me. Ik kan weggaan en straks terugkomen, als...'
'Het geeft niets, ik was hier toch bijna klaar. Als je wilt, kun je hier zitten.' Daisy, die heel voorzichtig haar achterwerk van de emmer lostrok – au, dat deed pijn – stond op en gebaarde naar het meisje dat ze kon gaan zitten. Omdat ze ontzettend nieuwsgierig was, glimlachte ze even en zei: 'Ik herken je van het ziekenhuis. Ik ben Daisy.'
'Dat weet ik.' De neus en de wangen van het meisje waren roze van de kou en ze voelde zich duidelijk niet op haar gemak. Ha, dacht Daisy, wacht maar tot je op die emmer gaat zitten.
'Ik heet Mel,' zei ze ten slotte.
Daisy vroeg zich af of ze elkaar een hand moesten geven, maar de hare zaten net zo lekker warm in haar jaszak. Bovendien had het meisje er blijkbaar ook niet zoveel zin in.

'Oké, hoor eens, ik neem aan dat dit nu een voorbeeld is van zo'n gênante situatie waarin niemand weet wat hij moet zeggen, maar dat hoeft echt niet, hoor.' Nu het meisje eenmaal hier was wilde Daisy ook wel iets meer over haar te weten komen. 'Ik weet zeker dat Steven je heeft verteld dat ons huwelijk enigszins in de vernieling lag. Nou ja, eerlijk gezegd is "enigszins" niet het juiste woord. Eigenlijk lag het helemaal in de vernieling.' Ze deed haar uiterste best om vriendelijk te zijn, maar die poging scheen nog niet veel effect te hebben.

'Dat weet ik.' Mel begon het stijve, knisperende cellofaanpapier van de rozen af te wikkelen. 'Hij wilde scheiden, maar dat wou jij niet.'

Stomverbaasd staarde Daisy naar het gebogen hoofd van het meisje.

'Wat?'

'Hij wilde bij je weg,' herhaalde Mel. 'Maar jij wilde hem niet laten gaan.'

'O nee, het spijt me, maar dat klopt niet. Dat klopt écht niet.' Heel even dacht Daisy eraan dat Steven nog steeds het vermogen bezat om haar versteld te doen staan. 'Ik wilde juist verschrikkelijk graag scheiden. Een week voor Kerstmis heb ik hem verteld dat het afgelopen was tussen ons. En toen vertelde hij mij dat hij kanker had.'

'Kánker?' Nu was het Mels beurt om verbijsterd te kijken. 'O god, ik wist niet dat hij kanker had.'

'Nou ja. Dat was ook niet zo. Hij loog. Op die manier probeerde hij mij te chanteren om bij hem te blijven.' Daisy dwong zichzelf om kalm te blijven. 'En weet je wat er gebeurde? Ik trapte erin. Ik vond dat ik hem niet in de steek kon laten, dat ik hem dit niet alleen kon laten ondergaan.' Ze wachtte even en de herinnering aan dat moment in het slechtnieuwskantoortje kwam weer bij haar boven. 'Maar het was niet eens waar.'

'Ik geloof je niet.' Mel was lijkbleek, haar handen beefden. 'Zoiets zou hij nooit doen. Je verzint maar wat.'

'Geloof me, als ik zo'n soort verhaal zou gaan verzinnen zou ik met iets originelers op de proppen zijn gekomen,' zei Daisy bits. 'Het is zo afgezaagd. Weet je nog dat Angela in *EastEnders* hetzelfde deed met Dirty Den? Kijk, dat was nou typisch Steven. Hij

kon je van alles wijsmaken. Hij zei dat hij nog een kans had om te genezen met de een of andere nieuwe behandeling uit Amerika. Hij zei dat die twintigduizend pond zou kosten en vroeg of ik hem het geld kon lenen – wat uiteraard betekende dat ik het hem moest geven, want zijn eigen geld was op. Wie weet wat hij ermee wilde gaan doen?' zei Daisy schouderophalend. 'Waarschijnlijk was hij er met jou mee naar Amerika gegaan. En dan was hij zes maanden later, wonderbaarlijk genezen, weer komen opdagen.'
Was het wreed van haar om dit aan Mel te vertellen? Wat belangrijker was, geloofde Mel haar nu?
De roomwitte rozen lagen uitgepakt en onaangeroerd op het graf. Mel zei langzaam: 'Ik weet niet meer wat ik moet denken.' Haar grijze ogen stonden vol tranen.
'O, alsjeblieft, het spijt me, ik wilde je niet overstuur maken,' flapte Daisy eruit. 'Maar je moet weten hoe Steven echt was. Ik had er geen idee van dat hij iemand anders had, maar ons huwelijk was sowieso kapot.'
'Wat ik niet begrijp,' zei Mel langzaam, 'is waarom hij tegen mij zou liegen. We hielden van elkaar. Het enige dat we wilden was bij elkaar zijn. Als jij geen probleem had met een scheiding, waarom zou hij dan bij je willen blijven?'
Daisy, die dit al een tijdje geleden had uitgepuzzeld, volstond met een weids gebaar naar wat er zich achter de muur van het kerkhof bevond. In het dal kronkelde de rivier zich rondom de prachtig aangelegde tuinen van het hotel, dat er uitnodigend bij lag, overschenen door het winterse zonlicht. Het zag eruit alsof iemand er een flinke hoeveelheid poedersuiker overheen had gestrooid. De vijf meter hoge Noorse den bij de ingang was versierd met zilveren lichtjes. Het Manor House zelf, dat gedeeltelijk stamde uit de vijftiende eeuw, paste precies in een advertentie van Ralph Lauren. Een paar weken geleden was het door een recensent in een van de zondagsbladen uitgeroepen tot een van de meest magnifieke hotels in Groot-Brittannië. Hij had ook vermeld dat de eigenaar een van de meest kleurrijke figuren in de hotelwereld was en verder had hij Hector nog beschreven als een Basil Fawlty in het kwadraat, wat waarschijnlijk massa's potentiële klanten zou afschrikken, maar je kunt nu eenmaal niet alles hebben.

‘Kijk,’ zei Daisy zonder veel omhaal. ‘Daarom wilde Steven mij niet kwijt. Hij hield te veel van deze manier van leven.’ Ze voegde er maar niet aan toe dat Steven nooit veel had opgehad met leven op studentenkamertjes. Of met keihard werken.
‘Het probleem is,’ zei Mel onzeker, ‘dat jij nu over hem kunt zeggen wat je wilt en dat hij niets meer terug kan zeggen.’
‘O, kom op zeg, denk eens even na. Als Steven echt bij mij weg had gewild, waarom deed hij het dan niet?’ Met een ongeduldig gebaar duwde Daisy haar lange donkere haar naar achteren. ‘Hoe had ik hem kunnen tegenhouden? Hij was volwassen. Ik kon hem toch niet vastbinden en in de kelder duwen?’
Volkomen onverwacht zei Mel: ‘Zou je hem die twintigduizend pond hebben gegeven?’
Daisy haalde haar schouders op. ‘Ik denk van wel. Per slot van rekening was hij mijn man. Ik kon moeilijk zeggen, jeetje, kanker, wat náár nou, maar het spijt me, ik kan eigenlijk op dit moment het geld niet missen, ik zat net te vlassen op een nieuwe auto.’
Mel bleef haar strak aankijken en vroeg toen: ‘Hield je van hem?’
Als je bedacht dat ze in feite vreemden voor elkaar waren, dacht Daisy, hadden ze een verbijsterend eerlijk gesprek. Ze schudde haar hoofd. ‘Op het laatst niet meer, nee.’
‘Waarom ben je dan hier bij zijn graf?’ Mels stem klonk een beetje uitdagend. ‘Ik zag dat je zoëven tegen hem zat te praten.’
Daisy’s vingers raakten heel even de brief aan die in haar zak zat. Maar eerst had ze zelf nog een paar vragen. ‘Dat vertel ik je zo. Hield jíj van Steven?’
Mel keek haar een moment medelijdend aan. ‘Natuurlijk deed ik dat. Waarom zou ik anders nu hier zijn? En ik heb bloemen meegebracht.’ Haar grijze ogen schitterden toen ze er vinnig aan toevoegde: ‘Dat heb jij nog nooit gedaan.’
‘Nooit gedaan? Dus je bent hier eerder geweest?’ Daisy had bijna gevraagd: ‘Kom je hier vaak?’ maar dat had ze nog net kunnen inhouden.
‘Elke week. Het is niet verboden,’ antwoordde Mel ietwat opstandig. ‘Je kunt me niet tegenhouden.’
‘Ik heb niet gezegd dat ik je zou tegenhouden.’ Lieve hemel, die was gauw op haar teentjes getrapt. ‘Het klinkt vreemd, maar het is wel fijn om te weten dat hij bezoek krijgt. Hoe oud ben je?’ Vlie-

gensvlug veranderde Daisy van onderwerp. Zie je wel? Ik kan ook persoonlijke vragen stellen.
'Zesentwintig,' zei Mel stijfjes.
Hmm, ouder dan ze eruitzag. Met dat brave ponykapsel en dat keurige mondje zou je eerder denken aan een- of tweeëntwintig.
'Dus je was vijfentwintig toen je met de man van iemand anders begon te rommelen. Had je geen gewetenswroeging?'
Mels handen waren even rood als haar neus toen ze de rozen onhandig in een stenen vaas probeerde te zetten. De rijp op het gras smolt weg onder de knieën van haar witte spijkerbroek.
'Ik had medelijden met hem. Hij zei dat hij vastzat in een liefdeloos huwelijk – dat wás ook zo – en dat jij, nou ja...'
'Laat me eens raden. Dat ik een eersteklas bitch was?' Dat klopte wel, dacht Daisy. Ze zag het zonder veel moeite voor zich, niemand kon zo overtuigend liegen en manipuleren als Steven. 'Voor het geval het je interesseert, dat ben ik niet. Ik ben best aardig. Niet dat ik verwacht dat je dat gelooft, maar dat ben ik echt.'
Mel keek op. 'Je hebt in ieder geval één aardig ding gedaan. Je hebt tegen de verpleegster in het ziekenhuis gezegd dat ik op de intensive care mocht. Dat betekende zoveel voor me. Ik kon niet geloven dat je dat gedaan had.'
Daisy glimlachte even. 'Ah, zie je wel? Ik zei het toch, ik ben eigenlijk ongelooflijk aardig.'
Mel, die veel te gespannen was om terug te glimlachen, zei: 'Dat heeft Steven me ook verteld, dat je een hoge dunk had van jezelf. Niet bepaald een verlegen type, zei hij.'
'Verlegen types kunnen geen hotel runnen. En over hotels gesproken, ik moest maar eens gaan.' Daisy keek op haar horloge, waarbij ze opmerkte dat Mel daar ook naar keek – ja, het was een Cartier en nee, het was geen namaak – en zei toen: 'Voor ik ga, wil ik je graag nog iets laten zien.'
Mel nam de envelop aan en schudde de twee velletjes papier eruit. Met dode vingers van de kou vouwde ze die open en begon te lezen, eerst de verklarende brief van de coördinator en daarna de brief van Barney. Ze kwam niet verder dan de eerste paar regels van de tweede brief. Zonder de moeite te nemen om hem uit te lezen stopte ze de velletjes terug in de envelop en duwde het hele zaakje weer in Daisy's hand.

'Helpt dit niet een beetje?' vroeg Daisy stomverbaasd. Deze reactie had ze niet verwacht.
'Waarom zou het?'
'Maar ik vind het juist geweldig! Daarom ben ik hier om het aan Steven te vertellen. Hij heeft iets goeds gedaan. Dankzij hem heeft deze jongen zijn leven terug.'
'Maar hij is een volslagen vreemde.' Onder het praten sprongen bij Mel de tranen van woede in de ogen. 'Hij interesseert me helemaal niet. Ik had veel liever dat Steven nog leefde. Ik wil dat híj zijn leven terugkrijgt, niet de een of andere jongen die ik niet eens ken.'

4

Tara, die met haar achterwerk de deur openduwde en met haar armen vol met schone handdoeken achteruit de kamer binnenkwam, schrok zich een hoedje toen ze in de gaten kreeg dat ze niet alleen was. Omdat de huidige bewoners zojuist in hun helikopter waren opgestegen had ze, niet meer dan logisch, aangenomen dat de kamer leeg was.
'O, jij bent het! Goeie genade, wat ben je aan het doen?' Nadat ze de handdoeken op het hemelbed had gelegd, draaide Tara zich om naar het raam waar Daisy, met haar knieën op de vensterbank, door een verrekijker naar buiten zat te turen. 'Toch niet naar vogeltjes aan het kijken!' Tara slaakte een kreet van wanhoop. 'Zeg alsjeblieft niet dat je aan vogels kijken gaat doen, dat is zoiets sulligs. Dan moet je van die afschuwelijke, groene, anorakachtige dingen gaan dragen en zo'n wollen muts met een balletje erop en ik kan je verzekeren dat je dan nooit meer een vriendje krijgt...'
'Ik kijk helemaal niet naar vogels, ik zit iemand te bespioneren,' onderbrak Daisy haar tirade.
'O, dan is het goed, dat is een prima hobby.' Tara knikte goedkeurend. 'Wie is het?'
'Ooh, gewoon. Het meisje met wie Steven een verhouding had voor hij stierf.'
'Wát?'

‘*Au.*’ Daisy gaf een gil toen de riem van de verrekijker opeens strak om haar hals ging zitten. Omdat ze het vermoeden had dat wurging haar gezondheid ernstig in gevaar kon brengen, bevrijdde ze zichzelf en gaf de kijker door aan Tara. ‘Daarginds op het kerkhof. Rood jack, donker haar.’

‘Ik zie haar.’ Tara drukte de verrekijker tegen het glas en tuurde gretig naar het meisje dat naast het graf van Steven knielde. ‘Maar hoe weet je zo zeker dat zij het vriendinnetje is?’

‘Ik ben er net geweest en heb met haar gepraat. We hebben een paar dingen rechtgezet.’ Daisy zuchtte diep. ‘Steven heeft aan haar bijna evenveel leugens verteld als aan mij.’

Godsamme. ‘Liegen heeft geen zin. Uiteindelijk val je altijd door de mand,’ zei Tara bedroefd. ‘Dat zei ik net nog tegen je vader. Zo is het met Dominic en mij ook uitgeraakt.’

Met haar gedachten duidelijk ergens anders zei Daisy: ‘Dominic? Welke Dominic?’

‘Dominic Cross-Calvert, sufferd.’

Daisy keek stomverbaasd. ‘Cross-Calvert? Maar zo heet die vent die hier over twee weken trouwt. Zit je me nou te vertellen dat je vroeger iets met hem hebt gehad?’

Tara maakte een misprijzend geluid en hield met een medelijdende blik haar hoofd schuin. ‘Werkelijk, ik maak me soms zorgen over je. Dat heb ik je vanmorgen toch verteld?’

‘Is dat zo? Nou ja, maak je maar niet dik. Als je het vervelend vindt, zorgen we gewoon dat jij dan geen dienst hebt. Je hoeft hem niet te zien.’ Terwijl ze dit zei, keek Daisy toe hoe Mel opstond bij het graf van Steven en langzaam het met bomen omzoomde kerkhof afliep.

‘Doe niet zo gek.’ Tara was verontwaardigd. ‘Het stelde niet zoveel voor. Ik ben er helemaal overheen.’

‘Dus je belooft dat je niet iets gênants gaat doen, zoals midden onder de plechtigheid opspringen en gillen: “Ja, ja, ik weet een reden waarom hij niet kan trouwen!” Want ik vrees dat als je dat deed,’ Daisy schudde bedroefd haar hoofd, ‘ik je zou moeten ontslaan. Daarna zou ik je in kleine mootjes laten hakken en je aan de honden van Bert Connelly voeren.’

Jakkes. Bert Connelly, een van de klusjesmannen van het hotel, hield er een kleine meute grommende, uitgehongerde pitbullterriërs op na. 'Ik ben helemaal niets van plan,' protesteerde Tara. 'Ik zeg alleen even gedag, dat is alles. Ik heb maanden niet aan Dominic gedacht. Hij is nooit erg belangrijk geweest. Het leven gaat verder. Als hij gaat trouwen, ben ik blij voor hem. En ik beloof je dat ik niets gênants zal doen.'

Daisy knikte opgelucht. Ze kon zien dat Tara meende wat ze zei. 'Nu we het er toch over hebben, ze komen vanmiddag hierheen. Misschien kun je na het werk even blijven hangen om gedag te zeggen, dan hebben we dat tenminste gehad.'

'Daar heb ik aan gedacht en dat zou ik ook heel graag hebben gedaan,' zei Tara eerlijk, 'maar ik heb om vier uur een afspraak bij de kapper, en dit is mijn laatste kans voordat Zoe met zwangerschapsverlof gaat.' Dit was ook waar. Zoe, de enige kapster in de hele wereld aan wie ze haar haardos toevertrouwde, was zo onattent geweest om zich zwanger te laten maken. Vanmiddag moest ze het piekerige blonde kapsel van Tara zo goed knippen en van highlights voorzien dat ze het er vier maanden mee kon uitzingen. En ondertussen zat ze zelf lekker egoïstisch thuis te baren en te luieren, met alleen maar een klein baby'tje om voor te zorgen. Werkelijk, kapsters waren soms zo onattent. Beseften ze niet welke psychologische schade ze bij hun trouwe klanten veroorzaakten? Konden ze er niet gewoon aan denken om regelmatig de pil te slikken?

'Ik kan die afspraak niet laten lopen,' zei Tara die zich voelde als een heroïneverslaafde die het verzoek kreeg af te zien van zijn volgende shot.

'Geen paniek. Ik dacht gewoon dat het misschien gemakkelijker voor je zou zijn om hem vanmiddag al te zien. Ik wil niet dat je op de dag van het huwelijk overstuur raakt.'

'Nou zeg, je bent wel erg aan het overdrijven,' klaagde Tara. 'Ik ben absoluut niet verliefd op Dominic Cross-Calvert. Hij doet me niks.'

'Oké, oké.' Beseffend dat ze een beetje had overdreven stak Daisy haar armen omhoog alsof ze zich overgaf. 'Zolang je dat maar zeker weet.'

Op de ochtend van het huwelijk regende het. En het was geen gewone regen. Het goot.

Toen de aanstaande bruid om halfelf met haar moeder en zus arriveerde, begroette Daisy hen in de hal en bracht hen naar boven naar hun suite.

'Ik weet dat we aan de vroege kant zijn,' zei Annabel, die mollig en blond was en eruitzag als een porseleinen pop, 'maar we wilden ruimschoots de tijd hebben om hierheen te rijden en ik was toch al om vijf uur op, ik kon niet blijven liggen. Dominic denkt dat ik gek ben, hij zegt dat ik een hopeloos geval ben, maar hoe kan ik nou kalm blijven?' Terwijl ze lichtelijk buiten adem achter Daisy de trap opliep, zei ze vol trots: 'Het is de ochtend van mijn huwelijk, de belangrijkste dag van mijn leven!'

In de zitkamer van de suite waren ter verwelkoming vazen met bloemen en een fles ijsgekoelde champagne klaargezet. In de open haard brandde een gezellig vuurtje.

'Natuurlijk is het belangrijk,' zei Daisy. 'En ik durf er heel wat om te verwedden dat hij net zo opgewonden is als jij. Mannen doen nu eenmaal graag alsof dat niet zo is, dat hoort niet als je een echte man bent. Hoe laat verwacht je hem?'

De huwelijksvoltrekking zelf zou om drie uur plaatsvinden. Annabel had ruimschoots de tijd om zich op te tutten en aan te kleden.

'O, om een uur of twee. De ceremoniemeester brengt hem met de auto hierheen. Denk eraan dat Dominic me niet mag zien – het brengt ongeluk als de bruidegom de bruid voor het huwelijk ziet. Maar ik verwacht dat ze beneden in de bar blijven hangen. Dat is ook zo'n goede oude mannelijke traditie.' Annabel rolde met haar ogen in een soort goedmoedige berusting en begon toen breed te grijnzen. 'Ik kan nog steeds niet geloven dat dit mij echt overkomt, ik denk dat ik het gelukkigste meisje van de hele wereld ben. En jij, ben jij getrouwd?'

'Ik? Nee.' Daisy schudde opgewekt haar hoofd. Dit was een van die vragen die ze altijd het liefst uit de weg ging.

'Wat? Hoe bestaat het dat jij nooit bent getrouwd?' Annabel keek geschokt. 'Je bent zo mooi dat je elke man zou kunnen krijgen!'

O jee, niets was zo erg als een paar uur voor haar huwelijk de illusies van een meisje de grond in te boren. Geen enkele blozende aanstaande bruid wil eraan worden herinnerd dat sommige mannen een ongetrouwd meisje misschien wel een poosje kunnen laten

denken dat haar gebed is verhoord, maar dat ze in feite allemaal liegende, bedriegende wrattenzwijnen zijn.
'Nou ja, ik heb het één keer geprobeerd,' zei Daisy supernonchalant, 'maar het was niet bepaald een succes. O, kijk eens, dat is práchtig.' De aandacht afleidend van haar eigen ongelukkige kennismaking met de huwelijkse staat begon ze te jubelen over de bruidsjurk die de moeder van Annabel liefdevol uit het omhulsel ritste. 'Wat een jurk... moet je die krááltjes zien.'
'Allemaal stuk voor stuk met de hand erop genaaid,' zei Annabel stralend, terwijl haar moeder bloosde van trots. 'Mammie heeft de jurk voor mij gemaakt. Is hij niet beeldig? Ze heeft er maanden aan gewerkt.'
'Fantastisch,' zei Daisy instemmend, hoewel al dat kraaltjeswerk en die ingewikkelde wit-op-witte borduursels niet echt haar smaak waren. 'Nou, ik denk dat ik jullie nu maar beter alleen kan laten. Ik zal een pot koffie naar boven laten brengen en je kunt naar de receptie bellen als jullie nog iets nodig hebben.'
'Bedankt.' Annabel plofte met een verheerlijkt gezicht neer op het voeteneind van het bed waarbij ze bijna de enorme make-uptas die haar zus net had uitgepakt, plette. 'Oeps, echt iets voor mij. Jeannie gaat eerst mijn haar doen, dan mijn nagels en dan mijn gezicht... gelukkig maar, want mijn handen bibberen de hele tijd.'
'Ik zie jullie straks,' zei Daisy terwijl ze naar de deur liep. 'Veel plezier.'

Niet dat Tara zat te springen om een goede indruk op Dominic te maken. Aan de andere kant was het niet meer dan logisch dat je er op je best wilde uitzien bij een toevallige ontmoeting met een vroeger vriendje dat je in geen jaren had gezien. Als je enigszins normaal was, wilde je niet dat je ex met een zucht van opluchting rechtsomkeert maakte terwijl hij dacht: pfff, daar ben ik goed weggekomen.
Tara huiverde bij het vooruitzicht. Hopelijk zou die gedachte niet bij Dominic opkomen. Die ochtend had ze zich veel zorgvuldiger opgemaakt dan anders. En het toeval wilde dat haar kapsel er dit keer fantastisch uitzag. En voor dat ietsjepietsje meer zelfvertrouwen had ze haar pauwblauwe beha aan, erg push-upperig en met extra baleinen.

Dat ze een uniform aan moest, was natuurlijk zonde, maar daar was nu eenmaal niets aan te doen en het was gelukkig effen donkerblauw. Tara wist dat het nog veel erger had kunnen zijn, als je het vergeleek met andere kamermeisjesuniformen.
O god, dat was dat andere waar ze tegen opzag. Toen ze met Dominic omging, was ze een beginnende actrice geweest. Een beginnende actrice met, ahum, ambities. Zou hij in lachen uitbarsten als hij erachter kwam wat ze nu voor de kost deed? En wat nog erger was, zou hij zeggen dat hij altijd wel geweten had dat ze als actrice niets voorstelde?
Tara, die op haar knieën in kamer vier ijverig zat te boenen over iets wat eruitzag als een stukje kauwgom dat in het tapijt was getrapt, speelde heel even met de gedachte om tegenover Dominic net te doen alsof ze hier undercover was, dat ze in opdracht van de BBC voor een peperdure tv-serie stiekem onderzoek aan het doen was naar de baan van kamermeisje. Dat klonk wat indrukwekkender.
O, hou toch op, dacht Tara opeens ongeduldig, waar ben ik mee bézig? Ik ben kamermeisje en daar hoef ik me niet voor te schamen. We kunnen niet allemaal Kate Winslet zijn. Dit is verdorie Dominics trouwdag. Wat maakt het hem uit wat ik voor de kost doe en het kan me trouwens geen barst schelen wat hij van me denkt.
Tara hoorde hoe beneden de obers elkaar door de eetzaal aanwijzingen toeschreeuwden terwijl ze bezig waren met de tafelschikking. Toen ze op haar horloge keek, zag ze dat het halftwee was. Dominic kon hier elk moment zijn. En Annabel, zijn toekomstige bruid, was al drie uur bezig zich voor de plechtigheid mooi te maken.
Blij dat er niemand in de buurt was die haar gedachten kon lezen leunde Tara achterover op haar hielen en herinnerde zich hoe ze een keer urenlang liefdevol op haar handtekening had geoefend voor het geval ze met Dominic zou trouwen. Tara Cross-Calvert had zoveel filmsterachtiger geklonken dan dat simpele oersaaie Tara Donovan. Eerlijk gezegd was ze toen waarschijnlijk meer gecharmeerd geweest van de achternaam dan van Dominic zelf.
En nu, over nog geen drie uur, zou iemand anders zich mevrouw Cross-Calvert kunnen noemen en met een sierlijke krul haar prachtige nieuwe handtekening mogen zetten.

Zij had altijd zoveel pech, dacht Tara, dat zij uiteindelijk vast met iemand zou trouwen die Grimshaw heette, of Winkle, of Puke.
Het geluid van een auto op het grind van de oprijlaan bracht haar weer bij haar positieven, maar het was slechts een van de andere gasten, een Amerikaan, die toevallig in het bezit was van de luidruchtigste echtgenote uit de geschiedenis van de mensheid. Een echtgenote, herinnerde Tara zich te laat, die had gevraagd of de harde kussens in haar kamer konden worden vervangen door zachte. Als ze niet wilde dat haar trommelvliezen het zwaar te verduren kregen, kon ze maar beter in actie komen.
Ahum. De baan van kamermeisje had ontegenzeggelijk zijn aantrekkelijke kanten, nietwaar?

5

'Oef,' kon Tara nog net uitbrengen toen ze een hoek omsloeg en pardoes tegen iemand opbotste die van de andere kant kwam. Gelukkig was de botsing pijnloos – ze veerde zelfs een beetje mee dankzij het feit dat zij een stel zachte kussens vol ganzenveren bij zich had. 'Het spijt me verschrikkelijk, heb ik u pijn gedaan?'
Toen ze zich vooroverboog om de in het rond liggende kussens bij elkaar te rapen en tegelijkertijd een eerste echte glimp opving van de man tegen wie ze was opgebotst, hapte ze naar adem. Want, daar kon ze echt niet omheen, hij was werkelijk waanzinnig en ongelooflijk aantrekkelijk. Donker, glanzend haar, ogen die nog donkerder waren, waarin een lachje fonkelde, en het type onwinters gebruinde huid waardoor de mond er altijd een tikje lichter uitziet dan de huid eromheen. Toen hij glimlachte waren zijn tanden net zo wit als zijn poloshirt. Hij had een slank lijf, gespierd en breedgeschouderd, waar je een moord voor zou willen doen. Hij had ook iets bekends, hoewel Tara hem niet onmiddellijk kon thuisbrengen. Hij was zeker niet een van de hotelgasten.
'Ik overleef het wel.' Hij stond grijnzend op haar neer te kijken toen ze de kussens bij elkaar stond te rapen en zei: 'Leuke beha.'
Tara bloosde heftig. Ze kon er niets aan doen. Toen ze naar be-

neden keek, zag ze dat de bovenste knoopjes van haar marineblauwe uniform waren opengesprongen waardoor het v-vormige decolleté gapend openstond. Vanwege zijn aanzienlijke lengte kon deze ongelooflijk knappe man met de donkere ogen waarschijnlijk niet alleen haar beha zien, maar het hele stuk tot aan haar navel. Terwijl ze vliegensvlug haar buik introk voor het geval die regio inderdaad zichtbaar was, friemelde Tara aan de knoopjes en maakte ze opnieuw dicht. Maar ze bloosde niet alleen, ze merkte ook dat ze op haar lip beet in een poging niet te grijnzen, want zeg nou zelf, het kwam niet elke dag voor dat je beha bewonderd wordt door iemand die zo knap is dat je polsslag gevaarlijke snelheden bereikt.

En het was aardig van hem geweest om te zeggen dat hij hem mooi vond. Tara voelde zich gevleid, maar ook blij, want het ding had haar achtendertig pond vijftig gekost. Zo'n mooie beha verdiende het bewonderd te worden.

'Kom, sta eens op.' Hij stak zijn hand uit en trok haar behendig overeind. 'Geen verwondingen waarnaar gekeken moet worden?' Tara voelde hoe haar huid verrukkelijk begon te tintelen.

'Niets aan de hand.' Zij grijnsde nu breeduit en dacht eraan hoe geweldig het zou zijn als hij zich zojuist voor een maand als gast had ingeschreven. 'Maar u hebt... neemt u me niet kwalijk.'

'Wat?' Zijn wenkbrauwen schoten zogenaamd gealarmeerd omhoog toen Tara haar hand uitstrekte naar de voorkant van zijn jeans.

'Sorry. Hier heb ik het.' Tara pakte een klein gekruld veertje en zwaaide ermee. 'Dit zat op uw broek. Moet uit een van de kussens zijn ontsnapt.'

Dát veertje had geboft!

'Oef. Ik vroeg me heel even af wat je van plan was.' Hij glimlachte waardoor er ondeugende kuiltjes in zijn wangen verschenen. Tara was zich vagelijk bewust van een deur die achter haar open en dicht ging. Er was een andere gast uit het herentoilet gekomen die haar in het smalle gangetje zou moeten passeren, en daarom klemde ze automatisch de kussens tegen haar borst en ging wat aan de kant staan.

Het volgende moment klonk er een stomverbaasde mannenstem. 'Ik kan het bijna niet geloven. Tára?'

Ze draaide zich om en daar stond hij. Dominic, precies zoals ze zich hem herinnerde. Behalve dat hij eruitzag alsof hij een klap op zijn hoofd had gekregen.
'Hallo, Dominic. Ik hoor dat je eindelijk gaat trouwen. Gefeliciteerd.' Onnodig te zeggen dat ze al dagen op deze regels had geoefend, maar het voordeel van een actrice was dat ze eindeloos kon repeteren en dat ze het dan toch nog spontaan en volkomen natuurlijk kon laten klinken. Zelfs mislukte actrices konden dat nog. Tara, die erg over zichzelf te spreken was, glimlachte Dominic opgewekt toe. Daarna plantte ze een kusje op zijn wang omdat ze anders misschien een onbeleefde indruk zou maken.
'Wacht eens even, ik begrijp het niet.' Dominic, die nog steeds in een shocktoestand verkeerde, schudde zijn hoofd. 'Wat doe jíj hier?'
Vastbesloten om zich niet te generen tilde Tara haar kin op en zei: 'Werken. Ik ben hier kamermeisje.' Bijna lukte het haar te klinken alsof het volslagen onbelangrijk was dat ze niet langer met haar vak bezig was, maar door een licht beven van haar stem viel ze door de mand. O ja, dit ben ik, tegenwoordig verdien ik de kost met het lospeuteren van andermans kauwgom uit de tapijten.
Dominic kon het nauwelijks geloven. 'Hoe zit het dan met... dat andere gedoe?'
'Met het acteren, bedoel je?' Vurig hopend dat haar stem haar geen tweede keer in de steek zou laten, haalde Tara nonchalant haar schouders op. 'Dat heb ik opgegeven. Veel te veel concurrentie. Nou ja, misschien was ik gewoon niet goed genoeg. Trouwens, ik had Londen wel gezien. Mijn tante Maggie vroeg of ik hier wilde komen wonen – ze heeft een schattig huisje in het dorp – en sindsdien woon ik hier. Niet bepaald een glanzende carrière, maar we hebben veel lol.' Terwijl ze aan het doorratelen was draaide Tara zich om naar de Veertjesman, want ze wilde hem bij het gesprek betrekken voor het geval hij zich buitengesloten voelde, maar hij stond er niet meer. Hij was er stilletjes vandoor gegaan.
Nou ja, dat gaf niets, ze zou hem binnenkort wel weer een keertje tegen het lijf lopen.
En ondertussen...
'Ik kan het gewoon niet geloven. Ik kan gewoon niet geloven dat dit gebeurt.' Dominic schudde langzaam zijn hoofd.

Hoor eens, kalm aan een beetje.
'Ik weet het, het is al best lang geleden, hè?' Tara had niet verwacht dat hij zo overdreven zou reageren. Hij stond haar aan te staren alsof ze plotseling in Madonna was veranderd of zoiets. Alle kleur was uit zijn gezicht verdwenen en toen hij haar hand pakte, merkte ze dat hij beefde.
'God, Tara, dit is niet eerlijk. Ik word verondersteld over twee uur te trouwen.'
'Wat?' Tara moest lachen om zijn verspreking. 'Er wordt niet alleen maar verondersteld dat je trouwt, sufferd. Je gaat écht trouwen.'
Dominics toon kreeg iets dringends. 'Het spijt me, maar je weet niet wat dit voor mij betekent. Je hebt geen idee.' Hij dempte zijn stem toen een andere gast in de gang langs hen heen liep. 'Tara, we moeten praten.'
Tara klemde met bonzend hart de kussens vaster tegen haar borst. 'Dominic, dat kan ik niet. Ik heb het druk. En jij moet je klaarmaken voor het huwelijk.'
'Kom naar mijn kamer.' Hij haalde een sleutel uit de zak van zijn jeans. Tara keek er verbijsterd naar. 'Ben je gek geworden? Natuurlijk kom ik niet naar je kamer. Wat zouden de mensen wel denken?'
'Tara, dit is belangrijk. Als je niet met me wilt praten, gelast ik het huwelijk af. En dan is het allemaal jouw schuld.' Hij produceerde zijn vertrouwde, scheve glimlachje. Tara's hart sloeg over toen ze zich herinnerde hoe hij haar altijd aan het lachen had kunnen maken.
'Vijf minuutjes maar,' drong Dominic aan. Zijn sluike blonde haar viel in zijn ogen.
'Ik moet deze naar kamer zes brengen.' Hulpeloos wees ze naar de kussens.
'Prima. Dan praten we daar.'
'Nee, dat doen we niet!' Tara dacht supersnel na omdat ze wel aanvoelde dat een slaapkamer geen goed idee zou zijn en zei toen: 'Laat me deze even naar boven brengen. Ik ben over twee minuten terug.'
'Ik heb al zo lang gewacht.' Dominic stond weer hartveroverend te glimlachen. 'Ik neem aan dat een paar minuten niet veel zullen uitmaken.'

Boven stopte Tara de kussens in nieuwe kussenslopen en probeerde te bedenken waarom Dominic zo heftig had gereageerd. Wat was er eigenlijk aan de hand? Jeetje, het leek wel of zíj het had uitgemaakt en of Dominic de afgelopen twee jaar als een zielige hond had zitten treuren. Hij had het zélf uitgemaakt.
Beneden zag ze dat hij nog op precies dezelfde plek stond, waar hij net deed alsof hij een schilderij aan het bewonderen was. Een eindje verderop gonsde de receptieruimte van de voorbereidingen voor het huwelijk en werd er de laatste hand gelegd aan de bloemstukken. Naar het geluid te oordelen waren ze in de eetzaal in de weer met het bestek.
Tara maakte rechtsomkeert in de gang en sloeg, met Dominic achter zich aan, een paar keer linksaf. Ze maakte een van de zijdeuren naar buiten open en mompelde: 'Er is een zomerhuis naast het zwembad. Daar worden we niet gestoord.'
'Nee, dat denk ik ook niet.' Dominic tuurde omhoog naar de loodgrijze hemel. 'Geen zinnig mens gaat in dit weer naar buiten.'
Het regende harder dan ooit. Het kwam echt met bakken naar beneden.
'Je wordt nat,' waarschuwde Tara.
'Je meent het.' Hij kneep zijn stralende ogen dicht van plezier. 'Geeft niets, je bent het waard.'
Maar waaróm? Tara kon het wel uitgillen. Waarom, waarom, waarom ben ik het plotseling waard?
Vooruit dan maar, ze kon er maar op één manier achter komen.
'Oké.' Ze deed de deur achter hen dicht en hapte naar adem toen de eerste ijskoude regenvlaag zich als een hoop grind tegen haar aan slingerde. 'Zie je daarginds het dak van het zomerhuis? Een, twee, drie... rénnen.'
'D-d-dit is het sl-sl-slechtste idee d-d-dat ik ooit heb gehad,' kon Tara veertig seconden later nog net tussen haar heftig klapperende tanden door stamelen. Het zomerhuis was misschien wel privé maar het had ook een betonnen vloer en het was er kouder dan in een diepvrieskast.
'Geeft niets, ik maak je wel weer warm.' Dominic had zijn armen al om haar heen voordat ze een kans had te protesteren en Tara kon de wilskracht niet opbrengen om een stapje achteruit te gaan. Zijn lichaam was heerlijk warm, beter dan een elektrische deken.

En hij was over haar armen en rug aan het wrijven op een zodanig energieke manier dat de bloedsomloop weer op gang kwam.
'Juist,' zei Tara toen ze weer in staat was te praten zonder het risico te lopen haar tong door te bijten. 'En ga je me nu eindelijk vertellen wat dit allemaal voorstelt?' Met een blik op haar horloge voegde ze eraan toe: 'Laten we niet vergeten dat jouw toekomstige vrouw zich waarschijnlijk op dit moment in haar trouwjurk aan het hijsen is.'
'Kijk nou toch eens.' Dominic negeerde de vraag en liet heel langzaam zijn vinger langs haar wang glijden. 'Je bent helemaal niet veranderd. Tenminste niet aan de buitenkant.'
'Ik ben innerlijk ook niet veranderd,' protesteerde Tara. 'Ik ben nog precies hetzelfde.'
'Fout. Dat denk je alleen maar. Maar je bent veranderd,' zei hij. 'Meer dan je beseft.'
Er stond een houten bank tegen de achtermuur van het zomerhuis. Ze gingen erop zitten en toen zei een nog steeds hevig bibberende Tara: 'Zeg het dan maar vlug, wat het ook is. Vijf minuten en dan ga ik naar binnen.' Hoewel ze een streng gezicht trok, barstte ze van de nieuwsgierigheid. Het was zó opwindend als je erachter kwam dat je meer indruk op iemand hebt gemaakt dan je ooit had kunnen dromen.
'Ik hield van je,' zei Dominic eenvoudigweg. 'Je was mijn droommeisje. Je was leuk en mooi en ik heb nog nooit met iemand zoveel plezier gehad.'
Niet te vergeten fantastisch in bed, dacht Tara, dat had je ook wel mogen noemen.
Hardop zei ze, een tikkeltje sarcastisch: 'Als je zoveel plezier met me had, lijkt het een beetje vreemd dat je me de bons hebt gegeven.'
'Kun je niet raden waarom ik dat gedaan heb? Kun je daar echt niet achter komen?' Dominic schudde bedroefd zijn hoofd. 'Je was bijna helemaal volmaakt. Het enige waar ik niet mee kon omgaan was tegelijk het enige waar jij alles voor wilde opofferen.'
Tara's mond zakte open. Goeie genade, zei hij nu werkelijk dat hij er niet tegen had gekund dat ze verslaafd was aan toffee-pecannotenijs?
'Jouw zogenaamde carrière,' ging Dominic verder. 'Je was ervan

bezeten. Niets anders deed ertoe. Je hele leven draaide om die krankzinnige droom dat je op een dag zou doorbreken en beroemd zou worden en je zag gewoon niet wat het met je deed. Iedere donderdag kocht je *The Stage* en die las je dan helemaal uit. En dan waren er nog die eindeloze audities die nooit iets opleverden. Dus probeerde je het op de ordinaire toer, want je was ervan overtuigd dat het niet belangrijk was, dat het beter was dan niets en dat jouw grote kans nog wel zou komen. Je was al zo ver dat je zeker wist dat de een of andere beroemde producer jouw toplessfoto zou zien en dat hij dan meteen zou besluiten dat jij het meisje was dat hij als ster in zijn volgende miljoenenproductie wilde hebben.'

Met een kleur van schaamte zei Tara verontwaardigd: 'Maar iedereen moet daar doorheen. Dat is het nu juist met acteren, je moet ontzettend je best doen voordat je wordt opgemerkt. Madonna heeft dat ook moeten doen. En Geri Halliwell. Jeetje, zelfs Joanna Lumley.' Ze wist dat hij altijd een zwak voor Joanna Lumley had gehad.

'Misschien is dat wel zo. Maar ik kon er niet tegen jou zo bezig te zien. Ik werd er een beetje... misselijk van, om je de waarheid te zeggen. En toen hoorde ik van een vriend van een vriend dat je meegegaan was naar een auditie in een nachtclub en toen wist ik dat ik er niet meer tegen kon. Ik hield van je, maar ik wilde geen vriendin die in nachtclubs bij mannen op schoot ging zitten. En toen ik je iets over die baan vroeg, zei je dat je serveerster was. Dat was de laatste druppel. Ik moest het wel uitmaken.'

Tara was verbijsterd. Oké, ze had tegen hem gelogen en was door de mand gevallen, maar ze had niet beseft dat hij zo in zijn maag had gezeten met haar carrière.

'Maar je hebt nooit iets laten merken. Als je het zo vervelend vond dat ik die dingen deed, waarom heb je me dat nooit verteld? Verdorie, Dominic, ik wist van niets!'

Hij haalde zijn schouders op. 'Dat weet ik. Dat kwam omdat je bezeten was. Acteren was belangrijker voor jou dan al het andere. Het was jouw grote liefde. Het had geen zin je te vragen het op te geven, omdat, nou ja, dat had je gewoon niet gedaan. Je was net een alcoholicus die niet wil geloven dat hij een probleem heeft. Ik heb besloten weg te gaan toen ik dat nog kon. Het deed verschrikkelijk veel pijn, maar ik besefte dat ik geen andere keus had.

Ik had nooit kunnen winnen. Ik kon niet beletten dat je de dingen deed die je wilde doen.'
Tara huiverde. Haar doorweekte uniform voelde kil en klam aan. Ongetwijfeld had Dominic zich voorstellingen gemaakt van een Tara die uiteindelijk als een opgeblazen oude heks volgepompt met siliconen in pornofilms acteerde. Het meest beschamende was nog dat het best had kunnen gebeuren. Het was kantje boord geweest. Ze had daar gestaan, boven aan die enge, glibberige helling en een heel klein duwtje was al voldoende geweest. Ze was, godzijdank, nog net op tijd tot bezinning gekomen. Toen ze in de gaten kreeg wat ze bijna aan het doen was, had ze een stapje achteruit gezet.
'Dat behoort nu allemaal tot het verleden,' zei Tara langzaam. 'Ik heb onder ogen gezien dat ik mezelf voor de gek aan het houden was. Ik zou nooit een succesvolle actrice zijn geworden. En dus heb ik het allemaal opgegeven en ben hierheen verhuisd. Voel je je nu beter?' voegde ze er met een wrang lachje aan toe. 'Nu je weet dat je steeds gelijk hebt gehad?'
Met een gespannen uitdrukking op zijn gezicht streek Dominic ruw zijn haren naar achteren. 'Tara, luister naar me. Begrijp je dan niet, zie je dan niet wat dit betekent? Op alle andere gebieden was je volmaakt. Het enige dat tussen ons in stond, was jouw acteren. En nu doe je dat niet meer. En dat maakt je...'
'Volmaakt?' grapte Tara.
Maar Dominic lachte niet. Met een gekwelde uitdrukking op zijn gezicht zei hij: 'God, ja, já,' en toen stortte hij zich op haar.
Volslagen verrast door de onverwachte aanval tuimelde Tara achterover op de houten bank. Dominics armen zaten overal, als de tentakels van een inktvis, en hij perste kreunend zijn lichaam tegen het hare terwijl hij haar hartstochtelijk op de mond zoende. Om niet van de bank af te vallen moest ze zich wel aan hem vastklemmen. Ze slaakte een kreetje van verbazing en greep hem bij zijn schouders terwijl ze zich er vagelijk van bewust was dat hij een van haar knieën tussen zijn benen had geklemd. De warme tong van Dominic had zich in haar mond gewurmd en hij zoende haar zo hard dat ze bijna niet meer kon ademen. Zijn natte haren vielen in haar ogen, ze kon zijn hart horen bonzen tegen haar borstkas aan en de geur van zijn aftershave was...
'Stop, stop, stóp,' gilde een vrouwenstem terwijl de deur van het

zomerhuis met zoveel geweld openvloog dat hij bijna uit de sponning viel. 'Laat hem in godsnaam los.'

6

Alle zenuwuiteinden in Tara's lichaam protesteerden vanwege hun behoefte om haar twee meter de lucht in te laten springen, maar Dominic lag boven op haar en ze was niet in staat om waar dan ook heen te springen. Met zijn gewicht klemde hij haar vast op de smalle planken van de bank. Daar lag hij, net als zij onbeweeglijk, als een tweejarig kind dat denkt dat niemand hem ziet als hij zijn ogen dichtdoet, zich stilhoudt en net doet alsof hij er niet is.

Het lukte niet. Een paar seconden later pakte iemand Dominic niet bepaald zachtzinnig bij de schouders en rukte hem van de bank af. Tara schoot, met het schaamrood op haar wangen, als een knipmes overeind en trok het uniform, dat omhoog was gekropen, weer over haar dijen.

God, dit was afschuwelijk, gewoon afschuwelijk.

'Jij smerige, walgelijke slet!' brulde een woedend meisje in een perzikkleurige, satijnen bruidsmeisjesjurk. 'Wat ben je daar godverdomme aan het doen met de verloofde van mijn zus? Hoe dúrf je?'

Vol afgrijzen stamelde Tara: 'M-maar het is niet wat jij denkt... zo w-wás het helemaal niet...' Ze keek Dominic met een wanhopige, hulpzoekende blik in haar ogen aan.

Maar Dominic, met een bleek gezicht en met samengeknepen lippen, schudde bedroefd zijn hoofd. 'Jeannie, wind je niet zo op. Het was echt niet haar bedoeling, maar ze werd helemaal meegesleept. Ik heb nog geprobeerd haar tegen te houden... het is namelijk zo dat wij elkaar jaren geleden hebben gekend. Ze was gewoon een beetje overdonderd toen ze me weer zag.'

Toen ze deze grove leugen hoorde, riep Tara verontwaardigd: 'Sorry, hoor, maar weet je wel wat je zegt? Jij was degene die mij zoende.'

'Maar jíj hebt hem hier mee naartoe genomen,' zei Jeannie razend.

'Toen ik uit ons badkamerraam keek, zag ik jou vooroplopen. Ik vond het een beetje vreemd en daarom ben ik even blijven staan, en toen jullie niet terugkwamen ben ik naar beneden gegaan en ben het pad achter het hotel afgelopen. Ik had geen idee waar jullie naartoe waren, totdat ik de hoek omkwam en dit gebouwtje zag met de ramen helemaal beslagen. En jawel hoor, daar waren jullie.' Ze wees vol walging naar Tara alsof zij overdekt was met zweren. 'Mijn god, je bent werkelijk ongelooflijk. Je probeert een man te verleiden die over anderhalf uur gaat trouwen. Heb je enig idee wat je mijn zus hiermee aandoet?'

'Jeannie, Jeannie, dat kun je niet doen,' zei Dominic vlug. 'Je mag het niet aan Annabel vertellen, dat kún je gewoon niet doen.'

Tara, die niet wist wat haar overkwam, kermde: 'Ik wilde hem helemaal niet verleiden! Ik zweer het, ik wilde niet eens dat hij me zoende.'

'Hou op, Tara.' Dominics stem klonk medelijdend. 'Je maakt het alleen maar erger voor jezelf.'

'Maar ik zou zoiets nooit doen,' zei ze smekend tegen Jeannie. 'Zo ben ik helemaal niet.'

Jeannie's bovenlip krulde zich minachtend en haar blik gleed van Tara's gekwelde gezicht naar haar decolleté. Tara besefte opeens dat haar kapsel in de war zat en dat haar lippenstift haar gezicht had besmeurd en dat als klap op de vuurpijl het bovenste knoopje van haar uniform was opengesprongen. Alweer.

Jeetje, het stomme ding had geen beter moment kunnen uitkiezen.

Het sarcasme droop ervan af toen Jeannie zei: 'O nee, natuurlijk ben je niet zo. Wacht even, ik weet het al, je bent eigenlijk een non.'

'O, alsjeblieft, je moet me geloven, ik zweer bij god dat ik niets heb gedaan, hij was het, ik niet.'

Daisy, die op het randje van haar bureau zat, was zo kwaad dat ze nauwelijks kon praten. Tara ijsbeerde opgewonden door het kantoor. Ze had rode randen om haar ogen, haar bewegingen waren schokkerig en haar kapsel stond overeind zoals bij een parkiet. Toegegeven, ze kende Tara nog maar drie jaar, maar in die tijd waren ze dik bevriend geraakt en je kon misschien veel over Tara zeggen, maar oneerlijk was ze niet. Daisy was op de hoogte van de wat minder verheffende gebeurtenissen uit haar verleden. Wat je wel van Tara kon zeggen was dat ze veel te naïef en goedgelovig was. En ze loog nooit.

'Ga nou alsjeblieft eens zitten. Natuurlijk geloof ik je.' Daisy werd duizelig van dat idiote geijsbeer van Tara. 'Maar we moeten een oplossing zien te bedenken. Annabel zit boven op haar kamer en wil er niet uit komen. Ze beweert dat het huwelijk niet doorgaat. Godsamme, waarom heeft die stomme zus haar grote mond niet gehouden? Als ze er zo van overtuigd is dat jij hier de schuld van bent, waarom moest ze dan zo nodig tegen Annabel zeggen wat ze heeft gezien? Als Dominic onschuldig is, waarom wil Annabel het huwelijk dan afgelasten? God, wie is dat nu weer?' zuchtte ze toen er op de deur werd geklopt. 'Als het maar niet Jerry Springer is.'

Of de moeder van de bruid, dacht Tara angstig. Of een horde woedende familieleden die allemaal als rottweilers stonden te grauwen en bloed wilden zien.

Daisy deed de deur open en Tara viel bijna flauw van opluchting. Het was de Veertjesman, de man tegen wie ze was opgebotst in de gang bij het herentoilet, de man die eerder op de dag had geglimlacht en haar had geplaagd en die zo verrukkelijk met haar had geflirt. Hij had blijkbaar iets met het huwelijk te maken en dat kon alleen maar goed uitpakken. Ze wist zeker dat hij aan haar kant stond.

Daisy, die meer verstand van rugby had dan Tara, herkende hem ogenblikkelijk.

'Ik ben Dev Tyzack.' Hij gaf Daisy een hand en wierp Tara vervolgens een koele blik toe. 'Het was de bedoeling dat ik ceremoniemeester bij dit huwelijk was. Oké, we zitten officieel met een fiasco opgescheept en daar moet iets aan gedaan worden. Ik neem aan dat je deze Mata Hari hier al de laan hebt uitgestuurd.'

'Zou het iets uitmaken als ik zei dat ik dat had gedaan?' vroeg Daisy.

Zijn donkere ogen schoten haar kant uit. 'Het is in ieder geval iets.'

'Echt waar?' Ze liet zich van het bureau af glijden. 'Nou, dat heb ik dus niet gedaan. Tara heeft me verteld wat er is gebeurd en ik geloof haar. Het schijnt zo te zijn dat jouw vriend Dominic in de fout is gegaan.'

'O, kom op zeg, dat meen je niet. Ik heb haar zelf in actie gezien,' pareerde Dev Tyzack onmiddellijk. 'Ze heeft het godverdorie ook met mij geprobeerd, letterlijk seconden voordat ze Dominic in de gaten kreeg. En ik kan je wel vertellen dat het van haar uitging. Dit meisje is bepaald geen verlegen typetje. Dominic kwam hier vandaag om te trouwen en dat wist ze. Ik heb met Dominic gepraat en hij heeft me alles verteld. Ze heeft hem meegesleept naar het zomerhuis en...'

'Dat is niet waar,' gilde Tara. 'Ik heb hem nergens mee naartoe gesleept. Hij wilde per se iets met me bespreken en ik dacht alleen maar dat het zomerhuis het beste was. Ik wilde niet dat iemand ons samen zag en dan een verkeerd idee zou krijgen!'

Dev Tyzack zei temerig: 'En dat is niet zo goed gelukt.'

'Zou je misschien niet op die toon met een lid van mijn personeel willen praten?' Daisy kon zich slechts met moeite inhouden.

'Bedoel je dat je wilt dat ik écht zeg waar het op staat?' zei hij daar meteen bovenop.

'Dit is niet eerlijk.' Tara's stem schoot nog een paar octaven omhoog. 'Ik heb niets verkeerds gedaan. Dominic wel, ik niet. Hij vertelde me hoeveel hij van me hield en zei dat ik volmaakt was en toen stortte hij zich op me op die bank. Ik wist absoluut niet dat hij me zou gaan zoenen... ik wilde ook niet dat hij me zoende...'

'Maar ik heb begrepen dat het je wel is gelukt hem je beha te laten zien.' Dev Tyzack deed net alsof hij verbaasd was. 'Precies dezelfde die jij me nog geen tien minuten daarvoor had voorgeschoteld. Volgens mij is die beha door meer mensen gezien dan het programma van de Oscaruitreiking.'

'Het knoopsgat van mijn uniform is te wijd,' schreeuwde Tara. 'Het sprong gewoon de hele tijd open.'

'Het spijt me,' zei Daisy op ijzige toon tegen Dev Tyzack. 'Maar hier schieten we niet zoveel mee op. Je bent eigenlijk ongelooflijk onhebbelijk bezig. Als we dit willen oplossen moet je kalmeren en ophouden met het in het wilde weg rondstrooien van beschuldigingen tegen mijn personeel. Wat mij betreft is jouw vriend Dominic de schuldige partij. Is het zelfs maar bij je opgekomen je beschuldigingen tot hem te richten?'

O god, dacht Tara, verstijfd van schrik. Daisy was door het dolle heen, ze ging veel te ver. Haar ogen schitterden van woede, ze had haar vuisten gebald en ze zag eruit alsof ze hem een flinke oplawaai wilde geven. Ze zou verschrikkelijk in de problemen komen, de gevolgen zouden afgrijselijk zijn.

Dev Tyzack was blijkbaar ook op die gedachte gekomen. Om zijn mondhoeken speelde een spottend lachje, een glimlach die Tara zoëven nog zo aantrekkelijk had gevonden. Nou, dat deed ze nu niet meer.

'Een hotelmanager zou zoiets misschien beter niet kunnen zeggen, hè?'

'Misschien niet,' zei Daisy daar pats bovenop, 'maar ik zeg de waarheid. Als je onhebbelijk wordt, zeg ik dat ook.'

'Ben je niet bang dat je misschien naar een andere baan moet gaan uitkijken?' Dev Tyzack trok spottend een wenkbrauw op.

'Ik word hier heus niet voor ontslagen. Ik heb de volle steun van de eigenaar.'

'Is dat zo? Bof jij even. Mag ik misschien vragen wie de eigenaar is?' Nadat hij haar eerst quasi-verbaasd had aangekeken, liet hij zijn ronddwalende blik vallen op een ingelijste foto op het bureau. Het was een groepsfoto waarop Daisy dubbelgevouwen van het lachen tussen haar beide ouders stond. Ze stonden er met een gezonde bruine kleur op, want ze hadden oudejaarsavond op de Caymaneilanden gevierd. Het was Daisy's lievelingsfoto. 'O, ik begrijp het al,' zei Dev Tyzack. 'De eigenaar van dit hotel is Hector MacLean, en toevallig is dat je vader. Nu begrijp ik hoe je aan deze baan bent gekomen.'

Tara kon er niet meer tegen. Haar maag ging tekeer als een centrifuge. Ze was onschuldig, maar ze voelde zich schuldig. En als ze nu eens niet zo onschuldig was als ze dacht? Misschien zat ze wel zielige smoesjes voor zichzelf te bedenken om niet te hoeven toegeven dat ze natuurlijk nooit ofte nimmer met Dominic naar dat zomerhuis had moeten gaan.

En Daisy begon er steeds moordzuchtiger uit te zien. Er lag een grote, koperen briefopener op haar bureau en niet te vergeten een woest uitziende nietmachine die als een kalasjnikov nietjes afvuurde.

Met een schietgebedje dat Daisy er niet echt mee zou gaan schieten, sloeg Tara haar hand voor de mond en prevelde: 'Sorry, moet overgeven,' en toen vloog ze op de deur af. Terwijl ze het kantoor uit rende zag ze Dominic, die in de bar aan de overkant van

de hal met een drankje in zijn hand voor de open haard stond. Tara's handpalmen waren vochtig toen ze naar hem toeliep. De enige andere persoon in de kamer was Rocky, die achter de bar de glazen aan het oppoetsen was. Hij trok een 'jij liever dan ik'-gezicht tegen haar toen hij in de gaten kreeg dat ze op Dominic afliep.
'O, nee toch? Wat wil je?' Dominic leek helemaal niet blij haar te zien. Weg was de liefkozende toon die hij twintig minuten eerder nog had gebezigd.
Dat vond Tara prima.
'Je hebt tegen iedereen gelogen.' Ze kwam meteen ter zake. 'Je hebt ze verteld dat ik me aan je opgedrongen heb.'
Zijn bovenlip glom van het zweet. Hij hield zijn whiskyglas zo stevig vast dat het een wonder was dat het niet in duizend stukjes op de grond lag.
'Natuurlijk heb ik gelogen. Wat zou jij in mijn plaats hebben gedaan?' Hij praatte op gedempte toon.
Oké, dacht Tara, daar heb je gelijk in.
'Dus je meende al die dingen niet die je hebt gezegd?'
'Ik heb verdomme niet gewild dat dit gebeurde. Jezus, dit is ongelooflijk, dit is godverdomme mijn trouwdag.'
Tara haalde diep adem. 'Wil je nog steeds met Annabel trouwen?'
Hij draaide zich om en keek haar aan alsof ze niet goed snik was. 'Wat? Ben je helemaal gek geworden? Natuurlijk wil ik met haar trouwen. Maar ze zit boven en heeft de ene toeval na de andere en zíj wil niet meer met míj trouwen... Jezus, waaraan heb ik dit verdiend? Het is zo verdomd oneerlijk.'

7

Tara's minst favoriete persoon in de hele wereld maakte de deur van de Bellinghamsuite open. Eigenlijk, dacht Tara, stond Dominic nummer een op haar lijst van minst favoriete personen. Maar dan was Jeannie in ieder geval een goede tweede.
'O god, ik geloof het niet. Wat is dit, de een of andere misselijke grap?' Jeannie, die een sigaret aan het roken was, blies een lange

wolk rook recht in Tara's gezicht.
'Ik zou graag even met Annabel willen praten.' Dat was een leugen, uiteraard; er was geen sprake van 'graag', maar Tara drong toch verder aan. 'Alleen. Alsjeblieft.'
'O, dit is echt te veel van het goede. Denk je nu echt dat mijn zus met jou zou willen praten?'
'Zou je het haar misschien willen vragen?'
'Vind je niet dat je genoeg schade hebt aangericht?' snauwde Jeannie.
Tara slikte, vuurrood van schaamte. 'Ja. Daarom ben ik nu hier.'
De deur werd in haar gezicht dichtgeslagen. Tara hoorde dat er in de kamer driftig werd gefluisterd. Een paar seconden later zwaaide de deur weer open. Zonder haar nog een blik waardig te keuren marcheerde Jeannie naar buiten, samen met een vrouw van middelbare leeftijd in een enorm, paars, 'moeder van de bruid'-gewaad.
'Vijf minuten,' siste Jeannie toen ze met een geritsel van abrikooskleurig satijn langs Tara heen liep. 'Dan,' waarschuwde ze, net als Schwarzenegger, maar dan nog enger, 'komen we terug.'
Met haar blonde haar nog steeds opgestoken in een enorme haarwrong zat Annabel als een standbeeld in de erker in een van de badjassen van het hotel. Haar bruidsjurk lag in een verfrommelde hoop op het hemelbed. Ze keek naar Tara alsof zij een tandarts was die haar met geweld al haar tanden kwam uittrekken.
'En?' viel Annabel met de deur in huis. 'Wat is er gebeurd?'
Tara haalde diep en beverig adem. 'Het spijt me. Het was allemaal mijn schuld en ik schaam me verschrikkelijk. Het weerzien met Dominic na al die tijd was te veel voor me. Ik kon het gewoon niet verkroppen dat hij met iemand anders trouwde en ik heb me op hem gestort. Het was volslagen krankzinnig en ik verwacht niet dat je me kunt vergeven, maar alsjeblieft, je moet hem wel vergeven. Je kunt het huwelijk niet afgelasten. Hij vertelde me hoeveel hij van je hield. Het spijt me zo dat ik al deze problemen heb veroorzaakt. Je móét met hem trouwen. Hij kon er niets aan doen, het was helemaal mijn schuld.' Kijk eens aan, wie zei er ook alweer dat ze niet kon acteren?
Tara wachtte met gebogen hoofd op de reactie van het andere meisje. Er rolde een dikke traan over Annabels wang. 'Echt waar?' Het kwam er fluisterend uit. Ze zat zenuwachtig met de ceintuur van

haar badjas te spelen. Ze droeg een schitterende brede verlovingsring van smaragden en diamanten. 'Is dat de waarheid?' Ze keek weer wat hoopvoller.
Tara knikte. 'Ik heb het gedaan. Ik alleen. Ik denk dat ik me gewoon... niet meer kon beheersen. En het spijt me.' Ze zweeg even. 'Maar hij wil echt met jou trouwen.'
Er biggelde weer een traan over het opgemaakte gezicht van Annabel. Zonder er bij na te denken griste Tara een paar papieren zakdoekjes uit de doos die voor haar op de salontafel stond en liep ermee naar de andere kant van de kamer. 'Hier, verpest je make-up niet.'
'Bedankt. Voor de zakdoekjes, bedoel ik.' Annabel depte een beetje onhandig haar ogen. 'Ik ben niet van plan je te bedanken dat je jezelf op mijn vriendje hebt gestort.'
Maar dit wilde je wel horen, dacht Tara, omdat je dacht dat hij best de schuldige kon zijn geweest. Wie weet, misschien heeft Dominic dit weleens eerder gedaan. Je vertrouwt hem niet helemaal, hè? Jeetje, was het wel goed wat ze had gedaan? Moest ze dit meisje voorliegen, moest ze haar eigenlijk wel overhalen om alles door te laten gaan en te trouwen met iemand die ze zo overduidelijk niet kon vertrouwen? Aan de andere kant had je de poppen aan het dansen als ze het niet deed.
'Ik ben stom geweest, het spijt me,' zei Tara nog eens, terwijl ze uit het raam keek en zag hoe er een vertrouwde figuur de oprijlaan op kwam rennen. 'De ambtenaar van de burgerlijke stand komt net aanlopen. Wat ben je van plan?'
'Dit had de gelukkigste dag van mijn leven moeten worden.' Annabel klonk verward. Gelukkig leek ze niet het type dat haar een flinke mep zou verkopen.
'Je moet nu een besluit nemen. Als het huwelijk niet doorgaat, moet de ambtenaar dat weten.' Met vaste stem vroeg Tara: 'Wil je met Dominic trouwen?'
'Natuurlijk wil ik met Dominic trouwen! Natúúrlijk.' Annabels stem beefde van ontroering. 'Ik hou van hem. Iedereen zegt dat we een volmaakt paar zijn. En hij houdt van mij.'
Tara, die nauwelijks adem durfde te halen, vroeg met een benepen stemmetje: 'Dus het huwelijk gaat door?'
'Ja. Ja, maar dat is niet aan jou te danken,' zei Annabel bits. 'En

ik wil je hier vanmiddag ook niet zien.'
'Dat gebeurt ook niet. Ik ga nu weg. Bedankt dat je naar me hebt willen luisteren.' Geweldig opgelucht en tegelijkertijd in haar wiek geschoten door Annabels reactie liep Tara achteruit naar de deur. Impulsief voegde ze eraan toe: 'Als je wilt, kan ik je jurk wel strijken.'
'Wat? En dan zeker schroeiplekken op de voorkant maken. Nee, dank je wel, mijn moeder en zus kunnen ieder moment hier zijn. Ik heb jouw hulp niet nodig.'
Heel even kwam Tara in de verleiding om terug te snauwen dat als zij met Dominic ging trouwen ze alle mogelijke hulp goed zou kunnen gebruiken. Ze zei het niet.
'Goed, dan ga ik nu naar beneden en vertel aan iedereen dat de trouwpartij doorgaat.'
'En dan ga je weg uit het hotel,' bracht Annabel haar op ijzige toon in herinnering.
'En dan ga ik weg.' God, er moest een eenvoudiger manier zijn om een vrije middag in de wacht te slepen.
'Word je ontslagen?'
'Dat weet ik niet.' Tara deed achter haar rug de vingers over elkaar. 'Waarschijnlijk wel.'
'Goed zo.' Annabel was van nature geen haaibaai, maar ze deed haar uiterste best. 'Mensen zoals jij hebben geen schaamtegevoel. Ik hoop dat je beseft hoe zielig je bent. Je verdient het ontslagen te worden.'

'Het gaat weer door,' zei Tara tegen Daisy, en ze deed beknopt verslag van haar enerverende ontmoeting met Annabel.
Daisy schudde haar hoofd. 'Dat had je niet hoeven doen.'
'Wel waar. Ze hadden het hotel voor de rechter kunnen slepen.' Tara haalde haar schouders op. 'Mijn woord tegen het hunne. We hadden geen schijn van kans gehad.'
Dat was ongetwijfeld waar.
'Misschien niet. Dus ze gaat met die leugenachtige gluiperd trouwen,' verzuchtte Daisy, die een expert was op het gebied van leugenachtige gluiperds. 'Nou ja, dat is ons probleem niet. Je bent een schat.' Ze gaf Tara, die er wat ongelukkig bij stond, een zoen. 'En kijk in vredesnaam een beetje vrolijker.'
'Ze willen dat je me ontslaat.'

'Doe niet zo stom. Natuurlijk ga ik je niet ontslaan.'
'Wat is er met de ceremoniemeester gebeurd?' Tara, die tranen van opluchting wegpinkte, sneed een ander onderwerp aan. 'Ik verwachtte half en half dat ik hem hier vastgeniet tegen de muur zou aantreffen.'
'Daar heb ik inderdaad even aan gedacht. Wat een klootzak. Hij is in de bar met Dominic.' Daisy trok een vies gezicht, want ze besefte dat ze er niet meer onderuit kon en dat ze tegenover Dev Tyzack haar ongelijk moest bekennen. Ze kon zich de neerbuigende blik op zijn gezicht al voorstellen.

De voorbereidingen voor het huwelijk waren in volle gang toen Tara stilletjes het hotel uit liep. De regen was opgehouden, maar de grijze wolken waren een exacte afspiegeling van haar gemoedstoestand. Waarom had ze Daisy's raad niet opgevolgd om met een van de andere kamermeisjes te ruilen? Waarom had ze geen weerstand kunnen bieden aan de behoefte om Dominic weer te zien, waarom was ze niet gewoon weggebleven? Hoe had ze in godsnaam kunnen denken dat het lollig zou zijn om hem op de ochtend van zijn huwelijk te verrassen?
Mistroostig schopte Tara tegen een hoop natte, dode bladeren. Ze moest de waarheid wel onder ogen zien; in wezen trof haar evenveel schuld als wanneer ze zich daadwerkelijk op Dominic had geworpen en zijn broek van zijn lijf had gerukt.
God, wat een rampzalige dag.

Maggie Donovan stond bij het keukenraam met een geforceerd vrolijk glimlachje op haar gezicht. Toen haar minnaar bij het gammele houten hekje achter in de tuin was aangekomen, draaide hij zich om, zoals gewoonlijk, en zwaaide naar haar. Maggie zwaaide terug, zoals gewoonlijk, en dacht eraan hoe knap hij was, wat voor geweldige glimlach hij had, hoeveel geluk ze had gehad dat er zo'n bijzondere man in haar leven was en hoe...
O hou op, hou óp. In gedachten gaf Maggie zichzelf een draai om de oren. Je bent weer aan het fantaseren en jezelf belachelijk aan het maken. Doe alsjeblieft normaal, mens. De reden dat hij gebruik maakt van jouw achterhekje is nu juist dat niemand hem uit je huis ziet komen. Hij glimlacht en zwaait omdat hij net een bevredigen-

de zakelijke transactie heeft afgesloten. En hij is je minnaar niet, hij is je klant.
Maggies glimlach stierf weg toen ze zag hoe hij stiekem het bos achter haar huis in liep. Heel handig dat bos, want het stelde hem in staat om te komen en te gaan zonder dat de rest van het dorp het in de gaten had. Ze had niet de illusie dat ze zonder die bomen ooit tot deze regeling waren gekomen.
En dat was het, hield Maggie zichzelf voor. Een regeling, niet meer en niet minder. Eentje die in hun beider kraam te pas kwam.
Omdat ze de realiteit niet uit het oog moest verliezen, draaide ze het keukenraam de rug toe en liep naar de overvolle eikenhouten bordenkast. Ze graaide in de blauw-met-witte theepot op de tweede plank en haalde er een bundeltje bankbiljetten uit. Het was niet nodig ze te tellen, ze wist dat hij er honderd pond in had gestopt. Want dat stopte hij er altijd in.
Ze had zichzelf dolgraag een eenmansvrouw willen noemen, maar dat was niet waar. Ze kon er niet omheen, ze was een eenklantshoer.
Maggie zuchtte. Ze wilde dit helemaal niet, maar wat was het alternatief? Als ze zijn geld niet aannam, wilde hij niet meer met haar naar bed. En die gedachte was onverdraaglijk. Hij was het lichtpunt in haar week. Als ze het geld ervoor had gehad, zou zij hem voor zijn aanwezigheid in haar bed hebben betaald.
Maar, hield Maggie zichzelf voor, ze had het geld er niet voor, en dat wist hij. Daarom gaf hij haar elke week dat geld. En ze kon niet ontkennen dat het goed van pas kwam.
Tara had een armband op de kast laten liggen. Maggie raapte hem op en liep ermee naar de trap. Het had geen zin om te wensen dat alles anders was, want dat was nu eenmaal niet zo. Ze moest tevreden zijn met wat ze had, en er het beste van zien te maken. En omdat ze inderdaad slechts een eenklantshoer was, lag er nog meer dan genoeg ander werk op haar te wachten. En er moest nog een bed worden opgemaakt.
Boven legde Maggie de armband terug op de plaats waar hij thuishoorde, in het juwelendoosje op Tara's kaptafel. Het volgende moment, toen ze even een blik uit het slaapkamerraam wierp, slaakte ze onwillekeurig een gilletje van ontzetting. Tara kwam de High Street aflopen in de richting van haar huis.
Goeie genade, wat had ze op dit tijdstip van de dag thuis te zoe-

ken?
Snel schoot Maggie de overloop over naar haar eigen slaapkamer, rukte haar kamerjas van haar lijf en trok vliegensvlug een zwarte trui en een spijkerbroek aan. Het kostte haar precies twintig seconden om het verfomfaaide bed opnieuw op te maken, de gordijnen open te rukken en een borstel door haar blonde, halflange haren te halen. Daarna greep ze de wasmand vast en sleepte hem naar beneden. Toen de voordeur openging, lag ze op haar knieën in de keuken als een idioot kleren in de wasmachine te duwen.
Pfff, dat was op het nippertje. Het had nog nooit zo weinig gescheeld, dacht Maggie met een rilling van opluchting. Stel je eens voor hoe afschuwelijk het was geweest als Tara tien minuten eerder was thuisgekomen. Of, nog erger, twintig minuten.
Daar moest ze nu even niet aan denken.
'Tara! Hemeltjelief, hoe laat is het?' Met gespeelde verbazing ging Maggie achterover op haar hielen zitten. 'Ik dacht dat je tot zes uur dienst had!'
'Daisy heeft me naar huis gestuurd.' Tara plofte op een van de keukenstoelen neer en kreunde hartgrondig. Haar eigen schuldgevoel hield haar zodanig bezig dat ze dat van haar tante niet eens opmerkte. 'Je gelooft gewoon niet wat er is gebeurd. Een enorme ramp. Maggie, waarom zijn de mannen toch zo? Waarom doen we moeite voor ze? Niet dat dat bij jou het geval is,' corrigeerde ze zichzelf terwijl ze met haar vingers door haar piekerig overeind staande haren harkte. 'En ik wil je wel vertellen dat jij het precies bij het rechte eind hebt. Ik zweer het, vanaf nu ga ik jouw voorbeeld volgen. Van nu af aan wordt er niet meer tegen mij gelogen, word ik niet meer belazerd en ook niet meer als een stuk vuil behandeld. Geen mannen, geen problemen. Afgelopen.' Met een wanhopige blik op haar vijfenveertigjarige tante, die al zeven jaar gescheiden was en die een idyllisch, probleemloos, manloos leven leidde, verklaarde ze vol vuur: 'Van nu af aan word ik precies zoals jij.'

De trouwplechtigheid was vlot verlopen. De bruid had er schitterend uitgezien, de bruidegom had de geloftes herhaald alsof hij ze echt meende. Het hotel was fantastisch, de toespraak van de ceremoniemeester was buitengewoon geestig geweest en het eten over-

trof alles.
Dit was de versie van Sheila, een van de serveersters, die tijdens de receptie de gasten had staan afluisteren. Daisy die het grootste deel van de middag in haar kantoor had doorgebracht, zei: 'Dus ze lijken allemaal tevreden.'
'Kon niet beter.' Sheila schonk haar een moederlijke, geruststellende glimlach. 'Waarom ga je zelf niet even kijken?'
Omdat ik me misschien wel met dat grote, zilveren mes, dat ze gebruiken om de taart aan te snijden, op de bruidegom en op de ceremoniemeester stort, dacht Daisy.
Aan de andere kant had zijzelf de hele voorbereiding voor het huwelijk in handen gehad. Ze moest toch op z'n minst haar gezicht laten zien.

8

Het huwelijksfeest was in volle gang toen Daisy de dubbele deuren openduwde. Buiten was het donker geworden, maar hier in de balzaal schitterden de kroonluchters. Kaarsen brandden op de tafels die aan de kant waren geschoven en het dansen was begonnen.
Het verbaasde haar niet dat Hector al met de stralende bruid over de dansvloer zwierde en haar met zijn gebruikelijke overdreven complimenten aan het lachen maakte. Daisy zag hoe Annabels gezicht opklaarde en hoe haar wijde jurk om haar enkels wiegde en ze zei tegen zichzelf dat Tara juist had gehandeld. Als iedereen maar in het wilde weg bruiloften afgelastte, alleen maar omdat de bruidegom een onbetrouwbaar stuk vreten was, nou, dan zouden er niet zo erg veel getrouwde mensen op de wereld zijn.
De band begon 'In The Mood' te spelen. Annabel werd gevraagd door een wat ouder familielid met een walrussnor en Hector zwierde meteen daarna met Annabels moeder de vloer op. In haar enorme, paarse gewaad zag ze eruit als een heteluchtballon, maar wel een blijde en hooglijk vereerde heteluchtballon. Binnen de kortste keren was ze als een veel te opgewonden schoolmeisje aan het gie-

chelen om Hectors flirterige praatjes. Van haar paarse schoenen met lovertjes zag je alleen nog maar een fonkelende waas, terwijl ze er lustig op los rock-'n-rolde.

'Als je wilt,' opperde een stem in Daisy's oor, 'kunnen we samen dansen, terwijl jij je nederigste excuses aanbiedt.' Het was Dev Tyzack. De uitdrukking in zijn ogen was lichtelijk spottend, maar zijn stem klonk heel normaal. De jeans en het poloshirt waren verdwenen en nu droeg hij een goedzittend, donker pak. Hij had zijn das losgemaakt en er zat een vage perzikkleurige lippenstiftvlek op de kraag van zijn overhemd.

O, vooruit dan maar, je kunt het maar beter achter de rug hebben, dacht Daisy. Beleefd moeten zijn tegen mensen die het niet verdienden hoorde nu eenmaal bij de geneugten van het hotelvak. In ieder geval hoefde ze hem na vandaag nooit meer te zien.

'Het spijt me. Hoe heb ik ooit aan je kunnen twijfelen? Je vriend Dominic heeft niets verkeerds gedaan en wat er eerder op de dag is voorgevallen was volledig de schuld van mijn kamermeisje. Ik bied je hierbij mijn welgemeende en oprechte verontschuldigingen aan,' loog Daisy met een poeslief gezicht.

'Nee maar.' Hij begon te lachen. 'Dat was niet zo erg overtuigend. Ik weet zeker dat je dat beter kunt.'

Dat zou ik wel kunnen, maar dat ga ik lekker niet doen.

Terwijl ze Dev Tyzack vergastte op nog zo'n zelfde glimlachje, zei ze: 'Ik meende elk woord.'

'En ik denk dat je een drankje nodig hebt.' Moeiteloos trok hij de aandacht van een passerende serveerster en overhandigde Daisy een glas champagne. Het was een spottend gebaar, duidelijk bedoeld om haar te vertellen dat het tijd werd dat ze zich wat ontspande.

Ja, dat had hij gedroomd.

'Nee, dank je wel.' Daisy schudde haar hoofd. 'Ik heb dienst.'

'Dat is ook zo. Maar een dansje kan toch wel?'

Hij vond het heerlijk het heft in handen te hebben.

'Dat denk ik niet.' Ze maakte een hoofdbeweging in de richting van zijn nek. 'Tussen twee haakjes, er zit lippenstift op je kraag.'

Dev trok een wenkbrauw op. 'Goed dat je niet mijn vrouw bent.'

'Heel goed.' Goed voor mij, dacht Daisy.

'Ben je getrouwd?' Hij wierp een geamuseerde blik op haar ring-

loze linkerhand.
'Nee.'
'Ongelooflijk. Wie had dat kunnen denken? Weet je, als je je iets meer zou ontspannen,' adviseerde Dev, 'zou je zeker een man op de kop kunnen duikelen.'
Gelukkig was het mes waarmee de taart was aangesneden, ondertussen terug naar de keuken gebracht. Daisy sperde haar ogen wijd open. 'Een man? Eentje helemaal van mezelf, bedoel je? Of van iemand anders?'
Hij lachte opnieuw. 'Oké. Ik snap het. Jong meisje dat haar vaders hotel runt, wil verschrikkelijk graag bewijzen dat ze het aankan. Het is vast niet gemakkelijk toe te moeten geven dat je zo'n blunder hebt gemaakt.'
Niet reageren, níét reageren.
'Het is niet gemakkelijk.' Uit haar ooghoek zag Daisy dat zowel de moeder als de zus van de bruid naar haar zat te kijken. 'U hebt helemaal gelijk, meneer Tyzack. En zoals ik al eerder heb gezegd, ik kan alleen maar mijn excuses aanbieden. Maar het is tenminste goed afgelopen. Iedereen schijnt zich te amuseren. Ik weet zeker dat de bruid en de bruidegom heel gelukkig zullen zijn.'
'Dat denk je helemaal niet,' zei Dev Tyzack opgewekt. 'Je denkt dat Dominic alleen maar met Annabel trouwt vanwege haar geld.'
Daisy keek onschuldig. 'Hoezo? Heeft ze dat dan?'
'Haar vader zat in de lingeriehandel, op grote schaal. Toen hij vorig jaar stierf, heeft hij veertig miljoen pond nagelaten aan de drie leden van zijn gezin: zijn vrouw, Jeannie en Annabel.'
Veertig miljoen. Pfff. Dat verklaarde veel. Jeetje, veertig miljóén.
'In dat geval,' zei Daisy, 'moet het wel ware liefde zijn. Bovendien,' vervolgde ze liefjes, 'snap ik niet waarom je hier nog met mij zit te praten. Je had eigenlijk allang daarginds met Annabels zus moeten dansen.'

'Kom binnen, kom binnen, moet je zien, je bent doornat,' mopperde Maggie terwijl ze Daisy vanuit de striemende, ijskoude regen buiten naar de gastvrije warmte van de huiskamer loodste. 'Ga eens opzij met je dikke achterwerk, Tara, en laat dat arme meisje bij het vuur zitten.' Verontschuldigend voegde ze eraan toe: 'Je moet het haar maar niet kwalijk nemen, Daisy, maar ze is een beet-

je chagrijnig.'
'Dat verbaast me niets.' Plagerig, omdat ze wist hoe Tara daar de pest aan had, stak Daisy haar hand uit en aaide over haar geblondeerde piekjes.
'Ik ben niet chagrijnig,' verdedigde Tara zich en ze sloeg tegelijkertijd Daisy's hand weg. 'Alleen maar woest. Kwaad op mannen in het algemeen en op klootzakken als Dominic in het bijzonder. Ik heb besloten om mijn hele leven ongetrouwd te blijven, net als Maggie. Een spreekwoordelijke oude vrijster,' voegde ze eraan toe en ze stak een waarschuwende vinger op toen Maggie haar mond opendeed om te protesteren. 'Oké, je bent een keer getrouwd geweest, maar dat telt niet. Ik heb het over nu en volgend jaar en de daaropvolgende twintig jaar. Weet je, ik had altijd medelijden met je,' zei Tara met een ernstig gezicht tegen haar tante. 'Ik dacht altijd dat het doodzielig was, dat jij zo'n saai eenzaam leven leidde waarin nooit iets gebeurde, maar nu besef ik dat je gewoon helemaal gelijk hebt. Zo, dat is het. Van nu af aan ben jij mijn grote voorbeeld.'
'Godsamme, hoeveel wijn heeft ze gedronken?' Daisy greep de fles Montepulciano en hield hem tegen het licht. 'Ik geloof dat ik de rest beter kan opdrinken.'
'Kijk me niet zo aan. Ik ben niet helemaal bezopen,' mopperde Tara. 'Niet torrenzat. Gewoon... gewoon sprinkhaantjeszat.' God, waarom was sprinkhaantje zo moeilijk uit te spreken?'
'En daar heb je alle recht toe.' Daisy gaf Tara's arm een liefkozend kneepje. 'Maar als je in dit huis wilt blijven wonen, dan zou ik, als ik jou was, jouw fantastische en gastvrije tante geen zielige, eenzame, oude vrijster meer noemen.'
Tara schudde nadrukkelijk haar hoofd, waardoor ze rode wijn over de voorkant van haar trui morste. Gelukkig was die aan morsen gewend omdat hij haar favoriete thuisblijf- en slechtestemmingentrui was.
'Nee, nee, néé. Ik bedoelde het aardig. Het is een compliment! Maggie heeft het heerlijkste leven dat ik ken, en van nu af wil ik net zo als zij worden. Ik ga jam maken en dingen naaien en naar een hoorspel luisteren en koekjes bakken.'
'Fantastisch.' Daisy hield haar gezicht in de plooi.
'En ik ga niet meer naar nachtclubs,' Tara kwam er langzamer-

hand helemaal in, 'en ik ga wandkleden maken.'
'Goeie genade, nu heb ik ook een drankje nodig,' riep Maggie uit, voordat ze de keuken in verdween en terugkwam met een fles gekoelde Frascati en nog twee glazen. 'Al dit gedoe over het een of andere idiote ex-vriendje om wie je helemaal niet gaf. Daisy, wil je rood of wit?'
'Maar dat is nu juist het punt,' bracht Tara naar voren. 'Als iemand om wie je geen snars geeft, al zoveel problemen kan veroorzaken, wat denk je dan dat er gebeurt als het gaat om iemand waar je hartstikke verliefd op bent? Geloof me nu maar, ik ben beter af zonder dat hele gedoe. Kom op, ik wil de witte wel proberen, nu je hem toch open hebt.'
'Als je straks een beroeps oude vrijster bent, kun je niet meer zoveel drinken,' zei Daisy. 'Want dan ga je waarschijnlijk wandkleden bakken en jam naaien.'
'Hoe was de bruiloft?' Maggie zat met gekruiste benen op het kleedje voor de open haard. 'Is alles toch nog gladjes verlopen?'
Daisy trok een lelijk gezicht. 'Nou ja, ze zijn getrouwd.'
'Ik weet niet waarom hij de moeite neemt,' zei Tara minachtend. 'Hij belazert haar toch.'
'Ik wil wel een gokje wagen.' Daisy's stem klonk ironisch. 'Hij neemt waarschijnlijk die moeite omdat zij zojuist een paar miljoen heeft geërfd. Haar vader deed blijkbaar nogal hevig in onderbroeken.'
'Dus ze is stinkend rijk. Geen wonder dat hij met haar is getrouwd. Nou ja,' Tara zuchtte en trok de mouwen van haar zwarte trui over haar handen. 'Ik neem aan dat ik daar wel dankbaar voor mag zijn. In ieder geval zal er nooit iemand met mij willen trouwen om mijn geld.'
'Over vaders gesproken.' Omdat ze genoeg had van Tara's gezeur over Dominic, wendde Maggie zich tot Daisy. 'Hoe is het met je pa? Toen ik hem een paar dagen geleden voor de winkel tegen het lijf liep, zei hij dat er iets mis was met zijn knie.'
'Dat is weer in orde.' Daisy rolde met haar ogen. 'Toen ik bij de receptie wegging was hij nog steeds als een bezetene aan het dansen. Hoe hij het voor elkaar krijgt weet ik niet, maar alle vrouwen renden achter hem aan. Ze waren al aan het ruzie maken over wie de volgende dans zou krijgen. En de moeder van de bruid foxtrotte

met hem de zaal rond met een ontzettend zelfgenoegzaam glimlachje op haar gezicht. Werkelijk, ze zag eruit als een walvis die een enorm paars douchegordijn om zich heen had hangen. O god,' Daisy kreunde bij de gedachte, 'ze is een stinkend rijke weduwe die waarschijnlijk op zoek is naar echtgenoot nummer twee. Arme pa, hij heeft geen schijn van kans. Tegen de tijd dat ik terugkom, is ze al met hem op weg naar Gretna Green.'
Lachend schonk Maggie hun glazen bij. 'Ik denk dat je vader wel op zichzelf kan passen.'
'Ze heeft een ontzettend vastberaden blik in haar ogen. En enorm lange paarse nagels, die eruitzien als spijkers.'
'Over spijkers gesproken,' Tara keek op omdat ze weer aan het gesprek wilde deelnemen, 'waarom zag die ceremoniemeester er zo bekend uit? Ik weet dat ik hem niet ken, maar ik ben er zeker van dat ik hem eerder heb gezien.'
'Dev Tyzack,' zei Daisy ten behoeve van Maggie. 'Hij heeft rugby in het team van Bath en van Engeland gespeeld en hij is vorig jaar gestopt. Maar ik begrijp het verband met spijkers niet.'
'Hij is spijkerhard. Spijkergemeen. Helemaal scherp en puntig en verschrikkelijk en ik zou hem met alle liefde met een hamer een klap op z'n kop geven.' Bij het zien van hun vragende gezichten haalde Tara haar schouders op en liet zich weer op de bank terugzakken. 'Nou ja, ik vind dat het logisch klinkt.'
'Dev Tyzack.' Maggie was zichtbaar onder de indruk. 'Die is vreselijk aantrekkelijk.'
Tara keek minachtend. 'Jammer dat zijn persoonlijkheid niet net zo aantrekkelijk is.' Ze keek naar Daisy. 'Heb je je verontschuldigingen nog aangeboden?'
'Ja hoor. Maar ik heb ervoor gezorgd dat hij wist dat ik er geen woord van meende.'
'En nam hij daar genoegen mee?' Tara trok haar wenkbrauwen op. 'Ik bedoel, was hij aardig?'
Daisy dacht een moment na.
'Hoe kan ik dit het beste zeggen?' zei ze ten slotte. 'Eh... néé.'

Een uur later was Daisy weer op weg naar het hotel. De bruiloft was bijna afgelopen; toen ze de High Street afliep waren er al twee taxi's langs haar heen gereden. De regen was weer wat minder geworden, maar de weg was nog nat en het was veel kouder. De nieuwbakken echtelieden boften maar, die gingen lekker drie weken naar het warme St. Lucia. Aan de andere kant, dacht Daisy, als je daarvoor eerst met Dominic Cross-Calvert moest trouwen, zat ze nog net zo lief in Gloucestershire te vernikkelen van de kou. Maar... was ze misschien een beetje te streng tegen Dominic? Wat had hij eigenlijk gedaan behalve dat hij onverwacht een ex-vriendinnetje voor zijn neus had zien staan en dat hij zich in het vuur van de strijd een beetje had laten meeslepen.

En natuurlijk had hij er, toen hij werd betrapt, over gelogen. Hij had gelogen dat hij barstte en gezworen dat hij onschuldig was. Maar, als puntje bij paaltje kwam, was dat nu werkelijk zo verwonderlijk? Hij stond op het punt te trouwen met Annabel en was gewoon in paniek geraakt. En wie weet, misschien trouwde hij wel niet met haar om haar geld, maar was hij gewoon verliefd geworden op haar onweerstaanbare persoonlijkheid.

'Jasses,' sputterde Daisy toen er een derde taxi langs schoot die met een flinke snelheid door een enorme plas reed en een grote golf ijskoud modderwater over haar heen sproeide. Wat een schitterend einde van een waarlijk schitterende dag.

Maar dat was het einde nog niet. Terwijl ze haar ogen en gezicht aan het afvegen was met handen waar het water ook van afdroop, merkte Daisy dat er weer een stel koplampen op haar werden gericht. Toen de auto bij de ingang van het hotel bij haar langszij kwam, stopte hij. Het raampje van de bestuurder van de zwarte Mercedes sportwagen zoefde omlaag en Daisy keek in het grijnzende gezicht van Dev Tyzack. Naast hem zat Jeannie die eruitzag alsof ze al haar verjaardagen tegelijk mocht vieren.

'Wat?' Daisy was kortaf, want ze was zich op een afschuwelijke manier bewust van het modderwater dat langs haar wangen liep.

'Weet je, toen ik klein was wilde ik altijd die man van de Camelreclame worden, je weet wel van die sigaretten.' Het was net alsof Dev verder ging met een gesprek dat een paar seconden daarvoor was onderbroken. 'Ik fantaseerde dat ik van hoge gebouwen abseilde, dat ik over rivieren zwom die vol zaten met krokodillen en dat ik aan een touw over ravijnen zwierde, omdat ik de allerliefste wens van mijn dame wilde vervullen.'

Vooruit dan, lag het op het puntje van Daisy's tong, je kunt beter wat opschieten, want we weten allemaal wat de dame naast jou op dit moment wil.

Hardop zei ze: 'Echt waar? Wat ongelooflijk interessant.'

'Het slechte nieuws is dat de sigaretten op zijn,' zei Dev Tyzack.

'Jeetje. Wat naar nou.'

'Dev.' Naast hem zat Jeannie verheugd te gniffelen. 'Kom op. Doe het raam nou dicht. Ik heb het koud.'

'Hier. Je kunt niet zeggen dat ik je nooit iets heb gegeven.' Nog steeds grijnzend stak Dev een doos met Kleenex zakdoekjes door het open raam.

Toen gaf hij haar een knipoogje en reed met ronkende motor weg.

9

'Dit stel verbaast me altijd,' mompelde Rocky toen Daisy hem achter de bar kwam helpen. 'Ik dacht altijd dat schrijvers rustige, muisachtige types met tweedjasjes waren die geen vlieg kwaad deden. Ik kan gewoon niet geloven dat ze zoveel lawaai maken en zoveel drinken. Deze boekenwurmen weten er verdorie wel raad mee.'

'Ze zijn waarschijnlijk opgewonden omdat ze een dagje uit mogen.' In tegenstelling tot Rocky deed Daisy geen enkele moeite zachter te praten. Dat had niet veel zin. De schrijvers die elkaar één keer in de drie maanden in het hotel ontmoetten om te lunchen en lekker bij te praten waren als idioten aan het netwerken. Ze gilden het uit van plezier dat ze elkaar weer zagen. Het feit dat ze nu eens met echte mensen mochten praten in plaats van over onechte te schrijven, steeg hen klaarblijkelijk naar het hoofd. Daarbij kwam nog de gin en tonic op een lege maag.

'Denk eraan dat ik tijdens de lunch een uur vrij heb,' hield Daisy hem voor terwijl ze flesjes tonic in een rij lege glazen uitschonk.

'Van een tot twee. Ik weet het.' Rocky gooide een stel ijsblokjes in een whiskyglas en zei toen aarzelend: 'Kijk je... eh... ernaar uit?'

O god, hoe kon hij nou zo onbehouwen zijn? Hij had geen flauw idee. Dit was een van die rare situaties die niet in de etiquetteboekjes beschreven staan. Niet dat hij ooit een etiquetteboek gelezen had, maar hij durfde er wel zijn jaarsalaris om te verwedden dat het er niet in stond.

En nu zat Daisy hem aan te kijken alsof hij haar net had gevraagd of hij in een tutu pirouettes langs de hele bar mocht maken.

'Ik weet eigenlijk niet of ik ernaar uitkijk.' Ze trok een grimas. 'Het hangt, denk ik, van die vent af. Het was zijn hartenwens. Ik wil gewoon niet dat hij, nou ja, teleurgesteld wordt.'

'Een soort blind date,' zei Rocky, en onmiddellijk daarna had hij er al spijt van. Hoe kon hij nou zoiets stoms zeggen?

Maar Daisy zat te grinniken.

'Weet je wat jij bent? Een hopeloos geval. Dat ik die vent om één uur ontmoet, is absoluut niet hetzelfde als een blind date. Van nu af aan, Rocky, kun je maar beter de dingen doen waar je goed in bent. Drankjes serveren bijvoorbeeld.'

'Ik weet het.' Rocky stond er nederig bij en in gedachten was hij als een razende zijn excuses aan het aanbieden. 'Sorry.'

'Maar wat ik eigenlijk wilde vragen, zie ik er goed uit?'

Afgelopen met die excuses. Met een geoefend oog bekeek hij Daisy van top tot teen terwijl ze naast hem een keertje ronddraaide.

'Je ziet er vreselijk uit, het kon niet erger.'

Barney Usher was vroeg. Veel te vroeg. De trein uit Manchester was stipt op tijd, om elf uur, in Bristol Parkway binnengelopen. Hij was in een taxi gesprongen en om precies drieëntwintig over elf reden ze het dorpje Colworth in. Dat betekende dat hij anderhalf uur te vroeg was. Voor Barneys gevoel was het net alsof je op kerstmorgen om halfzes wakker werd en wist dat je ouders je hadden gewaarschuwd dat je hen per se niet voor zeven uur mocht wakker maken. Hij voelde zich ook een beetje misselijk, maar dat kwam gedeeltelijk omdat hij de afgelopen twintig minuten met zijn eigen aftershave in een taxi opgesloten had gezeten. Door de zenuwen had hij veel te veel Kouros opgedaan. Het was een opluchting om uit de taxi te kunnen stappen en met volle teugen de broodnodige frisse lucht te kunnen inademen.

De taxichauffeur keek hem met een veelbetekenende grijns aan toen Barney rillend van de kou en van de spanning afrekende en een flinke fooi gaf.

'Gaan we een jongedame ontmoeten?'

Barney, die al meer dan een jaar op deze dag had gewacht, antwoordde enthousiast: 'Jazeker.'
Maar nu hij eindelijk hier was viel de spanning een beetje van hem af. Het dorpje zag er heel anders uit dan de dorpjes die hij tot dan toe had gezien en hij kon gewoon niet wachten tot hij ieder hoekje had verkend. Aan weerszijden van de kronkelende hoofdstraat stonden de schattige stenen huisjes die je overal in de Cotswolds zag. Midden door het dorp liep een riviertje en om zich heen zag hij overal heuvels. In de ogen van Barney, een geboren en getogen stadsjongen, zag het er allemaal ongelooflijk schilderachtig uit, als iets uit een film van Walt Disney. Het was moeilijk te geloven dat hier ook werkelijk echte mensen woonden. Maar dat was wel zo, dat was echt zo. Precies op dat moment kwam er een echt mens te voorschijn uit haar huisje een eindje verderop in de straat. Ze duwde een van die boodschappentassen op wieltjes voort, die oude mensen altijd bij zich hebben, en ze liep in de richting van de dorpswinkel.
Barney vroeg zich af waarom zulke boodschappentassen altijd van Schotsgeruite stof gemaakt waren.
Ja, waarom?
Maar tegelijkertijd stond hij er versteld van hoe ontspannen het oudje was. De bejaarden bij hem uit de buurt in een probleemwijk in Manchester zouden allang uit het zicht verdwenen zijn uit angst voor een straatoverval of voor de een of andere psychopaat of krankzinnige drugsverslaafde die er in het wilde weg op los sloeg. Dit oudje daarentegen hield nota bene haar pas in om een dikke lapjeskat te aaien, die op het stenen muurtje van de buren zat.
Het was een complete openbaring. Barney kon het bijna niet geloven. Stel je voor dat je blijft staan om een kat te aaien! Het was werkelijk geen moment bij dit oude mensje opgekomen dat ze misschien wel door een stelletje boeven kon worden overvallen.
Hij bekeek het dorpje op zijn dooie gemak en hij genoot met volle teugen. Er waren drie souvenirwinkels met allerlei prulletjes. Een dorpswinkel die tevens dienst deed als postkantoor. Een kerk. Een pub. En een verbazingwekkend aantal toeristen, gezien het feit dat het pas halftwaalf was op een vrijdagmorgen in een klein dorpje in de Cotswolds, ver verwijderd van de dichtstbijzijnde stad.
En dan was er natuurlijk nog het hotel.

Barney had zijn huiswerk gedaan en hij wist dat Colworth bekendstond als een van de mooiste dorpjes van Engeland. Maar hij stond er toch versteld van hoe fantastisch het er eind januari op een ijskoude morgen nog uitzag.
Omdat hij in de gaten had dat hij veel te kwistig met zijn aftershave was omgesprongen, was hij blij dat hij de kans kreeg om wat in het dorpje rond te lopen. Op die manier raakte hij er in de koude vrieslucht wel wat van kwijt. Hij wilde per slot van rekening een goede indruk maken en het was niet zijn bedoeling dat Daisy Standish kotsend naar het dichtstbijzijnde bloembed zou rennen.
Barney, die voor de honderdste keer op zijn horloge keek, besloot het postkantoor annex dorpswinkel met een bezoek te vereren. Hij zou een pakje kauwgom kopen en misschien een paar ansichtkaarten van het dorp om aan zijn moeder te laten zien.
Toen hij vlak bij de winkel was, ging de deur rinkelend open en kwam er een meisje naar buiten dat met veel moeite een kinderwagen het trottoir op probeerde te duwen. Barney zag hoe ze stond te worstelen om de wielen recht te krijgen, maar dat iets de zaak blokkeerde.
'Sorry, ik sta in de weg,' hijgde het meisje en ze gaf een trap tegen de rem om te controleren of ze die er niet op had staan. 'Verdorie, de wielen zitten vast. Ik weet niet wat er aan de hand is.'
Ze was jong en knap, ze had grote grijze ogen en donkerbruin haar tot op haar schouders. De baby daarentegen was heel blond met stralend blauwe ogen die precies pasten bij zijn skipakje. Geamuseerd door al dat panische heen-en-weergeren en gewiebel zwaaide hij gillend van plezier met zijn pakje vruchtensap.
'Oké, ik zie al wat er aan de hand is.' Op zijn hurken zittend volgde Barney het gevlochten wollen koord van de versmade handschoentjes van de baby en zag dat het zich stevig om een van de voorwielen had gewikkeld. 'Er wordt hier een wiel gewurgd. Blijf even stilstaan...'
Het gevlochten koord zat vol modder en olie. Voorzichtig begon hij het los te wurmen. Toen hij zijn hoofd dieper boog om te kunnen zien waar hij mee bezig was, voelde Barney iets kouds in zijn nek druppelen.
'O god, Freddie, hou daarmee op. Geef dat aan mij,' riep het meis-

je uit en de baby slaakte een verontwaardigde kreet. Boven Barneys hoofd ontspon zich een kort handgemeen waarin de baby en zijn moeder het samen voorzien hadden op het pakje met zwartebessensap. Barney deinsde achteruit toen er een straal koud vocht tegen zijn linkerwang spoot.

'Ziezo, dat is klaar.' Hij ging achterover op zijn hielen zitten en hield met een triomfantelijk gebaar het bevrijde stukje van het verminkte koord omhoog. De baby greep ernaar, liet het pakje vallen, zag hoe de rest van zijn zwartebessendrankje in de goot terechtkwam en begon ogenblikkelijk te krijsen.

'Sufferd,' riep het meisje uit, en voegde er meteen tegen Barney aan toe: 'Jij niet, ik bedoelde jou niet! O nee, nu zit je ook nog onder het sap. Ik geneer me een ongeluk.'

Ze rommelde wat in de tas die aan de wandelwagen hing en haalde een pak met schoonmaakdoekjes te voorschijn. Barney wreef er eentje over zijn gezicht en zijn nek. De baby, die steeds harder begon te schreeuwen, trappelde met zijn voetjes tegen de voetsteun van de wandelwagen en wees met ontzetting naar zijn omgevallen pakje zwartebessensap.

'Het spijt me, het spijt me verschrikkelijk. Als Freddie eenmaal op gang komt is hij niet meer te houden,' haastte het meisje zich te verontschuldigen. 'Je hebt me alleen maar willen helpen en kijk nu eens hoe jc eruitziet. Ik schaam me dood.'

'Er is niets aan de hand,' verzekerde Barney haar. 'Het geeft helemaal niets. Hij is gewoon overstuur omdat hij zijn drankje kwijt is. Ik koop wel een nieuw pakje voor hem en dan is er geen vuiltje meer aan de lucht.' Tijdens het praten zwaaide hij met een paar vingers naar Freddie. Hij hield van kinderen. Toen hij scheel ging kijken en een gek gezicht trok, was Freddie zo geboeid dat hij inderdaad ophield met huilen.

Het volgende moment, toen hij zich de reden weer herinnerde, begon hij opnieuw. Barney lachte.

'Goh, jij bent aardig,' zei het meisje verwonderd. 'Ik meen het. Je bent werkelijk ontzettend aardig.'

'Ik heb drie neefjes en vier nichtjes,' zei Barney. 'Ik heb heel wat ervaring met kinderen. Wacht even, loop niet weg.'

Twee minuten later dook hij weer uit de winkel op met twee pakjes sap, een Milky Way, een doos bonbons, een paar ansichtkaar-

ten van Colworth en drie pakjes kauwgom.
'Wacht eens even.' Het meisje hield afwerend haar handen omhoog toen ze de bonbons zag. 'Ik wil absoluut niet hebben dat je een doos chocola voor me koopt.'
'Ze zijn ook niet voor jou,' zei Barney, en hij grinnikte toen ze begon te blozen.
'Sorry. Let maar niet op mij, ik ben niet goed bij mijn hoofd.'
'Kijk eens. Niet allemaal tegelijk opdrinken.' Barney stak het plastic rietje in het pakje zwartebessensap en stopte het voorzichtig tussen de mollige handjes van Freddie. Dit leverde hem een gelukzalig gekir op, gevolgd door een indrukwekkende boer.
'Hij zegt dank je wel,' legde het donkerharige meisje plechtig uit.
'Dat weet ik. Hij heeft koude handjes.'
'Je hoeft me niets te vertellen.' Ze rolde half lachend met haar ogen. 'Hij heeft altijd binnen de minuut zijn wantjes uit.'
'In ieder geval heeft hij nog iets voor straks.' Barney liet de Milky Way en het tweede pakje sap in de tas glijden waarin Freddies luiers en afveegdoekjes zaten.
'O jeetje, je hebt bessensap op je overhemd. Het is allemaal in de kraag gaan zitten.' Ze keek er vol ontzetting naar.
Barney kon de vlek niet zien, maar hij voelde wel dat het daar vochtig was. Hij zei laconiek: 'Misschien kunnen we het op de een of andere manier afsponsen.' Het was zijn beste witte overhemd; hij had het speciaal voor vandaag bij een hele chique zaak gekocht. Het schoot even door zijn hoofd dat dit knappe meisje dat hier vast in het dorp woonde, hem misschien wel mee naar huis wilde nemen om te helpen met het afsponsen. 'Ik heb een afspraak met iemand in het hotel,' voegde hij er ter verklaring aan toe. 'Ik wilde er op mijn best uitzien.'
'Ik weet al wat we kunnen doen.' Gedachtelezen was helaas niet een van de sterke punten van het meisje. 'De pub aan het eind van de straat is onderhand wel open. Daar gaan we heen en dan nemen we in een van de wc's je overhemd onder handen. Ik zal de kraag met heet water boenen en dan kun jij hem drogen onder zo'n heteluchtding.'
Barney probeerde uit alle macht om niet teleurgesteld te zijn. Natuurlijk kon ze geen volslagen vreemdeling mee naar huis nemen. Ze wist niets van hem. Hij kon wel iemand zijn die voor zijn ple-

zier mensen met een bijl het hoofd afsloeg.
Of, óf, misschien geneerde ze zich wel voor de rotzooi in haar huis; voor de gootsteen vol met afwas en het kleed in de huiskamer dat bezaaid was met kruimels. En ze kon natuurlijk ook getrouwd zijn. Bijna alle meisjes die hij kende waren ongehuwde moeders, maar daarom konden sommige het nog wel volgens het boekje doen. Met een gevoel van misselijkheid wierp Barney een blik op haar linkerhand. Geen ringen, afgezien van een grote zilveren ring om haar duim. Niet getrouwd dus. Hoewel ze ook nog met iemand kon samenwonen die er niet blij mee zou zijn als ze vreemde mannen mee naar huis bracht om paarse vlekken uit hun overhemd te boenen. Barney hoopte van niet.
De pub, de overdreven schilderachtige Hollybush Inn, ging vroeg open om koffie en veel te dure croissants te serveren aan de eventuele toeristen. Gelukkig had niemand anders – geen dames tenminste – behoefte aan de wc. Nadat hij zijn donkerblauwe trui en zijn gloednieuwe chique overhemd had uitgedaan, keek Barney toe hoe het donkerharige meisje de kraag uitspoelde onder de hete kraan, er vloeibare zeep uit het apparaat overheen gooide en er toen flink op los boende. Freddie was door het dolle heen toen hij ontdekte dat hij hete lucht uit het apparaat aan de muur kon laten komen door met zijn dikke vingertjes in de lucht te zwaaien.
Vijftien minuten later was het overhemd droog.
'Het kost ze een fortuin aan hete lucht,' zei Barney. 'Het minste wat we kunnen doen is hier koffie bestellen.'
Freddies moeder keek met een spijtig gezicht op haar horloge. 'Ik kan niet. We moeten gaan. Afspraak bij de tandarts.' Ze trok een lelijk gezicht en streek de kraag van zijn overhemd recht. 'Maar dit is in ieder geval weer in orde. Je maakt een goede indruk.'
Ze had gelijk. Natuurlijk had ze gelijk. Hij was heel even vergeten waarom hij hier was.
'Bedankt,' zei Barney.
Freddies moeder begon breed te grijnzen. 'Niets te danken.'

Tara, die haar dienst er half had op zitten, was als een robot tegels aan het poetsen. Haar lichaam was misschien wel energiek in de weer, maar haar geest was ergens anders bezig met het verwerken van de afgrijselijke ontdekking van gisteravond.

Het was afschuwelijk geweest, eerlijk waar. De ene minuut had ze nog lekker lui op de bank liggend naar de een of andere trut in *EastEnders* zitten kijken die jammerend uitriep: 'Maar waarom word ík altijd gedumpt? Wat is er toch mis met mij?' Het antwoord op deze vraag was heel eenvoudig dat jankende trutten met vettig haar en met een persoonlijkheid als een knolraap volkomen terecht werden belazerd en uiteraard niet konden verwachten dat ze een vriendje vast konden houden. Het volgende moment had Tara iets griezeligs dat ze niet meteen kon duiden, als een slang langs haar rug omhoog voelen kruipen.

Met een schok van afgrijzen had ze zich na een poosje gerealiseerd dat het gevoel er een was van... herkenning.

Niet meer denkend aan *EastEnders* was Tara in gedachten op haar vingers aan het terugtellen geslagen, waarbij ze haar lijst met vriendjes achterstevoren doornam.

O nee, laat het niet waar zijn, zo zielig was ze toch ook weer niet? Maar zo zag het er wel uit. Al tellende was Tara beland bij de leeftijd van vijftien en zestien toen ze net met vriendjes bezig was.

Daar had je Trevor, die een stem had die als een gek op en neer ging – god, het leek wel op jodelen als hij praatte. Dan Dave, die gekke oren had, maar leuk lachte. En Andy Buckingham die ondanks het feit dat hij de ster van het schoolvoetbalteam was, spillebenen had en een moedervlek met haartjes op zijn wang. Geen van hen was wat je noemt volmaakt geweest, maar toch...

'Hoi, ik ben het.' Daisy stak haar hoofd om de hoek van de badkamer. 'Heb je zin om vanavond uit te gaan? We zouden naar een paar clubs in Bath kunnen.'

Jeetje, we hebben het hier niet over Brad Pitt, dacht Tara. Ik bedoel als je met Brad Pitt uitging kon je verwachten dat je werd gedumpt. Maar dit waren gewoon normale jongens geweest, best leuk hoor, en allemaal met hun sterke en zwakke kanten.

'Als je nog harder op die tegels boent,' zei Daisy, 'ga je door de muur.'

'Alle jongens met wie ik ooit ben uit geweest,' flapte Tara eruit, 'hebben het met mij uitgemaakt. Elk stompzinnig klotevriendje dat ik ooit heb gehad. Ik kan niet geloven dat ik daar pas gisteravond achter ben gekomen. Ik heb ze allemaal opgeschreven, ik heb een echte lijst gemaakt voor het geval ik er misschien eentje had overgeslagen, maar dat was niet zo. O god, kun je het je voorstellen? Het is zo vernederend. Ik heb het zelf nooit met iemand uitgemaakt. Ik ben altijd degene geweest die werd gedumpt.'

'O, kom op, je overdrijft.' Daisy probeerde haar gerust te stellen. 'Dat kan niet waar zijn.'

'Maar het is wel waar.'

'En toen je nog op school zat?'

'Vooral toen ik nog op school zat. God, ik ben gewoon een enorme zielepoot,' kermde Tara.

'Oké, goed, we gaan er wat aan doen.' Daisy nam het heft in handen. 'Vanavond gaan we Bath in. Je kunt met hopen mannen flirten en je telefoonnummer aan Jan en alleman geven. En als er dan eentje opbelt om je uit te nodigen voor een avondje uit kun je nee zeggen. Je gaat er gewoon niet op in. Zou dat helpen?'

'Pff. Telt niet.'

'Het is een begin.'

'Trouwens,' Tara boog zich voorover om de kranen te poetsen, 'ik voel er niets voor om mijn nummer aan een stelletje idioten te geven.'

'Oké, zeg dan dat ze je op dit nummer moeten bellen. Schrijf het voor ze op,' zei Daisy die een pen uit haar jaszak haalde en de badkamer uit liep. Even later kwam ze terug met een vel schrijfpapier van het hotel waarop ze had gekrabbeld:

Tara keek er niet-begrijpend naar. 'Wat heb ik daar nou aan?'

770 2219

'Draai het papier maar om,' zei Daisy met een knipoogje, 'en houd het tegen het licht.'

IO

De zon kwam te voorschijn toen Daisy de oprijlaan van het hotel afliep. Ze had met Barney Usher om precies één uur bij de hoofdingang afgesproken. Iets in de toon van zijn brief suggereerde dat hij stipt op tijd zou zijn.
En ja hoor, daar stond hij al op haar te wachten. Ze kon hem in de verte zien staan, leunend tegen een van de met mos begroeide pilaren. Hij droeg een donkerblauwe trui met een ronde hals, een wit overhemd en een donkerblauwe broek.
En met een nier van haar overleden echtgenoot in zijn lichaam die er vrolijk op los pompte.
Nou ja, misschien was pompen niet het juiste woord, maar in ieder geval deed hij wat nieren moesten doen.
Toen ze dichterbij kwam, zag Daisy dat Barney Usher er jonger uitzag dan zesentwintig. Het zonlicht weerkaatste op zijn glanzende blonde haar. Hij had een leuk, jongensachtig gezicht, donkere wenkbrauwen en grote bruine ogen met de lange wimpers van een spaniëlpuppy, waarmee hij hoopvol de wereld in keek.
Hij was zo knap dat ze zich afvroeg of hij homo was. Ha, dat zou Steven echt verschrikkelijk hebben gevonden.
'Mevrouw Standish?' zei hij gretig en heel even had Daisy de neiging om over haar schouder te kijken. Zelfs toen ze nog met Steven was getrouwd, had het haar moeite gekost eraan te denken dat dit, officieel, haar naam was. Ze had er zich altijd een bedriegster mee gevoeld. Het was zo'n opluchting geweest toen ze weer terug kon gaan naar MacLean.
'Noem me maar Daisy.' Ze glimlachte naar hem en vroeg zich af of hij net zo zenuwachtig was als zij. Dit was zonder enige twijfel een uiterst vreemde situatie.
Maar het scheen niet bij Barney Usher te zijn opgekomen om zich zenuwachtig te voelen. Hij pakte haar hand, schudde hem en begon helemaal te stralen.
'En ik ben Barney – hoewel je dat natuurlijk al weet! Dank je wel dat je me wilde ontmoeten... je weet niet hoeveel dit voor me betekent... dat ik je nu persoonlijk kan bedanken... het was zo geweldig wat je hebt gedaan en ik ben je zo dankbaar...'

'Oké, stop,' viel Daisy hem in de rede, en hij hield gehoorzaam midden in een zin zijn mond. 'Hoor eens, je hebt me in je eerste brief bedankt. Je hebt me in je tweede brief bedankt en in de derde en in de vierde. Dat is nu gebeurd, je hoeft het niet meer te zeggen.'

'Maar ik wil...'

'Stop! Ik weet wel hoe dankbaar je bent. Maar ik heb niets heldhaftigs gedaan en het begint een beetje gênant te worden. Kunnen we het over iets anders hebben?' Ze hield haar hoofd schuin en lachte. 'Alsjeblieft?'

'Oké.' Barney knikte glimlachend. 'Het spijt me. O, en deze zijn voor jou.' Hij maakte zijn boodschappentasje open en haalde er een doos bonbons uit. 'Het is niet veel, dat weet ik, maar ik wilde geen bos bloemen meenemen in de trein voor het geval dat die verlepten of zouden worden platgedrukt. Ik hoopte dat er hier in het dorp een bloemenwinkel was, maar dat is niet zo. Daarom heb ik deze maar bij het postkantoor gekocht. Ze hadden niet veel keus. Ik wou dat het iets beters was, maar...'

'Ik ben dol op bonbons,' loog Daisy met een stalen gezicht. 'Dank je wel. Dank je wel. Dank je wel, dank je wel, dank je wel, ze zijn perfect, ik ben je zo dankbaar, dank je wel, dank je wel.'

Toen Barney lachte, zag hij eruit als prins William.

'Oké, ik heb het begrepen. Ik beloof je dat ik mijn mond zal houden. Ik zal nooit meer dank je wel zeggen.' Zijn bruine ogen dansten ondeugend. 'Misschien denk ik het wel, maar ik zal het niet meer zeggen. Op mijn woord van eer.'

Ze brachten eerst een bezoek aan het kerkhof. Barney stond een tijdje in stilte naar Stevens grafsteen te kijken. Ongetwijfeld bedankte hij hem in gedachten. Daisy, die zich zorgen had zitten maken dat hij misschien zou gaan huilen, was blij toen dat niet gebeurde.

Na een tijd zei Barney met zachte stem: 'Je moet wel heel veel van hem gehouden hebben.'

Het leek niet het juiste moment om te zeggen: 'Niet echt. Ik had eigenlijk ontzettend de pest aan hem.' In plaats daarvan mompelde Daisy: 'Hij was mijn man,' wat natuurlijk een enorme smoes was, maar desalniettemin de waarheid.

'Mooie bloemen.' Barney knikte naar de verse rozen, klaarblijkelijk in de veronderstelling verkerend dat zij die daar zelf had neergelegd.
'Ja,' beaamde Daisy.
'Je moet hem verschrikkelijk missen.'
'O, nou ja, je weet hoe dat gaat. Het leven gaat verder.' Daisy kon het niet opbrengen hem uit de droom te helpen; ze had er de moed niet voor. Barney had dit bezoek nodig, zij niet. Als ze dit sprookje voor hem zou verpesten, zou dat hetzelfde zijn als aan een klein kind vertellen dat Assepoester uiteindelijk in een blijf-van-mijn-lijfhuis was terechtgekomen.
Ze duwde haar handen in de zakken van haar jas en rilde.
'Je hebt het koud,' zei Barney, die blijkbaar geen last had van de dalende temperatuur. 'Het spijt me dat ik je hier buiten houd.'
'Waarom lopen we niet naar het hotel,' stelde Daisy voor, 'dan drinken we wat en praten we verder.'
Ze liepen samen de oprijlaan in. Barney was diep onder de indruk van Colworth Manor.
'Kijk toch eens, het is zo mooi.' Hij schudde vol bewondering zijn hoofd. 'Ik heb nog nooit eerder zoiets gezien. Wat een fantastisch huis.'
Het was net alsof ze een driejarig kind het huis van de kerstman binnenleidde. Toen Daisy met hem door de hal naar de bar liep, keek hij met grote ogen om zich heen, met stomheid geslagen door de muren met de eikenhouten lambrisering, de prachtige schouw en de kroonluchters.
'Nou,' zei Daisy, 'koffie en een drankje?'
'O, koffie zou geweldig zijn. Ik drink eigenlijk nooit alcohol,' legde Barney uit.
God nee, hij mocht waarschijnlijk om medische redenen niet drinken. Ze kon zich wel voor de kop slaan.
'Als je wilt, zal ik je straks een rondleiding geven.'
Hij keek verrukt. 'Dat zou ik dolgraag willen, als je zeker weet dat je het niet te druk hebt.'
'En wat doen we met het eten? Als je honger hebt, zouden we kunnen lunchen.'
'Dat is ontzettend aardig van je,' zei Barney. 'Maar ik wil je niet tot last zijn.'

Daisy voelde zich schuldig. Het was helemaal niet aardig van haar, ze probeerde gewoon uit alle macht op een zinnige manier de tijd door te komen. Als iemand helemaal uit Manchester was komen reizen om jou te zien, leek het niet zo netjes hem af te schepen met koffie met een koekje en een gesprekje van tien minuten om hem dan weer de deur uit te zetten. Dat zou niet aardig zijn.
Het was in ieder geval betrekkelijk rustig in de bar; de schrijvers waren met veel lawaai naar de eetzaal vertrokken. Nadat ze ervoor had gezorgd dat er een pot koffie werd gebracht, ging Daisy tegenover Barney op een van de sofa's naast de open haard zitten en zei opgewekt: 'Zo, hier zitten we dan. Gezellig, hè?' en ze voelde zich op hetzelfde moment stokoud. Had ze niet een beetje minder neerbuigend kunnen doen? Ze klonk als de een of andere vijfenzeventigjarige ongetrouwde tante die wollen onderbroeken droeg.
Barney zei op begrijpende toon: 'Je vindt dit een beetje moeilijk, hè?'
'Ík? Nee!' Ze schudde heftig haar hoofd. 'Natuurlijk niet. Waarom zou het moeilijk moeten zijn?'
Hij keek haar medelijdend aan. 'Het moet toch een beetje vreemd voor je zijn. Vreemder voor jou dan voor mij.'
'Nou ja,' gaf Daisy toe, 'een beetje vreemd dan. Maar niet op een onaangename manier,' voegde ze er snel aan toe voor het geval hij zich beledigd mocht voelen.
'Zal ik iets over mezelf vertellen?' bood Barney aan. Het leek opeens net alsof hij de volwassene was, die de leiding had. Enthousiast vervolgde hij: 'Ik vertel iets over mezelf en dan kun jij ook iets over jezelf vertellen. En dan kun je misschien over Steven praten... maar alleen als je dat wilt... en daarna ga ik ervandoor. Hoe klinkt dat?'
Hij had dit duidelijk met grote zorg voorbereid, besefte Daisy. Nou ja, het betekende veel voor hem. Natuurlijk had hij het voorbereid. Ze was hem daar dankbaar voor en met een opgelucht knikje zei ze: 'Klinkt prima.'
Samen bekeken ze de foto's die hij had meegebracht.
'Dat ben ik, toen ik zeven was,' legde Barney uit, 'met mijn moeder. Je moet trouwens de groeten van haar hebben. En dit zijn wij ongeveer drie jaar geleden. We stonden op ons balkon en het was nogal stormachtig, daarom zit mijn moeders haar zo in de war.'

'Balkon,' zei Daisy plagerig. 'Dat klinkt chic. En kijk eens naar dat uitzicht.'
Barney glimlachte. 'Het is de zevenentwintigste verdieping van een torenflat, daarom hebben we een uitzicht. En nee, chic kun je het niet bepaald noemen, maar weet je, het is ons thuis. Nou ja, het wás mijn thuis,' vervolgde hij en haalde met een zwierig gebaar de volgende foto te voorschijn. 'Maar nu woon ik hier in een flat die ik deel met een paar vrienden van mijn werk.'
Hij was snel verder gegaan om haar niet in verlegenheid te brengen. Met rode wangen bekeek Daisy deze nieuwe foto van Barney met nog drie andere jongens die samen lachend op een bank zaten.
Deze huiskamer kon je met geen mogelijkheid chic noemen. Het was een typische studentikoze flat stampvol met overvolle asbakken en bierblikjes. Het tapijt vertoonde overal sleetse plekken en de bank zat vol scheuren en vlekken.
Daar ze moeilijk kon zeggen dat het er mooi uitzag, zei Daisy: 'Ziet er leuk uit.'
'Nou ja,' Barney keek een beetje meesmuilend, 'op een smerige, rommelige manier. Mijn moeder is echt ontzettend netjes, dus toen ze het voor het eerst zag, viel ze bijna flauw, maar de jongens zijn hartstikke leuk. En tot vorig jaar had ik nooit gedacht dat ik nog eens normale dingen kon doen, zoals uitgaan en meisjes ontmoeten. Ik had zoveel tijd in het ziekenhuis doorgebracht – en daar zijn dat soort dingen ondenkbaar – dat het net een wonder leek. Ik heb zo geboft met deze nieuwe kans.'
Daisy kreeg een brok in haar keel. Het volgende moment werd die zelfs nog groter toen hij haar de derde foto liet zien.
'Dit ben ik op mijn achttiende verjaardag. Ik had net een slechte periode achter de rug en daarom zie ik er een beetje zwakjes uit,' legde Barney uit.
Je kon niet zeggen dat hij van overdrijven hield.
De foto was gemaakt in zijn ziekenhuiskamer. Barney lag bleek en met ingevallen wangen in een bed met een enorm apparaat naast zich, maar hij lachte en hield een plastic bekertje omhoog. Er waren verjaardagskaarten boven het bed opgehangen, en om hem heen stonden vrienden en familieleden wat onhandig te manoeuvreren met hun kopjes thee en hun bordjes met taart.

'Niet bepaald een uitgelaten feestje,' zei Barney opgewekt. 'Ik aan de dialyse, volgepompt met medicijnen, mijn tante die om de vijf minuten in tranen uitbarstte omdat ze dacht dat ik ieder moment kon doodgaan en mijn neefjes die naar huis wilden omdat ze niet tegen de ziekenhuislucht konden.'
Daisy kon hem wel omhelzen. 'Je hebt heel wat in te halen.'
'Nou en of.' Barneys ogen straalden. 'Dit is het leven waar ik niet meer op had gerekend, en ik ga er geen dag van verknoeien.'
Tijdens de lunch in de eetzaal – op flinke afstand van de gillende schrijvers die al behoorlijk dronken waren – vroeg hij Daisy uit over Steven en zij vertelde hem alles wat hij wilde weten. Barney wilde weten wat Stevens lievelingseten was geweest, wat zijn favoriete sport was, wat voor muziek hij leuk vond en ook hoe Daisy en hij elkaar hadden ontmoet. Daisy, die zich hierop had voorbereid, haalde een paar foto's uit haar tas en liet hem er een paar minuten naar kijken. Omdat ze doodsbenauwd was dat ze nog een keer moest luisteren naar: 'God, wat zul je hem verschrikkelijk missen,' zei ze monter: 'En nu wil ik alles over je baan horen.'
Barney werkte voor de overheid. Hij was ambtenaar op het ministerie van verkeer. Het was nogal saai, maar hij was blij dat hij een baan had en de mensen op zijn kantoor waren best aardig. Daisy, die hem ongegeneerd aan de tand voelde, kreeg te horen dat een van de jongere secretaresses een beetje verliefd op hem was, maar dat hij verder geen vriendinnetje had en dat hij wachtte tot de ware liefde bij hem aanklopte.
'Mijn vrienden denken dat ik gek ben,' vertrouwde hij haar met een verlegen glimlachje toe. 'Zij vinden dat ik me door alle meisjes in Manchester heen moet neuk... hm, werken, omdat ik iets in te halen heb. Maar dat wil ik niet. Daarbuiten loopt ergens het juiste meisje rond. Ik wil liever wachten. Dan is het specialer, vind je niet?'
De schat, de engel. Ik zit hier te lunchen met de laatste overgebleven maagd uit Manchester, dacht Daisy. Lieve hemel, wat zal zijn moeder trots op hem zijn.
Brenda, Daisy's secretaresse, kwam met een verontschuldigende uitdrukking op haar gezicht op hun tafeltje af. 'Daisy? Sorry dat ik stoor, maar ik moet zo weg. Zou je alleen even willen kijken of de advertentie klopt die in de plaatselijke krant komt? Dan kan ik hem nog voordat ik wegga faxen.'

Daisy nam het volgetypte vel papier aan en gaf de ijverige Brenda een zetje.
'Je kunt wel gaan, zit er maar niet over in. Ik fax die advertentie wel naar de krant.'
Brenda, die naar tapdansles moest, en daarom per se haar bus naar Bath niet wilde missen, zei dankbaar: 'Je bent een engel.'
Daisy grijnsde. 'Ik weet het, ik ben geweldig. Ga nu maar gauw.'
Na de lunch liet ze Barney de rest van het hotel zien. Hij genoot met volle teugen.
'En vergeet je fax niet,' zei hij met zijn nauwelijks merkbare accent uit Manchester tegen Daisy toen ze de balzaal uit liepen.
'Dat is waar, dat kan ik beter nu meteen doen. O hemel, let maar niet op hen,' siste Daisy toen ze langs de bar kwamen waar het luidruchtige schrijversgroepje op dat moment om de piano ging staan. 'Let vooral niet op die aansteller met dat groene vlinderdasje, die met de grootste mond. Na een paar whisky's denkt hij altijd dat hij Pavarotti is.'
Barney keek verbaasd en mompelde: 'Is hij een van de gasten?'
'Nee, veel erger. Hij is mijn pa.'
Maar het was natuurlijk onmogelijk om Hector uit de weg te gaan. Toen hij hen in het oog kreeg rende hij de hal in en begroette Barney als de verloren zoon.
'Jij bent Barney! Fijn dat je er bent en je ziet er fantastisch uit. Nou, vertel eens, kun je zingen?'
'Ik weet dat ik hem moet vermoorden,' zeurde een vrouwenstem pal achter Barney. 'Ik weet alleen niet hoe.'
'Vleesmes? Geweer?' stelde een tweede stem voor. 'Of misschien kun je hem gewoon van een hoog gebouw af kieperen?'
'Weet je, daar heb ik aan gedacht, maar ik wil niet te veel rotzooi. Uiteenspattende schedels en ingewanden die in het rond liggen zijn niet echt mijn stijl. Ik zoek eigenlijk naar iets wat snel en pijnloos is – per slot van rekening is het geen slechte vent. Best lief eigenlijk. Ik zal hem verschrikkelijk missen als hij er niet meer is.'
Barneys mond viel open en hij draaide zich met een ruk om. Op nog geen meter afstand zag hij een onopvallend uitziend stel staan dat diep in gesprek was. Twee vrouwen van in de vijftig die in volle ernst erover stonden te praten wat de beste manier was om een arme kerel te vermoorden die... goeie genade... eigenlijk best lief was.

'Kom op,' drong Hector aan met een joviale klap op Barneys schouder. 'Zo'n aantrekkelijke jongen als jij kan toch wel zingen? Hoe zit het met "Mack The Knife"?'
'Je kunt hem altijd nog vergiftigen,' stelde de lelijkste van de twee vrouwen achter Barney voor. 'Een klein druppeltje cyaankali is al genoeg.'
'O, wat een uitstekend idee! Weet je, ik denk dat ik dat doe. Nou, hoe zou ik aan cyaankali kunnen komen?'
'Geen paniek,' zei Daisy met een grijns tegen Barney. 'Ze schrijven moordverhalen.'
Barney deed net alsof hij dat de hele tijd had geweten. *Oef!*
'Misschien een duet?' vroeg Hector dringend. '"New York, New York"? Daar ken je de woorden toch wel van?'
'Ik kan niet zo goed zingen.' Barney keek bezorgd.
'Geen probleem,' verklaarde Hector. 'Ik ben sensationeel. Maestro, alstublieft!' brulde hij naar de thrillerschrijver die tevens dienst deed als gastpianist.
'Pap, je moet hem niet dwingen als hij dat niet wil.' Daisy deed nog een poging om Barney te beschermen, maar het was al te laat. Hector sleepte hem met zich mee naar de Bechstein. De pianist zette onmiddellijk een lichtelijk valse versie van 'New York, New York' in, Hector en Barney zongen dat het een lust was en de schrijversgroep – onderhand straalbezopen – viel in met grote overgave. Met stralende ogen en met een kleur van het succes deed Barney wat hij kon en het was duidelijk dat hij zich prima amuseerde. Daisy, die vanuit de deuropening toekeek, kwam gniffelend tot de conclusie dat Steven zich kreunend van walging in zijn graf zou omdraaien als hij wist dat een heel klein onderdeeltje van hem betrokken was bij een van Hectors beruchte spontane meezingfeestjes. Hij had altijd ronduit geweigerd mee te doen omdat hij het zielig vond, of beneden zijn waardigheid of omdat het een activiteit was waar alleen een volslagen idioot van kon genieten. Alleen maar meedoen voor de lol was een optie die nooit in Stevens hoofd was opgekomen.
O ja, als hij nu keek zou hij het walgelijk vinden.
Het lied was uit en het publiek begon als een gek te applaudisseren, wat alleen maar bewees hoe dronken ze allemaal waren. Lachend baande Barney zich een weg terug naar Daisy, terwijl een

dikke blonde vrouw van achter in de zestig haar arm om Hectors middel sloeg en opgewekt tegen de aanwezigen verkondigde dat ze voelde dat ze die avond Barbra Streisand naar de kroon zou steken.

'Ik heb je gewaarschuwd,' zei Daisy tegen Barney.

Hij schudde verbijsterd zijn hoofd. 'Hoe is het om zo'n vader te hebben?'

'Gênant.' Daisy wachtte even en voegde er toen aan toe: 'Maar nooit saai.'

'Vergeet die fax niet.' Barney tikte tegen het vel papier dat ze nog steeds in haar hand hield.

'Jeetje, nee, dat moet ik niet doen. Ik stuur hem nu meteen. Wil je hier blijven of ga je mee?'

De pianist begon vol vuur aan 'People'. De enorme blonde vrouw klemde haar zwaar beringde vingers tegen haar boezem. Toen deed ze haar mond open en begon met een bibberende piepstem ongelooflijk vals te zingen.

Als een ware heldin vertrok Daisy geen spier van haar gezicht.

'Ik geloof,' zei Barney, 'dat ik maar met je meega.'

11

Naderhand zou Barney zich altijd tot in de kleinste details het moment herinneren waarop zijn levensloop een andere wending nam. Hij had in het chaotische kantoor van Daisy gestaan met zijn rug naar het raam en met zijn handen in zijn zakken. Hij keek toe hoe Daisy een lijst met telefoonboodschappen doorkeek, die Brenda, de tapdansende secretaresse, had achtergelaten. Daisy was op de hoek van haar bureau gaan zitten met haar lange, blonde haren over een schouder en met een voet nonchalant op de draaistoel die voor haar stond. Ze droeg een pauwblauwe zijden blouse en een strakke smaragdgroene rok tot net boven de knie. Toen ze zich plotseling omdraaide om een pen te pakken, fladderde de brief die ze naar de krant moest faxen op de grond.

Omdat hij graag behulpzaam wilde zijn, boog Barney zich vooro-

ver om hem op te rapen en vroeg: 'Kan ik dit soms voor je doen?'
Daisy keek blij op. 'Zou je dat kunnen? Dat zou geweldig zijn.'
Hij wilde niet nieuwsgierig zijn, maar Barney kon er niets aan doen dat hij zag wat er op het papier stond voordat hij het in het apparaat stopte.
Het was geen brief, besefte hij. Het hotel probeerde via een advertentie in de plaatselijke *Gazette* een nieuwe portier te krijgen.
Dat was het moment waarop het gebeurde.
De adem stokte in zijn keel toen Barney overvallen werd door het idee. Hij bleef doodstil staan en keek het raam uit naar de ceders, de uitgestrekte gazons, de rivier met de rietkraag en de golvende heuvels die nu in nevelen waren gehuld. Toen keek hij naar Daisy, die ingespannen bezig was met haar agenda. Aan de overkant van de hal klonken de geluiden van een piano, waarop iemand met meer enthousiasme dan raffinement aan het spelen was, en van het gezang van zo'n kleine twintig bezopen schrijvers die onder leiding van Hector lustig meebrulden met 'We'll Meet Again'.
'Lukt het niet?' vroeg Daisy. 'Zal ik je laten zien hoe het werkt?'
Barney haalde diep adem. Daar gaan we dan.
'Deze, ahum, baan. Er staat hier niets bij over kwalificaties.'
Daisy glimlachte. 'We hebben een portier nodig. Geen hersenchirurg.'
'Wat ik wil zeggen, hoe zou je het vinden als... ik bedoel, ik weet dat dit misschien een beetje raar klinkt,' stamelde Barney, 'maar, nou ja, wat ik zou willen zeggen, zou ik in aanmerking komen als ik naar die baan solliciteerde?'
Hij hoorde hoe hij de woorden er achterelkaar uitflapte. Oké, zijn gesprekstechniek liet nog wat te wensen over, maar twintig seconden geleden wist hij nog niet wat hij zou gaan doen. Het was de meest impulsieve beslissing die hij ooit had genomen.
Daisy zag er ook behoorlijk geschokt uit. 'Wat? Bedoel je dat je portier wilt worden? Maar je werkt in overheidsdienst!'
Barney was geroerd hoe belangrijk zijn functie uit haar mond klonk; als het hoofd van de NAVO of zoiets en niet als de armzalige pennenlikker die hij in werkelijkheid was.
'Luister, ik weet dat dit een beetje eng klinkt, alsof ik de een of andere griezel ben of zo. Ik weet ook dat ik hier vandaag heen ben gekomen om jou te ontmoeten vanwege... nou ja, wat er met Ste-

ven is gebeurd. Maar dat is niet de reden waarom ik deze baan wil, dat zweer ik.'

'Oké, prima,' zei Daisy. 'Want je hebt gelijk. Daar zou ik echt de kriebels van krijgen.'

Barney schudde heftig met zijn hoofd. 'Het is namelijk zo dat ik vanaf het moment dat ik vanmorgen uit de taxi stapte, vond dat het hier geweldig was. Het dorp is... ongelooflijk. En de mensen waren zo vriendelijk! Toen ontmoette ik jou en jij liet me het hotel zien en ik heb nog nooit eerder zoiets gezien. Waar ik woon is het... nou ja, nogal ruw, eerlijk gezegd. Heel veel drugsverslaafden, geweld, flats waar ingebroken wordt, mensen die overvallen worden. Het is angstaanjagend, je bent nooit echt ontspannen. Als je er niet zelf hebt gewoond, kun je je niet voorstellen hoe het is. Het is het tegenovergestelde van hier. Ik bedoel, moet je zien.' Zich omdraaiend wees hij naar buiten. 'Stel je voor dat je 's morgens wakker wordt en dit uitzicht hebt in plaats van dichtgetimmerde winkels, uitgebrande auto's en mensen die op straat harddrugs verhandelen. Hier te wonen zou als... god, het zou als een droom zijn.'

Daisy keek naar het vel papier dat hij nog steeds in zijn hand had. Toen kreeg Barney ook in de gaten dat zijn handen beefden van opwinding.

'En jouw baan dan?'

'Ik haat mijn baan.' Het kwam er hartstochtelijk uit. 'Echt waar. Ik vind hem afschuwelijk. Ik walg ervan om in een kantoor opgesloten te zitten waar je niet eens de ramen open kunt doen. Het is net alsof ik weer in het ziekenhuis lig, ik word er gek van. Ik zou veel liever portier zijn, dat weet ik zeker.'

'Je zou heel ver van huis zijn.' Daisy was bezorgd. 'En we moeten rekening houden met je familie. Hoe zou je moeder het vinden als je zo ver uit de buurt woonde?'

'Ze weet dat ik de pest aan mijn baan heb. Mijn moeder wil alleen maar dat ik gelukkig ben,' zei Barney gretig. 'Ze zou het fijn vinden. Als ze het hier kon zien, zou ze er even enthousiast over zijn als ik.'

'Zo'n baan als portier,' waarschuwde Daisy, 'verdient niet zo goed.'

'Dat kan me niet schelen.'

'Je hebt diensten. Dag- en nachtdienst.'

'Geen probleem!'

'Weet je eigenlijk wel wat een portier precies dóét?'
Eh... nee. Al sla je me dood.
'Koffers dragen?' gokte Barney. 'Ik kan koffers dragen,' voegde hij er trots aan toe, als ze soms dacht dat hij een soort invalide was. 'Ik ben best sterk.'
'Koffers dragen,' beaamde Daisy. 'Schoenen poetsen. Kranten rondbrengen. Het komt er eigenlijk op neer dat je een manusje-van-alles bent. Als een gast iets wil hebben, regel jij dat. Als ze om drie uur in de morgen een prostituee willen hebben, zorg jij dat die er komt.'
Godsamme. Barney sperde zijn ogen open.
'Ik maak maar een grapje,' zei Daisy.
'O. Juist.'
'En de kamers waar het personeel slaapt zijn vrij simpel. Je krijgt geen suite zoals ik je boven heb laten zien.'
'Dat weet ik wel,' zei Barney geduldig. 'Ik ben niet helemaal gek.'
Daisy glimlachte. 'Natuurlijk niet. Mag ik?' Ze strekte haar hand uit om het vel papier in ontvangst te nemen. Barney gaf het aan haar in de veronderstelling dat ze het zou verscheuren en opgewekt zou zeggen: 'Oké, het ziet ernaar uit dat we dit niet nodig zullen hebben.'
Hij keek vol afgrijzen toe hoe ze het prompt in het faxapparaat stopte.
'O, maar...'
'Nee, ik zeg nog geen ja.' Daisy was vastbesloten. 'Je moet naar huis gaan en erover nadenken. Er een nachtje over slapen. De advertentie komt gewoon dit weekend in de krant te staan, omdat we een portier nodig hebben en omdat jij je misschien nog bedenkt. Praat erover met je familie. Denk aan de vrienden die je achterlaat. Bel me op vrijdag op en laat me je besluit weten. Als je de baan wilt, is hij van jou. Als je hem niet wilt, vinden we wel iemand anders. Wil je de kamers van het personeel nog even zien voor je gaat?'
'Nee.' Barney schudde zijn hoofd. 'Want mijn besluit staat al vast en het kan me niets schelen hoe die kamers eruitzien. Je kunt me een houten konijnenhok in de achtertuin laten zien en dan zeg ik nog ja.'
Hij meende het. Hij was nog nooit in zijn hele leven zo zeker van iets geweest. Heel even schoot het door zijn hoofd Daisy naar de

naam van het meisje te vragen dat hij in het dorp had ontmoet, die met het sluike, donkere kapsel en de baby met de blauwe ogen en het helblonde haar. Daisy zou haar toch zeker wel kennen? Bovendien zou ze hem kunnen vertellen of het meisje ongetrouwd was zoals werd gesuggereerd door haar ringloze handen...
Nee, nee, néé, dat kon hij niet vragen. Wat zou Daisy wel denken? Dat hij in werkelijkheid toch een griezelig stalkerachtig type was? Dat hij ergens nog geen vijf minuten hoefde te zijn of hij had zich al vastgeklampt aan een onschuldig jong moedertje?
Barney huiverde van opluchting. De hemel zij dank dat hij het niet echt had gezegd; ze zou denken dat hij een enorme zielepoot was.
'Ga naar huis en praat er eens over met je familie,' herhaalde Daisy. 'En bel me vrijdag op.'
'Oké.' Barney keek haar grijnzend aan. 'Jij bent de baas.'

Die avond om iets voor negenen arriveerden Daisy en Tara bij de Clifton Wine Bar in Bristol. Tara stond te trappelen om haar telefoonnummer aan bendes mannen te geven en om hen dan af te poeieren als ze haar opbelden. Ze had er de hele dag naar uitgekeken.
'Wat is die Barney voor iemand?' vroeg ze aan Daisy toen ze met een drankje aan de bar stonden.
'Lief, jong en heel onschuldig.' Daisy gaf haar een 'verwacht er maar niets van'-blik. 'Jij zou hem de stuipen op het lijf jagen.'
'Ik zou niet weten waarom,' zei Tara kribbig en ze klemde haar drankje stevig vast. 'Ik ben toch helemaal niet griezelig.'
Een stel jongens die pal naast hen stonden, hoorden wat ze zei, sloegen quasi-doodsbenauwd hun handen voor het gezicht en gilden in koor 'Aaargh!'
'O, ha ha ha, ontzettend grappig. Maar zeg eens eerlijk,' smeekte Tara terwijl ze zich naar hen omdraaide, 'hoe kan iemand die me ziet, me nu angstaanjagend vinden?'
De langste van de jongens stapte achteruit en deed net alsof hij haar van top tot teen bestudeerde.
'Serieus?'
'Serieus.'
'Oké. De make-up, de boezem en het jasje.' Hij wachtte even. 'Vooral dat jasje.'

'Maar het is nieuw!' riep Tara uit, en ze begon wanhopig te plukken aan het strak zittende, gebleekte denim jasje met het geborduurde kraagje en de satijnen biesjes.
'Het is truttig,' deelde de jongen haar vriendelijk mee.
'O nee, het kan absoluut niet truttig zijn. Nigella Lawson draagt geborduurde denim jasjes en zij is een idool. Daarom heb ik dit gekocht,' legde Tara met een ernstig gezicht uit. 'Ik wilde eruitzien als Nigella.'
'Maar dat doe je niet.' Je kon zien dat de jongen hevig zijn best deed om eerlijk te zijn toen hij haar korte witblonde kapsel, topzware rondingen, strakke spijkerbroek en puntlaarzen bekeek. 'Je ziet eruit als Dolly Parton zonder pruik.'
Daisy had medelijden met Tara. Oké, de uitmonstering die ze vanavond aanhad werkte niet echt mee, maar het leek nooit veel uit te maken wat Tara droeg, ze zag er altijd lichtelijk... wulps uit. Zelfs in het uniform dat ze als kamermeisje droeg, straalde ze iets uit van pak-me-maar. Daarom verliep haar liefdesleven waarschijnlijk zo rampzalig; alle mannen die haar voor de eerste keer ontmoetten, gingen er automatisch van uit dat ze een losbollig typetje was met wie je lol kon hebben.
'O, kop op.' De jongen porde Tara bemoedigend in haar zij. 'Je had ook nog lelijk kunnen zijn. Hoor eens,' voegde hij er edelmoedig aan toe, 'ik moet nu weg, maar waarom gaan we niet een keertje ergens wat drinken?'
Dit was nog zoiets wat Tara in de afgelopen tijd had opgemerkt. Als mannen echt in een meisje waren geïnteresseerd, nodigden ze haar uit voor een etentje. Bij haar ging het bijna altijd om een drankje.
Maar, wat deed het er ook toe, zij viel ook niet op hem. Niet op hem en ook niet op een van zijn grijnzende makkers.
'Klinkt geweldig. Bel me maar.' Met een gevoel van tevredenheid krabbelde ze haar naam en haar telefoonnummer achter op een bierviltje.
'Ik bel je morgen,' zei de jongen. 'Ik heet overigens Jerry.'
Toen het halftwaalf was, was het Tara, dankzij wat hevig geflirt, gelukt haar nummer aan nog vier mannen te geven en bovendien had ze het nepnummer aan een absolute loser kunnen slijten. Toen ze naar Daisy's auto terugliepen, maakte ze een pirouette om uit-

drukking te geven aan haar tevredenheid waarbij ze bijna tegen een lantaarnpaal opbotste.
'Dat noem ik nou een nuttige avond. Ik word morgen opgebeld door vijf mannen en ik ga ze stuk voor stuk vertellen dat ze de pot op kunnen. God, ik kan bijna niet wachten.'
'Misschien bellen ze niet allemaal op,' waarschuwde Daisy.
'O, hou op, je bent gewoon jaloers, je kunt het niet hebben dat ik onweerstaanbaar ben en jij niet. Ik heb vanavond echt ontzettend genoten.' Ditmaal zag Tara de lantaarnpaal nog net op tijd, greep hem vast en begon er als Gene Kelly omheen te draaien. 'Ha, en ik ga nog meer genieten als ik al die telefoontjes krijg.'
Daisy wou dat er in plaats van zes liter cola zes glazen wijn in haar maag rondklotsten zoals in die van Tara.
'Wordt het niet eens tijd dat je leert autorijden? Ik dacht dat je les van Maggie zou krijgen.'
'Neem me niet kwalijk, maar heb je gezien hoe die vrouw rijdt? Nee, dank je wel.' Tara hikte en schudde gedecideerd haar hoofd. 'Zet haar achter het stuur en ze denkt meteen dat ze Michael Schumacher is. Het is doodeng. Ze zou de godganse tijd tegen me zitten te gillen dat ik harder moest rijden. Maar waar hadden we het over? Ik heb vanavond ontzettend genoten, morgen is mijn vrije dag en ik ga bendes mannen afpoeieren. Nou ja, minstens drie.'

Toen Tara de volgende morgen om tien uur wakker werd, voelde ze zich tot alles in staat en buitengewoon tevreden over zichzelf. Toen ze in de badkamer in de spiegel keek, zag ze een aantrekkelijk, begeerlijk meisje. Haar horoscoop in de *Daily Mail* deelde haar mee dat vandaag de dag was om veranderingen in haar leven aan te brengen en om aan de wereld te bewijzen dat er niet met haar te spotten viel.
Dat was allemaal bijzonder goed nieuws. Tara wilde onmiddellijk aan dit nieuwe leven beginnen.
Het vervelende was alleen dat er niet werd opgebeld. Niet één keer.

12

Zijn naam was Otto, maar daar kon hij niets aan doen. Hij was zes en hij huilde zo hard dat hij nauwelijks uit zijn woorden kon komen.

Hetzelfde kon jammer genoeg niet gezegd worden van zijn moeder, die nog helemaal geen tekenen van ademnood vertoonde.

New Yorkers. Zou je hun geen prop in de mond stoppen? Dat schrille, nasale geluid als de boor van een tandarts, bleef in Daisy's hoofd doorjanken.

'Mevrouw Wilder, ik weet dat Otto overstuur is, dat zie ik heus wel, maar ik verzeker u dat ik onmogelijk het alarmnummer kan bellen. De brandweer redt alleen maar mensen of dieren. Ze zouden het echt niet leuk vinden als ik ze optrommelde om een plastic vliegtuigje uit een boom te halen.'

'Maar hij huilt zo! Kijk toch eens, dat zielige gezichtje,' gilde mevrouw Wilder, terwijl Otto er nog een schepje bovenop deed. 'En het gaat hier niet om een willekeurig, goedkoop, plastic vliegtuig. Dit heeft een heleboel geld gekost, bij Harrods, dat kan ik u wel vertellen. Jezus, Otto, schatje, hou daar eens mee op. Op deze manier gaan mammies trommelvliezen er nog aan.'

Het was inderdaad een beetje te veel van het goede om halftien in de morgen.

'Het spijt me echt, maar we kunnen de brandweer niet laten komen,' herhaalde Daisy geduldig.

'Maar ik wil ze wel betalen!' Mevrouw Wilder trok haar tas open en liet een portefeuille stampvol met creditcards zien. 'Dan komen ze toch zeker wel? Als ik ze nu eens tweehonderd van jullie Engelse ponden gaf?'

'Alsjeb-b-blieft,' snikte Otto, terwijl er dikke tranen over zijn bleke sproeterige gezichtje rolden.

Daisy's hart smolt. Mevrouw Wilder mocht dan misschien een nachtmerrie zijn, Otto was eigenlijk best een lief manneke dat meestal vrolijk was en veel aardiger dan je zou verwachten. Gisteren had hij Daisy verlegen toevertrouwd dat *The Sound of Music* zijn lievelingsfilm was.

'Kom mee,' zei Daisy, hoewel de moed haar nu al in de schoenen

zonk. 'Laten we maar eens een kijkje gaan nemen. Waarom laat je me niet zien waar het is?'
Otto's ogen begonnen hoopvol te schitteren en hij stopte zijn hand vol vertrouwen in die van Daisy.
'Je gaat me wel helpen, hè?' Zijn onderlip trilde toen hij met betraande ogen naar haar omhoogkeek vanachter zijn ronde Harry Potter-brilletje. 'Jij gaat mijn vliegtuigje redden.'

De ceder op het gazon voor het hotel was een meter of dertig hoog. Bert en Kelvin, de klusjesmannen van het hotel, hadden een aluminium ladder tegen een van de onderste takken gezet. Otto's rood-met-witte vliegtuigje was een meter of zes boven de bovenste sport van de ladder blijven steken.
'We hebben ons best gedaan, schat.' Bert schudde verontschuldigend zijn hoofd naar Daisy. Hij zou de koningin, als ze in haar koninklijke rijtuig voor kwam rijden, ook met schat aanspreken. 'Kelvin is tot de derde tak gekomen, maar toen durfde hij niet verder.'
'Het is daarboven hartstikke glad.' Kelvin ging in de verdediging. 'Joe en Barry hebben het na mij geprobeerd, maar zij konden het ook niet. We hebben er alles aan gedaan.'
Otto's gezicht stond weer op huilen. Hij hield Daisy nog steeds stevig bij de hand vast.
'Oké, oké.' Daisy besefte dat ze op z'n minst een poging moest wagen. Als kind was ze altijd heel goed geweest in boompje klimmen. 'Sssh, niet huilen, lieverd. Bert, kan ik jouw overall lenen? Ik zal het ook eens proberen.'
'Hoera,' schreeuwde Otto dolgelukkig en hij begon als een gek in het rond te springen. 'Dan ben je net Wonderwoman!'
Nou ja, je kon nooit weten.
Drie minuten later begon Daisy, die zich absoluut niet als Wonderwoman voelde, aan de beklimming van de boom. Ze had de bruine overall van Bert aangetrokken over haar roomwitte leren broek en haar bordeauxrode kasjmieren trui. Ze had blote voeten om beter houvast te hebben. En elke keer als ze zich bewoog vielen er druppeltjes water van de takken boven haar. Wat een beetje vreemd was, omdat het al meer dan een week niet had geregend.
'Waarom is het hierboven zo nat,' riep Daisy naar het kleine groepje beneden.

'Dat was Kelvins idee,' brulde Bert terug. 'Hij heeft geprobeerd het vliegtuigje er met een hogedrukspuit uit te krijgen.'
O, fantastisch, Kelvin. Een tien met een griffel. Daisy knipperde met haar ogen, toen er weer een sloot water in haar gezicht spatte. Haar voeten waren ijskoud en haar haren drijfnat, maar ze vorderde gestaag. Terwijl ze zich uitrekte om bij de volgende tak te komen, kwam er een auto de oprijlaan op scheuren, die vervolgens de parkeerplaats opreed.
'Je bent er bijna, je bent er bijna,' gilde Otto, buiten zichzelf van opwinding. Daisy schrok zich een hoedje toen ze heel even haar evenwicht verloor. Ze graaide naar de tak boven haar hoofd en klemde zich eraan vast. Ze bleef doodstil staan, haalde toen diep adem en ging op zoek naar een tak waar ze zonder risico haar voet op kon zetten. Het felgekleurde vliegtuigje was bijna binnen haar bereik, ze kon nu niet opgeven. Maar jeetjemina, het was wel erg hoog.
Ze hoorde iemand beneden op verontwaardigde toon zeggen: 'Wat redden? Een speelgoedvliegtuigje? Welke idioot klimt er nu in zo'n hoge boom om er speelgoed uit te halen?'
Daisy bleef een moment staan en hoorde toen Otto vol vuur antwoorden: 'Ze is geen idioot, dat mag je niet zeggen. Ze is Wonderwoman!'
Toen Daisy verbaasd naar beneden keek, zag ze Dev Tyzack naar haar omhoogturen.
'Daisy, je ben niet goed snik.' Hij had zijn handen in zijn zij en zijn gezicht stond op onweer. 'Kom op, het is genoeg geweest. Zorg nu maar dat je heelhuids beneden komt.'
Was dat zijn 'hou op met die onzin, ik ben de baas'-stem? Praatte hij zo als hij bevelen uitdeelde? Daisy kon de verleiding niet weerstaan even flink te schudden met de tak waar ze zich op dat moment aan vastklampte in de hoop hem te besproeien voordat hij opzij kon springen.
Verdomme, hij was haar net te vlug af.
'Daisy! Dat is gevaarlijk,' waarschuwde Dev.
'Ik ben er bijna,' riep ze terug, meer dan ooit vastbesloten om niet op te geven. Met haar tenen gekruld rondom de ruwe schors klom ze steeds hoger. Ten slotte was het vliegtuigje binnen handbereik.
'Hoera!' gilde Otto en hij klapte in zijn handen. 'Niet kapot maken!'

Daisy trok het vliegtuigje los uit de gevorkte tak waarin het vast was blijven zitten en liet het een zweefvlucht naar beneden maken. Dev Tyzack. Waarom moest ze die nou net weer tegen het lijf lopen. Dat soort dingen overkwam haar nu altijd.
Naar beneden klimmen was moeilijker dan omhoog. Daisy voelde zich lomp en uiterst onaantrekkelijk in haar bruine overall. Ze wou dat ze allemaal verdwenen en haar alleen lieten in plaats van daar als een circuspubliek geboeid te blijven staan kijken hoe haar achterwerk steeds omvangrijker werd naarmate ze dichterbij kwam.
Toen ze eindelijk bij de ladder was, keek ze naar beneden en zag hoe Dev hem vasthield.
'Laat los,' zei ze boos tegen hem. 'Ik kan het zelf wel.'
'Je bent er nu bijna, Wonderwoman,' zei hij op lijzige toon. 'Het zou zonde zijn als je nu nog je benen brak.'
Daisy's voeten waren onderhand zo koud geworden dat ze ze bijna niet meer voelde. Het water van de takken had haar haren drijfnat gemaakt en liep nu ook nog in haar ogen. Als Dev Tyzack haar heupen vastpakte om haar de laatste paar sporten af te helpen, zou ze zeker weten dat hij een van die vrijpostige, handtastelijke mannen was en dan zou ze gedwongen zijn hem per ongeluk een trap tegen zijn edele delen te geven.
Hij deed het niet. Ze besefte dat ze haar adem had ingehouden in afwachting van het lichamelijke contact en ze moest schoorvoetend in stilte haar ongelijk bekennen.
Hij keek haar lachend aan. 'Zo hoort het, Wonderwoman. Goed gedaan.'
Otto, die naar haar toe kwam rennen en zijn armen om haar benen sloeg, riep: 'Jee, bedankt, Daisy! Ik wist wel dat je het kon. Je bent geweldig. Ik ga hem meteen aan pappie laten zien.'
'Je had wel dood kunnen vallen,' zei Dev Tyzack op effen toon, toen Otto over het gras wegrende. 'En dat alles voor een speelgoedvliegtuigje.'
'Een speelgoedvliegtuigje van Harrods.'
Hij knikte ernstig omdat dat uiteraard verschil uitmaakte. 'Ik had niet gedacht dat je een boomklimtype was.'
'Ik ben daar altijd vreselijk goed in geweest. Wat doe jij hier trouwens?' Ondertussen ritste Daisy de overall open en stapte eruit,

want ze wilde niet dat hij zou denken dat ze deze verblindende creatie altijd droeg op haar werk.
'Net een omgekeerde Wonderwoman,' merkte Dev op. 'Ik kwam eigenlijk voor jou.' Hij aarzelde even, geheel opzettelijk, en voegde er toen aan toe: 'Ik moet een vergaderruimte boeken.'
'Echt waar? En wil je dat ik je een hotel aanraad? Nou, er zijn verscheidene goede hotels in Bristol en Bath...'
'Ik dacht eigenlijk aan hier.' Hij keek geamuseerd toe hoe Bert naar voren stapte om zijn overall in ontvangst te nemen, waarna hij in ruil daarvoor Daisy haar laarzen teruggaf. 'Kun je die zonder hulp aan krijgen?'
Daisy wou dat haar opgerolde paarse sokken niet zo onverschillig in haar bruine leren enkellaarsjes waren gepropt. O verdorie, loop nu maar naar het hotel, wat maakt het in godsnaam uit wat je om je voeten hebt. Waarom zat ze zich zorgen te maken dat iemand haar betrapte met een paar stomme sokken?
Eenmaal terug in haar kantoor ging ze achter haar bureau zitten en bladerde de agenda door.
'Ja, de vergaderruimte is op die dag vrij. We kunnen het doen. Als je zeker weet dat je dat wilt.'
'Dit hotel bevalt me.' Dev zat nu ongegeneerd naar haar te grijnzen. 'Jullie liggen vlak bij de snelweg. Hoewel ik liever zou hebben dat mijn gasten niet verleid werden door jouw kamermeisje.'
'Ik maak daar een speciale aantekening van. Geen... ver... lei... ding... en,' herhaalde Daisy langzaam terwijl ze het opschreef. 'Hoe gaat het trouwens met je vriendje Dominic?' Ze trok gemaakt belangstellend haar wenkbrauwen op. 'Nog steeds getrouwd?'
Er werd op de deur geklopt. Pam, de receptioniste, stak haar hoofd om de hoek.
'Daisy, de elektricien is aan de telefoon. Is het goed dat hij morgenmiddag een veiligheidscontrole doet?'
'Het is mijn vrije dag morgen. Kun je het met Vince regelen?' Vince was de assistent-manager. Daisy zag hoe Pam even vlug naar Dev Tyzack keek en toen achter zijn rug waarderend haar wenkbrauwen op en neer bewoog. Pam mocht dan misschien drieënveertig zijn en een heel stel kleinkinderen hebben, in haar hart was ze nog steeds tweeëntwintig.
'Wil je dat ik voor koffie zorg?' Pam was nog steeds met bewon-

dering naar de achterkant van de gebleekte jeans en donkergrijze trui van Dev aan het staren.
'Nee, dank je, dat is niet nodig.'
Pam moest weer terug naar de receptie. Terwijl ze vragen stelde en aantekeningen maakte regelde Daisy alles voor de conferentie van Dev Tyzacks bedrijf dat managementtrainingen verzorgde. Dat heette heel bescheiden 'Tyzack's'. Daisy kreeg te horen dat hij ook eigenaar was van een videoproductiemaatschappij, die video's voor managementtrainingen maakte.
'Oké, dat is geregeld.' Ten slotte ging ze achterover in haar stoel zitten, gleed met haar vingers door haar haren en merkte dat die nog steeds drijfnat waren.
'Zo zag je er ook uit de laatste keer dat ik je zag,' merkte Dev glimlachend op. 'Maar dit keer niet zo modderig. Wat doe je morgen?'
Daisy keek verrast op en vroeg zich af wat hij bedoelde.
'Sorry?'
'Morgen, op je vrije dag.'
Ze voelde hoe het water niet erg verleidelijk langs een slaap naar beneden druppelde.
'Ik weet het niet. Misschien mijn kennis op het gebied van bomen klimmen wat bijspijkeren. En de stijgijzers te voorschijn halen en een van die grote eiken bij de rivier onder handen nemen. Hoezo?'
'Ik dacht, als je soms vrij was... er is iets waar je me mee zou kunnen helpen.'
Om tijd te rekken bukte Daisy zich en pakte haar laarzen. Langzaam en weloverwogen, om te bewijzen dat ze zich niet geneerde voor haar wollen paarse sokken, trok ze ze aan.
'Waarmee zou ik je moeten helpen?'
'Iets belangrijks. Met een beslissing die ik moet nemen. Wat zou je ervan vinden als ik je om tien uur ophaal? We rijden naar Bristol, doen wat we moeten doen en dan trakteer ik je op een lunch. Hoe klinkt dat?'
Wat een lef! Hij ging er al van uit dat ze ja zou zeggen. Alleen maar omdat hij Dev Tyzack was, die een keer aanvoerder was geweest van het Engelse rugbyteam en die God mag weten hoeveel interlands had gespeeld. Blijkbaar nam hij voetstoots aan dat zij op de grond zou vallen van dankbaarheid en blozend zou kirren: 'O ja, alsjeblieft!' Wat een onbeschofte vlegel!

'Als je me niet wilt vertellen waar het om gaat, kun je het wel vergeten.'

Tot haar grote ergernis begon Dev Tyzack te grinniken. 'O, kom op, waar is je gevoel voor avontuur?'

'Boven in de boom.' Ze pakte haar linkerlaars en begon haar voet erin te proppen of hij nu wilde of niet. Het vervelende was dat het haar rechtervoet was. Zijn grijns werd nog breder.

'Ik dacht dat iemand als jij wel voor zoiets te porren zou zijn. Dat is het dus? Je wilt niet?' Daisy slaagde erin de juiste laars bij de juiste voet te vinden. Ze keek hem zo afstandelijk mogelijk aan. 'Moet ik nu soms flauwvallen van nieuwsgierigheid? Nou, dat is niet zo. Als jij niet zegt waar we naartoe gaan, ga ik niet mee.'

Ze werd nog veel bozer toen Dev zijn schouders ophaalde en 'Oké' zei.

Ze wachtte.

En wachtte.

En wachtte nog wat langer.

'Tot kijk dan maar,' zei Dev.

Klootzak!

'Tot kijk.' Daisy glimlachte plichtmatig toen hij in de richting van de deur liep.

Hij ging weg, hij ging écht weg, verdomme.

Dit was schandalig.

'Oké,' zei Daisy. Ze had haar vuisten zo gebald dat de nagels diep in haar handpalm drongen. God, hij vond dit waarschijnlijk ontzettend leuk.

Dev Tyzack bleef in de deuropening staan alsof hij had geweten dat zij hem niet zou kunnen weerstaan. Ongetwijfeld had hij al tientallen keren van ditzelfde trucje gebruik gemaakt en het was natuurlijk altijd gelukt.

'Goed zo. Dan zie ik je morgen. Ik ben om halfelf hier.'

'Wacht even,' flapte Daisy eruit toen hij wilde vertrekken. 'Dit is toch geen afspraakje? Ik vraag het maar even, want dat wil ik niet, hoor.'

'Goeie genade, het idee alleen al. Geen haar op mijn hoofd.' Dev Tyzack wierp haar met zijn ondeugende, donkere ogen een triomfantelijke blik toe. 'Maak je geen zorgen, Wonderwoman. Het is in de verste verte geen afspraakje.'

13

Maggies afspraakjes met Hector MacLean vormden het hoogtepunt van haar week. Al meer dan anderhalf jaar keek ze naar hun geheime ontmoetingen uit met een vurig, bijna puberachtig gevoel van opwinding – vlinders in de buik, een gevoel van misselijkheid, kortom, alles erop en eraan. En dankzij mobiele telefoons en smsjes kraaide er geen haan naar.

En dat kwam hun allebei prima van pas.

Hector had uiteraard geen flauw benul hoeveel hij voor haar betekende en Maggie deed haar uiterste best het zo te houden. Wat hem betreft hadden ze een regeling getroffen waar ze allebei van profiteerden. Hij genoot van hun ontmoetingen vanwege de plezierige, ongecompliceerde seks zonder het hele gedoe van een emotionele relatie. En als dank gaf hij haar geld waardoor zij zich dingen kon veroorloven die anders onmogelijk waren geweest.

Maggie had zich in het begin eindeloos zorgen zitten maken over het geld. Ze had het veel liever niet willen aannemen. Maar als ze erover begon, reageerde Hector altijd op dezelfde onverbiddelijke manier. Als zij geen geld wilde hebben, moest er een einde komen aan hun afspraakjes. Het was niet meer dan eerlijk, legde hij uit: hij kon toch niet verwachten dat een vrouw met hem naar bed ging, als er geen sprake was van een relatie? En een relatie – met wie dan ook – was wel het laatste waar hij behoefte aan had. Sinds de dood van zijn geliefde vrouw was Hector een van de meest populaire vrijgezellen van Gloucestershire. Hij was achternagezeten en lastig gevallen door ongelooflijk schaamteloze vrouwen, zowel getrouwde als alleenstaande.

Het was volkomen onverwacht begonnen, op een zomeravond tijdens een feestje in de tuin van het hotel.

'Ik wil geen gezeur aan mijn hoofd,' had Hector Maggie toevertrouwd. 'Ik wil geen nieuwe vrouw in mijn leven en, God sta me bij, ik kan me niets afschuwelijkers voorstellen dan weer afspraakjes te moeten maken. Het enige dat ik mis is seks.'

Ze hadden flink wat gedronken. Als Maggie niet een beetje aangeschoten was geweest had ze het nooit durven zeggen. Maar met verscheidene glazen uitstekende wijn achter de kiezen was het he-

lemaal niet moeilijk geweest een hand op zijn arm te leggen en te mompelen: 'Je moet iemand hebben die betrouwbaar en discreet is.'
Daarna had ze veelbetekenend gezwegen en toen hadden ze elkaar aangekeken. Nou, waarom niet? Hector was een ontzettend leuke man. Ze had hem altijd aardig gevonden.
Hector was even onbeweeglijk blijven staan.
'Zeg je nu wat ik denk dat je zegt?'
Geroerd door zijn onzekere stem had ze geknikt en geglimlacht.
En zo was het begonnen. Ze waren ongemerkt weggeslopen. Het vrijen met Hector was een openbaring geweest.
Naderhand had hij haar per se geld willen geven. Maggie die ondertussen al half verliefd op hem was, had er noodgedwongen mee in moeten stemmen dat er een bepaalde logica in zat. En nu, na al die tijd, was het logischer dan ooit. Als ze er een punt van zou maken en Hectors geld verder zou weigeren, wist ze dat hij haar niet meer zou opzoeken omdat hij godverdorie een héér was.
Een heer met principes.
Ze wist natuurlijk wel wat haar te doen stond. Ze moest een andere man vinden. Maar dat wilde ze helemaal niet. Ze wilde Hector.
Dus dit was Maggies dilemma. Wat moest ze kiezen? Verrukkelijke, stiekeme seks met een man die alles voor haar betekende en daarvoor betaald worden? Of geen seks en geen geld?
Laten we wel wezen, dat was geen moeilijke keus.

'Verdomme, wie is daar?' verzuchtte Hector. Ze waren nog maar net in Maggies slaapkamer toen beneden de bel ging.
'Ik weet het niet. Ik verwacht niemand.' De enige die volgens Maggie zou komen, was Hector. Ze stonden elkaar aan te staren en hoopten dat degene die op de stoep stond zo vriendelijk was stiekem weg te sluipen zodat zij hun gang konden gaan.
Tríng!
'God, ik haat dit soort dingen,' fluisterde Maggie. 'Het is net de een of andere klucht. Moet ik nu net doen alsof ik niet thuis ben of moet ik jou de kast in duwen of zoiets?'
Hector grinnikte. 'Dat met die kast trekt me niet zo.'
'Oké. Wacht hier maar even.' Maggie glipte de slaapkamer uit en

liep de overloop over waarbij ze probeerde de vloerplanken die kraakten te vermijden. Toen ze Tara's rommelige slaapkamer binnenliep, bukte ze zich en liep als een sluipschutter naar het raam toe.

Verdomme! Maggie zocht gefrustreerd houvast bij de vensterbank toen ze het opvallende rood-met-witte bestelwagentje voor haar huis geparkeerd zag staan.

Dit was zo oneerlijk. Toen ze Carver's Superstore in Bristol had opgebeld om te klagen over haar kapotte wasmachine hadden ze haar eerst een poosje aan het lijntje gehouden en uiteindelijk beloofd dat ze op maandagmiddag iemand zouden sturen. Ze konden natuurlijk niet een precieze tijd noemen, maar het zou zeker tussen twee en zes zijn.

Maggie keek op haar horloge. Zeven voor twaalf. Typisch iets voor dat soort winkels.

Nou, wat kon het haar schelen. Hij was te vroeg en het kwam gewoon nu niet uit. Het kwam eigenlijk ongelooflijk slecht uit en ze liet hem niet binnen.

Maar als ze iets dergelijks zei, bestond er de mogelijkheid dat de reparateur het zich persoonlijk zou aantrekken, kwaad zou worden en woedend weg zou lopen. Het was veel eenvoudiger om zo zachtjes mogelijk bij het raam weg te gaan en net te doen of ze niet thuis was.

'Shit,' brulde Maggie. Toen ze zich zo onopvallend mogelijk wilde terugtrekken, werd dat verhinderd door het voorwerp dat achter haar op de vloer lag. Het naar boven gerichte uiteinde van Tara's oorbel boorde zich in haar blote voet. Maggie viel opzij – de pijn was hévig – en greep zich vast aan een boekenkast die natuurlijk meteen begon te wankelen. Tara's verzameling vuistdikke pockets – nog scheller van kleur dan haar oorbellen – viel op de grond. Ze had niet meer lawaai kunnen produceren als ze een stel gillende keukenmeiden had afgestoken.

Maggie trok de oorbel uit haar voet en strompelde kreunend van de pijn naar het raam.

Stilletjes ervandoor gaan kon ze verder wel vergeten.

Wat een verrassing! Daar stond de reparateur midden op het trottoir naar haar omhoog te turen. Zo'n lange magere reparateur had Maggie nog nooit gezien.

Hij begon enthousiast naar haar te zwaaien en wees naar de badge die op zijn borst was gespeld. Alsof de rood-witte bestelwagen van Carver's nog niet duidelijk genoeg was.
Maggie deed zuchtend het raam open.
'Mevrouw Donovan? Oef, dat is een opluchting. Ik dacht heel even dat u niet thuis was. Gerald Porter.' Hij klopte trots op zijn badge. 'Ik kom naar uw wasmachine kijken.'
'U bent te vroeg,' riep Maggie naar beneden. 'Ze zeiden dat u vanmiddag tussen twee en zes zou komen.'
'Nee, nee, u staat hier voor vanmorgen geboekt.' Gerald keek nog eens op zijn briefje. 'Tussen acht en twaalf.'
Maggie klemde zich vast aan de rand van de vensterbank. 'Het meisje zei tussen twee en zes. Dat heeft ze echt gezegd.'
'Is dat zo? Dat snap ik niet. Maar dat geeft niets, ik ben hier nu toch,' zei Gerald opgewekt. 'En u bent er ook. Dus ik kan net zo goed binnenkomen.'
Hij zag eruit als de dood van Pierlala.
'Hoor eens, het spijt me wel, maar het komt nu niet uit,' zei Maggie. 'Eigenlijk is het erg...' ze probeerde het juiste woord te vinden, 'storend.' Verdorie, mag een vrouw niet in alle rust haar minnaar ontvangen?
Oké, klánt.
'O, juist, nou ja, dan niet.' Gerald haalde zijn schouders op, duidelijk teleurgesteld. Hij draaide zich om en liep terug naar zijn bestelwagen.
Maggie, die zeer in haar nopjes was met haar overwinning, riep hem vrolijk achterna: 'Bedankt hoor! Tot vanmiddag dan maar.'
Gerald rekte zijn girafachtige nek uit en keek haar met gefronste wenkbrauwen aan. 'Wát?'
'Vanmiddag. Tussen twee en zes.' Maggie gaf hem een bemoedigend knikje. Bij nader inzien werd het waarschijnlijk twee uur. Hij kon nu met zijn lunchpauze beginnen en dan zou hij over... eh, een uurtje de reparatie kunnen uitvoeren.
'O nee, mevrouw Donovan, u begrijpt het verkeerd. U staat niet op mijn lijstje van vanmiddag. U zult Carver's op moeten bellen voor een andere afspraak.'
Wát?
'Oké, kunt u dan morgenochtend terugkomen?' Maggie dacht aan

de stapel vuile was in de kast beneden. De machine deed nu al twee weken moeilijk. Ze had erop gerekend dat hij vandaag zou worden gerepareerd.
'Sorry, mevrouw Donovan, u moet Carver's bellen. Zij regelen alles...'
Op hun onhandige manier, dacht Maggie kwaad.
'... maar ik moet u waarschuwen. Ik denk dat u pas volgende week aan de beurt komt.'
'O, kom nou, dat meent u niet. Zo lang kan ik niet wachten.'
'Ik ben bang dat ik daar niets aan kan doen.' Gerald haalde zijn knokige schouders op. 'Tenzij u me nu naar uw machine laat kijken.'
Jeetje.
Achter haar hoorde Maggie Hector zachtjes zijn keel schrapen.
'Ik kan maar beter weggaan.'
'Nee!' Ze draaide zich hoofdschuddend om. Toen leunde ze weer het raam uit omdat haar iets te binnen schoot. 'Hoor eens, als ik u nu binnenlaat, hoeveel tijd heeft u dan nodig?'
Gerald fleurde meteen op. 'Nou, als het iets simpels is, vijf minuten.'
'Ga naar beneden en laat hem binnen,' fluisterde Hector vanuit de deuropening. 'Ik wacht hier boven.'

Onnodig te zeggen dat het woordje *als* cruciaal was geweest. *Als* het iets simpels was. Maar dat was het uiteraard niet. Blijkbaar was het iets heel ingewikkelds.
Maggie, die stond te trappelen van ongeduld en telkens weer op haar horloge keek, wou dat hij opschoot en sneller werkte. Maar Gerald was een van die langzame, bedachtzame types die oprecht geïnteresseerd waren in hun werk en die prat gingen op hun grondige aanpak. En dat was nog niet het ergste. Hij bleef pogingen doen haar uit te leggen wat er volgens hem aan de hand was en hij hield de hele tijd op met werken om haar te wijzen op een bijzonder boeiend elektrisch onderdeeltje.
Hou op! wilde Maggie hem wel toeschreeuwen. Houd je mond en schiet op met je werk. Ik wíl helemaal niet weten hoe een wasmachine in elkaar zit, idioot. Haar vingers jeukten om hem een klap met een zweep te geven als een jockey die bij een paardenrace op

de laatste hindernis afstormt, gewoon om te zien of hij dan wat sneller zou gaan werken.
Twintig minuten kropen voorbij. Toen dertig. Gerald zat nog op zijn knieën te jubelen over een elektronische programmaklok, toen Maggie voetstappen op de trap hoorde.
Ze liep op haar tenen de keuken uit, trok de deur stevig achter zich dicht en zag toen Hector in de hal staan.
'Die idioot heeft de machine in stukjes en beetjes op de grond liggen. Het ziet ernaar uit dat hij de hele middag blijft.'
'En ik heb om twee uur een afspraak in Bath. Ik knijp ertussenuit.'
'Het spijt me verschrikkelijk.'
'Dat hoeft niet. Je kunt er niets aan doen.' Hij glimlachte en gaf haar een geruststellend kusje op de wang. 'We maken wel een andere afspraak.'
Hector nam het goed op, maar hij was vast teleurgesteld. Bijna net zo teleurgesteld als ik, dacht Maggie, die de hele week naar dit rendez-vous had uitgekeken.
Gelukkig was het niet moeilijk Hector ongemerkt de deur uit te werken; Gerald was zo verdiept in zijn werk dat hij niet in de gaten had dat er iemand dwars door de keuken de deur uit liep en al helemaal niet dat hij verdween in de bossen achter het huis.
Dus dat was dat.
'O, u bent terug.' Opduikend uit zijn eigen met wasmachines gevulde droomwereldje stak Gerald zijn lange nek uit en zei vergenoegd: 'Dit is boeiend, weet u. Ongelooflijk boeiend. Zou er misschien een kopje koffie af kunnen?'
Maggie was zo stom geweest te geloven – idioot dat ze was – dat de wasmachinereparateur haar wasmachine inderdaad zou repareren. Terwijl Gerald haar alleen maar had verteld dat hij was gekomen om 'er even naar te kijken'.
O ja, en dat had hij wel gedaan. Tegen drieën had hij de machine helemaal uit elkaar gehaald, weer in elkaar gezet en netjes in de nis tussen oven en koelkast teruggeschoven.
'Wat ik zal doen, mevrouw Donovan, is een nieuwe programmaklok bestellen en dan zien we wel of dat iets uithaalt.'
Maggie kon het niet geloven. Drie volle uren, vijf koppen koffie, een sandwich met kip, zes chocoladekoekjes en het kloteding was nog steeds niet gerepareerd.

'Hoelang gaat dat duren?'
'O, eens even kijken. Een dag of vijf, zes?'
'Maar...'
'Niets aan te doen, vrees ik. Dat gebeurt nu eenmaal. Nou, mevrouw Donovan, als u hier even wilt tekenen, ga ik er gauw vandoor en dan hoef ik u geen grijze haren meer te bezorgen.'
Het was verdomme een wonder dat ze überhaupt nog haren had, dacht Maggie pissig, terwijl ze haar handtekening zette op het stippellijntje.

14

Achtenveertig uur en er had nog steeds niemand gebeld. Die meervoudige afwijzing was zo kwetsend dat Tara zich moeilijk op iets anders kon concentreren. Dat ergerde haar, want ze had zichzelf nooit beschouwd als een van die arme, zielige behoeftige meisjes die alleen maar aan jongens kunnen denken.
En ze wilde verdorie niet eens een vriendje. Ze wilde er alleen maar eentje de bons geven. Maar om er een de bons te kunnen geven, moest je er eerst eentje hebben. Zou die zielepoot geprobeerd hebben dat nepnummer te bellen? Als ze hem nou haar echte nummer had gegeven, was het in ieder geval nog beter geweest naar zijn miezerige stemmetje te luisteren dan naar niets.
Boos op zichzelf om deze zielige gedachten liet Tara zich op de bank vallen en pakte de *Daily Mail*. Terwijl ze er doorheen bladerde werd haar aandacht getrokken door een artikel over een meisje, een gedoodverfde medaillewinnares bij de volgende Olympische Spelen. Voor de moderne vijfkamp nota bene, allerlei soorten hardlopen en paardrijden en zwemmen en de hemel mocht weten wat nog meer. Tara stond versteld over de toewijding van het meisje. Blijkbaar trainde ze zes à zeven uur per dag, zeven dagen per week.
De moderne vijfkamp is mijn leven, had de aantrekkelijke brunette aan de journalist die haar interviewde, verteld. Winnen is mijn allergrootste prioriteit. Ik heb geen tijd voor een relatie, maar dat

is op dit moment niet belangrijk voor mij. Ik heb liever een gouden medaille dan een vriendje.

Jeetje. En ze was nog knap ook. Tara was onder de indruk en tegelijkertijd jaloers; stel je voor dat je zo in het leven stond. Misschien moest ze wel aan sport gaan doen en zo fanatiek worden dat jongens eenvoudigweg niet meer in het stuk voorkwamen. Misschien zou ze kunnen beginnen met marathon lopen? Of met golf, of tennis, of...

De telefoon ging.

Als een bliksemschicht sprong Tara van de bank af, gooide de krantenpagina's in het rond en vertrapte ze in haar haast.

'Hallo?'

'Hoi, Tara? Je spreekt met Jerry. Van een paar dagen geleden, weet je nog?'

Yés, gelukt!

'O ja, natuurlijk weet ik dat nog. Hoe gaat het?'

'Goed, goed. Luister, zullen we een keer wat gaan drinken? Wat denk je van morgenavond?'

Tara's hart begon te bonzen. O ja, nu kwam het. Dit was het moment waarop ze had gewacht. Hij had haar mee uit gevraagd en nu kon zij weigeren. Het zou zo goed voor haar zijn, het zou haar een oppepper geven, dit was haar kans te bewijzen dat ze nee kon zeggen...

Maar het was zo aardig van hem om haar te bellen en het betekende vast dat hij haar aardig vond. Wat op zichzelf al vleiend was. Bovendien, besefte Tara, klonk hij echt aardig aan de telefoon, zo vrolijk en vriendelijk en eigenlijk ook best sexy nu ze er nog eens goed over nadacht. Die anderen hadden haar laten stikken, maar Jerry niet. Hij wilde iets met haar gaan drinken en haar wat beter leren kennen.

Jeetje, je kon nooit weten. Misschien was hij de ware Jakob wel. Misschien was Jerry wel de jongen op wie ze haar hele leven had gewacht. Als ze hem nu afwees, omdat ze een vluchtig oppeppertje nodig had, kon het weleens zo zijn dat ze zichzelf daarmee veroordeelde tot een leven van eenzame ongetrouwde jammakerij.

'Hallo,' zei Jerry. 'Ben je daar nog?'

'Ja, ik ben er nog! En ik vind het enig om morgen met je uit te

gaan,' riep Tara blij. 'Het klinkt geweldig. O, maar ik heb geen rijbewijs, dus je zult me moeten ophalen.'
'Geen probleem.' Jerry klonk onverstoorbaar. 'Oké, ik heb hier een pen. Wat is je adres?'
Het was een tijdje stil toen Tara het hem had verteld. Ten slotte zei hij: 'Colworth? God, het spijt me, ik wist niet dat je zo ver weg woonde.'
Het plaatselijke netnummer bestreek een groot gebied. Bristol viel eronder, maar ook... eh, Colworth, dat wist Tara wel. Maar dat zou hem toch niet zoveel kunnen uitmaken?
'Het is niet zo ver,' zei ze geruststellend tegen Jerry. 'Twintig minuten over de snelweg. Je bent er zo!'
'Hoor eens, ik weet niet zeker... o verdómme.' Tara hoorde hem zuchten. 'Dit is lastig... misschien moeten we het dan maar niet doen. Colworth is een klote-eind weg.'
'Je wilt dus zeggen dat ik buiten jouw bereik woon.' Tara's stem begon te bibberen. Ze kon het niet geloven. Dit was zo kwetsend. Wist hij dan niet dat hij iets belangrijks mis kon lopen? Had hij nooit van lotsbestemmingen gehoord?
'Sorry. Niets aan te doen, misschien zien we elkaar nog eens in Clifton of zo. Daag!'
En dat was dat. Tara hoorde niets meer. Jerry had opgehangen, hij was 'm gesmeerd, hij was ervandoor gegaan. Uiteindelijk was er toch geen lang en gelukkig leven voor hen weggelegd geweest.
Tara hoopte dat hij een piepklein piemeltje had.
Een piemeltje dat heel binnenkort blauw zou worden en daarna verschrompelde en in rook oploste.

Waarom ben ik hier? Waarom? Wat doe ik hier? O, dit is waanzin, dacht Daisy toen de auto door de onbekende straten van Bristol scheurde, en ik weet nog steeds niet waar we heen gaan.
Ze wierp een schichtige blik op de handen van Dev Tyzack op het stuur. De mouwen van zijn lichtgrijze trui waren opgestroopt zodat ze het zicht had op sterke bruine armen en een Breitling-horloge. Hij scheen in ieder geval te weten waar ze heen gingen, hoewel ze vermoedde dat hij het type man was dat daar nooit moeite mee had. Dev Tyzack was er gewoonweg de man niet naar om besluiteloos zijn tijd te verlummelen.

Nou, ze vertikte het om er nog een keer naar te vragen. Ze was ook buitengewoon blij dat ze zich niet had opgetut. Een zwarte spijkerbroek en een zwart T-shirt met lange mouwen waren een weloverwogen keuze geweest, om aan Dev te laten zien dat ze niet ergens in een chic restaurant wilde gaan lunchen. Toen hij zelf ook een spijkerbroek aan bleek te hebben was ze helemaal blij geweest. Bovendien zou ze waarschijnlijk niet eens met hem gaan lunchen. Als ze eenmaal klaar waren met datgene wat ze verondersteld werden te doen, zou ze zeggen dat ze nog andere verplichtingen had en vragen of hij haar naar huis wilde brengen.
God mocht weten waar ze naartoe reden. Dit was niet het meest voorspoedige deel van Bristol. St. Philips, las Daisy, toen ze op een verkeersbord keek. Geweldig. Ze hoopte alleen dat Dev Tyzack haar op haar vrije dag niet had opgegeven voor een potje baggeren in het kanaal.

'Ik weet het niet, wat heb jij toch met water?' Berustend gaf hij haar zijn zakdoek. 'Telkens als ik je zie is je gezicht nat.'
Maar hij zei het vriendelijk, helemaal niet sarcastisch en toen Daisy als een olifant in zijn zakdoek had getrompetterd gaf hij haar een bemoedigend schouderklopje.
Dat afstandelijk blijven kan ik verder wel vergeten, dacht Daisy. Ze veegde haar ogen af en vocht tegen de grote bevende snikken die haar het spreken bijna onmogelijk maakten. Dit was heel anders dan ze zich de dag had voorgesteld.
'Is dit de reden w-waarom je me hierheen hebt m-meegenomen? Om te zien hoe ik me b-belachelijk maak?' Ze wreef over haar vlekkerige wangen en vermeed zijn blik omdat ze zich te veel geneerde.
'Natuurlijk niet. Ik kon toch niet weten dat je emotioneel zou gaan worden?'
Emotioneel worden? Als een grote baby lopen te blèren, bedoelde hij zeker?
'Dit noem ik nou een gemene streek,' mompelde Daisy.
'Je hebt het helemaal mis.' Aan zijn mondhoeken was te zien dat hij de humor van de situatie inzag. 'Denk eens na. Je runt een hotel, je schreeuwt tegen je gasten, je klimt in bomen als een...'
'Ik schreeuw niet tegen mijn gasten!'

'Je hebt tegen mij geschreeuwd,' bracht Dev haar in herinnering. 'Nogal hevig, voor zover ik me herinner. En laat me je wel vertellen, ik was doodsbang.'
'O, heel grappig.'
'Hoe dan ook, je snapt wel waar ik heen wil. Ik dacht echt dat je de juiste persoon voor dit soort dingen zou zijn.'
'Bedankt, dat is fantastisch. Je bedoelt dat je dacht dat ik een koude ongevoelige feeks was die katjes verdrinkt en die in haar vrije tijd geld steelt van blinde weesjes.' Daisy schudde haar hoofd. 'Je weet wel hoe je een meisje stroop om de mond moet smeren.'
'Zo bedoelde ik het niet. Het is gewoon niet bij me opgekomen dat je zo zou reageren.' Dev wees op zijn eigen gezicht. 'Zie je? Ik huil toch ook niet?'
Hmm, misschien niet. Misschien kon je het net geen huilen noemen, maar Daisy was er vrij zeker van dat ze op een bepaald moment een verraderlijk glinsteringetje in zijn donkere ogen had gezien. Het had hem niet zo onberoerd gelaten als hij wilde doen voorkomen.
Ze knipperde met haar ogen en haalde diep adem om zichzelf weer een beetje in de hand te krijgen.
'Oké, het is alweer over. Er is niets meer aan de hand. Zullen we weer naar binnen gaan?'
'Zeker weten?' Dev schonk haar een onverwacht warme glimlach. 'Als je niet wilt, hoef je niet, hoor.'
'Kom op.' Daisy duwde haar kleffe zakdoek in haar mouw, rechtte haar schouders en draaide zich om naar de versleten blauw geverfde deur. 'Laten we maar gaan. Ik kan er nu wel weer tegen.'

Aan weerszijden van de betonnen gang stonden rijen met afzonderlijke kooien. In elke kooi zat een hond.
Een heleboel honden in alle soorten en maten. Bij sommige was er nog een ras te herkennen, bij andere niet. Sommige lagen op de grond, waakzaam en stil, maar de meeste sprongen op als je naar hun kooi liep. Sommige blaften uitbundig, andere jankten hoopvol omdat ze contact wilden hebben.
Ze kwispelden met hun staart en krabbelden enthousiast met hun poten tegen de tralies, hun ogen keken gretig de wereld in...
Daisy kreeg prompt weer tranen in haar eigen ogen. Nou ja, het

was toch ook om te huilen? Hoe kon een mens nou niet ontroerd worden bij het zien van die onschuldige kopjes.
O jee, daar gaan we weer.
'Oké, laten we nu even ons verstand gebruiken,' zei Dev Tyzack. Een beetje kortaf, vond Daisy. 'Ik heb je meegenomen omdat je me verstandig leek. Jij moet me helpen een hond te vinden die bij me past. Om te beginnen heb ik iets op het oog van een redelijke omvang, een labrador of een setter of zoiets. Ik wil een goed getrainde hond die ook nog intelligent is. Geen keffertje en ook geen valse hond en zeker geen... Daisy, luister je? Wat denk je van deze Deense dog? Ik heb altijd een zwak gehad voor Deense doggen... Daisy, waar ga je heen?'
'Deze,' riep Daisy vanaf het andere eind van de gang. 'Deze hond moet je nemen.'
'Wat? Welke?' Hij kwam naast haar staan, keek de kooi in en proestte het uit. 'O, alsjeblieft. Dat meen je niet.'
'Deze is het.' Daisy ging voor de kooi op haar hurken zitten en drukte haar handpalmen tegen het hekwerk aan.
'Geen denken aan,' zei Dev bot. 'Daisy, sta op, dan gaan we naar de Deense dog kijken.'
'Nee, dat doe ik niet.' Daisy schudde haar hoofd en begon te lachen toen de hond blij aan haar hand likte. Deze moest het worden, ze was verliefd. Haar besluit stond onherroepelijk vast.
'Daisy, hierom heb ik je niet meegevraagd. Je hebt helemaal niet naar me geluisterd, hè?'
'Sshh, je maakt haar bang. O, kijk nou eens, heb je ooit zoiets aanbiddelijks gezien?' Daisy straalde van geluk toen ze een klopje gaf op de betonnen vloer naast haar. 'Dev, kom nou, kom hier nou zitten en zeg eens gedag.'
Dev zei geen gedag. Hij begon er echt spijt van te krijgen dat hij Daisy had meegenomen naar het asiel. Om te beginnen was de hond klein. Het was ook een bastaard van het gek/lelijke soort, een vrouwtje, ongeveer zo groot als een terriër. In feite alles wat hij niet wilde.
Het beestje was fanatiek Daisy's gezicht aan het likken – waarschijnlijk omdat het lekker zout smaakte – en ze was zo verrukt met haar idiote dikke staartje aan het kronkelen dat het net leek of het er ieder moment af kon vliegen.

Daisy ging iets achteruit zitten en grijnsde het hondje toe en zij leek terug te grijnzen.
'Dit is Dev.' Daisy stelde hen plechtig aan elkaar voor. 'Oké, ik weet het, hij ziet er nu een beetje eng uit, maar dat wordt wel beter, dat beloof ik je. En raad eens?' fluisterde ze het beest in haar borstelige, gespitste, asymmetrische oortjes. 'Hij wordt jouw nieuwe baasje!'
Dev keek naar de twee daar op de vloer, weliswaar gescheiden door het metalen traliehek voor de kooi, maar verder met elkaar verbonden voor het leven. Hun besluit stond blijkbaar vast.
Dev voelde zich net als iemand die een advertentie heeft gezet om een vrouw als Jerry Hall te ontmoeten en die in plaats daarvan op de een of andere manier met Mick Jagger wordt opgezadeld.
En toen zag hij het. En dat deed de deur dicht. Een dun kaartje, vastgemaakt aan de bovenkant van de kooi.
'O nee, het spijt me, ik kan onmogelijk in zee gaan met een beest dat...'
'Doe niet zo sloom! Ze is zo mooi,' verklaarde Daisy. 'Dev, je weet dat je er niets meer aan kunt doen, deze hond past precies bij jou. Dus hou nu maar op met al die flauwe smoesjes en zeg gedag tegen Clarissa.'

15

Ze lunchten bij San Carlo in het centrum van Bristol. Daisy was zo door het dolle heen dat ze er niet meer aan dacht te weigeren. Ze was ook uitgehongerd. Gelukkig was San Carlo een van die drukke, aantrekkelijke etablissementen waar men zich er niet om bekommerde of de clientèle zich aan de kledingvoorschriften hield. Zolang je zelf ook druk en aantrekkelijk was konden jeans wel door de beugel.
Daisy, die een rode kleur van voldoening had, bestelde gegrilde sint-jakobsschelpen en fettucine Alfredo. Dev koos voor de mosselen gevolgd door een lamsribstuk.
'Je hebt gelogen,' zei hij, toen de ober hun fles Barolo had gebracht.

'Je zei dat ze mooi was.'
'Ze is meer dan mooi! Ze is leuk en flirterig en grappig. Clarissa heeft karakter.' Daisy bleef maar grijnzen. 'Ze heeft een enorme persoonlijkheid en dat telt. Ik verzeker je dat je er geen spijt van zult krijgen.'
'Kijk me aan.' Dev ging rechtop zitten en wees met een wanhopig gebaar naar zichzelf. 'Ik ben een meter negentig, ik heb rugby in het nationale team gespeeld, ik heb een image op te houden. De mensen verwachten mij met een bepaald soort hond te zien, een gestroomlijnde, krachtige hond die Brutus heet, of Nero. Als ze me zien met dit scharminkeltje, zo groot als een handtasje, dit mormel dat zich bastaard durft te noemen en dat ook nog Clarissa heet... nou ja, dan maak ik me volkomen belachelijk. Dat kan ik niet maken.'
Daisy maakte zich geen zorgen. Ze wist dat hij het niet meende. Zelfs tijdens deze opsomming van Clarissa's tekortkomingen moest hij ondanks zichzelf glimlachen. Bovendien had hij de kosten van het asiel al betaald en de noodzakelijke paperassen ingevuld. Om twee uur zou alle administratieve rompslomp in orde zijn en dan konden ze Clarissa meenemen.
'Je hebt haar leven gered. Stel je voor dat je achter de tralies moet zitten als je niet eens wat fout hebt gedaan. En ze was daar al heel lang,' bracht Daisy hem in herinnering. 'Als ze er nog een week had moeten blijven, had ze het wel kunnen schudden. Dan was ze afgemaakt.'
'Oké, het is al goed, die emotionele chantage is niet meer nodig. De verkoop is gelukt. Ik ben heus niet van plan om van gedachten te veranderen en haar terug te sturen naar de dodencel.' Dev zweeg even. 'Ik geloof trouwens niet dat ze dat nog doen, hoor.'
Daisy ook niet, maar het klonk goed. En je kon nooit weten.
'Laten we over iets anders praten.' Ze plantte haar ellebogen op tafel en nam een knoflookolijf. 'Vertel eens wat over dat bedrijf van jou. Waarom ben je met managementtraining begonnen?'
Het voorgerecht werd gebracht en Dev vertelde haar hoe hij het bedrijf op poten had gezet. Hij was naderhand ook video's voor managementtraining gaan produceren. Het bedrijf was nog jong, maar draaide goed, mede dankzij het feit dat hij veel aanzien had verworven als rugby'ster die het nationale team naar de overwin-

ning had geleid in de strijd om de wereldbeker en bij het toernooi van de Six Nations.
'Maar ik moet ook zeggen,' voegde Dev eraan toe, 'dat ik bij de ontwikkeling van het bedrijf verdomd hard heb gewerkt. Het is niet vanzelf gebeurd. Je moet er veel tijd in steken.'
'En je bent ook nog model geweest,' wreef Daisy hem ondeugend onder de neus. Ze kon de verleiding gewoon niet weerstaan. Dev Tyzack had goedgevonden dat een bepaald merk sportkleding zijn naam gebruikte. Ze stelde zich voor hoe hij bij een fotosessie een woedeaanval kreeg omdat de stiliste zijn haar niet goed had gedaan of dat hij begon te gillen als zijn *caffè latte* niet goed op temperatuur was.
'Daar moet je niet te min over denken.' Dev had in de gaten welke richting haar gedachten uit gingen en daarom zei hij streng: 'Dat contract heeft me in staat gesteld mijn eigen bedrijf van de grond te krijgen. Als zij bereid zijn geld over de balk te gooien om over mijn naam te kunnen beschikken, vind ik het best. Hier, probeer deze mossel eens.'
Een paar tellen later ving Daisy een glimp op van zichzelf in een van de vele vergulde spiegels die aan de wanden van het restaurant hingen. Ze kreeg een schok toen ze zichzelf onverwacht zo zag zitten. Ze leunde naar voren met haar ellebogen op tafel, en ze gooide lachend haar hoofd achterover terwijl Dev Tyzack handig een mossel uit de schelp pulkte en in haar mond liet glijden.
Iedereen die ons nu ziet, denkt dat we bij elkaar horen. Jeetje, we zitten ons zo aan te stellen dat ze misschien wel denken dat we net getrouwd zijn!
Geschokt slikte Daisy vlug de mossel door, ging achterover zitten en nam een flinke slok wijn.
'Hoe zijn de jakobsschelpen?' vroeg Dev glimlachend.
In 's hemelsnaam, wat krijgen we nou? Moest zij hem nu soms een van haar jakobsschelpen in de mond stoppen? Nou, dat was ze absoluut niet van plan. Ze had er trouwens nog maar eentje op haar bord liggen. Daisy spiesde hem aan haar vork en propte hem in haar mond. Nadat ze er uitgebreid op had gekauwd en hem had doorgeslikt, likte ze verlekkerd haar lippen af en zei: 'Heerlijk.'
Als hij zo verschrikkelijk graag een jakobsschelp wilde proberen, kon hij zelf ook wel een bordje bestellen.

Daisy voelde een rilling over haar rug gaan, toen ze zich opeens iets herinnerde dat uiterst onwelkom was. Ergens achter in de kast bij haar thuis lag een fotoalbum met trouwfoto's. Een ervan was een ongedwongen opname van haar en Steven, naast elkaar zittend aan de hoofdtafel tijdens de receptie. Ze was uitbundig aan het lachen met het hoofd achterover, terwijl hij haar van zijn eigen bordje de laatste langoestine probeerde te voeren. Het was een herinnering aan de gelukkigste dag van haar leven. Ze was dol op Steven geweest en had gedacht dat hij ook verliefd op haar was. Terwijl hij zich naar alle waarschijnlijkheid stiekem had zitten verkneukelen omdat hij zich in haar familie had weten te dringen.

Niet aan denken.

Niet doen.

'Is er nog nieuws over de gelukkige huwelijksreizigers?' vroeg Daisy opeens.

'Dominic en Annabel? Ik heb inderdaad gisteren een ansichtkaart van ze gekregen. Ze vliegen dit weekend naar huis en ze hebben het heerlijk gehad. Het hotel lag praktisch op het strand en de bediening was blijkbaar fantastisch.'

'Warme en koude kamermeisjes in elke kamer, bedoel je?' Daisy zat plooitjes te maken in de rand van het blauwe tafelkleed. 'Het was echt de schuld van jouw vriend, laat daar geen misverstand over bestaan. Hij is achter Tara aan gelopen. Wat er vóór het huwelijk is gebeurd, was haar schuld niet.'

Dev keek haar onverstoord aan en glimlachte toen. 'Ik neem aan dat je gelijk hebt.'

'Ik héb gelijk!'

'Oké, jij wint. Hoe dan ook, het maakt nu niets meer uit. Zand erover.'

Daisy was stomverbaasd. 'Meen je dat? Heb je de hele tijd geweten dat het Dominics schuld was?'

Dev haalde onverschillig zijn schouders op. 'Ik wist het niet zeker, maar het verbaasde me niets. Ik vermoed dat het net iets voor hem is.'

Wát?

'Maar je gaf Tara de schuld. Je stond in mijn kantoor met me te bekvechten. Je beschuldigde haar ervan dat ze jouw lieve vriendje zo ongeveer had verleid. Dit is ongelooflijk!'

'Kom nou,' redeneerde Dev. 'Wat kon ik anders doen? Als je iemands ceremoniemeester bent, moet je zijn partij kiezen.'
'Zelfs als hij een enorme klootzak is?'
'Zelfs dan.' Hij knikte ernstig, maar met een zweem van een glimlach. 'Jij verdedigde Tara toch ook?'
'Tara had niets gedaan!'
'Oké, misschien niet. Maar ze was wel dom geweest. En jij verdedigde haar toch omdat ze je vriendin was.'
Daisy voelde dat ze in een hoek werd gedrukt. Het was net alsof ze in een rechtszaal door een advocaat met een messcherpe tong aan een kruisverhoor werd onderworpen. Verdorie, ze vond het afschuwelijk om haar ongelijk te moeten bekennen.
'Maar het was niet eerlijk. Tara moest alle schuld op zich nemen en aan Annabel haar excuses aanbieden.'
'En ik denk dat ze er veel van heeft geleerd.' Met een uitgestreken gezicht voegde Dev eraan toe: 'Met een beetje geluk is ze de volgende keer wat minder onnozel.'
Waarom klonk dit zo bekend? O ja, dacht Daisy, ik herinner het me weer. Ik heb diezelfde les moeten leren.
'Hoe komt het dat jij en Dominic zulke goede vrienden zijn?' vroeg ze. Of was dat een domme vraag?
'We hebben elkaar op de universiteit ontmoet en hebben een paar jaar samen op een flat gewoond.' Dev haalde zijn schouders op. 'Toen zijn we ieder ons weegs gegaan, maar we zijn elkaar regelmatig blijven ontmoeten. Ik heb redelijk veel gereisd, maar Dom heeft altijd contact gehouden.'
Dus zo dik waren ze nu ook weer niet met elkaar, vermoedde Daisy. Gewoon vrienden geweest op de universiteit, een van die losvaste mannenvriendschappen die eigenlijk niet zoveel voorstellen. En Dominic had ongetwijfeld zijn best gedaan om contact te houden, omdat hij graag wilde kunnen opscheppen over zijn oude vriend Dev Tyzack, de ster van het Engelse rugbyteam.
Waarom was ze daar niet verbaasd over?
'Vraag jij Dominic om jouw ceremoniemeester te zijn als je trouwt?'
Hij keek geamuseerd, want hij had wel in de gaten waar ze op doelde. 'Eerlijk zeggen? Waarschijnlijk niet. Maar aan de andere kant, wie zegt dat ik trouw?' Hij wachtte even. 'Tenzij jij mij een aanbod gaat doen...'

O, die ogen. Nu was hij met haar aan het flirten. Dit was beslist een flirterige opmerking.
'Hoeven we niet te kennen, hebben we al gehad,' antwoordde Daisy luchtig. 'Nee, dank je wel.'
Dev keek geïnteresseerd. 'Ben je getrouwd geweest? Wat is er gebeurd?'
'Wat zal ik eens vertellen? Ik heb een vreselijk slechte smaak in mannen. Het huwelijk was een ramp. Het heeft niet lang geduurd.'
Ze had geen zin hem het hele onsmakelijke verhaal op te dissen. Dev hoefde dat niet te weten. Daisy wilde geen medelijden en ze wilde al helemaal niet dat hij haar een zielig vrouwtje vond dat niet eens in de gaten heeft dat haar man haar zit te belazeren. Hij had er trouwens niets mee te maken.
'Dus je hebt hem de laan uit gestuurd,' zei Dev.
Dat klonk beter! Daisy gooide haar haren naar achteren op de manier van een vrouw met wie niet te spotten valt.
'Laat ik het zo zeggen, hij is er niet meer.'
Dev liet zijn glimlach weer zien toen de hoofdgerechten werden gebracht. 'En nu kijk je de kat uit de boom.'
Daisy wachtte tot de ober weg was en zei toen: 'Ik denk dat dat meer jouw specialiteit is, hè?' De roddelbladen kwamen steeds met nieuwe verhalen aanzetten over Dev Tyzack en zijn nieuwste liefje. Soms leek het net alsof ze hem, elke keer als ze de krant opensloeg, met iemand anders aan zijn arm zag.
'Ik ben niet getrouwd. Dan mag het,' bracht hij in alle redelijkheid naar voren.
'Maar met die vriendinnen van jou duurt het meestal niet zo lang.'
'Is er een wet die zegt dat dat moet?'
'Nee,' zei Daisy, 'maar is het leven op die manier niet een beetje oppervlakkig?'
Dat was misschien niet eerlijk, maar als ze Dev op de korrel nam en hem uitvroeg over zijn kleurrijke liefdesleven, hoefde ze in ieder geval niet over haar eigen leven te praten.
'Ik zou het eerder verstandig noemen.' Dev haalde zijn schouders op. 'Als ik een meisje ontmoet en ik vind dat ze er leuk uitziet, neem ik haar mee uit omdat je elkaar zo beter leert kennen. Maar als ik er na een week of twee achter kom dat ze niet de juiste is, kap ik ermee. Als ik weet dat het toch niets wordt,' ging hij moei-

teloos verder, 'waarom moet ik haar dan blijven zien? Dat noem ik niet oppervlakkig, dat noem ik verstandig.'
Verdorie, dat kwam ervan als je iemand op de korrel nam. Weer misgeschoten.
'Maar je bent al in de dertig.' Daisy's opgetrokken wenkbrauwen gaven aan dat hij al een dagje ouder werd. 'En je hebt nog nooit een langdurige relatie gehad. Is het nooit bij je opgekomen dat je misschien iets misloopt?'
'Je bedoelt of ik me zorgen maak dat ik zo'n zielig eenzaam leven leid?' Devs donkere ogen fonkelden; hij had er duidelijk lol in. 'O jee, ik weet het, het is dieptriest. Arme ik, ik moet met al die mooie meisjes uit. Hoewel, als ik eerlijk ben, vermoed ik dat er veranderingen op til zijn.' Hij ging iets zachter praten en leunde over de tafel heen, waardoor Daisy's hart onmiddellijk op hol sloeg. 'Eigenlijk weet ik dat wel zeker. Zie je, ik heb pas iemand ontmoet die... nou ja, heel anders is. Heel anders dan ik gewend ben. En het heeft er alle schijn van dat er een langdurige relatie voor mij in zit. Misschien wordt het niks, maar ik denk echt dat er een kans is. We zullen moeten duimen en afwachten hoe het gaat.'
Goeie genade, wat een gladjanus! En hij wond er geen doekjes om. Daisy voelde zich lichtelijk buiten adem en vroeg zich af of dit zijn normale manier van doen was als hij een meisje versierde. Ze was uiteraard niet van plan erin te trappen, maar ze kon niet ontkennen dat hij ongelooflijk goed kon...
Het volgende moment werd alles in een flits duidelijk. Godzijdank was ze niet gaan blozen en had ze ook niet gelispeld: 'O Dev, je bedoelt mij toch niet?'
Niet dat zc ooit lispelde, maar toch. Blozen was al erg genoeg geweest.
Daisy, die net op tijd weer met beide benen op de grond stond, hief haar glas en zei vrolijk: 'Dat is geweldig nieuws. Ik hoop echt dat het iets wordt tussen jullie. Ik stel voor dat we een toast uitbrengen.' Ze straalde en stootte haar glas tegen dat van Dev. 'Op het gelukkige paar. Op jou en Clarissa.'

16

Ze reden terug naar het asiel via een dierenspeciaalzaak in Henleaze en sloegen allerlei dingen in, die Clarissa nodig zou hebben.

'Ik voel me net een jonge vader,' zei Dev, en hij koos de chicste hondenmand, het lekkerste zakje met bonen en de rubberen speelgoeddiertjes met de leukste geluidjes. 'Een zwarte of een rode riem?'

'De groene. O, en ze moet ook een bal hebben.' Daisy kon echt haar hart ophalen terwijl ze achter hem aan de winkel door liep en hier en daar dingen pakte die ze leuk vond. 'En hondenbrokjes. En een leuke deken – o, en een bakje met haar naam erop voor het geval ze vergeet wie ze is.'

'Iemand die Clarissa heet, vergeet dat nooit meer. Misschien moeten we er Tyson van maken,' peinsde Dev.

'Dat kun je niet doen. Daar krijgt ze een complex van. Hoe zou jij het vinden als ik je Doris zou noemen?'

Dev nam de deken met de Schotse ruiten en het kingsize pak met hondenbrokjes van Daisy over. Toen hij ze aanpakte, raakte zijn hand heel even de hare aan en onmiddellijk schoot er een elektrische stroomstoot door haar arm.

'Kom op, laten we betalen en dan gaan. Ze begint zich vast af te vragen waar we zijn.'

Daisy was niet zo blij met die stroomstoot. Ze had geen behoefte aan stroomstootachtig gedoe.

Over haar arm wrijvend om het angstaanjagende gevoel kwijt te raken liep ze achter Dev aan naar de toonbank en mompelde: 'Je zegt het maar, Doris.'

In het asiel begroette Clarissa hen alsof ze hen minstens tien jaar niet had gezien. Daisy, die bijna weer in tranen uitbarstte bij de gedachte aan al die andere dieren die ze achter moesten laten, liep snel met Clarissa naar buiten. Ondertussen zette Dev zijn handtekening onder de laatste officiële papieren. Tegen de tijd dat hij te voorschijn kwam, lagen ze met z'n tweeën languit op de achterbank de verschillende piepbeestjes uit te proberen en het pak met hondenbrokjes te bestuderen.

'Oké. Daar gaan we dan.' Dev startte de auto en wierp toen een blik naar Daisy in de achteruitkijkspiegel. 'Wil je met me mee om te zien of Clarissa zich thuis voelt in haar nieuwe huis?'

Wat, en dan weer een paar van die stroomstoten krijgen? Een rondleiding in het huis van Dev in Bath? Met Clarissa gaan wandelen en dan overgehaald worden om te blijven eten waarna er nog iets wordt gedronken voor de open haard en dan de vraag of ze wil blijven slapen? Was dat de gebruikelijke gang van zaken? Een geroutineerde verleiding en dan misschien nog een paar afspraakjes, onvermijdelijk gevolgd door een afnemen van de belangstelling? En dan kan er weer een vluchtige relatie de vuilnisbak in, dacht Daisy. Hoeveel harten zou hij ondertussen al hebben gebroken? Per slot van rekening was Dev Tyzack nauwelijks een alledaagse man te noemen. Zou hij ooit door een meisje gedumpt zijn?

'Liever niet eigenlijk. Zou je me alsjeblieft af kunnen zetten bij het hotel?'

Hij keek heel even een beetje beteuterd.

'Weet je dat zeker?'

Ha, dus hij dacht dat ze wel in zou zijn voor een vluggertje, hè? Het was niet bij hem opgekomen dat ze zijn aanbod zou kunnen afslaan.

Een ogenblik kwam Daisy in de verleiding te zeggen: 'Nee, dank je, ik weet het heel zeker. Ik wil namelijk helemaal geen seks met jou.'

Maar het probleem daarbij was dat (a) het niet waar was. De seks zou ongetwijfeld fantastisch zijn. Ze zag het stukje daarna gewoon niet zitten, als ze de bons kreeg. En (b), als ze het wel zei, zou Dev alleen maar verbaasd kijken en zeggen: 'Pff, kalm aan een beetje, ik vroeg gewoon of je zin had te kijken hoe Clarissa zich bij mij installeert.' En dat zou (a) gênant zijn en (b) haar verdiende loon.

'Ik lig wat achter met mijn administratie.' Daisy deed nauwelijks moeite om overtuigend over te komen.

'Kan dat niet wachten?'

'En ik heb vanavond een afspraak met iemand.' Waarschijnlijk met Tara, maar dat deed er niet toe.

'Echt waar? Een vriendje?'

Was hij haar aan het uitlachen? In het achteruitkijkspiegeltje kon Daisy zijn ogen niet zien, alleen zijn mond. Het was moeilijk te zeggen.

'Is dat soms belangrijk? Ik bombardeer jou toch ook niet met vragen over je sociale leven?'

'Neem me niet kwalijk, maar dat heb je al gedaan.' Nu was hij haar beslist aan het uitlachen. 'Je hebt vragen gesteld, me aan een kruisverhoor onderworpen én me bestraffend toegesproken.'

'Ik hield beleefd het gesprek op gang. Anders was er misschien een akelige stilte gevallen.'

Op dat moment krabbelde Clarissa van Daisy's schoot af en ook van haar gloednieuwe dekentje met de Schotse ruiten. Een mengeling van uitbundige vreugde en een pijnlijk volle blaas had zijn tol geëist en het geluid van een onstuitbare straal urine op de met leer beklede achterbank van de auto was duidelijk hoorbaar.

'Alles bij elkaar,' zuchtte Dev, 'had ik, geloof ik, toch liever die akelige stilte gehad.'

O nee, zijn griezelig dure Mercedes. En nu druppelde het allemaal tussen de leren zittingen door.

Daisy werd overspoeld door schuldgevoelens, omdat ze hem had gedwongen een incontinente hond te adopteren. Ze stamelde: 'God, het spijt me verschrikkelijk.'

'Het is niet zo erg.' Dit keer lachte Dev wel; ze kon het zien aan de rimpeltjes in zijn ooghoeken. 'Toen ik iemand op de achterbank hoorde plassen, dacht ik eerlijk gezegd al dat het Clarissa was.'

'Tara Donovan, wat is er met jou aan de hand? Je ziet eruit als een buldog die net zijn verstandskiezen heeft laten trekken.'

Tara was even aan het uitrusten in de koffiekamer van het personeel. Ze keek Rocky chagrijnig aan en zei: 'Je wordt bedankt.'

Rocky had gemakkelijk praten, hij was van nature opgewekt. Niets bracht hem van zijn stuk, zelfs niet zijn veelvuldige afschuwelijke blunders.

'O, nou ja, nee, begrijp me niet verkeerd,' zei Rocky vlug. 'Ik bedoelde niet dat je er echt als een buldog uitziet. Ik zei het alleen maar omdat je eruitziet zoals een buldog zich misschien zou voelen als zijn verstandskiezen waren getrokken. Nogal... woest, snap je?'

'Wat slim dat je dat opmerkt.' Tara bladerde ietwat pissig door de *Cosmopolitan* van de vorige maand, waarin elk gezicht opgewekt was en waarin de tanden zonder uitzondering verblindend wit wa-

ren. 'Want ik ben woest. Ik ben eigenlijk ongelooflijk woest.'
Zwaaiend met de ketel goot Rocky heet water in zijn beker en strooide er rechtstreeks uit de pot Nescafé bij. Daarna plofte hij neer naast Tara op de sofa, streek met zijn platte hand ruw over zijn witblonde stekeltjes en zei: 'Kom op, vertel eens wat er aan de hand is. Ik wil alle bijzonderheden horen.' Hij zweeg en trok een vies gezicht. 'Zolang het maar niet iets gynaecologisch is.'
'Dat is het niet, rustig maar.' Tara, die dankbaar was dat ze eens lekker kon klagen, gooide de *Cosmo* terzijde en trok haar voeten onder zich. 'Rocky, waarom ben ik zo'n mislukkeling met mannen? Waarom behandelen ze me als oud vuil?'
'O, kop op, je bent geen mislukkeling. Je hebt massa's vriendjes.' Rocky stak een sigaret op en blies een kringetje rook naar boven. 'Nou ja, een paar.'
'Dat weet ik wel. En ze geven mij allemaal de bons. Ik was er zo aan gewend dat ik het al doodnormaal vond,' jammerde Tara. 'Het kwam niet bij me op dat het raar was omdat ik het nooit anders had meegemaakt. Maar nu ik het wél in de gaten heb, word ik er echt ongelukkig van. Ik ben een hopeloos geval.'
Vince, de assistent-manager, stak zijn hoofd om de hoek. 'Rocky? Je bent beneden in de bar nodig.'
Rocky slaakte een zucht van berusting. 'Dames en heren, ik presenteer u de negentig seconden durende koffiepauze.' Terwijl hij zijn sigaret uitdrukte en zijn zwarte koffie achterover sloeg die zo sterk was dat je tenen ervan omkrulden, wendde hij zich tot Tara die er meer dan ooit als een afdankertje uitzag. Die zielig afgezakte schouders stonden haar helemaal niet.
Rocky, die een goed hart had, zei: 'Hoor eens, ik ben om zeven uur vrij. Zullen we vanavond samen naar de Hollybush gaan? Iets drinken, een potje darts spelen en lekker bijkletsen. Lijkt je dat wat?'
Tara was geroerd. Oké, het was misschien geen afspraakje, geen écht afspraakje, maar het was in ieder geval beter dan thuis te gaan zitten kniezen.
Rocky was leuk gezelschap op zijn eigen luidruchtige, ouwe-jongens-krentenbroodachtige manier. En *The Bold and the Beautiful* kon ze altijd opnemen.
Ze produceerde een flauw glimlachje. Dat was het leuke van een

afspraak met iemand die nog geen driehonderd meter bij jou vandaan woonde. Hij kon in ieder geval niet zeuren dat je buiten zijn bereik was.

'Klinkt geweldig,' zei ze tegen Rocky. Ze voelde zich al stukken beter. 'Tot straks.'

Tara was in haar slaapkamer allerlei oorbellen aan het uitproberen toen ze beneden de telefoon hoorde. Het was dan wel geen afspraakje, maar een beetje moeite doen kon geen kwaad. Als ze de pub binnenkwam, hoefde ze er toch niet uit te zien als een newagefiguur? Nou, de lange zwart-met-gouden oorhangers of de schattige opalen knopjes?

'Tara? Het is voor jou,' gilde Maggie naar boven.

'Wie is het?'

'Geen idee. De een of andere kerel.'

De een of andere kérel? Yes! Ze liepen opeens haar deur plat! Absoluut de zwart-met-gouden oorhangers, besloot Tara impulsief, terwijl ze haar beeltenis in de spiegel van de kaptafel bewonderde en het zwarte, fluwelen topje gladstreek over haar heupen. Nog snel een vleugje parfum – niet om indruk te maken op Rocky, maar enkel en alleen om haar gevoel van eigenwaarde wat op te peppen – en ze klepperde in haar zwarte suède lievelingslaarsjes de trap af. Nou, nou, alweer een telefoontje, dat was een verrassing! Misschien was haar pechperiode wel voorbij – o, en *The Bold and the Beautiful* begon zo, ze moest eraan denken de video in te stellen.

'Tara, hoi, ik ben het.'

Rocky. Meneertje Altijd-Een-Beetje-Te-Laat.

'O, hou maar op, ik weet het al. Alles loopt wat uit en nu wil je dat ik vast vooruit ga en het eerste rondje bestel.'

'Tja, het zit namelijk zo, er is iets tussen gekomen. Een meisje dat ik vorige week in Cheltenham heb ontmoet, belde net op en vroeg of ik vanavond bij haar langs kon komen, en ik had als het ware al ja gezegd voordat ik aan onze afspraak over dat potje darts dacht.'

Tara probeerde over de salontafel heen de afstandsbediening van de video te pakken. Ze bleef midden boven de tafel steken.

'Je hebt, als het ware, ja gezegd?'

'Nou ja, ik heb ja gezegd, denk ik. Maar je vindt het toch niet erg? Ik bedoel, het was alleen maar omdat we geen van beiden iets om handen hadden. Ik wist wel dat je het zou begrijpen. Ze is echt knap. Fantastisch figuurtje.'

Rocky was misschien wel een aardige jongen, maar hij was ook grillig, en ongelooflijk tactloos. Hij had niet eens het fatsoen om schuldbewust te klinken. Tara kon hem praktisch horen kwijlen bij het vooruitzicht van die avond.

Een nieuwe, verbeterde versie van die avond, dat sprak vanzelf.

'Oké, prima.' Tara deed niet eens een poging om tegen hem te schreeuwen omdat dat absoluut zinloos zou zijn. Rocky veranderde toch niet van gedachten. Was dit bovendien niet precies het soort behandeling waar ze aan gewend was?

Maar wel vervelend van die parfum. Het had niet zoveel zin om in je eigen huiskamer lekker te ruiken als er niemand anders was die ervan kon meegenieten.

'Je bent een schat,' zei Rocky onbekommerd. 'Ik ga nu maar. Ik wil niet dat ze denkt dat ik niet kom.'

'Gossie, nee,' beaamde Tara, even opgewekt. 'Dat kun je niet maken.'

Maggie had de laatste twee uur pogingen gedaan een berg wasgoed in de keukengootsteen met de hand te wassen. Ze liep de huiskamer in om natte kleren over de radiatoren te leggen en zei: 'Ik dacht dat je iets met Rocky ging drinken.'

'Dat was Rocky aan de telefoon. Bij nader inzien kan hij niet.'

Tara deed haar best onverschillig te klinken, alsof het haar allemaal niets uitmaakte.

'O, wat jammer nou. Maar,' zei Maggie vrolijk, 'nu kun je tenminste naar *The Bold and the Beautiful* kijken.'

Ik ben zevenentwintig, dacht Tara, ik mag toch wel meer van het leven verwachten?

Helaas bleek dat te kloppen.

'En we moeten de rest van de was ook nog droog zien te krijgen,' vervolgde Maggie. 'Als je dat oude droogrekje van de zolder zou willen halen, ben je een engel.'

17

'Het is vrij klein, maar ik heb je gewaarschuwd,' zei Daisy vanuit de deuropening.
Barney draaide zich om en glimlachte stralend. De kamer was eenvoudig maar schoon, met witgeschilderde muren en een kobaltblauw tapijt op de vloer. Er stond een eenpersoonsbed, een klein ladekastje, een tafel met twee stoelen en een smalle klerenkast. Hij hield van iedere centimeter van dit zolderkamertje, inclusief het merkwaardige schuine plafond en de glas-in-loodraampjes.
'Het is precies goed,' zei hij tegen Daisy. 'Ik kan nog steeds niet geloven dat ik echt hier ben.'
Hij had haar op vrijdag opgebeld, na de hele week aan niets anders gedacht te hebben. Toen hij had aangekondigd dat hij niet van gedachten was veranderd, had Daisy gezegd: 'Dat had ik ook niet verwacht.' Hij kon horen dat ze glimlachte toen ze eraan toevoegde: 'Zo, en wanneer kun je beginnen?'
En nu, drie dagen later, was hij hier. Dankzij een enorme hoeveelheid vakantiedagen die hij nog tegoed had, kon hij zijn ontslag indienen en diezelfde middag nog vertrekken. De helft van de mensen op zijn kantoor had gedacht dat hij gek was, terwijl de andere helft stinkend jaloers was. Het was de droom van allemaal om de ambtenarij vaarwel te zeggen, maar dat was iets waar ze zich nooit echt toe konden brengen. Gerald, een van de wat oudere ambtenaren die nog steeds bij zijn moeder woonde en die hemdjes droeg die zij voor hem breide, was helemaal door het lint gegaan en had uitgeroepen dat Barney nu precies leek op Steve McQueen in *Papillon* die ontsnapt uit die afschuwelijke gevangenis op dat eiland – 'Maar jij hebt meer tanden,' had Gerald tot slot geruststellend gezegd.
Omdat Gerald nu eenmaal Gerald was, wist je nooit of hij een grapje probeerde te maken.
'Bedankt,' had Barney gezegd, vermoedend dat hij het serieus had bedoeld.
'Zorg goed voor jezelf. We zullen je missen.'
Toen Gerald dit zei, had hij tranen in zijn ogen gekregen. Barney had zich afgevraagd of hij homo was. Een moment stond hij met

zijn mond vol tanden (hoewel hij blij was dat hij er nog een gezond stel van had) en toen zei hij huichelachtig: 'Ik zal jullie ook missen.'
'Of die andere film met Steve McQueen,' hield Gerald, die niet veel buiten de deur kwam, vol. '*The Great Escape* – herinner je je die nog? Waarin alle krijgsgevangenen uit die ondergrondse tunnel kruipen?' Hij was er nu helemaal in en zwaaide met zijn korte armpjes om aan te geven dat dit sombere kantoorgebouw hun bloedeigen gevangenis was.
'Jawel,' had Barney hem geduldig in herinnering gebracht, 'maar de meesten worden uiteindelijk doodgeschoten.'
Daisy wierp een snelle blik op haar horloge. 'Ik ga nu weg, dan kun je op je dooie gemak uitpakken. Later vanmiddag kun je de anderen wel ontmoeten.'
Barneys koffers stonden op elkaar tegen het bed aan; hij kon bijna niet wachten om te beginnen.
'Bedankt voor alles,' zei hij blij. 'Je zult er geen spijt van krijgen. Ik word de beste hotelportier die je ooit hebt gehad.'
In een mum van tijd had Barney zijn koffers uitgepakt en het zolderkamertje ingericht zodat het er iets huiselijker uitzag. Niet dat het in de verste verte op zijn vroegere huis leek, maar zijn eigen spulletjes waren er nu in ieder geval, de muren hingen vol met posters en de foto's van zijn familie stonden op het kastje. Hij had ook een paar boeken meegebracht en zijn dierbare cd-verzameling. De radio/cd-speler paste precies in de diepe erker naast zijn bed. Hij had zijn draagbare tv niet meegenomen, maar Daisy had gezegd dat er in de gemeenschappelijke zitkamer een tv-toestel stond.
Barney liep naar het raam en keek naar het uitzicht. Zijn kamer keek uit op de achterkant van het hotel, wat betekende dat het landschap niet zo spectaculair was, maar dat was niet belangrijk. Het kon hem niets schelen. Een stel bijgebouwen, de parkeerplaats voor het personeel en een beboste heuvel, waren nog altijd stukken beter dan het uitzicht waaraan hij was gewend. En hij was hier, in Colworth, waar je in de verte het geluid van een cirkelzaag kon horen waarmee bomen werden omgezaagd, en waar je vogels kon horen zingen en waar af en toe een lachsalvo te horen was vanuit de keukens beneden.
Wat kon je nog meer verlangen?

Nou, eigenlijk kon hij wel deodorant gebruiken. Hij had per ongeluk zijn bus Odorex Extra Dry thuis op een plank in de badkamer laten staan.
O, en misschien gomballen.

De zon kwam net achter een wolk te voorschijn toen Barney de oprijlaan afliep. Zelfs het weer, was zijn conclusie, stond aan zijn kant. Er liep een flink aantal toeristen rond die foto's namen en die zich verdrongen voor de etalages van de twee souvenirwinkeltjes in de High Street. De Hollybush Inn was net open en de geur van vers gemalen koffie dreef naar buiten. Barney dacht eraan dat hij vorige week om deze tijd – precíés een week geleden – voor de eerste keer in dit dorpje had gelopen en dat hij er volledig kapot van was geweest. En nu woonde hij er.
Wat kon je nog meer wensen?
Aan de andere kant zou het nog fantastischer zijn als net op het moment dat hij ervoor stond, de deur van de dorpswinkel annex postkantoor openzwaaide en als hij dan oog in oog zou staan met een knap meisje dat moeite had met het wiel van het wandelwagentje van haar zoontje...
Maar dat gebeurde niet. Barney voelde zich een beetje belachelijk dat hij überhaupt aan die mogelijkheid had gedacht. Hij duwde de deur open en zag dat er geen klanten waren. Wat had hij dan verwacht – dat hij in een musical meespeelde?
Het goede nieuws was dat ze er deodorant verkochten. En gomballen. En batterijen voor zijn walkman.
'Hoi,' zei hij vrolijk terwijl hij zijn boodschappen op de toonbank deponeerde en de man erachter stralend aankeek. 'Ik ben hier net komen wonen – nou ja, in het hotel eigenlijk. Ik kom hier werken. Ik heet Barney, Barney Usher.'
Christopher, die net die morgen een heftige ruzie met zijn vriend Colin had gehad en die niet in de stemming was voor beleefde praatjes, keek op van het tijdschrift waarin hij aan het lezen was en zei, terwijl de ironie ervan afdroop: 'Nieuw in het dorp, hè? Dan moeten we een feestje voor je bouwen.'
'Echt waar?' De jongen keek verrukt.
Christopher staarde hem ongelovig aan: 'Néé.'
Toen hij de winkel uit liep met zijn plastic tasje vroeg Barney zich

af of hij even naar de Hollybush Inn zou gaan om een kop koffie te drinken of een glas cola. Misschien was het personeel daar wat vriendelijker. Hij bleef even op het smalle trottoir staan en keek naar links en naar rechts...

En toen zag hij haar.

Barney had het gevoel dat hij opeens was vergeten hoe hij moest ademhalen. Het was beslist hetzelfde meisje, dat daar over de brug liep met haar zoontje balancerend op haar heup. Terwijl hij hen gadesloeg zag Barney hoe ze stilhield en over het muurtje leunde om iets aan haar zoontje te laten zien. Freddie tuurde naar iets beneden in het water en klapte schaterend in zijn handjes.

Barney liep op hen af, ondertussen bedenkend dat hij misschien toch in een musical meespeelde.

Freddie had hem het eerst in de gaten. Hij begon enthousiast te gillen toen hij de persoon herkende wiens hoofd hij de week daarvoor nog met Ribena had overgoten.

'Jij,' Barney deed net alsof hij hem een standje gaf, 'moet eigenlijk je handschoentjes aan.' Hij hield de gebreide rood-met-witte wanten omhoog, die aan een koordje bungelden dat uit de mouwen van het jasje van het jongetje kwam. Toen draaide hij zich om en keek de moeder glimlachend aan. 'Hallo. Wat toevallig dat we elkaar weer tegen het lijf lopen.' Hij hoopte dat hij geen rode kop had; je kon je een origineler begin voorstellen.

'Hoi.' Ze vond het duidelijk leuk hem te zien. 'Hoe is het vorige week afgelopen?'

Ze had in de veronderstelling verkeerd dat hij in het hotel moest zijn om daar naar een baan te solliciteren, besefte Barney. Zijn glimlach werd steeds breder.

'Fantastisch. Ik heb vanmorgen mijn spullen hierheen verhuisd. Ik begin morgen te werken. Niets bijzonders, gewoon een portiersbaantje, maar ik vind het echt spannend. De mensen hier lijken allemaal erg aardig. Ik was net in de winkel,' hij hield zijn plastic tasje omhoog, 'om nog van alles en nog wat in te slaan. Heb je zin in een gombal?'

Hij begon maar niet aan het verhaal over hoe hij ertoe was gekomen het dorp te bezoeken; in Barneys beleving was het beter om niet met een meisje over zijn niertransplantatie te praten, tenminste niet als hij haar leuk vond. De meeste meisjes werden er misselijk van.

'Ik vind gomballen heerlijk, maar alleen de rode. We waren naar de eendjes aan het kijken.' Het meisje gebaarde naar de rivier.
'Ik weet niet eens hoe je heet,' zei Barney.
'Melanie. Mel.'
'Ik heet Barney.'
'Ik weet dat je Barney heet.' Haar ogen dansten. 'Dat heb je me vorige week verteld.'
'O.' Ditmaal bloosde hij wel. 'Ik dacht dat je het misschien vergeten was.'
'Nee hoor.'
'En waar woon je?' Terwijl hij dit vroeg, gebaarde Barney naar de rij huisjes achter haar die een beetje van de weg af stonden. 'In een van die huisjes?'
Mel schudde haar hoofd. 'O nee, ik woon niet in het dorp. Ik ben hier alleen maar... omdat ik bij iemand op bezoek moet. Daarginds staat mijn auto. Die groene.' Ze streek haar haren uit haar ogen en wees naar een kleine Fiat. 'Het stelt niet veel voor, maar we redden ons ermee. Trouwens we moeten er eens vandoor.'
Haar ogen waren grijs, maar een warm soort grijs, vond Barney. En met pretlichtjes. Het waren prachtige ogen.
'Waar woon je dan wel?' herhaalde hij.
'In Bristol. De wijk heet Kingswood, maar daar heb je vast nog nooit van gehoord.' Zich omdraaiend zette Mel Freddie op haar andere heup en begon in de richting van het Fiatje te lopen.
Ze ging weg! Ze ging ervandoor! Blinde paniek was de reden dat Barney zijn volgende vraag durfde te stellen.
'Met je man?'
'Nee,' zei Mel, 'ik heb geen man.' Ze hield haar linkerhand omhoog en wiebelde met haar vingers die inderdaad zo ringloos waren als hij zich herinnerde. Het enige dat ze droeg was een grote zilveren ring om haar duim.
'Een vriend?'
'Die heb ik ook niet. Freddie en ik zijn alleen.' Ze aarzelde een ogenblik en zei toen uitdrukkingsloos: 'Freddies vader was al weg voordat hij werd geboren.'
Yes!
'Hoor eens, je kunt nee zeggen als je niet wilt,' flapte Barney eruit, 'maar ik zou je ontzettend graag nog eens ontmoeten. Zouden we

misschien ergens iets kunnen gaan drinken? Of eten... of misschien naar de film? Wat je maar wilt. Jij mag het zeggen.'
Ze waren inmiddels overgestoken. Mel zocht in haar jaszak naar de autosleutels.
'Ja, waarom niet? Dat klinkt heel leuk. Ik zou het graag doen, maar...'
Waarom aarzelde ze nou? Barneys torenhoog gespannen verwachtingen begonnen in te storten. Freddie niesde, vochtig, zoals een baby dat doet.
'Gezondheid,' zei Barney verstrooid. 'Maar wat?'
'Nou ja, ik kan misschien geen babysitter krijgen.' Mel keek wat opgelaten. 'Ik bedoel, mijn financiële situatie is nogal...'
'Maar dat is geen probleem! We hoeven toch niet uit te gaan. Ik kan een video huren en langsgaan bij de afhaalchinees... dat vind ik net zo leuk.' O, wat een opluchting!
'Weet je dat zeker?'
'Absoluut!' Barney knikte heftig. 'Eigenlijk vind ik dat veel leuker.'
Mel keek vertederd toen ze het portier openmaakte en Freddie in zijn babyzitje vastmaakte. Ze kwam weer overeind en zei toen: 'En jij? Ben jij getrouwd?'
Barney lachte. 'Zie ik er dan getrouwd uit?'
'Je kunt nooit weten.'
'Nou, ik kan je verzekeren dat ik dat niet ben. Geef me je telefoonnummer maar.'
Gelukkig had hij een pen in zijn jaszak. Hij haalde er met een elegant gebaar de dop af en zei: 'Ik weet nog niet precies hoe het met mijn werktijden zit, maar ik bel je wel als ik meer weet.'
Mel gaf hem haar nummer en hij schreef het op de rug van zijn hand.
'Zo,' ze keek glimlachend naar hem omhoog toen ze eenmaal zat. 'Ik wacht wel af tot ik iets van je hoor.'
'Je hoort zeker iets van me,' beloofde Barney. Hij wuifde naar Freddie, die naast haar als een astronaut zat ingesnoerd.
'Dag, hoor.'
Het portier van de bestuurder stond nog steeds open. Mel trok haar wenkbrauwen op en zei ondeugend: 'Vergeet je niet iets?'
Barney aarzelde. Wat had hij niet gedaan dat hij wel had moeten doen? Jeetje, ze verwachtte toch niet dat hij haar zou zoenen?

Op het gevaar af dat ze hem voor de dorpsidioot zou houden vroeg hij: 'Wat?'
'Ik wacht nog steeds,' zei Mel tegen hem, 'op een gombal.'

18

De telefoon ging toen Tara de sleutel in het slot stak. Maar ditmaal sprong haar hart nu eens niet op. Ze was bij de winkel Maggie tegen het lijf gelopen die haar had verteld dat de wasmachinereparateur kon bellen om te laten weten wanneer hij langs zou komen met het cruciale onderdeel.
Omdat het geen zin had zich te haasten deed ze eerst rustig haar jas uit en schopte haar schoenen onder de salontafel.
'Hallo?'
'Tara?' zei een mannenstem. 'Ben jij het?'
Ze verstijfde van schrik, want ze herkende de stem onmiddellijk.
'Tara? Hallo? Ben je daar?'
Tara hing op.
Waarom? Waarom belde hij haar? Of eigenlijk zou ze moeten zeggen, hoe durfde hij haar op te bellen? Waar was hij godverdomme mee bezig?
Maar het was nu te laat om dat te vragen, hij had al opgehangen.
Zichzelf verfoeiend dat ze zo'n druiloor was, draaide Tara tien minuten later 1471.
Een computerstem deelde haar spottend mee dat het laatste gesprek via een netwerk was verlopen dat geen nummers prijsgaf.
Dat was irritant, maar waarschijnlijk een geluk bij een ongeluk.
Tara, die zich ondertussen flink opgefokt voelde, maakte een blik tomatensoep open en stopte twee sneeën brood in de broodrooster. Terwijl ze wachtte tot de soep warm was, verorberde ze zeven chocoladekoekjes en voerde in gedachten een denkbeeldig gesprek.
Wat ze eigenlijk allemaal had willen zeggen als ze de telefoon niet op de haak had gegooid. In dit gesprek was ze sarcastisch, vinnig, gevat en ongelooflijk welbespraakt, en uiteraard vertelde ze hem precies wat ze van hem dacht.

Denkbeeldige gesprekken waren geweldig. Je kon altijd uit je woorden komen en je ging nooit af. Je had altijd het laatste woord en je gesprekspartner was daarna altijd met stomheid geslagen. Je kwam natuurlijk onveranderlijk als winnaar uit de strijd en je tegenstander wist van narigheid niet meer waar hij het moest zoeken.

De telefoon rinkelde weer precies op het moment dat Tara de eerste hap soep in haar mond had. De beker schudde in haar hand en ze morste soep over de voorkant van haar uniform.

Doe niet zo stom, het is vast de wasmachinereparateur. In vredesnaam, je hoeft de keuken niet uit te rennen om op te nemen. Op je dooie gemak erheen slenteren is goed genoeg.

'H-hallo?' O god, waarom sloeg haar stem nu zo verraderlijk over? Waarom kon ze nou niet koel en beheerst zijn zoals altijd in haar denkbeeldige gesprekken?

'Tara, ik ben het. Niet weer ophangen. Ik heb maar een paar minuten nodig, alsjeblieft.'

Je moet ophangen, je moet ophangen, zei Tara's geweten als een vriendelijke maar strenge raadgeefster.

Tara, met een mond die zo droog was als meel, vroeg: 'Waarom?'

Ophangen! Haar geweten greep een megafoon en begon er doorheen te brullen. Ophangen, nú!

'Ik moet met je praten,' zei Dominic dringend. 'Alsjeblieft, Tara, ik weet dat je me waarschijnlijk haat, maar ik haat jou niet. Ik heb steeds aan je moeten denken... ik kan 's nachts niet slapen, ik kan niet meer helder denken... het is vast het noodlot geweest dat ons weer bij elkaar heeft gebracht.'

'Nauwelijks het noodlot.' Op de een of andere manier lukte het Tara haar tong weer los te trekken van haar gehemelte. 'Meer het feit dat ik niet kan acteren. Als ik ondertussen doorgedrongen was tot in Hollywood, had ik niet als kamermeisje gewerkt in het hotel waarin jij toevallig trouwde.'

Ze zat te wauwelen, omdat ze in een shocktoestand alleen nog maar kon wauwelen. Als je het niet meer wist, ga dan maar kletsen als een idioot en zorg dat de ander er geen speld tussen kan krijgen, dat was Tara's motto.

Het was ook een goede manier om de stem van je woedende, met een megafoon zwaaiende geweten de kop in te drukken.

'Ik moet je zien,' zei Dominic simpelweg. Hij was geen wauweltype. 'Alsjeblieft, Tara, ik kan dit niet door de telefoon. Geef me alsjeblieft een kans het uit te leggen.'
'Dominic, je bent getrouwd.'
'Ik weet het, ik weet het. Maar ik vraag ook niet of je met me naar bed wilt. Ik wil alleen maar praten.' Hij wachtte even. 'Wat doe je vanavond?'
Vanavond? Tara voelde hoe de kleine haartjes in haar nek overeind gingen staan. Hardop zei ze: 'Meen je dat echt?'
'Heel echt.'
'Maar... waar ben je?'
'Thuis.'
'In Bérkshire?' Ze schudde ongelovig haar hoofd.
'We hebben het hier niet over Tibet,' antwoordde Dominic geamuseerd. 'Het is maar een kilometer of honderd van deur tot deur. Je hoeft het maar te zeggen. Ik kan in minder dan een uur bij je zijn.'
Tara's geweten had het onderhand opgegeven. Het zat op een laag muurtje een sigaret te roken en met zijn hielen te trappelen. Ondertussen schoten de teleurstellingen van de afgelopen weken in een sneltreinvaart door Tara's hoofd. Het kwam erop neer dat ze aan een stuk door was afgewezen en dat had haar met de neus op de feiten gedrukt. Ze was waardeloos, lichamelijk onaantrekkelijk, kortom, iemand die je kon missen als kiespijn.
En nu was daar Dominic die haar niet alleen smeekte hem te zien, maar die ook bereid was voor haar een rit van tweehonderd kilometer heen en terug te maken.
Als je zelfvertrouwen tot het absolute nulpunt was gedaald, was dit behoorlijk vleiend. Tara wist dat het zwak was, maar ze was hem dankbaar. En had Dominic niet gezegd dat hij helemaal niet met haar naar bed wilde? Hij wilde alleen maar praten.
'Hoe ben je aan dit telefoonnummer gekomen?' God, ze hoopte dat hij niet naar het hotel had gebeld.
'Je zei dat je bij je tante in het dorp woonde. Ik heb naar inlichtingen gebeld.'
'Oké.' Tara haalde diep adem. 'Zeven uur. Ik zie je wel voor de pub.'
'Het vriest,' zei Dominic. 'Het is veel te koud voor je. Waarom haal ik je niet gewoon thuis op?'

Het was volkomen belachelijk, maar Tara kreeg een brok in haar keel. Hij was bezorgd dat ze het koud zou hebben! Maar ze had geen zin in een preek van Maggie. Als haar tante wist met wie ze uitging, zou ze daar zeker bezwaren tegen maken.
'Bedankt, maar ik zie je wel voor de Hollybush Inn.'

Hij stond al op haar te wachten, stipt op tijd. Tara voelde zich net een spion. Ze keek schichtig om zich heen, keek wel twee keer of de kust veilig was en ging toen naast hem in de auto zitten.
Tien minuten later zaten ze aan een tafeltje in de hoek van een rustige pub in Lower Hinton, een flink aantal kilometers van Colworth. Dominic, die heel bruin was, droeg een dikke donkerblauwe coltrui en Armani-jeans. De haartjes op zijn bruine onderarmen waren gebleekt door de Caribische zon.
'Hoe was de huwelijksreis?' Doodsbenauwd dat ze zouden worden afgeluisterd zat Tara als een spion te fluisteren.
'Wel goed, denk ik. Nou ja, niet echt goed,' gaf Dominic toe. Hij spreidde zijn handen en schudde zijn hoofd. 'Eigenlijk was het een ramp.'
'Waarom?'
Hij keek haar recht in de ogen. 'Kun je dat niet raden? Ik moest steeds aan jou denken. Op het laatst droomde ik zelfs van jou. Tara, ik weet dat ik het laatst bij jou heb verknald, ik raakte in paniek toen we door Annabels zus werden betrapt in het zomerhuis en het was fout van me jou met de schuld op te zadelen. Maar het gebeurde allemaal zo vlug,' vervolgde hij op dringende toon. 'Ik zat in de rats over Annabel. Stel je eens voor hoe ze zich had gevoeld als ik de trouwerij had afgeblazen. Kun je dat snappen? Ik moest er wel mee doorgaan, voor haar. Anders had ze misschien ik weet niet wat gedaan.'
'Je zei tegen me dat je van haar hield,' zei Tara.
Dominic streek met zijn vingers door zijn blonde haren. Er was pijn in zijn ogen te lezen, en oprechte spijt.
'Misschien is dat ook wel zo. Op een bepaalde manier. Annabel is een leuk meisje. Ze heeft niets verkeerds gedaan. Maar weet je, ik geloof dat ik meer iets beschermends voor haar voel dan iets anders. Als een grote broer die voor zijn jongere zusje moet zorgen.'

'Zijn erg rijke jongere zusje,' wreef Tara hem ad rem onder zijn neus.
'Denk je dat ik daarom met haar ben getrouwd? Dat is absoluut niet waar.' Dominic schudde bedroefd zijn hoofd. 'Ik ben eerder ondanks haar geld met Annabel getrouwd. We hebben altijd goed met elkaar kunnen opschieten. Ik dacht werkelijk dat we samen gelukkig konden zijn. Maar mijn gevoelens voor Annabel lijken in de verste verte niet op mijn gevoelens voor jou.'
Gossie. Hij meende het. Het was griezelig, maar tegelijkertijd merkte Tara dat ze zich voor het eerst in lange tijd weer een heel klein beetje trots voelde. Onder de tafel waren haar knieën als hazewindhondjes aan het trillen.
'Maar ik stel niets voor. Ik ben maar een kamermeisje met een...'
'Fout. Fout,' viel Dominic haar in de rede. 'Jij bent jíj. We hebben het samen toch altijd fantastisch gehad? Zoals ik al zei, het enige waar ik niet mee kon omgaan was jouw acteerobsessie; ik kon het niet aanzien wat jij met jezelf deed. En dat is de enige reden waarom ik het heb uitgemaakt,' zei hij ernstig. 'Maar nu kom ik erachter dat je dat niet meer doet... ik zweer het je, ik was sprakeloos. Je kunt je niet voorstellen hoe ik me voelde. Had ik het maar gewéten.'
'Maar dat deed je niet,' bracht Tara, die zich een beetje duizelig voelde, naar voren. 'En nu is het te laat. Je bent getrouwd.' Ze klonk al bijna als een kapotte grammofoonplaat, maar hoe kon je het anders zeggen?
'Alsof ik dat niet meer zou weten.' Dominic keek verbitterd. 'O ja, ik ben wel degelijk getrouwd.' Hij zweeg even. 'Met het verkeerde meisje.'

Om halfelf waren ze weer in Colworth. Dominic stopte voor de Hollybush Inn, maar hij liet de motor lopen. Annabel was die avond met de auto naar haar moeder, had Tara begrepen en ze zou omstreeks middernacht thuis zijn.
'Ik wil je zoenen,' zei Dominic, 'maar ik weet dat ik dat niet moet doen.'
De lichten van de pub schenen de auto in. Tara kon zijn oneindig trieste gezicht zien. Een krankzinnig moment – niet meer dan een fractie van een seconde – wilde ze dat hij het niet had gezegd. Als

hij haar gewoon een zoen had gegeven – niet wellustig, alleen maar een kuis kusje op de wang – dan had ze net kunnen doen of ze werd verrast.
Maar nu had hij haar om toestemming gevraagd en ze kon uiteraard met geen mogelijkheid ja zeggen. In 's hemelsnaam, hij was een getrouwde man. En nog pas getrouwd op de koop toe. Alleen een lellebel van de bovenste plank zonder enig geweten zou zoiets gemeens laten gebeuren.
God, de confetti zat waarschijnlijk nog in zijn koffer.
'Nee, beter van niet.' Tara's hart ging als een razende tekeer, vanwege de adrenaline en omdat ze heimelijk enorm genoot. Zie je wel? Ze had wél een geweten. Dominic wilde haar zoenen en zij had gezegd dat hij dat niet moest doen en dat was precies datgene wat ze moest zeggen.
'Ik vond het heerlijk je weer te zien.' Dominic ging wat zachter praten. 'Ik heb in lange tijd niet zo genoten.'
Tara besefte met een schok dat dit ook voor haar gold. Hij had gelijk; het was een geweldige avond geweest. Ze hadden gepraat en gelachen en oude herinneringen opgehaald. En ondertussen hadden ze uiteraard niets verkeerds gedaan.
'Of heb je het soms verschrikkelijk gevonden?' Dominic klonk een klein beetje ondeugend.
Tara reageerde adequaat en trok glimlachend één wenkbrauw op. 'Wat wil je dat ik zeg?'
'Ik wil dat je zegt dat we elkaar nog eens zullen ontmoeten.'
O god.
'Nou...'
'Alsjeblieft.' Dominic raakte haar hand aan. Zijn warme vingers sloten zich om de hare. 'Je weet niet hoeveel dat voor mij zou betekenen.'
'Maar je bent...'
'Tara, zou je daar alsjeblieft mee willen ophouden? Ik wéét dat ik getrouwd ben. Maar we kunnen toch wel bevriend blijven? Oude vrienden die elkaar af en toe zien voor een drankje en een praatje? Zou dat zo verkeerd zijn?'
Ze ademde langzaam uit. Ze wist het niet meer. Had hij gelijk?
'Ik weet het niet,' gaf Tara toe. Ze voelde zich hopeloos verscheurd. 'Misschien is het toch niet zo'n goed idee.'

'Oké, prima, we hebben het er niet meer over.'
Ze schrok, want ze had niet verwacht dat Dominic zo zou reageren. Hij klonk bedroefd en berustend, maar vastbesloten om haar besluit te respecteren.
Tara had ogenblikkelijk spijt van haar woorden.
'Ik denk namelijk,' zei ze aarzelend, 'dat andere mensen een verkeerde indruk kunnen krijgen.'
'Ik weet het. En dat is niet eerlijk, hè? We willen alleen maar praten. Als jij een kerel was of ik een meisje dan zou er helemaal geen probleem zijn, dan zouden we elkaar zo vaak als we wilden kunnen ontmoeten voor een drankje en een praatje. Maar alleen omdat ik geen meisje ben wil je me niet meer zien. Eigenlijk ben je nogal seksistisch bezig. Misschien moet ik je wel aanklagen bij het Hof voor de Mensenrechten.'
Hij was haar aan het plagen en probeerde een wat luchtiger toon aan te slaan. Tara glimlachte, maar hij had gelijk. Het was echt niet eerlijk.
'Ik ga nu maar. Je moet naar huis.'
'Naar mijn vrouw.' Dominic trok een lelijk gezicht. 'God, ik ben nog geen maand getrouwd en nu al zinkt de moed me in de schoenen als ik eraan denk dat ik haar onder ogen moet komen en net moet doen alsof er niets aan de hand is.' Met een zielig gezicht voegde hij eraan toe: 'Besef je dat jij de enige bent die de waarheid weet? Er is niemand anders aan wie ik het kan vertellen.'
Tara's hart vloeide over van medelijden. Dat was het probleem bij mannen: ze konden misschien wel kaartlezen en banden verwisselen, maar ze waren niet in staat hun diepste, intiemste gevoelens met andere mannen te delen. Genetisch zaten ze gewoonweg anders in elkaar. Over sport konden ze hartstochtelijk discussiëren, maar emoties waren verboden terrein. Als meisje kon je roddelen en je vriendinnen in vertrouwen nemen, en dat was een van de heerlijkste aspecten van het vrouw-zijn, besefte Tara. En mascara natuurlijk.
'Hoor eens, je hebt mijn nummer. Als je het ooit niet meer ziet zitten, weet je waar ik ben.' Ze zei het razendsnel, alsof het niet telde als je de woorden er met een enorme snelheid uitflapte. Meteen daarna gooide ze het portier open en sprong naar buiten.
'Je bent geweldig. Dat weet je toch wel, hè?' Dominic wierp haar

een dankbare blik toe. 'Je bent werkelijk ongelooflijk. Je weet niet hoeveel deze avond voor mij heeft betekend.'
Met roze wangen van de kou, maar met een heerlijk warm gevoel vanbinnen ging Tara het huis in. Maggie was de laatste tijd weer fanatiek bezig met kussens maken. Ze lag op haar knieën op de vloer van de huiskamer omringd door lappen zijde en fluweel en de papieren malplaatjes die ze gebruikte om de figuren uit te knippen die ze later weer op de kussens naaide. Ze waren allebei iedere keer stomverbaasd dat Maggies op bestelling gemaakte kussenovertrekken, die ze via een van de souvenirwinkels in het dorp verkocht, zo populair bleken te zijn bij de buitenlandse toeristen. Maar het zou onbeschoft zijn de spot te drijven met hun twijfelachtige smaak in meubelaccessoires.
'Wat vind je ervan?' Maggie hield een van de voltooide kussenovertrekken omhoog. Er stonden twee figuurtjes op, die op de brug van Colworth stonden, met op de achtergrond de rivier. Maggie, die een kei was op de naaimachine, had een aangeboren talent voor improvisatie. Rondom het eenvoudig uitgewerkte tafereel stonden in geborduurde letters de woorden: Hank en Emmylou, Engeland, 2002.
'Is het niet scháttig?' bootste Maggie na omdat de verleiding om de klanten belachelijk te maken soms gewoon te groot was. 'Ze zijn in werkelijkheid natuurlijk veel dikker. Eigenlijk was ik verbaasd dat de brug niet instortte. Maar ze wilden het zo hebben, dus zijn die mensen ook weer gelukkig.' Ze gaf een tevreden klopje op de kussenovertrek, keek toen op en zei: 'Jij ziet er trouwens ook best voldaan uit. Waar ben je geweest?'
'O, even iets drinken. Met een van die jongens die ik vorige week in Bristol heb ontmoet,' loog Tara.
Maggie trok een wenkbrauw op. 'En? Blijft het bij deze ene keer?'
'Hm. Weet ik nog niet. Misschien wel.' Tara, die zich steeds verhitter ging voelen, deed gauw haar jas uit. 'Zal ik water opzetten?'
'O ja, een kop thee zou fantastisch zijn. Nou, je ziet er in ieder geval uit alsof je het leuk hebt gehad.'
Maggie begon de rommel op te ruimen die bij de kussenmakerij hoorde. Tara liep vlug naar de keuken en begon theezakjes in bekers te gooien. Ze kon onmogelijk de waarheid vertellen. Maggie zou geschokt en ontsteld zijn, als ze erachter kwam met wie ze de

avond had doorgebracht. En Tara besefte dat ze er ook niet met Daisy over kon praten.
Dat meisjes elkaar in vertrouwen konden nemen, was dus ook onzin. Als puntje bij paaltje kwam was zij net zo eenzaam als Dominic.
De ontmoeting van vanavond zou hun geheim moeten blijven.
O, ze had genoten van al die aandacht, al die complimentjes. Heerlijk als iemand je telkens weer vertelde hoe bijzonder je was. Het was net alsof ze wekenlang door een uitgedroogde woestijn had gestrompeld en opeens ontdekte dat ze voor de poorten van een enorme Coca-Colafabriek stond.
En Dominic en zij hadden alleen maar gepraat, godverdorie.
Hoe kon dat nu fout zijn?

19

Daisy was aan het telefoneren toen Pam, de receptioniste, op de deur klopte en haar hoofd om de hoek van het kantoor stak.
'Daisy? Er staat iemand op je te wachten bij de receptie.'
'Wie?' Daisy fronste haar voorhoofd; er stonden geen afspraken in haar agenda.
'Een zekere juffrouw Tyzack.' Pams onderkinnen bibberden van het onderdrukte lachen. Daisy keek met een ruk omhoog.
'Wíé?'
'Juffrouw Clarissa Tyzack.'
'Alleen?'
'Nee. Ze is onder begeleiding van een heer.'
Daisy ademde langzaam uit om op die manier wat tijd te winnen.
'Pam, ik ben net even druk bezig. Een paar belangrijke telefoontjes. Zou je kunnen vragen of ze willen wachten, en wil je dan zeggen dat ik over vijf minuten kom?'
Zodra Pam de kamer uit was gooide Daisy de telefoon neer, graaide verwoed in haar tas, vond een lippenstift en een haarbandje en toog aan het werk. Ze was zo zenuwachtig dat ze bijna haar haren opstak met de lippenstift en het haarbandje om haar mond draaide.

Daisy haalde een paar keer diep adem. Het was werkelijk volslagen belachelijk om zo in paniek te raken, alleen maar omdat Dev Tyzack onverwacht op de stoep stond. Trouwens, hij had haar allang een keer gezien toen ze er nog veel slechter uitzag. Maar ze kon er niets aan doen, haar hart was op hol geslagen en ze wilde er zo goed mogelijk uitzien. Die morgen was ze veel te gehaast geweest om haar haren te wassen en ze waren nog net niet vettig. Als ze ze opstak zag je dat misschien niet meer zo goed. En wat die lippenstift betreft, waarom zou ze niet wat opdoen? Een likje roze was altijd goed voor je zelfvertrouwen. Het kon toch geen kwaad als je er zo goed mogelijk uit wilde zien?

O jee, het eten gisteravond. Spaghetti drijvend in de knoflook. Daisy begon weer in haar tas te rommelen. Ze stortte zich op een pakje Wrigley's Extra, propte drie stukjes in haar mond en kauwde als een bezetene totdat ze het gevoel had dat haar kaak er bijna af viel. Nou ja, ze zou hetzelfde gedaan hebben bij welke andere gast dan ook. Het was alleen maar beleefd.

Bij de receptie was Pam heel druk bezig met Clarissa, die op haar beurt dappere pogingen deed bij Pam op schoot te klimmen.

Wat alleen maar bewees dat Clarissa geen geschikte kandidaat voor een kennisquiz zou zijn, want de dikke buik van Pam nam alle beschikbare ruimte in beslag.

Dev, die dit blijkbaar ook in de gaten had, probeerde manmoedig zijn lachen in te houden terwijl Pam verrukt kirde: 'Wie is er dan een mooi meisje? Ben jij dat? Ben jij dat? O ja, jij bent zóóó mooi!'

'Het is een landelijke samenzwering.' Dev schudde zijn hoofd en keek bedroefd. 'Deze hond krijgt het vast en zeker hoog in haar bol. Straks begint ze me nog aan mijn kop te zeuren dat ze mee wil doen aan de Miss Worldverkiezingen.'

'Ze zou er fantastisch uitzien in een bikini.' Terwijl ze dit zei ving ze een nieuwsgierig vonkje in Pams ogen op. Hun receptioniste, die dol was op roddeltjes, had onmiddellijk het elastiekje en de pas gestifte lippen opgemerkt. 'Waaraan hebben we je bezoek te danken? Toch geen probleem met de reservering van de conferentie, hoop ik?'

'Nee hoor, geen probleem. Ik heb de tafelschikking voor de lunch meegebracht,' zei Dev.

'Bedankt.' Daisy nam het papier aan dat evengoed doorgefaxt had kunnen worden.

'Maar ik kom eigenlijk langs om te laten zien hoe het met Clarissa gaat.'
Clarissa, die haar staartje verwoed rond liet draaien, had ondertussen haar aandacht naar Daisy overgeheveld. Blij keffend likte ze Daisy's handen en sprong op met pootjes waar veren onder leken te zitten.
'Ze ziet er ontzettend goed uit. Hoe is het met de incontinentie?'
Dev gaf haar een ondeugend knipoogje. 'Prima, bedankt. En met die van jou?'
'Ik bedoelde of ze over ons dure tapijt gaat plassen? Misschien moeten we haar mee naar buiten nemen, dan kan ze een beetje rondrennen.' Dit was niet echt wat Daisy bedoelde, ze wilde gewoon bij Pam weg, want die kon ervoor zorgen dat geruchten zich nog sneller verspreidden dan tyfus. Tegen lunchtijd zou elk personeelslid en het merendeel van de gasten hebben gehoord dat Daisy verwikkeld was in een hartstochtelijke relatie met die knappe rugbyvent uit Bath, je weet wel, die altijd in de kranten stond met het een of andere beroemde vriendinnetje, meestal actrices en fotomodellen.
'Ze plast niet op jouw tapijt, ze is een dame,' zei Dev, maar hij liep toch maar vast in de richting van de deur.
'O, Daisy, er is nog meer bezoek voor je,' herinnerde Pam zich toen ze weg wilden lopen. 'Ik heb hem doorgestuurd naar de bar.' Daisy was zo verrukt van Clarissa's vermogen om achteruit te springen dat ze niet echt luisterde.
'Ze hebben geen afspraak. Over tien minuten heb ik tijd voor ze.'
Buiten scheurde Clarissa meteen de met grind bedekte oprijlaan over om de fontein aan een grondig onderzoek te onderwerpen. Daisy en Dev bleven in de deuropening staan kijken.
'Ik ben ook gekomen om je te bedanken.' Dev draaide zich om en keek Daisy aan. 'Dat je me haar hebt laten uitkiezen. Ik was niet speciaal naar haar op zoek, maar ik kan me nu een leven zonder haar niet meer voorstellen.'
'Graag gedaan.' Daisy's mondhoeken trilden. 'Dus jullie hebben al een band.'
'Jazeker hebben we een band. Ze slaapt zelfs al op mijn bed. Mijn sociale leven wordt een puinhoop.'
'Maar ze is het waard.' Daisy keek vertederd naar Clarissa die nu

als een koorddanseres op het smalle stenen muurtje rondom de fontein balanceerde. 'Hoe kan iemand nu niet van haar houden?'
'Ik heb ergens over lopen piekeren. Als je zo gek op honden bent, waarom heb je er zelf dan geen?'
'Dat zou ik graag willen, maar dat zou niet eerlijk zijn. Ik werk zoveel uren. Wij zijn een hondvriendelijk hotel,' legde Daisy uit, 'maar ik kan niet de hele dag een hond op sleeptouw hebben. En ik zou niet de hele tijd aan andere mensen willen vragen of ze alsjeblieft mijn hond willen uitlaten, omdat ik zelf geen tijd heb.'
Dev knikte. 'Dat snap ik.'
'In plaats daarvan word ik Clarissa's liefhebbende ongetrouwde tante,' ging Daisy opgewekt verder. 'Ik neem haar van tijd tot tijd mee uit naar iets heel bijzonders en dan geef ik haar exotisch voer en verwen haar schandalig.'
'Ze is overigens al aan exotisch eten gewend,' zei Dev droog. 'Een paar nachten geleden heeft ze geleerd de deur van de koelkast open te maken. Ze heeft in een mum van tijd twee biefstukken en een dubbele chocoladekwarktaart van Marks & Spencer naar binnen gewerkt.'
Twee biefstukken? Wie verwachtte hij? Al die modelachtige types met wie hij altijd op die krantenfoto's stond waren broodmager geweest; ze zouden nog liever doodgaan dan in dezelfde ruimte gezien worden met een stuk dubbele chocoladekwarktaart.
O verdomme, misschien ging hij nog steeds om met de zus van Annabel Cross-Calvert, dat stevig gebouwde bruidsmeisje met wie hij na de bruiloft was weggereden. Die had er beslist uitgezien alsof ze wel een halve koe op kon.
'De biefstukken waren alle twee voor mij,' zei Dev die blijkbaar haar gedachten kon lezen.
Dat was niet zo best.
'Net goed.' Daisy schudde medelijdend haar hoofd. 'Jouw egoïstische vrijgezellenjaren liggen nu achter je. Je zult moeten leren delen.'
'Dat roept afgrijselijke herinneringen bij me op.' Dev keek gepijnigd. 'Dat zei mijn moeder vroeger altijd als ik mijn neefjes niet met mijn lego wilde laten spelen.'
'Tja, ik begrijp dat dat moeilijk voor je zou zijn.' Daisy voelde dui-

delijk met hem mee. 'Maar ik vind dat je echt te oud bent om met lego te spelen als je vijfentwintig bent.'
Hij lachte en Daisy besefte met een lichte huivering van plezier dat ze genoot. Ze was bijna, maar niet helemaal, met hem aan het flirten.
'En wat is jouw mening over dubbele chocoladekwarktaart?' vroeg Dev.
'Ik zou geen hele op kunnen. Nou ja,' vervolgde Daisy opgewekt, 'niet in minder dan drie minuten.'
Dev bleef strak naar Clarissa kijken die zichzelf in het ondiepe water rondom de fontein wierp, ontdekte dat het daar ijskoud was en er prompt weer vol walging uit sprong.
'Wanneer heb je weer een avond vrij?'
Daisy's maagspier kromp van verbazing samen. Jeetje, dit was nogal plotseling, hier was ze niet op verdacht.
'Hoezo?' In een poging om tijd te winnen zei ze: 'Ik weet het al, je moet ergens heen en je hebt een oppas voor de hond nodig.'
'Nee.' Dev schudde glimlachend zijn hoofd. 'Wat ik eigenlijk wilde vragen was...'
'Wacht even.' Daisy snoerde hem de mond omdat ze voelde dat ze gezelschap hadden. Liza, een van de nieuwe serveersters, stond pal achter hen te wachten. 'Wat is er, Liza?'
'Hum, het spijt me dat ik stoor, maar er zit iemand in de bar op je te wachten.'
'Dat weet ik. Ik heb al tegen Pam gezegd dat ik zo kom.'
Liza, die pas een paar dagen in het hotel werkte, keek gegeneerd. 'Maar hij zegt dat het dringend is, dat hij geen seconde kan wachten.'
Daisy slaakte een zucht. Die stomme gasten ook, een slechter moment hadden ze niet kunnen kiezen.
'Wie is het? Heb je een naam gehoord?'
'Nou, nee.' Liza stond een beetje ongemakkelijk te schuifelen. 'Niet een naam. Hij zei alleen dat hij... ahum, je man was.'

Daisy verwachtte niet echt dat ze Steven in de bar aan zou treffen, maar toch had ze daarbuiten heel even het gevoel gehad alsof iemand haar een stomp in de maag had gegeven. Een paar seconden later was ze pas in staat zich af te vragen wie er in 's hemelsnaam

het lef had om te zeggen dat hij haar man was. Eigenlijk kon het alleen maar iemand zijn die ofwel volslagen ongevoelig was ofwel ernstig psychotisch ofwel...
Of iemand die ze al heel lang niet had gezien.
Daisy's mond viel open van verbazing toen de figuur bij het raam zich naar haar omdraaide.
'Jósh?'
De man, die zeer zeker niet haar man was, grijnsde haar toe.
'Dag, schatje.'
'Josh!' Met een vreugdekreet rende ze de hele bar door, die afgezien van hen leeg was, en gooide haar armen om hem heen. 'Ik kan het niet geloven, wat doe jij hier? O, mijn god, denk aan het raam, zet me alsjeblieft neer.'
Daisy's hoge hakken misten het glas op een haartje toen Josh Butler, met zijn een meter negentig, haar optilde en daarna met haar rondtolde als een draaibare waslijn tijdens een orkaan. Lachend liet hij haar weer op de grond zakken en gaf haar een klinkende zoen op beide wangen. Toen ze zijn arm vastgreep om haar evenwicht terug te krijgen zag Daisy de achterkant van de auto van Dev Tyzack langs het enorme erkerraam zoeven en de oprijlaan afrijden. Clarissa was als een duveltje in een doosje op de achterbank op en neer aan het springen.
Daisy gaf Josh een flinke stomp op zijn arm.
'Aú! Waarom deed je dat?'
'Omdat je tegen de serveerster hebt verteld dat je mijn man was. Hoe kón je?'
Hij keek zelfgenoegzaam. 'Ik zag jou staan kletsen met die vent. Correctie, niet kletsen, maar flírten. En hij zag er ook nogal happig uit. Je bent nog steeds niet getrouwd.' Josh pakte tijdens het praten haar ringloze linkerhand vast en begon toen ondeugend te grinniken. 'Ik vond het gewoon leuk om de zaak een beetje op te juinen, om te zien hoe hij reageerde.'
Daisy rolde met haar ogen. 'Zie je die stofwolk?' Ze maakte een gebaar naar de hekken aan het eind van de oprijlaan. 'Zo reageerde hij dus.'
'Je bedoelt dat hij er als een slappeling vandoor is gegaan?' Josh had helemaal geen berouw. 'Dat bewijst alleen maar dat hij niet goed genoeg voor jou is. En het lijkt erop dat het vandaag je ge-

luksdag is,' voegde hij er plagerig aan toe, 'want hier ben ik!'
'Nog even bescheiden en verlegen als altijd,' zei Daisy instemmend 'Hoor eens, ik stond hier op deze plaats naar jou te kijken.' Vanuit het raam kon je de stoep waarop zij met Dev had gestaan duidelijk zien. 'Je keek flirterig, zoals je vroeger ook weleens naar mij keek. Op dat moment heb ik met dat serveerstertje gepraat – ha, je had je gezicht moeten zien toen ze je vertelde dat je man er was.' Hij was altijd al een grapjas geweest.
'Dat verbaast me niets,' zei Daisy. 'Gezien het feit dat mijn man vorig jaar is overleden.'
Wreed, misschien, maar de blik van pure ontzetting op het grote, sproeterige gezicht van Josh was zeer zeker de moeite waard.

20

Daisy had Josh Butler tien jaar geleden op de universiteit ontmoet. Op gezette tijden had hij zijn hoofd om de hoek van een collegezaal gestoken, maar vijfennegentig procent van de tijd die Josh ter beschikking had, werd in beslag genomen door roeien, rugby, zuipen, cricket, feesten, bergbeklimmen en golf.
Het was een hectische en uitputtende dagindeling die niet veel tijd voor studeren overliet. Niemand was verbaasder dan Josh, toen hij uiteindelijk vertrok met een heel behoorlijk resultaat.
Daisy kon zich nog heel levendig de eerste keer herinneren dat ze Josh zag. Ze zat op een zaterdag met een groep vrienden te lunchen in de Serpent's Arms toen hij de pub binnenstormde met als enige kledingstukken enorme felgekleurde oorclips en een Tina Turner-pruik.
Nou ja, je kon moeilijk de andere kant uit kijken, hè?
'Wat is er?' Josh had zonder enige gêne grijnzend op haar neergekeken. 'Heb je nog nooit een volwassen naakte man gezien?'
'Kom hier.' Daisy had hem gewenkt. 'Jouw hangende delen zitten helemaal in de war – ik zal ze even voor je uit de knoop halen.'
Tegen de tijd dat het haar was gelukt zijn pontificale kroonluchterachtige oorbellen uit zijn pruik te peuteren die bestond uit een

vogelnestje van geel haar, had Josh besloten dat zij voor hem bestemd was.
'Ik ben Josh Butler. Wat dacht je ervan als we morgenavond samen uitgingen?'
Hij was atletisch gebouwd en had indrukwekkende spiermassa's, slordig roodbruin haar, dat onder zijn pruik uit piekte, ondeugende lichtbruine ogen en duizenden sproeten. Gelukkig had hij, dankzij de hoeveelheid vrije tijd die hij blijkbaar buitenshuis doorbracht, een enigszins lichtbruin kleurtje weten te verkrijgen. Daisy wist vrij zeker dat ze nooit uit zou kunnen gaan met een roodharig iemand van wie de huid de kleur van een kabeljauw had.
'Ik was al bang dat je het nooit zou vragen.' Ze had glimlachend naar hem omhooggekeken. 'Waarom duurde het zo lang?'
Josh Butler knipoogde. 'Ik ben gewoon ontzettend verlegen.'
Josh had met zijn gesponsorde naaktloperij tweehonderddertig pond voor liefdadige doelen bij elkaar verdiend en zijn relatie met Daisy werd de avond daarop een feit. Gedurende een dik halfjaar waren ze een stel. Toen maakten ze het uit. Om allerlei dwaze studentikoze redenen, maar voornamelijk omdat Daisy erachter was gekomen dat ze meer wilde. Ze hadden geen slechte relatie, ze konden prima met elkaar overweg en hadden samen veel lol, maar op de een of andere manier was het niet genoeg.
Het raakte in een kritieke fase op een warme zondagmiddag toen Josh op de rivier aan het roeien was. Daisy, die met het vriendinnetje van een van de andere roeiers lag te zonnebaden, had een stapel kranten bij zich waar ze wat lusteloos in aan het bladeren was.
'Ooh, Jeremy Irons, dat is een negen,' kwijlde Megan, die naast haar in het gras lag. 'Brr, Mister Bean, een tweeënhalf.'
'Maar die is grappig,' protesteerde Daisy.
'Oké, maak er dan maar een drieënhalf van. Maar wees nou eerlijk, hij wordt van z'n levensdagen geen sekssymbool. Nee, dan dit lekkertje,' kirde ze, en aaide over een foto van Jon Bon Jovi. 'Dat vind ik nou echt een stuk. Die krijgt van mij een dikke negenenhalf.' Ze begon zich verwoed koelte toe te wuiven met een opgerolde kleurenbijlage.
'Cary Grant,' zei Daisy dromerig. 'Die zou van mij een tien krijgen.'
'O, doe even normaal, meid, er klopt niets van jouw cijfergeving.

Kom op, laten we dit tijdschrift eens doorwerken. Jij geeft cijfers en dan zeg ik wel waar je in de fout gaat. Hugh Grant.'
'Acht,' antwoordde Daisy zonder aarzelen.
'Julio Iglesias.'
'Min acht.'
'Michael Douglas.'
'Zevenenhalf.'
'Adam Ant.'
'Negen.' Daisy had nog steeds een beetje een zwak voor Adam Ant.
'Josh Butler.'
'Zeven.' Het cijfer was er al uit voordat ze het weer in kon slikken. Op dat moment kwam Josh in zijn boot langsroeien.
'Oeps,' zei Megan. 'Dat kun je niet over je vriendje zeggen.'
Daisy zag hoe Josh keihard de rivier afroeide en besefte dat ze het kon zeggen omdat het gewoon waar was. Hij was een zeven.
'Hoor eens, nu ga je echt de fout in,' legde Megan ernstig uit. 'De jongen met wie je uitgaat is een tien. Dat moet. Waarom zou je anders met hem omgaan?'
En daar kwam het dus eigenlijk op neer. Een vriendje dat een zeven van je kreeg was eenvoudigweg niet goed genoeg. Waar was ze mee bezig, vroeg Daisy zich af. Waarom zou ze tevreden moeten zijn met een zeventje?
Diezelfde avond maakte ze het uit met Josh en hij nam het redelijk goed op. Misschien voelde hij zich wel gekwetst, maar hij wist het goed te verbergen. Daisy hoopte maar dat hij zich niet al te ongelukkig voelde. Ze spraken vol overtuiging af om goede vrienden te blijven en ze hoopte dat dit niet betekende dat hij zich de hele tijd ging bezatten en dan sentimenteel werd en haar dan smeekte of ze hem alsjeblieft, o alsjeblieft, nog één kansje wilde geven.
Ze kwam er drie dagen later achter dat Josh zo wanhopig was geweest dat hij het op zondagavond op een feestje al had aangelegd met Mira, een exotische schoonheid, die bezig was met haar doctoraal natuurkunde. Ze hadden blijkbaar heerlijk gevreeën, en hadden elkaar de volgende avond weer gezien en de avonden daarop ook. Daisy was hiervan op de hoogte omdat Mira ogenblikkelijk al haar vriendinnen had ingelicht over de buitengewone prestaties van Josh in bed. Daisy had zich er steeds aan moeten herinneren dat het geen zin had jaloers te zijn omdat ze allang wist hoe goed

Josh was. Maar dat was niet genoeg geweest. Het had moeite gekost, maar ze bleef bij haar besluit. Zij en Josh waren zelfs goede vrienden gebleven. Van de relatie met Mira was na een paar maanden niet veel meer over en daarna verscheen er het ene na het andere vriendinnetje op het toneel. Daisy was toen al niet meer jaloers en ze plaagde hem met zijn machogedrag en op zijn beurt pestte Josh haar genadeloos met haar besluit om te wachten op de volmaakte, ware Jakob.

'Je had mij kunnen hebben,' zei Josh tegen haar terwijl hij door zijn verwarde haardos streek. 'Je hebt je kans gehad en je hebt hem zelf weer om zeep geholpen. Over vijftig jaar ben je een van die idiote oude vrijsters met pantoffels en een wollen mutsje,' ging hij bedroefd verder, 'die nog steeds wachten tot Pierce Brosnan langskomt op wie ze dan natuurlijk halsoverkop verliefd worden.'

'O, maar wat zul jij op je neus kijken als hij echt langskomt,' had Daisy luchtig geantwoord. 'Dan zul je er in de kranten over moeten lezen, want je wordt uiteraard niet voor het huwelijk uitgenodigd.'

Toen ze met Steven trouwde, had ze Josh niet eens kunnen uitnodigen, ook al had ze het gewild. Hij was naar Amerika vertrokken en ze was hem uit het oog verloren.

Daisy droeg de verantwoordelijkheid beneden over aan Vince, de assistent-manager, en troonde Josh mee naar haar appartement op de eerste verdieping van de aanbouw. Zoals te verwachten was had hij binnen de kortste keren de koekjestrommel te pakken en al gauw waren er nog maar een paar tarwebiskwietjes over. Josh had altijd al ongelooflijk veel gegeten.

Ze hadden zoveel in te halen. Vijf hele jaren.

'Hoe wist je dat ik hier was?' Daisy schopte haar schoenen met hoge hakken uit en zette water op.

'Puur toeval. Sinds ik een paar weken geleden uit de Verenigde Staten ben teruggekomen heb ik bij Tom Pride gelogeerd. Je herinnert je Tom toch nog wel? Hij zat ook op roeien en hij speelde de rol van heks in het toneelstuk in ons laatste jaar. Hij werkt nu bij een handelsbank.' Omdat Josh alle biskwietjes ondertussen soldaat had gemaakt, begon hij de inhoud van Daisy's koelkast aan een onderzoek te onderwerpen. 'Nou ja, hoe dan ook, hij heeft nog steeds contact met een stel kerels van de universiteit en daar zijn we op een avond wat mee gaan drinken. We zaten wat te kletsen over vroeger, ik vroeg me af waar jij tegenwoordig uithing en toen zei Marcus Cartwright dat hij in een van de zondagskranten had zien staan dat jouw pa ergens op het platteland een hotel had gekocht en dat jij dat runde. Hij wist niet meer hoe het heette, alleen dat het in de Cotswolds was, maar daar hebben we nu het internet voor, nietwaar? Tegenover de pub was een internetcafé. Twee minuten later hadden we jullie website te pakken en daar stond een foto op waar je met het personeel voor het hotel staat.' Josh haalde zijn schouders op en vervolgde opgewekt: 'Nou ja, zo'n kans kon ik natuurlijk niet laten lopen. Ik moest je gewoon weer zien. Schatje, heb je deze eieren voor iets speciaals nodig?'

Als er in de wereld iets als gerechtigheid bestond zou Josh nu de omvang moeten hebben van een olifant. Daisy grinnikte bij het zien van zijn zielige gezicht en reikte hem de koekenpan aan.

'Ga je gang. Wat heb je in de Verenigde Staten eigenlijk gedaan?'

'Golfleraar. Ik heb het afgelopen halfjaar bij een club in Texas gewerkt. Het is zwaar werk.' Josh knipoogde en zwaaide met een ei voordat hij het tegen de rand van de pan kapotsloeg. 'De hele dag in de weer op de golfbaan. Een paar rondjes spelen, aan onhandige Texanen leren hoe ze met een golfclub moeten omgaan... en dan zijn er natuurlijk nog de gezellige onderonsjes achteraf. Al die rijke jonge meisjes daarginds die het willen leren omdat ze zo in contact kunnen komen met rijke jonge kerels...'

'Klinkt afschuwelijk,' zei Daisy. 'Jij arme zielepoot. Dus dit is een bliksembezoek?'

'Nee, ik ben een paar weken geleden benaderd door een headhunter. Ik heb nu een andere baan in Miami, maar daar zijn ze nog aan het bouwen. Een betere golfbaan, dubbel zoveel geld, maar nu moet ik aan onhandige inwoners van Florida leren hoe ze met een golfclub moeten omgaan.' Josh sloeg het ene na het andere ei kapot en hij was er nog handig in ook. 'Maar ik moet daar pas begin juni zijn, dus ik vond dat ik wel een vakantie had verdiend en daarom ben ik nu een paar maanden in Engeland. Ik was van plan bij mijn moeder te logeren, maar zij heeft net een nieuwe vent op de kop getikt. Ze zitten de hele tijd als verliefde tieners bij elkaar op schoot.' Hij trok een grimas. 'Een weekend was genoeg. Ik kon voelen dat ik in de weg zat. En het was eerlijk gezegd ook niet zo goed voor mijn eetlust.'

'Dat kunnen we niet hebben,' zei Daisy terwijl hij als een volleerde kok de koekenpan heen en weer bewoog. 'Als je wilt is er nog bacon in de koelkast, en een paar tomaten.'

'Ik kan het bijna niet geloven. Jij die een hotel runt. Wie was die vent met wie je op de stoep stond te flirten? Een van de gasten?'

Vlug, ga na welke mogelijkheden er zijn. Is Dev Tyzack een gast?

Daisy haalde haar schouders op. 'Iets dergelijks.'

'Maar je kunt het toch wel weer in orde brengen?' Josh wilde alsnog gerustgesteld worden. 'Je kunt hem toch wel vertellen dat ik je man niet ben, hè? Je zegt gewoon dat het een grap was.'

'Maak je geen zorgen, ik vertel het hem wel,' herhaalde Daisy plechtig. Reken maar dat ze dat zou doen!

'Is het menens?' Josh hield even op met koken om haar aan te kijken. 'Ik bedoel, vind je deze vent echt aardig?'

Daisy's maag begon onmiddellijk op te spelen. Natuurlijk vond ze Dev aardig. Ze vond hem zelfs zo aardig dat ze er doodsbenauwd van werd.

Hoewel ze moeite had om kalm te blijven vroeg ze: 'Hoe kom je erbij?'

'Pff, godzijdank. Ik zou het vreselijk vinden als ik roet in het eten had gegooid.' Met een brede grijns op zijn gezicht voegde Josh eraan toe: 'Ik wil je wel vertellen dat ik er daarnet bijna was in getrapt, met dat verhaal over die dode echtgenoot. Ik zweer je dat ik even dacht dat je het echt meende.'

Het was heerlijk om Josh weer te zien en te ontdekken dat zijn talent om zijn mond voorbij te praten nog steeds even groot was. Uit eerbied voor zijn fragiele eetlust ging Daisy tegenover hem aan de keukentafel zitten, wachtte tot hij zijn overvolle bord met vettigheden had verorberd en zei toen: 'Ik meende het wel.'

Josh bleef stokstijf zitten met zijn mes en vork ergens halverwege zijn bord en zijn mond.

Hij schudde heel langzaam zijn hoofd. 'Echt waar?'

'Eerlijk waar.'

'Hij is echt dood?'

'Echt dood.'

'O, shit.'

'Je hoeft je niet zo schuldig te voelen,' zei Daisy. 'Ik stond op het punt van hem te scheiden. Er was niets meer tussen ons. Ik had geen slechtere man kunnen uitkiezen.'
Voorzichtig legde Josh zijn bestek neer. 'Wat is er gebeurd?'
'Een auto-ongeluk. Zijn vriendinnetje zat bij hem in de auto, maar zij mankeerde niets. Hij was een leugenaar en een bedrieger, je kon hem geen moment vertrouwen,' zei Daisy met een zucht. 'Dat bewijst maar weer eens hoe fantastisch mijn beoordelingsvermogen is als het op mannen aankomt.'
Hij vertrok zijn mondhoeken. 'Dat is niet waar. Je had vroeger een uitstekende smaak.'
'Terwijl jij altijd meer in kwantiteit dan in kwaliteit geïnteresseerd was.' Daisy kon het niet nalaten hem te plagen. 'Maar dat is allemaal niet meer belangrijk. Hoelang denk je te blijven?'
Josh haalde zijn schouders op en streek door zijn haren. 'Met mij kun je alle kanten uit.'
'Dat is ons bekend.'
'Ik bedoel dat ik geen plannen heb. Ik ben teruggekomen voor een vakantie en om mijn arme eenzame moeder wat op te vrolijken, maar ze is niet meer eenzaam. De flat van Tom in Londen is nauwelijks groot genoeg voor één volwassen man, laat staan voor twee. Marcus heeft ook gezegd dat ik bij hem kon logeren, maar hij heeft een tweeling van twee en een blèrende baby van zes weken. Maar ik kan natuurlijk altijd nog mijn intrek nemen ergens in een kartonnen doos.'
Daisy hield haar gezicht in de plooi. Een jaar nadat zij en Josh het hadden uitgemaakt was ze met haar huisgenoten zonder enig pardon – en volkomen onterecht – door haar huisbaas op straat gezet omdat hij zijn buik vol had van hun luidruchtige feestjes. Josh had haar onmiddellijk onderdak gegeven. Ze had bij hem op de bank mogen slapen zonder huur te hoeven betalen totdat ze genoeg geld bij elkaar had voor een aanbetaling voor de volgende flat.
'Dan kun je maar beter je koffers gaan halen.'
Josh deed zijn best om verbaasd te kijken. 'Mijn koffers?'
'Die grote dingen waar je je spullen in pakt,' legde Daisy behulpzaam uit. 'Je weet wel, rechthoekig, met een handvat. Volgens mij heb je ze achter in je auto liggen.'

21

Daisy had expres geen speciale aandacht aan Barney besteed sinds zijn komst. Hij had zich schijnbaar heel snel vertrouwd gemaakt met zijn baan en ze had van Vince gehoord dat hij enthousiast en bereidwillig was en dat hij goed viel bij de gasten – vooral bij die van het vrouwelijke soort – vanwege zijn opgewekte karakter en zijn aantrekkelijke frisse uiterlijk.

Maar de verhuizing van Manchester naar Colworth was zonder enige twijfel een ingrijpende gebeurtenis. Omdat ze bezorgd was dat hij misschien eenzaam was en verteerd werd door heimwee schoot ze later die middag Rocky aan die in de bar aan het werk was.

'Hoe doet Barney het?'

'Goed, geloof ik.'

'Geloof je?' Daisy keek bedenkelijk. 'Weet je het niet zeker?'

'Zo te zien gaat het prima met hem.' Rocky, die niet precies wist wat er van hem werd verwacht, zei: 'Ik heb hem buiten werktijd eigenlijk niet zo vaak gezien.'

'Nou, dat is niet erg aardig, hè? Als jullie met een stel naar de Hollybush gaan, vraag je hem dan ook?' Daisy voelde hoe ze namens Barney kwaad werd. Ze zag voor zich hoe hij alleen op zijn zolderkamertje zat, zich buitengesloten voelde en zich doodongelukkig afvroeg waarom niemand met hem bevriend wilde zijn.

'Natuurlijk hebben we gevraagd of hij meeging,' kwam Rocky in het geweer. 'Je weet dat we altijd proberen om nieuwe personeelsleden te verwelkomen. Maar Barney zegt altijd nee.'

Ze deden duidelijk niet genoeg hun best, dacht Daisy boos.

'Bedoel je dat hij hier in z'n eentje blijft zitten?'

'Ben je mal,' riep Rocky uit. 'Hij heeft al een vriendin, hoor. En ik kan je wel vertellen dat een paar van onze serveersters een oogje op hem hadden. Ze vonden het helemaal niet leuk toen ze erachter kwamen dat hij al bezet was.'

Daisy was stomverbaasd. 'Een vriendin? Wat, hier? Zo gauw?'

'Die stille wateren moet je altijd in de gaten houden.' Rocky grinnikte, want hij was opgelucht dat het misverstand uit de wereld was en dat hij niet meer in het beklaagdenbankje zat. 'Barney is

nog niet klaar met zijn dienst of hij is al in geen velden of wegen meer te bekennen. Hij stapt in zijn auto en, zoef, hij racet de M4 af. Ze woont in Bristol.'
Zo, wie had dat kunnen denken? Misschien was hij daarom wel zo happig geweest om hierheen te verhuizen.
'Je hebt trouwens ongelijk,' zei Daisy.
'Wel waar! Barney heeft me verteld dat ze in Bristol woonde.'
'Ik bedoelde over die stille wateren die je in de gaten moet houden.' Daisy trok een plagerige wenkbrauw op. 'Ik heb gehoord dat jij enorm in de gaten moet worden gehouden. En niemand kan jou een stil water noemen.'

Barney vond alles aan zijn baan fantastisch. Hij vond op dit moment alles aan zijn leven fantastisch. Als hij om vijf uur met zijn werk klaar was trok hij in allerijl zijn portiersuniform uit, douchte, schoot een spijkerbroek en een trui aan, en dan kon hij om zes uur in Bristol zijn. De auto die hij voor vierhonderd pond in Manchester had gekocht – een roestige Rover in een alarmerende kleur paars – had hem tot dusver nog niet in de steek gelaten. Af en toe braakte hij enorme zwarte rookwolken uit, maar hij bleef het stoer volhouden en had op de snelweg nog geen panne gehad. Het kon niet eeuwig duren, maar voorlopig hield hij zich kranig.
Het moment van de dag waar Barney het allermeest van hield was als hij de straat van Mel in reed en voor haar deur stopte. De voordeur ging dan altijd onmiddellijk open en dan stond ze daar met Freddie op haar heup met een stralend gezicht op hem te wachten. Het gaf hem zo'n... bijzonder gevoel. Barney kon er nog steeds niet bij hoe fantastisch hij zich voelde als hij bij haar was. Zijn hele leven hadden andere mensen voor hem gezorgd zonder dat hij daar zelf schuld aan had. Nu was er voor het eerst een evenwichtige situatie. Hij wist dat Mel net als hij uitkeek naar hun ontmoeting.
Op hun eerste avond samen was Barney zoals beloofd aan komen zetten met een afhaalmaaltijd van de Chinees om de hoek. De avond daarop had Mel lasagne gemaakt en de volgende avond had ze een gehaktschotel met gebakken uien en jus opgediend, gevolgd door chocolademousse.
'Je hoeft niet elke keer als ik hier kom voor me te koken,' bracht Barney naar voren. 'Dat is niet eerlijk.'

'Waarom is het niet eerlijk?' Mels grijze ogen straalden. 'Ik vind het leuk om voor je te koken. Het is gewoon heerlijk als je hier bent.'
Maar Barney had last van zijn geweten. Eten kostte immers geld? Hij had een verrukkelijk machogevoel (ik Tarzan, jij Jane) toen hij tegen haar zei: 'Morgenavond gaan we naar die grote supermarkt op Emerson's Green. Die is tot acht uur open.'
Dat was gisteren geweest en nu stond hij voor de deur van Mels flat. Mel deed de voordeur achter zich dicht. Ze droeg een spijkerbroek met een rode fleecetrui en Freddie had zijn donkerblauwe skipakje aan. Toen hij de auto uit sprong om het kinderzitje achterin te bevestigen besefte Barney dat hij net zo opgewonden was alsof ze aan een uitstapje naar Disneyland in Parijs begonnen. Hij had er nooit bij haar op aangedrongen dat ze hem bijzonderheden over Freddies vader vertelde. Eén keer maar had hij haar tussen neus en lippen gevraagd of er een kans was dat hij ooit terug zou komen. Mel had haar hoofd geschud en had resoluut geantwoord: 'Geen enkele kans. Hij is voorgoed weg.'
Daar had Barney geen probleem mee.
Het was een heerlijk gevoel om met Mel aan zijn zij de drukke gangpaden van de supermarkt af te lopen, met een stralende Freddie in het zitje van het winkelkarretje.
We zien eruit als een normaal gezin, dacht Barney, en hij zwol van trots toen er een oude dame bleef staan die helemaal weg was van Freddie.
'O, wat hebben jullie daar een schattig jongetje,' zei ze bewonderend tegen Barney. 'Die zal heel wat veroveringen maken als hij groot is.'
'Hij is er nu ook al vrij goed in,' zei Barney grijnzend tegen haar.
'We doen samsam,' zei Mel terwijl het karretje steeds voller werd. 'Ik kan je moeilijk zijn luiers laten betalen.'
'Maar dat wil ik juist. Alsjeblieft, laat me nu maar.' Barney was vastbesloten. 'Ik ben nog nooit zo naar een supermarkt geweest.' Hij voegde er meteen aan toe: 'Ik bedoel, zo gezellig met z'n drietjes.'
Glimlachend gaf Mel hem een kneepje in zijn arm. 'Ik ook niet.'
Om halfacht waren ze weer terug in haar kille flat in het souterrain. Mel begon onmiddellijk de plastic tassen uit te pakken en de

spullen in de kasten te zetten. Ondertussen keek ze toe hoe Barney de gashaard aanmaakte, het vuurscherm er weer voorzichtig voor zette en daarna Freddie het gewatteerde skipakje uittrok. Haar hart kromp ineen toen ze hen samen zag lachen. Het was bijna griezelig hoe Barney in zo'n korte tijd hun leven had veranderd. Voor het eerst in meer dan een jaar, besefte Mel, voelde ze zich normaal. Oké, misschien klonk dat wel zielig, maar het was echt iets bijzonders geweest, zo met z'n drietjes in de supermarkt net als een echt gezin. Sinds Freddie was geboren had ze naar zoiets gehunkerd; telkens als ze ging winkelen had ze een scheut van jaloezie gevoeld als ze een gezinnetje was tegengekomen; de vader die het karretje duwde, die zijn kind bezighield en die de zware tassen in de auto tilde...

Freddie, die doodmoe was van zijn late uitstapje, was in een mum van tijd in diepe slaap. Terwijl Mel hem aan het instoppen was, kwam Barney opeens achter haar staan in de slaapkamer en fluisterde: 'Witte of rode wijn?'

'Witte,' fluisterde Mel terug, en ze schrok even toen hij zijn hand op haar schouder legde. Samen keken ze naar Freddie. Zijn lange wimpers wierpen schaduwen over zijn rode wangen. Zijn armpjes had hij boven zijn hoofd liggen.

'Hij is volmaakt,' zei Barney.

Jij ook, dacht Mel.

Weer terug in de huiskamer zag ze dat hij de tafel had gedekt, kaarsen had aangestoken en de met aluminiumfolie beklede zak had opengescheurd waarin hun gare, aan het spit geroosterde kippetje zat. Hij had de sla in een schaal gedaan en aangemaakt, het stokbrood met knoflook was opgewarmd, en hun toetje – rabarberkruimeltaart met slagroom – stond boven op de koelkast op hen te wachten.

Warme tranen van dankbaarheid sprongen bij Mel in de ogen. Ze was geen zielepiet en ze was uitstekend in staat om voor zichzelf te zorgen, maar... o, het was zo heerlijk om eens een keertje verwend te worden. Ook al had Barney de rode sierkaarsen aangestoken die veel te mooi en te duur waren om ooit te worden gebruikt.

Na het eten speelden ze een potje scrabble terwijl Macy Gray op de achtergrond een gevoelig liedje zong. De kamer was nu warm en Barney had zijn donkerblauwe trui uitgedaan. Mels hart klopte vol verwachting en ze vroeg zich af of hij die avond tot daden zou overgaan. Als Freddie bleef slapen en zij Barney zou kunnen overhalen een tweede glas wijn te drinken, kwam het er misschien wel van. Ze kon natuurlijk ook zelf het heft in handen nemen, maar ze had zich voorgenomen dat niet te doen. Ze wilde niet dat Barney de indruk zou krijgen dat ze een schaamteloze verleidster was die zich waar ze maar kon aan mannen opdrong of ze het nu wilden of niet.

Bovendien vermoedde Mel dat hij zelf het besluit zou willen nemen; ze moest wachten tot hij het initiatief nam. Het zou vreselijk zijn als ze hem afschrikte en als ze iemand waar ze zoveel van...

Rrring, ging de bel. Ze schrokken zich allebei een hoedje.

'Wie is dat?' vroeg Barney.

'Geen idee.' Mel trok haar voeten onder zich vandaan en gleed van de bank af; ze had geen vrienden die onaangekondigd binnen konden komen vallen. 'Of het moet Minnie zijn, die zeurpiet van de flat boven, die weer komt klagen over het lawaai.'

Eigenlijk was dat niet onwaarschijnlijk.

Barney keek verbijsterd omhoog naar het plafond. 'Welk lawaai?'

'Jeetje, van alles, je kunt het zo gek niet bedenken. Als we onze letters te hard op het scrabblebord neerzetten. Of als je een stuk zeep uitpakt. Of als je je haren te luidruchtig borstelt. Alles.' Mel rolde wanhopig met haar ogen. 'Dat stomme mens heeft de oren van een vleermuis.'

Voor de zekerheid zette ze Macy Gray wat zachter, voordat ze de deur openmaakte. Als die oude vleermuis van boven als eerste op de lijst van Mels minst favoriete personen stond, was de vrouw die had aangebeld zeker een goede tweede. Mevrouw Jefferson, haar huisbazin, was een vrouw van achter in de veertig met een scherp gezicht en een daar bijbehorende manier van doen.

Ze wond er, zoals gewoonlijk, geen doekjes om.

'Hier heb je een brief waarin jullie de huur wordt opgezegd.' Ze duwde Mel de envelop in de hand en wierp een ijzige blik op Barney die achter Mel was komen staan. 'Je hebt een maand om iets anders te vinden.'

Mel voelde zich opeens misselijk. Dat ze haar flat uitgezet zou worden was heel lang een van die vage angsten geweest die in haar on-

derbewustzijn hadden rondgezweefd, maar ze had nooit echt verwacht dat het zou gebeuren.
'Waarom?'
'Ik verkoop het huis.'
Dit was een aperte leugen.
'Ik maak echt niet veel lawaai,' drong Mel aan.
'Jij misschien niet, maar dat kind wel. Ik krijg constant klachten,' snauwde mevrouw Jefferson terug.
'Dat is niet waar! Freddie is een tevreden baby.'
'Blij dat te horen. Als hij zo fantastisch is, zal het je geen moeite kosten andere woonruimte te vinden.'
'Maar dit is niet eerlijk,' jammerde Mel, zo hard dat Freddie prompt wakker werd en begon te krijsen. 'Het is die verdomde schele heks van hierboven, hè? Ik kan u verzekeren dat die hartstikke gek is.'
'O ja?' vroeg mevrouw Jefferson met een stem van ver beneden het vriespunt. 'Wat interessant. Ze is toevallig ook mijn moeder.'

'Het kan me niets schelen, het kan me echt niets schelen. Dit is toch een smerig krot.' Mels stem bibberde toen ze met een roekeloos gebaar wijn in haar glas schonk, maar ze was nu eenmaal geen jankerig type. Ze verdomde het om te gaan huilen. Ze maakte een minachtend gebaar en zei bitter: 'Ik bedoel maar, kijk eens om je heen. Bosnische vluchtelingen zouden hier voor geen goud willen wonen. Ik vind zo iets beters.'
Barneys hart kromp samen van liefde. Hij hoopte dat Mel in tranen zou uitbarsten, dan kon hij haar tenminste echt troosten. Maar aan de andere kant hield hij des te meer van haar omdat ze zo krampachtig haar best deed om niet te huilen.
Was het liefde? Echt waar? Het interesseerde Barney niet. Het enige dat hij wist, was dat hij alles zou willen doen om Mel te helpen.
Ze had trouwens gelijk. Ondanks al haar pogingen om het schoon te maken, was het nog steeds een puinhoop. Het behang hing in repen aan de muur, de sponningen waren verrot, de vloerkleden waren tot op de draad versleten.
'Ik ga wel met je mee op huizenjacht,' zei hij tegen Mel. 'Je zult zien dat we iets geweldigs vinden.'

Mel liet haar schouders mismoedig zakken. 'We zitten onszelf voor de gek te houden. We vinden nergens iets behoorlijks. Als ik heel, heel erg bof, vind ik misschien iets wat een heel klein beetje minder vochtig en walgelijk is en waar een iets beter soort kakkerlak huist.'
Barney legde zijn arm om haar heen. 'En de gemeente dan?'
'Je bedoelt dat ik ergens in pension ga? Zes maanden op een triest kamertje en dan bieden ze me iets aan op de zestiende verdieping van een torenflat waar je struikelt over de drugsverslaafden. Vergeet het maar. Maar hoor eens even.' Mel schudde haar hoofd en sprong overeind. 'Dit is jouw probleem niet, en nu praten we er niet meer over. Neem nog wat te drinken,' voegde ze er over haar schouder aan toe. 'Ik ga even naar de wc.'
Twee minuten later viel Mel met een plof op de bank neer, richtte haar aandacht weer op het scrabblebord en zei resoluut: 'Nou, waar waren we? Wie was er aan de beurt?'
Toen viel haar blik op de letters die in haar rekje stonden. Het waren er nu acht in plaats van de zeven die er eerst hadden gestaan. De letters vormden de woorden: I LOVE YOU.
Een hele poos kon ze geen woord uitbrengen vanwege de brok in haar keel. Ten slotte zei ze met een beverig stemmetje: 'Weet je, ik had kunnen zweren dat ik net nog een J en een X had.' Toen keek ze vertederd. 'Maar ik vind deze letters veel leuker.'
'Ik wil je gelukkig maken,' zei Barney tegen haar.
'Je maakt me al gelukkig.' Mel leunde naar voren en kuste hem heel voorzichtig op het hoekje van zijn mond. Ze ging even achterover zitten en kuste hem toen nog eens. Haar wimpers trilden tegen zijn wang. Twee kleine kusjes, dat was genoeg. Ze was geen slet. Barney moest nu maar de rest doen.
Barney snapte wat de bedoeling was. Hij hield zijn hoofd schuin en toen vond zijn mond de hare. Het volgende moment hield hij haar in zijn armen. Hij werd overspoeld door allerlei gevoelens en hij trok Mel nog dichter tegen zich aan en toen voelde hij het snelle kloppen van haar hart door haar dunne grijze sweatshirt heen. Overweldigd door zijn gevoelens voor haar legde hij zijn handen om haar hoofd en vroeg zich af of hij zich ooit nog gelukkiger zou kunnen voelen dan nu op dit moment. Maar toen Mels vingers zich heel behoedzaam naar de voorkant van zijn spijkerbroek bewogen, ontdekte hij dat dat toch mogelijk was.

'Ik hou ook van jou,' fluisterde ze hem in het oor.
Dit, besefte Barney, was de reden waarom hij zich nooit had ingelaten met meisjes die uit waren op een kortstondige relatie. Waarom zou je tevreden zijn met iets wat minder volmaakt was dan dit?

Freddie lag lekker te slapen in zijn bedje in Mels slaapkamer. Met stilzwijgend wederzijds goedvinden vreeën ze in de huiskamer op het kleedje voor de gaskachel.
Na afloop zei Mel dromerig: 'Ik dacht dat hij wel weer wakker zou worden.'
'Hij staat aan onze kant.' Barney streelde glimlachend over haar haren en keek liefkozend naar haar lichaam bij de flikkerende oranje gloed van de kachel. Hij hield van de natuurlijke manier waarop ze met haar naaktheid omging en hij genoot toen ze plagerig haar handen over zijn borstkas liet glijden. Eigenlijk zou hij hier wel voor eeuwig en altijd willen blijven liggen.
'Wat is dit?' Mels vingers waren een beetje naar beneden en naar opzij gegaan. Zachtjes ging ze met haar vingertoppen over het dunne vijf centimeter lange litteken.
'Dat is een litteken.' Barneys hersens gingen als een razende aan het werk.
'Dat weet ik wel, dommerd. Hoe kom je daaraan?'
'Een mes.' Nou ja, een scalpel. Ongeveer hetzelfde.
'Iemand heeft je met een mes gestoken?' Mel klonk geschokt.
Inderdaad, de een of andere chirurg.
Maar Barney kon het niet opbrengen het haar te vertellen. Nog niet. Hij was nog steeds bang dat Mel hem niet meer zou willen als ze hoorde wat er met hem aan de hand was, dat ze opeens anders naar hem zou gaan kijken. Dat hij nu gezond was, betekende nog niet dat het altijd zo zou blijven. Net als een accu kon een getransplanteerde nier het begeven.
'Wat kan ik zeggen?' antwoordde hij luchtig. 'Ik ben opgegroeid in een ruig gedeelte van Manchester. Zie je dit?' Handig leidde hij haar aandacht af en wees op de pink van zijn linkerhand, die krom was. 'Ik zat op een klapstoel toen ik vijf was. En die klapte dus in elkaar. In Manchester zijn zelfs de stoelen nog gevaarlijk.'
Hij wilde ergens anders over praten. Mel ging er niet op door. Een van de dingen die ze het meest in Barney waardeerde, was dat hij

haar niet voortdurend lastig viel met vragen over haar eigen verleden.
'Het is elf uur.' Ze keek even naar de deur van de slaapkamer. 'Kun je blijven slapen?'
'Weet je het zeker? Dan moet je de wekker op zes uur zetten.'
'Dat meen je toch niet serieus? Freddie is om vijf uur al op.' Mel trok een grimas. 'God, waarom zeg ik dat nou? Nu ga je er vast als een haas vandoor.'
'Doe niet zo raar,' zei Barney blij. 'Ik kan me niets leukers voorstellen dan hier bij jou te blijven.'

22

Maggies wenkbrauwen schoten verontwaardigd omhoog toen om vijf over elf de telefoon ging.
'Als het die reparateur is, zeg dan maar dat hij met zijn reserveonderdeel in de klei kan zakken. Wat een onbeschofte vent! Hij heeft met de hand op zijn hart beloofd dat hij vanmiddag langs zou komen en nu denkt hij zeker dat hij gewoon kan opbellen en...'
'Hallo?' Tara stortte zich op de telefoon en drukte hem stevig tegen haar oor. Het volgende moment begon ze als een idioot te grijnzen toen ze de stem hoorde waar ze op had gewacht. 'Niet jouw man,' fluisterde ze Maggie toe.
Hij is mijn man, mijn man, van míj...
'Ik denk nog steeds aan je,' Dominics stem, die zacht en intiem klonk, bezorgde haar rillingen van genot.
'Ik ook aan jou,' fluisterde Tara terug.
'Heb je zin om morgenavond mee uiteten te gaan? Ik had gedacht dat we Lettonie weleens zouden kunnen proberen.'
Tara was helemaal overdonderd. Ze vond al dat ze bofte als een kerel een zakje baconchips voor haar kocht die ze dan bij haar pilsje kon opeten. Lettonie, een restaurant in Bath, had een geweldige reputatie én twee Michelinsterren. Dominic vond haar duidelijk aardig.
Héél aardig.

'Klinkt goed,' zei ze onverschillig, alsof mannen haar praktisch iedere dag mee uitnamen naar een restaurant met Michelinsterren.
'Ik haal je om acht uur op. Dezelfde plek.'
'Oké. Doei.' Tara vroeg zich af of hij zo zachtjes praatte omdat hij van huis uit belde en besloot meteen om zich niet schuldig te voelen. Zij kon er niets aan doen dat hij vastzat in een ongelukkig huwelijk.
'Wie was dat?' vroeg Maggie toen ze had opgehangen.
'O, gewoon, Robbie Williams. Hij blijft maar bellen omdat hij per se met me uit wil. De zielepoot kan met geen mogelijkheid een vriendinnetje krijgen. Dus heb ik gezegd dat ik morgenavond wel kan.'
'Wat ongelooflijk lief van je,' riep Maggie uit. 'Dat je je kostbare vrije tijd opoffert om de een of andere lelijke popster gezelschap te houden. Waar neemt hij je mee naartoe?'
'De arme man heeft niet zoveel geld. Waarschijnlijk naar McDonald's,' zei Tara.
'Weet je eigenlijk wel hoe geweldig je bent?' Maggie schudde bewonderend haar hoofd. 'Die Robbie Williams boft maar met jou.'
'Dat weet ik,' zei een stralende Tara bescheiden. 'Ik ben een engel.'

Daisy wist niet meer wanneer ze voor het laatst zo'n ontspannen, leuke avond had gehad. Lui op de bank liggend met haar blote voeten lekker bij Josh op schoot en een kop koffie – door Josh gezet – in haar hand zei ze: 'Ik had eigenlijk al in bed moeten liggen. Je hebt nu al een slechte invloed op me.'
'Heb ík een slechte invloed?' Hij wierp haar een ongelovige blik toe. 'Jij bent degene van wie ik beneden "Oh, When The Saints" moest zingen. Én ik moest van jou meezingen met "Home On The Range". Ik had gedacht dat dit een aardig, rustig hotel was. Een fatsoenlijk hotel vol fatsoenlijke oude dametjes die canasta spelen.'
'O, nou ja, dat komt door mijn vader,' zei Daisy. 'Iedereen die maar een beetje fatsoenlijk is, wordt onmiddellijk verwijderd. Als ze een stap op de oprijlaan zetten, laat hij ze zonder pardon doodschieten.'
Josh grinnikte. 'Je pa is geen steek veranderd.'
Daisy slurpte aan haar zwarte koffie en wiebelde met haar achterwerk om nog wat lekkerder te zitten. Hector had Josh als de ver-

loren zoon begroet en hij had tegen iedereen die toevallig op dat moment aanwezig was, verkondigd dat Josh verreweg de beste van Daisy's vroegere vriendjes van de universiteit was geweest en de enige die hij echt had gemogen.

'En dat heb je toentertijd ook tegen Daisy gezegd?' Josh was zo sportief om onmiddellijk mee te doen en hij sloeg zich in zogenaamd afgrijzen met zijn sproeterige hand tegen zijn voorhoofd. 'God, geen wonder dat ze me heeft gedumpt – een meisje knapt helemaal af op een jongen als ze weet dat haar ouders hem leuk vinden.'

Daisy, die naast hem stond, had met haar ogen gerold en gezegd: 'Dat is niet waar.'

En dat was het ook niet, had ze gedacht toen Hector een luidruchtig refrein van 'Daisy, Daisy, Give Me Your Answer Do' had ingezet. Het was een belachelijk idee.

Of niet?

'Toe nou,' drong Josh aan, waardoor ze weer pardoes in het heden terechtkwam. 'Vertel eens iets over die man van jou. Als het zo'n klootzak was, waarom ben je dan met hem getrouwd?'

'Ah, dat kan ik je wel vertellen. Hij was net zo achterbaks als een heleboel andere mannen,' antwoordde Daisy vinnig. 'Hij vergat erbij te vertellen dat hij in werkelijkheid een rotzak was. Toen we elkaar pas kenden, leek het wel of Steven zo ongeveer volmaakt was. En daar ben ik in getrapt.'

'O, hou maar op, je dacht dat je je tien had gevonden.' Josh zag er walgelijk zelfingenomen uit.

'Ja, ga je gang maar. Grijns maar raak.' Daisy begon serieus spijt te krijgen van haar uitbarsting van eerlijkheid jaren geleden toen ze zich gedwongen had gevoeld aan Josh alles eerlijk op te biechten. 'Maar ja, als je het zo wilt stellen, ik dacht inderdaad dat ik mijn tien had gevonden. Steven was grappig en charmant – áú.'

Josh kneep in haar grote teen en riep verongelijkt uit: 'Ik ben ook grappig en charmant.'

'En hij was heel, heel aantrekkelijk – au, áú,' gilde Daisy het uit toen hij haar andere grote teen te pakken had.

'Dat is typisch een opmerking van iemand die alleen op uiterlijk afgaat. Jij bent een gezichtenfreak.' Josh schudde bedroefd zijn hoofd. 'Lelijke mensen hebben ook gevoelens, hoor.'

'Oké, ik weet het, het is oppervlakkig en ik schaam me, maar ik ben gewoon eerlijk. En jij bent niet lelijk,' zei Daisy tegen hem. 'Hoe dan ook, ik dacht inderdaad dat Steven volmaakt was. En daar bleek ik me ongelooflijk in te hebben vergist. O, alsjeblieft, alsjebliéft,' smeekte ze terwijl ze zich in allerlei bochten kronkelde toen hij haar genadeloos onder haar voeten begon te kietelen. 'Hou op, ik ben al genoeg gestraft. Ik beloof dat ik nooit meer op uiterlijk af zal gaan.'

'Dus je hebt je lesje geleerd?'

'Ja, ja!'

'Eigenlijk heb je dat nog niet,' zei Josh op vaderlijke toon. 'Ik heb je vanmiddag gezien, weet je nog wel? Je stond voor het hotel te flirten met die kerel. En je kunt me niet wijsmaken dat hij lelijk was.'

Daisy keek onschuldig. 'O, nee? Dat was me helemaal niet opgevallen.'

'Kom op, vertel me alles nou maar.'

Met enige aarzeling deed ze haar verhaal. En zette zich schrap voor zijn reactie.

Zoals te verwachten schaterde Josh het uit. 'O, dit is kostelijk. Daisy MacLean, dit is uw leven! Zie je niet dat je weer van voren af aan begint?'

'Ik begin helemaal niet van voren af aan,' zei Daisy verontwaardigd. 'Dat is gewoon niet zo, oké? Er is absoluut niets gaande tussen mij en Dev Tyzack.'

'Schatje, maak dat de kat wijs.'

Als dat zou kunnen, dacht Daisy.

'Echt niet.'

Hij stak vermanend zijn vinger op. 'Ik stond naar je te kijken, weet je nog wel?'

'En ben ik hem om de hals gevallen?'

'Je keek alsof je dat wel wilde.'

O god, dacht Daisy, vol afschuw. Laat dat alsjeblieft niet waar zijn.

'Die Don Juan-types zijn allemaal hetzelfde,' ging Josh verder. 'Dat is een natuurwet. Ze kunnen zoveel vrouwen krijgen als ze willen, dus doen ze dat ook. Zodra ze een verovering hebben gemaakt, is het niet meer interessant en dan gaan ze door naar de volgende.

Het is net zoiets als bij de jacht. Opwindend en leuk voor hen,' concludeerde hij invoelend, 'maar niet zo erg ontspannend voor jou, als je iedere morgen wakker wordt met de vraag of je die dag misschien te horen krijgt dat je kunt vertrekken.'

'En ik heb nog wel gezegd dat je hier kon logeren,' jammerde Daisy terwijl ze hem een klap op zijn knie gaf. 'Ik heb je enkel en alleen uit de goedheid van mijn hart een bed aangeboden en als stank voor dank krijg ik dan dit soort beledigingen naar mijn hoofd geslingerd!'

'Geen beledigingen. Verstandig advies. Je bent vrij om te doen wat je wilt,' zei Josh nonchalant. 'Ik waarschuw je alleen maar voor wat er gebeurt als het allemaal misloopt.'

Nadat hij haar een broederlijk kusje op de wang had gegeven was Josh in de logeerkamer verdwenen en was na een paar seconden al onder zeil. Daisy, die in haar eigen bed naar de balken in het plafond lag te staren, kon door de muur heen horen hoe hij zachtjes begon te snurken.

Maar dat was niet de reden waarom ze niet in slaap viel. De opmerkingen van Josh bleven in haar hoofd rondratelen als bonen in een potje. Daisy moest toegeven dat hij haar alleen maar dingen had verteld die ze zelf ook al had uitgedokterd.

Mannen met een hoge risicofactor – mannen als Dev Tyzack – maakten je uiteindelijk altijd ongelukkig.

Dus moest ze zich er maar niet mee inlaten.

23

Het prikbord in de etalage van de dorpswinkel was vol geplakt met allerlei mededelingen. Er werden jonge konijntjes aangeboden, voor niets als je ze een goed tehuis kon bieden. Een babysitter bood haar diensten aan. Iemand zat te springen om een werkster voor drie ochtenden per week. Iemand anders had een zonnebank in de aanbieding plus een elektrische gitaar en een vrieskast. Een van de huizen in het dorp was als vakantiehuisje te huur. De persoon die een zwarte kat had gezien met een wit vlekje op de neus die al sinds begin februari zoek was, werd verzocht contact op te nemen met Fred en Eileen in Brocket's Lane.

De bel boven de deur rinkelde toen Barney de winkel binnenliep. Christopher en Colin waren allebei druk bezig nieuwe voorraden op de planken te zetten en ondertussen waren ze goedmoedig met elkaar aan het kibbelen. Vandaag hadden ze allebei een overhemd aan met roze en witte ruitjes, een bijpassende grijze broek en een roze gebreid vest.

'Hé, daar heb je ons vriendje Barney.' Colin vond het leuk om hem te plagen. Hij vond dat iemand die zo knap was als Barney onmogelijk hetero kon zijn. Zelfs Christopher, die tot zijn opluchting had gemerkt dat hij geen homo was, deed nu aardig tegen hem. Het was niet gemakkelijk als je onzeker, jaloers en doodsbenauwd was dat je jonge vriendje in de verleiding zou kunnen komen om vreemd te gaan.

'Ik zat te kijken naar die advertenties in de etalage,' begon Barney.

'En je wilt de Spaanse gitaar kopen? Halleluja!' riep Colin uit. 'Ik dacht dat we over tien jaar nog met dat ding opgescheept zouden zitten.'

'Nee...'

'Je wilt toch niet zeggen dat je Vlekje hebt gevonden?' Christopher keek hoopvol.

'Sorry, dat heb ik niet,' zei Barney vlug omdat ze hier anders wel de hele dag konden staan. 'Het gaat over het huisje.'

Christopher en Colin keken verbaasd.

'Hill View Cottage? Dat vakantiehuisje? Daar vragen ze vierhonderd pond per week voor.'

'Dat weet ik,' zei Barney, 'en zoiets kan ik me niet veroorloven. Maar ik dacht alleen dat jullie misschien wisten of er hier in de buurt iets anders te huur was. Iets wat kleiner is, en goedkoper. Nou ja,' corrigeerde hij zichzelf, 'heel wat goedkoper.'

Christopher keek bedenkelijk. 'Alle vakantiehuizen zijn razend duur. Dat komt door al die bloemetjesgordijnen en schattige meubeltjes waar ze al die huisjes mee hebben volgepropt. Voor minder dan tweehonderd pond is er niets te krijgen.'

Fantastisch. Barney werd er niet vrolijker op. Vanaf het moment dat het idee die morgen bij hem was opgekomen had hij de minu-

ten geteld tot zijn lunchpauze omdat hij ervan overtuigd was dat Colin en Christopher hem zouden kunnen helpen.
'Wat is er mis met het hotel? Hebben ze je eruit gegooid?' Colin, die altijd wel in was voor een roddeltje, was niet meer geïnteresseerd in het vakkenvullen. Hij sperde zijn ogen open. 'Hebben ze je bij iets ondeugends betrapt?'
Barney vond het jammer hem te moeten teleurstellen. 'Ik ben gewoon op zoek naar iets groters.' Verlegen maar ook een beetje trots voegde hij eraan toe: 'Voor mij en mijn vriendin.'
'Wat schattig,' zuchtte Colin.
'Nou, zodra we iets horen, laten we je het weten,' verzekerde Christopher hem. 'Maar verwacht alsjeblieft niet te veel.'
'Maar nu je hier toch bent,' zei Colin opgewekt. 'Je ziet er een beetje pips uit. Misschien ben je wel geïnteresseerd in een zonnebank?'
In een mum van tijd was het hele dorp op de hoogte. Om vier uur wenkte Bert Connelly, een van de klusjesmannen van het hotel, Barney naar buiten.
'Ik hoor dat je iets wilt huren.' Bert kwam meteen ter zake.
Barney schrok zich een hoedje en zond een schietgebedje omhoog dat Bert niet zou aanbieden dat hij er nog wel bij kon in zijn eigen huisje in het dorp. Dat zat al barstensvol met zijn drie grote onbehouwen zonen, die alle drie op een boerderij werkten, en met zijn vrouw die de omvang had van een hooiberg.
'Ahum, nou ja, ik heb daar even aan gedacht.' Alsjeblieft niet.
'Ik zat zo te denken.' Berts oog begon veelbetekenend te glinsteren.
'O ja?' Barney voelde zich onderhand net als Hugh Grant in *Mickey Blue Eyes*. Alleen was Bert op de een of andere manier nog angstaanjagender dan de maffia.
'Ik denk dat ik je misschien wel een handje kan helpen, zie je.'
'Het is namelijk nogal veel geld...'
'Ik weet het, ik weet wel hoeveel een jonge vent als jij verdient.' Bert tikte tegen de zijkant van zijn enorme neus aan en zei lijzig: 'Daarom dacht ik eraan. En maak je maar geen zorgen, ik weet zeker dat we iets voor je kunnen regelen.
Het was nu of nooit. Al zijn moed bij elkaar rapend flapte Barney eruit: 'Maar ik ben eigenlijk van gedachten veranderd. Ik denk dat ik blijf waar ik ben, maar bedankt dat je... nou ja, je weet wel, dat je aan mij hebt gedacht.'

Ziezo, dat was eruit. Nu hoefde hij tenminste geen bed te delen met de zonen van Bert en een stelletje honden die zo mogelijk nog enger waren.

'O.' Duidelijk teleurgesteld liet Bert een dikke harige hand in de zak van zijn overall glijden. Hij haalde een vodje papier te voorschijn, verfrommelde het en haalde zijn schouders op. 'Nou ja, ik vond het gewoon jammer dat dat huisje leegstond. Maar geen man overboord, hè?'

Barney, die volledig op het verkeerde been was gezet, herhaalde onnozel: 'Leegstond?'

'Hé, Bert!' brulde Kelvin vanuit het wagentje waarmee hij net de hoek om was komen rollen. 'Gaan we nou dat hek nog repareren of niet?'

'Brock Cottage,' zei Bert terwijl hij al wegliep. 'Waar Rose Timpson heeft gewoond, achter in Brock Lane. Het is niet veel bijzonders, maar ik dacht dat je misschien wel geïnteresseerd zou zijn. Oké, oké, ik kom eraan,' brulde hij naar Kelvin. 'Maak je niet zo dik.'

Daar Kelvin eruitzag als een magere sprinkhaan, was dit waarschijnlijk een grapje.

'Misschien ben ik wel geïnteresseerd.' Barneys hart sprong hoopvol op. 'Wie is Rose Timpson? Is dat haar telefoonnummer?' Het scheelde niet veel of hij had het verfrommelde vodje uit Berts hand gegrist.

'Niet zo logisch, hè?' Bert gniffelde bij de gedachte. 'Dood, nietwaar? Een paar maanden geleden de pijp uitgegaan. Maar ja, achtenzeventig, je kunt niet zeggen dat het oude mens geen tijd van leven heeft gehad.'

'Bert, schiet nou verdomme eens op!' brulde Kelvin.

Gelukkig was Bert niet zo gretig als Kelvin om het klusje te klaren. 'Het huisje staat al sinds haar dood leeg, zie je. Het probleem is alleen dat het een enorme puinhoop is. Overal rotzooi en er moet van alles aan worden gedaan. De zoon van Rose wil het gaan opknappen en het dan van de hand doen, maar vanwege een contract zit hij een jaar vast in Dubai. Dus voorlopig heeft hij er geen donder aan en staat het gewoon leeg.' Bert schudde langzaam zijn hoofd. 'En ik zei al dat hij het niet kon verhuren gezien de rotzooi. Tenminste niet op een normale manier, aan vakantiegangers en zo.'

‘Godsamme, Bert, blijf je daar de hele dag staan ouwehoeren?’
‘Maar ik denk dat Bobbie Timpson niet vies zal zijn van een beetje extra zakgeld als hij van mij hoort dat jij wel een paar maanden in dat huisje wilt wonen.’
‘Dat klinkt fantastisch.’ Barney had Bert wel kunnen omhelzen. Nou ja, bijna.
‘Oké dan, hier is de sleutel.’ Bert graaide in zijn andere zak. ‘Ik denk dat je het beste na je werk even kunt gaan kijken. Dan kom je daarna bij ons langs en dan hoor ik wel wat je ervan vindt. Als je ervoor voelt, bellen wij Bobbie op. Ik wil wel voor je instaan, ik zeg gewoon tegen hem dat je een aardige jongen bent en dan denk ik dat de zaak in orde is.’

Rose Timpson had haar pensioentje klaarblijkelijk aan iets anders besteed dan aan een abonnement op *House Beautiful*. Ze was echter wel een enthousiaste hamsteraar geweest. In beide slaapkamers stonden torenhoge stapels met oude kranten, die allemaal dreigden om te vallen. Foto’s van katten waren uit tijdschriften geknipt en met plakband op de muren van de huiskamer geplakt. Op alle vensterbanken stonden rijen dode kamerplanten. De muren zaten vol vochtplekken en tientallen kapotte gloeilampen lagen in een grote doos in een hoek van de keuken. Het behang was afschuwelijk, het rook er kil en vochtig en de ruimte in het piepkleine badkamertje werd volledig in beslag genomen door een enorme plastic hanglamp die zo vuil en stoffig was dat hij bijna geen licht meer gaf.
‘Zie je wel.’ Toen hij Barney Brock Lane in zag lopen, had Bert zijn bord met warm eten in de steek gelaten en was met hem mee opgelopen. ‘Ik zei toch al dat het niet zo goed onderhouden was. Nou ja,’ moest hij toegeven, terwijl hij tegen de rand van het sjofele huiskamerkleed aan trapte, ‘eigenlijk helemaal niet onderhouden. Nu je het gezien hebt, denk je er misschien wel anders over.’
Maar Barneys ogen straalden. Het huisje rook alleen maar vochtig omdat er sinds december niet meer in was gestookt. Als de spullen van Rose er eenmaal uit waren, was er heel wat van te maken. Al die weken dat hij in het ziekenhuis had gelegen, had hij voldoende afleveringen van *Changing Rooms* gezien om te weten dat een paar potten verf en een elektrische schuurmachine wonderen

konden verrichten. Ze zouden die afschuwelijke vieze kleden eruit gooien, de vloerplanken lakken, nieuwe gordijnen ophangen...
Hij had nog nooit echt een gordijn opgehangen, maar misschien wist Mel wel hoe je dat moest doen.
Mel en Freddie.
'Ik denk er nog steeds hetzelfde over,' zei hij tegen Bert.
'Zal ik Bobbie dan maar opbellen?'
'Ja, alsjeblieft.'
Barney had half en half verwacht dat hij met Bert naar de telefooncel in het dorp zou lopen, maar de oudere man kwam onmiddellijk op de proppen met de allernieuwste Nokia Orange en begon de toetsen in te drukken.
Enkele seconden later begroette hij Bobbie Timpson alsof hij hem zojuist in de pub was tegengekomen.
Binnen de kortste keren was de zaak rond. Voor dertig pond per week was Barney de nieuwe bewoner van Brock Cottage.
'Bedankt, ongelooflijk bedankt,' brabbelde hij toen Bert de telefoon aan hem gaf.
In Dubai klonk Bobbie Timpson geamuseerd. 'Dat is wel oké. Nu hoef ik tenminste niet al die troep op te ruimen als ik terugkom.'
'Ik ga het inrichten en ik zorg dat het er leuk uitziet,' beloofde Barney plechtig.
'Sloof je niet te veel uit. Voordat ik het verkoop, moet de hele bedrading worden vernieuwd, dus ga je alsjeblieft niet te buiten aan allerlei duur behang.'
'Alleen maar verf,' zei Barney blij. 'Je zult het niet herkennen als je het weer ziet.'
'Geef de huur elke week maar aan Bert. Hij bewaart het wel voor me. Tussen twee haakjes, als je op dat punt in gebreke blijft, dan krijg je te maken met die jongens van hem.' Bobbies stem was nog steeds vriendelijk, maar er klonk wel een waarschuwing in door.
'Ik kan je verzekeren dat er geen moeilijkheden komen,' zei Barney gretig. 'Je weet niet hoeveel dit voor mij betekent. Je zult er geen spijt van krijgen.'

24

Lettonie was fantastisch. Tara, die zich fantastisch vóélde, keek met een rilling van genot om zich heen in de weelderige entree. Colworth Manor was natuurlijk net zo chic, maar daar kende iedereen haar als het kamermeisje en daar moest ze de hele tijd van die deprimerende kamermeisjesachtige dingen doen als handdoeken ophalen en de open haard schoonmaken.
Tara kon nauwelijks een zelfgenoegzaam lachje onderdrukken toen ze een glimp van haar spiegelbeeld in de lange antieke spiegels opving. Niemand kende haar hier en dat vond ze heerlijk. De gerant, door wie ze naar de bar werden gebracht voor een aperitiefje, had haar al aangesproken met 'mevrouw'. En al zei ze het zelf, ze zag er vanavond prachtig uit. Iedereen die haar en Dominic samen zag, zou hen voor een welgesteld paar houden dat eraan gewend was in de beste restaurants te dineren. Jeetje, zelfs haar haren – vanavond achterover gekamd in plaats van overeind staand met de gebruikelijke wanordelijke stekeltjes – zaten chic.
'Ik vind het hier geweldig,' fluisterde Tara opgewonden, toen ze hun drankjes hadden gekregen en ze in alle rust het menu konden bekijken. 'Dit is zo cool – oeps, sorry!' Ze greep naar haar maag die als een cementmolen aan het rommelen was.
'Je hoeft je niet te verontschuldigen. Je ziet er ontzettend mooi uit.' Dominic pakte haar hand, bracht hem naar zijn lippen en drukte er een kus op. 'Ik heb hier de hele week naar uitgekeken.'
Tara's hart vloeide over van dankbaarheid. Ze kon zich niets fijners voorstellen dan een man die aardig tegen haar was. Een man die haar hier mee naartoe nam, die haar liefdevol in de ogen keek en die haar allerlei complimentjes gaf, veroorzaakte allerlei rare dingen in haar ingewanden.
Impulsief leunde ze naar voren en kuste hem – kort maar toch ook wel een beetje wellustig – op de wang. Misschien was het niet iets wat chique welvarende stelletjes deden in een restaurant ('O god, die zitten in het openbaar te zoenen, wat truttig!'), maar dat kon haar niets schelen.
En Dominic vond het blijkbaar ook niet erg.
'Je weet niet wat je met me doet.' Terwijl hij die woorden mom-

pelde, zweefde zijn mond verleidelijk dicht bij de hare. 'God, Tara, je zou een badge moeten dragen met "Alleen voor volwassenen", je bent zo – shít!'
'Nou, dank je wel.' Tara proestte het uit van het lachen, maar Dominic luisterde niet. Hij duwde haar bruusk van zich af, sprong overeind, trok zijn das recht, greep zijn drankje en schoot als een haas naar de andere kant van de bar.
Hè?
Tara keek verbaasd zijn kant op en vroeg zich af of dit een grap was. Toen hij naar adem had gehapt en zo had gevloekt, had ze gedacht dat hij kramp in zijn been had. Maar nu keek hij zelfs niet eens haar richting uit. Wel verdorie, hij deed net alsof ze niet bestónd.
Verbijsterd volgde ze zijn paniekerige blik. De gerant had net een ander stel naar de bar gebracht en was nu bezig hun jassen aan te nemen. Toen de wat oudere vrouw zich omdraaide om te kijken waar ze het liefst wilde zitten, kreeg ze Dominic in de gaten en slaakte een kreet van blijdschap.
'O, hemeltjelief, ik kan het bijna niet geloven. Gerald, Gerald, kijk eens wie hier is?'
Tara kon het ook niet geloven. Het gezicht van Dominic was opeens een en al glimlach. Hij liep de bar door en begroette het stel met kennelijk plezier.
'Marion, Gerald, hoe gáát het met jullie? Dit is ook toevallig. Annabel en ik zeiden vanmorgen nog tegen elkaar dat we jullie sinds de bruiloft niet meer hadden gezien.'
Bruiloft. O shit. Terwijl ze zich zo klein mogelijk maakte, greep Tara een modetijdschrift van het tafeltje voor haar, sloeg het open en hield het pal voor haar gezicht.
'Lieve jongen, natuurlijk heb je ons niet gezien. Je bent nog maar net terug van je huwelijksreis.' Marion keek Dominic olijk aan. 'O, maar dat was me de bruiloft wel! Prachtig, in een woord prachtig... ik heb tranen met tuiten gehuild, hè, Gerald?'
Je was niet de enige, dacht Tara.
'Annabel en jij moeten gauw bij ons komen eten,' verkondigde Gerald joviaal. 'Dan kun je ons vertellen hoe de huwelijkse staat bevalt.'
'Wij zijn vandaag tweeëndertig jaar getrouwd,' vervolgde Marion

op zelfgenoegzame toon. 'Daarom zijn we vanavond hier. Maar wat doe jij hier, Dominic?'

Tara voelde hoe de oudere vrouw heel even haar kant op keek en daarom concentreerde ze zich heftig op het tijdschrift, ogenschijnlijk zeer geboeid door een artikel over verbouwingen van oude schuren.

'Een zakelijke ontmoeting,' zei Dominic gladjes. 'Ik heb met een paar klanten gegeten. Je hebt ze trouwens net gemist, ze moesten met de auto terug naar Taunton. Ik zit te wachten op een taxi die me naar huis kan brengen.'

Tara slikte. In haar te krappe schoenen zaten haar tenen zo in de knel dat ze bijna dubbelgevouwen waren. Het artikel over de schuren werd steeds waziger, terwijl ze naar Dominic luisterde die opgewekt aan het stel zat te vertellen dat ze er zo goed uitzagen, dat het fantastisch was hen weer te zien en dat hij zo genoot van het huwelijksleven. Ten slotte, met de mededeling dat zijn taxi er nu onderhand wel moest zijn, nam hij afscheid, kuste Marion op beide wangen, gaf Gerald een hand en liep naar de garderobe.

Haar achterlatend met een leeg glas, een hevig rammelende maag en pijnlijke, dubbelgevouwen tenen.

Aan de andere kant van de bar zaten Marion en Gerald gezellig te kletsen bij de open haard. Ze genoten van hun drankjes en bladerden langzaam – héél langzaam – de menukaarten door.

'Arm kind,' hoorde Tara Marion fluisteren op de doordringende manier die vrouwen als ze in de zestig zijn vaak bezigen. 'Zie je hoe ze daar helemaal alleen zit, Gerald? Ik weet zeker dat iemand dat arme meisje heeft laten zitten.'

Hoewel het haar ongelooflijk veel moeite kostte, reageerde Tara niet. Ze dacht wel aan alle dingen die ze zou kunnen zeggen. Terwijl ze het tijdschrift doorbladerde – *Country Life*, alsof het nog niet erg genoeg was – zond ze het ene na het andere schietgebedje hemelwaarts. Gerald en Marion moesten hun drankjes snel achterover slaan, daarna naar de eetzaal racen en haar de kans geven ervandoor te gaan.

Tara liep voorzichtig de verduisterde parkeerplaats op en dacht een misselijkmakend moment lang dat Dominic écht in een taxi was verdwenen.

Maar hij zat nog in zijn auto op haar te wachten, ineengedoken achter het stuur als een vluchteling in een vrachtwagen.

'Jezus,' siste Dominic, een steelse blik om zich heen werpend, voordat hij het hek uit reed. 'Dat was op het nippertje. Dat was verdorie veel te veel op het nippertje.'

'Waar gaan we heen?' Tara vroeg zich af waarom hij links was afgeslagen in plaats van rechts. De weg rechtsaf ging naar Bath.

'Wat?'

'De Red Rose is hier heel dichtbij. Men zegt dat het een leuke tent is.'

Met opgeblazen wangen blies Dominic luidruchtig zijn adem uit en schudde zijn hoofd. 'Geen denken aan. Het spijt me, schat, maar dat was eens maar nooit weer. Je loopt daar altijd het risico iemand tegen te komen die jou kent.'

'En je vrouw,' mompelde Tara niet bepaald zachtjes. Op de een of andere manier was het niet eerlijk. Ze was 'de andere vrouw' niet, maar ze had al het gevoel alsof dat wel zo was. Wel het schuldgevoel, maar geen spoor van de seks ter compensatie. En als klap op de vuurpijl had ze ook nog hun drankjes moeten betalen voordat ze was weggerend.

'Schatje, ik ben net zo teleurgesteld als jij.' Heel even pakte Dominic haar hand vast en gaf er een kneepje in. 'Maar we zijn verdomme zoëven wel door het oog van de naald gekropen.' Met een wrang glimlachje voegde hij eraan toe: 'Trouwens, om je de waarheid te zeggen, zou ik geen hap door mijn keel kunnen krijgen.'

Tara had zin om te schreeuwen, maar wist dat nog net te voorkomen. Dominic vond het duidelijk niet belangrijk. Hij at aan de lopende band in chique restaurants; een fijnproeversmaaltijd meer of minder deerde hem niet.

Maar Tara's maag dacht er anders over; die liet zich niet zo gemakkelijk afschepen. Ze had de kaart van Lettonie gezien, het zachte klikken van het bestek tegen de borden in de eetzaal gehoord, de overheerlijke geuren geroken die uit de keuken kwamen...

Bot gezegd was haar maag gewoon aan eten toe en daar hielp geen lievemoederen aan.

'Ik sterf van de honger.' Haar stem liet haar bijna in de steek en ging toen een paar octaven omhoog. 'Ik wil dat we nú iets gaan eten.'

Tara probeerde zichzelf de hele tijd wijs te maken dat het niet belangrijk was, dat het écht niet belangrijk was dat Dominic haar had meegenomen naar misschien wel de walgelijkste pub in heel Engeland.

Maar het was wél belangrijk. Daar kon ze gewoon niet omheen.

De Brown Cow was een van die lelijke, zielloze etablissementen die gebouwd waren in de jaren zestig. Afgezien van een paar chagrijnige stamgasten die in een kluitje bij de bar stonden, was er niemand. Tara zat zich tegen heug en meug door een portie worst met frieten heen te werken, die in een mandje werden geserveerd. Klaarblijkelijk was dit het culinaire hoogtepunt, meer had de Brown Cow niet te bieden. De frieten kwamen uit de magnetron; de worst was taaier dan een hondenkluif en de erwten bleven de hele tijd tussen de openingen in het plastic mandje zitten, maar ze bleef dooreten totdat het allerlaatste walgelijke hapje was verdwenen. Ze wist niet of dit als straf voor Dominic was bedoeld of voor zichzelf.

'Het spijt me,' zei hij weer. Ongeveer voor de twintigste keer.

'Hoeft niet. Het smaakt best. De tomatenketchup was overheerlijk.' Tara's stem klonk bibberig en breekbaar. Na een slok lauwwarme witte wijn – god, was dit écht wijn? – zei ze: 'En heb je gezien hoe mooi die bij mijn jurk paste?'

Onnodig te zeggen dat ze haar allerbeste jurk aanhad. Het was de perfecte jurk voor een bezoek aan Lettonie geweest, dieprood fluweel, met spaghettibandjes en een gewaagd decolleté, elegant maar toch niet hoerig. Hier in de Brown Cow zag ze er volslagen idioot in uit. Behalve Tara en Dominic droegen alle andere klanten bemodderde kaplaarzen.

'Ik ben liever hier met jou,' Dominic pakte haar hand, 'dan met Annabel in een vijfsterrenhotel.'

Tara was een moment met stomheid geslagen. De puber in haar zou wel willen gillen dat hij gemakkelijk praten had, dat hij al in legio vijfsterrenhotels had gelogeerd, maar dat zij er alleen de toiletten had schoongemaakt.

'Ik heb het verknald, hè?' zei Dominic triest. 'Je wilt me hierna natuurlijk niet meer zien.'

De tranen sprongen Tara in de ogen. O god, hoe kon hij dat nu denken? Het was zijn schuld toch niet?

‘Zeg het maar,’ ging Dominic verder. ‘Toe maar, ik weet dat je er de pest in hebt. Zeg nu maar dat het voorbij is.’

‘En wat doe je dan?’ Haar stem klonk zacht en ze had haar handen tot vuisten gebald.

‘Ik?’ Hij keek berouwvol. ‘Dan laat ik je met rust en dan kun je verder gaan met de rest van je leven.’

De rest van haar leven, ha. Dat zou haar volledig waardeloze pretloze manloze leven zijn, hè? Het leven waar ze zich de laatste paar jaar met zoveel moeite doorheen had geworsteld.

Zat de kaplaarzenbrigade te luisteren? Het was verdacht stil aan de bar geworden.

‘Al deze ellende en we hebben eigenlijk niets met elkaar.’ Tara wist een beverig glimlachje te produceren. ‘O god, dit is stom. Natuurlijk wil ik je nog wel zien. Gewoon als vriend,’ voegde ze er haastig aan toe, want stel je voor dat er ergens microfoontjes zaten.

De stamgasten proestten het uit van het lachen. Degene met de modderigste kaplaarzen aan gaf zijn buurman een por en zei met een verlekkerde uitdrukking op zijn gezicht: ‘Ja, dat zal wel.’

25

Op een keer, toen Maggie Donovan een jaar of zes was, had ze een kies onder haar kussen gelegd. Daarna was ze tevreden in slaap gevallen en had van de tandenfee gedroomd.

Toen ze de volgende morgen wakker werd, lag de tand er nog steeds. Zo voelde ze zich nu ook, besefte Maggie. Behalve dat het ditmaal niet de tandenfee was die het te druk had voor een bezoekje. En als je vijfenveertig was, kon je je ook niet meer veroorloven je teddybeer door de kamer te gooien, met je voeten te stampen en luidruchtig in snikken uit te barsten.

‘Sorry dat ik je op het verkeerde been heb gezet.’ Hector klonk door de telefoon alsof het hem oprecht speet. ‘Het is mijn eigen schuld. Ik dacht dat ik voor volgende week een afspraak had met mijn accountant, maar het is morgen al, en op zo korte termijn kan ik hem niet meer afzeggen.’

'Natuurlijk moet je hem niet afzeggen.' Wie is er per slot van rekening belangrijker – jouw stinkend rijke accountant met zijn deftige kantoren in Clifton of je betaalde hoer in haar niet zo deftige huisje in de High Street? Omdat ze zo onbezorgd mogelijk wilde overkomen, plooide ze haar gezicht vastbesloten in een opgewekte glimlach.
'Weet je zeker dat je het niet erg vindt?' Hector klonk opgelucht.
'Ik? Hemeltje, waarom zou ik het erg vinden?' Haar gezicht voor het huiskamerraam maakte een stelletje plaatsgenoten die vanuit de pub op weg naar huis waren aan het schrikken en daardoor kreeg Maggie in de gaten dat ze wel erg idioot stond te glimlachen. Ze begon ook pijn in haar kaken te krijgen. 'Ik red me best, ik heb morgen trouwens een heleboel te doen.'
'We spreken wel af voor een andere keer.'
Toe dan, dacht Maggie, die hem stilzwijgend zat aan te moedigen om een datum te noemen. Maar tot haar grote ergernis deed hij dat niet.
'Ik bel je over een paar dagen wel als ik weet hoe mijn agenda eruitziet.' Hij zweeg even. 'Tussen twee haakjes, is die wasmachine nog gerepareerd?'
'Nee.' Het eindeloze gezeur met de wasmachine bracht Maggie tot wanhoop. 'Die stompzinnige reparateur zou vanmiddag het reserveonderdeel brengen. Hij heeft opgebeld dat hij met griep in bed ligt.' Dat het echt haar dag was om afgescheept te worden met flauwe smoesjes, voegde ze er maar niet aan toe.
'Ik wou dat ik een nieuwe voor je mocht kopen,' zei Hector. 'Zou dat uiteindelijk niet gemakkelijker zijn?'
Hij had het al vaker aangeboden, maar Maggie hield voet bij stuk. 'Nee, dat zou het niet. Mijn wasmachine is godverdorie net nieuw. Ik heb hem pas zes maanden en er zit nog garantie op en ik vind gewoon dat hij gerepareerd moet worden door de mensen die daar voor zijn. Waarom zou je ze in de kaart spelen?'
'Maar...'
'Het gaat om het principe,' zei Maggie vastberaden. Ze had misschien niet zoveel principes meer, maar hier wilde ze per se aan vast blijven houden.
Hector grinnikte. 'Hoor eens, hoe laat is het eigenlijk? Pas halfelf. Als je alleen bent, zou ik wel twintig minuutjes op bezoek kunnen komen.'

Het was kennelijk net bij hem opgekomen. Nu Tara er niet was, kon hij stiekem het hotel uit glippen, de kortere weg door het bos nemen en in anderhalve minuut voor haar achterdeur staan.
Een troostprijs, dacht Maggie, omdat hij hun oorspronkelijke afspraak had afgezegd. En wat nog vernederender was, ze kon zich niets leukers voorstellen. Maar Tara had niet gezegd hoe laat ze terug zou zijn. Het risico was gewoon te groot. In een normale situatie zou Maggie hem meteen gezegd hebben waar het op stond, maar dit keer hoorde ze zichzelf zeggen: 'Ik denk het niet. Dat had ik eerder moeten weten. Ik moet trouwens nog een paar kussens afmaken.'
'O, juist ja. Nou, ik bel wel weer eens.'
Was Hector ontstemd? Een heel klein beetje gepikeerd? Ha, net goed, dacht Maggie. Eigen schuld, dikke bult.
Toen zei ze onverschillig: 'Oké, prima. Daag!'

Barney was diep in slaap. Hij bleef onbeweeglijk liggen toen Mel om middernacht stilletjes het bed uit glipte.
Het duizelde haar nog steeds toen ze zich warm inpakte in haar stokoude blauwe badjas en naar de keuken liep om water op te zetten.
Kón ze eigenlijk wel naar een huisje in Colworth verhuizen. Dúrfde ze dat?
Mel liep met een beker thee in de hand terug naar de huiskamer waar het misschien een paar graden warmer was, ging opgekruld in een hoekje van de aftandse bank zitten en probeerde er zich een voorstelling van te maken. Barney was helemaal door het dolle heen geweest toen hij gisteravond na zijn werk op de stoep stond. Ze had niet de moed gehad het voor hem te verpesten. Wat hem betreft was het de oplossing van al hun problemen.
'Maar... maar het is jouw probleem helemaal niet.' Mel moest moeite doen om niet te laten zien hoe geschokt ze was. 'Het is mijn probleem.'
'Dat is onzin. Je weet toch wat ik voor je voel.' Barney had gedecideerd zijn hoofd geschud. 'Luister, ik weet dat dit allemaal een beetje plotseling is, maar we horen toch bij elkaar? Waarom zouden we het langzaam aan doen als we allebei weten wat we willen? En het is voorbestemd, zie je dat niet? Nu kunnen we echt sa-

men zijn, met z'n drietjes! Mel, ik kan me niets leukers voorstellen. Ik wil het allerliefst voor jou en voor Freddie zorgen.'
Met schitterende ogen had hij haar toen een beschrijving van het huisje gegeven. Freddie had gezeurd dat hij op zijn knie wilde zitten en zonder enige aarzeling had Barney zijn verzoek ingewilligd. Mel had zich bij het zien van hen beiden misselijk van angst gevoeld. Barney dacht echt dat hij van haar hield, maar hoe zou hij zich voelen als hij de waarheid wist? Hij had het al een paar keer over Daisy MacLean gehad en hij vond haar kennelijk erg aardig. Bovendien bewonderde hij haar enorm. Daisy had hem de baan gegeven die hij zo graag wilde hebben, ze was volgens zeggen heel prettig om voor te werken, het personeel ging voor haar door het vuur en ze had het, volgens Barney, ook niet zo gemakkelijk gehad.
'Ze is namelijk weduwe. Haar man is iets meer dan een jaar geleden bij een auto-ongeluk om het leven gekomen.' Zijn donkere ogen stonden vol tranen toen hij haar het verhaal vertelde. 'Ze waren heel gelukkig samen en dan gebeurt er zoiets. Kun je je voorstellen wat dat voor haar moet hebben betekend? Maar ze zeurt er eigenlijk nooit over. Ze is gewoon een fantastische vrouw.'
'Dat zal best.' Mel was toen vlug over iets anders begonnen. Gelukkig getrouwd – ja, dat had je gedacht.
Maar nu dwong Barney haar ongewild om iets te doen waar ze nog niet aan toe was. Vroeg of laat zou ze het hem moeten vertellen. En het feit onder ogen zien dat hij daarna volslagen anders over haar zou denken.
Mel pakte met ijskoude vingers de beker thee stevig vast in de hoop dat ze een beetje warmer zouden worden. Barney stelde hoge morele eisen. Misschien wilde hij wel niets meer met haar te maken hebben als hij erachter kwam dat ze een verhouding met een getrouwde man had gehad. En helemaal als hij ontdekte dat deze speciale getrouwde man had toebehoord aan niemand anders dan zijn geliefde werkgeefster, de o zo geweldige Daisy MacLean?
Ze moest ook rekening houden met de reactie van Daisy zelf. Misschien stuurde ze Barney wel zonder pardon de laan uit.
En dan had je Freddie nog...
'Wat ben je aan het doen?'
Mel schrok zich een hoedje. Barney stond in de deur van de slaap-

kamer met een bezorgd gezicht naar haar te kijken. Zijn haar stond aan een kant recht overeind en hij had alleen maar een T-shirt en een boxershort aan.
Zou hij haar haten als hij erachter kwam?
'Niets.' Ze voelde zich misselijk van de schuldgevoelens. 'Ik kon gewoon niet slapen.'
'Ik werd wakker en je was er niet.' Hij trok een komisch gezicht. 'Zie je wel. Dat is de liefde.'
Zijn glimlach vertederde Mel. Ze zei: 'Wil je een kop thee?'
'Nee, dank je.' Met een brede grijns op zijn gezicht liep hij naar haar toe en pakte de beker met de Simpsons erop van haar over. 'Ik wil dat je mee terug naar bed komt.'
Toen hij zijn armen om haar heen sloeg vleide Mel haar wang in het warme troostrijke kuiltje tussen zijn hals en zijn schouder.
Ze moest het aan Barney vertellen.
Ze zou het ook aan Barney vertellen.
Maar nu nog niet.

Josh was haar aan het zoenen en Daisy vroeg zich af hoe dit was gebeurd.
Het ene moment hadden ze nog voor de tv zitten brullen in een poging om de zenuwachtige huisvrouw in *Who Wants To Be A Millionaire?* het juiste antwoord te laten zeggen. Het volgende moment had Josh zijn beide handen om haar gezicht gelegd en haar gezoend.
Haar, Daisy. Niet die zenuwachtige huisvrouw uit Beckenham die geen witte boon van een flageolet kon onderscheiden.
Het was één uur 's nachts. Daisy nam *Millionaire* altijd op om er voordat ze naar bed ging naar te kunnen kijken en Josh had nog nooit eerder de Engelse versie gezien. Het was ongelooflijk gezellig en rustgevend om samen naar het programma te kijken en toen ze Josh en haar vader vanmiddag terug had zien komen van een rondje golf, had ze ook al zo'n plezierig warm gevoel vanbinnen gekregen. Toen ze om drie uur een blik uit het raam van haar kantoor wierp had Daisy gezien hoe ze in een van de elektrische buggy's bij het hotel voorreden, met elkaar lachend en grappen makend terwijl ze hun golfclubs uitlaadden om daarna rechtstreeks naar de bar te stevenen.

Zo was Josh nu eenmaal, iedereen hield van hem. Hij was humoristisch, laconiek en in alle omstandigheden prettig gezelschap. Voor haar, wist Daisy, had Hector zijn best gedaan om met Steven te kunnen opschieten en had hij net gedaan of hij hem wel mocht, maar in werkelijkheid had hij geen hoge pet opgehad van zijn schoonzoon. Hij had de schijn opgehouden omdat hij wilde dat zij gelukkig was. Maar diep in haar hart had Daisy altijd geweten hoe hij erover dacht.
Hoe het ook zij. Terug naar het heden. Het leuke was dat ze helemaal was vergeten dat Josh fantastisch kon zoenen.
'Nou.' Daisy besefte dat ze lichtelijk buiten adem was. 'Dit verwachtte ik helemaal niet.'
'Stom mens,' zei Josh.
Verontwaardigd kneep ze hem in de arm. 'Dat is niet eerlijk. Hoe kon ik nou weten dat je zoiets van plan was?'
'Jij niet. Zij daar.' Josh knikte naar het tv-scherm. 'Domme Dora zat ernaast. Ze heeft zoëven vijftienduizend pond verloren. En ik had er gewoon zin in, oké? Ik wilde je zoenen. Maak je geen zorgen, ik ben klaar. Het zal niet meer gebeuren.'
Hierdoor wilde Daisy onmiddellijk dat hij het nog een keertje deed.
'Waarom niet?' Oeps, kalm aan, die drie glazen wijn waren haar meteen naar het hoofd gestegen.
'Omdat we het al een keer eerder hebben geprobeerd, weet je nog wel? En toen ging het niet. Ik ben niet volmaakt genoeg voor jou,' Josh haalde zijn schouders op, kennelijk niet van de wijs gebracht. 'Ik ben een zeven, misschien een acht. En jij doet het niet voor minder dan een tien.'
Had hij gelijk? Had hij nog steeds gelijk? Of had ze het daarom al die jaren zo afgrijselijk bij het verkeerde eind gehad? Naast hem op de bank zittend kwam Daisy tot de ontdekking dat ze hem zonder erbij na te denken over zijn dijbeen zat te aaien. En ze wilde nog steeds dat Josh haar weer zou gaan zoenen. Eigenlijk heel graag.
'Misschien wordt het tijd dat je wordt opgewaardeerd.'
'Ik ben geen tien.' Josh kneep lachend zijn ogen samen. 'Ik zal nooit een tien worden. Maar ik zou er ook geen willen zijn.'
Dat vond ze nou zo leuk aan hem. Josh zat ontzettend lekker in zijn vel, dat was altijd al zo. Hij was volkomen rechtdoorzee, hij had geen verborgen agenda.

'Oké,' gaf Daisy toe. 'Misschien wordt het wel tijd dat ik met mezelf in het reine kom. Dat ik eindelijk echt weet wat ik wil.'
'Jij ook met je speurtocht naar de volmaakte man.' Josh glimlachte plagerig. 'Wat jij nodig hebt, is een echte man.'
'Met wratten en al?'
'Hou je brutale mond, ik heb helemaal geen wratten.'
'Maar je hebt gebreken,' bracht Daisy hem in herinnering. 'Je laat de theezakjes in de gootsteen liggen om maar eens wat te noemen.'
'Jij bent zelf ook niet zo volmaakt,' zei Josh daar meteen bovenop. 'Ik ben niet half zo slordig als jij.' Terwijl hij dit zei stak hij zijn hand uit en ging met zijn vinger heel zachtjes langs de omtrekken van haar mond.
Bliksemschichten van verlangen schoten door Daisy's lichaam. Met gefronst voorhoofd zei ze: 'Jij zet natte voetstappen op het tapijt in de badkamer als je uit de douche komt.'
'God, wat afschuwelijk, geen wonder dat ik nooit verder ben gekomen dan een zeven. Jij doet de deksel van de koffiepot er nooit goed op. En je bent werkelijk walgelijk als het op messen aankomt. Gisteren zat er pindakaas in de jam en vanmorgen zat er Marmite in de boter.' Ditmaal kwam Josh tijdens het praten steeds dichterbij. Frustrerend dichterbij, want zijn mond kwam een paar centimeter van de hare tot stilstand waardoor zij met een uitgestoken nek bleef zitten, als een klein hondje dat wil worden gekieteld.
'Jij snurkt,' fluisterde Daisy.
'Ha, maar alleen als ik in mijn eentje ben. Als ik met iemand anders in bed lig, snurk ik nooit.'
'Dat is niet waar!'
'Wat, geloof je me niet? Denk je dat ik lieg? Kom op dan maar, dan zal ik het je moeten bewijzen.' Terwijl hij haar zachtjes overeind trok, trapte Josh de schoenen die ze had uitgeschopt aan de kant. 'En dat is nog zoiets, je laat overal je schoenen slingeren.'
Daisy pakte de afstandsbediening en drukte op het uit-knopje.
'En jij laat de tv altijd aan staan.'
'Godsamme, het is maar goed dat ik in een paar dingen ontzettend goed ben, vind je niet?' Met een schalkse blik gaf Josh haar nog een klein kusje op de mond. 'Nou, zeg het maar, jouw kamer of de mijne?'

26

Tara zat op haar knieën halverwege de trap in de hal en was druk bezig de koperen traproeden te poetsen toen ze Barney Usher voor het kantoor van Daisy zag ronddrentelen.
Barney was een schat van een jongen en enorm populair bij de gasten, maar Tara kreeg het altijd een beetje benauwd als ze eraan dacht dat hij met een van de nieren van Steven Standish in zijn buikholte rondliep.
Toen ze zag dat Barney op zijn horloge keek riep ze naar beneden: 'Is er iets?'
Hij keek bezorgd. 'Het is negen uur. Ik wilde even met Daisy praten, maar ze reageert niet. Meestal is ze al om halfnegen in haar kantoor.'
Tara had pijn aan haar knieën. Langzaam kwam ze overeind. Jeetje, ze was zevenentwintig en ze had last van werksterknieën, wat ontzettend romantisch!
'Ik loop wel even naar boven,' zei ze tegen Barney. 'Misschien is haar wekker niet afgegaan. Waarom wilde je haar spreken?'
'O, ahum, nou ja, het is nogal persoonlijk.' Barney werd knalrood en aarzelde even. Zijn lange wimpers gingen als die van Bambi op en neer.
'Dat kun je niet zeggen, dat mag niet. Dat is de huisregel,' plaagde Tara omdat het zo leuk was om iemand anders te laten blozen. 'Geen geheimen.'
'Oké.' Hij stak zijn handen in de lucht om aan te geven dat hij zich overgaf. 'Ik ga buiten het hotel wonen. In een huurhuisje in het dorp. Ik dacht dat ik beter even aan Daisy kon vragen of dat mocht.'
'Jemig, heb je de loterij gewonnen?' vroeg Tara verbaasd. 'Welk huisje?'
'Brock Cottage, achter in Brock Lane.'
Dus hij was niet opeens miljonair geworden. Tara trok een vies gezicht; hij liever dan zij.
'Waar Rose Timpson heeft gewoond? Niet bepaald een paleisje, hè? Ze was zo gek als een deur, ze droeg altijd halskettingen die gemaakt waren van kastanjes en melkflesdoppen. Waarom wil je daar trouwens wonen?'

‘Om met mijn vriendin samen te kunnen zijn.’ Barney keek trots.
‘Heeft ze het al gezien?’
‘Ik ben van plan het eerst schoon te maken. Ik zorg dat het er fantastisch uitziet.’
De schát, dacht Tara. Dit moet wel liefde zijn.
‘Ik kan beter even gaan kijken wat er met Daisy aan de hand is. Ik zal zeggen dat je haar wilt spreken. Maak je geen zorgen, ze vindt het vast wel goed,’ voegde ze er over haar schouder opgewekt aan toe.
Ze was al bijna op de overloop toen Barney haar achterna riep: ‘O, dat was ik bijna vergeten. Kun je tegen Daisy zeggen dat mevrouw Penhaligon vanmorgen al komt in plaats van vanmiddag? Haar chauffeur heeft net opgebeld om te zeggen dat ze hier rond elven zijn en dat Pam en Daisy dit moesten weten.’
‘Mevrouw P., elf uur. Gesnapt.’
Barney dempte zijn stem waardoor Tara zich gedwongen zag zich over de gepolijste mahoniehouten trapleuning te draperen.
‘Is dat Paula Penhaligon?’ fluisterde hij eerbiedig. ‘Die vrouw die zingt?’
Zou er dan nog een andere kunnen zijn die door een chauffeur over de M4 hierheen werd geloodst en die de duurste suite van het hotel had geboekt?
‘Ja, dat is zo,’ zei Tara tegen hem. ‘Daar zal Hector blij mee zijn; hij zit te springen om een optreden van haar bij die piano van hem. Hij wil dat ze een keer meebrult met “My Old Man Is A Dustman”.’
Ze grinnikte in zichzelf toen ze de gang in liep naar de privévertrekken en liet een overdonderde Barney achter die zich stond af te vragen of ze hem in de maling nam. Dat was het leuke van een figuur als Hector; je kon allerlei verhalen over hem verzinnen en uiteindelijk bleken ze bijna altijd waar te zijn.
Ze was van plan geweest om keihard bij Daisy op de deur te rammen en luid te gillen: ‘Vlug, opstaan, Charles en Camilla zijn er,’ maar Tara kwam tot de ontdekking dat dat niet nodig was. Daisy’s sleutel stak – heel onzorgvuldig – nog in het slot.
Als ervaringen uit het verleden een voorspellende waarde hadden betekende dat, dat Daisy de avond tevoren ergens flink had zitten zuipen.

Heel goed! Gniffelend stelde Tara zich voor hoe het was gegaan. Ze was de trap op gestrompeld en ze had vloekend en tierend met de sleutel staan worstelen. Toen ze die eindelijk in het slot had zitten, was ze haar flat in gewaggeld, had haar schoenen uitgetrapt en met een beetje geluk een paar kleren uitgetrokken en daarna was ze met make-up en al op haar bed neergeploft. Uiteraard had ze ook nog vergeten de wekker te zetten.
Ha, net goed, Daisy had straks vast een kater van hier tot ginder. En zij had ook nog een verrassing voor haar in petto. O ja, dit ging echt leuk worden.
Op haar tenen door de verduisterde huiskamer lopend vroeg Tara zich af wat ze moest doen om het onderste uit de kan te halen. De slaapkamer binnenstormen? Op het bed springen en genadeloos haar voeten kietelen? Zich in Daisy's kast verstoppen en gaan jammeren als een boze geest? O, of ijskoud water uit de ijskast halen en dan van grote hoogte druppels op haar laten vallen?
Misschien toch maar niet, bij nader inzien. Aangezien ze hoopte dat ze met Daisy kon meeliften als die de volgende keer naar Bristol reed, was het misschien toch niet zo'n goed idee om haar een onplezierige schok te geven. Nadat ze gekozen had voor een meer subtiele benadering, deed Tara geruisloos de slaapkamerdeur open en ging toen op haar knieën zitten. Omdat de gordijnen nog dicht waren, was de kamer in duister gehuld, maar ze kon nog net de bobbel in het bed onderscheiden die Daisy moest voorstellen, begraven onder een hoog opgehoopt dekbed.
Langzaam kroop Tara over het tapijt, bereikte het voeteneind van het bed en stak heel voorzichtig haar hand onder het dekbed. Onmiddellijk voelde ze naakt vlees. De voet van Daisy. Zo zachtjes mogelijk begon ze haar tenen te kietelen totdat die krampachtig begonnen te bewegen.
O, dit was geweldig, Daisy was volledig uitgeteld! Stiekem in haar vuistje lachend wachtte Tara een paar seconden voordat ze haar vingertoppen als een spin naar de enkel liet lopen. De voet bewoog weer, maar dit keer met wat meer irritatie. Tara liet haar vingers over Daisy's enkel dansen en daarna omhoog over het onderste gedeelte van het scheenbeen. Ze amuseerde zich kostelijk, maar was tegelijkertijd een beetje verbaasd – en ja, ook wat gechoqueerd – toen ze voelde hoe behaard Daisy's enkels waren. Dit had ze zeker

niet verwacht. Deze benen hadden kennelijk in maanden geen ladyshave gezien. Oké, er waren nu eenmaal vrouwen die niet de moeite namen zich tijdens de wintermaanden te ontharen als hun benen niet in het openbaar werden vertoond, maar het was geen moment bij haar opgekomen dat Daisy een van hen zou zijn. God, ze was werkelijk ongelooflijk behaard, als een wollige mammoet. Onsmakelijk, dacht Tara, en een enorme afknapper voor het andere geslacht. Die arme Daisy vond op deze manier nooit een andere vent. Wist ze niet dat mannen een vrouw met zulke behaarde benen afstotelijk vonden?
Daisy begon kennelijk nu toch wakker te worden. Tara deinsde terug toen de bovenkant van het dekbed bewoog. Ze wou dat ze er nooit mee was begonnen. Die benen met hun wintervacht waren eerlijk gezegd enigszins gênant. Afijn, misschien kon ze nog doen alsof ze niet had gezien hoe afzichtelijk ze eruitzagen.
Oeps, nu werd het menens, er bewoog zich weer wat aan het hoofdeinde van het bed. Tara gaf niet toe aan de verleiding om voordat Daisy haar zou zien schielijk op handen en voeten de kamer uit te kruipen en bleef manmoedig zitten waar ze zat. Ja, laten we wel wezen, zij en Daisy waren toch elkaars beste vriendin? Ze zouden toch niet toestaan dat die vriendschap zou worden verpest door wat overvloedig beenhaar? Zelfs al was er genoeg van dat spul om er een kussentje mee te vullen?
Tara plooide haar gezicht in een opgewekte glimlach en tilde haar hoofd op...
En keek toen in de ogen van iemand die ze nog nooit in haar leven had gezien.
'Ooooh!' Het kwam eruit als een gesmoord piepje. Tara die nog steeds op haar knieën lag en haar adem inhield, tuimelde bijna omver van de schrik. Het hoofd dat onder het dekbed te voorschijn was gekomen, zag er nog uit als een silhouet met verwarde haren, maar haar conclusie was niettemin tamelijk eenduidig. Die ogen – en die schouders – hadden absoluut niets met Daisy te maken.
Terwijl ze vol afgrijzen toekeek kwam er een hand vanonder het dekbed te voorschijn. De vreemdeling in het bed van Daisy legde een vinger op zijn lippen en wees vervolgens naar de deur.
'Ze slaapt nog,' mompelde hij met een hoofdbeweging naar Dai-

sy, die nog lekker opgerold naast hem lag. 'Zou je alvast water op willen zetten? Ik kom zo.'
Tara, nog steeds met open mond, krabbelde onhandig overeind en fluisterde: 'Ja, natuurlijk.'
'Sterke koffie. Zwart. Twee klontjes,' mompelde de vreemdeling toen ze bij de slaapkamerdeur stond. Zo te horen lachte hij toen hij eraan toevoegde: 'En een sneetje toast zou er ook wel ingaan.'
Toen hij een paar minuten later naar buiten kwam, was Tara inmiddels van de schrik bekomen.
Nou ja, zo ongeveer.
'Mmm, precies goed.' De eigenaar van de behaarde benen, die ze zojuist nog zo liefdevol had geaaid, proefde van zijn koffie en knikte goedkeurend. 'En twee porties toast, ik ben echt onder de indruk. Hoewel,' voegde hij eraan toe alsof ze met een gezellig onderonsje bezig waren, 'ik had liever zwartebessenjam gehad. Ik ben eigenlijk niet zo gek op marmelade.'
'Doe het dan maar zelf, meneer Pietlut.' Tara schoof, balancerend op een hoge kruk, het brood over de ontbijttafel naar hem toe en nam toen zelf een hap van zijn toast met marmelade. 'Wie ben jij trouwens?'
'Ik? Ik ben die kerel aan wiens tenen je hebt zitten trekken.' Hoewel hij druk bezig was het brood in dikke pillen te snijden, hield hij even op en stak plechtig zijn hand uit. 'Ik heet Josh. Josh... Pietlut.'
Tara begon het steeds leuker te vinden. Als je niet weet hoe de vork in de steel zit moet je er het beste van maken. Ze slikte een stuk toast door en schudde zijn uitgestrekte hand. 'En waar heeft Daisy je op de kop getikt?'
'Daisy? Heet ze zo?' Hij knipoogde. 'Dat meen ik niet, hoor. Hier, om je de waarheid te zeggen.'
Met wijd opengesperde ogen hijgde Tara: 'Bedoel je dat je een gast bent?
Nu werd het pas echt interessant. Daisy wilde per se nooit iets hebben met hotelgasten, het was een van de regels die ze zelf had opgesteld. Dus was ze ofwel gisteravond apelazarus geweest of dit was een heel, heel bijzonder iemand.
'Was ze dronken?' Tara wond er geen doekjes om. Nou ja, ze moest er toch achter komen?

'Dank je. Jij weet tenminste hoe je een man moet paaien.' Met een aandoenlijk scheef glimlachje zei Josh: 'Dus wat jou betreft is dat de enige verklaring die plausibel is. Daisy zou me met geen tang hebben willen aanraken als ze nuchter was geweest.'
'Zo bedoelde ik het niet,' riep Tara verontwaardigd. 'Ik bedoel alleen maar dat je een gast bent. Daisy heeft altijd gezegd dat ze zich nooit met een gast zou inlaten, dat zou onprofessioneel zijn.'
Oké, dat was de halve waarheid. Een tang was misschien een beetje overdreven, maar hij had wel een beetje gelijk. Als Daisy een rijtje mannen voorgeschoteld zou krijgen waaruit ze moest kiezen, zou Tara niet verwachten dat hij de gelukkige zou zijn. Als ze geen blad voor de mond hoefde te nemen zou ze gezegd hebben dat hij Daisy's type niet was.
Niet dat hij er afschuwelijk uitzag, maar hij had een gebroken neus, wanordelijk roodachtig haar, wallen onder zijn ogen en een ontstellende hoeveelheid sproeten. Hij had aardige ogen, voegde Tara snel aan de opsomming toe, een beetje groen-bruin en vriendelijk en zijn mond stond vrolijk, maar er zaten ook een stel scheve tanden in die mond en het viel niet te ontkennen dat hij grote oren had. Bovendien zaten zijn blauwe overhemd en zwarte broek onder de kreukels, hoewel dit vermoedelijk kwam omdat ze de hele nacht in een hoopje bij Daisy op de grond hadden gelegen; gisteravond toen hij haar in de bar had staan versieren, had hij er waarschijnlijk een stuk chiquer uitgezien. En toen had hij natuurlijk ook nog zijn schoenen en sokken aangehad.
'Ik moet het hebben van mijn persoonlijkheid,' zei Josh tegen haar. Hij had kennelijk in de gaten dat zij hem van top tot teen had zitten bekijken. Toen zei hij vergoelijkend: 'We kunnen niet allemaal James Bond zijn.'
'Dat is niet eerlijk,' protesteerde Tara. 'Daaraan dacht ik helemaal niet.'
'Wel waar.' Hij pakte de pot zwartebessenjam en begon het stuk toast dat net uit het apparaat was gesprongen er dik mee te besmeren. Op kalme toon ging hij verder: 'Uiterlijk is niet alles, Tara. Ik red me prima, al zeg ik het zelf. En even voor de goede orde, Daisy was gisteravond niet dronken. Ik heb haar verleid met mijn verbijsterende geestigheid, mijn enorme charme en mijn spectaculaire persoonlijkheid, maar daar heb ik het, geloof ik, al over gehad.'

'Hoe weet je hoe ik heet?' flapte Tara eruit.
'Hmmm?' Met een zogenaamd verbaasde blik pakte Josh zijn stuk toast. 'O, dat is gewoon een gave die ik heb. Ik hoef maar vijf minuten met iemand te praten of ik heb het al in mijn hoofd zitten. Het is ook een prima manier om meisjes te versieren, ze zijn er knettergek op. Het is iedere keer raak. Net als gisteravond bij Daisy,' voegde hij er met een samenzweerderig knipoogje aan toe. 'Dat noem ik nog eens een resultaat.'
Tara trok vragend haar wenkbrauwen op. 'Zie ik er soms dom uit?'
Gedurende een angstig moment vroeg ze zich af of hij zou antwoorden: 'Ja, eerlijk gezegd wel.' Dat was zo verschrikkelijk oneerlijk als je blond was, een dikke boezem had en gedwongen was om rond te lopen in het uniform van een kamermeisje. De mensen namen dan voetstoots aan dat je stom was.
Maar Josh zat naar haar te grijnzen. 'Het was het proberen waard, nietwaar? Jij bent Tara, je werkt hier in het hotel en je bent Daisy's beste vriendin. Ze heeft me alles over je verteld. Ik had een vermoeden dat jij het was,' ging hij verder, 'toen ik wakker werd en merkte dat er een kamermeisje aan mijn voeten zat te friemelen.'
'Onderdeel van de service. Dat hoort er allemaal bij.' Tara haalde haar schouders op. 'Dat doen we bij al onze gasten.'
'Een uitstekend idee. Werkt stukken beter dan een telefoontje. Maar het verbaast me dat Daisy het niet over mij heeft gehad,' zei Josh. 'Ik ben hier als een gast van Daisy persoonlijk, niet van het hotel. We kennen elkaar van jaren geleden en ik ben op maandag hierheen gekomen om haar weer eens te zien. Ze vroeg me of ik wilde blijven logeren.'
Zo, dat was nog eens een verrassing. Tara, die zich schuldig had gevoeld over haar ontmoeting met Dominic, was de vorige dag Daisy speciaal uit de weg gegaan.
'Ik had het druk. We hebben elkaar sinds maandagmorgen niet meer gesproken. Nu we het daar toch over hebben, het is nu woensdagmorgen,' ze tikte op haar horloge. 'En Daisy had allang beneden moeten zijn.'
'Is het dringend? Ze heeft vannacht niet zoveel slaap gehad. Kun je haar geen extra uurtje gunnen?'

'Ik...'
De slaapkamerdeur vloog open en Daisy schoot naar buiten. Met wild overeind staande haren en met ogen als van een panda kwam ze met piepende voetzolen tot stilstand toen ze Tara en Josh zag die samen in de keuken zaten te genieten van een gezellig ontbijtje.
'Het is twintig over negen. Waarom is mijn wekker niet afgegaan? Wat doe jíj hier?' vroeg ze beschuldigend aan Tara.
'Ik kwam je wakker maken.'
Daisy's met mascara dichtgeplakte ogen kregen opeens iets stiekems. Schuldbewust richtte ze die ogen op Josh.
'En in plaats daarvan heb je haar overgehaald te blijven ontbijten. Verdorie, Josh, je had toch wel op mijn deur kunnen kloppen. Je weet dat ik er de pest aan heb als ik me verslaap.'
O fantastisch! Tara kwam tot haar grote genoegen tot de ontdekking dat Daisy een poging deed zich eruit te bluffen. Ze was ook enorm opgelucht toen ze zag dat onder de zoom van haar vliegensvlug aangetrokken witte badjas Daisy's blote benen even gebruind en glad waren als een gepolitoerde Chippendale-kast.
'Josh, ik meen het. Is de wekker vanmorgen afgegaan? Zo ja, dan moet jij het door jouw muur heen hebben gehoord.' Daisy sperde haar ogen veelbetekenend open. 'Je had me wakker moeten maken, je wíst dat ik om...'
'Ahum.' Josh schraapte zijn keel en wreef met zijn hand over zijn stoppelige kin.
Stoppelig en blond met een tikje rood, zag Tara onwillekeurig.
'Wat?' Daisy keek de beide anderen verward aan. 'Wát?
'Tara is op de hoogte,' zei Josh vriendelijk. 'Ze probeerde jou wakker te maken door "Er Komt Een Muisje Aangekropen" met jouw tenen te spelen.' Hij zweeg even en probeerde zijn gezicht in de plooi te houden. 'Het probleem is dat ze het in plaats daarvan met mijn tenen deed.'
Het begon te dagen.
'O, shit,' jammerde Daisy. 'O verdomme. Wat ongelooflijk oneerlijk.'
'Hé, let een beetje op je woorden. Ik hoop niet dat je me geheim wilde houden,' zei Josh. 'Want ik kan je wel vertellen dat ik dat ontzettend beledigend zou vinden.'
'Idioot, dat bedoelde ik niet.' Daisy liep naar hem toe, sloeg lief-

kozend een arm om zijn middel en gapte een stukje van zijn toast. 'Tara is mijn beste vriendin. We hebben geen geheimen voor elkaar,' zei ze tegen Josh. 'Ze weet dat mijn seksleven al meer dan een jaar verdomd weinig voorstelt. Ik bedoel dat ik haar graag zelf over ons had willen vertellen.'
Tara kromp even ineen toen ze het over geen geheimen had. Ze had de vorige nacht niet kunnen slapen omdat ze steeds aan Dominic had moeten denken.
'Maak je geen zorgen, je kunt me er straks alles over vertellen.' Terwijl ze zo wellustig mogelijk probeerde te kijken, voegde ze eraan toe: 'En dan wil ik alle smerige details ook horen.'
'Nou zeg, waarom mogen meisjes dat wel?' protesteerde Josh. 'Jullie zouden barsten van woede als twee mannen zouden aankondigen dat ze eens lekker over jullie gingen praten.'
'Dat weet ik. Maar het is leuk. En ik beloof dat ik alleen maar aardige dingen zal vertellen,' zei Daisy sussend. 'Maar nu moet ik nodig onder de douche. Is er iets te doen beneden waar ik van moet weten?'
Tara liet zich van de hoge kruk af glijden; het was tijd om weer aan het werk te gaan.
'Paula Penhaligon komt al om elf uur.' Ze gebruikte haar vingers om af te tellen wat Daisy per se moest weten. 'Ben je nog van plan om morgenmiddag naar Bristol te gaan, ik heb namelijk een lift nodig...'
'Nee, helaas,' zei Daisy verontschuldigend. 'De vergadering gaat niet door.'
Tara keek een beetje sip; vrijdag was Maggie jarig en ze had nog steeds niets voor haar gekocht.
'O, oké, dan niet.'
'Maar Josh is er.' Daisy's gezicht klaarde op en ze greep Josh bij de arm. 'Jij kunt Tara wel een lift geven, hè?'
'Geen probleem. Wat is er mis met jouw eigen auto?' vroeg Josh aan Tara.
'Ze heeft er geen,' deelde Daisy mee.
Josh was geschokt. 'Dat meen je niet. Hoe kun je nou hier buiten wonen zonder je eigen vervoermiddel?'
'Makkelijk zat. Ik kan niet autorijden.'
'Dat is krankzinnig.' Josh wist niet meer hoe hij het had en zijn

zongebleekte wenkbrauwen waren bijna onder zijn haren verdwenen. 'Waarom niet, in vredesnaam?'
Tara zuchtte; ze was eraan gewend dat mensen haar hierop aanvielen. 'Ik heb het gewoon nooit geleerd, nou goed? Tenminste niet serieus. In Londen was het gemakkelijker om met de bus of de ondergrondse te gaan. En toen ik hierheen verhuisde heeft mijn tante pogingen gedaan het me te leren, maar dat was een ramp.'
Ramp was nog te zwak uitgedrukt. Maggie had de hele tijd tegen haar zitten schreeuwen om niet zo te treuzelen en om flink gas te geven. Halverwege haar tweede les was Tara met Maggies auto in een sloot gereden en toen had ze onmiddellijk gezworen dat ze nooit meer achter het stuur van een auto zou gaan zitten.
'Heb je het bij een echte rijschool geprobeerd?' Josh was duidelijk een doorzettertje.
'Die kosten een bom duiten. En ik verdien maar een schijntje bij mijn vreselijke bazin.' Tara klonk intriest.
Haar vreselijke bazin was op dat moment bezig een kop lauwwarme koffie naar binnen te gooien. Ze keek op haar horloge en zei: 'Ik heb aangeboden haar een paar lessen te geven, maar ze durfde niet meer.'
'Hoe ga je dan overal heen?' Josh was nog steeds nieuwsgierig.
Tara kreeg het een beetje benauwd. Ze wou dat hij er eindelijk eens over ophield. Het was verdorie ontzettend gênant, alsof je moest bekennen dat je niet kon lezen en schrijven.
'Ze bedelt om een lift. Ze gaat straks bij jou bedelen of je haar morgenmiddag naar Bristol mee kunt nemen.' Nog een laatste slok koffie en toen liep Daisy snel naar de badkamer.
'O, en Barney wil met je praten,' riep Tara haar achterna toen ze zich opeens herinnerde dat er nog een derde ding was dat ze aan Daisy moest vertellen. 'Hij heeft een spannend nieuwtje, de schat!'

27

'Zo, Tara zegt dat je me iets te vertellen hebt.' Toen Daisy ten slotte beneden was, stond Barney nog steeds voor haar kantoor op en

neer te drentelen als een zesdeklasser die bij de directrice moet komen. 'Ik weet het al, je kunt het geen seconde langer uithouden in dit godvergeten hotel en je komt je ontslag indienen.'
Barney, wiens bruine ogen straalden, zei: 'Je weet dat ik dat nooit zou doen. Ik vind het heerlijk om hier te werken.'
'Waar gaat het dan over?' Daisy ging op de rand van haar bureau zitten en pakte de lijst met boodschappen die Brenda voor haar had achtergelaten.
'Nou, ik heb een meisje ontmoet. En we vinden elkaar echt heel aardig. Maar nu moet ze haar flat in Bristol uit en we willen zo graag bij elkaar zijn...'
'Jeetje, dat vind ik nogal wat.' Daisy die allang wist waar hij naartoe wilde, trok een bedenkelijk gezicht. 'Je bedoelt dat je wilt dat ze hier bij jou intrekt? Denk je niet dat dat een beetje krap wordt?'
'Nee, nee, dat wilde ik je helemaal niet vragen,' riep Barney uit, en toen pas kreeg hij in de gaten dat hij ertussen werd genomen. 'O, ik snap het al. Tara heeft het je al verteld, hè?'
'Het kan zijn dat ze een paar subtiele toespelingen heeft gemaakt.' Daisy kon haar lachen nauwelijks inhouden, want ze wisten allebei dat discretie niet bepaald een van Tara's sterke punten was. 'Het kan zijn dat er terloops over het huisje van een zekere Rose Timpson is gesproken.'
'Vind je het goed?' Barney was zichtbaar opgelucht. 'Ik bedoel, weet je zeker dat je het niet erg vindt?'
'Barney, ik vind het prima. Waarom zou ik er iets op tegen hebben? Ik vraag me alleen af hoe je vriendin erover denkt. Is Brock Cottage niet een beetje luguber?'
Luguber was eigenlijk nog iets te zwak uitgedrukt. Daisy stond versteld over zijn optimisme en ze besefte dat ze zich niet kon voorstellen hoe het was als je zoveel van iemand hield dat je zelfs in een krot wilde wonen.
'Als ik ermee klaar ben, is het niet luguber meer,' zei Barney enthousiast. 'De broer van Bert Connelly komt vanavond langs met een grote bestelwagen, dan kunnen we het huisje gaan uitmesten. En morgen heb ik een vrije dag,' bracht hij Daisy in herinnering, 'en Bert stuurt een van zijn zoons om met het opruimen te helpen.'
Barney was niet langer bang voor Bert. Hij vond hem nu een ge-

weldig aardige man met een hart van goud onder die slobberige bruine overall.

'Feitelijk zijn we met ons drietjes.' Barney glom van trots. 'Ze heeft een baby. Een jongetje. Hij is fantastisch.'

Jeetje, een alleenstaande moeder. Dat was koren op de molen van de dorpsroddelaars. Daisy, die op het punt stond te vragen hoe ze heetten, moest daar nog even mee wachten omdat de telefoon op haar bureau begon te rinkelen.

Het was Pam, die een Amerikaan aan de lijn had die in het hotel een surpriseparty voor zijn vrouw wilde vieren. Er moesten een heleboel ingewikkelde regelingen worden afgerond. Met haar hand op de hoorn trok Daisy een wanhopig gezicht en zei tegen Barney: 'Sorry, dit gaat even duren.'

'Geen probleem, ik ga weer aan het werk. Bedankt voor alles.' Ze was toch wel erg aardig, dacht Barney. Steven had maar geboft toen hij met haar trouwde.

'Succes met het huisje,' fluisterde Daisy. 'Ik kom zeker kijken als het af is.'

'Daar reken ik op,' antwoordde Barney grijnzend. 'Je zult verbaasd staan, dat beloof ik je.'

Voor het eerst in heel lange tijd voelde Maggie hoe haar hart sneller klopte van opwinding bij het zien van iemand anders dan Hector. Hij was er! Eindelijk! Hij was precies op tijd en zag er geruststellend efficiënt uit. Zelfs de manier waarop hij zijn bestelbusje op slot deed en het paadje naar het huis opliep, was indrukwekkend energiek.

Verheugd rende Maggie weg van het huiskamerraam om de voordeur open te doen.

'Hallo! Fantastisch! Heb je het reserveonderdeel?'

Het was vandaag een andere reparateur, maar dat was alleen maar positief. Hij was kalend en gedrongen en zag er een beetje kikkerachtig uit. Hij droeg een naamkaartje waarop te lezen stond dat hij Owen Jones heette en hij hield een plastic zakje omhoog waarin iets zat wat er nogal technisch uitzag en wat ook weer in plastic was ingepakt.

'Hier is het, mevrouw Donovan, u hoeft u geen zorgen te maken. Het is nu zo gepiept. Ik wed dat u dacht dat het nooit meer zou

gebeuren, hè? Nou, zit er maar niet meer over in. Geen gemier, Owen is hier!' Vol trots klopte hij op zijn geplastificeerde identiteitskaartje. 'Dat ben ik, ziet u?'
Maggie, die zo ontroerd was dat ze hem wel had kunnen omhelzen, zei het enige dat in deze omstandigheden van toepassing was. 'Koffie? Of thee?'
'Aha, een dame die mijn taal spreekt.' Owen liep met een stralend gezicht achter haar aan de keuken in. 'Thee, alstublieft, met drie klontjes. Maar het duurt maar een paar minuten om dit schatje te monteren. Het zit er dik in dat ik al klaar ben voordat de thee is gezet.'
'Owen.' Zielsgelukkig pakte Maggie de fluitketel. 'Jij bent een man naar mijn hart.'
Tegen de tijd dat ze zijn beker thee had ingeschonken was Owen inderdaad klaar. In een mum van tijd had hij de wasmachine uit elkaar gehaald, geprobeerd het langverwachte reserveonderdeel te monteren en ontdekt dat het niet het goede was. Maggie was nog met de suiker bezig toen ze in de gaten kreeg dat hij de machine weer in elkaar aan het zetten was.
'Hemeltje, dat was vlug!'
'Sorry, mevrouw Donovan, we hebben een probleempje.' Owen schudde zijn hoofd. Hij had klaarblijkelijk geen hoge pet op van de vakbekwaamheid van anderen. 'Dit is het foute onderdeel.'
Maggie staarde hem verbijsterd aan en zag hoe hij zijn wangen opblies waardoor hij er meer dan ooit uitzag als een kikker.
'Owen, zeg alsjeblieft dat je een grapje maakt.'
'Ziet u, het zit namelijk zo dat op het bestelformulier dit codenummer stond.' Hij schuifelde naar haar toe en wees op het verfomfaaide stuk papier in zijn linkerhand. 'Maar er heeft iemand ergens een fout gemaakt. Ziet u die vier daar? Nou, dat had een zeven moeten zijn. Ik denk wel dat ik weet hoe het is gebeurd. Het komt omdat sommige mensen er zo'n gek buitenlands horizontaal streepje doorheen zetten en dan denkt de volgende persoon die het moet overschrijven, dat het een vier is.'
'Dus mijn wasmachine is nog steeds niet gerepareerd.' De beker met hete thee in Maggies hand begon vervaarlijk te wiebelen.
'Hoort u eens, ik heb gezegd dat het me speet, maar ik heb er eigenlijk niets mee te maken. Ik zal een ander onderdeel bestellen,'

verzekerde Owen haar. 'En zodra dat binnenkomt nemen we weer contact met u op.'
'Ja, over twee weken zeker? Dat accepteer ik niet. Ik moet een wasmachine hebben die het dóét.' Maggie deponeerde de beker thee met een klap op het aanrecht achter haar; hij kon ernaar fluiten, want hij had ook niets voor haar gedaan. 'Weet je wat? Je kunt dit apparaat met je meenemen en wachten tot het reserveonderdeel komt. Ondertussen kan jouw klungelige firma mij een machine lenen die het wel doet. Dat lijkt me niet meer dan eerlijk.'
Owen zuchtte en schudde zijn dikke kale kop nog maar eens. 'Ik vrees dat het zo niet werkt.'
'Maar er zit nog garantie op!'
'We garanderen dat we eventuele gebreken verhelpen, ja.'
'En dat is niet zo!' Ten einde raad sloeg Maggie met haar vlakke hand boven op de waardeloze machine. 'Dat hebben jullie niet gedaan!'
'De garantie dekt onderdelen en werkuren.' Owen was helemaal niet vrolijk meer; de glimlachende vrouw die hem bij zijn komst zo verheugd had begroet, was veranderd in het prototype van een lastige klant. 'Als u de polis doorleest,' voegde hij er stijfjes aan toe, 'zult u zien dat we geen vervangende machines leveren, en bij de wet zijn we ook niet...'
'Dit is zielig, zeg,' brulde Maggie voordat hij zijn zin kon afmaken. 'Dit neem ik gewoon niet! Geef me maar gauw de naam en het telefoonnummer van je baas, dan bel ik hem wel om hem precies te vertellen wat ik van zijn rottige, stompzinnige, miezerige bedrijfje vind.'
Owen wist niet hoe gauw hij weg moest rennen. Toen hij was vertrokken keek Maggie woedend naar het stukje papier waarop ze de gegevens van zijn baas had gekrabbeld. Ze fantaseerde over wat ze tegen hem zou zeggen en in gedachten zag ze hem al angstig wegkruipen onder zijn bureau, ondertussen allerlei verontschuldigingen roepend, en natuurlijk zou hij haar op allerlei manieren proberen om te kopen uit angst dat ze naar de Consumentenbond zou stappen.
Toen stond ze opeens weer met beide benen op de grond. Ze hield zichzelf voor de gek. Lastige klanten werden uiteindelijk altijd slechter behandeld, niet beter. Om haar een lesje te leren zouden

ze haar waarschijnlijk twee jaar op het cruciale reserveonderdeel laten wachten. Het was als bij klanten in een restaurant die hun eten met de een of andere klacht naar de keuken terugsturen. De kok spuugde er alleen maar even in, voordat hij het weer terug liet gaan, dat wist iedereen.
Met gekromde tenen scheurde Maggie het papier kapot en smeet de snippers in de prullenmand. Het haalde niets uit als ze ging vloeken en schelden. Ze kon maar het beste door de zure appel heen bijten en accepteren – godverdegodver – dat ze nog wel een poosje met de hand zou wassen.
O Hector, kom me alsjeblieft opvrolijken. Alsjeblíéft.

Barney deed zijn best om kalm te blijven, maar het was moeilijk om Paula Penhaligon niet aan te gapen toen ze de auto uitstapte. Om te beginnen rook ze fantastisch. Haar chique hooggehakte schoenen waren de duurste die hij ooit had gezien. Als je van daaruit omhoogkeek, zag je een lichtbruine panty, een honingkleurige, strakke, suède rok en een chocoladebruine blouse die speciaal voor haar gemaakt leek te zijn. Het geheel werd gecompleteerd door een soort stola, roomkleurig, die ze om haar schouders had gedrapeerd. Haar glanzende rode haren droeg ze in een soort bobkapsel. Het zag eruit alsof het in een fabriek precies op maat was geknipt. Haar make-up was onberispelijk als bij een filmster en ze had een zonnebril op. Hoewel de zon helemaal niet scheen.
Barney was niet dom, hij wist dat hij haar niet moest wijzen op het feit dat de lucht er op dat moment uitzag als een grote grijze deken. Een zonnebril ophebben als de zon niet scheen was een van die dingen die beroemdheden nu eenmaal graag deden, dan konden ze net doen alsof ze incognito waren.
Niet dat Paula Penhaligon ergens onopgemerkt heen kon gaan. Ze werd misschien wel een dagje ouder – Barney dacht dat ze tegen de vijftig liep – maar ze zag er nog steeds fantastisch uit voor haar leeftijd.
Daisy was weggeroepen voor een telefoontje, dus liet Barney zijn warmste glimlach zien en zei: ‘Mevrouw Penhaligon, welkom in Colworth Manor.’
‘Goh, dank je wel.’ Op haar beurt wuifde Paula Penhaligon met haar slanke vingers in de richting van de kofferbak. ‘Mijn koffers

liggen daarin, als je zo vriendelijk zou willen zijn – óéps.' Terwijl ze zich omdraaide gleed haar ivoorkleurige kasjmieren stola van haar schouders. Vliegensvlug stak Barney zijn hand uit en ving hem op, voordat hij op het natte grind terechtkwam.

'Nou zeg, goed gevangen.' Paula Penhaligon deed haar zonnebril af om hem bewonderend te kunnen aankijken. 'Ik houd nu al van dit hotel.'

Haar ogen waren zwaar opgemaakt, maar je kon de vlekken eronder moeilijk over het hoofd zien, lichtgele plekken die door de verhullende make-up heen nog net zichtbaar waren. Met een schok herinnerde Barney zich dat ze op dat moment in een traumatische scheiding verwikkeld was. Zo te zien was ze door iemand mishandeld. Hij kwam geschokt tot de conclusie dat ze door haar man in elkaar moest zijn geslagen.

'En jij heet...?'

'Hmm, Barney. Barney Usher.'

'Een uitstekend reactievermogen,' zei Paula Penhaligon met een plagerig lachje. 'Prima gedaan.'

Barney stond met de mond vol tanden en wist niet hoe hij hierop moest reageren. Gelukkig kwam Daisy hem aflossen zodat hij de kans kreeg de bagage uit de kofferbak te halen. Paula Penhaligon had wel een enorme hoeveelheid bagage bij zich. Maar aan de andere kant, als ze op de vlucht was voor een brute echtgenoot bevatten deze koffers misschien wel haar hele bezit.

'Die allerliefste Lionel heeft me je hotel aanbevolen,' hoorde Barney haar tegen Daisy zeggen. 'Ik wil absoluut geen speciale behandeling. Ik ben hier gewoon om me te ontspannen en om mijn accu weer op te laden. Als de jongens van de pers iets willen weten, verwijs je ze maar naar mijn impresario.'

Barney had medelijden met de arme vrouw. Ze wilde niet dat iemand wist dat ze door haar man werd geslagen.

'Wees maar niet bang,' stelde Daisy Paula Penhaligon glimlachend gerust. 'Als u geen speciale behandeling wilt, bent u bij ons op het juiste adres. We behandelen al onze gasten even afschuwelijk.'

28

'Vlug, je moet naar beneden,' schreeuwde Tara. Ze stak haar hoofd om de hoek van de zitkamer voor het personeel en joeg Barney de stuipen op het lijf. 'De man van Paula Penhaligon staat bij de receptie. Hij is razend en zegt dat hij haar overhoopschiet.'

Barney sprong onmiddellijk overeind. Zijn ogen had hij in afgrijzen wijd opengesperd. God, dit was afschuwelijk.

'Wat?' Hij keek verbijsterd naar Tara zoals ze daar in de deuropening stond waardoor hij er niet uit kon. Hoe kon ze het op een moment als dit nu in haar hoofd halen om een potje te staan lachen? Aha.

'O, Barney, wat ben je toch een lieverd.' Tara lag nu bijna dubbel van het lachen. 'De liefste man van de hele wereld. Je zou werkelijk naar beneden zijn gesneld om haar te redden, hè?'

Hij was er alweer in getrapt. Twee keer op een dag. Hij zou de risee van het hotel worden als ze hierachter kwamen.

'De volgende keer als je me komt vertellen dat er beneden een gek staat met een geweer, blijf ik lekker hier mijn sandwiches opeten,' zei Barney goedmoedig. 'En als hij dan op jou schiet, krijg je spijt.'

'Ik weet het, ik weet het. Maar Rocky vertelde wat je had gezegd en toen was de verleiding gewoon te groot.' Haar ogen afvegend zei Tara: 'Ik ben zojuist boven in de suite van Paula Penhaligon geweest. Jij grote idioot, ze is niet in elkaar geslagen.'

'Wel waar.' Barney knikte hevig. 'Ik heb haar bij daglicht gezien. Haar ogen waren bont en blauw, en ook heel gezwollen.'

'Maar om de een of andere reden had ze geen kraaienpootjes,' maakte Tara de zin voor hem af. 'Barney, ze heeft een facelift gehad. Daarom is ze hier, domoor. Om te herstellen.'

'Een facelift?' Barney was geschokt maar tegelijkertijd opgelucht. Het betekende dat Paula in ieder geval niet mishandeld werd. Maar hij vond het toch wel vreemd dat iemand onder het mes wilde, alleen maar om er beter uit te zien.

'Ze is achtenveertig en weer op de markt. Je zelfvertrouwen krijgt er een oppepper van. Ze is op zoek naar een nieuwe man.' Tara knipoogde. 'Je kunt nooit weten. Een knappe jongen als jij is misschien wel precies wat ze wil.'

'Ik ben niet van plan er een derde keer in te trappen,' zei Barney. Opeens schoot hem nog iets anders te binnen. 'En je zegt toch niets tegen Daisy over dat geweergedoe, hè? Ik wil niet dat ze denkt dat ik niet goed snik ben.'
Tara zag hoe smekend hij keek. Wat een schatje; hij zat er echt over in.
'Je was bereid om een van onze gasten te verdedigen tegen een idioot met een geweer,' zei ze bewonderend. 'Daisy zou diep onder de indruk zijn.'
'Zeg alsjeblieft niets.'
Tara liet zich vermurwen, omdat ze medelijden kreeg. 'Oké, ik beloof het. Maar dan moet jij een klein dingetje voor mij doen.'
'Wat voor klein dingetje?' Barney was nu op zijn hoede, maar helaas niet genoeg om de rest van zijn lunch te bewaken...
'Mmm, tonijn met mayonaise, die vind ik het lekkerst.' Ze gapte de laatste sandwich van zijn bord en nam een flinke hap.
Barney wees op de flesjes met anti-afstotingsmedicijnen die voor hem op de salontafel stonden. 'Ik heb de tabletten vergruisd en ze door de tonijn gedaan.'
O god, wat vréselijk. Tara begon vol afgrijzen te kokhalzen. Ze spuugde een klein onsmakelijk hoopje in de kom van haar hand.
'Maar niet heus,' zei Barney met een engelachtige grijns.

Als Hector op het terrein van het hotel ging wandelen, nam hij altijd graag het pad tussen de bomen langs de oever van de rivier. De sneeuwklokjes en krokussen staken hun kopjes al boven de grond uit. Weldra zouden er katjes aan de hazelaars zitten en de wilde hyacinten zouden ook niet lang meer op zich laten wachten. In april waren de lagere gedeelten van de heuvel altijd met een blauwe waas bedekt en de haagdoornstruiken die over de rivier hingen zaten vol met roomwitte bloesems. Hector zuchtte tevreden en dacht eraan dat hij gelijk had gehad toen hij dit kocht. Dat iemand liever in een vieze stad wilde wonen, kon hij zich absoluut niet voorstellen.
In de zak van zijn Barbour-regenjas klonk het geluid van zijn mobieltje. Eén keertje maar.
Op het schermpje kijkend glimlachte hij. Dit was het systeem dat Maggie en hij hadden bedacht. Als het niet uitkwam deed hij niets

en dan zou zij dat begrijpen. Als de kust veilig was, zou hij terugbellen.

Daar de kust niet veel veiliger kon zijn dan nu, toetste hij haar nummer in. Om veiligheidsredenen had hij het niet eens in het geheugen van het apparaatje opgeslagen.

'Hoi.' Maggie klonk geagiteerd en tegelijkertijd opgelucht. 'Je gelooft niet wat voor afgrijselijke morgen ik achter de rug heb.'

Hector glimlachte. 'Wat is er dan?'

'Nou, als je vanavond het nieuws aanzet en je hoort dat op het hoofdkantoor van Carver's een zware bom is ontploft, weet je wie daar verantwoordelijk voor is.'

'Ik heb je toch gezegd...'

'En ik heb jou gezegd dat ik niet wil dat je een nieuwe voor me koopt. Ik heb trouwens net een enorme berg wasgoed met de hand gedaan,' ging Maggie verder, 'en Tara is pas om vijf uur thuis. Ik vroeg me gewoon af wat je aan het doen was.'

Hector aarzelde. Maggie moest kennelijk hoognodig opgevrolijkt worden en hij wilde haar graag zien, maar eerlijk gezegd had hij op dit moment niet zoveel zin in seks. Die morgen had hij met Josh een rondje golf gespeeld en hij had er een pijnlijke steek in zijn rug aan overgehouden. En gezien de regeling die ze hadden leek het een beetje oneerlijk om Maggie op te zoeken en niet met haar naar bed te gaan. Hij zou het gevoel hebben dat hij haar tekort deed. Ze zou zich beledigd kunnen voelen. Als je eenmaal een zakelijke relatie met iemand had, was het niet meer dan normaal dat je je aan de regels hield.

'Eigenlijk heb ik nogal veel te doen,' zei Hector spijtig terwijl hij met zijn lichaam draaide om te checken of de steek er nog zat. Au, inderdaad. 'Maar morgenmiddag moet wel lukken,' voegde hij er vol vertrouwen aan toe. Tegen die tijd zou zijn rug zeker weer in orde zijn.

'Morgen?' Hij hoorde de teleurstelling in Maggies stem en heel even stond hij in tweestrijd. Maar dat was dom, hield Hector zichzelf voor. Ze hadden geen emotionele relatie.

Hij schraapte zijn keel. 'Zullen we zeggen om een uur of twee?'

'Er komt ergens in de middag een Australisch echtpaar langs om hun kussens op te halen. Ze konden niet precies zeggen hoe laat.' Maggie klonk gefrustreerd. 'Als ze om één uur komen kan het wel.

Maar misschien komen ze pas om vier uur.'
'Oké, oké.' Hector praatte op kalmerende toon. 'Maak je nou maar geen zorgen. Laten we duimen dat ze vroeg zijn. Bel me maar zodra het gevaar geweken is.' Terwijl hij dit zei hoorde hij in zijn buurt wat struiken ritselen. 'Luister, ik moet gaan. Ik spreek je morgen wel. Daag.'
Vliegensvlug zette hij de telefoon uit en stopte hem terug in zijn zak. In een dorp als Colworth kon je nooit voorzichtig genoeg zijn; een klein foutje en het hele dorp zou op de hoogte zijn van hun schandelijke geheim.
Hector wist dat het niet schandelijk zou moeten zijn, maar op de een of andere manier was het dat wel.
De struiken ritselden weer. Er kwam iets over het smalle begroeide pad zijn richting uit lopen. Het volgende moment hoorde hij hoe iemand naar adem snakte en toen een gedempte kreet slaakte.
Hij was toch niet op een paartje gestuit dat zich overgaf aan een vrijpartijtje in de openlucht? Dat kon toch niet? Het was februari – veel te koud voor dergelijke onbezonnenheden.
God, dacht Hector, ik word oud.
Toen hoorde hij de woorden: 'O, donder op, ga van me af,' die eerder geïrriteerd dan angstig door een vrouwspersoon werden uitgesproken, gevolgd door: 'Jij kloterige rotzak.'
Toen Hector de bocht van het pad omsloeg, zag hij een elegante roodharige vrouw die uiterst onelegant stond te worstelen met een braamstruik. Een lang stekelig tentakel zat als een valstrik om haar linkerbeen gewikkeld en toen ze zich bukte om zich te bevrijden was het uiteinde van haar roomkleurige sjaal in een andere tak even verderop verstrikt geraakt. De vrouw schrok toen ze Hector zag, keek hem een ogenblik achterdochtig aan en zuchtte toen moedeloos.
'God, ik hoop niet dat je van een krant bent. Als je een camera bij je hebt, kan ik me tot in de eeuwigheid niet meer op straat vertonen.'
'Je boft.' Hector begon te grinniken. 'Ik ben de meest waardeloze fotograaf van de hele wereld. Ook al had ik een camera, dan zou ik nog vergeten het kapje van de lens af te halen. Kom, leun maar op mijn schouder,' zei hij terwijl hij zich bukte en haar lin-

kervoet optilde. 'Hoe meer je beweegt, hoe strakker het gaat zitten.'
'Ik voel me net een paard waarvan de hoeven worden nagekeken,' zei de vrouw een beetje knorrig. 'Au, denk aan mijn enkel.'
Het duurde even, maar uiteindelijk slaagde Hector er toch in haar te bevrijden. Eerst trok hij de bramentak voorzichtig van haar met een nylonkous omhulde been en daarna pulkte hij de sjaal van de hogere takken af.
'Godallemachtig.' Paula Penhaligon schudde haar hoofd. 'Het leek wel alsof ik door een buitenaards wezen werd aangevallen. En ik dacht nog wel dat ik hier tot rust zou komen.'
Ze had ongelooflijk onpraktische schoenen aan en haar lichtbruine kousen waren volledig kapot. 'Je kunt de volgende keer misschien beter een spijkerbroek aantrekken,' zei Hector, 'en wandelschoenen.'
'Ik kan je verzekeren dat er geen volgende keer meer komt.'
'Kom op, dat doen alleen lafaards.' Hij stak zijn hand uit en pakte een stukje fris, vriesdroog braamblad uit haar kapsel. 'Als je van een paard valt, moet je onmiddellijk weer in het zadel gaan zitten.'
'Ik denk dat het buitenleven niet echt iets voor mij is.' Paula Penhaligon maakte een afwerend gebaar naar haar hoofd – de verwijdering van het blad uit haar haren was een merkwaardig intiem gebaar geweest, maar gezien het feit dat hij al met haar enkels had zitten stoeien kon ze er nauwelijks iets tegenin brengen. 'Bedankt voor je hulp, maar ik ga nu maar eens terug naar het hotel.'
'Je bent hier nog maar net,' zei Hector verwijtend. 'Je geeft het hotel geen kans en er is zoveel te zien.'
'Wat een enthousiasme,' zei ze droog. 'Ik neem aan dat je daarom hier logeert, om te communiceren met de wonderen der natuur.' Met een blik op zijn afgedragen Barbour, zijn dikke corduroy broek en zijn groene rubberlaarzen voegde ze eraan toe: 'Ben je een gast van het hotel?'
'Feitelijk niet. Maar ik hou er wel van.' Hij gebaarde naar het uitzicht door de wirwar van kale takken met daarachter de rivier. 'En daarom vind ik de gedachte onverdraaglijk dat je terug naar Londen racet om aan al je chique, stadse vriendinnen te vertellen hoe afschuwelijk het hier was. Tussen twee haakjes, heb je überhaupt een paar platte schoenen hier mee naartoe genomen?'

Paula aarzelde. Hij maakte een charmante indruk en hij was ongetwijfeld aantrekkelijk, maar ze had geen flauw idee wie hij was. Om tijd te winnen vroeg ze: 'Waarom?'
'Omdat je ze dan aan zou kunnen trekken. Dan zou ik je meenemen voor een leuk gemakkelijk wandelingetje – om je eraan te laten wennen.' Zijn bruine ogen twinkelden 'En misschien zouden we achteraf een kopje thee kunnen drinken.'
Dit was moeilijk. Woonde hij in het dorp? Was hij iemand die ze kon vertrouwen? Het zou leuk zijn geweest om met een aardige medegast aan te pappen, maar dit was iets heel anders. Stel je voor dat hij een van die overenthousiaste types was die zich aan je vastklampten en dan plechtig verklaarden dat ze altijd al fan van je waren geweest.
'Liever niet,' zei Paula. 'Maar bedankt voor het aanbod.'
'Oké, geen probleem.' Hij glimlachte onbekommerd en leek zich niets aan te trekken van de afwijzing. 'Maar als je het niet erg vindt loop ik met je mee terug naar het hotel. Je moet misschien straks ook een pleister op die enkel doen.' Er kwam bloed uit de braamschrammen op haar linkerbeen.
Paula zei: 'Je hoeft niet met me mee te lopen.'
'Maak je geen zorgen, ik doe het niet voor jou. Ik was van plan in de bar iets te gaan drinken.'
Misschien was hij wel de dorpsdronkaard, charmant maar volkomen ongeschikt voor een baan, een alcoholicus die tussen wilde zuippartijen door zijn tijd verdeed met boswandelingen. Ze kwam bij het toneel een heleboel van dat soort mensen tegen. Maar hij had haar wel uit de klauwen van die braamstruik gered.
Terwijl ze terugliepen over het stenen bruggetje, vroeg Paula nieuwsgierig: 'Weet je wie ik ben?'
'Je bedoelt afgezien van de vrouw die walgt van de natuur?' Hij kneep zijn ogen vergenoegd samen. 'Ik zie er misschien uit als een boerenkinkel, maar er zit niet alleen maar stro in mijn hoofd, hoor.'
Toen ze bij de ingang van het hotel waren aangekomen, wist ze dat hij met pensioen was, dat hij fanatiek golfde en dat hij hield van pianospelen. Toen hij haar ronduit had gevraagd naar de blauwe plekken bij haar ogen had ze uitgelegd dat ze achter de coulissen tegen een decorstuk was aan gelopen.
'Zo, hier scheiden zich onze wegen.' Haar sympathieke redder wees

naar de bar aan hun linkerhand. 'Leuk je ontmoet te hebben. Mocht je toch nog zin krijgen in een drankje, laat je dan niet weerhouden.'
Paula vertrok haar gezicht in een zo natuurlijk mogelijke grijns. Hij maakte zich duidelijk op voor een lange middagsessie. Wat betreft dat drankje dat ze met hem zou moeten drinken als hij hem al flink om had, nou, ze nam nog liever een snoekduik in een heg vol braamstruiken.
En eerlijk gezegd vond ze dat het hotel nogal laks omging met de fatsoensnormen, als ze bezoekers met rubberlaarzen toelieten in de bar. Ook al waren het van die chique groene laarzen.
Tot haar opluchting was de receptie onbemand toen ze binnenkwamen. Maar nu zwaaide de deur van het kantoor van de manager open.
'O, in 's hemelsnaam.' Daisy MacLean keek hen verbijsterd aan. In een oogwenk had ze in de gaten dat Paula's kousen er aan flarden bij hingen en dat haar been bloedde. 'Pap, ik kan je nog geen vijf minuten alleen laten. Wat heb je in godsnaam met onze beroemde gast uitgespookt?'

Boven trok Paula haar belachelijk ongeschikte stadskledij uit. Nou ja, hoe kon ze weten dat die kleren belachelijk waren? Toen ze aan haar wandeling begon was ze er vanzelfsprekend van uitgegaan dat de paden rondom het hotel geasfalteerd waren.
Nu, met een strakke leren broek en een angora trui en met make-up die ze zorgvuldig had bijgewerkt, liep ze de bar in.
Hector MacLean was er al, want hij had zijn boerenplunje iets sneller ingewisseld voor een chic groen-met-zwart gestreept overhemd, een zwarte broek en glimmend gepoetste maatschoenen. Hij zat aan een van de tafels bij het raam met voor zich een pot koffie op een dienblaadje.
'Je hebt gelogen,' zei Paula toen hij opstond om haar te begroeten.
'Nee, dat heb ik niet. Je vroeg of ik een gast was.'
'Oké, dan heb je me misleid. Waarom heb je niet gezegd dat je de eigenaar was?'
Hector schonk zwarte koffie in haar kopje. 'Je was er vlug genoeg achter gekomen. Ik had er gewoon zin in om even incognito te zijn om te zien of mijn persoonlijkheid alleen voldoende was.' Hij keek

met een zielig glimlachje op. 'Maar helaas bleek dat niet zo te zijn.'
'Dat is oneerlijk. Ik dacht dat je een zatlap was. Ik dacht ook dat je heel aardig leek,' voegde Paula er haastig aan toe.
'Maar nu je weet dat ik de eigenaar ben, vind je me nog veel aardiger. Je bent in ieder geval bereid om bij me in de bar te komen zitten,' zei Hector. 'En het is altijd nog mogelijk dat ik een hopeloze dronkaard ben,' zei hij verwijtend. 'Je kent me niet goed genoeg om het tegendeel te beweren.'
'Je bent de schepper van Dennis de Dappere Dashond en dat is voldoende bewijs.' Paula glimlachte. 'Ik las mijn neefje vroeger toen hij klein was altijd voor uit die boeken.'
'Wat ik wil weten is of ik je kan overhalen om vanmiddag een echte wandeling met me te maken?' Met een blik op haar laarzen met hun bescheiden hakje zei Hector: 'Ik ben nog steeds vastbesloten je te bekeren tot de wonderen der natuur.'
'Meen je dat nou? Heb je enig idee hoeveel deze laarzen hebben gekost? Ze zijn van Ferragamo,' legde Paula geduldig uit. 'Ze zijn niet bedoeld om ermee te wandelen.'
'Oké.' Hij haalde berustend zijn schouders op; twee afwijzingen op een dag waren een beetje te veel van het goede. 'Ik geef het op.'
Paula, die besefte dat ze niet wilde dat hij het opgaf, zette haar koffiekopje neer.
'Ik ben meer iemand voor trottoirs.' Met een koket glimlachje zei ze: 'Ik was van plan om morgen in Bath wat te gaan winkelen. Als je tijd hebt, zou ik het leuk vinden als je meeging.'
'Winkelen?' Nu was het Hectors beurt om niet bijster enthousiast te kijken.
'Niet zo lang, dat beloof ik. En dan zouden we kunnen lunchen,' zei Paula luchtig om hem alsnog over de streep te trekken. Plotseling wilde ze per se de volgende dag met deze man doorbrengen. Hij had natuurlijk volkomen gelijk gehad; sinds ze ontdekt had wie hij was, vond ze hem stukken aantrekkelijker. Nou ja, zo ging dat nu eenmaal. En het gold voor hem ook. Als zij in een wasserij had gewerkt, was hij lang niet zo hevig in haar geïnteresseerd geweest.
En dat was hij, o ja, dat was hij zeker. Dat kon ze merken.
'Prima,' zei Hector. 'Een paar winkeltjes, een lekkere, lange lunch. Ik denk dat ik dat wel red. En wie weet,' voegde hij er met een pla-

gerig lachje aan toe, 'misschien moet ik dan wel een paar wandelschoenen voor je kopen.'

29

Dankzij de klerenwasmarathon, was er geen warm water meer. Maggie was gedwongen geweest haar haren te wassen in water dat nauwelijks lauw te noemen was. Ze was nog steeds binnensmonds aan het vloeken en haar haren krachtig aan het droogwrijven toen ze in de gaten kreeg dat de telefoon beneden ging. Met de handdoek over het hoofd was het haar eerst even ontgaan. In haar haast om nog op tijd te zijn verloor ze op de trap haar evenwicht, viel vervolgens van de laatste paar treden af en stootte haar elleboog pijnlijk tegen de muur. Gloeiend hete pijnscheuten schoten van boven tot onder haar arm door. Met haar tanden op elkaar geklemd racete Maggie de huiskamer door en...

De telefoon hield op.

Ze liet haar adem met een sissend geluid door haar tanden ontsnappen. Het was nu vijf uur en Tara kon elk moment thuiskomen, maar er was nog steeds een kans dat het Hector was.

Ze draaide 1471, maar zoals ze wel had verwacht haalde dat niets uit. Het nummer werd niet vrijgegeven. Dan was het misschien toch Hector wel geweest, maar aan de andere kant misschien ook niet. Maggie stond te dubben terwijl er ijskoud water in haar nek druppelde en toen klonk het geluid van de voordeurklink en stormde Tara de kamer binnen.

Nou, dat was dat, nu belde Hector niet meer.

Met een blik op Maggie in haar badjas zei Tara opgewekt: 'O, jij ziet er gezellig uit. Heb je net in een heerlijk, warm bad gelegen?' Dit wreef nog extra zout in de wond.

'Nee.' Maggie moest moeite doen om niet te snauwen; het was niet Tara's schuld dat ze een afschuwelijke dag had gehad. 'De wasmachineman kon de machine niet repareren. Ik moest alles met de hand doen waardoor er geen warm water meer was. Ik heb net mijn haar in steenkoud water gewassen, de telefoon ging toen ik

nog boven was, ik ben gestruikeld en heb mijn elleboog gestoten...'
'De telefoon? Wie was het?' Tara's ogen begonnen te schitteren. 'Iemand voor mij?'
De jeugd van tegenwoordig, dacht Maggie chagrijnig. Die is gewoon zo egoïstisch.
'Het was niemand voor niemand.'
'Maar heb je geprobeerd...'
'Ja, natuurlijk, maar het nummer werd niet gegeven. Maar met mijn elleboog gaat het prima, lief dat je ernaar hebt gevraagd en voordat je je begint af te vragen of er iets te eten is, dat is niet zo, dus als je honger hebt zul je zelf een omelet moeten maken of – úmmf.'
Overspoeld door wroeging gooide Tara haar armen om haar tante heen. Maggie wilde het misschien niet laten merken, maar ze was wel overstuur. Waarschijnlijk hormonen, concludeerde Tara. Misschien was dit wel het begin van de overgang. Arme Maggie, vijfenveertig en helemaal alleen, geen wonder dat ze zo ongelukkig was... o help, en ze was vrijdag ook nog jarig. Dat was ook niet echt bevorderlijk voor de stemming.
'Heb je enig idee hoeveel ik van je houd?' Toen Tara haar omhelsde, plakte Maggies koude natte haar tegen haar wang. 'Kom nou maar lekker bij het vuur zitten en probeer je te ontspannen. Ik ga je verschrikkelijk verwennen.'
'Schat, dat hoeft helemaal niet.' Ontroerd wierp Maggie haar een flauw glimlachje toe. 'Echt waar, ik mankeer niets.'
'Niet tegenstribbelen, ik ben de baas. We eten pasta met rode wijn,' ging Tara opgewekt verder, 'en dan vertel ik je de allerlaatste roddeltjes. Je zult niet geloven wat er in het hotel is gebeurd – trouwens, waarom gaan we daar niet naartoe na het eten?' Eigenlijk was dat een prima idee. Dan kon zij Maggies dunne blonde haar föhnen en haar wat optutten en misschien zelfs wel kennis laten maken met de wonderen van make-up. Plagerig voegde ze eraan toe: 'Als je heel braaf bent stel ik je misschien wel voor aan Daisy's nieuwe minnaar die bij haar is ingetrokken.'
Omdat ze zich schaamde over haar eerdere uitbarsting stemde Maggie er goedmoedig mee in om wat met mascara en lippenstift te experimenteren. Toen ze haar eigen haren had geföhnd en een donkerblauwe fluwelen broek met een losvallende lila blouse had

aangetrokken – bij haar gold dat als chic – werd ze naar beneden gelokt door de geur van pasta puttanesca en het nog verleidelijker geluid van het ontkurken van een fles rode wijn.
Uit het Italiaans vertaald betekende pasta puttanesca hoerenpasta. Wel ietwat ongelukkig, dacht Maggie droog, maar daar was niets aan te doen. Tara had het zeker niet met opzet gedaan.
Ze glimlachte toen ze de tafel zag, compleet met tafelkleed en brandende kaarsen. Tara, de schat, had echt haar best gedaan, ze had zelfs de huiskamer opgeruimd.
'Je ziet er fantastisch uit,' zei Tara toen ze de schaal met dampende pasta naar binnen droeg.
'Wat is hier aan de hand?' Opeens besefte Maggie waarom de huiskamer er zo opgeruimd uitzag. Ze wees naar de naakt uitziende radiatoren. 'Waar zijn alle natte kleren?'
'Ga zitten. Neem wat wijn. Ik heb ze in vuilniszakken gestopt en achter in de auto gelegd. We nemen ze gewoon mee naar het hotel.' Tara had het besluit maar op eigen houtje genomen. 'Het is echt gekkenwerk, dat gesloof en gedraaf met al die was. Ik heb het je al eerder gezegd dat Daisy het goedvond dat je haar machine gebruikt, ze vindt dat helemaal geen probleem. Vanavond als wij beneden in de bar zitten, worden onze spulletjes lekker droog gecentrifugeerd boven in de flat van Daisy.'
Maggie ging gehoorzaam zitten. Er werd haar een overvol glas in de hand geduwd. Tara had gelijk, ze moest niet zo kinderachtig doen. En een avondje in het hotel was nooit weg.
'Toe dan, vertel nou maar eens wat er vandaag is gebeurd. Ongelooflijk dat Daisy eindelijk een vriendje op de kop heeft getikt.'
De pasta – hoera voor de sauzen in een potje – was verrukkelijk. Terwijl Tara gierend van het lachen vertelde over wat er die morgen in de slaapkamer van Daisy was voorgevallen, voelde Maggie zich met de minuut lekkerder. Het volgende verhaal ging over Barney en het voorval van de uitspugerij van de sandwich. In plaats van pudding aten ze uit de halflege doos met truffels die Maggie voor Kerstmis van Tara had gekregen.
'Ik snap niet hoe je twee hele maanden lang een doos chocola kunt bewaren,' zei Tara bewonderend. 'Ik ben zo'n varken. Ik vreet alles in één keer op.' Als ze had geweten dat ze daarboven in de keukenkast stonden, had ze ze al weken geleden soldaat gemaakt.

'Ah, maar soms is het leuker om dingen te bewaren. Dan heb je nog iets om naar uit te kijken.' Terwijl ze dit zei besefte Maggie dat dit niet alleen maar gold voor chocoladetruffels. Neem nou het feit dat ze Hector niet altijd kon zien als ze dat wilde; oké, het was frustrerend, maar betekende het ook niet dat ze des te meer uitkeek naar het moment dat ze elkaar weer zagen? Zoals vanavond bijvoorbeeld. Als hij in de bar zat – en dat zat er dik in – kon ze het weer tot de volgende middag uithouden door alleen de gedachte aan een veelbetekenende blik.

Maggie voelde een rilling van plezier bij het vooruitzicht. O ja, ze zou Hector morgen absoluut zien, daar kon je vergif op innemen. Als de toeristen uit Australië er om twee uur nog niet waren, liet ze hun kussens gewoon op de stoep liggen.

'Ik eet ze liever op,' zei Tara hebberig, en een moment dacht Maggie dat ze het over de kussens had. 'Ik zou net zo lang doorgaan totdat ze op waren.'

Ze keek verlangend naar de doos met truffels. Hier stond een adhocbevrediging tegenover een verrukkelijk vooruitzicht, dacht Maggie, en ze voelde zich superieur en volwassen.

'Neem er nog maar eentje, ik bewaar de mijne wel voor later. O, ik ben zo blij voor Daisy,' zei ze waarheidsgetrouw. 'Het is hoog tijd dat ze weer eens wat plezier heeft.'

'Ze is niet de enige MacLean met een pleziertje.' Begerig beet Tara in een cappuccinotruffel en rolde met haar ogen om aan te geven hoe heerlijk hij was. 'Je hebt nog niet alles gehoord. Ik heb je toch verteld dat Paula Penhaligon vandaag opeens kwam opdagen? Nou, Hector en zij zijn ontzettend dik met elkaar.'

Maggies maag kromp ineen. Ze was er langzamerhand ontzettend goed in geworden om haar ware gevoelens te verbergen zodra Hector ter sprake kwam, maar toch was ze constant bang dat ze zich een keer zou verraden.

'O ja? Heeft Hector het zwaar te pakken?' vroeg Maggie op onverschillige toon. Ze leunde naar voren en dipte haar vinger in een plasje was rondom het vlammetje van de kaars die het dichtstbij stond. De gesmolten was deed heel even pijn, maar koelde toen af en vormde een hard laagje op haar vinger.

'Als je het mij vraagt, geldt dat voor allebei. Ze hebben vanmiddag uren samen in de bar gezeten. Daisy zegt dat ze hem nog nooit eerder zo heeft meegemaakt. En ze overdrijft niet,' vertrouwde Tara haar vrolijk toe. 'Ik heb een paar keer mijn hoofd om de hoek gestoken en ze konden hun ogen niet van elkaar afhouden. Afijn, je kunt het zelf zien, ze zijn er vast en zeker vanavond. Misschien brengt hij haar wel een serenade,' ging ze verder, terwijl ze zich nu al verkneukelde van plezier. 'Zie je het al voor je?' Maggie wilde het helemaal niet voor zich zien, ze was juist haar uiterste best aan het doen het te negeren. Waarom was pijn niet altijd zo vluchtig en draaglijk als bij het dippen van een vinger in de hete kaarsenwas?

Maar zo hadden ze het afgesproken; dit soort gruwelijke ervaringen moest ze gewoon op de koop toe nemen. Met een geforceerd opgewekt gezicht zei Maggie vrolijk: 'Het arme mens. Stel je voor dat je in het openbaar wordt toegezongen. Ik hoop voor haar dat hij zijn doedelzak in de kast laat staan.'

'Shit,' mompelde Maggie vijf minuten later. Ze probeerde het in te slikken, maar Tara had het toch gehoord.

'Wat is er?'

'Hmm? O niks.' Maggie schudde manmoedig haar hoofd, vertrok haar gezicht en legde haar hand tegen haar linkerslaap aan. 'Lieverd, hebben we nog paracetamol in huis?'

Tara keek bezorgd. 'Hoofdpijn?'

Buitengewoon! Dat kind verdiende een medaille.

'Migraine. Verdomme, dat is in jaren niet meer gebeurd. Komt zeker van de rode wijn en de chocola.' Maggie wreef voorzichtig over haar voorhoofd. 'Als ik vlug genoeg pijnstillers inneem, krijg ik misschien geen echte aanval. Anders lig ik dagenlang te krimpen van de pijn.'

'Zielepoot!' Tara stormde de trap op en was in een mum van tijd terug met de pijnstillers. 'Ik wist niet eens dat je weleens migraine had. Wacht even, je moet nog een glas water hebben.'

'Ik moet gaan liggen,' zei Maggie verontschuldigend. Toen ze voorzichtig overeind kwam, hield ze nog steeds haar hoofd vast. 'Gewoon naar bed, me rustig houden en het licht niet aandoen... het is de enige manier... Schat, het spijt me verschrikkelijk. Nu heb ik jouw avond volledig verpest.'

'Doe niet zo raar; je kunt het toch niet helpen dat je ziek bent. Ga

nu maar gauw naar boven,' zei Tara zorgzaam, 'en geef een gil als je iets nodig hebt.'
'O schat, dat hoeft toch niet, ik red me wel. Er is geen enkele reden waarom jij niet kunt gaan.'
'Je bent ziek. Migraine is iets afschuwelijks.' Tara was vastbesloten. 'Ik denk er niet aan om jou hier alleen achter te laten.' Met een stralende glimlach die bedoeld was om Maggie op te vrolijken, zei ze: 'Ik ga jou gezellig verplegen.'
Maggie voelde zich afschuwelijk. Ze lag lekker onder de dekens en Tara kwam om de tien minuten kijken hoe het ging, maar natuurlijk voelde ze zich tegelijkertijd schuldig en beschaamd.
Ook lichtelijk geërgerd, want de stilte en de regel dat het licht niet aan mocht, betekenden dat ze geen tv kon kijken, niet naar de radio kon luisteren en zelfs geen tijdschrift kon lezen.
Maar ze zou eerlijk gezegd niet weten wat ze anders had kunnen doen.
Vrolijk de schijn ophouden in haar eigen vertrouwde huiskamer was tot daaraan toe, maar te moeten toekijken hoe Hector in het hotel aan Paula Penhaligon zat te frunniken – er getuige van moeten zijn dat hij met een andere vrouw flirtte en het nog meende ook – was iets te veel van het goede.
Maggie wist dat ze dat niet kon opbrengen.

30

Het vreselijke krampachtige gevoel van angst onder in haar buik was de volgende morgen nog niet weg en paste precies bij de afschuwelijk verfomfaaide kleren die Tara de avond tevoren uit de achterbak van de auto had gehaald en weer over de radiatoren had gegooid. Nu waren ze allemaal kurkdroog en bijna niet meer te strijken.
Hector belde om elf uur op.
'Arme jij,' zei hij meelevend. 'Ik heb net van Tara gehoord dat je gisteravond een migraineaanval hebt gehad. Voel je je al wat beter?'

Maggie sloot heel even haar ogen. Hij had werkelijk geen flauw benul. Nou ja, waarom zou hij ook?

'Veel beter, dank je.'

'Fijn, fijn. Maar je zult het wel wat kalm aan moeten doen, voor alle zekerheid.'

Hij klonk buitengewoon joviaal. Ik zou weleens willen weten waarom, dacht Maggie chagrijnig.

Hardop zei ze: 'Echt waar, het gaat prima.'

'O, het zit namelijk zo, dat ik vanmiddag niet kan. Dat houden we dan tegoed, hè?'

Tegoed. Ze wist wat hij tegen haar zei, uiteraard. Wat betekende dat tegoed precies. Soms kon je jarenlang iets horen, ontdekte Maggie, en geen flauw idee hebben wat iets betekende.

Toen haalde ze diep adem. 'Geen probleem, dat kan gebeuren. Die klanten van mij komen waarschijnlijk ook pas om vijf uur. Een ander keertje dan maar.'

'Een ander keertje,' beaamde een opgelucht klinkende Hector. Toen zei hij aarzelend: 'Hoor eens, ik vroeg me iets af. Als je een beetje krap bij kas zit, kan ik gemakkelijk...'

'Ik zit niet krap bij kas!' Geschokt besefte Maggie dat hij ervan uitging dat dat de reden van haar telefoontje gisteren was. Blut? Hé, geen probleem, je vraagt gewoon of Hector langskomt om met je naar bed te gaan. Bevend van schaamte herhaalde ze: 'Dat is niet zo.'

'Oké, als je het zeker weet,' zei Hector.

'Absoluut zeker. Ik moet ophangen.' Maggie dempte haar stem. 'Er staat iemand voor de deur. Daag.'

Nog een leugen, die kon er ook nog wel bij.

Alsof de duivel een handje in het spel had gehad, stonden de Australiërs om klokslag twaalf uur op de stoep om de kussens op te halen.

'Ik mag hem wel,' knikte Tara terwijl ze vanuit het kantoor naar Josh keek. 'Ik vind hem echt aardig.'

'Nou, hartelijk bedankt. Ik ben blij dat hij je goedkeuring kan wegdragen.' Daisy keek grijnzend op. 'Ik vind hem ook aardig.'

'Heel erg?'

'Natuurlijk heel erg. Anders zou ik niet met hem naar bed gaan. Ik ben geen sloerie.'

'Dat bedoelde ik niet. Ik had alleen nooit gedacht dat hij jouw type was.' Tara had zich netjes aangekleed voor haar tochtje naar Bristol. Ze streek het rode leren jasje glad over haar heupen en controleerde of er modder op haar laarzen zat.
'Josh is leuk, hij is aardig, hij is prettig in de omgang en hij maakt me aan het lachen,' legde Daisy uit. 'Dat is voldoende voor mij.'
Ze wist heel goed waar Tara heen wilde. Leuk en vriendelijk was allemaal goed en wel, maar wou Daisy niet stiekem dat hij er wat beter uitzag? En het eerlijke antwoord daarop, had Daisy al besloten, was nee. Ze wist uit eigen ervaring dat als Josh een enorm stuk was, het er dik in zat dat hij niet die vreselijk aardige man zou zijn, die hij was. En ze was volwassen genoeg om dat te waarderen.
'Wat is hij aan het doen?' Verbaasd tuurde Tara uit het raam. 'Hij heeft een heleboel touw.'
'Hmm?' Daisy keek op van haar computer. 'O, hij gaat je een rijles geven.'
'Met een stuk touw? Is hij soms van plan om me als een speelgoedbeestje voort te trekken?' Een beetje laat reageerde Tara alsnog op het grote nieuws. 'Jeetje, meen je dat? Gaat hij me leren autorijden?' Tara besefte dat Josh het touw nodig had om de lesbordjes aan zijn auto vast te maken. 'Maar we zouden naar Bristol gaan,' jammerde ze. 'Ik moet nog een cadeautje voor Maggies verjaardag kopen.'
'Je kunt allebei doen,' zei Daisy.
'Ik ben niet verzekerd. Stel dat ik de auto in de prak rijd.'
'Ik heb hem vanmorgen al jouw gegevens overhandigd. Hij heeft het zelf met de verzekeringsmaatschappij geregeld.'
'Echt waar?' Tara kon het niet geloven. Ze maakte dolblij een pirouette. 'Echt waar? Goh, dat is fantastisch!'
Daisy zei grinnikend: 'Ik zei toch dat hij aardig was.'

'Hoi. Tara zei dat je hier was. Ze zei dat je het huis aan het opknappen was.' Maggie had een vijfliterpot met lichtgele grondverf bij zich. 'Ik dacht dat je waarschijnlijk wel wat verf kon gebruiken.' Als je zelf diep in de misère zat, moest je iemand anders een plezier doen – er was altijd een miniem kansje dat je er vrolijker van werd.

'Weet je het zeker?' Barney Usher, die er viezer en stoffiger uitzag dan ze hem ooit had gezien, veegde zijn vuile handen af aan zijn spijkerbroek en keek haar stralend aan. 'Heb je het zelf niet nodig?'
'Ik heb te veel gekocht. Dit was nog over toen we de overloop af hadden. Het staat alleen maar in de weg.' Ze tilde het in zijn armen als een ongewenste baby en zei toen: 'Schiet je trouwens al op?'
'Het gaat redelijk goed. Kom maar kijken,' zei Barney trots. Zijn haren zaten onder het stof en hij rook naar een desinfecteermiddel toen hij een stap opzij deed en haar langs hem heen het kleine huisje in loodste. Maggie had hem maar een paar keer ontmoet, altijd kort, maar ze was onmiddellijk gecharmeerd geweest van zijn vriendelijke, open manier van doen en zijn stralende glimlach.
Het was een vreemde gedachte dat een van zijn nieren oorspronkelijk van Steven Standish was geweest.
'Goh, je hebt al veel gedaan.' Maggie was echt onder de indruk en keek rond in de lege schoongeboende woonkamer.
'Ik heb er hulp bij gehad. De broer van Bert Connelly was hier gisteravond met zijn vrachtwagen en in drie uur was het huisje leeg. En Donny heeft me vandaag een handje geholpen.'
Maggie knikte glimlachend. Donny Connelly, de jongste zoon van Bert, was een opgewekte boom van een kerel, zo sterk als een os en niet behept met veel hersencellen, maar hij kon ongelooflijk hard werken.
'En dat is ongeveer hetzelfde als de handjes van twintig normale mensen,' zei Barney vol bewondering. 'Ik kan nog niet geloven dat we zoveel hebben gedaan. Als het klaar is, ziet het er fantastisch uit.'
Wat een jeugdig enthousiasme. Maggie aarzelde even en vroeg zich af of zij ook haar hulp moest aanbieden. Het oeroude behang was al van de muren getrokken en de vloer was bedekt met stoflakens. Ze waren klaar om te gaan verven en daar kon ze wel mee helpen. Maar er waren grenzen aan haar gevoelens van liefdadigheid. Ze had trouwens al besloten om naar Bath te rijden en allerlei dingen in te slaan: vullingen voor kussens, ritssluitingen, borduurzijde en meer van dat soort spannende spulletjes.
'Deze kleur is perfect voor Freddies slaapkamer.' Barney was ken-

nelijk oprecht blij met de verf. Verlegen legde hij uit: 'Freddie is het zoontje van mijn vriendin – hij is eigenlijk nog maar een baby en ik weet dat het blauw zou moeten zijn voor een jongetje, maar zijn kamer ligt op het noorden, dus blauw is misschien een beetje te kil. Geel is vrolijker, hè?'
'Stukken.' Maggie vroeg zich af of ze er vrolijker van zou worden als ze zichzelf geel zou verven. 'Nou, ik ga maar weer eens, dan kun jij weer aan het werk.'
'Dit is echt aardig van je,' zei Barney tegen haar. 'Zodra we hier wonen, geven we een house-warmingparty.' Maggie moest glimlachen toen ze zag hoe heerlijk hij het vond om 'wij' te kunnen zeggen. 'Dan moet je ook komen.'
'Absoluut. Ik wil Freddie ontzettend graag zien.'
'O, hij is fantastisch, je zult hem geweldig vinden.' Met een blijde glans in zijn bruine ogen voegde Barney eraan toe: 'En Mel ook.'

'Nu haal je je linkervoet van de koppeling af en dan gaat de rechtervoet zachtjes naar beneden... goed gedaan... Oké, nu schakel je in de tweede versnelling en je geeft richting aan naar links... juist, je doet het fantastisch.'
Tara voelde zich belachelijk tevreden over zichzelf; die halfvergeten handelingen kwamen allemaal weer terug en de kalme manier van doen van Josh en zijn bemoedigende woorden hadden een wonderbaarlijke uitwerking. Het was een fluitje van een cent geweest om te slagen voor het schriftelijke gedeelte, maar het in de praktijk brengen van wat ze had geleerd was een angstaanjagende ervaring gebleken. Haar laatste les, nu meer dan een jaar geleden, was telkens weer onderbroken door gegil en gekreun van Maggie, de meest ongeschikte rij-instructeur van de hele wereld. Tara was van de weeromstuit in paniek geraakt en daarom had ze de controle over het stuur verloren en was in die noodlottige sloot terechtgekomen.
Maar Josh had niet één keer tegen haar gegild, zelfs niet toen ze als een idioot op Colworth Hill twee keer de motor had laten afslaan. En nu kreeg ze langzaam haar zelfvertrouwen terug. Dit was eigenlijk best leuk.
'Wie heeft jou leren rijden?' Tara was nieuwsgierig. Nu ze weer op een recht stuk weg waren aanbeland, vond ze dat ze wel weer wat kon zeggen.

‘Ah, wat zal ik je vertellen? Ik was zeventien en een gevoelige jongen die barstte van de hormonen. Ik had net een film gezien die een overweldigende indruk op me had gemaakt.’ Josh slaakte een nostalgische zucht. ‘Misschien ken je hem wel, het is een echte klassieker – *Bekentenissen van een rij-instructeur*.’
‘O ja, prachtige film.’ Tara knikte eerbiedig. ‘Heeft een heleboel oscars gewonnen.’
‘Precies. Nu naar de vierde versnelling. Hoe het ook zij, toen ik de rijschool belde heb ik speciaal naar een vrouwelijke instructeur gevraagd, bij voorkeur blond, onder de vijfendertig en serieus aantrekkelijk. En de kerel aan de andere kant zei: “Maak je maar geen zorgen, vriend, ik heb precies de goede voor je. Je krijgt een stuk of tien lessen van haar en je slaagt met vlag en wimpel voor wat voor examen dan ook.”’
‘Jeetje.’ Tara floot tussen haar tanden door en week uit om een platgereden egel te omzeilen – oké, hij was al dood, maar als zij er nu ook nog een keer overheen reed, maakte dat de zaak alleen maar erger. ‘Wie kreeg je, Cameron Diaz?’
‘Ik kreeg Eunice,’ zei Josh spijtig. ‘Ze was zestig en ongetrouwd, met grijs haar in een knotje en tanden als van een haai. Ze was de griezeligste vrouw die ik ooit had gezien, maar ze wist wat ze deed. Binnen zes weken had ik dankzij haar mijn rijbewijs.’ Grinnikend voegde hij eraan toe: ‘Zo zie je maar, uiterlijk zegt niet altijd alles.’
Tara bleef strak naar de weg voor haar kijken, maar ze kon voelen dat ze rood aanliep. Hield hij haar voor de gek? O god, had Daisy hem verteld wat ze had gezegd?
Haar les duurde een uur en aan het eind was ze tot het duizelingwekkende niveau van het straatje keren opgestegen. Weliswaar onhandig straatje keren, maar ze was er even trots op als een moeder op een lelijke pasgeboren baby.
En ze was niet één keer in een sloot gereden.
‘Dit gaat prima,’ zei Josh toen ze een beetje bibberig achteruit door een poortje was gereden. ‘We redden het wel. Ik geef je een week of acht.’
Hij sprong de auto uit, maakte de lesborden los, gooide ze op de achterbank en ging achter het stuur zitten. Tara, die zich zeer onelegant over het middengedeelte en de versnellingspook had heen

gewrongen, trok haar jeans recht en zei: 'Ben je dan nog hier?'
'Geen probleem. Zo gemakkelijk kom je niet van me af.' Hij knipoogde en begon de maanden op zijn vingers af te tellen. 'Maart, april, mei – mijn nieuwe baan begint pas in juni.'
Juni. Tara fronste haar wenkbrauwen.
'Maar wat gebeurt er daarna?'
'Wat er gebeurt? Ben je gek? Dan kun je letterlijk alle kanten op. Je tikt een leuk wagentje op de kop en dan ben je niet meer tegen te houden.'
'Ik bedoelde met jou en Daisy? Die nieuwe baan van jou is in – waar ook alweer, Miami? Maakt dat de zaak niet wat ingewikkeld?'
Josh grijnsde terwijl ze keihard over het smalle weggetje reden. 'Ik ben hier pas een paar dagen. Het is een beetje vlug om je over dat soort dingen zorgen te maken.'
Typisch iets voor mannen. Die maakten zich nooit ergens zorgen over.
'Oké, misschien, maar ik zeg het alleen maar. En het is niet zo dat je Daisy pas hebt ontmoet. Jullie vonden elkaar jaren geleden ook al aardig. Héél erg aardig,' benadrukte Tara. 'En Daisy is geen type om met iedereen zomaar in bed te duiken. Nu jullie weer samen zijn, zou het best eens wat langer kunnen duren. Waar ik natuurlijk heel erg blij om ben,' voegde ze er haastig aan toe. 'Maar ik kan er niets aan doen dat ik me zorgen maak als jij steeds naar Amerika moet. Ik wil niet dat Daisy nog eens gekwetst wordt.'
Goh, ze voelde zich opeens vreselijk volwassen! Ze zat nota bene het nieuwe vriendje van Daisy te waarschuwen dat hij het, als hij haar niet goed behandelde, met haar aan de stok kreeg.
'Wat is dit?' Josh kneep geamuseerd zijn ogen tot spleetjes. 'Een verhoor? Wil je weten of mijn bedoelingen ten opzichte van Daisy eerbaar zijn?'
'Je moet me niet voor de gek houden.' Tara negeerde zijn quasiangstige blik. 'Ik zie gewoon niet hoe dat op de lange termijn zal gaan als zij hier is en jij in Amerika.'
'Oké, nu moet je eens goed naar me luisteren. Ik vind Daisy echt aardig. Héél erg aardig,' deed Josh haar goedmoedig na, 'zoals jij het zo subtiel uitdrukte. En ik denk er niet aan om haar te kwet-

sen, dat zou je al moeten weten. Meisjes aan het huilen brengen is niet mijn stijl.'

'De volgende links,' liet Tara hem weten, toen het bord dat naar de snelweg verwees voor hen opdoemde.

'Ik hoop dat het aan blijft,' ging Josh verder. 'Eerlijk waar. En als het voorbestemd is, dan gebeurt dat ook. Mijn baan in Amerika is niet zo'n groot probleem.'

God, hij was echt aardig. Tara keek bewonderend naar de spieren in zijn onderarmen die bewogen toen hij links aangaf, aan het stuur draaide en tegelijkertijd schakelde. Stel je voor dat je al die ingewikkelde dingen kon doen zonder er bij na te hoeven denken.

'Bedoel je dat je dan hier een baan gaat zoeken?'

Josh reed schouderophalend de invoegstrook op, waarna hij een enorme vrachtwagen inhaalde.

'Misschien wel, maar het weer is beter in Florida. Wat ik eigenlijk bedoelde was dat Daisy altijd nog haar baan hier in het hotel eraan kan geven. Ze vindt daarginds wel iets anders.'

31

Toen ze opkeek van het computerscherm viel Daisy's oog op een groepje toeristen dat over het terrein van het hotel wandelde.

Ze zag hoe de kinderen aan de ijslolly's uit de dorpswinkel likten en dacht met een schok weer aan de droom van de afgelopen nacht. Goeie genade, tot op dat moment had ze niet eens geweten dat ze daarover had gedroomd, maar nu stond het haar weer zo helder als wat voor ogen. Zij en Dev Tyzack hadden samen op de stoep voor het hotel zitten praten over – nou ja, wat dan ook, hoogstwaarschijnlijk rugby. En hij had een ijsje zitten eten – niet een buitengewoon chic ijsje, gewoon zo'n synthetisch opgeklopt geval in een hoorntje dat je bij een karretje kon kopen. Er zaten niet eens chocoladestukjes in. Maar het was heel warm en zij had ook wel wat van het ijsje willen hebben. Ze kon er haar ogen niet vanaf houden. Het volgende moment hield Dev op met praten en bood haar het ijsje aan.

'Wil je ook wat?'
'Ja graag, heel graag.' Dolblij leunde ze naar hem toe waarbij ze met haar hand op zijn knie steunde. Ze likte aan het ijsje en Dev glimlachte even voordat hij het weer terugtrok. Hij nam ook weer een likje, wat een verrukkelijk intiem gevoel gaf. Een paar seconden daarvoor had haar mond het ijsje aangeraakt; nu was zijn mond op precies datzelfde plekje. Alsof ze hem op afstand zoende.
En toen was hij verder gegaan met zijn verhaal en hield af en toe zijn mond om haar nog een likje te gunnen. Ze hadden het hele ijsje samen opgegeten, met hoorntje en al.
Dat was het. Dat was de hele inhoud van de droom geweest. Omdat ze het warm had, pakte Daisy het glas water dat op haar bureau stond en sloeg het vlug achterover. Verdomme, wat werkten dromen lang door. En wat gênant; een psychiater zou zich in de handen wrijven als hij deze zou mogen uitleggen.
De telefoon ging en ze stortte zich erop, blij dat ze even iets anders kon doen. God, en Josh had de hele tijd naast haar liggen slapen! Met de ene man in bed liggen en stiekem over een andere dromen kon bijna als ontrouw worden aangemerkt en waarom moest ze trouwens zo nodig over Dev Tyzack dromen? Ze was volmaakt tevreden met Josh.
Oeps, ze was er nog steeds niet met haar gedachten bij. Omdat ze besefte dat ze nog niets had gezegd, schraapte Daisy vlug haar keel om nog wat efficiënter over te komen en zei: 'Goedemorgen, Colworth Manor Hotel, u spreekt met Daisy MacLean.'
'Je loopt wat achter. Het is goedemiddag,' merkte een mannenstem op, en een afschuwelijk moment dacht Daisy dat het Dev Tyzack was.
Toen, nog afschuwelijker, besefte ze dat hij het écht was. O god, zo vanuit haar dromen de telefoon in. Dit was gewoonweg niet eerlijk.
'Sorry. Ik was zo hard aan het werk dat ik de tijd vergat.' Toen ze op haar horloge keek zag ze dat het één uur was. 'Wat kan ik voor je doen?'
'Nou, ik heb hier een ijsje in mijn hand en dat smelt zo vlug dat ik het niet alleen kan opeten. Ik vroeg me af of jij me wilt komen helpen.'

Dev zei dit niet echt, natuurlijk niet. Haar fantasie zat koortsachtig overuren te maken zonder dat het verstandige deel van haar hersens te hulp schoot. Waar dat zich ook mocht bevinden.
'Ik bel om de laatste gegevens voor de conferentie door te geven. Er komen nog acht personen bij. Dat is toch geen probleem, hè?'
Zíj zijn geen probleem, dacht Daisy. Maar jij wel.
'Dat is helemaal geen punt.' Ze zat met haar meest professionele glimlach aan de telefoon en noteerde het op een blocnote. 'Acht gasten erbij. Blijven die ook allemaal lunchen?'
'Tenzij ze me tijdens de ochtendbijeenkomst in de steek laten. Ja, ze blijven allemaal lunchen.'
'Dat is dan geregeld. Nog iets anders?' De vulpen die Daisy vasthield en als een sigaar tussen haar vingers liet rollen, schoot opeens uit en – oef – er vloog helderblauwe inkt over de manchet van haar blouse én in haar oog.
'Nee, dat was het. Tot vrijdag.'
'Vrijdag?' Daisy graaide in haar broekzak naar een zakdoekje en veegde daarmee haar oog schoon.
'De conferentie,' zei Dev.
'O ja... ja, natuurlijk.' God, hij dacht vast dat ze niet goed snik was.
'Nog een vraagje. Hoe is vorige week dat gesprek afgelopen?' Hij zweeg even. 'Met je man.'
'O, dat.' Ondanks de inkt begon Daisy te glimlachen; dus het waren niet alleen maar vrouwen die ongeneeslijk nieuwsgierig waren. 'Hij is mijn man niet.'
'Nou ja, ex. Je schrok nogal toen je hoorde dat hij was komen opdagen, dus ik vermoedde al dat jullie niet meer bij elkaar waren.'
'We zijn nooit getrouwd geweest. Josh is een vroeger vriendje van de universiteit. We hebben elkaar in jaren niet gezien.' Au, haar ogen begonnen pijn te doen. 'Hij heeft het gewoon voor de grap gezegd.'
'Voor de grap. Juist.' Dev klonk alsof hij nog iets anders wilde zeggen. Toen hing hij met een kortaf 'Oké, tot vrijdag' op.
Daisy doopte het verfrommelde zakdoekje in het laatste restje water onder in haar glas en drukte het tegen haar pijnlijke oog. Zwarte mascara en blauwe inkt liepen in straaltjes over haar wangen. De deur ging met een zwaai open en Brenda, haar secretares-

se, zei: 'Is het goed dat ik nu ga lunchen en – o, mijn hemel, wat is er in vredesnaam gebeurd?' Geschokt liep ze een klein stukje het kantoor in. 'Daisy, lieverd, is er iets?'

Daisy schudde haar hoofd en probeerde te lachen, maar haar oog stroomde er nu vrolijk op los. Met een van pijn vertrokken gezicht zwaaide ze met haar vrije hand om aan te geven dat er niets aan de hand was, eerlijk waar niet, dat ze helemaal niet huilde.

'Het is alleen mijn oog. Ik heb er inkt in gekregen,' legde Daisy uit omdat Brenda niet erg overtuigd keek, maar haar neus was ondertussen van de weeromstuit ook gaan lopen en daarom klonk het als: 'Ig ebbu ingin u-egu.' Brenda, die van het gevoelige moederkloektype was, keek alsof ze ook op het punt stond in tranen uit te barsten.

'Echt baar, niets aan de hand,' snufte Daisy hardnekkig. 'Ik huil diet.'

Toen de telefoon weer ging wist ze meteen dat het Dev was die terugbelde omdat hij alsnog wilde zeggen wat hij oorspronkelijk van plan was.

Het kon niet anders. Het was Dev. En ze kon niet met hem praten met Brenda in de kamer.

'Lunchpauze, ja, weg jij.' Snotterend gebaarde Daisy naar de deur terwijl de telefoon nog steeds stond te rinkelen.

Brenda ging gehoorzaam weg.

Juist. Oké. Dev.

Diep ademhalen, flink haar neus ophalen om wat snot kwijt te raken en dan nog een keer diep ademhalen.

'Goedemiddag, Colworth Manor Hotel, u spreekt met Daisy MacLean.' Ze kirde de woorden de telefoon in, en gebruikte heel slim de gebruikelijk begroeting zodat Dev niet zou merken dat ze wist dat hij het was.

'Jemig, je klinkt ontzettend chic als je zo doet,' zei Tara spottend. 'Luister, je moet me uit de brand helpen – of liever gezegd, nee, je moet jezelf uit de brand helpen. Josh en ik zijn hier in het winkelcentrum. Hij kreeg opeens een romantische bui en besloot wat sexy lingerie voor je te kopen – wat natuurlijk in theorie een heel leuk idee is – maar nu staan we hier bij La Senza en Josh wil per se een afgrijselijk setje voor je kopen van beha en slipje mét een bijpassende jarretelgordel. Ik bedoel, het is echt wálgelijk,' brulde Tara in de telefoon. 'Glimmend rood satijn, enorme hoeveelheden paarse kant – zelfs ik zou zoiets ordinairs nooit aandoen – au, waarom deed je dat?'

Daisy hoorde dat er daarginds ergens een verwoede worsteling plaatsvond.

'Oké, sorry, sorry.' Tara dempte haar stem. 'De winkelmevrouw stond pal achter me. Josh vond dat ik een beetje te hard praatte. Hoor eens, ik wou alleen maar zeggen dat dit paars-met-rode spul niet echt bij jou past en ze hebben hier nog een heleboel andere, veel leukere dingen die jij veel liever zou willen hebben. Ik heb geprobeerd het aan Josh uit te leggen, maar hij trekt zich er niets van aan. Hij zegt dat hij er zelf het beste over kan oordelen.'

'Geef hem maar even,' zei Daisy.

'God, jouw vriendin is een haaibaai,' mopperde Josh. 'Ik wilde gewoon iets leuks voor je kopen. Als ik het koop, draag je het toch zeker wel?' smeekte hij, daarmee Daisy dwingend om zijn partij te kiezen.

Daisy was dat absoluut niet van plan. Ze was blij dat Tara zo verstandig was geweest om haar te bellen. Josh had al eerder iets voor haar gekocht.

'Schat, dit is ontzettend aardig van je. Heb je de beha en het slipje in je hand?'

'Ja,' zei Josh vol trots. 'En de jarretelgordel ook.'

'Oké. Hang ze nu maar terug. En loop dan een heel eind weg. Kies nu iets anders uit in één kleur, liefst niet rood, en geef alsjeblieft je goeie geld niet uit aan een jarretelgordel,' zei Daisy, 'want ik heb nog nooit in mijn hele leven een jarretelgordel gedragen.' Ze kon bijna horen hoe de schokgolven weergalmden over de lijn.

'Maar...'

'Weet je nog dat lingeriesetje dat je toentertijd voor mijn verjaardag hebt gekocht?'

'Natuurlijk weet ik dat nog. Dat geel-met-oranje satijnen geval met de turquoise kantjes,' herinnerde Josh zich zelfverzekerd. 'Je vond het prachtig! Je had het de hele tijd aan.'

'Ik vond het niet prachtig,' legde Daisy voorzichtig uit. 'Ik deed net alsof omdat ik je niet wilde kwetsen. Ik heb het een keer aangehad en ik was doodsbang dat ik onder een bus zou komen. Schat, het was een afzichtelijk setje. Eerlijk gezegd ben je nu eenmaal niet zo

goed in het uitkiezen van ondergoed. Waarom vraag je niet of Tara je wil helpen?' Tara's smaak op het gebied van kleding was misschien ook wel een beetje twijfelachtig, maar vergeleken bij Josh was ze de redactie van *Vogue* in eigen persoon.
'Je hebt tegen me gelogen.' Josh klonk geschokt.
'Ik heb toch gezegd dat ik je gevoelens niet wilde kwetsen.
'En wat doe je nu dan?'
'Nu ben je een grote jongen. Oud genoeg om daar tegen te kunnen.'
'Nietwaar,' zei Josh. 'Ik moet eigenlijk huilen. Tara, heb je een zakdoekje voor me? Daisy doet naar, ze maakt me aan het huilen.'
'Ik bespaar je een leven lang rampzalige cadeautjeskoperij,' zei Daisy grinnikend, terwijl ze zich de situatie in La Senza probeerde voor te stellen.
'En ik zoek als straf iets heel goedkoops voor je uit. Zo'n grote wijde grootmoedersonderbroek, die krijg je,' zei Josh. 'Welke maat heb je ook alweer, zesenveertig of achtenveertig?'

32

De zon was onverwacht te voorschijn gekomen toen Maggie door Bath liep. Ze had eerst de dingen gekocht die ze nodig had voor het maken van de kussens en maakte toen, om zichzelf een oppeppertje te geven, een rondje langs de winkels op zoek naar iets waar haar oog op viel – een nieuwe trui misschien of een ingelijste prent of een sieraad. Niet iets duurs, maar iets dat goedkoop was en haar in een goede bui zou brengen. Nou ja, het was de moeite van het proberen waard, nietwaar? Bij Tara had winkelen altijd een positieve uitwerking.
En tegen al haar verwachtingen in leek het nog te werken ook. Om drie uur had Maggie eigenlijk al best veel gekocht. Een olijfgroene zijden blouse en een koperen kandelaar bij een tweedehandszaakje – samen voor zes pond, wat echt een koopje was – een Victoriaanse hoedendoos bij een rommelzaak in Walcot Street, een nieuwe spijkerbroek van Gap omdat haar oude bijna uit elkaar viel

van ouderdom zodat ze hem fatsoenshalve niet meer kon dragen, en een tas vol met pockets bij een tweedehands boekenzaak achter het Octagon.
Met de kussenvullingen erbij had ze een flinke hoeveelheid tassen bij zich. Toen ze naar haar spiegelbeeld in een etalageruit keek, zag Maggie tot haar schrik dat ze een griezelige gelijkenis met een pakezel vertoonde. Omdat het buiten warmer was geworden had ze zowel haar grijze fleecejack als haar donkerblauwe trui uitgedaan en om haar middel geknoopt. Ze had het nog steeds warm in haar spijkerbroek met een zwart T-shirt met lange mouwen. Haar gezicht was rood aangelopen en haar pony plakte op haar voorhoofd. Het werd tijd dat ze haar auto opzocht voordat haar armen eraf vielen.
Toen ze de hoek omliep zag ze in de verte een Burger King. Toen haar maag ogenblikkelijk een woedend gegrom liet horen, besefte Maggie pas hoe uitgehongerd ze was. Jeetje, eigenlijk stierf ze bijna van de honger. En ze had in maanden geen hamburger gegeten. O, het genot van een snelle hap. Nog geen twee minuten later slenterde Maggie door Milsom Street, gretig bijtend in een gegrilde dubbele Rodeoburger met bacon en barbecuesaus én met gesmolten kaas. Oké, het was dan wel geen haute cuisine, maar als je ervoor in de stemming was ging er niets boven een goede Rodeoburger.
Nog een klein stukje verder lag Tante Elise, een van de chicste restaurants in Bath, met zijn donkerblauw-met-roomwit geverfde voorgevel en met aan weerszijden van de ingang van die schattige kleine laurierboompjes in glanzende, donkerblauwe potten. Aangezien het veel te chic en beschaafd was om de naam met vette letters boven de deur te hebben staan, was er slechts een ovalen koperen plaatje op de deur aangebracht om aan de oordeelkundige clientèle te laten weten dat hier inderdaad Tante Elise was gevestigd.
Maggie vroeg zich af hoe de klanten binnen zouden reageren als ze hier met volle mond op de stoep door de ruiten van getint glas zou blijven staan kijken. Ze zouden het afschuwelijk vinden en waarschijnlijk een ober naar buiten sturen om haar weg te jagen. Het maakte niet uit, haar armen deden te veel pijn om hier langer dan nodig was te blijven rondhangen. Maggie bleef even staan om

de plastic zak met boeken beter vast te houden. Ze schatte dat ze minder dan vijfhonderd meter was verwijderd van de parkeerplaats in James Street. Nog een minuut of drie fiks doorlopen en haar armspieren zouden uit hun lijden worden verlost.

De deur ging open toen ze pal voor het restaurant stond en Hector kwam naar buiten. Samen met Paula Penhaligon.

Een moment kreeg Maggie geen adem meer. Hij had haar nog niet gezien, maar hij kon zich elk moment omdraaien. En ze kon zich nergens verstoppen, nergens achter wegduiken.

Paula Penhaligon droeg een crème wollen jurk met een bronskleurige pashmina artistiek over haar schouders gedrapeerd. Bronskleurige schoenen met hoge hakken. Glanzend roodbruin haar. Duur horloge, dure sieraden, dure... alles. Hector zag er gesoigneerd uit in een donker pak. Maggie overwoog heel even om stiekem de rijbaan op te lopen en op haar hurken achter een geparkeerde auto te gaan zitten, maar gezien haar recente onfortuinlijke ervaringen zou ze ongetwijfeld worden omvergereden door een vrachtwagen.

'Maggie! Lieve hemel, wat een verrassing,' riep Hector uit. 'Wat doe jij hier?'

Tja, wat zou ze hier nu moeten doen? Een lunch meepikken bij Tante Elise misschien? Of, o god, misschien dacht hij wel dat ze hem aan het stalken was.

Ze stond daar aan de grond genageld en deed wanhopige pogingen om de hap van de Rodeoburger weg te werken, wat nog vrij moeilijk bleek te zijn. Hoe zag ze eruit met haar tassen vol met tweedehandskleding, de plastic tas van de plaatselijke supermarkt uitpuilend van de tweedehands pockets en al die andere tassen die ze in de afgelopen uren had vergaard?

'Ik heb... eh, gewinkeld.' Gelukkig lukte het haar de vleesprop in haar mond door te slikken. Het zakje met de rest erin had ze nog in haar linkerhand.

'Winkelen? Fantástisch,' verkondigde Hector een beetje te enthousiast. 'Geen migraine meer?'

Voelde hij zich schuldig? Maggie betwijfelde of dat überhaupt bij hem opkwam. Liegen tegen je vrouw of je vriendin, niet op komen dagen voor een afspraakje en dan met een andere vrouw worden betrapt, daar kon je je misschien schuldig over voelen. Maar een

afspraak afzeggen met de vriendelijke, plaatselijke hoer was daar nauwelijks mee te vergelijken. Zo belangrijk was ze gewoon niet. Hardop mompelde ze: 'Geen migraine meer.'
'Dit is Maggie. Ze woont in het dorp.' Hector wendde zich tot Paula Penhaligon. 'Haar nichtje is een van de kamermeisjes van het hotel.'
Paula glimlachte ongeïnteresseerd; ze vond het kennelijk interessanter om haar keurige leren tas open te maken en naar haar zonnebril te zoeken. Christian Dior, zag Maggie met een steek van jaloezie. Hoe kon het ook anders?
'We hebben hier net geluncht,' ging Hector verder, vastbesloten om een vriendelijke indruk te maken.
Werkelijk? Ik dacht dat jullie even naar binnen waren gewipt om van de wc gebruik te maken.
Maggie hield dit antwoord voor zich. Ze voelde zich vies en in de verdediging gedrukt. Waarom had zij niet net als Paula Penhaligon een elegant kapsel, prachtige kleren en snoezige kleine voetjes op naalddunne hoge hakken?
'Lekker gegeten?' Niet erg overtuigend, maar wat kon ze anders zeggen?
'Heel behoorlijk, heel behoorlijk.' Hector wreef zich in de handen alsof hij het koud had.
Paula Penhaligon zei vlug: 'Oké, zullen we dan maar?'
Hector keek Maggie quasi-wanhopig aan. 'We gaan winkelen.'
Maggie overwoog of ze de winkel van Oxfam, die met de tweedehands spullen, zou aanraden, maar ze riep zichzelf gauw tot de orde. 'En ik moet zien dat ik bij mijn auto kom. Veel plezier.'
Paula, die haar hand op de arm van Hector had liggen, glimlachte neerbuigend. 'O, dat zal wel lukken.'
Je hoeft niet zo neerbuigend te kijken, wilde Maggie schreeuwen. Als ik wil zie ik er veel beter uit – je had me gisteravond eens moeten zien, helemaal opgetut omdat ik Hector zou zien. En toen zat mijn mond niet volgepropt met Rodeoburger, hoor!
Geïrriteerd tilde ze de uitpuilende tas op omdat hij haar in de vingers sneed. De veel te zwaar beladen tas scheurde onmiddellijk waardoor er een lawine van pockets op de grond viel.
Hector kwam meteen toeschieten om haar te helpen met het oprapen. Paula bleef op een afstandje staan en keek eerst even naar

de boeken die overal in het rond lagen en daarna met een medelijdende blik naar Maggie.
'Ze zijn niet voor mij, ik heb ze voor mijn buurvrouw gekocht.' Dit was de waarheid, maar desondanks schaamde Maggie zich een ongeluk. 'Elsie is drieëntachtig en komt niet vaak meer buiten. Ze is gek op dit soort boeken. Deze heb ik voor mezelf gekocht,' voegde ze er zwaaiend met een gehavende John Grisham lichtelijk wanhopig aan toe. 'Rechtbankthrillers, daar houd ik van.'
Met vereende krachten stopten Hector en zij de pockets in de tas waar ze de olijfgroene blouse en de koperen kandelaar gezelschap konden houden. Toen liepen Hector en Paula arm in arm weg in de richting van de chique zaken. Op weg naar de parkeerplaats vroeg Maggie zich af waarom ze per se had willen uitleggen dat zij thuis echt niet alle romans van Barbara Cartland zat te verslinden, snakkend naar sardonische helden met fonkelende ogen en pittige jonge maagden.
Had Barbara ooit een roman geschreven die *De Hoteleigenaar En Zijn Hoer* heette?
Nee, dat dacht ze al.

Plechtig overhandigde Josh het in cadeaupapier verpakte presentje met de dansende, zilveren ballonnetjes erop geplakt.
'Hij is prachtig. Precies wat ik wilde hebben.' Toen ze het pakpapier had opengescheurd en de beige wollen onderbroek eruit had gehaald, zei Daisy: 'Dit is pas romantisch. En nog wel extra large.' Ze gaf hem een zoen. 'Wat ben je toch attent.'
'Ja, je hebt nu eenmaal een extra dik achterwerk,' zei Josh met een liefkozend klapje op haar keurig geproportioneerde achterste. 'Over dik gesproken, ik sterf van de honger. Zijn er nog donuts over?'
'Hij heeft ook een echt cadeau voor je gekocht,' zei Tara geruststellend tegen Daisy, toen Josh buiten gehoorsafstand in de keuken was. 'Ik heb het uitgekozen. Een donkerblauw zijden hemdje met een bijpassend slipje. Je vindt ze vast mooi.'
'Ik vind dit mooi.' Grijnzend zwaaide Daisy de dikke onderbroek onder Tara's neus op en neer. 'Dit is nu echt typisch Josh. Het zou nooit in Stevens hoofd zijn opgekomen om zoiets voor me te kopen, gewoon voor de grap.'

Ze meende het serieus, besefte Tara. Josh deed Daisy goed. Hij had haar weer laten lachen, haar ogen twinkelden weer.
'Jullie zijn een fantastisch stel,' zei ze eerlijk. 'Ik geef toe dat ik eerst mijn twijfels had, maar nu ben ik er echt van overtuigd. Hij is ontzettend leuk.' God mocht weten dat ze haar beste vriendin niet naar Florida wilde zien vertrekken, maar als iemand het verdiende gelukkig te worden was het Daisy wel.
'Hij is precies, maar dan ook precíés wat ik nodig heb.' Daisy had een zelfvoldane uitdrukking op haar gezicht. 'En het ziet ernaar uit dat pa ook iemand heeft gevonden in wie hij geïnteresseerd is.' Ze knikte naar buiten waar de auto van Hector voorreed met Paula Penhaligon op de plaats naast de bestuurder. Toen draaide ze zich met een ruk om naar Tara. 'Nou moeten we alleen nog zorgen dat jij iemand krijgt. George Clooney? Johnny Depp? Je mag kiezen en dan laat je de rest maar aan mij over. Voor je het weet ben jij ook onder de pannen.'
Tara wist niet hoe ze moest kijken. Daisy was haar allerbeste vriendin en ze vond het akelig dat ze haar niet alles kon vertellen. 'Maakt mij niet uit, allebei zijn goed. Ik ben niet kieskeurig.' Tara deed net alsof ze moest gapen.
De enige naam die ze wilde noemen was die van Dominic en zelfs Daisy zou daar niet voor kunnen zorgen.
Bovendien zou ze uit haar vel springen van woede.

33

De volgende morgen vroeg kwam de ene na de andere zakenman in een net pak voorrijden om deel te nemen aan Dev Tyzacks conferentie over managementtraining. Daisy, die hen bij de deur stond op te wachten, verwees hen naar de zaal waar de conferentie werd gehouden. Dev kon elk moment komen en de eerste presentatie stond gepland voor halftien. Om elf uur was er een koffiepauze. De lunch zou om één uur in het restaurant geserveerd worden. Om halfvier was er nog een pauze en daarna zou de rest van het middagprogramma worden afgewerkt, gevolgd door een drankje in de bar.

Daisy, die de volgende groep deelnemers welkom heette, wilde per se dat alles gladjes zou verlopen. Na het bijna mislukken van de bruiloft van de Cross-Calverts voelde ze zich gedwongen om aan Dev te bewijzen dat ze dit soort dingen heus wel aankon. Als een gestreste zakenman een hartaanval kreeg, zou zij hem onmiddellijk en zonder veel plichtplegingen reanimeren. Vrouwelijke klanten die moesten bevallen, konden er verzekerd van zijn dat zij hun baby's op een discrete en efficiënte manier op de wereld zou brengen. De dag zou volledig rimpelloos verlopen.

En wat het allerbelangrijkste was, geen lid van haar personeel zou het in zijn hoofd halen met een van Devs klanten te flirten, ongeacht of het om een man of een vrouw ging. Van nu af aan was dit hotel een plek waar niet mocht worden geflirt.

Nou ja, afgezien van haar vader en Paula Penhaligon, dacht Daisy toen Hector de trap afkwam.

Eigenlijk kwam Hector niet zomaar de trap af, hij danste eraf. Hij zag er vrolijk en walgelijk zelfingenomen uit. De ontmoeting met Paula had hem een enorme kick gegeven.

'Neem me niet kwalijk, maar zou je me misschien kunnen helpen?'

Daisy draaide zich om en keek naar het meisje dat haar bij de arm had gepakt. Ze was zojuist gearriveerd, zag er chic gekleed uit, had een aktetas bij zich en keek geagiteerd.

'Zeg het maar.' Daisy stond al in de startblokken. Het meisje zag er weliswaar niet hoogzwanger uit, maar je kon nooit weten.

'Het gebeurde toen ik uit de auto stapte.' Ze bukte zich om Daisy te wijzen op de enorme ladder in haar zeer dunne zwarte panty. 'God, het ziet er vreselijk uit. Ik ben blijven haken aan het handvat van mijn tas.'

'Geen probleem.' Toen ze opkeek zag Daisy dat Barney even niets te doen had. 'Er is een winkel in het dorp en ik laat gewoon een van onze portiers een nieuwe kopen.' Zie je wel? Een fluitje van een cent.

'Daar ben ik al geweest.' Het meisje trok een vies gezicht. 'Daar had ik niets aan. Ze hadden alleen maar een donkerbruine van veertig denier. Afgrijselijk,' fluisterde ze. 'Meer iets voor ouden van dagen.'

'Oké. Heb je een minuutje?' zei Daisy op geruststellende toon. 'Ik ben zo terug.'

Boven aangekomen begon ze in haar ladekast te rommelen waar ze een nog ongeopende verpakking met een dunne zwarte panty van tien denier opdiepte. Toen ze terug racete naar de receptie zag ze nog net de achterkant van Dev Tyzack de conferentiezaal in verdwijnen.

'Je hebt mijn leven gered,' zei het meisje zacht. Ze nam opgelucht het pakje aan en zwaaide met een biljet van tien pond. 'Je bent een schat, ontzettend bedankt.'

'Dat is echt niet nodig.' Daisy maakte een afwijzende hoofdbeweging naar het geld, maar het meisje drukte het haar in de hand.

'Jazeker wel. Ik kan niet zomaar een panty van je aannemen en deze is niet goedkoop. Neem het nu maar, dan kan ik me gaan omkleden.'

Het was gênant, maar het meisje had haast en ze stond erop. Daisy nam het bankbiljet met tegenzin aan. Ze voelde zich net een drugsdealer. Vijf pond, oké. Tien was te veel, maar als ze het meisje wisselgeld gaf, werd het zo mogelijk nog pijnlijker.

En ze had overigens gelijk. De panty was niet goedkoop geweest. Daisy wist vrij zeker dat ze er acht pond vijftig voor had moeten betalen.

Daisy zag Dev pas toen de deelnemers om elf uur stopten om koffie te drinken. Overal klonk een enthousiast geroezemoes terwijl er geanimeerd besproken werd hoe de conferentie tot dan toe was verlopen. Dev, die omringd werd door mensen die vragen stelden, keek op en zag hoe Daisy vanuit de deuropening naar hem stond te kijken. Met een blik van herkenning naar het meisje met de panty baande Daisy zich een weg naar hem toe.

'Ik wil even weten of alles in orde is,' zei ze toen ze naast Dev stond.

'Alles is prima in orde.' Zijn donkere ogen namen haar van top tot teen op, zoals ze daar stond in haar oranje zijden blouse, zwarte rok en glimmende zwarte pumps. Met een spoor van een glimlach op zijn gezicht voegde hij eraan toe: 'Ik heb niets te klagen.'

Stop, stop, verboden te flirten, wilde Daisy hem als een sergeant-majoor toebrullen. Ik flirt niet met jou en ik wil ook niet dat jij met mij flirt.

'Fijn, dan laat ik het verder aan jou over.' Om te bewijzen hoe za-

kelijk en efficiënt ze was, tikte ze op een efficiënte en zakelijke manier op haar horloge. 'De lunch wordt om één uur precies opgediend.'
Dev zei: 'O, tussen twee haakjes, toen ik doorgaf dat er nog acht personen bij kwamen ben ik vergeten te vertellen dat er drie vegetariërs bij waren.'
O, fantastisch, Dit kon niet beter. Klóótzak.
'Drie? Oké. Geen probleem,' loog Daisy terwijl ze opgewekt zat te knikken en te glimlachen alsof ze zich niets leukers kon voorstellen dan de mededeling dat er nog drie vegetariërs mee zouden lunchen.
'Nee, hoor.' Dev knipoogde. 'Ik maak maar een grapje.'
Daisy haalde opgelucht adem. Godzijdank. Ze schudde zogenaamd zielig haar hoofd. 'Ik was er bijna in getrapt.'
'Niet bijna. Helemáál.'
'Nu ga ik echt weg.'
'Dat zou ik ook maar doen.' Dev knikte in de richting van de deur. 'Iemand wil je spreken.'
Het was Josh die ongegeneerd naar hen stond te kijken. Toen hij Daisy's blik ving, gaf hij haar een kushandje en wenkte haar.
Dev trok een wenkbrauw op. 'Wie is dat?'
'Iemand die me wil spreken.'
Waarom had ze nou niet gewoon gezegd: 'Wie, Josh? Dat is mijn vriend'? Om de een of andere reden had ze de woorden niet uit haar mond kunnen krijgen.

'Niet te geloven! Ik heb een blauwtje gelopen,' klaagde Josh. 'Je vader wil me niet meer. We hadden een afspraak om een rondje te golven, maar hij heeft mij aan de kant gezet. Hij heeft een nieuwe favoriet gevonden.' Vol afkeer vervolgde hij: 'En het ergste is nog dat het een méísje is!'
Van achter in de veertig? Echt niet.
'Laat implantaten in je borsten zetten,' stelde Daisy behulpzaam voor. 'Smeer jezelf vol make-up. Dan lukt het misschien wel.'
Josh keek weer wat opgewekter. 'Om hem terug te krijgen, bedoel je? Zodat hij beseft dat hij liever bij mij is?' Een gezang aanheffend, spreidde hij zijn armen uit als José Carreras en kweelde: 'Torn Between Two Lovers...'
Maar het leek in de verste verte niet op Carreras.

'Paula Penhaligon zingt beter dan jij,' zei Daisy.
'En jij?'
'Ik ook. Eigenlijk zingt iedereen beter dan jij, zelfs Hector.'
'Ik bedoelde, geldt dat ook voor jou? Verscheurd tussen twee geliefden?' Hij bewoog speels zijn wenkbrauwen om aan te geven dat hij Dev Tyzack bedoelde. 'Dat is hem, hè? Daar stond je laatst toch zo druk mee te kletsen?'
'Idioot,' zei Daisy. 'Ik ben niet verscheurd en hij is mijn geliefde niet.'
Josh moest lachen om haar verontwaardigde blik en hij maakte zich absoluut geen zorgen; hij was nog nooit in zijn leven jaloers geweest.
'Dat komt omdat je zo verstandig bent geweest voor mij te kiezen.' Bescheiden voegde hij eraan toe: 'En ik moet zeggen dat je precies de juiste keus hebt gemaakt.'
'Is dat zo?'
'Dat heb ik je toch al eens gezegd. Mannen zoals hij brengen bij vrouwen het hoofd op hol en weten daarna niet hoe gauw ze die zielepieten moeten dumpen. Dat is niets voor jou,' zei Josh. 'En ik? Ik maak je aan het lachen en ik ben niet van plan je ongelukkig te maken. Wees eerlijk, wat klinkt jou beter in de oren?'
Daisy begon te lachen. Ze was zelf allang tot dezelfde conclusie gekomen. 'Oké, ik snap wat je bedoelt. Maar mijn pa heeft jou dus gedumpt en ik moet weer aan het werk. Wat ga je doen?'
'Wat doet een vent met enig zelfrespect als hij een blauwtje heeft gelopen? Vlug naar de golfclub en zien dat ik iemand anders opduikel on mee te spelen.' Rond zijn ogen verschenen pretrimpeltjes. 'Jij mag hier met Dev Tyzack blijven flirten.'
'Maar ik *wíl* helemaal niet met... mmph!' Daisy snakte naar adem toen Josh haar kort maar stevig op de mond zoende.
Net als Indiana Jones.
'Oké, ik ga ervandoor.' Liefkozend aaide hij over haar linkeroorlelletje. 'En je mag het wel, hoor.'
Flirten, vermoedelijk.
'Dat had je niet moeten doen. Ik run dit hotel. Dan word je niet in het openbaar gekust,' zei Daisy.
'Rustig maar, niemand keek. Nou ja, eentje keek wel,' corrigeerde Josh zich met een knipoogje.
Fantastisch.

De rest van de dag hield Daisy zich op de achtergrond. Ze keek alleen af en toe om het hoekje om te zien of alles naar behoren verliep. Maar toen de conferentie om vijf uur was afgelopen, zocht Dev haar op.
'We nemen nog een drankje in de bar. Doe je mee?'
Moest ze hierop ingaan of niet? Daisy, die net aan een pauze toe was, ademde de vage overblijfselen van zijn aftershave in. Josh had Tara meegetroond voor haar tweede rijles. De flat boven was leeg. Ze had wel zin in wat gezelschap en deed de dop op haar vulpen, stond op en zei: 'Waarom niet?'
In de drukke bar haalde Dev een glas witte wijn voor haar en keek op zijn horloge. 'Mijn buurvrouw past vandaag op Clarissa. Ik heb gezegd dat ik om zeven uur terug ben. Ze mist me vast al.'
'Je buurvrouw?'
'Zij ook, neem ik aan.' Dev glimlachte. 'Clarissa gaat meestal overal mee naartoe, maar ik kon haar niet de hele dag in de auto laten zitten.'
'Ik had toch kunnen helpen?' zei Daisy verontwaardigd. 'Ze had in mijn kantoor kunnen zijn en dan had ik haar tijdens de lunchpauze even uitgelaten.'
'Ik wilde je niet tot last zijn.'
'Dat is toch geen last. Ik ben nagenoeg haar tante!'
'Je had het druk kunnen hebben. Wie was die kerel met wie je vanmiddag voor de conferentiezaal stond te praten?'
'Josh? Hij was degene die vorige week die grap met me uithaalde, dat vroegere vriendje van de universiteit.' Ziezo, nu had ze het hem verteld. Maar hij was wel nieuwsgierig. Hij had er al twee keer naar gevraagd.
Dev keek wat sceptisch. 'Weet hij dat hij een vroeger vriendje is?'
'We proberen het nog een keertje.' O jeetje, dat klonk niet erg hartstochtelijk; Daisy riep zichzelf tot de orde. 'Hij is geweldig,' vervolgde ze met stralende ogen. 'We zijn heel gelukkig. Héél gelukkig.' God, ik klink als een superslechte toneelspeelster en ik speel niet eens toneel. Het is de wáárheid.
Het volgende moment werd ze door iemand op de arm getikt. Blij met de afleiding – wat voor afleiding dan ook – riep Daisy uit: 'O, hallo, heb je een goede dag gehad?'
Het was het meisje van vanmorgen, die met de ladder in haar panty.

‘Ik kwam je nog even bedanken.’ Ze keek Daisy stralend aan. ‘Je hebt mijn leven gered.’
Levens werden gered door dokters en chirurgen en brandweerlieden.
‘Nou,’ zei Daisy, ‘ik heb er alleen maar voor gezorgd dat je geen donkerbruine panty van veertig denier hoefde te dragen.’
‘Maar ik voel me schuldig. Ik denk niet dat ik je genoeg heb gegeven.’ Onder het praten rommelde het meisje in haar tas. Toen ze haar portemonnee had gevonden, pakte ze er nog een tienpondbiljet uit en maakte aanstalten het aan Daisy te geven.
Verbijsterd schudde Dev zijn hoofd. ‘Waar gaat dit over?’
‘O, ik kreeg een ladder in mijn panty toen ik hier vanmorgen aankwam. Dit meisje was zo vriendelijk om mij een panty van haarzelf te verkopen. Maar ik heb er de hele dag over ingezeten. Toen je me zo raar aankeek, vroeg ik me af of tien pond wel genoeg was en ik dacht dat je misschien meer had verwacht...’
Dev wendde zich met een verbaasd gezicht tot Daisy. ‘Je hebt haar een panty van jezelf verkocht? Voor tien pónd?’
Waar zag hij haar in ’s hemelsnaam voor aan?
‘Luister,’ Daisy stak verontschuldigend haar handen omhoog. ‘Het is niet zoals het klinkt. Om te beginnen was het geen oude panty.’ Dacht hij nu heus dat ze een of ander oud afgedragen geval uit haar onderbroekenla had opgediept? ‘Hij was gloednieuw, de verpakking zat er nog omheen. En ik wilde helemaal geen geld, maar... maar...’
‘Jennifer,’ vulde Dev aan toen het duidelijk was dat ze met de mond vol tanden stond.
‘Jennifer, juist. Ze stond erop dat ik het aannam,’ legde Daisy ernstig uit. ‘Maar ze had zo’n haast en ik wilde echt geen tien pond, maar uiteindelijk leek dit de gemakkelijkste oplossing.’
‘Tien pónd,’ herhaalde Dev ongelovig zijn hoofd schuddend.
Dat was typisch iets voor mannen, herinnerde Daisy zich. Ze hadden misschien wel in de gaten dat jurken duur kunnen zijn en ondergoed ook en dat schoenen bakken met geld kunnen kosten, maar als het op panty’s aankwam hadden ze echt geen flauw benul. Steven was precies hetzelfde geweest; om de een of andere reden was hij ervan overtuigd dat panty’s niet meer kostten dan, o, pakweg zeventig of tachtig pence per stuk.

Daisy probeerde niet te laten merken dat ze zich een ongeluk ergerde en zei: 'Oké, misschien klinkt dat nogal duur in jouw oren, maar dat betaal je tegenwoordig voor een behoorlijke panty.'
'Is dat zo?' Dev wendde zich tot Jennifer die er enigszins bedremmeld bij stond.
'Jeetje, dat weet ik niet. Ik koop alleen maar hele goedkope, die chique panty's kan ik echt niet betalen.'
Daisy ergerde zich nu nog meer. Dit was niet eerlijk. Jennifer zat daar heel onschuldig te doen en tegelijkertijd haalde ze haar op een zeer doeltreffende manier onderuit. Vanmorgen had ze nog zo'n aardige indruk gemaakt. Deed het kind dit met opzet?
Daisy snapte er niets meer van. Ondertussen zat Dev haar aan te kijken alsof er plotseling spinnen uit haar oren kwamen gekropen. Ze werd overspoeld door vernederende herinneringen uit haar schooltijd toen ze er onterecht van werd beschuldigd dat ze een chocoladereep had gestolen uit de plaatselijke kiosk. Oké, misschien had ze die reep wel echt gestolen, maar dat was gewoon voor een weddenschap geweest. Niet omdat ze een dief was.
Dev, die duidelijk aan de kant van Jennifer stond, zei: 'Vertel eens, hoeveel heb jij eigenlijk voor die panty betaald?'
Wat was dat nou voor een vraag? En hoe kon hij in 's hemelsnaam verwachten dat ze daarop antwoordde?
'Tien pond,' loog Daisy. Nou ja, zo ongeveer. Natuurlijk was hij minder duur geweest, maar ze verrekte het om hem dat nu te vertellen. Ook al had ze het akelige gevoel dat hij het wist.
'We moesten maar eens gaan,' kondigde Dev abrupt aan. 'Ik heb een tafel gereserveerd voor acht uur.'
Heel even dacht Daisy dat hij het tegen haar had. Toen zag ze dat Jennifer triomfantelijk bloosde, haar rok gladstreek en keek alsof ze heel erg met zichzelf was ingenomen.
Zonder na te denken zei Daisy: 'En Clarissa dan? Ze denkt toch dat je thuiskomt?'
'O, heb je haar ontmoet?' riep Jennifer enthousiast. 'Is het geen schatje? Ik ben gewoon dol op Clarissa.'
Hoe bedoelt u?
Daisy wist niet meer hoe ze het had, ze was ervan uitgegaan dat Jennifer en Dev elkaar pas vandaag hadden ontmoet. Ze was jaloers en voelde zich tegelijkertijd enorm verantwoordelijk voor Cla-

rissa. Het was niet terecht dat Jennifer daar als een kip zonder kop zat te kletsen over hoe geweldig Clarissa was. Ik heb haar gevonden, dacht Daisy ontstemd, jij niet.
'Als je een kind zo lang alleen thuis liet, kreeg je binnen de kortste keren de sociale dienst op je dak,' zei ze tegen Dev.
'We halen haar op, laten haar even uit en als we in het restaurant zijn, kan ze in de auto blijven wachten.'
Eerlijk waar? Jennifer of Clarissa?
'Even mijn neus poederen en dan kunnen we gaan.' Met een stralend gezicht legde Jennifer een bezitterige hand op zijn pols.
'Is ze een van je klanten?' vroeg Daisy toen het meisje naar de wc was verdwenen.
'Nee, Jennifer is mijn secretaresse.'
Secretaresse. Natuurlijk had hij een secretaresse. Hij had het er gewoon nog nooit over gehad. En nu gingen ze samen ergens eten, dacht Daisy zuur. Misschien was Jennifer anders dan de meisjes met wie hij zich meestal vertoonde, maar ze was kennelijk wel het meisje met wie hij naar bed ging. Als er geen betere voorhanden was.
Het was bijna donker buiten; Josh en Tara zouden zo terug zijn. Na een blik op haar horloge te hebben geworpen sloeg Daisy in een teug de rest van de wijn achterover.
'Ik moet ook weg. Eet smakelijk.' Ze kwam even in de verleiding om een greep achter de bar te doen, tien pond uit de kassa te halen en het aan Dev te geven, die het dan weer aan Jennifer moest doorgeven. Maar meteen daarop dacht ze, verdorie, waarom zou ik?
Toen ze terug was in haar kantoor waar de lichten nog uit waren, keek Daisy toe hoe Dev het hotel verliet en over de parkeerplaats liep. Toen ze hem zo zag lopen met die lange zelfverzekerde pas en met zijn colbertje over een schouder besefte Daisy eens te meer waarom ze dat soort mannen beter uit de weg kon gaan.
De auto kwam met ronkende motor om de hoek rijden en stopte te midden van opspattend grind voor de ingang. Het portier werd door Dev opengeduwd en Jennifer, die al op de stoep stond te wachten, stapte dolgelukkig in.
Onnodig te zeggen dat haar panty er onberispelijk uitzag.
Zo iemand kan ik missen als kiespijn, prentte Daisy zichzelf in, ter-

wijl de auto de oprijlaan af scheurde. Daar komt alleen maar ellende van.

Verdomme, wat maakt het trouwens uit? Ik heb Josh toch?

34

'Nog vijf minuutjes en dan moet ik echt naar huis.' Tara wilde niet ondankbaar klinken, maar ze had die avond een afspraakje met Dominic.

'Prima. Rechts afslaan bij dat groepje bomen,' instrueerde Josh, die nog niet zo goed bekend was in de buurt en naar het straatbordje tuurde. 'Hier omhoog. Goed zo. Brock Lane.'

'Kijk uit voor dolle honden.' Tara trok een grimas toen ze langs het huisje reden waar Bert Connelly woonde samen met zijn vrouw, zijn kolossale zonen en zijn geliefde pitbullterriërs.

'Oké, zo is het wel goed,' zei Josh toen ze bij de volgende uitrit waren. 'Hier gaan we draaien. Stop maar, nu in de achteruit en probeer niet tegen dat paaltje aan te rijden.'

Het feit dat ze de hele tijd aan Dominic dacht, deed Tara's coördinatievermogen niet veel goed; vanwege alle opwinding maakte ze er een geweldige puinhoop van.

'Het is zo donker,' klaagde ze terwijl het achterwiel wegzakte in een kuil. 'Ik zie niets.'

'Probeer het nog maar een keertje.'

'O, Josh, plaag me niet zo. Heb ik nog niet genoeg gedaan voor een dag?'

'Wie is de gelukkige?'

Geschokt zag Tara in het donker van de auto dat hij naar haar zat te grinniken.

'Niemand,' loog ze. 'Maggie is vandaag jarig, dat is alles.'

'Dat weet ik wel. We zijn gisteren in Bristol een cadeautje voor haar wezen kopen. Tussen twee haakjes, hoe vond ze de ochtendjas?'

Eerlijk gezegd wist Tara dat niet zo goed. Omdat ze in de veronderstelling had verkeerd dat Maggie een lekkere warme praktische wollen ochtendjas verrukkelijk zou vinden had de lauwe reactie van haar tante haar nogal teleurgesteld. Oké, het was niet bepaald een kledingstuk dat flatteerde, maar wat moest Maggie in godsnaam met een sexy ochtendjas?

'Volgens mij brengt ze hem terug – o, daar heb je Barney.' Tara, die ogenblikkelijk was afgeleid, zag dat ze voor Brock Cottage stonden en dat de lichten overal aan waren. Nu die afschuwelijke smoezelige gordijnen van Rose Timpson waren weggehaald – en, nou ja, hopelijk waren verbrand – kon je zien wat er binnen allemaal al was gedaan. Iedere kamer was opnieuw geverfd. De bijna volledig overwoekerde tuin die vol oude kippenhokken en bierkratten stond, was nu helemaal leeg. En daar stond Barney op het paadje. Hij was druk bezig oude kranten vol verfspatten in zwarte vuilniszakken te proppen en terwijl hij angstig op zijn horloge keek, trok hij gehaast zijn overall uit die al net zo onder de verf zat.

Tara liet het raampje naar beneden zoeven.

'Hé, Barney! Dat ziet er goed uit!'

Naast haar schudde Josh quasi-wanhopig zijn hoofd en mompelde: 'Je wilt toch niet zeggen dat je een oogje op hem hebt? De arme jongen, hij is veel te jong voor je.'

'Ik bedoelde het huisje.' Tara gaf hem een vriendschappelijke stomp op zijn arm. 'En ik zit niet achter hem aan. Hij is die jongen met de nier, afgezien van al het andere.'

Barney die er inderdaad goed uitzag, kwam aanlopen in zijn spijkerbroek en een oude paarse trui.

'Het begint op te schieten,' beaamde hij tevreden. 'Willen jullie het binnen zien?'

'We hebben een beetje haast,' zei Tara verontschuldigend. 'We moeten terug. Een ander keertje, oké?'

'Oké.' Glimlachend streek Barney over zijn glanzende haardos om het een beetje te fatsoeneren. 'Maar het is wel jammer. Mijn vriendin kan elk moment hier zijn – ze heeft dit ook nog niet eerder gezien. Ik wilde het eerst af hebben,' vertrouwde hij hun toe, 'maar ze is veel te opgewonden. Ze kan niet langer wachten.'

'Niemand thuis,' merkte Josh even daarna op toen ze stopten bij het huis van Maggie. Er waren geen lichten aan. Niet verbazingwekkend, want Maggie was in Chippenham waar ze met vrienden haar verjaardag vierde.

'Bedankt voor de les.' Toen Tara het contactsleuteltje omdraaide, trok ze nog vlug even de handrem aan. 'Ik meen het, ik ben je echt dankbaar.'

'En ik ben nog steeds nieuwsgierig,' Josh bleef zitten waar hij zat. 'Je gaat straks ergens heen met iemand voor wie je niet te laat wilt komen en je wilt niet zeggen wie het is. Daisy weet er ook niets van en dat maakt een enigszins vreemde indruk.'

'God, wat ben jij een bemoeial. Dit is geen soap,' klaagde Tara. 'We doen niet mee met *EastEnders*, hoor.'

'Ik heb het gevoel dat het niet helemaal in de haak is,' zei Josh losjes. 'Ik vermoed dat je je ergens schuldig over voelt.' Hij haalde zijn schouders op. 'Als je erover wilt praten, ga je gang. Ik kan goed luisteren.

Tara stond heel even in tweestrijd. Het idee om alles op te biechten en het hele verwarde verhaal met iemand te kunnen doorspreken, was enorm verleidelijk. Oké, Josh was het vriendje van Daisy, maar ze had vertrouwen in hem en ze had het gevoel dat hij het zou begrijpen. Het zou heerlijk zijn er met iemand over te praten, vooral als ze haar daarna niet op het matje riepen en haar niet een walgelijke sloerie noemden.

Maar aan de andere kant had ze haar uniform nog aan en wilde ze nog dolgraag in bad voordat Dominic kwam.

'Het is niets. Niemand om over naar huis te schrijven.' Tara sprong vlug de auto uit. 'Hij is volslagen onbelangrijk, daarom heb ik met Daisy nog niet over hem gepraat.'

'Oké, dat zal wel.' Terwijl hij ook uitstapte om achter het stuur te gaan zitten vroeg Josh: 'Morgen dezelfde tijd?'

Oef, dat kruisverhoor had ze overleefd.

'Ja, fijn,' zei Tara. 'Als je zeker weet dat je het nog wilt.'

'Dat spreekt vanzelf.' Josh gaf haar een knipoogje. 'Dan kun je me alles over hem vertellen.'

Het weerbericht op de radio had gewaarschuwd dat het weer dramatisch zou verslechteren. Scherp dalende temperaturen en ijzel op de wegen, in het weekend gevolgd door sneeuwstormen. Hoewel Mel handschoenen aanhad, stopte ze haar handen in de zakken van haar gewatteerde jack. Ze stond naast haar auto en staarde naar het huisje. De lucht was al zo koud dat haar neus en de puntjes van haar oren tintelden. De paarsachtig zwarte nachthemel was bezaaid met heldere sterren. Zou dit echt haar huis worden? Minder dan driehonderd meter van het hotel verwijderd? Had je de poppen aan het dansen als Daisy MacLean erachter kwam? Terwijl ze haar gewicht beurtelings van de ene bevroren voet op de andere overbracht, moest Mel nog aan iets anders denken. Het was nog geen driehonderd meter naar het kerkhof waar Steven begraven lag. Zou híj het erg vinden?

Zo trots als een kersverse vader leidde Barney haar rond. Het merendeel van de ramen stond open in een poging om de weeïge lucht van natte verf kwijt te raken. Het huis was ijskoud en leeg. Hun voetstappen maakten een oorverdovend lawaai, maar Barney had overal een oplossing voor.

'De vloerkleden en het nieuwe bed komen morgen,' ratelde hij verder. 'Daisy heeft me wat oude spullen uit het hotel beloofd – een bank en een eettafel met stoelen. Pam van de receptie zegt dat ze nog gordijnen voor ons heeft en de broer van Bert Connelly kan een goedkope ijskast voor ons op de kop tikken.'

Mel keek hem aan. 'Hoe kun je je dit allemaal veroorloven?'

'Ik heb wat geld van mijn moeder geleend.'

'Heb je haar over ons verteld?'

Barney aarzelde. Hij kreeg een hoogrode kleur. 'Nog niet. Ik heb gezegd dat mijn auto een nieuwe motor nodig had. Maar ik betaal haar alles terug.'

Mel wierp een blik op Freddie die op de vloer naast haar lekker lag te slapen in zijn babyzitje. Het ontroerde haar dat Barney zoveel voor hen beiden over had, maar er zat haar nog iets anders dwars. 'Waarom heb je haar niet gewoon de waarheid verteld?'

'Je kent mijn moeder niet.' Met een wrange glimlach zei Barney: 'Ze gaat dan een oneindige hoeveelheid vragen stellen en zich vreselijk zorgen maken. Ze wil altijd iedereen beschermen.'

Hij hield iets achter, hij wilde ergens niet over praten. Mel, die de signalen herkende, besefte dat hij eruitzag zoals zij zich ook voelde.

'Barney, je bent zesentwintig. Als je zestien was zou ik het begrijpen, maar je bent nu oud genoeg, je kunt doen wat je wilt.'

'Oké, luister, er is iets wat ik je moet vertellen.' Barney schudde

zijn hoofd, als om zich op te peppen. 'Je moet weten dat ik niet helemaal eerlijk tegen je ben geweest.'
Mel voelde een plotselinge rilling over haar rug lopen; tot nu toe was het allemaal zo goed gegaan. 'God, zeg alsjeblieft niet dat je écht zestien bent.'
Barney glimlachte even. 'Nee, dat is het niet. En ik verzeker je dat het niet iets vreselijks is.'
'Je bent getrouwd?'
'Natuurlijk ben ik niet getrouwd!' Barney trok de opgestroopte mouwen van zijn paarse trui, die onder de verfspatten zat, naar beneden en pakte Mels verkleumde handen vast. Er zweefden condenswolkjes door de kamer toen hij een paar keer diep ademhaalde. 'Nou, daar gaan we dan.'

Mel wist niet wat ze moest denken. Ze had zich een heleboel dingen in haar hoofd gehaald, maar dit niet, dit nooit. Haar hoofd tolde van al die gedachten die ze met moeite onder controle kon houden. Barney leefde omdat Steven dood was. Een van de nieren van Steven was in zijn lichaam geplaatst en daarom had Barney een litteken onder op zijn rug.
'Ik wist dat ik het je vroeg of laat zou moeten vertellen,' had Barney uitgelegd. 'Ik moet allerlei verschillende pillen innemen, zie je, om afstotingsverschijnselen tegen te gaan.' Hij zweeg even en voegde er toen timide aan toe. 'Je ziet er nogal geschokt uit.'
Geschokt was veel te zwak uitgedrukt.
'Geef me vijf minuten.' Mel had haar handen weggetrokken en was naar de andere kant van de kamer gelopen. Terwijl ze zich langzaam langs de muur op de grond liet zakken met haar ogen gericht op Freddie die midden in de kamer nog steeds lekker lag te slapen, zei Barney zachtjes: 'De kwasten zitten nog onder de verf. Ik ga ze boven even schoonmaken.'
Hij ging weg en Mel drukte haar handpalmen hard tegen haar gesloten oogleden aan. Terwijl Barney de moed bij elkaar stond te rapen om haar alles te vertellen had zij er stiekem naar uitgekeken, wat het ook mocht zijn. Omdat ze hem dan kon vergeven en haar eigen geheim kon prijsgeven en dan zou Barney op zijn beurt in een roes van dankbaarheid haar ogenblikkelijk vergeving schenken. De timing zou perfect zijn geweest. De ene biecht in ruil voor

de andere. Mel draaide de zware zilveren ring om haar duim steeds in het rond om haar handen iets te doen te geven. Ze voelde zich misselijk en dat was niet alleen de reactie op de overweldigende verflucht. O ja, het had zo goed kunnen uitpakken, het had hen nog dichter bij elkaar kunnen brengen. Per slot van rekening bleken ze nu nog veel meer met elkaar te maken te hebben.
Maar er was een groot probleem. Daisy MacLean. De niet-zo-erg-rouwende weduwe, dacht Daisy, terwijl ze haar gezicht in een grimas vertrok. En ze was niet zozeer bang voor Daisy's reactie als wel voor die van Barney. Want ze begreep nu eindelijk waarom hij die vrouw adoreerde, waarom hij haar altijd de hemel in prees. Wat Barney betreft had Daisy zijn leven gered en het zou niet in zijn hoofd opkomen om iets te doen waarmee hij haar zou kwetsen.
Mel was zo langzamerhand helemaal verkleumd en daarom stond ze op en bewoog haar vingers om er weer wat gevoel in te krijgen. Ze kon geen kant uit; als ze het nu tegen Barney vertelde kon hij haar, als hij dat wilde, eruit schoppen en zeggen dat hij haar nooit meer wilde zien. Waardoor zij – als ze hem niet meer op andere gedachten kon brengen – op straat stond.
Mel voelde hoe de paniek toesloeg. Toen ze naar Freddie keek wist ze dat ze dat risico niet mocht lopen. Nu nog niet in ieder geval, pas als het absoluut niet anders kon.
Ze ademde uit. Ze moest bij haar oorspronkelijke plan blijven. Ze moest hier bij Barney haar intrek nemen. Op die manier zou ze eigen rechten hebben als hij haar probeerde te dumpen. En ondertussen kon ze hem doen beseffen hoe gelukkig ze met elkaar waren, hoe ze boften dat ze elkaar hadden gevonden. Hoewel ze moest toegeven dat de manier waarop dit was gebeurd een beetje bizar was.
Freddie bewoog, deed zijn ogen open, zag zijn duim en stak hem lekker in zijn mond. Het volgende moment sliep hij alweer. Zijn koude wangen waren net zo rood als de wollen voering van zijn jasje.
'Barney.' Boven aan de trap zag Mel hem door de deur van de badkamer terwijl hij bezig was de verf van de kwasten af te spoelen. Hij draaide zich naar haar om en in zijn mooie lichtbruine ogen was een heel klein beetje angst te lezen.

Al dit verven, al dit harde werken, alleen voor haar.
'Ja?'
'Ik hou van je.' Ze spreidde glimlachend haar armen uit. De blik op Barneys gezicht was schitterend om te zien, alsof hij zojuist te horen had gekregen dat hij niet voor het vuurpeloton hoefde. De kwasten vielen kletterend in de wasbak.
'Het spijt me, ik wilde je niet bang maken.' Mel omhelsde zijn warme lichaam alsof het een kruik was. 'Het was een schok, ik moest even nadenken. Maar ik hou van je en dat is het enige dat telt. Ik wil dat we voor altijd bij elkaar blijven.'
Hopelijk zou Barney zich dit herinneren als het tijd werd om met haar eigen kleine verrassing op de proppen te komen.
Hij lachte weer, zoende haar en streelde haar haren. Ongelooflijk opgelucht.
'Ik ben gezond, mij mankeert niets en ik ga niet dood,' beloofde Barney.
'Het is je geraden.' Heel even schoten Mels grijze ogen vol tranen en ditmaal had het niets te maken met de verflucht. Het was waar, ze had ieder woord gemeend, ze hield echt van hem.
Als ze niet zoveel van hem hield, had ze toch zeker niet hoeven te liegen?

35

Bad, een vinkje. Haren, een vinkje. Make-up, een vinkje. Saffierblauwe fluwelen topje en superstrakke witte broek, twee vinkjes. Zo, alles klopte.
Algehele indruk, verpletterend.
Omdat ze met Dominic had afgesproken op de parkeerplaats achter de Hollybush Inn, stond Tara startklaar om de trap af te lopen, haar jas aan te schieten en op pad te gaan, toen de bel ging. Ze trok verbaasd haar wenkbrauwen op, deed wat parfum op, keek voor de zekerheid nog een keertje in de kaptafelspiegel en rende naar beneden om open te doen.
'Dominic!'

Hij grijnsde. 'Mag ik binnenkomen?'
'Wat doe je hier? Je zou op de parkeerplaats van de pub op me wachten!' Tara staarde hem met open mond aan. 'Is er iets?'
'Geen paniek, er is niets aan de hand. Ik heb me gewoon bedacht.'
O god, laat me alsjeblieft geen blauwtje lopen! Geef me alsjeblieft niet de bons!
Met bevende stem vroeg Tara: 'Waarom?'
'Je zei aan de telefoon dat je tante er vanavond niet was.' Dominic deed net alsof hij nieuwsgierig was en gluurde langs haar heen de huiskamer in. 'Ik heb me zitten afvragen hoe dit huisje er vanbinnen uit zou zien.'
O jeetje. Nogal rommelig, eerlijk gezegd. Het gebruikelijke assortiment nat wasgoed hing te drogen over de radiatoren, Maggies naaispullen lagen hoog opgestapeld in een van de luie stoelen, de salontafel lag vol tijdschriften en overal stonden lege bekers.
Tara zag hem om zich heen kijken en voelde zich net een nietsvermoedende huiseigenaar die, als ze de deur opendoet, een volledige televisieploeg op de stoep ziet staan.
'Het is een rotzooitje,' verontschuldigde ze zich, ondertussen een paar koekkruimels onder de bank schoppend toen Dominic de andere kant uit keek.
'Het is gezellig. Klein. Best aardig,' zei hij grootmoedig.
Als je zelf in een kast van een huis met acht slaapkamers woonde, dacht Tara, leek waarschijnlijk bijna alles klein.
'Ik vind het leuk,' ging Dominic verder, terwijl hij zich weer naar haar omdraaide. 'Maar ik vind het vooral leuk omdat jij er woont.'
Oh-oh, die blik kende ze; dit speelse glimlachje had ze al vaker gezien.
'We moeten weg.' Tara begon in paniek te raken.
'We hoeven niet weg.'
'Eigenlijk wel.'
'Dat is niet nodig.' Dominic kwam wat dichterbij staan, haakte twee vingers achter haar ceintuur en trok haar zachtjes naar zich toe. 'Ik wil graag hier blijven.'
Natuurlijk wilde hij dat. Tara wist precies welke richting zijn gedachten uit gingen. Het zat Dominic dwars dat ze nergens naartoe konden gaan waar ze alleen waren. Op deze kans had hij gewacht. En nu begon hij haar te zoenen. Tara deed haar ogen dicht, maar

nam zich voor om sterk te zijn. Toen ze hem had verteld dat Maggie er die avond niet was, was dat omdat Dominic had gevraagd of ze honger had en toen had ze moeten uitleggen waarom ze niet had gegeten. Het was echt geen hint geweest. Een afspraakje met Dominic was nog tot daaraan toe, maar met hem naar bed gaan was heel iets anders. Hij was getrouwd en dat zou niet in de haak zijn. Haar geweten zou protesteren als ze met hem het bed in dook.

'Je ziet er beeldschoon uit,' mompelde Dominic in haar hals terwijl zijn hand dappere pogingen deed het knoopje van haar superstrakke broek open te krijgen. 'Verdomme, jij bent moeilijk uit te pakken, zeg. Het is nog erger dan het cellofaan van een nieuwe videoband lospeuteren.'

'Dit kunnen we niet doen. Het is niet eerlijk tegenover Annabel. O alsjeblieft, je mag dit niet doen,' protesteerde Tara die van top tot teen beefde toen zijn warme hand het knoopje in de steek liet en langzaam langs haar ruggengraat omhoogkroop. 'Echt, ik meen het, we kunnen hier niet blijven.'

'Dat is niet eerlijk tegenover mij.' Een stel natte sokken en een paar hemdjes gleden van de radiator achter Tara af toen Dominic haar tegen de muur aan vlijde. 'Dit is allemaal niet mijn schuld, hoor,' hijgde hij terwijl zijn tong handig haar halskuiltje verkende. 'Als jij niet zo onweerstaanbaar was, zou ik hier toch niet zijn? Jij bent de schuld omdat je... jij bent.'

Tara voelde zich als een lappenpop, helemaal week en buigzaam. Haar knieën die altijd al gevoelig voor een complimentje waren geweest, waren niet langer in staat haar overeind te houden. Verdorie, het was allemaal goed en wel om trouw te blijven aan je principes, maar dat ging niet zo gemakkelijk als iemand druk bezig was je te verleiden, als je je eigenlijk helemaal wilde laten gaan en...

Tríng, ging de deurbel, waardoor Dominic geschrokken van haar wegsprong.

'Jezus, wie is dat?'

'Hoe kan ik dat nou weten?' Toen ze in de gaten kreeg dat ze hijgde als een stoomtrein, bracht Tara haastig haar kapsel weer in fatsoen en trok haar fluwelen topje naar beneden. 'Verstop je maar in de keuken.'

'Je kunt toch niet zomaar de deur openmaken, het kan wel een... au!' Dominic brulde het uit van de pijn toen hij zijn enkel stootte

tegen de poot van het houten wasrekje. Groen van ellende en met zijn voet in de hand viel hij achterover tegen de muur aan.
'Nou, ik kan niet meer doen alsof er niemand is.' Tara rolde met haar ogen. Ze liep op haar tenen naar het raam, trok het gordijn een klein stukje opzij en tuurde naar buiten. 'Geen paniek, het is Elsie van hiernaast. Ze is stokoud.'
Dominic stond nog steeds binnensmonds te vloeken. 'God, wat komt die hier doen?'
'Dat weet ik toch niet!'
'Zorg dat ze opdondert,' siste hij terwijl hij de keuken in hinkte. 'Ik geloof dat ik mijn voet heb gebroken, godverdomme.'
Mannen, nou werkelijk, wat een druktemakers.
'Elsie, hallo!' Met een stralend gezicht gooide Tara de voordeur open. 'Wat kan ik voor je doen?'
'Hallo, lieverdje. Ik hoorde wat geraas en gebonk van jullie vandaan komen, is er iets aan de hand?' Elsie was misschien wel drieëntachtig en aardig kreupel, maar met haar oren was er niets mis. Zwaar leunend op haar houten wandelstok keek ze spiedend de lege huiskamer rond. 'Ben je alleen? Maar ik kwam eigenlijk voor Maggie. Ik heb wat gekocht voor haar verjaardag.'
'O, wat jammer nou, Maggie is er niet.' Tara, die gek was op elk soort cadeau, keek gretig naar de plastic zak die Elsie in haar verweerde hand hield. 'Dat is echt lief van je. Wil je het haar morgen zelf geven of zal ik het nu aanpakken en zeggen dat je bent langs geweest?'
'Nu, het is eigenlijk een dubbel cadeau,' vertrouwde Elsie haar toe. 'Om te bedanken voor alles wat Maggie voor mij doet. Een paar dagen geleden heeft ze nog een enorme lading boeken voor me meegebracht. Zo'n aardig meisje. Allemaal zalige boekjes van Barbara Cartland, niet van dat smerige spul wat je tegenwoordig overal ziet – allemaal pornografie, die zogenaamde moderne romantische boeken – o nee, er gaat niets boven Barbara Cartland.'
'Zal ik ze aannemen?' drong Tara aan terwijl ze haar handen naar de plastic zak uitstak. Als Elsie eenmaal op gang was, kon ze weken doormekkeren.
'Ik doe het liever zelf, schat. Ik zal het voor je naar de keuken brengen. Ze lekt een beetje, zie je.' Elsie hield de tas omhoog om Tara de onderkant te laten zien. 'Ik weet dat ze die gaatjes erin maken

zodat kindertjes er niet in stikken, maar het is wel verdomd vervelend als je het mij vraagt.'
'Oké! Laat mij het maar doen!' Tara deed een onverschrokken uithaal naar de tas, maar de oude vrouw trok hem buiten haar bereik.
'Nee lieverd, blijf nou maar uit de buurt. Je moet geen bloed krijgen op die mooie witte spijkerbroek.'
De moed zonk Tara in de schoenen. De oude vrouw mocht dan een fel tegenstandster van porno zijn, ze was niet afkerig van een beetje geweld. Elsie had een hakbijl en ze schrok er niet voor terug die ook te gebruiken.
'Het is toch niet een van je...?'
'Ja, dat is het wel.' Elsie straalde van trots. Ze liep onhandig met behulp van haar stok dwars door de huiskamer heen. Toen ze met haar elleboog de deur van de keuken openmaakte, zag ze Dominic staan die net deed alsof hij druk bezig was een kopje thee te zetten en begon luidruchtig te gniffelen. 'Zo, zo, jij bent zeker de jongeman van Tara. Ik dacht al dat ik een mannenstem hoorde toen ik zojuist op de stoep stond.'
Dominic had zich niet kunnen verstoppen in de keuken. De achterdeur zat op slot en hij was noodgedwongen tot de conclusie gekomen dat hij geen kant op kon. Maar gelukkig had dat oude mens geen flauw benul wie hij was. En ze zag er nogal onschuldig uit.
'Elsie heeft iets voor Maggie meegebracht.' Achter de rug van de oude vrouw trok Tara een vies gezicht.
'Een speciaal cadeautje. Ze verdient het.' Het kopje van Dominic opzij duwend zette Elsie de tas met een flinke klap op het aanrecht neer.
'Madge,' zei Elsie met een stralend gezicht tegen Dominic.
'Aangenaam, Madge. Leuk je te ontmoeten.' Een beetje van de wijs gebracht probeerde Dominic haar gerimpelde hand te schudden.
O god, dacht Tara, Mádge.
'Ik niet.' Elsie lachte kakelend. 'Ik ben Elsie. Madge zit hierin.' Ze stak haar hand in de knisperende plastic zak en haalde er een dode kip uit.
Dood en zonder kop.
Dominic deinsde vol afgrijzen achteruit. 'Jezus!'
'Het is een schatje. Een van mijn lievelingetjes.' Elsie aaide liefko-

zend over de glanzende roodbruine veren. Ze wierp met haar kraaloogjes een blik op Dominics lijkbleke gezicht en vroeg toen vinnig: 'Ben je soms vegetariër?'
'N-nee.'
'Kijk dan niet zo vies. Ze heeft een goed leven gehad, onze Madge, en een snelle dood. Wat kun je nog meer wensen? Maar ze heeft nog een flink tijdje doorgevochten toen ik de klus had geklaard.' Kakelend als een idioot gaf Elsie Dominic een uitbundige por in de zij. 'Ze vloog de hele keuken door, als een kip zonder kop.'
'Elsie maakt een grapje,' kwam Tara vlug tussenbeide. 'Ze meent het niet.'
'Het is oké, ik kan er wel tegen.' Dominic zag eruit alsof hij moest overgeven en hij klemde zich aan de gootsteen vast. Tara, die zich ook niet helemaal lekker voelde, hield de bebloede plastic zak open zodat Elsie Madge er weer in kon laten zakken met de kop naar beneden.
Nou ja, met de doorgesneden nek naar beneden.
'Nu kunnen jullie haar zondag lekker opeten,' zei Elsie tevreden. 'Haar eerst lekker volstoppen, dat is het geheim en op de rug in de pan leggen – o, en vergeet niet de maag en de lever uit te koken, dan krijg je van die lekkere jus.'

'God, hoe kunnen mensen nu zoiets doen,' zei Dominic rillend toen Elsie was verdwenen.
'We zijn hier op het platteland. Elsie heeft hier haar hele leven gewoond. Je houdt kippen, je maakt ze dood.' Tara voelde zich verplicht om voor haar buurvrouw op te komen.
'Ze geeft ze námen.' Dominic schudde vol walging zijn hoofd. 'Het is barbaars. Ik zou eigenlijk best iets willen drinken.'
'Nou ja, maak je geen zorgen, jij hoeft in ieder geval Madge niet op te eten.' Ze graaide in de kast en vond de halflege fles Glenfiddich die daar al jaren stond, omdat Maggie en zij er geen van beiden gek op waren. Ze mocht Elsie wel dankbaar zijn; door haar komst taalde Dominic niet meer naar seks.
'Hier.' Ze schonk anderhalve centimeter whisky in een glas en gaf het aan hem. 'Zullen we naar de kamer gaan?'
Dominic liep voorop en mompelde: 'Als ik maar niet meer in de buurt ben van die onthoofde kip.'

Eenmaal terug in de huiskamer plofte hij in een van de fauteuils neer, staarde somber in het vuur en klemde zijn drankje stevig vast. Nog geen negentig seconden nadat Elsie was vertrokken, werd er weer gebeld.

'O, verdikkeme, wat nu weer?' Hij slaakte een zucht. 'Wacht even, ze heeft de kop van Madge gevonden en denkt dat we die mee willen koken om er bouillon van te maken.'

Dominic bleef stoer in zijn fauteuil zitten; hij was duidelijk niet van plan om ergens anders heen te verhuizen. Toen hij het had over Elsies reden om terug te komen bedoelde hij dat spottend, maar Tara vermoedde dat hij het bij het rechte eind had.

Kippenkoppen waren heel smakelijk.

Tara trok de voordeur open en schrok zich een hoedje. 'O!'

Elsie had een supersnelle geslachtsverandering ondergaan.

'Je hebt je jasje bij mij in de auto laten liggen,' zei Josh, en hij hield het bewuste voorwerp in zijn uitgestoken hand. 'Ik dacht dat je het misschien morgenvroeg nodig zou hebben.'

'Juist ja, bedankt, fijn.' Tara graaide het jasje uit zijn hand terwijl Josh Dominic een onderzoekende blik toewierp. Hij stond uiterst vriendelijk te knikken en ondertussen draaide Tara's maag zich diverse malen om van pure paniek. Dit was krankzinnig, waarom werkte hij zo op haar schuldgevoel? Ze waren niet eens met iets verkeerds bezig.

'Dan ga ik maar weer.' Josh gaf Tara een knipoogje.

'Ja, fijn, daag.' Wat een stóker, dacht ze boos toen ze de deur dichtdeed.

'Wie was dat nu weer?' Dominic zag er bepaald niet geamuseerd uit.

'Niemand. Hij geeft me alleen maar rijles. Nou ja,' gaf Tara toe, 'hij is het vriendje van Daisy.'

'Shit!'

'Het is niet zo erg. Hij weet niet wie je bent.'

'God, wat ben ik verdomd blij dat ik vanavond hierheen ben gekomen, zeg.' Dominic dronk zijn glas leeg en sprong toen overeind: 'We kunnen beter wegwezen, anders staat die stomme Daisy zo ook nog voor de deur.'

36

'Psst,' siste Tara, die op haar knieën de poten van een walnoothouten plantentafeltje zat te poetsen, toen Josh de volgende morgen bij de receptie verscheen. Buiten had de temperatuur noordpoolachtige waarden bereikt en alles was bedekt met een dikke laag rijp. Josh, die voor zijn morgenloopje drie truien, een grijze gebreide muts en een zwarte joggingbroek aanhad, draaide zich verbaasd om.
'O, hoi. Was het leuk gisteravond?'
'Heb je het er met Daisy over gehad?'
Josh trok zijn wenkbrauwen zo hoog op dat ze verdwenen onder de rand van zijn wollen muts. 'Waarover?'
'Over met wie ik daar was.'
'Ik weet niet met wie je daar was.' Hij deed een paar oefeningen om vast op te warmen, waarbij hij vanuit de taille heen en weer zwaaide. 'Je hebt ons niet aan elkaar voorgesteld, weet je nog wel?'
Tara liet langzaam haar adem ontsnappen. Natuurlijk had ze dat niet, maar het was een hele opluchting om te horen dat er dus niets aan de hand was. Ze had die nacht gedroomd dat het huis uitgerust was met verborgen camera's, zoals bij *Big Brother*, die allemaal klaarstonden om iedere ongelukkige beweging die ze maakte op het nationale netwerk uit te zenden. Dat was niet zo bevorderlijk geweest voor een goede nachtrust.
'Pas maar op daarbuiten.' Tara knikte in de richting van het berijpte landschap. 'De High Street is net een ijsbaan. Zorg maar dat je heelhuids terugkomt.'

Het duurde niet lang of ze had al flink spijt van die laatste opmerking.
'Zo. Jij en Dominic Cross-Calvert. Wat moet ik me daarbij voorstellen?' vroeg Daisy op een bedrieglijk onschuldige toon terwijl ze de koffie inschonk.
Tara kreeg gelijk buikpijn. Toen Daisy had gevraagd of ze even boven naar de flat wilde komen, had ze verwacht dat ze een beetje zou worden geplaagd met de geheimzinnige gast van de vorige avond. Maar niet dit. Zeker niet dit. En Daisy zat ook niet te gokken. Ze wíst het.

Laf als ze was begon Tara een paar omtrekkende bewegingen te maken. 'Wat bedoel je?'
'Dat wil ik nu juist van jou weten. Hij was gisteravond bij jou thuis.'
Met een benepen stemmetje vroeg Tara: 'Dominic? Wie zegt dat?
'Josh.'
De klóótzak! Tara hoopte dat hij op de spekgladde weg zou uitglijden en beide benen én beide armen zou breken. En dan liefst met al zijn botten in gruzelementen.
'Josh kent Dominic helemaal niet.' Tara die zich nog probeerde vast te klampen aan een piepklein strohalmpje, voelde zich net een driejarig kind dat koppig blijft volhouden dat ze dat dure ding echt niet gebroken heeft. Want misschien, héél misschien, blufte Daisy wel.
'Hij heeft een beschrijving van je bezoeker gegeven. Lichtbruin haar. Middelmatige lengte. Niet dik, niet dun. Middelmatig knap.'
'Dat kan op miljoenen mannen slaan.' Inwendig was Tara woedend – Dominic was ontzéttend knap. Veel knapper dan die stomme Josh, dat stond als een paal boven water.
Daisy deed melk in de koffie en schoof Tara's kopje over de tafel naar haar toe. Toen zei ze: 'O, en hij had een knol van een Rolex om. Om zijn rechterpols.'
Shit.
'Oké.' Tara stak berustend haar armen in de lucht. 'Oké, het was Dominic.'
'Ik weet dat het Dominic was. Hoelang is dit al aan de gang?'
'Drie weken. Alsjeblieft, niet boos worden, niet tegen me gaan schreeuwen,' smeekte Tara wanhopig.
'Jij idioot, natuurlijk ga ik niet schreeuwen.' Daisy schudde haar hoofd en deed suiker in de koffie. Ze keek alsof ze wou dat ze boos kon zijn. 'Maar je moet me alles vertellen. Ik wil weten waarom.'
Ze zei niets over op staande voet ontslaan. Ondanks alles was Tara blij dat Daisy het wist. Het was afschuwelijk geweest dat ze met haar beste vriendin niet over Dominic kon praten.
'Hij nam contact op en smeekte of ik hem wilde ontmoeten.' De woorden buitelden over elkaar heen naar buiten, want ze had ze al veel te lang moeten inhouden. 'Hij zei dat hij op zijn huwelijksreis de hele tijd aan mij had moeten denken, dat hij nog steeds

van me hield en dat zijn huwelijk een ramp was... en hij neemt de moeite om naar míj toe te komen,' benadrukte Tara nog eens. Ze wilde per se dat Daisy begreep hoeveel dit voor haar betekende. 'Hij komt helemaal vanuit Berkshire hiernaartoe rijden, en hij vindt het niet erg dat het heen en terug wel tweehonderd kilometer is. Hij vindt dat ik het waard ben.'

Daisy ging achterover zitten. Ze begreep het maar al te goed. Met complimentjes kwam je een heel eind en Tara had het de laatste tijd op het gebied van mannen nogal zwaar te verduren gehad. Haar zelfvertrouwen had een paar flinke deuken opgelopen. En nu was Dominic weer op het toneel verschenen die haar van alles beloofde en die haar het ene complimentje na het andere gaf.

'Waarom is zijn huwelijk zo'n ramp?'

'Annabel wil niet met hem naar bed,' legde Tara uit. 'Ze is frigide. Hij is met iemand getrouwd die weigert met hem te vrijen. Kun je je voorstellen hoe hij zich voelt?'

Als een grote leugenaar waarschijnlijk, dacht Daisy. Wedden dat Dominic ook had gezegd dat zijn vrouw hem niet begreep?

'Dus in plaats daarvan gaat hij met jou naar bed?'

'Nee. Nee, dat is niet zo.' Tara schudde heftig haar hoofd. 'We zien elkaar af en toe, dat is alles. We spreken ergens af en dan praten we. Geen seks, dat verzeker ik je.'

'Maar hij zou het wel willen.'

'Nou... ja. Maar ik doe het niet.'

'Waarom niet?'

'Omdat hij getrouwd is!'

'Maar waarom blijft hij dan bij Annabel?' vroeg Daisy meedogenloos door. 'Als hij weet dat het een absolute ramp is en dat het nooit iets zal worden, waarom gaat Dominic dan niet bij haar weg?'

Tara wreef over haar voorhoofd alsof het pijn deed. Eigenlijk zou ze daar pijn moeten hebben.

'Hij vindt dat hij het huwelijk nog een kans moet geven. Hij kan het niet zo vlug opgeven. Maar hij weet dat het in feite hopeloos is. Vroeg of laat gaat hij toch bij haar weg. Hij wil Annabel niet kwetsen, zie je. Ze is eigenlijk ongelooflijk neurotisch. Dominic is bang dat ze er onderdoor zal gaan... ik bedoel, ze zijn nog maar een paar weken getrouwd, ze zou zich zo vernederd voelen... o, jij bent het.'

De deur werd opengegooid en Josh stormde de flat binnen. Met jammer genoeg beide benen nog intact. Hij was buiten adem van het hardlopen. Hij wreef zich in de handen, grijnsde breed en zei: 'Oeps, stoor ik?'
'Ja,' zei Daisy, 'maar dat is niet erg.'
'Hallo, Judas.' Tara deed haar best om lelijk te kijken, maar dat lukte niet helemaal.
'Doe niet zo flauw. Het is veel beter als je hierover kunt praten. Godsamme, het is koud buiten.' Jolig danste hij naar Tara toe en drukte zijn ijskoude handen tegen haar nek waardoor ze begon te gillen. 'Trouwens, als je een relatie met een getrouwde man hebt, moet je juist een heleboel vrienden om je heen hebben, anders doe je de gekste dingen.'
'Ik héb helemaal geen relatie,' jammerde Tara, die snel opstond om aan zijn handen te ontsnappen. 'Hij komt gewoon langs, dat is alles. We praten. Ik ga niet met Dominic naar bed, dat zweer ik.'
'Jeetje. De zielepiet.' Josh keek geamuseerd. 'Wat heeft hij er dan aan?'
'Hij houdt van me!' Tara kon het niet helpen; ze barstte heel eventjes van de trots. Als er zo onvoorwaardelijk van je wordt gehouden, stijgt je dat naar het hoofd. En aan dit soort ervaringen was ze nog niet zo gewend.
Daisy werd er een beetje moedeloos van. Ze keek op haar horloge. 'Ik heb een afspraak. We hebben het er nog wel over. Maar je moet niet met Dominic naar bed gaan, dat weet je toch, hè? Beloof me dat je dat niet zult doen.'
'God, wat ben jij vervelend. Oké, ik beloof het,' zei Josh met een brede grijns.
'Het is niet grappig.' Daisy ging er niet verder op in en keek Tara strak aan. 'Hij is getrouwd,' zei ze gedecideerd. 'Vergeet dat alsjeblieft niet.'
Tara gaf niet toe aan de verleiding om Daisy boos onder de neus te wrijven dat ze dat natuurlijk wel wist, had ze zojuist niet uitgelegd dat ze dáárom niet met Dominic naar bed was geweest?
Maar voor Daisy lag dit onderwerp uiteraard extra gevoelig. Ze was getrouwd geweest met Steven Standish die haar met andere vrouwen had belazerd. Dat was ongetwijfeld geen lolletje geweest.

'Ik zal het niet vergeten,' beloofde Tara braaf.
'Oké, laten we maar weer aan het werk gaan.' Daisy stak over de keukentafel heen haar hand uit en gaf een geruststellend kneepje in die van Tara. 'Ik kan niet verhinderen dat je Dominic ziet, maar ik kan je wel vertellen dat je iets beters verdient.'
Tara glimlachte. Wat volkomen idioot om dat te zeggen. Ze verdiende al god mocht weten hoeveel jaar iets beters. Besefte Daisy niet dat Dominic dat was?
Josh trok op weg naar de douche de ene na de andere trui uit.
'Gaat het nog door om vijf uur? Of ben ik staatsvijand nummer één?' Vanuit de badkamerdeur gaf hij Tara een knipoogje.
Ze kon niet boos op hem blijven. Dat kon je ook nog zeggen over Daisy, dacht Tara; zij had makkelijk praten, zij had Josh. Ze waren gelukkig samen. Zij wist niet meer hoe eenzaam en afschuwelijk het leven zonder een man was. Bovendien ging ze over een paar maanden met hem naar Florida.
Maar hoe het ook zij, een gratis rijles was nooit weg.
Tara wierp Josh een droevige blik toe om aan te geven dat ze hem had vergeven, maar niet van harte. Voor de zekerheid deed ze er nog maar een diepe zucht bij.
'Tot vijf uur dan maar.'

Ze zag Josh wel om vijf uur, maar ze kreeg geen les. Tegen het middaguur dwarrelden de eerste dikke sneeuwvlokken uit de loodgrijze hemel naar beneden. Toen het drie uur was, waren de gazons bedekt met een wit laagje. Om vijf uur lag er al een flink pak. En het begon steeds harder te sneeuwen. De wegen waren nog niet onbegaanbaar, maar ze waren glad genoeg om Tara de schrik op het lijf te jagen.
'Misschien helpt het een beetje als ik zeg dat ik ook niet kan golfen,' zei Josh die haar als troostprijs een drankje in de bar had aangeboden.
'Hmm.' Moest ze daar vrolijker van worden? Als het zo door bleef sneeuwen, zou ze Dominic dagenlang niet zien.
'Hoor eens, het spijt me van vanmorgen,' ging Josh verder, hoewel hij absoluut niet berouwvol klonk. 'Ik wist niet dat ik uit de school klapte. Ik let nu eenmaal op horloges en op hoe iemand ze draagt. Als je golfleraar bent, doe je dat gewoon.'

'Oké. Houd er maar over op.' Tara sloeg haar ogen ten hemel. 'Daisy weet het nu.'
'Ze maakt zich zorgen over je. Ze wil niet dat je jezelf belachelijk maakt en dat je suïcidale neigingen gaat vertonen.'
Je was bij Josh duidelijk aan het juiste adres als je behoefte had aan sympathie en begrip.
'Eigenlijk,' zei Tara, 'was ik dat niet van plan.'
'O, kom op, er klopt allemaal niets van. Geef nou maar toe,' zei Josh schamper, 'dat hij zijn vrouw niet voor jou in de steek laat.'
'Je wordt bedankt.'
'Nu moet je niet boos worden, ik zeg niet dat je niet mooi genoeg voor hem bent. We weten allebei dat je dat wel bent. Maar wees eerlijk, financieel sta je nergens. Hij is met iemand getrouwd die goed in de slappe was zit.'
'Dominic is niet in het geld geïnteresseerd. Het doet hem niets.' Tara had een hoofd als een biet, maar ze bleef zachtjes praten zodat Rocky die achter de bar stond niet kon meeluisteren.
'Maar schatje, dat zegt hij tegen jou.'
'Heb je daarom iets met Daisy? Ze is ook niet bepaald onbemiddeld. Steven is met haar getrouwd om haar geld,' beet Tara terug. 'Misschien ben jij wel net zo.' Onder de gordel, dat zou best, maar híj was begonnen.
'Touché.' Josh glimlachte even om te laten zien dat de opmerking raak was geweest. 'Nee, daarom ben ik niet hierheen gekomen. Maar ik kan het niet bewijzen. Je moet gewoon je eigen beslissingen nemen. Tenminste, dat moet Daisy doen.'
Tara dacht geen moment dat hij op het geld van Daisy uit was, maar ze verdomde het om dat toe te geven.
'Ik ken je niet goed genoeg om daarover te kunnen oordelen. En jij kent Dominic niet. Daisy trouwens ook niet. Dus jullie hebben geen van beiden recht van oordelen.'
'We willen gewoon niet dat je gekwetst wordt,' zei Josh terwijl Tara haar Bacardi in één teug opdronk.
'Dat heb je al eerder gezegd. Maar ik ken Dominic wél en ik weet dat hij nooit iets zou doen om mij te kwetsen.' Tara liet zich van de barkruk af glijden. 'Ik moet ervandoor.'
'O jee. Hoe erg heb je de pest aan me op een schaal van een tot tien?'

'Achtendertig.'
Josh lachte. 'Je kunt wel iets beters krijgen. Getrouwde mannen betekenen alleen maar ellende.'
Tara, die tevergeefs haar best deed om een hekel aan hem te hebben, zei droog: 'Ongetrouwde ook.'

37

De volgende morgen maakte Josh een sneeuwpop op het gazon voor het hotel. Daisy haalde stiekem de op één na beste kilt van Hector uit de klerenkast en gezamenlijk bonden ze die om het bolle middel van de sneeuwpop heen. De pop hield een lege champagnefles liefkozend tegen de borst gedrukt en onder zijn andere arm had hij een doedelzak die ze in elkaar hadden geknutseld van een Schotsgeruit kussentje en de houten spijlen van een keukenstoel.
'Goh, wie is die knappe man? Wat ziet die er goed uit, zeg,' zei Hector toen hij het hotel uit kwam. Brullend van het lachen wenkte hij Paula. 'En wat een opluchting dat we het hotel in veilige handen achterlaten.'
Paula die van top tot teen in ivoorkleurig nepbont was gehuld, zette haar zonnebril recht en controleerde of de ruiten van de auto, waarvan de motor al draaide, niet meer bevroren waren.
'Wat ik zou willen weten,' zei Hector, 'is wat hij onder die kilt aan heeft.'
'Mmm.' Paula stak de handen in de zakken van haar jas; als de motor een dikke tien minuten had gedraaid, zou het binnen wel warm zijn.
'Ik hoop alleen niet dat iemand er een wortel onder heeft gestopt.' Hector gniffelde. 'Vooral niet zo'n klein miezerig worteltje.'
'Wie moet het voorstellen?' vroeg Paula.
'Ha! Op wie lijkt hij?'
'Een sneeuwpop.' Ze vermoedde dat haar nu iets ontging. 'In een kilt.'
'Meid, dat ben ik! Dat ben ik met de kilt van de MacLeans aan.

Dat kon jij natuurlijk niet weten,' voegde Hector er onmiddellijk ter verontschuldiging aan toe. 'Je hebt me nog niet in actie gezien met mijn doedelzak.'
Paula begon overdreven te bibberen. Haar voeten waren onderhand bevroren. Volgens het weerbericht was het zeven graden onder nul, de koudste vorstperiode in jaren.
'Hector, we worden om een uur of twaalf bij de familie Cardew verwacht.'
Josiah Cardew en zijn vrouw woonden in Cheltenham. Josiah, een theaterdirecteur, onthaalde hen op een lunch en ze zouden blijven overnachten in het vroeg negentiende-eeuwse herenhuis van de heer en mevrouw Cardew.
'Mag ik raden? Josh,' zei Hector toen Daisy bij hen kwam staan.
'Wie anders?' Daisy was vol bewondering voor Paula's vermogen om te bibberen als een Broadway-ster terwijl ze meer kleren aanhad dan een eskimo.
'Maar jij hebt de kilt gestolen.'
'Hector,' seinde Paula. De boodschap was duidelijk.
'Ja. We moeten gaan. Red jij het in je eentje?' Hij zoende Daisy op de wang.
'O, ik weet zeker dat het wel lukt. De baas houdt immers een oogje in het zeil.' Daisy knikte naar de sneeuwpop met zijn zwierige kilt. 'Als hij tenminste niet smelt.'

Maggie liep Barney in de dorpswinkel tegen het lijf. Met een kleur van trots vertelde hij haar hoe zijn huis er steeds beter uit ging zien. Het was zondagmorgen en vanwege de sneeuw waren er veel minder koopjesjagers dan gewoonlijk op komen dagen voor de rommelmarkt in Castle Combe, waardoor hij de hand had kunnen leggen op een paar fantastische koopjes.
'Ik was er al om acht uur,' legde hij dolgelukkig uit, 'en om tien uur was ik weer thuis. Ik heb een broodrooster op de kop getikt voor vijftig pence, een schitterend tapijt van schapenvacht voor een pond, een driewielertje voor Freddie én een stel tuinstoelen voor vijf pond.' Op zijn horloge kijkend voegde hij eraan toe: 'Ik heb, denk ik, precies tijd genoeg om de plinten in de badkamer nog een verfje te geven voordat ik moet gaan werken.'
Barney moest een fles witte brandspiritus en een pakje schoon-

maakdoekjes hebben. Maggie benijdde hem om het feit dat hij zoveel te doen had. Haar eigen lege dag leek eindeloos lang, zoals dat bij zondagen wel vaker het geval is. Ze moest een krant hebben, een pakje met salie-en-uienmix en, o god, gewoon iets om zichzelf mee op te vrolijken.

Wijn, misschien. Of een reep chocola. Welk van de twee, Valpolicella of een groot blok chocola met hazelnoten?

Verdorie, ze nam ze allebei.

Ze gingen samen de winkel uit en liepen naast elkaar in de besneeuwde straat omhoog. Toen Maggie bij haar voordeur was gleed ze uit over een glad stuk op het pad, voelde hoe haar benen onder haar vandaan schoten en kwam met een klap op het trottoir terecht.

Gelukkig vormde haar dikke gewatteerde anorak een kussentje voor haar achterwerk. Op de keper beschouwd was haar val niet zozeer pijnlijk geweest als wel gênant.

'Shit,' jammerde Maggie toen Barney haar zijn hand toestak.

'Heb je je pijn gedaan?'

'Die klotefles is kapot.' Ze keek ontzet naar de plastic zak waaruit bloedrode Valpolicella in de sneeuw druppelde. De *Sunday Times* was waarschijnlijk ook niet meer zo goed leesbaar. Achter zich hoorde ze het geluid van een voertuig dat hun kant uit kwam.

'Kom op,' zei Barney, 'huplakee.' Maar door de gemorste wijn was de sneeuw alleen maar gladder geworden en zijn eerste poging om Maggie overeind te helpen faalde jammerlijk. Toen ze het nog eens probeerde, ditmaal kiezend voor een superelegante poging op handen en voeten, kwam er een glanzende zwarte Land Rover Discovery aanrijden. De Land Rover Discovery van Hector, besefte Maggie. Hoewel ze de andere kant op wilde kijken, zag ze door de groengetinte voorruit Hector achter het stuur zitten met naast zich Paula Penhaligon.

Hector remde en liet het raampje naar beneden zakken. 'Heb je je pijn gedaan?'

'Nee, niets aan de hand.' Maggie greep met beide handen Barneys uitgestrekte armen vast en trok zichzelf overeind.

'Is dat blóéd?' Hector keek ongerust.

'Rode wijn. Ik heb niets.' Terwijl ze roodgevlekte sneeuw van de achterkant van haar anorak veegde, viel Maggies blik onwillekeu-

rig op Paula die daar zat in een witte bontjas en een bijpassende hoed als iemand uit *Dr. Zhivago*. En een dure zonnebril die helemaal niet deed denken aan *Dr. Zhivago*.
'Lieveling, we kunnen niet te laat komen,' zei Paula.
'Ik heb niets. Ik ben gewoon uitgegleden.' Maggie deed een schietgebedje dat hij zou wegrijden.
Voordat het raampje van de bestuurder weer naar boven zoemde, hoorde ze Paula heel duidelijk met verveelde stem zeggen: 'Goeie genade, dat mens is toch niet dronken?'
Met zijn arm om haar heen liep Barney met haar mee naar binnen en haalde daarna de plastic zak op.
'Dat is niet nodig,' protesteerde Maggie toen hij terugkwam met de tas. 'Ik ben geen invalide, hoor!'
Maar het gebaar ontroerde haar. Barney was echt een schat. Terwijl ze toekeek hoe hij het kruidenmengsel en de chocola te voorschijn haalde, dacht Maggie eraan hoe jammer het was dat hij al een vriendin had. Hij zou echt iets voor Tara zijn.
'Ik weet wel dat je geen invalide bent. Maar vallen op straat is geen pretje.' Hij raapte de tas met de natte krant en de glasscherven voorzichtig op en liet hem in Maggies vuilnisbak vallen. 'Maar het was aardig van Hector dat hij stopte, hè?'
'Hmm.' Maggie wou dat hij dat niet had gedaan. Toen ze haar dikke anorak uittrok, zag ze dat het stukje waarmee ze op de grond was terechtgekomen, volledig onder de wijn zat. Fijn, had ze weer iets wat met de hand moest worden gewassen en wat met geen mogelijkheid droog te krijgen was.
'Hij is ontzettend aardig,' ging Barney enthousiast verder. 'Ik bedoel, hij is de eigenaar van het hotel, maar hij wil per se dat ik hem Hector noem. Het is zo heerlijk om daar te mogen werken, ik zou het voor geen goud meer willen missen.'
Maggie voegde zich bij hem in de keuken, trok de kletsnatte wikkel van de reep chocola af en hield hem onder de kraan. Ze bood Barney een stukje aan.
'Dank je wel, ik ben gek op chocola met noten. En zij is ook heel vriendelijk,' voegde Barney eraan toe. 'Paula Penhaligon. Ze heeft me gisteren een foto met handtekening voor mijn moeder meegegeven. Dat vond ik heel aardig van haar. Ze passen goed bij elkaar, hè?'

Hij had het kennelijk niet over Paula Penhaligon en zijn moeder. Maggie probeerde uit alle macht de pijnscheut in haar borst te negeren. Oké, pijn was misschien niet het juiste woord. Jaloezie.
'O ja. Geweldig goed.'
'Hij is stapel op haar, dat kun je zien. Ze zijn stapel op elkaar. Stel je voor, misschien gaan ze wel trouwen. Dat zou helemaal fantastisch zijn.'
Maggie, die onderhand moeite moest doen om niet aan de verleiding toe te geven Barney met de extra grote chocoladereep een flinke mep op z'n hoofd te verkopen, glimlachte onnozel en zei: 'Ja, hè?'
Barney ging weg om zijn plinten af te schilderen en Maggie begon de buikholte van Madge vol te stoppen. Geplukt en wel woog Madge vier pond. Dit betekende dat als ze een uur en veertig minuten op haar rug met de poten omhoog in een bakblik met groenten had gelegen, ze precies gaar zou zijn.
Toen Maggie haar om een uur of twaalf uit de oven haalde, merkte ze dat ze geen honger meer had. Madge zag er verrukkelijk uit – glimmend van het vet en goudbruin en lekker mollig, maar Maggie had de moed niet meer om haar op te eten. Tara zou de honneurs moeten waarnemen als ze van haar werk terugkwam.
Het zou haar tot eer hebben gestrekt als ze Madge niet had willen opeten omdat ze haar kende – liever gezegd, al kende vanaf de tijd dat ze nog een kuikentje was – maar waar het eigenlijk op neerkwam was dat ze het beeld van Hector die net langsreed toen zij op handen en voeten over de stoep kroop, zo vernederend vond dat ze het niet uit haar hoofd kon zetten.
Toen Hector was langsgereden met die stomme Paula Penhaligon naast zich.
'Je hoeft je echt niet te schamen dat je bent gevallen,' had Barney vriendelijk gezegd toen hij wegging. 'Het is daar spekglad. Ik ben vanmorgen op de rommelmarkt ook gevallen.'
Ja, maar niet pal voor de persoon die jou voor bewezen diensten betaalt, had Maggie nog net in kunnen houden. Of in ieder geval had betaald voor een vrijpartij totdat er iemand was gevonden die het voor niks deed. Iemand die als het erop aankwam, ver boven haar stond. Ook al had ze van Tara gehoord dat Paula Penhaligon een facelift had ondergaan.

Madge lag ondertussen koud te worden in het bakblik. Dat gaf niets; Tara zou als ze thuiskwam zich wel ontfermen over een borststukje en een poot. Zonder eetlust en zonder een troostrijk glaasje wijn at Maggie een paar stukjes chocola op in een niet zo geslaagde poging om zichzelf wat op te vrolijken. Ze zapte langs de tv-zenders, vond niets wat ook maar enigszins de moeite waard was en spoelde haar dikke jack uit in de gootsteen die daar veel te klein voor was. Ze stelde zich voor hoe leuk Hector en Paula het op dat moment met elkaar hadden. Een heerlijke gezellige lunch met vrienden. Ietsje te veel drank. Je zult niet geloven wat we zagen toen we vanmorgen uit Colworth wegreden – een van de mensen uit het dorp lag zo zat als een aap languit op het trottoir. Ongelooflijk, hè?

De bel ging toen Maggie met veel moeite de kletsnatte anorak stond uit te wringen. Ze veegde haar handen af aan haar spijkerbroek en deed de deur open. Op de stoep stond een jolig uitziend stelletje met rode wangen te stampvoeten tegen de kou.

'O, hallo, we logeren in het hotel en we zagen in de souvenirwinkel hier een eindje verderop een paar van uw prachtige kussens.' Het meisje keek Maggie stralend aan. 'Ik weet dat het zondag is, maar de vrouw in de winkel heeft ons een kaartje van u gegeven en ze zei dat u het vast niet erg zou vinden als we langskwamen. We zouden het fantastisch vinden, ziet u, als u er voor ons een zou maken.'

'Geen probleem.' Hun glimmende bij elkaar passende trouwringen en de manier waarop ze elkaars hand vasthielden spraken boekdelen. 'Kom binnen.'

Ze heetten Valerie en Alan en, ja hoor, ze waren op huwelijksreis. Ze hadden al besloten wat er op het kussen moest komen te staan. Val en Al, Voor Altijd Samen. Het moest in krulletters, hun namen verstrengeld in een roze hart op een lila achtergrond met vlinders en hartjes langs de rand als een Victoriaanse kaart voor Valentijnsdag.

'Voor altijd samen,' herhaalde Valerie met ogen die straalden van trots toen ze een kneepje gaf in de mollige hand van haar echtgenoot. 'Dat gaan we doen, hè, schat?'

Tot jullie gaan scheiden, dacht Maggie.

Alan zei heftig knikkend: 'We kunnen dit kussen aan onze kleinkinderen laten zien.'

'Wat een leuk idee.' Maggie wist nog net een glimlachje te voorschijn te toveren. Misschien werden ze echt gelukkig. Er waren immers huwelijken die wel standhielden? Zoals ze eruitzagen in hun dikke fleecejacks, hun gebreide truien en onflatteuze wandelschoenen, smoorverliefd op elkaar, zou je ze nog wel een kans geven.

'We blijven maar een paar dagen,' legde Valerie uit. 'Ik kan u het beste ons adres geven, dan kunt u het opsturen.'

'Dat hoeft niet, ik begin er meteen aan.' Omdat ze toch niet wist wat ze die avond moest doen, zei Maggie: 'Kom morgen maar langs. Ik denk dat ik het dan wel af heb.'

'Echt waar? O, wat ontzettend aardig van u!' Valerie zag er dolblij uit en ze wiebelde op de bank op en neer van plezier. 'Dan kunnen we het aan onze families laten zien als we thuiskomen. Door dit kussen zullen we ons de gelukkigste week van ons leven altijd blijven herinneren.'

Zodra ze weg waren, begon Maggie aan het kussen te werken. Ze voelde zich schuldig omdat ze hen in gedachten had uitgelachen om hun onnozelheid. Ook al was haar eigen leven een zielige puinhoop en ook al kon ze zich niet voorstellen dat ze zelf ooit zo onnozel zou zijn, ze mocht er niet automatisch van uitgaan dat iedereen uiteindelijk toch ging scheiden. Val en Al konden er niets aan doen dat zij verliefd was geworden op een man die volledig buiten haar bereik was.

Ze was gewoon jaloers op hen en op hun belachelijk rooskleurige kijk op de toekomst.

Er gleed een traan langs Maggies wang. Hij viel op haar pols toen ze op haar knieën op de vloer lag om roze zijden hartjes uit te knippen.

Zielig. Met een woedend gebaar veegde ze de traan weg.

38

'Ik zei dat je mijn rug moest boenen.' Daisy wrong zich in allerlei bochten in het bad waardoor er water en schuim over de rand spat-

ten. De hand van Josh gleed plagerig over haar ribbenkast naar voren. 'Dat is mijn rug niet.'
'Ik ben nooit zo goed in anatomie geweest. Maar goed dat ik geen chirurg ben.' Hij grijnsde en keek net uit het raam van de badkamer toen in de woonkamer zijn mobieltje begon te rinkelen. 'Het gaat weer sneeuwen. Wacht even, ik luister even wie het is.'
Daisy hoorde hoe hij de telefoon aannam en enthousiast een van zijn vrienden begroette. Ze was net bezig haar armen in te zepen toen Josh weer de badkamer in kwam.
'... wat? Waar zit je? God, dat klinkt fantastisch. Wacht even, ze is hier, ik vraag het haar gewoon. Het is Tom Pride,' zei Josh ter verklaring. 'Hij zit in Oostenrijk. Ze hebben met een stel mensen een chalet in Kitzbühel gehuurd en een van de andere kerels wordt met een vliegtuig naar huis vervoerd met een bekkenbreuk. Wat natuurlijk voor hem niet zo leuk is, maar aan de andere kant...'
'Is het wel leuk voor jou?' raadde Daisy. 'Of noemen we dit soort dingen een buitenkansje? Ik weet het al, ze hebben ruimte over en ze dachten aan jou.' Klonk ze een beetje vitterig? Misschien een héél klein beetje?
'Niet goed geraden. De vrouw van die andere vent is met hem mee teruggevlogen. Er zijn twee plaatsen over en ze dachten aan óns.' Gelukkig deed Josh niet moeilijk. Zittend op de rand van het bad zei hij dringend: 'Wat vind je ervan? Kan Vince de zaken hier regelen? Het is maar voor een week. Volgens Tom hebben ze een fantastisch chalet en ligt er een lekker dik pak sneeuw. Ze zijn met een stel gezellige mensen – en het is gemengd, niet alleen van die afschuwelijke kerels die aan een stuk door zuipen en kotsen in de jacuzzi. Kom op,' hij boog zich over het bad, 'we zouden het hartstikke leuk hebben. Een weekje ertussenuit zou je goed doen.'
Dat wist Daisy ook wel, maar ze wist ook dat dat niet zou gebeuren. Vince had in de week daarop al een paar dagen vrij gevraagd omdat hij naar het huwelijk van een neef in Glasgow moest.
'Ik kan niet.' Ze schudde spijtig haar hoofd. 'Vince is er niet.' Jammer, maar er was niets aan te doen.
Josh trok een lang gezicht. 'Oké. Dan niet. Tom,' zei hij weer in de telefoon, 'het spijt me, maar we kunnen niet. Daisy moet werken.' Hij zweeg even terwijl hij naar de stem van Tom aan het an-

dere eind luisterde en zei toen: 'Nee, nee. Bedankt, maar daar zou ik me niet prettig... Het zou niet...'
'Jij kunt toch gaan,' stelde Daisy voor, haar spons uitknijpend.
Josh keek haar aan. Onzeker. Ze wist hoe graag hij wilde gaan.
'Wacht nog even, Tom. Daisy zegt iets.' Hij hield de telefoon van zich af en vroeg: 'Zou je dat niet vervelend vinden?'
'Natuurlijk niet. Je bent gek op skiën. Met dit weer kun je hier toch niets doen.' Ze gebaarde naar de sneeuw die als confetti langs het raam dwarrelde. 'Je kunt niet golfen, je kunt Tara geen rijles geven. En het is maar voor een week.'
Ze meende het. Dat vitterige stemmetje van daarnet was een pavlovreactie geweest, een kater die ze overgehouden had uit haar huwelijk. Zelfs toen ze had gedacht dat ze Steven vertrouwde, had iets in haar hem nooit helemáál vertrouwd. Maar dat was toen geweest. Nu was alles anders. Dit was Josh van wie ze wist dat hij te vertrouwen was. Hij was de tegenpool van Steven.
'Weet je wat jij bent?' Grijnzend leunde Josh vervaarlijk over het bad heen en gaf haar een stevige zoen. 'Geweldig.' Uit de telefoon in zijn hand kwam een hinnikend geluid en hij legde hem weer tegen zijn oor. 'Nee, jij niet, jij bent een klootzak. Ik heb het tegen dit beeldschone meisje hier... ja, ik bedoel Daisy. En ze is naakt. In het bad. O ja. En op dit moment weet ik niet zo zeker meer of ik haar hier in haar eentje wil achterlaten, maar zij zegt dat ze er niets op tegen heeft als ik zin heb om naar Kitzbühel te gaan.'
Tien minuten later was alles in kannen en kruiken. Josh had nog een vlucht van Bristol naar Salzburg kunnen boeken, die de volgende morgen om een uur of twaalf vertrok. Eind van de middag zou hij op de stoep staan van Chalet Sattelkopf in hartje Kitzbühel, en dan zou hij zeven dagen fanatiek gaan skiën en zeven avonden uitbundig genieten van het après-skigebeuren.
'Weet je zeker dat je het niet erg vindt?' Josh bracht een fles witte bourgogne mee de badkamer in en gaf Daisy een glas.
'Ik vind het echt niet erg.' Ze glimlachte, want hij zag eruit als een klein jongetje op kerstmorgen.
'Je hoeft je geen zorgen over me te maken. Ik ben niet van plan om met iemand anders te gaan rotzooien.'
'Dat weet ik.' Dat was ook zo. Het was een heerlijk gevoel.

'Tenzij Jennifer Lopez er is,' zei Josh voor de volledigheid. 'Maar dat hoef ik je niet uit te leggen.'
'Nou ja, dat spreekt vanzelf.' Daisy knikte om aan te geven dat ze daar begrip voor had. Hij had een zwak voor Jennifer Lopez.
'En zul je me missen?' Josh ging op de rand van het bad zitten.
'Elke minuut van elk uur van elke dag.' Ze tilde haar hoofd op voor een zoen en zei: 'Nou ja, tenzij George Clooney een kamer boekt in het hotel. Maar dat hoef ik je niet uit te leggen.'
Josh knikte. 'Daar kan ik inkomen. Ik zou zelf ook wel met George Clooney naar bed willen. Maar verder neem ik aan dat je je weet te gedragen – wat doe je daar?'
'Ik denk dat je een bad nodig hebt.' Daisy pakte met haar natte vingers de voorkant van zijn rugbyshirt vast en trok hem naar zich toe.
'Nu?'
Ze trok harder. 'Ja, nu.'
'Met mijn kleren aan?'
'Als je wilt kun je ze uitdoen – oeps,' mompelde Daisy tevreden toen hij het water in plonsde. 'Te laat.'

Tara bevond zich midden in een fabelachtige droom. Ze zat in de stoel bij *Who Wants To Be A Millionaire?* en Chris Tarrant was een beetje plagerig met twinkelende oogjes naar haar aan het lachen. Ze had het al geschopt tot vijfhonderdduizend pond met nog maar één vraag te gaan, en het publiek zat op het puntje van de stoel.
Chris veegde denkbeeldig zweet van zijn voorhoofd. 'En, Tara. Ben je er klaar voor?'
'Ik ben er klaar voor, Chris.'
'Voor een miljoen pond,' kondigde hij aan terwijl hij handig de spanning op liet lopen. 'Hier gaan we dan. In de Griekse mythologie...'
Tara luisterde naar de vraag en voelde hoe ze begon te glimlachen toen hij de vier mogelijke antwoorden voorlas. Ze wist niets van Griekse mythologie, maar gelukkig kende ze iemand die dat wel deed.
En ze bofte dat ze nog een keertje iemand van buiten mocht bellen.
'Natuurlijk wil ze daaraan meedoen,' had Dominic haar de avond

tevoren nog verzekerd. 'Ze vindt het leuk je te helpen. Als je iets wilt weten over literatuur, kunst of Griekse mythologie moet je bij Annabel zijn. Ze weet echt alles.'

Driewerf hoera.

'Ik zou graag een vriendin willen opbellen,' zei Tara tegen Chris Tarrant. 'Annabel Cross-Calvert.'

Terwijl ze wachtte tot de telefoon werd opgenomen, fantaseerde Tara over het miljoen dat ze zou winnen. Goh, het kon allemaal niet kapot... als ze zoveel geld had zou Dominic misschien wel bij Annabel weggaan en bij haar komen wonen. Natuurlijk niet in Maggies huisje, o nee. Ze zou iets veel groters gaan kopen...

'Annabel? Hoi, je spreekt met Chris Tarrant. Ik heb hier je vriendin Tara bij me zitten en ze heeft je hulp nodig.' Hij hield even zijn mond en voegde er toen veelbetekenend aan toe: 'Om haar halfmiljoen te verhogen tot één miljóén pónd.'

Onder het publiek klonk een geroezemoes van opwinding.

'O jeetje, dat is fantástisch!' Annabel klonk alsof ze het ook heel spannend vond. 'Ik hoop alleen dat ik het antwoord weet. Oké, laat maar komen die vraag.'

Terwijl Tara de vraag oplas begon haar hart hoopvol te bonzen. Annabel was een expert, ze wist alles over Griekse mythologie. Ze was nog maar enkele seconden verwijderd van een verbijsterende triomf.

Toen ze klaar was met het oplezen van de vier antwoordmogelijkheden was het een moment stil.

Toen zei Annabel: 'Nou, ik ben blij dat je hebt opgebeld, Tara, want ik weet het juiste antwoord inderdaad.'

Tara wachtte.

Chris Tarrant wachtte ook.

Het publiek in de studio hield solidair met Tara de adem in.

De man die opdracht had om de glitterconfetti van het plafond naar beneden te laten komen, stond klaar om de juiste hendel over te halen.

'Maar zal ik je eens wat vertellen?' zei Annabel vrolijk. 'Ik ga je niet vertellen wat het is.'

De hele zaal hapte naar adem.

'Dat kun je niet doen! Dat is niet eerlijk,' jammerde Tara. 'Vlug! Vertel het antwoord nou!'

'Nee. Doe ik lekker niet. Dag, Tara.' En Annabel hing op terwijl er nog tien seconden op de klok stonden.
Totaal vernederd liet Tara haar hoofd hangen en zei: 'Ik neem het geld toch maar, Chris.'
Nou ja, een halfmiljoen, dat kon er ook wel mee door, hè? Misschien ging Dominic toch nog bij Annabel weg.
Maar nu was de beurt aan Chris Tarrant om onvriendelijk te zijn. Van die leuke, olijke glimlach was niet veel meer over.
'Het spijt me, Tara, maar je hebt tegen de regels gezondigd. Je zei dat Annabel je vriendin was en dat was ze kennelijk niet. Dat betekent dat je gediskwalificeerd wordt. Ik vrees dat je hier met niets weggaat.'
Tara schrok wakker net toen het publiek haar begon uit te jouwen en in koor 'weg, weg, wég!' begon te roepen.
Wat een ongelooflijk afschuwelijke droom. En wat geméén van Annabel. Geen wonder dat Dominic niet van haar hield als ze in staat was tot zulk rancuneus gedrag. Wie zou er nu getrouwd willen zijn met zo'n kreng?
Tara maakte zich los uit het wanordelijke dekbed en stond op. Het was tien voor acht. Dominic had gezegd dat hij haar om acht uur zou bellen en ze wilde hem niet met ongepoetste tanden te woord staan.

39

De grote dooi zette twee dagen later in. De dag daarop stond Dev Tyzack op de stoep.
Daisy, die met de chef-kok de bestellingen stond door te nemen, hoorde een bekende stem achter zich en voelde hoe haar hart als een razende begon te bonzen. Zich omdraaiend zag ze Dev tegen de receptiebalie aan staan leunen. Hij zei weer iets waarmee hij Pam aan het lachen maakte. En eigenlijk had dat lachen van haar iets heel kokets, zag Daisy onwillekeurig. Wat deed hij daar? En nu ze het daar toch over had, wat deden die koffers daar naast hem op de grond?

Met een gevoel alsof ze door een bak met stroop waadde excuseerde Daisy zich en liep door de gang naar hem toe.
Toen hij het getik van haar hoge hakken op de geboende vloer hoorde keek Dev over zijn schouder en glimlachte haar toe.
'Wat is er aan de hand?' Ze wees op de drie – drie! – Samsonite-koffers. 'Ben je van huis weggelopen?' Wilde hij een kamer boeken? Waaróm? Waarom deed hij dit?
'Inderdaad.' Hij klonk geamuseerd. 'En dat zou jij ook doen als je mijn huis zag.'
Pam, die een enorme slecht-nieuws-fan was, zei dweperig: 'Die arme meneer Tyzack, hij was het me net allemaal aan het vertellen. De leidingen zijn bevroren en toen is er midden in de nacht op zolder eentje gebarsten. Stel je voor, het hele huis is een grote puinhoop. Gordijnen, vloerkleden, meubilair, alles is totaal geruïneerd.' Als Kate Adie, sterverslaggeefster van de BBC, ooit aan vervanging toe zou zijn, was Pam de aangewezen persoon.
'Maar er is ook iets positiefs te melden,' zei Dev met een uitgestreken gezicht. 'Clarissa heeft leren zwemmen.'
'Hoe kunnen jouw leidingen nu bevriezen?' Daisy snapte er niets van. Hij had toch zeker wel centrale verwarming?
'Ik ben een paar dagen weg geweest. In de tussentijd hield mijn werkster een oogje in het zeil. Ze is nogal zuinig aangelegd,' legde Dev met een scheef glimlachje uit. 'Ze vond al die warmteverspilling onverdraaglijk, als ik er niet van kon genieten. Dus heeft ze de verwarming uitgezet. Toen we vanmorgen om vier uur thuiskwamen, stroomde het water al door het plafond heen. Het leek wel op de Niagarawatervallen. Alle kamers hebben er onder te lijden gehad. Je kunt nergens zitten, want alle stoelen en bedden en banken zijn drijfnat. De elektriciteit is uitgevallen. Het behang heeft overal losgelaten. Kortom, ik moest weg,' rondde hij zijn verhaal schouderophalend af. 'Dus heb ik naar hier opgebeld.'
'Gelukkig dat we niet helemaal vol zaten,' kirde Pam.
Gelukkig? Daisy was daar niet zo zeker van. Met Dev Tyzack over de vloer zou ze de hele tijd afgeleid worden en daar had ze absoluut geen behoefte aan.
Trouwens, wie was die persoon met wie hij om vier uur in de morgen was thuisgekomen? Hij had honderd procent zeker 'wij' gezegd.
'Hoelang blijf je?'

'Tot het huis weer wat op orde is.' Met een peinzende uitdrukking op zijn gezicht haalde Dev zijn hand door zijn haren en zei: 'Een week of drie, vier?'
Als hij een maand een kamer boekte in een viersterrenhotel zou hem dat een bom duiten kosten.
'Kon je niet bij een vriend terecht?' Met een onschuldig gezicht voegde Daisy eraan toe: 'Mocht je niet bij Jennifer logeren?'
'Jennifer is mijn secretaresse. Ze is mijn vriendin niet. Ze heeft met drie andere meisjes een flatje in Bath.'
'Dan heb ik dat verkeerd begrepen,' zei Daisy. 'Ze gedroeg zich alsof ze je vriendin was. En je nam haar mee uiteten.' Misschien eiste ze wel eerst een lekker etentje voordat ze met hem naar bed wilde.
'Eten kan ook alleen eten zijn, hoor.' Devs donkere ogen dansten. 'Jennifer heeft heel vaak overgewerkt vanwege de organisatie van die conferentie. Op deze manier kon ik iets terugdoen.'
'Waarom heb je trouwens dit hotel uitgekozen?' drong Daisy aan. 'Je had volgens mij veel beter iets in Bath kunnen nemen.'
'Daisy, houd nou eens op met dat idiote kruisverhoor! Lieve help,' riep Pam lachend uit, 'je zou haast gaan denken dat je de arme man niet hier wilt hebben.'
Dev, onverstoorbaar als altijd, antwoordde rustig: 'Ik vind dit hotel prettig. Het ligt dicht bij de M4. En jullie hebben geen bezwaar tegen honden, wat elders meestal wel het geval is.'
Bij de receptie ging de telefoon. Pam nam op.
'Wie heeft er voor Clarissa gezorgd toen jij weg was?' Daisy kon er niets aan doen; ze wist dat ze klonk als een misprijzende sociaal werkster. 'Als ze de hele tijd in kennels wordt gedumpt, schiet ze er niet veel mee op. Dan denkt ze vast dat je haar weer naar het asiel brengt en dan voelt ze zich in de steek gelaten.'
'Ik heb Clarissa niet in de steek gelaten. Ik heb haar meegenomen. Toen ik zei dat wíj thuiskwamen en het huis overstroomd aantroffen, had ik het over mijzelf en Clarissa.'
Daisy's maag kromp samen. Ze voelde opluchting en tegelijkertijd afgrijzen. Dat laatste omdat ze zich niet zo opgelucht wilde voelen dat de 'andere vrouw' Clarissa was. En nu zat Dev haar weer zo raadselachtig aan te kijken alsof hij precies wist wat er in haar hoofd...

'Daisy, het is voor jou.' Pam reikte haar de telefoon aan waar ze zelf al een dikke dertig seconden in had zitten giechelen. 'Het is Josh. Hij belt vanuit Kitzbühel.'

Pam adoreerde Josh, die haar genadeloos plaagde, maar altijd op een olijke manier.

'De vriend van Daisy,' vertrouwde ze Dev toe. 'Hij is er niet, hij is aan het skiën in Oostenrijk. Dat is toch zo'n idioot! Hij zei net dat hij aan één arm boven een diepe afgrond aan een skilift hangt.'

'Dat is niet waar, hoor,' zei Josh tegen Daisy. 'Ik zit eerlijk gezegd op het terras van een restaurant boven op een berg omringd door bloedmooie filmsterren en supermodellen.'

'Dan is er dus nog flink wat eten voor jou over,' zei Daisy.

'Het is niet grappig. Ze zitten me de hele tijd aan mijn kop te zeuren dat ik zo ontzettend knap ben. Ik hoop dat je me mist,' zei hij. 'Jennifer, hou op, gedraag je een beetje... Giselle, zeg tegen Jennifer dat ze me met rust laat.'

'Ik mis je verschrikkelijk. Maar ik moet ophangen,' zei Daisy. 'George Clooney komt net binnenlopen.'

Natuurlijk keek Pam hierop halsreikend naar de deur.

'Ga jij maar gauw voor hem zorgen,' drong Josh aan. 'Uiteraard puur als hotelmanager. Ik spreek je wel weer.'

'Veel plezier bij het skiën.' Daisy knikte naar Pam toen ze de telefoon neerlegde. 'Het is in orde. Hij is veilig. De reddingshelikopter kwam langs en die heeft hem nog net op tijd kunnen optakelen.'

'Die Josh. Dat is me er eentje. Ik lach me altijd een ongeluk om hem.' Pam keek Dev stralend aan. 'Het is toch zo'n leuk stel – ja, mevrouw Kendall, wat kan ik voor u doen?'

Terwijl Pam zich omdraaide om mevrouw Kendall te woord te staan, kwam een van de portiers de trap af.

'James,' Daisy wenkte hem. 'Kun jij de koffers van meneer Tyzack meenemen en hem zijn kamer laten zien. Kamer...?'

'Zes,' zei Dev. 'Maar Clarissa zit nog in de auto op me te wachten.'

Clarissa! Ze had Clarissa helemaal vergeten. Daisy's ogen begonnen te schitteren toen ze zei: 'Ik vind het zo leuk dat ze hier is.'

'Prettig te weten dat een van ons in ieder geval welkom is.' Met een glimlach stopte Dev James wat geld toe voordat hij de koffers naar boven bracht. 'Kom je mee om haar gedag te zeggen?'

Clarissa wierp zich tegen het portier aan, krabbelde eraan met haar poten en kefte van vreugde toen ze hen zag.
Hijgend van opwinding sprong ze bij Daisy in de armen en likte haar gezicht.
'Zo voelt Robbie Williams zich dus.' Daisy knuffelde op haar beurt haar allergrootste fan. 'Hallo, lieverd, raad eens, je komt hier een poosje logeren. Is dat niet fantastisch?'
'Meer dan dat,' zei Dev. 'De vloerkleden zijn droog. Er komt geen water uit de tv. En je hondenbrokjes drijven niet door de keuken heen.' Ondertussen haalde hij de drijfnatte plaid en de hondenmand van Clarissa uit de achterbak van de auto. 'Deze moet ik ergens te drogen leggen.'
'We zullen ze bij de verwarmingsketel leggen. Dan zijn ze zo droog.' Daisy hield haar hoofd scheef zodat Clarissa ook de blusher van haar andere wang af kon likken. Een beetje symmetrie kon geen kwaad.
'Hoor eens,' zei Dev toen ze voorzichtig terugliepen door de smeltende sneeuw. 'Als je vanavond niets anders te doen hebt, zouden we misschien samen kunnen eten.'
Daisy liep uiterst geconcentreerd om een modderige sneeuwplas heen. Haar hart begon te bonzen alsof ze de eerste de beste teenager was. Zou ze het leuk vinden met Dev te gaan eten? Waarschijnlijk wel. Oké, zeker wel.
Zou het aan de andere kant wel verstandig zijn om met hem te gaan eten? Niet echt. Feitelijk niet. Absoluut niet verstandig.
Ik heb een relatie met Josh. Ik vond dat het verstandigste en dat ís het ook.
Verdomme, het was allemaal goed en wel om te zweren dat ze uit de buurt van een bepaald type mannen zou blijven, maar niet zo simpel als ze in jouw hotel kwamen wonen en zo'n zenuwslopend effect op je lichaam hadden.
'Alleen maar eten.' Dev klonk geamuseerd. 'Geen verborgen agenda, allemaal keurig netjes. Niets... onkúís, als dat je soms dwarszit.'
Daisy, die zich onredelijk beledigd voelde, liep het bordes op naar het hotel en zette Clarissa neer. Ze keek toe hoe ze wegtrippelde op zoek naar nog meer vriendelijke gezichten die ze ter begroeting van hun laagje make-up kon ontdoen.

'Lellebel,' zei Dev liefkozend.

'Ik kan niet met je eten,' zei Daisy.

Hij schudde zijn hoofd. 'Ik bedoelde jou niet. Ik had het over Clarissa.'

Dacht hij nou werkelijk dat ze niet goed bij haar hoofd was?

'Dat weet ik wel, maar ik kan toch niet met je eten. Ik heb vanavond iets anders.'

'O.' Dev keek alsof hij haar niet geloofde. 'Oké. Een ander keertje misschien.'

Daisy haalde haar professionele 'ik zou er maar niet op rekenen'-glimlach te voorschijn. 'Misschien.'

'Die man denkt dat hij onweerstaanbaar is,' zei Tara schamper, toen Daisy haar over de uitnodiging vertelde. Ze had zo haar eigen redenen om Dev Tyzack niet te mogen. 'Hij denkt echt dat hij alle vrouwen kan krijgen. Nou, ik ben blij dat je hem hebt afgewezen. Net goed! Hoe komt het dat deze fles leeg is? Daisy, deze fles is leeg, vlug, noodgeval, bel negen negen negen.'

'Oké, oké, geen paniek.' Daisy haalde een nieuwe fles uit de koelkast, ontkurkte hem en schonk hun glazen nog eens vol. Dit was leuk, stiekem samen met Tara in haar flat zitten drinken, lekker ontspannen bijkletsen over van alles en nog wat. 'Ik bedoel, ik ben gelukkig met Josh. Je weet hoe gelukkig ik ben met Josh.'

'Jazeker. Natuurlijk weet ik dat.' Tara knikte ijverig, waardoor het glas tegen haar tanden stootte. 'Josh is geweldig.' Ook al had hij een grote mond.

'En ik vind Dev Tyzack helemaal niet aantrekkelijk,' loog Daisy, 'maar het vervelende is dat hij denkt dat ik wél op hem val. Wat heel irritant is, vooral omdat hij nu hier ik weet niet hoelang woont. En ik moet beleefd tegen hem zijn, want hij is een gast, maar dan denkt hij weer dat ik hem stiekem toch aardig vind en dat doe ik echt niet... Ben ik aan het raaskallen?'

'Nee, nee, nee... nou ja, eigenlijk wel.' Met een brede grijns liet Tara haar blote voeten over de armleuning van de sofa bungelen en wiebelde met haar tenen mee met Coldplay waarvan de cd opstond. 'Maar dat geeft niets, want ik mag van jou ook over Dominic bazelen. Dat is alleen maar eerlijk. Heb ik je verteld over die droom van een paar nachten geleden?'

'Twee keer,' zei Daisy. 'Heb ik al gezegd dat hij toch niet bij zijn vrouw weggaat?'
'Ongeveer vijftig keer.' Tara trok er zich onderhand niets meer van aan. 'Zo vaak dat ik de tel ben kwijtgeraakt. Maar het kan me niets schelen, want jij denkt dat je gelijk hebt, maar ik weet dat je ongelijk hebt... oeps, ik heb wat gemorst, gelukkig dat het geen rode wijn is. Maar vertel eens, hoe gaat het met Hector en juffrouw Rimpel?'
'O, hij amuseert zich kostelijk.' Daisy haalde haar neus op. 'Ze is nogal stads. Je gaat toch niet met hem naar bed?'
Tara morste nog een flinke scheut wijn over haar kin. 'Met Héctor?'
'Met Dominic!'
Pfff.
'Ik heb al gezegd van niet.' Tara zei het met opzet een beetje knorrig, maar inwendig zat ze alweer te broeden op iets anders. Ze deed het niet voor Daisy, maar voor zichzelf. Het was haar die middag opeens te binnen geschoten. Als Dominic en zij elkaar in het geniep ontmoetten én met elkaar naar bed gingen, waarom zou hij dan nog bij Annabel weggaan? Als zij daarentegen bleef weigeren om met hem naar bed te gaan totdat hij van zijn vrouw af was – nou, zou hij dan niet veel eerder de juiste richting in worden geduwd? Naar Tara toe?
'En houd je ogen open.' Daisy stak een waarschuwende vinger op. 'Als je ondertussen een leuke vent ontmoet – ongetrouwd en leuk – sluit daar dan niet je ogen voor vanwege Dominic. Geef ze een kans. Je kunt nooit weten, misschien is er wel precies iemand bij die je zoekt.'
'Mijn schoenen, daar zoek ik naar.' Het was elf uur; tijd om huiswaarts te gaan. Tara gluurde over de rand van de sofa en kon nog net voorkomen dat ze op de vloer rolde. 'Verdorie, ik ben helemaal duizelig. Het is tijd om op te stappen.'
'Je kunt blijven slapen.' Daisy, die zelf ook al aardig duizelig was, maakte een vaag wuivend gebaar in de richting van de logeerkamer.
'Nee, nee. Bedankt, maar ik ga liever... je weet wel.' Tara kreeg haar schoenen eindelijk te pakken. Dominic zou kunnen bellen en ze wou zijn telefoontje voor geen geld mislopen.

Daisy sprong overeind en rende in de richting van de deur. 'Ik loop zover met je mee.'
'Dat hoeft niet.'
'Ik wil het,' hield Daisy vol. 'Het is glad buiten. Je kunt niet in je eentje gaan.'
'Maar als je met me meeloopt, moet jij ook weer in je eentje teruglopen.' Tara fronste haar wenkbrauwen. Het was net een van die irritant moeilijke raadseltjes, met een vos, een kip en een kool die samen in een roeiboot op een eiland moeten zien te komen. Zelfs in nuchtere toestand had ze iets dergelijks nooit uit kunnen knobbelen.
'Ik weet het! Ik loop met je mee tot aan het hek. Dan kun jij naar huis gaan en ik terug naar het hotel en dan is het helemaal eerlijk.'
Tara viel bijna om van bewondering. Daisy was altijd al zo intelligent geweest, al zat ze nu op de vloer met haar laarzen te worstelen en koos ze daar iedere keer de verkeerde voet voor.
'God, deze dingen zitten ongemakkelijk.' Daisy waggelde als een eend naar de deur, draaide zich toen om en legde een vinger tegen haar lippen. 'Nou, sst, niet giechelen. En we gaan stiekem de achterdeur uit – de gasten mogen niet denken dat we zat zijn.'
'Je hebt je voeten verkeerd om zitten,' gniffelde Tara.
'Wat?' Daisy tuurde naar beneden. 'Nee hoor. Tenen voor, enkels achter. Mijn voeten zijn altijd zo geweest.'

40

O ja, frisse lucht, dat was beter! Heerlijke koude frisse lucht, precies wat je nodig had om weer een helder hoofd te krijgen. Nadat ze Tara een nachtzoen had gegeven – wonder boven wonder waren ze allebei overeind blijven staan – had Daisy haar nagekeken toen ze de High Street afliep en was toen de oprijlaan weer in gelopen. Nou ja, de oprijlaan in gewaggeld.
Het was nog steeds flink aan het dooien. Daisy was verrukt over het geluid van de sneeuw die uit de bomen viel en zwalkte naar links – god, waren deze laarzen gekrompen of zoiets? Ze hielpen

haar tenen totaal de vernieling in. Ze tilde haar gezicht op naar de vallende stukken sneeuw.
Plop.
'Plop,' herhaalde Daisy.
Plop... plop.
'Plop... plop.' Ze voelde zich zalig één met de natuur. Ze was echt een gesprek aan het voeren met de sneeuw.
Plop.
'Plop,' antwoordde Daisy plechtig. Jeetje, Dennis de Dashond was hier niets bij, dit was net alsof ze de hoofdrol had in *Teletubbies*.
Plop, plop, plop, plop.
'Flobulobulobulop,' converseerde Daisy – heel authentiek vond ze zelf – totdat het bij haar begon te dagen dat de plopjes wat ritmischer waren geworden. En krakend. Eigenlijk leek het niet echt meer op sneeuw die van de takken viel, maar meer op... voetstappen die door de smeltende sneeuw sopten.
Een stem achter haar zei: 'Daisy, ben jij dat?'
O, shit.
Gegeneerd draaide Daisy zich met een ruk om. Op beschuldigende toon zei ze: 'Wat doe jij hier buiten?' O god, laat hem alsjeblieft niet hebben gehoord dat ze tegen de sneeuw aan het praten was.
'Ik laat Clarissa uit.' Dev – verdomme – klonk lichtelijk geamuseerd. 'Ik wou haar niet in de kamer laten plassen.'
'Waar is ze?'
Hij wees. 'Daarginds. Ze besnuffelt jullie sneeuwpop.'
'Dat is geen sneeuwpop, dat is mijn pa.' Daisy kon in het donker nog net de smeltende contouren van Hector onderscheiden, die wel ondertussen zijn kilt was kwijtgeraakt. Daar zijn middel in omvang was afgenomen, was dat kledingstuk op de grond gevallen, hoewel hij de champagnefles – uiteraard – nog tegen zijn borst geklemd hield.
Toen ze wat beter keek, zag ze nu ook dat er een klein viervoetig wezentje om de wonderbaarlijk krimpende sneeuwman heen liep te snuffelen.
Maar Daisy had andere, belangrijkere, zaken op haar hart.
'Die panty kostte echt tien pond, hoor,' flapte ze eruit. 'Ik wilde jouw secretaresse geen poot uitdraaien.'
Nou ja, dat had haar echt dwarsgezeten.

'Oké, goed, ik geloof je.' Lachte Dev Tyzack haar uit? 'Tussen twee haakjes, je voeten zien er een beetje vreemd uit.'
'In godsnaam, waarom zit iedereen toch zo over mijn voeten te zeuren?'
'Waarschijnlijk omdat je laarzen aan de verkeerde voeten zitten.' Hij kwam wat dichterbij staan, stak een arm uit om Daisy steun te bieden toen ze een voet optilde om hem te bekijken. 'Kom mee, ik loop met je terug. Wat doe je hier trouwens?'
'Zorgen dat Tara veilig thuiskomt. We hebben een paar glaasjes op.'
'Meer dan een paar, zo te zien.'
Hij hield haar vast alsof ze een bibberig oud vrouwtje was dat geholpen moest worden bij het oversteken. Geïrriteerd duwde Daisy hem van zich weg, zei toen: 'Ik kan het zelf wel,' en botste prompt tegen een boom op.
'Doe niet zo eigenwijs.' Dev vond het kennelijk wel grappig en trok haar weer de weg op. 'Is Tara er net zo slecht aan toe?'
'Slecht? Ik? Wat heb ik ooit fout gedaan? Tara is slechterder dan ik, ze is stukken slechterder dan ik. Ook al is het haar schuld niet.' Daisy hief bestraffend haar vinger op.
'Echt waar?' Hij knikte toegeeflijk. 'Wiens schuld is het dan?'
'Dominic Cross-Calvert. Jouw o-zo aardige vriendje. Voor hem moet je uitkijken.' Daisy vroeg zich heel even af of ze dit wel tegen hem moest vertellen. Maar aan de andere kant was Dev nu ook weer niet zo'n goede vriend van Dominic, hè? En waarom zou hij niet mogen weten wat Dominic in zijn schild voerde?
'Wat bedoel je met uitkijken?'
'Hij valt Tara lastig. Hij komt haar de hele tijd opzoeken. Allemachtig, hij is nog maar een paar maanden getrouwd en hij laat haar gewoon niet met rust.'
Hun voetstappen knarsten door de smeltende sneeuw terwijl ze de oprijlaan opliepen.
Dev hield zijn hoofd wat schuin en vroeg: 'Waarom zegt Tara niet dat ze hem niet wil zien?'
God, en dit moest een intelligente man voorstellen.
'Omdat ze dat juist wél wil!' Daisy spreidde in opperste wanhoop haar armen uit. 'Kijk, het heeft Tara de laatste tijd niet echt meegezeten. Ze was haar zelfvertrouwen helemaal kwijt. En toen kwam

Dominic en die gooide al zijn charmes in de strijd. Hij zei dat hij zoveel van haar hield en dat hij nooit met Annabel had moeten trouwen... en ze voelt zich gevleid! Ze gelooft hem!
'O alsjeblieft zeg, hoe oud is die meid? Tara is geen zestien meer, ze is niet meer het onschuldige kleine meisje. We weten allebei dat ze niet zo onschuldig is.' Dev keek Daisy medelijdend aan en schudde zijn hoofd. 'Laten we wel wezen, jouw vriendin Tara is het prototype van een fuifnummer. Ik wed dat ze er enorm van geniet.'
'Hij houdt haar aan het lijntje!' Woedend bleef Daisy stokstijf staan en rukte haar arm los uit de greep van Dev. 'Dit is ongelooflijk. Híj is hier de klootzak en jij geeft nog steeds de schuld aan Tara.'
Ze waren nog maar een meter of tien van de ingang van het hotel verwijderd en Dev dempte zijn stem.
'Misschien is zij wel een echte rotmeid. Heb je ooit met die mogelijkheid rekening gehouden?'
'Hoe durf je!' Daisy was zo razend dat ze niet meer in de gaten had hoe hard ze schreeuwde. 'Godsamme, jij durft, zeg!'
'Oké, ik heb een vraagje. Als jij een man tegenkwam die pas een paar weken getrouwd was, zou jij dan stante pede met hem in bed springen?'
'Natuurlijk niet!'
'Zeker weten?'
'Natuurlijk zou ik dat niet doen. Maar dat is heel iets anders.'
'Nee, het is precies hetzelfde. Jouw vriendin is een del en jij probeert haar gedrag goed te praten,' zei Dev er pats bovenop. 'Je geeft alle anderen de schuld...'
'Niet álle anderen.'
'Ja, dat doe je wel. Je doet zelfs pogingen om mij de schuld te geven en ik snap bij god niet waarom.'
Daisy's ogen sproeiden vuur. Ze zou hem graag een klap willen verkopen. Het was niet eerlijk als je met iemand ruzie probeerde te maken als jij dronken was en die ander broodnuchter. En als hij griezelig aantrekkelijk was en jij je laarzen verkeerd om had zitten.
'Dus waarom zeg je het niet gewoon?' drong Dev aan. 'Waarom leg je me niet uit waarom je denkt dat ik er iets mee te maken heb? En als we toch bezig zijn, vertel me dan meteen ook maar eens waarom je er zo duidelijk op tegen was dat ik in jouw hotel logeerde.'

Shit, shit, shit.
'Je bent een man. Je bent de vriend van Dominic. Als jij zou trouwen zou je er waarschijnlijk je hand ook niet voor omdraaien om je vrouw te belazeren.' Omdat ze wild met haar armen aan het zwaaien was, verloor Daisy bijna haar evenwicht. 'Jij vindt dat Tara een del is, maar je denkt niet echt dat Dominic iets fout heeft gedaan.' Oeps, ze ging bijna weer onderuit. Devs armen schoten haar nog net op tijd te hulp. Hij greep haar niet al te zachtzinnig bij haar ellebogen vast en trok haar naar zich toe.
'Ik begrijp het nog steeds niet. Bedoel je nou dat je me niet hier wilt hebben omdat ik een vriend van Dominic ben? Of omdat je je bij mij niet op je gemak voelt?'
Daisy voelde zijn warme adem op haar gezicht. Hij plaagde haar, maar niet op een vriendelijke manier.
'Ik... ik...' Ze kon wel huilen, want ze kon geen spits antwoord bedenken.
'Is het dat?' Devs donkere ogen keken haar zo doordringend aan dat het net leek alsof hij rechtstreeks in haar waardeloze lege hersens kon kijken. 'Heb je moeite met mijn aanwezigheid omdat je me bedreigend vindt?'
Daisy slikte. God, dit was afschuwelijk. 'Bedreigend voor wie? Voor Tara?' Ze voelde hoe ze begon te beven.
'Ik heb het niet over Tara en dat weet je best.' Devs mondhoeken krulden omhoog en Daisy hoopte vurig dat hij niet kon horen hoe haar hart als een gek tekeerging. 'Ik bedoelde voor jou en dat nieuwe vriendje van je. Ik zou je nu kunnen gaan zoenen.' Hij zweeg even, maar bleef haar strak aankijken. 'En? Wil je dat?'
Stilte. Een doodse stilte. Afgezien natuurlijk van haar idiote hart dat nog steeds als een op hol geslagen kudde buffels aan het galopperen was.
'Nee, dank je,' kon Daisy nog net uitbrengen.
Dev glimlachte. 'Zeker weten?'
God, hij was er zo van overtuigd dat hij onweerstaanbaar was!
'Heel zeker.' Daisy trok haar arm los en deed een stapje achteruit. 'Feitelijk ben ik er zó zeker van.' Ze hief haar rechterhand op en sloeg hem keihard in zijn gezicht. 'Dus bedankt voor het aanbod, maar ik ben echt niet geïnteresseerd. Eerlijk gezegd zou ik liever met rust gelaten worden.'

Barney kwam ijlings de trap af rennen. Oké, het was tijd om in te grijpen. Hij had genoeg gezien en gehoord.
'Hé, jij daar, heb je niet gehoord wat ze zei? Laat haar met rust,' brulde hij tegen de donkerharige man die zojuist van Daisy een klap in zijn gezicht had gekregen. Hij had de afgelopen minuten door het glazen paneel van de voordeur naar het tweetal staan kijken. Nu rende hij naar Daisy toe – die klaarblijkelijk nog in een shocktoestand verkeerde – en zei dringend: 'Het is in orde, je bent veilig. Ga jij maar naar binnen, dan handel ik dit wel af.'
'Barney, het is...' begon Daisy, maar hij was niet van plan haar de kans te geven de zaak te bagatelliseren – hij had de klap gezien en hij had de luidruchtigste stukjes van hun verhitte ruzie gehoord. Volgepompt met adrenaline pakte Barney haar bij de arm en duwde haar resoluut in de richting van de hoofdingang. Toen ze braaf deed wat hij zei, zag hij een hondje over het gras naar haar toe rennen. Toen Daisy zich bukte om het hondje te begroeten zag Barney in een flits dat haar voeten er uiterst merkwaardig uitzagen. Toen draaide hij zich met een woedende blik om naar de donkerharige vreemdeling uit wiens klauwen hij Daisy zoëven had gered. 'Dit is ons privéterrein. Als je niet gauw maakt dat je wegkomt, bel ik de politie.' Heel even vroeg hij zich verwilderd af of hij hem een opdoffer zou moeten geven.
De vreemdeling glimlachte en stak zijn handen omhoog. 'Hoor eens, ik ben niet vanachter een heg te voorschijn gesprongen om haar aan te randen. Daisy en ik kennen elkaar.'
'Je hield haar tegen haar wil vast. Ze leek niet zo blij te zijn met je gezelschap,' hield Barney vol, hoewel de moed hem enigszins in de schoenen zonk. 'Ik denk dat je maar het beste kunt gaan.'
'Het probleem is dat ik hier te gast ben. Mijn naam is Dev Tyzack,' zei de man. 'Ik logeer in kamer zes.'
Nu was er van de moed van Barney niets meer over. Hij draaide deze week voor het eerst een nachtdienst en hij had de man nog nooit eerder gezien. Maar dat maakte eigenlijk ook niets uit.
'Het kan me niets schelen dat je een gast bent. Je maakte Daisy overstuur en dat kan ik niet toelaten.' Barneys stem begon te trillen van ontroering.
'Dat is zeer lofwaardig. Ik weet zeker dat ze onder de indruk zal zijn van jouw aanhankelijkheid. Wie weet,' Devs stem klonk lucht-

hartig, een beetje plagerig, 'zit er wel een promotie voor je in.'
'Denk je nu echt dat ik daarom naar buiten ben gekomen?' Barney begon zich weer opnieuw te ergeren. Hoe haalde deze kerel het in zijn hoofd om hem voor de gek te houden. 'Ik zou alles wel voor Daisy willen doen,' vervolgde hij op uitdagende toon. 'Ik wil helemaal geen promotie, dat heeft er niets mee te maken. Ze is een fantastische vrouw en ze heeft mijn leven gered.'
Dev moest een beetje glimlachen om deze overdreven mededeling die zo vurig en oprecht klonk. Het was eigenlijk best ontroerend dat Daisy in staat was bij haar personeel zoveel toewijding op te roepen. De jonge portier tegenover hem zag er in zijn witte overhemd, zijn donkerblauwe vest en zijn keurig geperste broek veel te onschuldig en gezond uit om zelfs maar te weten wat drugs waren, maar Dev vermoedde toch dat de jongen hierop doelde. Drank en drugs hadden zijn leven te gronde gericht totdat Daisy hem de helpende hand had toegestoken en hem een nieuwe kans had gegeven.
Nieuwsgierig vroeg Dev: 'Hoe heeft ze dat gedaan?'
Barney, die stond te klappertanden van de kou, aarzelde even. Toen begon hij aan zijn verhaal.

41

Au, hoofdpijn. Daisy zat de volgende morgen achter haar bureau en grabbelde achter in de laden totdat ze een halfleeg pakje met paracetamoltabletten vond. Ze nam er een paar met water in en masseerde haar slapen. Ze had de pijn aan zichzelf te wijten en ze zou hem gewoonweg moeten negeren. Vince was met verlof en er lag werk op haar te wachten, het hotel moest gerund worden. Om nog maar te zwijgen over de gênante vertoning van de avond daarvoor die ze moest zien te vergeten. God, dat was afschuwelijk geweest, ze kon niet geloven dat ze zichzelf zo in de nesten had gewerkt. En behalve dat ze Dev in zijn bed zou kunnen vermoorden – of beter nog die eer overlaten aan een hulpvaardige huurmoordenaar – had ze geen flauw idee hoe ze zich er weer uit moest redden.

Afijn, het had nog erger kunnen zijn. Ze had hem in ieder geval niet gezoend.

Tien minuten later werd er op de deur geklopt. Daisy verstopte vliegensvlug de baconsandwich die ze met geen mogelijkheid had kunnen opeten, in de la van haar bureau. Misschien was het Brenda wel die haar lege bordje kwam ophalen. Brenda kon je de kop gek zeuren over het belang van een stevig ontbijt.

'Wie is daar?' Daisy zette snel haar computer aan om een ijverige indruk te maken. Ze hoopte vurig dat het Dev niet was.

De deur ging een heel klein stukje open en bleef toen op een kiertje staan. Daisy zat er gebiologeerd naar te kijken. Ze hoorde iets knisperen, gevolgd door het geluid van een vastberaden gekrabbel. Terwijl ze keek glipte er een harig pootje door de kier, waardoor de deur nog een paar centimeter meer open ging staan. Op vloerhoogte knisperde het weer een beetje en toen verscheen de neus van Clarissa. Na wat enthousiast gewiebel lukte het haar zich door de deuropening te wringen. Ze hield een in cellofaan verpakt boeket dieproze rozen tussen haar tanden geklemd.

Nadat ze het boeket tot halverwege de kamer had gesleept vond Clarissa het welletjes, liet de bloemen liggen en sprong bij Daisy op schoot. Daisy tilde de hond in haar armen en raapte de bloemen op. Met haar vrije hand scheurde ze de envelop open die op het cellofaan zat vastgenict.

Er stond: Mijn baasje heeft heel, héél veel spijt. Hij staat buiten te wachten als je hem wilt zien. Zo niet, dan vertrekt hij. Ik weet dat hij ontzettend dom is, maar ik zou je heel dankbaar zijn als je met hem wilde praten. Ik vind het hier leuk. Liefs, Clarissa.

Diep onder de indruk keek Daisy Clarissa aan. 'Je hebt een keurig handschrift.'

'Woef.' Clarissa, die het hier duidelijk mee eens was, likte aan haar oor.

'Je moet je wel realiseren dat ik het alleen maar voor jou doe.'

Clarissa kwispelde waarderend met haar stompe staartje.

'Je kunt wel binnenkomen,' zei Daisy, zo hard dat het buiten ook verstaanbaar was.

Ze had nu eenmaal de pest aan pijnlijke situaties. Nu konden ze dit tenminste proberen op te lossen. Per slot van rekening waren ze allebei volwassen. En hij had het initiatief genomen.

God, hopelijk heeft hij geen knalrode plek in de vorm van een hand op zijn gezicht.
Dev kwam het kantoor binnenwandelen en toen ze hem zag voelde Daisy dat haar maag prompt begon aan een driedubbele salto achterover. Hij droeg een lichtgrijze kasjmieren trui, een gebleekte spijkerbroek en Timberland-schoenen die onder de sneeuw zaten. Zijn donkere haren vielen in een lok over zijn voorhoofd en zijn gezicht was... nou ja, zijn gezicht. Hij was werkelijk veel te knap. Niemand, dacht Daisy, had het recht om zo knap te zijn. Maar wat nog belangrijker was, niemand zou zo stom moeten zijn om met iemand in zee te gaan die zo aantrekkelijk was.
'Het spijt me echt.' Dev kwam onmiddellijk ter zake. 'Wat ik gisteravond heb gezegd had ik nooit mogen zeggen.'
'En ik had je nooit een klap mogen geven.' Daisy had tot haar opluchting geconstateerd dat de klap geen vuurrode plek had achtergelaten.
'Het was terecht.' Hij schudde zijn hoofd. Het was kennelijk zijn bedoeling om alle schuld op zich te nemen – daar had ze geen bezwaar tegen. 'Ik ben buiten mijn boekje gegaan.'
'Waar heb je die bloemen vandaan?' Daisy kon het niet helpen dat ze nieuwsgierig was. Het was pas halftien en dit was bepaald niet het soort boeket dat je voor vijf pond bij het dichtstbijzijnde benzinestation op de kop kon tikken.
'Ze zijn vanmorgen gebracht voor Paula Penhaligon. Ik heb ze onderschept en kwam tot de conclusie dat jij er meer recht op had.'
'O jeetje, nee toch?'
'Natuurlijk niet.' Dev glimlachte toen hij zag hoe geschokt ze keek. 'Als je het per se wilt weten, oké, ik ben vanmorgen om acht uur naar Bath gereden.'
Daisy voelde zich zeer gevleid door dit gebaar – helemaal naar Bath alleen voor die bloemen! – tot ze besefte dat hij er waarschijnlijk toch heen had gemoeten om naar zijn huis te kijken.
'Tussen twee haakjes, ik wil graag even iets rechtzetten.' Ze voelde zich verplicht dit te zeggen. 'Tara is niet met Dominic het bed in gedoken. Ze heeft niet met hem geslapen en dat gaat ze ook niet doen.' Mocht ze hopen.
'Prima. Wat dan ook. Ik wil geen ruzie meer maken.' Dev stak zijn handen in de lucht. 'En ik wil zeker geen ruzie meer maken over

Tara en Dominic. Jouw portier,' ging hij verder omdat het onderwerp hem niet langer boeide, 'degene die jou gisteravond te hulp schoot? Je boft dat er zo iemand voor je werkt.'
'Hij heet Barney.'
Dev knikte. 'Hij heeft zich prima gedragen. Ik dacht zelfs heel even dat hij me een stomp in mijn maag zou geven.'
Daisy, die met Clarissa in haar armen op het randje van haar bureau had gezeten, begon zich een beetje te ontspannen. Ze bukte zich en zette Clarissa op de grond.
'Barney is fantastisch. Alle gasten zijn gek op hem.'
'Hij heeft me over je man verteld,' zei Dev.
O.
Niet dat het een geheim was of zoiets, maar Daisy verstrakte toch weer.
'Nou, en?' Toen ze dit zei voelde ze de hitte naar haar wangen stijgen. Clarissa was ondertussen koortsachtig aan het rondsnuffelen en ze had zich vast voorgenomen om erachter te komen wat er in de bureaulade zat.
'Het spijt me verschrikkelijk. Ik wist het niet.' Dev schudde zijn hoofd. 'Ik had geen idee.'
'Waarom zou je?' Daisy had hier ontzettend de pest aan. Dat meelevende gedoe. Dan voelde ze zich een enorme bedriegster.
'Je had het erover kunnen hebben.'
'Waarom?' Ze trok haar wenkbrauwen op. 'Maakt het enig verschil? Zou je aardiger tegen me zijn geweest?'
'Ik denk het wel.' Dev glimlachte even toen hij deze bekentenis deed.
'Wind je er maar niet over op.' Daisy slaakte een zucht. 'We waren alleen nog maar in naam getrouwd. Ik had Steven al om een scheiding gevraagd voordat hij verongelukte. Ik ben dus geen treurende tragische weduwe als je dat soms mocht denken. Maar Barney weet dat niet, ik wilde zijn illusies niet verstoren.' Ze trok een grimas. 'Het leek niet juist om hem te vertellen dat de man van wie hij de nier heeft gekregen in feite een leugenachtige, slappe losbol was.'
Baconsandwich, het rook naar baconsandwich. Clarissa zat fanatiek aan de bureaula te krabbelen.
Daisy bukte zich, deed de la open, haalde de sandwich eruit en gaf hem aan Clarissa.

'Heb je daar ook nog champignons en gebakken tomaten in zitten?' Geamuseerd gluurde Dev over het bureau heen in de geopende la. Toen vroeg hij met een ernstig gezicht: 'Wat was hij voor iemand?'
'Steven? Heel zelfverzekerd, hij twijfelde nooit aan zichzelf, heel knap. Een geweldige opportunist,' ging Daisy verder en ze vroeg zich af of de beschrijving Dev misschien bekend voorkwam. 'Charmant. Oneerlijk. O, en hij was ook nog ontrouw.'
'Waarom...'
'Omdat hij een klootzak was.'
'Ik bedoelde: waarom ben je met hem getrouwd?'
'O, dat is heel simpel. Ik ben er gewoon in getrapt. De charme, het uiterlijk, het hele zootje bij elkaar. Hij was heel overtuigend.' Daisy wrong zich in de handen. 'Ik geloofde hem zelfs nog toen hij me vertelde dat hij een zeldzaam soort kanker had dat alleen maar in Amerika kon worden behandeld. Hij zei dat hij daar twintigduizend pond voor nodig had en ik geloofde hem nog steeds, zo gaat dat nu eenmaal, dat krijg je als je getrouwd bent met een oplichter.' Ze spreidde vol walging haar handen uit. 'Het kwam niet eens bij me op dat hij die twintigduizend pond in werkelijkheid wilde hebben om met zijn nieuwe vriendinnetje lekker naar Amerika op vakantie te gaan.'
Daisy hield haar mond. Dat was een fikse uitbarsting. Waarom had ze Dev niet gewoon in de veronderstelling gelaten dat ze gelukkig getrouwd was geweest?
Maar dat had ze niet gekund. Om de een of andere reden vond ze dat hij de waarheid moest weten. Ook al maakte ze daarmee een domme indruk.
'Nou, het spijt me. Hoe het ook zij, je hebt een heleboel meegemaakt. En het spijt me ook van gisteravond.' Dev wachtte even en zei toen: 'Hoor eens, ik zou graag iets willen doen om dat goed te maken. Ik heb een paar kaartjes toegestuurd gekregen...' Hij haalde ze uit zijn achterzak en gaf ze aan haar.
'Voor zaterdag. Op Twickenham. De Six Nations Cup,' las Daisy hardop voor. 'Vip-plaatsen.'
'Engeland probeert de Grand Slam binnen te halen,' legde Dev uit. 'Achteraf is er een groot diner en daar ben ik ook voor uitgenodigd. Ik denk dat het wel leuk wordt. Wat vind je ervan? Zou je

een dag vrij kunnen krijgen?' Hij glimlachte en zag eruit alsof hij heel tevreden was met zichzelf.
Daisy wist precies wat ze ervan vond. Rugby. In de openlucht, in de bittere kou. Een stelletje mannen die onder de modder zaten en die zich grommend op elkaar wierpen en die achter een ovalen bal aan renden die niet eens in een rechte lijn kon stuiteren. Én bevroren voeten, bracht ze zichzelf in herinnering. En dat alles zittend op een keihard plastic stoeltje, omringd door loeiende supporters die zongen en die niet eens op de maat heen en weer konden wiegen.
In 's hemelsnaam, was Dev Tyzack gek geworden? Ze zou nog liever met een Black en Decker haar eigen verstandskiezen eruit boren.
'Bedankt,' zei Daisy om zijn gevoelens te sparen. 'Maar ik denk het niet. Misschien dat Josh er ook niet zo blij...'
'Het is een vriendschappelijke uitnodiging, dat is alles. Josh hoeft zich geen zorgen over mijn bedoelingen te maken. Ik dacht gewoon dat je het misschien wel leuk vond.'
O ja, ongeveer op dezelfde manier als gedwongen worden de oogballen van een schaap op te eten.
'Bovendien moet ik misschien wel werken,' loog Daisy. 'Je kunt beter iemand anders meenemen. Maar nog bedankt voor de bloemen.'
Clarissa, die aanvoelde dat het tijd werd te vertrekken, blafte twee keer en trippelde toen naar Dev toe.
Hij knikte. 'En Clarissa bedankt je voor de baconsandwich.'

Daisy had over één ding gelijk gehad. Toen Josh opbelde en zij hem over de uitnodiging van Dev vertelde, was hij niet blij. Eigenlijk had ze hem nog nooit zo kwaad meegemaakt.
'Hij heeft je uitgenodigd wáárvoor?' brulde Josh vanuit Kitzbühel door de telefoon. 'Godverdomme, dit is toch niet te geloven. Voor de Six Nations Cup én het officiële diner achteraf? Wat heb je in godsnaam tegen hem gezegd?'
'Ik heb nee gezegd.' Daisy was zeer tevreden over zichzelf en dacht eraan hoe heerlijk het was om een zuiver geweten te hebben. Zelfvoldaan voegde ze eraan toe: 'Ik heb gezegd dat jij er volgens mij niet zo blij mee zou zijn.'

'Je hebt godverdomme gelijk dat ik niet blij ben,' bulderde Josh. 'Goeie genade, ben jij nu helemaal gek geworden? Die vip-kaartjes zijn ontzettend zeldzaam, je mist de kans van je leven, verdorie. Ik snap niet hoe je zo stom kon zijn om nee te zeggen. Ga Dev Tyzack onmiddellijk zoeken,' commandeerde hij, 'en zeg dat je van gedachten bent veranderd.'

'Ik kijk wel uit,' zei Daisy kwaad. 'Ik ben helemaal niet geïnteresseerd in zo'n saaie rugbywedstrijd. Ik heb hem trouwens al gezegd dat hij maar iemand anders moest uitnodigen.'

'Op zaterdag? Dan zijn wij terug.' Josh klonk weer wat opgewekter. 'Als ik een pruik opzet en een kort rokje aantrek en beloof dat ik met hem naar bed zal gaan, denk je dan dat hij mij zal meenemen?'

42

Liza, de nieuwe, jonge serveerster, gaf Tara een por. 'Die kerel daar bij de bar kijkt de hele tijd hierheen.'

Liza en Tara waren na hun werk nog even bij de Hollybush Inn langsgegaan om wat te drinken. Omdat Liza knap was zei Tara: 'Hij valt denk ik op je.'

'Maar hij kijkt niet naar mij.'

Toen Tara een blik over haar schouder wierp, grijnsde de jongen bij de bar haar vriendelijk toe. Hij was midden twintig, dronk Guinness en had een pak aan dat eruitzag alsof het heel lang in de kast had gehangen.

'Ik heb hem al eerder gezien in het hotel. Hij hoort bij die mensen die een huwelijksfeest vieren.'

'Hij is leuk. En heeft het echt op jou voorzien.' Liza giechelde en dronk haar kleintje pils op. 'Toe maar, drink de jouwe op en kijk alsof je dorst hebt. Met een beetje geluk biedt hij ons een drankje aan.'

Met een veelbetekenende grijns in de richting van de bar trok Liza zich strategisch terug op de wc waardoor Tara, die zich een ongeluk geneerde, alleen aan het tafeltje bij het raam bleef zitten. Ze

was zevenentwintig, veel te oud voor dit soort belachelijke spelletjes. Trouwens, de enige man in wie ze interesse had, was Dominic – die net die morgen had opgebeld om te zeggen dat hij haar op z'n vroegst pas op donderdag kon zien.
De jongen maakte zich los van de bar en kwam haar kant op. Hij wees met twinkelende ogen naar de lege stoel aan hun tafeltje.
'Hoi. Mag ik erbij komen zitten? Ik heb je in het hotel gezien. Andy,' zei hij ter introductie terwijl hij de stoel naar zich toe trok en ging zitten.
'Tara,' zei Tara, die onwillekeurig moest glimlachen om zijn zelfverzekerde optreden. 'Ik heb jou ook gezien. En je zou eigenlijk nog in het hotel moeten zijn bij de rest van jouw gezelschap. Je bent aan het spijbelen.'
Hij trok een samenzweerderig gezicht en bood haar een sigaret aan. 'Je hebt gelijk. Maar ik moest daar weg. Mijn moeder is een jaar geleden hertrouwd en dit is hun eerste trouwdag. Ik zit midden tussen een stuk of vijftig saaie vrienden en familieleden van mijn stiefvader. Ik kan je vertellen dat je je niets ergers voor kunt stellen. Niet bepaald mijn idee van een lollige avond. Ik dacht dat ze me niet zouden missen als ik er een uurtje tussenuit kneep. Wil je iets drinken? En je vriendin ook natuurlijk...'

Liza was al eeuwen weg. Tara vroeg zich af wat ze op de wc aan het doen was. Haar nagels aan het bijvijlen en van een nieuw laagje lak aan het voorzien, misschien? Of haar handtas aan het opruimen? Of misschien zat ze wel een nieuwe trui voor zichzelf te breien? Niettemin was Tara haar dankbaar. Ze merkte dat ze Andy steeds leuker ging vinden. Hij was grappig en vriendelijk en eigenlijk best aantrekkelijk op een onopvallende manier, een beetje zoals een ondeugend jongetje dat zich heeft verkleed in een chic pak.
Voor het eerst in lange tijd had ze weer vlinders in haar buik en dit keer was Dominic niet de oorzaak.
'Wat ben jij lang weggebleven,' zei Tara toen Liza eindelijk van de wc terugkwam.
'En nu ga ik ervandoor. Je redt je hier wel, hè? O, is dat voor mij? Bedankt.' Ze keek Andy stralend aan en sloeg in een indrukwekkende teug het pilsje achterover dat hij voor haar had besteld. 'Veel plezier nog.'

'Ik denk dat ze discreet wou zijn,' zei Andy op vertrouwelijke toon toen Liza zwierig de pub was uit gelopen. 'Ze wilde ons niet storen zodat we de kans kregen elkaar beter te leren kennen.' Hij zweeg even. 'Niet dat ik daar behoefte aan heb. Ik weet toch al wel dat ik je aardig vind.'
Het was ontzettend lang geleden dat iemand anders dan Dominic dat tegen haar had gezegd. Tara probeerde onverschillig te kijken alsof ze dit soort dingen minstens vijftig keer op een dag hoorde.
'Alleen maar omdat je liever hier bent dan op dat saaie feestje van je moeder.'
'Over dat feestje gesproken, ik denk dat ik maar eens terug moet gaan.' Andy keek met een spijtig gezicht op zijn horloge. 'Ik krijg ongelooflijk op mijn kop als ik de toespraken mis. Luister, heb jij straks iets te doen?'
'Hmm, niet echt. Waarom?' Tara deed net alsof ze geen flauw benul had wat hij met die vraag beoogde.
'Nog een paar uurtjes in het hotel en dan ben ik weg. Ik dacht dat we misschien wel ergens heen konden gaan. Als jij dat wilt tenminste,' voegde hij er met een olijk lachje aan toe. 'Ergens een hapje eten of zoiets. Maar misschien wil je dat wel helemaal niet. Je mag best nee zeggen, hoor. Ik loop het ene blauwtje na het andere. Daar kan ik wel mee omgaan.'
Niet een drankje. Een étentje, dacht Tara dolgelukkig. En over die blauwtjes zat hij duidelijk te liegen; ze betwijfelde of hij ooit door iemand was afgewezen.
'Klinkt leuk.' Ze keek hem glimlachend aan en dacht dat het ongetwijfeld leuk zou zijn. Jeetje, het was beter dan thuis zitten wachten op het telefoontje van Dominic dat toch niet zou komen. En Daisy zou het prachtig vinden.
'Geweldig. Dan zien we elkaar hier om zes uur.' Andy dronk zijn Guinness op en kwam overeind. 'Ik denk dat ik er nu wel tegen kan, want ik heb iets om naar uit te kijken. En trek maar iets nets aan,' voegde hij er met een aandoenlijk glimlachje aan toe. 'We gaan naar een chic restaurant.'

Daisy, die net op weg was naar de receptie, werd aangesproken door een knap meisje in een fuchsiaroze jurk.

'Het spijt me, ik weet dat ik afgrijselijk te laat ben, maar zou je me kunnen wijzen waar het feest van de familie Grenfell is?'
'De gang door, tweede deur links. Ze zijn om één uur begonnen,' zei Daisy veelbetekenend, want het was nu al vijf uur.
'Ik ben opgehouden op mijn werk. Harry Grenfell is mijn peetoom,' legde het meisje uit. 'Maar ik ben vorig jaar zijn huwelijk misgelopen en daarom moest ik beloven dat ik er vandaag wel zou zijn, want dan kon hij me voorstellen aan zijn vrouw en aan haar familie. Ik heb heel wat in te halen.'
'O, daar heb je nog alle tijd voor,' zei Daisy geruststellend. 'Het is de bedoeling dat het feest de hele avond duurt.' Toen het meisje de gang in liep, riep ze haar achterna: 'Veel plezier!'

'Ik dacht dat je het misschien wel zou willen weten,' zei Tara en ze klonk ongelooflijk zelfingenomen. 'Jij hebt tegen me gezegd dat ik me niet moest vastleggen en dat doe ik ook niet. Een heel, heel aardig iemand heeft me mee uitgevraagd en ik zie hem vanavond.'
Daisy, die bij de receptie de telefoon had aangenomen omdat ze Pam tijdens haar koffiepauze verving, slaakte heimelijk een zucht van opluchting. Een heel, heel aardig iemand? Dus niet Dominic. Dit soort mazzeltjes kon Tara prima gebruiken.
'Hoe heet hij?'
'Andy. Ik heb hem vanmiddag in de Hollybush Inn ontmoet. Hij neemt me mee uiteten,' zei Tara opschepperig. 'In een chic restaurant. En hij is niet getrouwd.'
'Ik vind hem nu al aardig.' Terwijl ze gedachteloos de telefoondraad om haar vingers wond zag Daisy in een flits iets fuchsiaroze. Toen ze goed keek zag ze het knappe petekind van Harry Grenfell de balzaal uit glippen samen met een van de andere gasten, een atletisch uitziende jongeman van ongeveer dezelfde leeftijd met een donkergrijs pak aan.
Daisy keek hen na toen ze de gang in liepen. De jongen ging rechtsaf het herentoilet in en het meisje bleef buiten staan wachten. Een paar seconden later, nadat hij zich ervan had vergewist dat de kust veilig was, schoot zijn arm als de tong van een miereneter naar buiten en daarmee trok hij het meisje naar binnen.
'Ik trek mijn rode jurk aan,' zei Tara vergenoegd, 'en mijn rode schoenen met die zilveren stukjes aan de zijkant.'

'Perfect,' zei Daisy. 'Ik denk dat het heel leuk wordt. Sorry, ik moet ophangen.'
Het was niet de eerste keer dat zoiets gebeurde. Toen ze het herentoilet binnenstormde, trof ze daar het meisje in de roze jurk in een hartstochtelijke omhelzing verstrengeld met haar medegast. Gelukkig niet té hartstochtelijk – daar hadden ze nog geen tijd voor gehad.
'Ahum,' kuchte Daisy en ze schudde zogenaamd afkeurend haar hoofd toen ze schuldbewust uit elkaar sprongen.
'God, sorry!' Het meisje sloeg haar hand voor de mond om niet te giechelen. 'We lieten ons gewoon, je weet wel...'
'Meeslepen.' Daisy knikte als teken dat ze het begreep. 'Dat weet ik. Maar misschien is dit niet de juiste plaats. De oudere gasten mogen geen hartaanval krijgen. Dat kunnen we niet hebben.'
'Sorry.' De jongen keek haar met twinkelende ogen aan.
'Geen man overboord.' Terwijl ze de deur voor hen openhield gaf Daisy het meisje een knipoogje. 'Leuk dat je zo goed met de familie van je peetoom kunt opschieten.'
Het meisje antwoordde met een brede grijns. 'O ja, we kunnen het goed samen vinden.'

'Wat zijn je plannen voor vanavond? Komt Tara weer langs?' Hector hoopte dat Daisy niet te hard werkte; toen hij op de deur van haar kantoor had geklopt en meteen naar binnen was gelopen, had ze nogal schichtig en nerveus gereageerd voordat ze in de gaten had dat hij het was.
'Nee, ik ga lekker lang in bad en drink vanavond niets alcoholisch.' Daisy leunde achterover in haar draaistoel en rekte haar pijnlijke rug. 'Ik ga helemaal niets doen, ik en de tv en een pakje chocoladebiskwietjes. Trouwens, Tara is er niet vanavond, die heeft een spannende afspraak met de een of andere nieuwe vent. En ze heeft haar rode schoenen met de zilveren stukjes aan, dus ik neem aan dat hij iets heel bijzonders is.'
Hector liet Daisy aan haar lot over en zette koers naar de bar. Paula was zich boven in haar suite aan het klaarmaken voor een etentje met haar impresario die even zijn gezicht kwam laten zien. Sinds haar komst in het hotel was Hector een beetje overvallen door hun plotselinge intense relatie, maar voor Paula was het blijkbaar heel

gewoon. Ze zat in de showbusiness en daar gingen dit soort dingen nu eenmaal zo vlug. Je kwam iemand tegen, je ging ermee naar bed, je zei dat je verliefd op hem of haar was... het was een wervelwind van overdrijving en aanstellerij die met het werkelijke leven weinig of niets te maken had. Paula had het woord 'trouwen' nog niet in de mond genomen, maar Hector vermoedde dat ze er al wel aan dacht. Wat natuurlijk belachelijk was, maar wel vleiend.
Hector, van wie iedereen wist dat hij nergens zwaar aan tilde, nam het allemaal niet zo serieus. Paula was een charmante dame en hij genoot enorm van haar gezelschap, maar hij was absoluut niet van plan om zich halsoverkop in een wettige verbintenis te storten. Het was best plezierig om zoveel tijd met elkaar door te brengen – zowel in bed als daarbuiten – maar een kleine adempauze zou hem niet slecht uitkomen. Haar mededeling dat ze die avond met haar impresario zou doorbrengen, had hij eigenlijk wel een beetje als een opluchting ervaren. Hij had ogenblikkelijk het plan opgevat om zich op de golfclub te laten bijpraten over alle nieuwtjes die hij gemist had sinds Paula haar intrek in het hotel had genomen. Maar aan de andere kant...
'Hallo?' Vanachter de bar wapperde Rocky met zijn hand voor het gezicht van Hector heen en weer. 'Hoor je me? Wil je iets drinken? Hector, waar zit je met je gedachten? Eén keer met je ogen knipperen voor koffie, twee keer voor whisky.'
Hector knipperde – per ongeluk – en hij zag hoe Rocky de cafetière te voorschijn haalde. Het had geen zin, hij had zijn uiterste best gedaan om de woorden van Daisy uit zijn gedachten te bannen, maar ze zaten er nog steeds. Net zoals een ex-roker die onverwacht een vleugje opvangt van een heerlijke, pas opgestoken sigaret of zoals iemand die op dieet is en die in het handschoenenvakje zit te rommelen en een reep Snickers vindt waarvan hij het bestaan vergeten was.
Tara had vanavond een spannende afspraak. Tara had vanavond een spannende afspraak.
Dit hield in dat in het huis van Maggie de kust veilig was. Tara was er niet. Als hij Maggie wilde zien, kon hij dat nu doen.
En nu hij zichzelf eindelijk toestond daarover te denken kwam Hector erachter dat hij Maggie inderdaad graag wilde zien. Heel graag zelfs.

Er werd een kop koffie naar hem toegeschoven. Hij keek ernaar met een bedenkelijk gezicht.
'Voor wie is dat?'
'Voor jou,' zei Rocky.
'Ik heb er niet om gevraagd.'
'Jazeker wel.' Maar Rocky zette zuchtend de koffie ergens anders neer. 'Dus je wilt toch een whisky.'
'Wat een stomme vraag,' zei Hector op zijn horloge kijkend. 'Natuurlijk wil ik een whisky.'

43

Tara kon het niet geloven. Kwart voor zeven en nog steeds geen spoor van Andy. Ze had al vijftig minuten in de Hollybush Inn zitten wachten en hij was er nog steeds niet.
En het was niet alleen moeilijk te geloven – hij had zo happig geleken daarnet – het was ook ongelooflijk, tenenkrullend vernederend. Ze kende praktisch alle mensen in de pub en op hun beurt wisten ze allemaal precies wat ze daar deed, helemaal opgetut in haar knalrode satijnen jurk. Ze zag er te midden van al die nonchalante spijkerbroeken en truien even misplaatst uit als een Fabergé-ei in een kippenhok.
'Nog eentje?' Gerry, de eigenaar van de pub, wees met een meelevend lachje op haar lege colaglas. De glimlach was nu nog meelevend, maar Tara was er heilig van overtuigd dat hij en de andere stamgasten zich ten koste van haar flink op de dijen zouden slaan, zodra ze buiten gehoorsafstand was.
Bijna tien voor zeven. Ze had zich voor de zekerheid allerlei excuses in haar hoofd zitten halen die Andy's afwezigheid konden verklaren, maar ze werden steeds minder overtuigend. Oké, hij kon niet weg bij een familiefeest, ze hielden de ene toespraak na de andere. Of misschien was hij wel in handen gevallen van een stokoud familielid dat alsmaar herinneringen over de oorlog wilde ophalen. Of zijn moeder had hem gesmeekt – letterlijk gesméékt – of hij alsjeblieft nog wat langer wilde blijven, tot zeven uur wel te verstaan.

O god, Gerry stond nog steeds op een antwoord te wachten.
'Nee, bedankt.' Tara schudde haar hoofd; de drie colaatjes die ze al op had drukten tegen haar ribben aan en ze kon hier toch niet als een bouwvakker gaan staan boeren. 'Ik wacht nog vijf minuten en dan...'
'Houd je het voor gezien.' Gerry knikte alsof hij dat heel verstandig vond. 'Arme jij, je hebt niet veel geluk met mannen, hè?'
Tara kon er nog net een lachje uitpersen. Aardig om daarop te wijzen, Gerry. Ze draaide zich om op haar kruk en keek – voor ongeveer de vijfhonderdste keer – het raam uit en toverde zich een beeld voor ogen van Andy die met piepende remmen voor de deur stopte, de pub inracete en opgelucht uitriep: 'O, goddank dat je er nog bent! Mijn familie wilde me niet weg laten gaan, ik was volslagen in paniek, ik was zo bang dat je niet op me zou wachten...'
Van de parkeerplaats van het hotel reed er een auto weg die haar kant opkwam. Vooroverleunend, met haar vingernagels diep in haar handpalmen begraven, richtte Tara al haar wilskracht op de donkerblauwe Renault zodat die in de buurt van de pub vaart zou minderen.
Buiten begon het al te schemeren, maar het was nog steeds mogelijk om te zien wie er achter het stuur van de auto zat toen die zonder stoppen voorbijraasde. Het was ook mogelijk om te zien wie er naast de bestuurder zat. Daar zat Andy, lachend en met een sigaret in zijn mond, met naast zich een knap meisje in een roze jurk, die haar rechterhand liefkozend op zijn linker dijbeen had liggen. Hij keurde de pub geen blik waardig. Het volgende moment was de auto uit het zicht verdwenen.
Tara had zich nog nooit in haar hele leven zo vernederd gevoeld. Gerry, die de inzittenden kennelijk ook had herkend, riep uit: 'Goddomme! Dat was hij toch, hè?'
Luidruchtig genoeg om de rest van de aanwezigen op de hoogte te brengen tot en met de personen die zich in de buurt van de wc ophielden.
'Je wordt bedankt,' zuchtte Tara, terwijl ze haar tasje pakte.
'Hij heeft blijkbaar een beter aanbod gehad.' Gerry gaf haar tot troost een onhandig klopje op de schouder. 'Nou ja, zo is het leven, hè, schatje? We krijgen allemaal weleens de deksel op de neus.'

Hoelang was het geleden dat hij Maggie voor het laatst had gezien? Een hele poos, dacht Hector toen hij zich met moeite een weg baande tussen de takken op het pad rechts van het kerkhof, dat van het hotel naar de huizen aan de High Street liep. Wanneer had hij haar echt goed gezien? Niet in een onelegante houding plat op de stoep voor haar huis. Dat telde niet.
God, wat was het verschrikkelijk hier in het bos. Koud en nat en met sneeuw die zachtjes van de overhangende takken druppelde. En zo dónker. Als hij nu over een boomwortel struikelde en zijn heup brak, kon hij hier wel een hele nacht liggen.
Waar was hij eigenlijk mee bezig? Hij had niet eens eerst opgebeld om te kijken of ze er was. Hij wist dat Tara er niet was, maar voor hetzelfde geld was Maggie er ook niet. En waarom wilde hij haar opeens zo verschrikkelijk graag zien? Het was niet het vooruitzicht van seks dat hem aanspoorde om deze vochtige ijskoude duisternis te trotseren. Hij wilde niet met Maggie naar bed, hij had er om de een of andere reden gewoon behoefte aan met haar te praten. Maar aan de andere kant had hij misschien gewoon last van zijn geweten. Ze ging met hem naar bed en hij gaf haar daar, weliswaar heel discreet, geld voor. Hij wist dat ze altijd krap bij kas was.
Toen hij in de buurt van het huisje kwam, slaakte Hector een zucht van opluchting. Door de bomen heen zag hij dat de lichten aan waren. Maggie was thuis. Alleen. Hij was hier niet helemaal voor niets naartoe gekomen met zijn doorweekte schoenen en met zijn nek vol sneeuw. Met een gemak dat gebaseerd was op jarenlange oefening tilden zijn vingers handig de klink van het achterpoortje op. Geruisloos liep hij over het smalle paadje dat haar achtertuin in tweeën deelde. De blauw-met-wit geruite keukengordijnen waren gesloten, maar het licht scheen erdoorheen en hij kon de schaduwachtige bewegingen van Maggie in haar keuken onderscheiden.
Moest hij zich nu schuldig voelen? Was hij Paula nu op de een of andere manier ontrouw?
Jammer dan.
Met een rilling van plezier tilde Hector zijn ijskoude hand op en klopte zachtjes op de achterdeur.
Stilte. De bewegingen in de keuken hielden abrupt op.

Het schoot hem opeens te binnen dat Maggie misschien dacht dat hij een inbreker was.
Uiteindelijk hoorde hij haar stem, doodsbenauwd.
'Wie is daar?'
In zichzelf glimlachend zei hij geruststellend: 'Maggie, het is oké, ik ben het.' Toen, voor het geval hij zo lang zijn gezicht niet had laten zien dat ze hem was vergeten, voegde hij eraan toe: 'Hector.'
Ditmaal werd er niet geaarzeld. Hij hoorde het geluid van een sleutel die werd omgedraaid en toen werd de achterdeur opengegooid. Daar stond Tara met haar handen onder het deeg en met haar haren vol meel.
'Hector, dit is echt een beetje griezelig, we hadden het net over je! Maar wat doe jij in godsnaam hier?'
Waarom zouden we het over mij hebben, dacht Hector. Ik zou weleens willen weten wat jíj hier doet?
Hij dacht koortsachtig na, draaide zich om en gebaarde naar het donkere bos. 'Ik was aan het wandelen en liep pardoes tegen een dassenfamilie op. Ze waren met z'n vijven en ze speelden op de open plek daarginds. Ik wist niet eens dat er hier een burcht was. Het was zo'n fantastisch gezicht dat ik het met iemand moest delen en toen zag ik dat er hier licht aan was.'
'Dassen,' riep Tara uit. Haar ogen begonnen te stralen. Ze pakte een theedoek en veegde haar plakkerige handen af. 'Ik ben gek op dassen! Maggie, hoor je dat? Dat moeten we zien!'
Hector kon nauwelijks de moed opbrengen om naar Maggie te kijken die zich ergens achter Tara ophield. Ze keek stomverbaasd en ze had een stel ovenhandschoenen aan. En natuurlijk een spijkerbroek en een oude trui. Als een robot draaide ze zich om, maakte het deurtje van de oven open en haalde er een bakplaat vol vreemd gevormde scones uit.
'Kom op, laten we gaan.' Tara begon onmiddellijk de laarzen aan te trekken die ze uit de kast met jassen had gehaald. 'Dit mogen we niet missen!'
Ze konden de dassenfamilie niet vinden. Tara wist niet van opgeven tot ergernis van de beide anderen. Twintig minuten verkenden ze met z'n drieën de open plek, liepen over de begroeide paadjes die allerlei kanten op gingen en zochten naar de niet-bestaande dassenburcht.

Sórry, liet Hector geluidloos aan Maggie weten, terwijl Tara onversaagd verder struinde.
Maggie haalde haar schouders op en bleef toen opeens stokstijf staan.
'Tara, dit is hopeloos, je bent als een olifantje aan het ronddenderen. De dassen zijn zich waarschijnlijk een ongeluk geschrokken en mijn voeten zijn onderhand ijsklompen. Hector en ik gaan weer naar binnen.'
'Wat flauw,' gilde Tara over haar schouder. 'Ik geef het nog niet op, hoor!'

Binnen was de keuken zalig warm. De gebakken scones roken overheerlijk.
'Het spijt me.' Hector schudde zijn hoofd. 'Ik had eerst moeten bellen. Daisy zei dat Tara uitging.'
'Ze is teruggekomen,' zei Maggie met gedempte stem. Ze trok haar anorak uit en streek de sneeuw uit haar haren. Omdat Tara ieder moment binnen kon komen, kwam ze meteen ter zake. 'Ik ben morgen vrij. Komt het je uit om één uur?'
Hector voelde zich onmiddellijk een beetje smoezelig. Wat had hij nu weer aangericht? Maggie ging van de veronderstelling uit dat hij haar louter om de seks opzocht. Aan de andere kant zat ze misschien wel te springen om geld. God, wat een puinhoop.
'Ik wou niet... ik kwam alleen maar langs omdat ik jou wilde... hmm, nee, het spijt me.' Hector schudde zijn hoofd. 'Dat red ik niet. Misschien een dag later? Luister, kan ik je bellen?'
'Prima.' Maggie draaide zich abrupt om en bekommerde zich om het bakblik met de afkoelende scones. Hij werd opeens overvallen door een overweldigend verlangen om zijn armen om haar middel te slaan en haar in de nek te zoenen.
Gelukkig deed hij dat niet.
'Brr, jullie hebben gelijk, het is verdomd koud buiten.' Tara stormde stampvoetend en in haar handen wrijvend de keuken in. Ze trapte de achterdeur dicht, trok haar jas en haar laarzen uit en keek Hector grijnzend aan. 'Oké, hou je vast, ik had nooit gedacht dat ik dit mezelf nog eens zou horen zeggen...'
Hector zette zich met angstige voorgevoelens schrap; hij had geen idee waar dit op uit zou draaien.

'Hector.' Tara nam een gewichtige houding aan. 'Zou je een van mijn éígengemaakte scones willen proberen?'
Hector antwoordde op ernstige toon: 'Tara, dat zou ik heerlijk vinden. Maar ik hoorde van Daisy dat je een afspraakje had. Moet je je langzamerhand niet gaan, hmm, klaarmaken?'
Slimme zet. Nu leek het er niet meer op dat hij langs was gekomen in de veronderstelling dat Tara niet thuis zou zijn.
'Mijn afspraakje heeft me laten zitten.' Zich er niet van bewust dat ze nog meel in haar haren had zitten, nam Tara een houding aan van ben-ik-niet-onweerstaanbaar. 'Geloof je dat nou? Iedereen in de Hollybush Inn is op de hoogte, het heeft geen zin net te doen of het niet is gebeurd. Dus daar zat ik dan,' ging ze verder terwijl ze ondertussen de mouwen van haar kaki sweater opstroopte en wees naar de rotzooi die veroorzaakt werd door een deegrol, mengschalen, spatels, pollepels en zakken met meel die overal verspreid in de keuken stonden. 'Ik vond dat het hoog tijd werd dat ik iets opbouwends met mijn leven deed.'
'Ze kwam thuis,' kwam Maggie met een wrange glimlach tussenbeide, 'met de aankondiging dat, gezien het feit dat haar leven een grote ramp was en alle mannen klootzakken waren, ze maar het beste kon leren hoe ze scones moest maken.'
Tara staarde met bijna moederlijke trots naar het bakblik waarop ze lagen, merkwaardig van vorm, maar niettemin heel lief.
'Maggie heeft het me voorgedaan. Er zitten zelfs rozijnen in. Hierna ga ik een cake bakken.'
Hector at de scone op die ze hem aanbood en die hij de hemel in prees, want hij herinnerde zich nog dat hij dat ook had moeten doen bij de keiharde jamtaartjes die Daisy, toen ze tien was, van haar allereerste kookles mee naar huis had gebracht.
'Fantastisch. Perfect. Ik heb nog nooit een lekkerder scone gegeten.' Ook al had hij de vorm van Afrika. 'En waar hadden jullie het nou over voordat ik hier aanklopte?'
'O, dat! Ik vertelde Maggie net over jou en Paula Penhaligon, hoe goed jullie met elkaar kunnen opschieten.' Tara keek met een stralend gezicht naar hem omhoog. 'Het is zo spannend, we zijn er allemaal ontzettend blij mee.'
Hector wist zich nog net op tijd in te houden. Bijna had hij een hand op haar grote kwebbelmond gelegd. 'Nou, ik ben niet...'

'O, nu moet je niet opeens zo preuts doen! Daar trappen we niet in,' kwebbelde Tara vrolijk verder. 'Ik zou je dit waarschijnlijk niet moeten vertellen, maar het keukenpersoneel heeft allemaal weddenschappen lopen dat we met Kerstmis een nieuwe vrouw des huizes hebben.'

44

'Die arme Tara, komt die kerel gewoon niet opdagen,' mompelde Christopher afkeurend over de toonbank terwijl hij Daisy's geld aannam.

'Het was nog veel erger,' viel Colin hem gretig bij. 'Zij zat daar pontificaal te wachten in de pub en, zóéf, daar komt hij prinsheerlijk langsrijden met een ander meisje in zijn auto.'

Nieuws verspreidde zich supersnel in Colworth. Daisy had al over Tara's blauwtje van Hector gehoord, die de avond tevoren – volkomen idioot – Tara en Maggie had overgehaald om met hem op dassenjacht te gaan. Het volgende moment, toen achter haar de winkeldeur rinkelend openging, schoot haar een afgrijselijke gedachte te binnen.

'Dat meisje bij hem in de auto. Hmm, hoe zag ze eruit?'

'Geen flauw idee.' Colin haalde zijn schouders op en knikte ter begroeting naar Barney die net de winkel binnen was gekomen. 'Misschien dat Barney het weet.'

'Wat weet ik misschien?' Barney begroette op zijn beurt Daisy met een glimlach. 'Die vent met wie Tara gisteren zou uitgaan totdat hij een beter aanbod kreeg. Daisy wil weten hoe het meisje eruitzag.'

'Liza had het er gisteravond over in de personeelskamer.' Barney fronste zijn wenkbrauwen in een poging het zich te herinneren. 'Lang, met blond haar, geloof ik. En ze had een roze jurk aan. Hoezo?'

Oeps. Dat vrolijke stel dat ze uit het herentoilet had geknikkerd.

'O, zomaar.' Daisy begon vlug over iets anders te praten. 'Hoe gaat het met het huis?'

Barney was twee dagen daarvoor uit het hotel getrokken. Hij straalde van plezier toen ze erover begon. 'Geweldig! We zijn er zo verschrikkelijk blij mee.'
'Zijn vriendin woont er sinds gisteren ook,' kondigde Christopher aan. 'Zo schattig. Jong en verliefd, hè?' Hij gaf Colin een speelse por in de zij. 'Weet je nog dat wij ook zo waren?'
'Ik zou het zo leuk vinden als jullie elkaar zouden ontmoeten.' Barney wendde zich enthousiast tot Daisy. 'Als je niets anders te doen hebt, zou je nu mee kunnen komen.'
Omdat Vince terug was uit Schotland, had Daisy een paar uur vrij genomen. Ze had haar jeans aangetrokken en een rugbyshirt van Josh en ze was van plan om toffees in te slaan en een bakje met geurige viooltjes en een stel modetijdschriften.
'Ik heb niets te doen. Dat komt prima uit,' zei ze tegen Barney, want het was klaarblijkelijk erg belangrijk voor hem.
Dolgelukkig rekende Barney zijn melk en zijn gesneden brood af. 'Fantastisch. Dan ben je onze eerste echte gast!'

Maggie was kussens aan het maken toen Hector opbelde.
'Maggie, ik bel even om te zeggen dat ik morgen niet kan. Paula heeft de hele dag een paar vrienden over de vloer. Ik wilde je dit even zeggen, dan weet je waar je aan toe bent.'
'Dat is attent van je. Bedankt,' zei Maggie vlug voordat hij met allerlei smoesjes aan kon komen zetten. 'En het geeft niets, maak je geen zorgen, ik moet toch een bende kussens afmaken.'
God, hoe vaak had ze hem de laatste tijd al niet verteld dat het helemaal niet erg was, dat hij zich geen zorgen hoefde te maken. In het begin had ze de situatie geaccepteerd met het idee dat een half ei beter was dan een lege dop. Maar van het halve ei was langzamerhand ook niet veel meer over; als ze eerlijk was moest ze toegeven dat ze het moest doen met de lege dop.
'Ik heb echt het gevoel dat ik je in de steek laat.' Hector aarzelde en hij klonk alsof hij zich niet op zijn gemak voelde. 'Hoor eens, zal ik je in ieder geval wat geld sturen?'
'Néé.' Maggie kromp ineen van de pijn toen ze met haar borduurnaald in de palm van haar hand stak. 'Nee, Hector, ik wil jouw geld niet en je moet daar niet meer zo mee bezig zijn. We hadden gewoon een regeling samen, dat is alles. Nu je iemand an-

ders hebt ontmoet, nou ja, nu heb je mijn... diensten niet langer nodig.' Ze deed haar ogen dicht en dwong zichzelf dat beschamende woord te zeggen.

'Maar...'

'Hector, laten we eerlijk zijn. We weten allebei dat iets dergelijks vroeg of laat zou gebeuren. Je hebt Paula nu. Waarom laten we het daar niet gewoon bij?'

Een lange stilte. Maggie merkte dat ze hevig trilde. Maar het moest gedaan worden. Ze had nog nooit in haar leven zoiets moeilijks moeten zeggen. Misschien had ze het niet zo goed gezegd, maar de kern van de boodschap was in ieder geval wel overgekomen.

De naald had zich steeds dieper in haar hand gedrongen. Het bloed kwam nu als een piepklein ballonnetje naar buiten. Terwijl ze ernaar keek, sprongen bij Maggie ook de tranen in de ogen. Dat was het dan; ze had zojuist de laatste paar stukjes van het halve ei weggegooid.

'Ik snap wat je bedoelt.' Het sierde Hector dat hij in ieder geval het fatsoen had teleurgesteld te klinken. 'Het klinkt wel logisch, denk ik, maar ik moet wel...'

'Ik moet ophangen. Er staat iemand voor de deur,' loog Maggie. 'Maar we zien elkaar wel weer eens, hè? Ik wens jou en Paula veel geluk.' Ze legde met een klap de telefoon neer. Zo, klaar. Probleem opgelost.

Ze kon bijna niet ademhalen van de pijn in haar borst en ze voelde zich zo ellendig als ze zich voor zover ze zich kon herinneren nog nooit had gevoeld, maar de kogel was door de kerk. Hun relatie – hun zakelijke regeling – was voorbij en Hector was nog steeds niet op de hoogte van haar gevoelens voor hem. En dat was maar het beste, besloot Maggie, terwijl de tranen over haar wangen stroomden. Het was misschien niet veel, maar ze had in ieder geval haar gevoel van eigenwaarde nog.

Zolang er tenminste niemand toevallig naar binnen keek en zich afvroeg wat ze daar deed, die zielige vrouw van middelbare leeftijd die op haar knieën tussen de kussens midden in de huiskamer lag en daar zo hartverscheurend zat te snikken.

Freddie zat tevreden op de keukenvloer te spelen met een stel gekleurde plastic bakjes van Ikea. Mel, die bijna klaar was met de afwas, herinnerde zich dat ze haar koffiekop en zijn bekertje op de vensterbank in de huiskamer had laten staan. Ze schudde het zeepsop van haar handen, veegde die even af aan de theedoek en liep naar de kamer om ze op te halen. Toen ze een blik uit het kleine glas-in-loodraampje van de huiskamer wierp om te kijken of Barney er al aankwam, maakte haar maag een duikvlucht als een vliegtuig dat in een luchtzak terechtkomt.

Barney kwam de straat naar het huis in lopen. En hij had de vrouw van Steven bij zich.

O, shit, nu niet, nog niet. Mel deed vol ontzetting een stap achteruit en vervloekte de wrede timing. Een moment overwoog ze nog om zich in de badkamer op te sluiten en te weigeren eruit te komen. Ze was net van plan geweest om Barney die avond alles te vertellen. Daarna, als hij een dag of twee aan het idee had kunnen wennen – en haar uiteraard had vergeven – zou ze hem naar Daisy MacLean sturen en daar zou hij op zijn eigen lieve ontwapenende manier alles aan haar opbiechten. Daisy vond hem duidelijk aardig, dus was dat bij Barney in goede handen. En als dat eenmaal achter de rug was, zou de situatie niet meer zo pijnlijk zijn.

Nou, dat was haar briljante plan geweest.

Ze had geen tijd meer om iets te doen. Toen het houten hekje openklikte stopte Mel haar haren achter haar oren en zette zich schrap. De verhuizing was in ieder geval achter de rug. Ze woonde hier. En Barney hield van haar. Ze kon er niets aan doen. Ze had het niet met opzet gedaan.

Mels hart ging als een razende tekeer toen ze hun krakende voetstappen op het besneeuwde paadje voor het huis hoorde.

‘Barney, dit is prachtig, zelfs de buitenkant ziet er honderd keer beter uit,’ riep Daisy opgetogen uit. Ze was kennelijk de pas geverfde voordeur en raamkozijnen aan het bewonderen. ‘Ik ben zo benieuwd wat je binnen allemaal hebt gedaan – ik verwacht op z’n minst zoiets als Blenheim Palace!’

Ze waren allebei aan het lachen toen Barney de voordeur opendeed. Drie, twee, een, dacht Mel. Daar gaan we dan...

Daisy hield het eerst op met lachen. Ze keek het bruinharige meisje, dat ze onmiddellijk herkende, met achterdochtige grijze ogen aan.

Hoe was dit in godsnaam mogelijk?
Barney deed de deur achter zich dicht en zei vrolijk: 'Ik heb melk meegebracht en raad eens wie ik in de winkel tegenkwam? Mel, dit is Daisy!' Hij greep Mel enthousiast bij de arm, duwde haar naar voren en voegde er vol trots aan toe: 'Daisy, dit is nu mijn vriendin, Mel.'
Daisy knikte stomverbaasd en zei: 'Hoi.' Niet bepaald wat ze wilde zeggen, maar het was duidelijk dat Barney niet wist dat ze iets met elkaar te maken hadden. Mel knikte terug en wist iets te produceren dat op een glimlach leek. Toen zei ze: 'Aangenaam.'
'Ik wilde Daisy laten zien wat we met het huis hebben gedaan.' Barney gebaarde naar de huiskamer met het nieuwe tapijt. Alles zat nieuw in de verf en het was eenvoudig maar comfortabel ingericht met onder andere de oude sofa uit het hotel die door Daisy ter beschikking was gesteld.
'Het is fantastisch.' Daisy keek verdoofd naar alles wat hij aanwees. 'Je hebt echt hard gewerkt.'
'Je hebt bijna nog niks gezien.' Barney, die stond te springen als een opgewonden kind, zei: 'Ik zet even water op. We drinken een kopje thee en dan laat ik je de rest zien. Ik ben zo terug.'
Hij was de kamer nog niet uit of Daisy mompelde: 'Ik weet niet wat er hier aan de hand is, maar je hebt wel wat uit te leggen. Wat is dit? Een grap?'
Mel schudde haar hoofd en draaide aan de zilveren ring die aan de duim van haar linkerhand zat. 'Ik zweer dat ik niet wist wie hij was. Toen ik erachter kwam, was ik net zo geschokt als jij. En ik wou het je vertellen, ik had het allemaal gepland,' ratelde ze maar door. 'Ik was net van plan om vanavond naar je toe te gaan om je alles uit te leggen, dan zou het niet zo'n schok zijn.'
'Weet Barney ervan?' Daisy had geen zin in plichtplegingen; per slot van rekening was een pot thee zo gezet, ze hadden niet zoveel tijd
'Nog niet.' Het meisje zuchtte. 'Ik had me voorgenomen het vanavond ook aan hem te vertellen.'
'Waarom heb je dat niet eerder gedaan?' Alsof ze dat niet kon raden.
'Ik was bang. Ik wil hem niet overstuur maken. Ik wil niet dat hij een hekel aan me krijgt. Ik stelde het de hele tijd uit... maar toen

hij vroeg of ik hier bij hem wilde komen wonen, wist ik dat het nog maar een kwestie van tijd was... ik heb mezelf de hele tijd zitten oppeppen om het hem te vertellen.' Mel tilde haar kin op en keek Daisy recht in de ogen. 'Ik hou echt van hem. Door hem vind ik het leven weer de moeite waard. En Barney houdt van mij.'
Daisy knikte langzaam. De aanvankelijke schok begon een beetje te slijten. Ze kon begrijpen waarom Mel ietwat huiverig was geweest om het aan Barney te vertellen. En de tijd begon te dringen.
'Oké, ik zal nu mijn mond houden. Je kunt het tegen Barney vertellen als ik weg ben, dan kun je het op je eigen manier doen.' Ziezo. Daisy knikte het meisje bemoedigend toe en vond dat ze zich heel redelijk opstelde. Wat kon Mel in godsnaam nog meer verwachten? En waarom zat ze nu zo chagrijnig te kijken? Eerlijk gezegd vond ze dat tamelijk ondankbaar.
'Hier zijn we dan!' De keukendeur ging open en Barney kwam weer te voorschijn. Hij keek hen stralend aan, maar in plaats van de bekers met thee waar Daisy op zat te wachten had hij een klein kind bij zich met felblauwe ogen en zijdeachtig witblond haar.
De vorige schok was niets in vergelijking bij deze. Daisy had het gevoel dat het tapijt letterlijk onder haar voeten weg werd getrokken.
Een ongelovige blik naar Melanie Blake was voldoende om alles te begrijpen. Het jongetje, dat vrolijk met een geel plastic bakje liep te zwaaien, was een miniatuuruitvoering van Steven.
'Ik kon niet alles in één keer meenemen,' zei Barney grijnzend. Hij draaide het jongetje met het gezicht naar Daisy toe, pakte zijn handje vast om daarmee naar haar te zwaaien en zei: 'Dit is Freddie, het zoontje van Mel.'
Daisy had er geen behoefte meer aan om aardig te zijn. Ze was de hele tijd redelijk en aardig en eerlijk geweest en dat had niet zoveel opgeleverd. Weg met al dat aardige gedoe.
'Ik moet weg.' Ze kon het niet opbrengen naar het jongetje te kijken; ze stikte bijna.
Barney keek verbouwereerd. 'Weg? Waarom?'
'Vraag dat maar aan je vriendin.' Mel stond er verslagen bij te kijken. Net goed! 'En als je toch bezig bent,' siste Daisy toen ze langs hem heen liep, 'vraag haar dan ook maar hoe haar ex-vriendje heette.'

'Ex-vriendje?' vroeg Barney stomverbaasd. 'Welk ex-vriendje?'
Daisy wist dat ze Barney, die volledig onschuldig was, overstuur maakte. Hij kon er absoluut niets aan doen. Maar hij moest de waarheid weten.
'Mijn man.' Heel even voelde ze iets van voldoening toen ze zag hoe Mel in elkaar kromp. 'Van wie ze dat kind heeft gekregen.'
Daisy sloeg de deur met een klap achter zich dicht en liet hen verder aan hun lot over. Haar gezicht was helemaal verstard, alsof ze er een hele nacht een masker op had laten zitten. Ze liep Brock Lane uit en toen ze langs het huis van Bert Connelly kwam, begonnen zijn honden, die nooit veel aansporing nodig hadden, als gekken te blaffen. Stampend door de sneeuw haalde ze zich het gezichtje van het jongetje voor de geest en onmiddellijk voelde ze een scheut van pijn die zo hevig was dat ze naar adem snakte. Niet aan denken, concentreer je op iets anders, je moet naar huis, zorg dat je thuiskomt...

45

'Daisy, mijn faxapparaat doet het niet. Mag ik de jouwe... Jezus, wat is er met jou aan de hand?'
O, dit was echt fantastisch, waarom moest hij nu net binnenkomen? Precies wat ze nodig had.
'Niets aan de hand. Ja, geen probleem, gebruik mijn fax maar.' Ze probeerde lichtelijk wanhopig Dev Tyzack te ontwijken en gauw de trap op te lopen, maar hij was niet voor niets aanvoerder van het Engelse rugbyteam geweest. Telkens als zij naar links of naar rechts dook stond hij voor haar neus.
Daisy die hem niet aan durfde te kijken zei bits: 'Het kleed wordt helemaal vuil van de sneeuw aan mijn schoenen. Hoor eens, ik heb toch gezégd dat je dat apparaat...'
'Die fax is niet belangrijk. Wat heb je?' Dev kwam wat dichterbij staan waardoor ze hem wel aan moest kijken. 'Wat is er?'
Omdat hij zo aardig tegen haar deed, begon haar mond te trillen. 'Niets. Ik wil alleen...'

'Is er iets met Josh gebeurd? Een ongeluk bij het skiën?'

'Nee, nee...' God, waarom liet hij haar niet met rust?

'Daisy. Zeg nou wat er aan de hand is,' commandeerde Dev, en ditmaal begonnen haar schouders te schudden.

'Iets v-verschrikkelijks.' Ze schudde haar hoofd en liet zich tegen de trapleuning aan zakken. Het volgende moment voelde ze hoe Dev haar met zijn hand onder tegen haar rug de trap op duwde.

'Oké, kom op. Je kunt hier niet blijven zitten.'

Daisy liet toe dat hij met haar mee naar het appartement liep. Ze had de energie niet meer om tegen te stribbelen en eigenlijk snakte ze ernaar met iemand te kunnen praten. Het deed er niet toe met wie. Desnoods met Dev.

Hij ging niet eerst in de keuken rommelen voor het verplichte kopje thee of koffie, maar hij pootte haar zonder pardon op de bank neer en zei: 'Oké, ik kan blijven of ik kan weggaan. Jij mag het zeggen.'

Tot haar eigen verbazing wilde Daisy niet dat hij wegging. Uitgeput liet ze zich achterover zakken.

'Je hebt vast een heleboel te doen.'

'Niets dringends. Het is geen probleem. En je hoeft me niet te vertellen waarom je zo overstuur bent,' verzekerde Dev haar. 'Niet als je dat niet wilt. Ik heb er niets mee te maken.'

Het leek net alsof ze een champagnefles ontkurkte toen Daisy er uitflapte: 'Barney heeft me zojuist aan zijn vriendin voorgesteld. En nu blijkt dat ze ook de vriendin van mijn man is geweest.'

Dev fronste zijn wenkbrauwen. 'Bedoel je...?'

'O ja. Dat bedoel ik. Met wie hij achter mijn rug afspraakjes maakte. Ze is met Barney hiernaartoe verhuisd en je raadt nooit wat ze nog meer heeft meegebracht?' Daisy's stem begon te bibberen. 'Haar zoontje van een jaar. De zoon van Steven. Die precies – en ik bedoel precíés – op Steven lijkt.'

Ze had verwacht dat het niet zo gemakkelijk zou gaan, huilen als er iemand bij was bij wie ze eigenlijk niet wilde huilen, maar dat viel mee. Over het algemeen was ze geen jankerig type, maar nu liet Daisy zich gewoon gaan. Ze zat met de handen voor de ogen te brullen, ze snotterde zich door een hele stapel papieren zakdoekjes heen en snikte onbedaarlijk tegen de voorkant van het denim overhemd van Dev aan. Ondertussen hield hij haar in zijn ar-

men, aaide over haar hoofd en wreef geduldig over haar rug totdat het ergste verdriet voorbij was.
Veel later veegde Daisy voor de laatste keer haar ogen af – ze waren onderhand zo gezwollen dat het pijn deed – en zei: 'Nou, ik zie er vast beeldschoon uit. Ik wed dat je blij bent dat je mee naar boven bent gegaan.'
Dev glimlachte. 'Ik kan wel tegen een stootje.'
'Och, het is weer eens wat anders, hè?' Ze wachtte even om haar neus te snuiten en toeterde als een misthoorn in een nieuw zakdoekje. 'Ik wed dat als er meisjes over je heen zitten te snotteren dat meestal komt omdat je het met ze hebt uitgemaakt.'
'Wat heb je toch een lage dunk van me.' Met een geamuseerde klank in zijn stem voegde hij eraan toe: 'Als ik het met een meisje uitmaak, doe ik dat het liefst per fax.'
'Dus daarom wilde je er gebruik van maken. Nou ja, gelukkig had ik geen mascara op.' Daisy veegde schuldbewust over de vochtplekken op de voorkant van zijn overhemd.
'Maar wat ga je nu doen?'
'Mijn gezicht wassen, denk ik. Kijken of ik nog ergens oogdruppels heb.'
'Met dat meisje,' zei Dev.
'O. Met haar.' Mel, dacht Daisy, terwijl ze naar de zwarte suède laarzen keek die ze nog steeds aanhad. Ze bukte zich, trok ze ruw uit en slingerde ze achter elkaar tegen de deur van de woonkamer aan. Ze vlogen met een bevredigende klap tegen de deur aan en vielen kletterend op de grond.
'Dat zou ik ook met haar willen doen. Haar een enorme mep verkopen. O verdomme, ik weet het niet, ik weet het gewoon niet.' Daisy schoot weer vol met een nieuwe golf verdriet. 'Zal ik je eens wat vertellen? Ik heb haar na het ongeluk in het ziekenhuis ontmoet. Ze mocht niet op de intensive care komen, maar toen heb ik de verpleegster overgehaald om haar toch bij Steven te laten. Wat ik, als ik eerlijk ben, onder de gegeven omstandigheden heel netjes van mezelf vond. En toen zag ik haar een jaar later hier bij zijn graf, en ik heb niet geschreeuwd of gegild en ik heb haar ook niet uitgescholden, nee, ik ben weer heel beleefd gebleven. Maar dit keer... God, dit keer werd ik zo verschrikkelijk kwaad.' Daisy schudde haar hoofd. 'Ik bedoel, een báby. Een baby van Steven.

En nu is ze hier met die baby en komt bij ons in het dorp wonen... Ik ben aardig tegen haar geweest en als dank doet ze me dit aan. Ik word er gewoon misselijk van. Steven hield niet eens van baby's,' zei ze bitter. 'Hij zorgde er verdomd goed voor dat ik altijd de pil nam... hij keek altijd hoeveel er nog in de strip zaten.'
'Ik dacht dat je zei dat je huwelijk een ramp was.' Dev fronste zijn voorhoofd. 'Waarom zou je een baby willen als het zo slecht was?'
'Dat wilde ik ook niet,' zei Daisy boos. 'Na de bruiloft heb ik gezegd dat ik ooit wel kinderen zou willen hebben – nou ja, de meeste mensen willen dat toch? – en Steven was helemaal geschokt. Hij vond kinderen gewoon niet leuk en ze pasten niet bij zijn manier van leven. Ironisch hè? Bij mij zat hij mijn pillen te tellen als een vrek die zijn geld telt en ondertussen maakte hij zijn vriendin zwanger. Verdomme.'
'Wat?' vroeg Dev.
'Als hij nog leefde, zou ik hem in elkaar slaan.'
'Als hij nog leefde,' zei Dev fijntjes, 'zou je onderhand gescheiden zijn. En waarschijnlijk zou hij ook niet meer een relatie met dit meisje hebben. Hij had haar allang de laan uitgestuurd met baby en al, want zo zijn mannen zoals hij nu eenmaal.'
Mannen zoals hij? Daisy vroeg zich cynisch af of hij misschien 'mannen zoals wij' bedoelde.
'Heb jij ooit zoiets meegemaakt?'
Hij haalde zijn schouders op. 'Een paar keer.'
Wát? Daisy's hart begon als een idioot te bonzen. 'Heb je twee kinderen?'
Dev begon te grinniken. 'Sorry, dat was als grapje bedoeld. O jee, je hebt echt geen erg hoge dunk van me, hè?'
Néé.
'Ik heb me één keer laten beetnemen.' Een beetje afwerend plukte ze een pluisje van haar opgestroopte mouw. 'Als je getrouwd bent geweest met een man als Steven... nou ja, dan heb je je lesje wel geleerd.'
'Om geen enkele man meer te vertrouwen?' vroeg hij glimlachend. 'Daisy, dat kun je toch niet doen. Zo kun je niet leven.'
'Dat doe ik ook niet,' viel ze hem in de rede. 'Ik vertrouw tegenwoordig niet zomaar iedereen.'
'Want je wilt niet meer gekwetst worden.' Dev knikte bedacht-

zaam. 'Je neemt geen risico's, je kiest voor veilig, je mikt niet te hoog... bedoel je dat?'
'Hoe durf je!' Daisy begon woedend tegen hem uit te varen. 'Hoe kun je nu zoiets zeggen – en dat geldt helemaal niet voor Josh!'
Dev trok een wenkbrauw op. 'Kalm aan, dat zei ik toch niet. Ik had het helemaal niet over Josh. Ik ken hem niet eens.'
O. Juist. Maar als ze eerlijk was... Daisy kreeg kippenvel toen ze besefte dat hij het misschien niet over Josh had gehad, maar zij wel.
En dat was Dev niet ontgaan.
Er klopte iemand op de deur. O god, wat nu weer?
Daisy bleef roerloos zitten en vroeg op matte toon: 'Ja, wie is daar?'
'Ik. Hmm, Barney.' Hij klonk heel timide.
'Wil je hem zien?' vroeg Dev.
Die arme Barney. Ze had medelijden met hem. Dit was voor hem net zo'n schok als voor haar.
Daisy knikte en hoopte dat haar ogen er niet al te kikkerachtig uitzagen. Ze keek toe hoe Dev haar suède laarzen aan de kant schopte voordat hij de deur opendeed.
Dev bracht Barney naar de huiskamer en liet toen zichzelf uit. Een paar seconden keken Daisy en Barney elkaar zonder iets te zeggen aan. Als er een prijs zou worden uitgeloofd voor het jongetje met de zieligste blik in zijn ogen, dan ging Barney er zeker mee strijken.
'Het spijt me.' Hij kon zich niet langer inhouden, hij zag eruit als een brok ellende. 'Het spijt me zo verschrikkelijk. Ik zweer je dat ik het niet wist.'
Daisy zuchtte en gaf een klopje op de bank naast zich, waar het nog warm was omdat Dev daar zojuist had gezeten.
'Natuurlijk wist je het niet. Dit is niet jouw schuld. Kom, ga hier eens zitten.'
Barney, die zijn handen diep in de zakken van zijn spijkerbroek had gestoken, aarzelde even en ging toen gehoorzaam zitten.
'Ik kan het gewoon niet geloven.' Hij schudde zuchtend zijn hoofd. 'Een uur geleden was ik gelukkiger dan ik ooit in mijn leven was geweest. En dan gebeurt er zoiets... Ik weet gewoon niet meer wat ik moet denken. Ik kan niet geloven dat ik jou dit heb aangedaan,' ging hij verder. 'Ik voel me afschuwelijk. Ik wed dat je wou dat je me nooit had ontmoet.'

Hij was ontroostbaar, vol wroeging, en hij durfde haar met zijn bedroefde hondenogen niet aan te kijken.
'Doe niet zo raar.' De ontdekking dat hij dit nog hoger opnam dan zij, maakte dat Daisy zich vreemd genoeg ietsje beter ging voelen. Zij moest alleen maar de schok te boven komen terwijl Barney ook nog met een schuldgevoel opgezadeld werd.
'Ik meen het.' Barney zat met zijn hoofd in zijn handen. 'Als ik had geweten wie Mel was toen ik haar ontmoette had ik me nooit met haar ingelaten.'
Daisy wierp een blik op haar zwarte suède laarzen die in de hoek lagen en overwoog heel even of het zin had ze Barney aan te bieden zodat hij ze ook tegen de deur kon gooien.
'Maar dat heb je wel gedaan. Je met haar ingelaten, bedoel ik. Wat denk je nu van haar?'
Een paar seconden wist Barney niet wat hij moest zeggen. Daisy zag hoe hij op zijn onderlip beet en hoopte vurig dat hij niet zou gaan huilen. De papieren zakdoekjes waren allemaal op.
Ten slotte fluisterde hij: 'Ik haat haar.'
Daisy wachtte.
'Ik hou van haar.' Barney sloot zijn ogen en deed ze toen weer open. 'Het spijt me, maar het is waar. Ik hou van haar en ik hou van Freddie, ik kan er niets aan doen. Maar nu dit is gebeurd weet ik niet meer wat ik moet doen...'
'Oké, luister nu eens goed.' Daisy kon zijn gewetensnood bijna niet aanzien. 'Mel heeft geen open kaart gespeeld, maar ik ook niet. Jij nam aan dat Steven en ik gelukkig getrouwd waren en eigenlijk heb ik je in die waan gelaten omdat ik je niet overstuur wilde maken. Maar we waren niet gelukkig,' zei ze langzaam. 'Helemaal niet gelukkig. Ik wist niet dat hij een ander had, maar ik wilde toch al van hem scheiden. Barney, hij was alleen maar in mijn geld geïnteresseerd. Hij loog, hij bedroog... en voordat hij overleed heeft hij zelfs nog geprobeerd me emotioneel te chanteren. Steven was niet zo erg aardig. Mel denkt er uiteraard anders over, maar hij heeft ook tegen haar gelogen en dat kon hij erg goed. Wat had zij te zeggen nadat ik er vanmorgen vandoor ben gegaan?'
Barney schoof wat ongemakkelijk op de bank heen en weer. 'Hmm, dat Steven van jou wilde scheiden, maar dat jij hem niet wilde laten gaan.'

Daisy knikte. Dat verbaasde haar niets. Per slot van rekening, waarom zou Mel haar eerder geloven dan Steven? Het manipuleren van mensen was een sterk punt van hem geweest.
'En wat heb je tegen haar gezegd?'
'Dat ik met jou ging praten.'
'En wat ga je doen nu we met elkaar hebben gepraat?'
'Dat weet ik niet.' Barney slaakte een hulpeloze zucht en duwde zijn vingers door zijn sluike haar. 'Weggaan, denk ik.'

46

'Tara? O, daar ben je. Telefoon voor je.' Pam stormde met een gekwelde uitdrukking op haar gezicht het damestoilet in. 'Het is eigenlijk niet mijn taak om zo door het hotel te moeten rennen,' ging ze boos verder. 'Ik heb hem gezegd dat privégesprekken hier niet op prijs worden gesteld, maar hij bleef volhouden dat het een noodgeval betrof.'
Tara stopte onmiddellijk met het poetsen van de ovalen spiegel met de vergulde rand waar ze zichzelf in had staan bewonderen. Het was volkomen waar dat persoonlijke telefoontjes niet op prijs werden gesteld, maar dat gold alleen voor Pam. Die haar overigens toch al een slet vond.
Ha, Tara wist wel beter.
Maar wie haalde het nu in zijn hoofd om haar in het hotel op te bellen? En wat nog interessanter was, wie had het kunststukje uitgehaald om op te bellen en ervoor te zorgen dat Pam met haar dikke reet in beweging kwam en haar nog ging zoeken ook?
Goeie genade, het zou Andy toch niet zijn? Overmand door wroeging en met de boodschap dat hij een vreselijke fout had gemaakt en dat, als ze hem wilde vergeven, hij de rest van zijn leven zou proberen het goed te maken.
Misschien niet. Laten we wel wezen, het was veel waarschijnlijker dat het haar vuurspuwende bankmanager was.
Jasses, ze wist opeens niet meer zo zeker of ze aan de telefoon wilde komen.

'Klonk hij aardig?' vroeg Tara achterdochtig. 'Of gemeen?'
Pam snoof en probeerde geïrriteerd haar zwaar met lak bespoten kapsel – dat als een betonblok om haar hoofd hing – naar achteren te duwen.
'Het heeft me al heel wat moeite gekost om je te vinden.' Léllebel, voegde Tara in gedachten aan het zinnetje toe. 'Waarom luister je zelf niet wie het is?'
Bij de receptiebalie aangekomen pakte Tara de telefoon aan die Pam haar overhandigde als een non die aan iemand een vibrator moet geven.
'Als hij ondertussen niet opgehangen heeft,' merkte Pam op, niet bepaald zachtjes en kennelijk in de hoop dat hij dat wel had gedaan.
'Hallo?' zei Tara.
'Dat werd godverdomme tijd,' klonk er een krakende stem. Haar hart sloeg als een konijn op hol.
'O, jij bent het!' Haar vingers klemden zich krampachtig om de hoorn. Dominic!
Hij klonk geamuseerd. 'Wie had je dan verwacht, de belastingdienst?'
'Nog erger,' Tara slaakte een hartgrondige zucht van opluchting. 'Mijn bankdirecteur.'
Ditmaal lachte hij en Tara besefte dat hij waarschijnlijk niet met een dergelijk scenario vertrouwd was als echtgenoot van een vrouw die ettelijke miljoenen bezit. Jeetje, als je in Dominics schoenen stond kreeg je waarschijnlijk een dure kerstkaart met Kerstmis van je bankdirecteur. Waarop zoiets stond als: Veel liefs en kusjes.
'Hoor eens, sorry dat ik je op je werk bel, maar ik heb een ideetje.' Hij zweeg even om indruk te maken. 'Hoe zou je het vinden om een kamer te huren in een hotel, daar te overnachten en je eens lekker laten verwennen? Een romantisch etentje, kaarsen, champagne, kortom, alles erop en eraan.'
Het konijn in haar borstkas was begonnen aan een marathon. Lichtelijk buiten adem zei Tara: 'Klinkt... interessant. Met wie?'
Ze kon horen dat hij lachte. 'Met mij. Maar alleen als je het wilt.'
De hele nacht samen. Lekker verwend worden. Alles erop en eraan...
'Hoe zit het met, um...?'

'Annabel is op bezoek bij een vroegere schoolvriendin. Ze logeert in Londen en komt morgenmiddag thuis. Dus,' vroeg Dominic olijk, 'wat denk je ervan?'
Ze had niet veel bedenktijd nodig, zeker niet nu Pam naast haar stond, bij wie de wolken van kille afkeuring de oren uit kwamen en die ongeduldig stond te stampvoeten tot ze ophing.
'Oké,' fluisterde Tara.
'Zo mag ik het horen. Ik pik je om zes uur op, op ons vaste plaatsje. Ik zal nu maar ophangen,' zei Dominic vrolijk. 'Dag, schat.'
'Dag.' Tara legde de telefoon neer, terwijl ze koortsachtig aan van alles en nog wat dacht. Nu was het zover. Het enige waar Daisy haar voor had gewaarschuwd. Het zou niet gebeuren... maar het moest haast wel gebeuren. O, hemeltje, een nacht in een hotel! Net als een echt stelletje...
'O, daar bent u, meneer Tyzack,' riep Pam uit. Tara voelde een rilling over haar rug lopen. 'Dat pakje waar u op wachtte is tien minuten geleden gebracht.'
Dev liep de hal door en wierp even een glimlach in Tara's richting. Toen hij het pakje van Pam aanpakte zei hij: 'Heb je Daisy vanmorgen gezien?'
Tara schudde haar hoofd. Ze wilde Daisy ook helemaal niet zien. Godsamme, Daisy zou haar de ontmoeting met Dominic uit alle macht uit haar hoofd proberen te praten. En wat zou Dev zeggen als hij het wist?
'Je ziet er een beetje verhit uit,' merkte hij op.
Ze moest koste wat kost vermijden er schuldig uit te zien, dacht Tara. Ze was nu eenmaal Tara, een beetje dellerig, een flirt, maar in wezen onschuldig.
'Dat komt vast,' antwoordde ze met haar zonnigste glimlach, 'omdat jij naast me staat.'

Toen Barney de voordeur van het huisje openduwde, zag hij de koffers al midden in de woonkamer staan. Even later kwam Mel met veel moeite de trap aflopen met in de ene arm een paar volgepropte plastic zakken en in de andere Freddie.
'Wat ben je aan het doen?' vroeg Barney.
'Ja, wat denk je? Nu hoef jij mij de laan niet uit te sturen. Ik bespaar je de moeite.' Met een spierwit gezicht maar vastbesloten zet-

te Mel de zakken bij de koffers neer en liet Freddie voorzichtig op de grond zakken. Toen ging ze overeind staan en zei: 'Dit wil je toch, hè? Dat wij uit je leven verdwijnen? Je schaamt je voor me, je vindt het walgelijk wat ik heb gedaan en je wilt niets meer met ons te maken hebben. Nou, Barney, dat is prima, dat vind ik absoluut prima, en je hoeft niet bang te zijn dat ik je in verlegenheid zal brengen door te smeken of ik toch mag blijven, want dat ben ik absoluut niet van plan. Ik moet alleen Freddies spulletjes nog inpakken en dan zijn we weg. Misschien kun je nu vast een taxi bellen. Dat scheelt weer wat tijd. Over twintig minuten kunnen we weg zijn.'
'Mel...'
'Nog een ding,' viel ze hem met fonkelende ogen in de rede. 'Laat me dit nog even zeggen. Het spijt me dat ik je heb gekwetst en het spijt me dat ik Daisy van slag heb gemaakt. Maar je moet nooit, nooit van me verwachten dat het me spijt dat ik Freddie heb gekregen.'
Barney schudde hulpeloos zijn hoofd. 'Dat verwacht ik ook niet. Natuurlijk heb je geen spijt van Freddie.'
'Goed. Bedankt. Ik ben blij dat daar geen misverstand over bestaat.' Mel keek een paar seconden naar haar zoontje dat heel tevreden met een weggooiluier uit een van de plastic tassen zat te spelen. Freddie wierp hen beiden een ondeugende, tamelijke tandeloze grijns toe en plantte de luier als een muts op zijn hoofd.
'Maar goed dat het een schone is,' zei Barney.
'Ik ga de rest van zijn spullen halen.' Mel draaide zich om naar de trap.
'Niet doen.' Hij stak zijn arm uit om haar tegen te houden.
'Waarom niet?'
'Ik wil niet dat je weggaat. Je hoeft niet weg.' Zijn adamsappel wipte in zijn hals op en neer. 'Daisy vindt het goed. Je kunt blijven.'
'Dat geloof ik niet. Daisy haat me. Ze wil me niet hier hebben.'
Barney aarzelde omdat dit ongetwijfeld waar was. 'Nou ja, ze wil je misschien niet hier hebben, maar ze zal je ook niet het dorp uit jagen. Ze zegt dat ze ermee om kan gaan zolang jij maar... nou ja, bij haar uit de buurt blijft.'
'Je bedoelt dat ik een heg in moet springen als ik haar mijn kant uit zie komen?'

'Gewoon discreet zijn, dat bedoelt ze. Je moet niet verwachten dat je op feestjes in het hotel wordt uitgenodigd. Dat is redelijk, hè?' smeekte Barney omdat Mel een strijdlustige blik in haar ogen had. 'Ik vind het fantastisch van haar. Dit kunnen we toch wel aan, hè?'
Mel keek hem aan. Ze was in tweestrijd. Aan de ene kant vond ze het ook een heel acceptabel aanbod, aan de andere kant verzette ze zich hevig tegen zijn houding.
'O ja, het kan niet beter, Daisy is zo fantastisch, ze zegt dat ik in het dorp mag blijven wonen – ook al is het dorp helemaal niet van haar – maar hoe zit het met jou?' vroeg ze op de man af. 'Barney, je bent niet haar bezit. Als zij had gezegd dat ik weg moest, waren wij verleden tijd geweest. Ik zou weggaan met Freddie, jij zou hier blijven en ze zou ons nooit meer hebben gezien. Ik wil niet dat we bij elkaar blijven omdat Daisy MacLean dat goedvindt. En ik ben zeker niet van plan om de rest van mijn leven bij haar in het krijt te staan.'
'Ssst.' Barney schudde glimlachend zijn hoofd. 'Je hebt het helemaal fout. Ik heb tegen Daisy gezegd dat we uit Colworth zouden vertrekken. Ik zei dat ik jullie niet kon opgeven. En dat meende ik. Zonder jou en Freddie zou ik hier niet blijven. En Daisy wist dat ik het meende. Toen zei ze dat het jammer was om het huisje in de steek te laten, vooral omdat ik zoveel moeite had gedaan het in orde te maken.'
'O,' Mel slaakte een diepe zucht van opluchting. 'Nou ja, dat is ook zo.'
'Dus we gaan nergens heen,' zei Barney. 'We blijven gewoon hier.'
'Oké.' Toen hij zijn armen om haar heen sloeg kon ze horen hoe zijn hart als een razende tekeerging tegen haar wang.
'Ik hou van je,' mompelde Barney.
De crisis was voorbij. Ze was hem toch niet kwijt.
'Ik hou ook van jou,' fluisterde Mel.

Tara's maag was totaal van streek. Ze was belachelijk opgewonden. Dit was ongelooflijk. Het hotel, klein maar romantisch, stond in Clevedon omdat Dominic niemand kende die in Clevedon woonde of werkte. Hij was voor alle zekerheid eerder dan zij naar binnen gegaan om even vlug rond te kijken terwijl zij nog in de auto zat.

En – hoera – de kust was veilig geweest. Er zou nu eens een keer niets misgaan. En dat werd tijd, dacht Tara verheugd toen ze naar hun kamer werden gebracht.
Toen de portier weg was en ze alleen waren, zei Dominic: 'Eindelijk.' Hij was het blijkbaar met haar eens. Met een triomfantelijke kreet tilde hij Tara op, zwierde met haar door de kamer en liet haar toen op het kingsize bed ploffen. Hij sprong bovenop haar, overdekte haar gezicht en hals met zoenen, begon aan de knoopjes van haar blouse te friemelen en kwijlde wellustig bij het zien van haar prachtige turquoise beha.
'Idioot,' giechelde Tara en ze duwde hem van zich af. 'Er moet wel wat meer romantiek aan te pas komen, hoor. Ik wil eerst lekker eten, met een wijntje erbij en dan moet je me allerlei lieve dingen zeggen voordat je handtastelijk mag worden.'
'Dat snap ik.' Dominic keek haar diep in de ogen. 'En natuurlijk doe ik dat.' Hij zweeg even en begon toen te grijnzen. 'Maar wat denk je van een vluggertje om de eetlust op te wekken?'
Ze begon te gillen toen hij een uitval deed naar de tailleband van haar rok, rolde van hem weg en krabbelde overeind.
'Ik moet eerst iets eten. Ik sterf van de honger.' Tara gaf een klopje op haar lege maag die onmiddellijk een geknor liet horen. 'Ik ben meteen uit mijn werk thuisgekomen, ben in bad geweest, heb me aangekleed en heb wat kleren in een tas gestopt. Ik heb sinds de lunch niets meer gehad. We moeten eerst iets eten,' drong ze aan. 'Anders val ik gewoon flauw.'
Als antwoord kuste Dominic haar heel zachtjes op de mond, gleed liefkozend met zijn tong over haar onderlip en trok zich toen met een spijtig gezicht terug.
'Je hebt volkomen gelijk,' zei hij. 'Jij mag het zeggen.'
Tara voelde zich heel blij en triomfantelijk. Ziezo, ze liet zich niet zomaar inpalmen.
Als Daisy haar nu kon zien, zou ze trots op haar zijn.

47

Afgezien van het feit dat hij ietwat verstarde als er weer iemand de eetzaal binnenkwam – wat volgens Tara onder deze omstandigheden niet geheel onlogisch was – had Dominic zijn woord gehouden. Er was uitstekende wijn, in grote hoeveelheden, er was verrukkelijk eten, prachtig opgediend op zeshoekige borden met zilveren randjes, en er was kaarslicht. De stemming was romantisch, het personeel efficiënt, maar niet opdringerig. Tara was in de zevende hemel. Het was alleen jammer dat haar eetlust was verdwenen; terwijl ze eerst nog volkomen uitgehongerd was geweest, was ze nu zo opgewonden dat ze bijna geen hap door haar keel kon krijgen.
Gelukkig vond Dominic het niet erg. Hij vatte het op als een compliment.
'Heb je morgen vrij kunnen krijgen?'
Tara glimlachte en knikte. Ze had een van de andere meisjes zover gekregen dat ze met haar wilde ruilen, waardoor ze niet op een onchristelijk tijdstip hoefde te vertrekken.
'Je zegt bijna niets,' merkte Dominic op.
'Er is niets aan de hand.' Ze reikte over de tafel en gaf een kneepje in zijn hand. 'Het is alleen...'
'Ik weet het, dat geweten van je. Schat, je weet toch wat ik voor je voel. Ik ben met het verkeerde meisje getrouwd.' Dominic bleef zachtjes praten hoewel de tafels in het restaurant ver uit elkaar stonden. 'Ik heb een fout gemaakt. We vinden wel een oplossing, dat beloof ik je.'
Tara had hem net willen zeggen dat ze geen wijn meer op kon, maar dat gaf niets. Het was niet meer dan terecht dat ze het over zijn huwelijk hadden.
'Hoe is het met Annabel gegaan in de afgelopen week?'
Dominic schudde ernstig zijn hoofd. 'Geen verandering. Het is net alsof je met een vreemdeling in huis woont. Ik doe mijn best, maar zij wil er gewoon niets... nou ja, aan doen.'
'Nog steeds geen...?'
'Seks? Laat me niet lachen.' Hij haalde zijn schouders op. 'Annabel is daar niet in geïnteresseerd.'
Dat was toch geen leven voor een man. Tara had ontzettend veel

medelijden met Dominic, maar voor Annabel was het ook zielig.
'Heb je weleens aan therapie gedacht? Je hebt van die seksthera-peuten. Kun je haar niet overhalen naar zo iemand toe te gaan?'
O jee, moet je mij horen, zit ik over de seksuele problemen van de vrouw van mijn geliefde te praten. Nu kan niemand meer zeggen dat ik niet edelmoedig en aardig ben.
'Dat zou ze nooit doen.' Dominic trok een grimas bij de gedachte alleen al. 'Annabel? Geen denken aan. Ze zou ronduit weigeren.'
Tara voelde zich stiekem opgelucht. Het was allemaal goed en wel om nuttige volwassen suggesties te doen, maar ze zou flink op haar neus kijken als Dominic haar volgende week zou opbellen met de mededeling: 'Het heeft gewerkt, het heeft godverdomme gewerkt. Sinds ze bij die sekstherapeut is geweest kan ze haar handen niet meer van me afhouden... schat, moet je horen, ze weet niet van ophouden.'
God, stel je voor. Dat zou de oneerlijkheid ten top zijn.
'O, Dominic, wat ga je nu doen?' Het was echt een hopeloze situatie. Tara kneep hem meelevend in de hand.
'Ik moet het gewoon nog een paar maanden volhouden.' Dominic keek berustend. 'Voor de schijn. Als het aan mij lag was ik morgen weg, maar dat zou niet eerlijk tegenover Annabel zijn. Zo'n vernedering zou ze niet te boven komen.'
Wat was hij toch lief, daarom hield ze van hem. Hoeveel mannen zouden zo attent zijn?
'Sorry.' Tara keek glimlachend omhoog naar de serveerster die hun borden kwam ophalen. 'Het eten is verrukkelijk – ik heb gewoon geen honger.'
'Wat denk je van een toetje?' Om haar in de verleiding te brengen maakte Dominic een hoofdbeweging naar de aangrenzende tafel. 'Ze hebben chocolademousse.'
Tara had een enorm zwak voor chocolademousse, maar haar maag was nog steeds helemaal van streek. De zenuwen speelden haar parten. Met een spijtig gezicht schudde ze haar hoofd. 'Ik denk niet dat ik het op kan.'
Dominic schoof zijn stoel achteruit, stond toen op en pakte Tara bij de hand. Terwijl ze de eetzaal uit liepen fluisterde hij in haar oor: 'We hebben iets heel anders in het vooruitzicht dan chocolademousse.'

Tara leunde tegen hem aan en voelde een golf opkomen van iets wat precies leek op...

Misselijkheid. Misselijkheid, en hoe Tara het ook probeerde, het ging niet weg. Toen ze weer in hun kamer waren, was Dominic haar gaan zoenen en zij had haar best gedaan om enthousiast mee te doen, maar de geur van zijn aftershave waar ze normaal zo van hield, zorgde ervoor dat ze zich met de minuut misselijker ging voelen. Ze had het ook warm. Ze begon te zweten op een manier die niet leuk meer was.

'God, wat ben je mooi,' mompelde Dominic terwijl hij in een soepele beweging haar jurk openritste en de bandjes van haar schouder af liet glijden. Tara voelde zich prompt koud en klam, en ze moest diep ademhalen om het misselijke gevoel in haar maag in te dammen. Dominic die ervan uitging dat die zware ademhaling een teken van opperste vervoering was, duwde haar naar het bed toe. Hij deed een stapje achteruit en staarde vol bewondering naar Tara in haar turquoise beha en haar (uiteraard) bijpassende slipje. Toen ze in een reflex haar buik introk, kromp ze in elkaar toen ze een scherpe pijnscheut in haar ingewanden voelde, alsof iemand er met een mes in zat te wroeten.

In een oogwenk wist Tara hoe laat het was. O, nee, nee, alsjeblieft, god, néé...

'Zo mooi, zo sexy,' fluisterde Dominic, terwijl hij zijn hand uitstrekte en zijn vingers over de met kantjes versierde verleidelijke cups van haar beha liet gaan. 'Ik heb hier zo lang op gewacht.'

Het was niet de schuld van haar zenuwen geweest dat haar maag overstuur was en dat ze niet kon eten. Dat gevoel van opkomende misselijkheid was niet te wijten aan haar schuldgevoel. Tara deed haar ogen dicht en de kamer begon te draaien en te tollen alsof ze in de een of andere idiote kermisattractie zat.

'Mmph,' sputterde ze tegen toen Dominic zijn mond op de hare legde en tegelijkertijd aan haar behasluiting begon te prutsen. De misselijkheid kwam als een rondwervelende derwisj opzetten en ze rukte zich met de hand voor de mond los en racete langs een verbijsterde Dominic heen naar de badkamer.

De volgende vijf minuten vormden het absolute dieptepunt van Ta-

ra's leven. Ze kokhalsde en kotste, luidruchtig en smerig tot er niets meer in haar maag zat.
Ten slotte hoorde ze Dominic door de gesloten badkamerdeur heen roepen: 'Tara? Is alles goed met je?'
O, alles in orde, schat, ik heb me nog nooit zo goed gevoeld. Waar ik nu echt zin in zou hebben is een chocolademilkshake met toffeesmaak en een ritje in de achtbaan.
Tara zei dit niet, daar geneerde ze zich te veel voor. Als er iets bestond wat nog minder sexy en aantrekkelijk was dan het geluid van een kotsende vrouw, dan zou ze dat niet kunnen noemen.
Dertig seconden later wist ze het wel. De messcherpe pijnscheuten in haar buik werden erger, haar ingewanden veranderden in water en ze kon nog net op tijd op het toilet gaan zitten.
God mocht weten hoelang dit duurde – waarschijnlijk een minuut of twintig – maar ten slotte kreeg Tara haar lichaamsfuncties weer voldoende onder controle om naar de wasbak te kunnen strompelen en in de spiegel te kijken. Niet zo'n mooi gezicht. Daar stond ze in haar beha en haar slipje. Haar ogen waren gezwollen, haar gezicht was vlekkerig en haar haren waren plakkerig van het zweet. Belachelijk genoeg had ze haar knalrode schoenen met naaldhakken nog aan.
Lichtelijk onvast op haar benen poetste Tara haar tanden, waste haar gezicht en drapeerde een badhanddoek om haar schouders omdat ze bleef bibberen van de kou. De onheilspellende maagkrampen waren nog niet verdwenen. De wc was vast even uitgeput als zij van al dat doortrekken. O god, hoe kon ze Dominic nog onder ogen komen?
Door de badkamerdeur – de flinterdunne badkamerdeur – kon ze het gemurmel van stemmen horen. Hopelijk was dat de tv en niet een spontaan bijeengekomen groepje mensen die stonden te wachten, tot ze te voorschijn kwam met de champagneflessen in de aanslag om dan keihard 'Verrassing!' te gillen.
Afijn, ze kon onmogelijk de nacht in het bad doorbrengen. Tara haalde diep adem, deed de deur van het slot en stapte naar buiten.
Dominic lag helemaal aangekleed op het bed en keek televisie. Hij draaide zijn hoofd om en keek haar aan.
'Gaat het weer een beetje?'
Tara knikte, doodongelukkig. Haar buik deed nog pijn. Haar oog-

leden waren zo gezwollen dat ze nauwelijks kon zien. Ze had zich nog nooit zo onaantrekkelijk gevoeld.
Des te beter eigenlijk, want Dominic zag er ook niet uit alsof hij brandde van verlangen.
Haar groene satijnen peignoir zat nog in haar koffer. Tara trok hem te voorschijn, schopte de idiote naaldhakken uit en trok de peignoir aan. Omdat ze niet goed wist wat ze moest doen, liep ze aarzelend naar het bed toe.
Misschien als je een jaar of honderd met iemand getrouwd was, zou hij over zoiets heen kunnen stappen. Misschien zou hij er grapjes over kunnen maken, het weglachen en een bemoedigende arm om je heen slaan die aangaf dat hij het begreep en toch wel van je bleef houden.
Dominic richtte zijn aandacht weer op de tv, pakte de afstandsbediening en zapte naar een ander kanaal.
'Het spijt me.' Toen Tara zich op de rand van het bed liet zakken, zou ze kunnen zweren dat hij een stukje van haar weg schoof. Zo voelde je je dus als je melaats was.
Na een lange stilte vroeg Dominic: 'Waardoor is dit gekomen?'
Tara was daar ondertussen zelf al achter gekomen.
'Ik heb tussen de middag een tonijnsandwich gegeten. Ik vond al dat hij een beetje vreemd smaakte, maar ik had niets anders bij me en ik had honger, dus heb ik hem maar opgegeten. Ik heb hem gisteravond thuis klaargemaakt,' gaf ze benepen toe, 'en ik ben vergeten hem in de koelkast te leggen.'
'Jezus,' mompelde Dominic. Uit zijn toon bleek duidelijk dat hij haar ongelooflijk stom vond.
'Ik dacht dat het wel kon. Het was heel koud in huis.' Tara ging in de verdediging, want gisteravond had Maggie voor het eerst in tijden niet alle radiatoren op de hoogste stand staan in een wanhopige poging een enorme lading wasgoed te drogen.
Dat verdomde wasgoed.
'Nou, dat was het klaarblijkelijk niet.' Dominic klonk nogal chagrijnig en Tara kon hem dat niet kwalijk nemen. 'En wat doen we nu?' vervolgde hij pissig. 'Want ik ben niet meer in de stemming om...'
'Ik ook niet,' viel Tara hem vlug in de rede, voordat hij haar kon vertellen hoe hij walgde van haar verraderlijke lichaam.

'Zullen we dan maar gewoon naar huis gaan?'
Ze zou niets liever willen, maar tot Tara's ontzetting begon haar maag zich weer op een onheilspellende manier te roeren. Zelfs op dit uur van de nacht zou de terugrit naar Colworth meer dan een uur in beslag nemen en het vooruitzicht van een ongelukje in de auto was te verschrikkelijk voor woorden.
'Ik voel me nog steeds niet... ik weet niet of ik... nou ja, de reis aankan.'
Dominic knikte en pakte de telefoon die op het nachtkastje lag. Hij vroeg aan de receptioniste beneden of er nog een kamer vrij was.
'Het hotel is vol,' zei hij kortaf terwijl hij de telefoon neerlegde. 'Alle kamers zijn bezet.'
Dit was een nachtmerrie.
'Jij zou naar huis kunnen gaan,' fluisterde Tara, want het was duidelijk dat hij dat wilde doen. 'Dan blijf ik hier.'
'Misschien is dat wel het beste.' Dominic keek een beetje geërgerd toen haar schouders begonnen te schudden. 'O jezus, ga nu niet huilen. Wat is er nu weer?'
Wat is er nú weer?
Hete tranen stroomden over Tara's gezicht en druppelden van haar kin af. 'Het is helemaal b-bedorven. Het spijt me dat ik alles h-heb verpest, maar ik heb het niet expres gedaan... en ik voel me zo beróérd,' jammerde ze, terwijl ze met de gladde mouw van haar peignoir haar ogen afveegde. 'Ik voel me echt z-ziek en ik wil niet alleen zijn!'
Zielig, ontzettend zielig, maar wel waar. Als ze nu thuis was, zou Maggie haar enorm gaan vertroetelen, haar lekker in bed stoppen, met een washandje haar voorhoofd deppen en vooral lief en zorgzaam zijn.
Hoewel hij op flinke afstand bleef gaf Dominic haar een onhandig klopje op haar schokkende schouder. 'Oké,' zuchtte hij. 'Ik ga niet weg.'
Tara durfde zich niet om te draaien om hem te omhelzen. In plaats daarvan haalde ze luidruchtig haar neus op. 'B-bedankt.'

Ze verlieten het hotel de volgende morgen om acht uur. Tara had zich nog nooit in haar leven zo leeg gevoeld. Als ze zich woog zou

ze vast ontdekken dat ze tien pond was afgevallen. Haar hele lichaam was zo hol als een goedkoop paasei. Ze was die nacht af en toe bijna ingedut, maar dan was ze meteen weer wakker geworden en had als een gek naar de badkamer moeten rennen. Onnodig te zeggen dat Dominic ook niet veel slaap had gehad.
Maar in ieder geval voelde ze zich nu goed genoeg om de thuisreis te riskeren. Dominic was blijkbaar ook opgelucht. Ze had niet geweten dat twee mensen zo ver uit elkaar in een tweepersoonsbed konden liggen. Het was een nacht geweest die ze geen van beiden gauw zouden vergeten.
Ze reden zwijgend terug naar Colworth. Toen Dominic haar op de hoek van de High Street afzette, gaf hij haar geen zoen. Tara was ervan overtuigd dat ze nog steeds naar braaksel rook hoewel ze haar tanden zo hard had gepoetst dat de haren van de tandenborstel helemaal plat lagen.
'Ik bel nog wel.' Tijdens het praten wierp hij een blik op zijn horloge om aan te geven dat hij haast had.
'Oké.' Tara vroeg zich af of hij het meende. Had ze hem voorgoed afgeschrikt of zou de ellende van de afgelopen nacht na verloop van tijd minder erg lijken, wat je ook weleens hoorde over barensweeën. Voor ongeveer de honderdste keer mompelde ze: 'Het spijt me.'
Met een knikje wist Dominic zijn eerste glimlach van die dag te produceren. Een heel kleintje. Toen zei hij: 'Mij ook.'

48

'Weet je zeker dat het weer een beetje gaat?' Maggie kwam bedrijvig de woonkamer binnenlopen. Ze had een fles Perrier-water uit de koelkast bij zich. Ze streelde over Tara's haren, rammelde met haar autosleutels en zei: 'Arme schat, je ziet er nog steeds slecht uit. Ik zal wat lekkers voor je meebrengen voor als je je eetlust weer terugkrijgt. Wil je dat ik een paar tijdschriften meeneem?'
Tara knikte en voelde zich veilig. Het was drie uur in de middag en ze had het stadium bereikt dat ze zich nog zwak voelde, maar

wel stukken beter. Elke spier in haar lichaam deed nog pijn en ze had wat vloeistof binnen kunnen houden, twee volle glazen water. En wat nog het fijnste was, ze voelde zich niet meer misselijk en had ook niet meer het gevoel dat ze elk moment naar de wc moest hollen.

'Ik ben om vijf uur terug,' zei Maggie, die naar de supermarkt ging om eens flink in te slaan. 'Houd jij je nu maar rustig, kijk maar wat tv en rust lekker uit.'

O, wat was het heerlijk om vertroeteld te worden. En Maggie had de vorige avond *Rain Man* voor haar opgenomen. Ze ging lekker op de bank liggen met het dekbed om zich heen, zwaaide met de afstandsbediening naar de video en deed haar best om niet aan Dominic te denken. Het gezelschap van Dustin Hoffman en Tom Cruise was precies wat ze nodig had om weer een beetje bij te komen.

Een uur later werd er gebeld.

'Gevaar,' zei Dustin Hoffman op de televisie.

Tara wrong zich onder het dekbed uit en streek snel over haar overeind staande haardos heen. Misschien was het Dominic wel die teruggekomen was om zijn excuses aan te bieden en te zeggen dat hij nog steeds van haar hield.

Nou ja, dat kon toch?

Maar of hij nog steeds van haar zou houden in haar Madonna-T-shirt en haar slobberige joggingbroek was een heel andere zaak.

Ze deed toch de deur maar open.

'Hallo,' zei Annabel Cross-Calvert.

O god. Tara hoopte vurig dat ze op de bank in slaap was gevallen en afschuwelijk naar droomde. Dit kon toch niet in werkelijkheid gebeuren?

'Je kunt me maar het beste binnenlaten,' stelde Annabel voor. 'We moeten nodig praten.'

O, godverdomme. Dit was echt. Tara probeerde een paniekaanval te onderdrukken en vroeg zich af of ze haar advocaat zou mogen bellen. Als ze er eentje had.

Met een kurkdroge mond en met een hart dat haar ribbenkast probeerde uit te deuken deed ze een stap opzij. Annabel stoof in een geur van Chanel No.19 langs haar heen de kamer in. Ze bleef even staan om te kijken naar het verfrommelde dekbed, de dichte gordijnen en het flikkerende tv-scherm.

'Oh-oh,' zei Dustin Hoffman onnozel. 'Scheet.'
'Sorry, ik zal hem uitdoen.' Tara pakte de afstandsbediening en begon als een idioot het dekbed uit het zicht achter de bank te duwen en de stapel met spullen die Maggie voor haar kussens nodig had van de stoel te halen. Daarna gebaarde ze naar Annabel dat ze moest gaan zitten. 'Um... kopje thee?'
'Nee, dank je.' Annabel schudde haar hoofd en bleef staan. Ze had een duur uitziende grijze suède jas aan, met een roze blouse en een lichtgrijze broek.
Tara, die zich geen raad wist, wreef haar zweterige handen over elkaar en vroeg wanhopig: 'Koffie?'
'Nee.' Annabel haalde diep adem en keek haar recht in de ogen. 'Je hebt een verhouding met mijn man.'
'Niet waar.' Tara schudde verwoed haar hoofd. 'Echt niet, dat verzeker ik je. Ik ben niet met hem naar bed geweest.'
'Doe geen moeite het te ontkennen. Je bent gisternacht met hem in dat hotel in Clevedon geweest. Hij heeft je vanmorgen hier weer afgezet. Ik weet er alles van.'
Zou dit het juiste moment zijn om flauw te vallen? Tara, die zich toch al vrij wiebelig voelde, liet zich met een plof op de bank zakken.
'Wie heeft je dat verteld? Dominic?'
Annabels bovenlip krulde zich minachtend. 'Natuurlijk niet. Ik heb hem laten schaduwen.'
'Schaduwen? Bedoel je dat je hem hebt laten volgen?' Tara voelde hoe het zweet haar aan alle kanten uitbrak. 'Door een...?'
'Privédetective. Dat klopt.'
'Maar, maar... hij heeft me gisteravond opgehaald. We hebben helemaal niet gezien dat iemand ons volgde.' Oké, het was een schuldbekentenis, maar Annabel was kennelijk al van alles op de hoogte. Nou ja, van bijna alles.
'Dat komt omdat hij zijn werk goed doet,' antwoordde Annabel geduldig. 'En hij hoefde het hele eind naar Clevedon niet pal achter jullie te rijden. Hij had al een opsporingsapparaatje in de auto van Dominic aangebracht. Ja, de wonderen van de moderne technologie,' ging ze droogjes verder. 'Waar zouden we zonder al die dingen zijn?'
Ergens waar het een stuk veiliger was, dacht Tara, dat stond als

een paal boven water. Dan zou ze niet zijn betrapt. Ze was nooit zo gek geweest op die moderne technologie en nu wist ze waarom. Ze werd er nog minder gek op toen Annabel haar handtas openklikte en een piepkleine cassetterecorder te voorschijn haalde.
'Jullie hebben samen gegeten in het restaurant van het hotel. Kun je je nog herinneren dat er een man van middelbare leeftijd aan het tafeltje naast dat van jullie zat?'
'Nee.'
'Zie je wel.' Annabel klonk bijna vrolijk. 'Dat is nog een reden waarom hij zo'n goede privédetective is. Niemand ziet hem. Maar hij heeft jullie wel gezien.' Ze wachtte even. 'En hij heeft alles opgenomen wat jullie hebben gezegd.'
Nou, dat was het dan, ze waren er gloeiend bij. Gloeiender was bijna niet mogelijk, al zouden ze nog zo hun best doen.
'Jullie hadden zoveel haast dat jullie geen toetje meer hebben genomen. Je hebt blijkbaar iets bijzonders gemist,' ging Annabel verder. 'Hij heeft me verteld dat de chocolademousse overheerlijk was.' Ze trok een grappig gezicht en voegde eraan toe: 'Wie weet, misschien was het wel beter dan seks.'
Tara moest opeens aan iets denken dat afschuwelijk maar tegelijkertijd ook prettig was. Als ze in hun kamer ook waren afgeluisterd, wist Annabel dus dat er tussen haar en Dominic niets lichamelijks had plaatsgevonden. Dat was in ieder geval positief.
Aan de andere kant betekende dat wel dat Annabel had moeten luisteren naar een bandje vol met hevig gekokhals en gekots.
Tara vroeg angstig: 'Zat er ook zo'n luisterding in onze kamer?'
Annabel bewoog bijna onmerkbaar haar schouders, alsof ze wilde zeggen: 'Misschien wel, misschien niet.' 'Jij hebt iets met mijn man.' Haar stem klonk kil. 'Waarom vertel je niet gewoon wat er is gebeurd, dan zeg ik wel of jullie wel of niet zijn afgeluisterd.'
Tara wreef met beide handen over haar gezicht. Het interesseerde haar geen barst of ze er zweterig en verfomfaaid uitzag. 'Oké, oké. Maar ik kan het niet als je daar zo blijft staan. Je moet eerst gaan zitten.'

'Dat was het,' zei ze een kwartier later. 'De hele waarheid. Maar als we zijn afgeluisterd weet je al dat het de waarheid is.'
'Er zat niets in de kamer,' zei Annabel.

Tara wist niet of ze daar opgelucht of ontsteld over moest zijn.
'Maar zo was het wel,' zei ze mat.
'Het feit blijft dat je met Dominic had gevreeën als je niet ziek was geworden.'
'Ik denk het wel.' Tara knikte ongelukkig. Ze was niet zo erg trots op zichzelf.
'Je wílde met hem naar bed,' hield Annabel vol.
'En Dominic wilde met mij naar bed,' flapte Tara eruit. 'Hoor eens, het spijt me, ik weet dat het fout was wat we deden... nou ja, bijna deden... maar het is niet helemaal de schuld van Dominic, hè? Je kunt niet met een man trouwen en dan weigeren seks met hem te hebben, wat voor seks dan ook, en dan verwachten dat hij daar genoegen mee neemt. Dat is niet eerlijk tegenover hem. Zo behandel je niemand,' ratelde Tara vol vuur door, 'en het is gewoonweg ontzettend egoïstisch om niet met een therapeut in zee te willen gaan...'
'Ja, ja, dat heb ik op de band ook al gehoord.' Annabel maakte een ongeduldig gebaar met haar hand. 'Ik vond het wel lief van je dat je zo bezorgd was. Ik neem aan dat je op die manier je schuldige geweten een beetje kon sussen, en op de koop toe zou Dominic dan denken dat je een ontzettend aardig meisje was.'
Tara verschoot van kleur. 'Maar je zou echt naar een therapeut moeten gaan.'
'Ik heb me bedacht.' Annabel trok koeltjes een wenkbrauw op. 'Ik geloof dat ik nu wel een kopje thee wil.'
Waarschijnlijk zei ze hetzelfde tegen Dominic als hij durfde voor te stellen dat ze samen naar bed zouden gaan, dacht Tara toen ze naar de keuken liep om water op te zetten.
Ze was net bezig het kokende water op de theezakjes te gieten toen Annabel achter haar in de deuropening kwam staan.
'Zal ik je vertellen waarom ik nog niet naar een therapeut ben geweest?' vroeg ze.
Omdat je frigide bent, dacht Tara, en doodsbenauwd dat je verplicht zou zijn met een volslagen vreemdeling over lichaamsdelen te praten – hemeltje, hij zou weleens walgelijke woorden als *geslachtsgemeenschap* en, jakkie, *penis* kunnen gebruiken.
'De reden dat ik nog niet naar een therapeut ben geweest,' vervolgde Annabel, 'is dat er absoluut niets mis is met ons seksleven.'

Tara plensde te veel melk in haar eigen kopje. Nou ja, dat gaf niets, ze had er toch al geen zin in gehad.
Meende Annabel dit?
'Maar...'
'We hebben het geweldig samen in bed en daarbuiten trouwens ook,' zei Annabel. 'De seks is fantastisch en zeker niet te weinig. Wat is er, denk je dat ik dit verzin?'
Tara verkilde helemaal. Ze draaide zich om en keek Annabel aan.
'Ik weet het niet.'
'Ik heb jou ook geloofd,' zei Annabel, 'toen je me vertelde wat er gisteravond is gebeurd. Nu is het jouw beurt om mij te geloven.'
'Maar waarom zou hij zoiets zeggen als het niet waar was?' Nog voordat de woorden haar mond uit waren, wist Tara diep in haar hart al precies waarom.
'Omdat Dominic een leugenaar is. En hij wil alles hebben. Wees nou reëel,' ging Annabel schouderophalend verder. 'Overal waar je kijkt zijn er mannen die hun vrouwen bedriegen en die tegen hun vriendinnetjes vertellen hoe ongelukkig ze thuis zijn. Dat doen ze voor de lol, want twee vrouwen is nu eenmaal beter dan één. Het is een hobby. Is die voor mij? Bedankt. En hij kan natuurlijk heel goed liegen, dat weet jij ook wel. Nou ja, dat weten we allebei.'
Tara keek hoe ze daar haar thee stond op te drinken. Op de keper beschouwd nam Annabel dit buitengewoon kalm op.
'Ik wist het niet,' zei ze verontwaardigd.
'O, kom nou. En mijn huwelijksdag dan?'
Tara werd knalrood en tikte tegen het theezakje aan dat nog in haar eigen kopje ronddobberde.
'Zeg eens eerlijk,' zei Annabel. 'Je hebt het voor hem gedaan, hè? Je hebt al die zonden opgebiecht om Dominic uit de brand te helpen. Hij was degene die het initiatief nam en jij hebt uiteindelijk de schuld op je genomen.'
O shit.
'Ik heb het niet alleen voor hem gedaan. Ik wilde jouw grote dag niet verpesten.'
'Zie je wel? Je bent niet alleen maar slecht.' Annabel glimlachte even.
'Wat ga je nu doen? Ik bedoel, je hebt naar het bandje geluisterd,' zei Tara. 'Je weet wat Dominic heeft gezegd. Hij wil bij je weg.'

'Ik heb eigenlijk best een beetje honger. Zijn er koekjes in huis? Natuurlijk wil hij niet bij me weg,' vervolgde Annabel. Tara wees verdoofd naar de zwart-met-witte koekjestrommel die naast de fluitketel stond. Annabel haalde er een paar chocoladekoekjes uit en leunde tegen het aanrecht aan. 'Ik ben rijk, nietwaar? Dominic vindt het zalig om met mij en met mijn miljoenen getrouwd te zijn. Hij wil verschrikkelijk graag dat ik zwanger word. Hij kan bijna niet wachten.'

Dit werd eerlijk gezegd te bizar voor woorden.

'En je vindt het niet erg dat hij je bedriegt en tegen anderen zegt dat je frigide bent?'

'O, doe niet zo stom, natuurlijk vind ik dat erg,' riep Annabel met haar mond vol koekjes uit. Ze slikte, schudde haar hoofd en veegde netjes haar mond af met de rug van haar hand. 'Sorry, mijn oude etiquettelerares zou een stuip krijgen als ze me nu kon zien. Ik bedoel, Dominic is niet bepaald iemand die je een trouw type zou kunnen noemen, maar hij heeft gezworen dat hij zou veranderen als we getrouwd waren. Ik twijfelde eerst nog, maar toen wierp hij zijn beroemde charmes in de strijd en... Nou, je weet hoe charmant Dominic kan zijn als hij zijn best doet. Hij heeft me overgehaald met hem te trouwen en mijn moeder was helemaal weg van hem. Op het laatst was alles al geregeld en kon ik niet meer terug. Het was meer om mijn moeder tevreden te houden dan om iets anders. Maar ik vond het wel een beetje te veel van het goede dat hij het op de ochtend van ons huwelijk met iemand anders aanlegde.'

Tara keek haar met grote ogen aan. 'Dus je wist de hele tijd al dat ik er niets aan kon doen?'

'O, kom op, zo onschuldig was je nu ook weer niet. Je hebt wel een klein beetje schuld,' zei Annabel ietwat minachtend.

'Maar je was van plan het huwelijk af te blazen totdat ik naar je toekwam. Als je wist dat ik Dominic dekte, waarom deed je dan net alsof je me geloofde?'

'Ik kon het mijn moeder niet aandoen. Ze had een zenuwinstorting of een hartaanval of zoiets gekregen. De gasten waren allemaal in aantocht, ze was al maanden met het huwelijk bezig. Ze had de schande niet overleefd. Dat kwam niet in het hoofd van mijn praatzieke zusje op, toen ze jou en Dominic in het zomerhuis

zag wegduiken,' zei Annabel met een uitgestreken gezicht. 'Als ik het had gezien, had ik mijn mond wel gehouden.'
'Oké. Juist. En wat gebeurt er nu?' Tara wist niet wat ze moest denken van Annabels ontspannen, bijna joviale manier van doen. 'Ga je van hem scheiden?'
'Ik weet het niet. Daar ben ik nog niet uit. Zoals ik al zei, we hebben het ook nog weleens leuk samen. Ik wil alleen niet getrouwd zijn met iemand die me ontrouw is.'
'Technisch gezien,' zei Tara aarzelend, 'is hij niet ontrouw geweest.'
'Je gaat al weken met hem uit!'
'Maar zonder seks.'
Annabel proestte het uit. 'Dankzij een twijfelachtige tonijnsandwich. Oké, ik vertrouw je nu. Ben je van plan nog eens met Dominic uit te gaan?'
'Néé. Geen denken aan.' Tara schudde heftig haar hoofd. Wat Dominic betreft was ze werkelijk tot bezinning gekomen. Ieder woord dat hij had gezegd was gelogen geweest.
'Zeker weten? Ook als hij je opbelt en weer op de charmante toer gaat?'
'Heel zeker.' Tara huiverde. 'Hoewel ik me eerlijk gezegd niet kan voorstellen dat hij me nog eens opbelt. Na onze escapade van gisteravond denk ik dat hij liever tien straatjes omloopt.' Ze trok een vies gezicht. 'Als jullie uiteindelijk toch nog een baby krijgen, denk ik niet dat Dominic veel op zal hebben met spugen en met luiers. Ik heb zo'n vermoeden dat hij daar niet zo goed in is.'
Annabel dronk de rest van haar thee in één teug op en keek toen op haar horloge. 'Ik moet ervandoor. Dominic verwacht me om vijf uur terug uit Londen. Bedankt voor de thee en de koekjes, en voor het gesprekje. Zorg maar goed voor jezelf,' voegde ze er nog aan toe toen ze bij de voordeur stond.
'Bedankt. En het spijt me.' Tara meende het. 'Van... nou ja, van alles.'
'Het is in orde. Tussen twee haakjes, Dominic is degene die zo graag een baby wil.' Met een pretvonkje in haar ogen zei Annabel: 'Hij weet niet dat ik aan de pil ben.'

49

In de bar van het hotel was er een schoolreünie in volle gang. Twee uur na het diner in het restaurant renden er nog steeds een paar veel te opgewonden veertigers rond die elkaar onder luid gegil begroetten. Telkens als ze iemand herkenden die ze in vijfentwintig jaar niet hadden gezien, riepen ze zo hard ze maar konden dat die persoon geen spat was veranderd.

Wat vanzelfsprekend een enorme leugen was.

Daisy glipte stiekem weg uit de rokerige, veel te hete bar en liep de voordeur uit. Toen ze haar longen volzoog met de koude zuivere lucht draaide ze zich om bij het horen van een bekend geluid. Clarissa trippelde monter langs de receptie alsof het hotel van haar was. Haar pootjes maakten een klikkend geluid op de tegels. Dev kwam ook de trap aflopen. Hij had een oude Barbour-regenjas aan met daaronder een zwarte trui en een spijkerbroek. Daisy zag hoe hij even stil bleef staan om een praatje met Barney te maken die die week de nachtdienst voor zijn rekening nam. Vastbesloten om op het gezelligheidsfront niet achter te blijven begroette Clarissa Daisy met grote vreugde. Ze wikkelde haar lijfje als een harige sjaal om Daisy's benen.

'Hoe gaat het?' Dev kwam bij hen op de stoep staan.

'Prima.' Daisy bukte zich om over Clarissa's oren te aaien en zei: 'Ze houdt mijn enkels lekker warm.'

'Ik bedoelde of je het een beetje redt?' Dev keek haar aan alsof hij wilde zeggen: Geen grapjes, alsjeblieft.

'Oké.' zei Daisy, terwijl ze haar schouders ophaalde. 'Ik overleef het wel.'

'Ik ga Clarissa uitlaten. Heb je zin om mee te lopen?'

Op dat moment klonk er een nieuw koor van hoge gillen en vreugdekreten vanuit de bar. Daisy, die pijn in haar oren kreeg van het enorme geluidsvolume – jeetje, ze werd oud – bedacht dat ze daar wel zin in had.

'Geef me twee minuten, dan kan ik in plaats van deze stomme schoenen iets anders aantrekken.'

Boven in haar flat begon de telefoon te rinkelen net toen ze haar rok uittrok en zich in een spijkerbroek wurmde. Daisy sprong ietwat onhandig naar de telefoon toe, zag het mobiele nummer van Josh oplichten en besloot niet op te nemen. Josh belde haar vast vanuit de een of andere lawaaierige bar waar hij te midden van zijn vriendenschaar haar wilde vertellen dat ze zich verschrikkelijk amuseerden. In plaats daarvan haalde ze diep adem, deed de rits dicht, trok een paar laarzen met platte hakken aan, greep haar paarse fleecejack en was de flat al uit voordat het telefoontje overgeschakeld werd naar het antwoordapparaat.

Ze kon per slot van rekening Clarissa toch niet laten wachten?

Ze liepen naast elkaar de oprijlaan in. Hun adem vormde condenswolken in de avondlucht. Het was minder koud dan het was geweest; overdag had de dooi ingezet en de sneeuw was nu bijna gesmolten. Daisy ademde in met diepe teugen, ze genoot van het ritmisch krakende geluid van hun voeten op het grind en van Clarissa die als een geitje over het gazon huppelde.

'Ze denkt dat ze hier nu woont,' merkte Dev op. 'Ze zal er kapot van zijn als we weggaan.'

Daisy, die blij was dat hij niet op het onderwerp van haar gevoelens over Mel en Freddie doorging, vroeg: 'Hoe staat het met je huis?'

'Alsof er een bom in is ontploft. Nou ja, niet helemaal zo erg.' Dev loodste haar om een plas heen toen ze bij het eind van de oprijlaan waren aangekomen. 'Het dak is opgelapt en het loodgieterswerk is min of meer klaar. Toen ik er vanmiddag even was zouden de behangers net aan de slaapkamers beginnen. Je zit nog wel een paar weken met me opgescheept.'

Clarissa rende voor hen uit en bekeek alle lantaarnpalen omdat het potentiële plaspalen waren. Ondertussen liepen ze de High Street in. Omdat het veel te ingewikkeld was om erachter te komen of ze blij of rouwig moest zijn als ze weer vertrokken, stopte Daisy haar handen diep in de zakken van haar fleecejack en zei: 'Het ruikt herfstachtig.'

'Nee, niet daarheen. Kom hier.' Dev floot naar Clarissa die nu rechtsaf sloeg, Brock Lane in. Toen Clarissa hem onbekommerd negeerde riep hij: 'Nee, kom hier. Terúg!' Daisy had even een binnenpretje toen ze besefte dat hij zich nog steeds geneerde om haar bij haar naam te noemen.

'Probeer jij het eens,' zei Dev. 'Misschien luistert ze beter naar jou.'

Daisy haalde haar schouders op. 'Dat is jouw taak.'

Dev floot nog eens. 'Potverdomme.' Hij harkte wanhopig met zijn vingers door zijn donkere haar. 'Ze doet het expres.'
'Haar naam is Clarissa.' Daisy keek hem onschuldig aan. 'Je kunt altijd nog proberen om die eens te gebruiken.'
'Hoor eens, ik probeerde juist jouw gevoelens te sparen.' Dev draaide zich vliegensvlug om en zag hoe zij hem uitlachte. 'Ik dacht dat je Brock Lane liever zou willen overslaan.'
'Omdat Barney er woont met de vriendin en met de baby van mijn overleden man? Dat is ontzettend attent van je.' Daisy gaf hem een klopje op de arm. 'Maar ik denk wel dat ik het overleef.' Ze voegde er met een uitgestreken gezicht aan toe: 'Ik ben niet zo'n softie, hoor.'
Wat niet gezegd kon worden van een stel andere mensen in de buurt...
'Ik weet dat je geen softie bent.' Dev negeerde de steek onder water. 'Ik wil alleen niet dat je hun ruiten ingooit.'
'Ik beloof je dat ik dat niet zal doen. Kom op.' Daisy gaf hem een plagerig duwtje in de richting van het laantje. 'Vooruit, achter die hond aan.'
Toen ze langs het huis van Bert Connelly liepen, snoof Daisy nog eens. 'Iemand heeft een vuurtje gestookt. Daarom rook het net naar de herfst. Ik zei toch al dat het herfstachtig rook, hè? Wat een rare tijd om een vuurtje te stoken.'
Clarissa blafte en rende het laantje in. Dev volgde haar en fronste zijn wenkbrauwen. 'Ik ruik het ook. Het wordt steeds erger... o, shít.'
Hij was iets eerder dan Daisy de hoek om. Toen ze weer naast hem stond zag ze wat hij net ook had gezien. In Brock Cottage kringelde rook door de ramen van de benedenverdieping naar buiten. Het hele huis was donker, afgezien van een doffe oranje gloed die vanuit de woonkamer te zien was. Toen Daisy het zag stond ze heel even als aan de grond genageld. Ze hoorde in de verte het knetteren van de vlammen in het huis.
O, jezus, o nee.
'Brandweer.' Dev stond al dringend in het mobieltje te praten dat hij uit zijn zak had gehaald. 'Brock Cottage, Brock Lane, Colworth, dat staat in brand... wat? Ja, ook een ambulance. Geen idee, ik denk het wel.' Tijdens het telefoneren renden hij en Daisy de laat-

ste twintig meter naar het huis toe. Ze wist waar hij aan zat te denken – als het helemaal donker in het huis was kon het ook leeg zijn. Betekende dit dat Mel en Barney een knallende ruzie hadden gehad? Had Mel haar koffers gepakt, had ze Freddie meegenomen en was ze weggegaan? Was ze zo buiten zinnen geweest en zo vastbesloten om wraak te nemen dat ze bij het weggaan het huis in brand had gestoken? O god, alsjeblieft niet – maar het alternatief was helemaal verschrikkelijk.
'MEL!' brulde Daisy terwijl ze het pad op rende en als een bezetene op de dichte voordeur begon te bonzen. 'MEL, BEN JE DAAR?'
Gedurende een paar seconden heerste er een stilte die alleen verbroken werd door het geknetter van de vlammen en de hoestbui van Daisy toen de rook die door de brievenbus naar buiten kringelde in haar longen terechtkwam. Het volgende moment verstijfde ze van schrik toen ze een noodkreet hoorden en het zielige gehuil van een kind. Daar op de bovenverdieping waren Mel en Freddie terwijl beneden het vuur huishield. Het zou nog zeker een kwartier duren voordat de brandweerauto's in het dorp konden zijn.
Boven hen werd het slaapkamerraam aan de voorkant opengeschoven, waardoor er dikke wolken rook naar buiten kwamen. Toen ze een stap achteruit deden, zagen ze het lijkbleke gezicht van Mel voor het raampje opdoemen.
'Mel, het is oké, je hoeft niet bang te zijn,' schreeuwde Dev. 'Gooi de baby maar naar ons toe, dan vang ik hem op en dan kunnen we jou eruit halen.'
Ondanks haar angst voelde Daisy zich opgelucht. Het was veel beter dat Dev – internationale rugbyheld en een allround sportief type dat met een bal kon omgaan – het vangwerk op zich nam.
'Help! Help! Freddie is in de slaapkamer aan de achterkant,' gilde Mel die buiten zichzelf was. 'De deur heeft het begeven en ik kan niet bij hem komen.'
O verdomme. Daisy's adrenalinepeil was tot grote hoogte gestegen. Dev was al op weg naar de achterkant van het huis.
'Rustig maar, Mel, Dev is hier, hij komt je halen, ik verzeker je dat hij jullie eruit haalt.'
'HELP! HELP!' krijste Mel.'
'Kun je uit het raam springen?' riep Daisy naar boven.

'IK KAN FREDDIE NIET IN DE STEEK LATEN!'

'Oké, blijf maar bij het raam staan. Ik ga Dev zoeken.' Toen ze om het huisje heen gelopen was, trof Daisy hem aan terwijl hij de achterdeur probeerde in te rammen, maar die hield koppig stand. Er was hier minder rook. Ze pakte een baksteen, gooide die door het keukenraampje, tilde de klink op en begon zich op de vensterbank te hijsen. Ze herinnerde zich vagelijk dat Dev iets had gezegd over ruiten ingooien...

'Je gaat niet naar binnen,' schreeuwde Dev. 'Dat vind ik niet goed.'

'En jij bent hier te groot voor.' Met bonzend hart wrong Daisy zich met haar hoofd naar voren door de smalle, twintig centimeter brede opening, wurmde zich naar beneden, veegde de glasscherven van haar handen af en maakte de achterdeur open om Dev binnen te laten.

'Dat heb je goed gedaan, maar ga nu alsjeblieft naar buiten. Zeg tegen Mel dat ik eraan kom.'

Hoestend en sputterend deed Daisy wat haar was gevraagd. Dev verdween in het huisje en ze hoorde hoe hij de trap op rende. Een paar seconden later knalde de deur van de slaapkamer open en toen riep hij: 'Ik heb hem.' Daarna klonk er een scherp krakend geluid en zag ze midden in het huis een vlammenzee oplichten.

'AAARGH,' schreeuwde Mel. Een volgende enorme knal had haar ervan overtuigd dat nu het hele huis zou ontploffen.

'Niets aan de hand,' riep Daisy misselijk van de angst.

'Ik ben binnen,' Devs gezicht verscheen voor het raampje boven haar. De knal was veroorzaakt toen de slaapkamerdeur, die hij had ingetrapt, het begaf. 'Oké, nu moet je achteruit gaan staan en je armen ophouden. Nee, daarginds op het gras.' Hij wees en Daisy zag dat hij Freddie in zijn armen hield. Zo te horen was Freddie net zo bang als zij. Hij brulde uit alle macht.

'Ze vangt hem niet op,' gilde Mel, die onderhand volslagen hysterisch was. 'Ze laat hem vallen, ik wil niet dat je het doet.'

'Schei uit. Ze laat hem niet vallen, dat weet ik zeker.'

Daisy wou dat ze het vertrouwen van Dev kon delen. Misschien liet ze Freddie wel niet vallen, maar stel nou dat ze hem helemaal niet opving?

'Daisy, zeg het tegen haar,' commandeerde Dev met een stem die hees was van de rook.

‘Ik zal hem opvangen,’ riep ze gehoorzaam omhoog. ‘Er gebeurt hem niets.’ O god, laat dat alsjeblieft waar zijn, laat me hem alsjeblieft opvangen.

‘Nee!’ gilde Mel.

‘Een... twee... dríé,’ telde Dev en hij gooide Freddie het raam uit. Daisy ving hem op. Ze had geen stap hoeven te verzetten, want Dev had vreselijk goed gemikt. Freddie, die zijn reis door de lucht met ingehouden adem had afgelegd, was nu in Daisy’s bibberende armen beland en begon prompt oorverdovend te brullen. Daisy was nog steeds buiten adem. Ze hield hem nog iets steviger vast en voelde hoe de tranen in haar ogen sprongen. Ze zoende Freddies blonde hoofdje, stevig, totdat hij woedend met zijn knuistjes naar haar begon te slaan.

‘Au, mijn oor,’ fluisterde Daisy.

‘WHAAA!’ loeide Freddie en hij gaf haar weer een flinke mep.

‘Oké, nu moet je aan de kant gaan staan,’ schreeuwde Dev. ‘We komen eraan.’

Daisy kon bijna niet blijven kijken. Het was wel een sprong van een meter of vijf – stel dat hij het niet overleefde?

Maar Dev nam niet het risico dat Mel boven bleef en niet zou willen springen. Hij tilde haar op de smalle vensterbank en riep als een parachute-instructeur: ‘Drie-twee-een... spring!’ Mel sprong en kwam met een misselijkmakende klap op de grond terecht.

50

‘Alles is goed, je bent goed terechtgekomen, je bent veilig.’ Daisy rende naar Mel toe, ze hoopte vurig dat ze haar rug niet gebroken had. Ze boog zich over haar heen en vroeg bezorgd: ‘Bén je goed terechtgekomen?’

‘Ik geloof van wel.’ Tandenknarsend hees Mel zich overeind. Ze stond nog een beetje onvast op haar benen, maar die waren goddank niet gebroken. Toen nam ze Freddie in haar armen, drukte hem stevig tegen zich aan en barstte in tranen uit.

‘Godsamme,’ pufte Bert Connelly, die met een van zijn zonen kwam

opdagen. 'We hoorden geschreeuw. Godallemachtig schat, is alles in orde? Hoe is het met het kleintje?'
Grote wolken stinkende zwarte rook walmden uit het bovenraam toen Dev de sprong waagde. Ditmaal moest Daisy echt de andere kant uitkijken.
'Prima landing.' Bert knikte goedkeurend. 'Die zorgt duidelijk goed voor zijn conditie. Ik heb trouwens de brandweer gebeld toen ik in de gaten kreeg wat er aan de hand was.'
'Wij ook.' Daisy, die slap van opluchting was omdat iedereen veilig buiten was, begon hevig te bibberen.
'En het hotel. Ik heb tegen Barney gezegd dat hij als de bliksem hierheen moet komen.'
God, die arme Barney, van zijn geliefde huisje was bijna niets meer over.
Het volgende moment kwam de Land Rover van Hector met piepende remmen het straatje in rijden. Barney sprong er met een lijkbleek gezicht uit al voordat de wagen helemaal tot stilstand was gekomen.
'Niemand heeft wat,' zei Dev vlug toen Barney naar Mel en Freddie liep om hen te omhelzen. Hector, die een smoking aanhad, zwaaide zijn benen op de grond en zei: 'Paula en ik waren net terug toen Barney het hotel uit kwam rennen. Ik heb 999 gebeld. God, wat is dit afschuwelijk... lieverd, moet je je gezicht zien.'
Daisy's ogen traanden van de rook. Toen ze haar hand gebruikte om de tranen weg te vegen besefte ze dat haar gezicht onder de zwarte vlekken zat. Devs gezicht was nog zwarter; hij zag eruit als een commando.
'Ik heb Freddie uit het raam gegooid,' zei Dev tegen Hector. 'En Daisy heeft hem opgevangen.'
Ondanks de ernst van de situatie begon Hector te grinniken. 'Heeft Daisy dat gedaan? Goeie genade, ik heb haar een keertje korfbal zien spelen op school. Rampzalig. Goed gedaan, schat. Er is vast een wonder gebeurd.'
'Hector,' zei Paula op een lichtelijk verongelijkte toon. Ze bibberde van de kou in haar lichtgele jurk en op haar naaldhakken. 'Geef me je jasje eens aan, schat. Ik heb het koud.'
Een paar minuten later arriveerden de twee brandweerauto's, dicht op de hielen gezeten door een ambulance en een flink aantal dorps-

genoten. Clarissa, die zich onder een zwartebessenstruik had verschanst toen het mensenredden nog in volle gang was, voelde intuïtief aan dat het enge gedeelte voorbij was en begon iedereen die ze kende te begroeten alsof ze het populairste meisje van de klas was.

'Ik weet niet hoe het is gebeurd,' herhaalde Mel verdoofd. Ze beefde als een rietje toen ze door de verplegers naar de ambulance werd geleid. 'O Barney, kijk toch eens. We zijn alles kwijt.'

'Doe niet zo raar. Ik heb jou en Freddie nog.' Barney stond ook te klappertanden. Ze hadden allebei dood kunnen zijn. Die gedachte was onverdraaglijk. Toen hij door de achterruit van de ambulance keek, zag hij Paula Penhaligon met de armen over elkaar tegen de Land Rover aanleunen met het smokingjasje van Hector om haar schouders gedrapeerd. Terwijl hij toekeek trippelde Clarissa naar haar toe en snuffelde aan een van haar elegante enkels. Met een geërgerde blik gaf Paula haar een trap, die zo hard was dat Clarissa een eindje verderop terechtkwam. Barney, die op elk ander tijdstip woedend zou zijn geworden, werd nu afgeleid door een doordringend gegil in zijn linkeroor. Freddie maakte er bezwaar tegen dat er een ijskoude stethoscoop op zijn lijfje werd gedrukt.

'We hoeven niet naar het ziekenhuis,' protesteerde Mel. 'Er is niets met ons aan de hand.'

'Nou, er is in ieder geval niets mis met zijn longen.' De verpleger kromp in elkaar toen de protesten van Freddie opeens twee keer zo hard werden omdat ze door de rubberen slang van de stethoscoop tetterden. 'Maar jullie kunnen beter even helemaal onderzocht worden om het zekere voor het onzekere te nemen.'

Barney stapte de ambulance uit en zocht Dev op.

'Bedankt voor alles.' De woorden waren jammerlijk ontoereikend, maar wat kon hij anders zeggen? 'Ik ga met ze mee in de ambulance, maar de verpleger weet bijna zeker dat ze meteen naar huis mogen.'

'En wat gebeurt er daarna?' Terwijl Dev de zwarte strepen van zijn voorhoofd probeerde te poetsen, besefte Barney met een schok wat hij bedoelde. Ze hadden geen huis meer.

'De mannen van de ambulance wachten op je.' Daisy kwam bij hen staan en Hector volgde haar op de hielen. Omdat ze zich afvroeg waarom Barney er zo verslagen bij stond vroeg ze: 'Wat is er?'

Barney schudde haastig zijn hoofd. 'Niets.'

'Hij vraagt zich af waar ze heen moeten als de dokters zeggen dat ze naar huis mogen,' zei Dev.

Daisy keek hem aan, en de moed zonk haar in de schoenen.

'O, maak het nou een beetje, ik heb nog nooit in mijn leven zoiets belachelijks gehoord.' Hector gaf Barney een ferme klap op de schouder en riep met bulderende stem: 'Je hoort praktisch bij de familie, jongen. Je logeert gewoon bij ons.'

Barney aarzelde en zag eruit of hij zou gaan huilen.

'Maar wat...' Hij maakte een hoofdbeweging naar de ambulance.

'Ik bedoelde jullie met z'n drieën,' zei Hector. 'Geen probleem! Godallemachtig, wat dacht je dat we zouden doen – jullie een tent lenen?'

Barney keek nu strak naar Daisy die geforceerd glimlachte. Vanzelfsprekend had Hector absoluut niet in de gaten dat de familierelatie meer inhield dan hij dacht.

'Daisy? Weet je zeker dat het goed is?'

Wat kon ze tegen Barney zeggen? Om de dooie dood niet?

'Natuurlijk is het goed.'

In het donker voelde ze hoe Dev even in haar hand kneep. Daisy was geroerd door zijn steun en vroeg zich af wat er nu nog op het programma kon staan. Mel was met het kind van Steven in het dorp komen wonen. Nu, een paar dagen later kwam ze in het hotel wonen. Als het zo doorging zou ze het volgende weekend haar bed aan Mel moeten afstaan.

De ambulance reed de straat uit. De brandweerlieden waren de vlammenzee bijna de baas. Het was middernacht en steeds meer dorpelingen die gealarmeerd waren door de ongewone drukte kwamen kijken waar al die opwinding vandaan kwam.

Tara, die over haar pyjama heen een jack van Maggie en kaplaarzen aanhad, kwam net aanlopen toen Hector en Paula weggingen. Toen ze Daisy tegenkwam had ze het hele verhaal al van Bert Connelly gehoord.

Nou ja, niet alle details.

'Arme Barney,' fluisterde Tara met een verbijsterde blik op het zwartgeblakerde, nog nasmeulende huisje. 'Die arme mensen. Jeetje, zijn vriendin is net bij hem ingetrokken en nu dit. Heb je echt die baby opgevangen of was dat Berts versie van het verhaal?'

'Kom mee, laten we hier weggaan.' Daisy nam Tara bij de arm en trok haar mee naar de weg voordat ze dweperig over de brandweerlieden zou gaan doen. (Die helmen! Die brandslangen!) 'Moet je horen van wie die baby was die ik heb opgevangen.'

'Niet te geloven! Dat mens! Wat een trut! Wat een lef,' raasde Tara terwijl ze verontwaardigd door de woonkamer liep te stampen. 'Je had haar een mep moeten verkopen, dat had je moeten doen.'
'Waarom? Omdat ze een verhouding met een getrouwde man heeft gehad?' Het was aardig van Tara om zich er zo over op te winden, maar er schoten haar al snel woorden als schijnheilig en wat-je-zegt-dat-ben-je-zelf te binnen. Daisy hield haar wijnglas bij voor nog een glaasje – ze wilde die bittere smaak van rook en as per se kwijtraken – en zei toen ondeugend: 'Zoiets zou jij zeker nooit gedaan hebben?'
Het was maar goed dat Maggie al naar bed was – sommige gesprekken waren simpelweg niet geschikt voor kuise oude-vrijstersoren.
'Dat is anders. Ik ben niet met Dominic naar bed geweest en ik ben ook niet zwanger van hem en als dat wél was gebeurd – oeps, sorry,' Tara goot het glas veel te vol, 'dan zou ik voor geen goud met baby en al in hetzelfde dorp zijn gaan wonen, zodat zijn vrouw daar elke dag van kon genieten.'
'Dat weet je niet,' redeneerde Daisy. 'Misschien zou jij dat ook gedaan hebben.' Feitelijk leek het precies een kolfje naar Tara's hand om zoiets te doen.
'Hoe dan ook, het is voorbij. Ik ga niet meer met Dominic om.'
'Juist.' Daisy rolde met haar ogen.
'Echt waar. Ik wil hem nooit meer spreken.' Met een zelfvoldaan gezicht zei Tara: 'Hij is een klootzak en ik verdien iets beters.'
'Jeetje. Vanwaar dit besluit?' Had Tara op haar donder gekregen van een van die Lieve Lita's op de tv?
'Nou, zijn vrouw is bij me geweest.'
'Wát?'
'Je herinnert je Annabel toch nog wel? Ze heeft me laten volgen door een privédetective. Ze is eigenlijk best aardig,' zei Tara. 'We hebben heel leuk met elkaar gepraat.'
Daisy goot klokkend haar wijn naar binnen. Dat kreeg je als je een

paar dagen je beste vriendin niet zag. Dan had je een heleboel in te halen.
Ze haalden alles in en maakten ondertussen de rest van de wijn soldaat.
Ten slotte, toen de fles leeg was, zei Daisy: 'Ik moet weg. Ze zijn zo uit het ziekenhuis terug. Ik moet nog uitpuzzelen in welke kamer ik ze installeer.'
'Ik snap niet hoe je haar aan kunt kijken.' Tara huiverde. 'Of met haar kunt praten.'
'Ik heb niet veel keus. Ik zal eraan moeten wennen. Als ze hier in het dorp een huis krijgen, zijn ze zo een-twee-drie nog niet weg. Wat?' vroeg Daisy omdat Tara haar opeens vreemd aankeek.
'Misschien zijn zij hier niet een-twee-drie weg,' beaamde Tara. 'Maar jij misschien wel en dan maakt het niet zoveel meer uit, hè?'
Daisy deed de rits van haar naar rook stinkende fleecejack dicht. Ze hield halverwege op.
'Waarom zou ik niet meer hier zijn? Waar ga ik dan heen?'
'Um... nou, Miami.'
'Um... nou, waarom?' aapte Daisy haar na, met een verbaasde uitdrukking op haar gezicht.
Tara hoopte dat ze geen stommiteit beging. 'Dat zei Josh. Als hij met zijn nieuwe baan begint, neemt hij je met zich mee. Ik schrok ook een beetje,' voegde ze er maar gauw aan toe, 'maar toen hij het erover had klonk het wel logisch. Ik bedoel als jullie een relatie hebben, is het meegenomen als jullie op hetzelfde continent zijn.'
'Hij wil dat ik het hotel opgeef en met hem mee naar Florida ga?' Daisy was stomverbaasd.
'Luister, het spijt me, ik dacht dat hij het er al over had gehad. Ik bedoel, tegenwoordig is het toch niet zo ver meer.'
'Wat je niet ver noemt. Duizenden kilometers!'
'Ik bedoel als Josh weggaat. Hij blijft hier nog maar een paar weken.' Tara fronste haar voorhoofd. 'Ik kan niet geloven dat jullie er nooit over hebben gepraat.'
Ik ook niet, dacht Daisy.

Op zaterdagmorgen was Josh al vroeg terug in het hotel. Hij zoefde op denkbeeldige ski's naar de receptiebalie toe en had een idiote grijns op zijn gezicht en een even idioot hoedje op.

Tara, die druk bezig was de hogere regionen van de muren met de eikenhouten lambrisering met een plumeau een stofbeurt te geven, zei: 'Je ziet er met dat hoedje verschrikkelijk lullig uit.'
'Dat kan ik ook van jou zeggen zoals je daar met die plumeau staat te springen met je rokje in je onderbroek. Ha, gefopt!' zei Josh triomfantelijk toen ze een gilletje slaakte en haar handen tegen haar achterwerk sloeg.
Tara was de schrik gauw te boven. 'Leuke vakantie gehad?'
'Hartstikke leuk. Jij bent schijnbaar ook nogal tevreden over jezelf.' Hij nam zijn hoedje af en gooide het met een zwierig gebaar naar de trapstijl en miste.
'Ik heb vanmorgen de datum van mijn rijexamen te horen gekregen.' Zo trots als een pauw trok Tara de envelop te voorschijn die ze had opgeborgen in haar flamingoroze beha. Vanaf het begin van haar dienst die dag had ze hem – de envelop, niet de beha – al bij iedereen die ze tegenkwam onder de neus gehouden, of ze er nu in waren geïnteresseerd of niet. Eigenlijk had er tot dan toe niemand ook maar de geringste interesse getoond, maar ze was niet van plan zich daardoor uit het veld te laten slaan. Wacht maar totdat ze was geslaagd en zij om vier uur 's morgens zaten te springen om een lift naar huis, ha!
Maar Josh leek oprecht blij voor haar te zijn. 'Schatje, dat is fantastisch! Wanneer?'
'Over twee weken.' Ze liet hem het kostbare stukje papier met de datum erop zien en sperde zogenaamd angstig haar ogen open.
'Juist. Geen probleem. Het aantal lessen moet drastisch worden opgevoerd. Wanneer ben je vandaag klaar?'
'Om drie uur.'
Josh wreef zich energiek in de handen. 'Dan gaan we een paar uur oefenen. Kun je van drie tot vijf?'
Hij was echt geweldig. Daisy bofte ontzettend met hem. Tara vroeg zich schuldbewust af of ze hem moest waarschuwen dat ze haar mond voorbij had gepraat over Miami. Aan de andere kant wilde ze niet dat Josh kwaad op haar werd en de rijles niet door liet gaan.
'Tien over drie,' zei Tara met een dankbaar glimlachje tegen hem. 'Dan kan ik me eerst nog even thuis omkleden.'

51

In het appartement boven lag Daisy net in bad toen ze de sleutel in het slot hoorde omdraaien ten teken dat Josh terug was. Snel goot ze er nog wat badschuim bij en bediende met haar tenen de kraan. Soms had je gewoon behoefte aan wat extra bescherming.
De badkamerdeur ging met een zwaai open en Josh stond in de deuropening met armenvol flessen uit de taxfreeshop en een megareep Toblerone tussen zijn tanden.
'Chocola en drank, wat wil een meisje nog meer?' De woorden kwamen er wat vervormd uit; het was niet zo gemakkelijk om je verstaanbaar te maken met een Tobleronereep tussen je tanden geklemd. Josh liet hem op een stapel handdoeken vallen en zei trots: 'Zeg eens eerlijk, ben ik onweerstaanbaar of niet?'
Daisy glimlachte. Hoe kon je nu niet om Josh glimlachen?
'Laat eens kijken, je bent wel onweerstaanbaar, maar...'
'Hoewel ik moet zeggen dat ik teleurgesteld ben. En gekwetst. Ik dacht dat je de vlag zou hebben uitgestoken. Toen ik over de oprijlaan reed dacht ik: Ik weet zeker dat ze dat gedaan heeft.' Josh liep naar het badkamerraam en tuurde naar buiten. 'Maar nee hoor, geen vlag te zien.'
'Josh, je bent geen tien lange jaren weggeweest,' legde Daisy geduldig uit. 'Het waren maar zes dagen.'
'Dat meen je niet! Naar mijn idee waren het tien lange jaren.' Hij boog zich over het bad en zoende haar op de mond. 'Jemig, weet je zeker dat er genoeg schuim in het bad zit? Je ziet eruit als een afgesneden hoofd dat in een zee van bubbeltjes drijft. Zit er eigenlijk wel een lichaam onder?'
'Josh, we moeten praten.' Het was niet Daisy's bedoeling geweest om het zo bot te laten klinken, maar hij liet zijn hand onder water op onderzoek gaan. Ze wrong zich met veel moeite buiten het bereik van zijn hand – wat niet zo gemakkelijk was in een bad van normale omvang – keek naar hem op en herhaalde langzaam: 'We moeten praten.'
Josh keek opeens heel anders. De lachrimpeltjes rondom zijn groenbruine ogen verdwenen. Toen draaide hij met een kort knikje de kraan uit en ging op de rand van het bad zitten.

'Oké.'
'Het gaat niet.' Daisy liet langzaam haar adem ontsnappen, pakte de spons in haar linkerhand en kneep erin. Ze keek toe hoe het water eruit stroomde waardoor er een gat in het schuim ontstond.
Josh knikte bijna onmerkbaar. 'Ik weet het.'
In ieder geval was het nu gezegd. Daisy, die zich een beetje duizelig voelde van opluchting, babbelde verder. 'Ik dacht dat het zou gaan lukken tussen ons. Ik bedoel, ik denk dat het op een bepaalde manier ook wel lukt. We kunnen prima met elkaar opschieten, dus het is niet vanwege het feit dat we elkaar niet aardig vinden... o, shit, hoe kan ik dit nu het beste zeggen?'
'Je hoeft niets te zeggen. We wisten allebei dat het niet voor altijd was.'
'Maar dat wist ik niet! Ik dacht wel dat het voor altijd was,' zei Daisy opgewonden. 'God, ik wilde zo graag dat het voor altijd was.'
'Omdat ik niet bedreigend ben,' viel Josh haar met een scheef lachje in de rede. Hij klonk opmerkelijk kalm. 'Omdat je iemand wilde hebben die je kon beschermen tegen het soort mannen dat wel bedreigend is. Zoals die echtgenoot van je.'
Het gezicht dat Daisy onmiddellijk voor ogen zag, was niet dat van Steven. Maar dat deed niet ter zake. Daisy geloofde nog steeds heilig in het principe dat je nooit met iemand in zee moest gaan die jou uiteindelijk alleen maar pijn zou doen. De afgelopen paar weken met Josh hadden haar duidelijk gemaakt dat wat ze nu had gedaan, zich behelpen met iemand die lief en aardig en onbedreigend was, ook geen goed alternatief was.
Ze kon er niets aan doen, al werd ze er niet vrolijk van.
'En nu maak ik het alweer met je uit.' Met haar wijsvinger streelde Daisy over de blonde krulhaartjes op zijn linkerpols, net onder zijn horlogebandje. 'Ben je boos op me?'
'We hebben lol gehad. We hebben heerlijk gevreeën. En we zijn nog steeds vrienden.' Josh pakte speels haar natte hand vast en gaf er een kus op. 'Waarom zou ik boos moeten zijn?' Hij zweeg even en zei toen: 'Tenzij dit betekent dat je me eruit gooit.'
'Doe niet zo gek, het spreekt vanzelf dat je kunt blijven.' Daisy gaf een gilletje toen hij net deed alsof hij haar vinger eraf wilde bijten en ze spatte zijn gezicht vol water. 'Voordat je weg mag moet je

eerst nog zorgen dat Tara haar rijexamen haalt. En over een paar weken vertrek je al naar Amerika.'
'Ah, maar weet je zeker dat ik jou niet in de weg loop? Staat er niet iemand te trappelen om mijn plaats bij jou in dat grote lekkere bed over te nemen?' Josh trok plagerig een wenkbrauw op. 'Ik wil je niet in je bewegingsruimte belemmeren.'
'Ze staan niet in de rij.' Daisy had geen enkele twijfel. Er was niemand die in aanmerking kwam.
Josh knipoogde en hees zich overeind. 'Ik zal je geloven, maar niet van harte. Heb je zin in een ontbijtje?'
Daisy's hart maakte een dubbele salto achterover. Hij was zo lief en hij leek alles zo moeiteloos te accepteren. Maar in haar achterhoofd bleef er toch nog iets knagen.
'Alleen een kopje thee.' Ze aarzelde. 'Heb je echt gedacht dat ik het hotel zou opgeven en met jou mee naar Miami zou gaan?'
Zijn mond vertrok toen hij liefkozend op haar neerkeek. 'Nog geen seconde.'
'Waarom heb je dan tegen Tara gezegd dat ik dat misschien wel zou doen?'
'O, dat. Gewoon om te zien hoe ze keek.' Josh schudde grinnikend zijn hoofd. 'En ik kan je verzekeren dat het de moeite waard was.'
'Je moet niet onaardig tegen Tara doen,' protesteerde Daisy.
'Ik ben niet onaardig tegen Tara. Ze beseft gewoon niet in wat voor sleur ze is terechtgekomen. Ze is zevenentwintig.' Josh gebaarde dat hij dit schokkend vond. 'Ze heeft ontzettend veel mee en ze weet het niet eens. Ze is al haar gevoel voor avontuur kwijt. Zoals ze nu te werk gaat, is de kans groot dat ze hier over vijftig jaar nog in het dorp woont. Ze woont bij haar tante, ze werkt hier in het hotel als kamermeisje, jij bent haar beste vriendin... toen ik durfde aan te kaarten dat ze hier misschien niet altijd zou blijven wonen, kreeg ze bijna een paniekaanval. Tara zou moeten inzien dat het leven niet ophoudt bij Colworth.'
Jeetje. Het was allemaal waar, dacht Daisy verbaasd. En tot nu toe was dat nog helemaal niet bij haar opgekomen. Nou ja, misschien nu Dominic niet meer in de buurt was...
'Zeker weten dat je alleen maar thee wilt?' Toen hij bij de badkamerdeur stond gooide Josh een handdoek naar haar toe. Ze waren kennelijk zonder erover te praten overeengekomen dat hij haar

van nu af aan alleen nog maar met haar kleren aan zou zien.
Dat was het dan, ze waren weer vrienden. Geen netelige situatie, geen rancune, ze voelde zich alleen een heel klein beetje triest en ongelooflijk opgelucht.
'Gezien het feit dat je het helemaal vanuit Oostenrijk met je hebt meegesleept,' zei Daisy manmoedig, 'wil ik wel een kopje thee met een stukje Toblerone.'
Josh trok een gek gezicht. 'En als ik het nu eens op het vliegveld van Bristol heb gekocht?'

Het weer was er de laatste paar dagen wonderbaarlijk op vooruitgegaan. Buiten was het stukken warmer, de lucht was blauw als in de lente en de zon scheen krachtig. Daisy stond op de stoep van het hotel te genieten van al het moois; nu de sneeuw weg was, liepen er veel meer toeristen rond, zelfs op een zaterdagmorgen om halftien. Het was eindelijk lente, de kersenbomen zaten vol met roze en witte bloesems en overal op de gazons stonden bosjes narcissen te pronken. Aan de overkant van de rivier begonnen de kleverige knoppen van de kastanjebomen uit te botten en onder de struiken in het bos was de bodem bezaaid met sleutelbloemen. Verscheidene gasten hadden de stoute schoenen aangetrokken en zaten vol optimisme in hun hemdsmouwen buiten op het terras.
Natuurlijk was dit wel Engeland en daarom zou het tegen elven ongetwijfeld weer bitter koud zijn. De regen zou met bakken uit de hemel komen en iedereen zou als een haas naar binnen rennen om de dikke jas en de paraplu weer uit de kast te halen. Toen ze voetstappen op de trap hoorde, keek Daisy over haar schouder en zag Dev de trap afkomen. Hij was druk in de weer met zijn mobieltje en daarom zag hij haar niet toen hij langs de receptie liep en rechtsaf sloeg. Even later kwam hij weer te voorschijn bij de openslaande deuren aan de andere kant van de bar. Daisy zag hoe hij een nummer intoetste en begon te praten. Ze besefte dat hij precies op de plek stond waar Josh moest hebben gestaan toen hij stiekem naar haar en Dev hier op de stoep had staan kijken.
Alleen stond zij nu stiekem naar Dev te kijken. Nou ja, niet stiekem natuurlijk. Ze was hem aan het observeren, dat klonk aardiger. Ze zag dat hij een zwart leren jack aanhad en een leuke broek,

en ze zag hoe zijn donkere haren steeds weer over zijn voorhoofd vielen als hij knikte tijdens het praten. Ze vond dat voor een exrugbyspeler zijn profiel er veel te onbeschadigd uitzag. En ondertussen vroeg ze zich af met wie hij praatte en waar hij naartoe ging. De rugbywedstrijd, dat was het! Daisy wist opeens weer wat er aan de hand was. De finale van dat Six Nations-gedoe in – waar was het ook alweer? O ja, in Twickenham. Waar ze in de vrieskou platgedrukt zou worden door de duizenden fanatieke bierzuipende rugbyfans.
Maar het vroor helemaal niet, het was zonnig en warm. En toen ze er met Josh over had gepraat had hij een heel ander beeld geschetst.
Aan de andere kant was hij een man.
Aan de andere kant, dacht Daisy onzeker, had Josh erover gepraat alsof het een ervaring was die je absoluut niet mocht missen omdat je nooit meer zo'n kans zou krijgen. En het was altijd mogelijk dat Dev nog niemand anders had uitgenodigd.
Stop. Dit was een stompzinnig idee.
Maar Daisy's hart begon sneller te kloppen en het idee liet haar niet los.
Ze hoefde vandaag niet te werken. Josh, die de hele nacht op was geweest tijdens de terugreis van Kitzbühel naar huis, had ten slotte met rood omrande ogen de strijd tegen de uitputting moeten opgeven en was een paar uurtjes naar bed gegaan. Als hij wakker werd, moest hij Tara haar rijles geven.
Er was natuurlijk altijd nog de veel beproefde winkeltherapie, gaf Daisy toe, maar ze kon niet bedenken wat ze wilde kopen.
Misschien was rugby wel ontzettend interessant als je goed oplette.
Ze moest er niet aan denken dat ze saai werd, nooit iets nieuws wilde proberen en net als Tara in een sleur terechtkwam.
Dev had haar nog steeds niet in de gaten. Daisy zag dat hij het telefoongesprek beëindigde en zich afwendde van het raam. Oké, makkelijk zat, nu hoefde ze alleen nog maar bij de receptie tegen hem op te botsen en dan een paar seconden over het weer te praten en dan zou ze zich opeens herinneren dat het vandaag de dag was van dat Six Nations-gedoe – nee, niet gedoe, toernóói. En als ze een beetje geluk had zou Dev spijtig glimlachen en zeggen: 'Ik

weet zeker dat je het heel leuk had gevonden. Kan ik je echt niet overhalen om toch mee te gaan?'
En drie keer raden! Dat kon hij.

De volgende twee minuten waren vernederend. Daisy had al een glimlach van hier tot ginder op haar gezicht geplakt toen ze Dev tegen het lijf liep.
En zijn gezelschap van het vrouwelijk geslacht.
'O, hallo,' riep Daisy veel te opgewekt terwijl de schok tot in haar tenen te voelen was. Het meisje was al die tijd dat Dev met zijn telefoongesprek bezig was in de bar geweest.
'Daisy.' Hij begroette haar met een ontspannen knikje en een glimlach. Dev wendde zich tot het meisje dat naast hem stond. 'Dit is Daisy MacLean, ze is de baas van dit hotel. Daisy, dit is Kate.'
Kate had kuiltjes in haar wangen als ze lachte. En alsof dat nog niet genoeg was, was ze heel klein, bijna zakformaat, en buitengewoon knap, met grote groene ogen en kort, zwart krullend haar. En het beloofde niet veel goeds dat ze een lichtbruine leren weekendtas bij zich had die erop duidde dat ze rekening hield met een overnachting buitenshuis.
'We gaan zo naar Twickenham,' zei Kate blij.
'Juist ja, dat rugbygedoe.' Daisy knikte en trok toen een vies gezicht. 'Jij liever dan ik.'
'Daisy vindt andere dingen leuk.' Dev klonk geamuseerd.
'O, ik ben dól op rugby,' riep Kate en haar grappige zwarte krullen dansten enthousiast op en neer. 'Ik ben een enorme fan!'
Nou, een enorme fan was lichtelijk overdreven. Ze woog nog geen vijftig kilo.
'We moesten maar eens gaan,' zei Dev.
'Veel plezier!' Daisy kreeg pijn in haar tanden omdat ze de hele tijd uit alle macht vrolijk en zorgeloos stond te glimlachen.
'Dat lukt vast wel,' zong Kate.
Toen ze het hotel uit liepen keerde Daisy terug naar de receptiebalie. Ze hoopte dat het regende in Twickenham. Keihard.
Wie was die Kate trouwens?
'Is er iets?' Pam keek even op van het reserveringenboek.
'Um, dat meisje dat zojuist met Dev wegging.' Daisy fronste haar wenkbrauwen, omdat ze zo verschrikkelijk haar best deed om ef-

ficiënt en zakelijk over te komen en niet als een jaloerse teenager. 'Heb je haar vanmorgen gezien toen ze hier aankwam?'
'Die met dat donkere krulhaar? Nee.' Pams krullen dansten als ze haar hoofd schudde niet zo schattig op en neer als die van Kate – ze waren door de lak niet van hun plaats te krijgen. 'Hoezo?'
'Ik vroeg me alleen af of ze hier vannacht heeft geslapen.' Daisy draaide het boek op het glad gepoetste bureau naar zich toe en keek de lijst met namen door. 'Zie je wel? Hier staat niets. Maar stel nou dat ze hier bij Dev was, dan zouden we echt haar naam moeten hebben. Ik bedoel als er brand uitbreekt...'
'Misschien heeft ze hier niet overnacht,' viel Pam haar behulpzaam in de rede. 'Misschien is ze vanmorgen wel op komen dagen toen ik in het kantoor was – o, kijk, daar heb je Clarissa!'
Clarissa kwam de trap af trippelen, haar staartje draaide als een propeller in het rond. In haar kielzog liep een hevig puffende Adam, de veel te dikke vijftienjarige zoon van de Australische familie die in de Bellinghamsuite woonde.
'We gaan een eindje lopen,' kondigde Adam trots aan.
Daisy verbaasde zich er heimelijk over dat hij überhaupt wist wat een eindje lopen betekende. Het enige dat ze hem tot nu toe had zien doen was afwisselend met zijn gameboy spelen en enorme hoeveelheden koekjes verorberen.
'Pas jij op Clarissa?'
'De hele dag. Zolang meneer Tyzack weg is.' Met een tevreden gezicht voegde Adam eraan toe: 'Hij betaalt me ervoor.'
Nu was Daisy echt in haar wiek geschoten. Zij had vandaag best op Clarissa kunnen passen. Waarom had Dev haar niet gevraagd? 'Maar misschien was je wel iets anders van plan.' Ze keek Pam verontwaardigd aan. 'Ik vind dat niet erg netjes van meneer Tyzack – hij moet geen misbruik maken van andere gasten.'
'Hij heeft geen misbruik van mij gemaakt.' Adam wilde Dev graag van elke blaam zuiveren. 'Ik heb het zelf aangeboden. Clarissa is cool – zij en ik kunnen echt goed met elkaar opschieten.'
Fout, dacht Daisy jaloers, ík en Clarissa kunnen echt goed met elkaar opschieten. Ik heb haar gevónden. Godsamme, eigenlijk ben ik haar pleegmoeder.
'Hier, meisje, kom, we gaan.' Adam rammelde wat met Clarissa's riem en in een oogwenk stond ze klaar. Ze huppelde aanhankelijk

achter Adam aan de voordeur uit zonder Daisy nog een blik te gunnen.

Prima, Clarissa.

'En,' vroeg Pam moederlijk, 'wat ga jij vandaag doen?'

Omdat ze alle schepen achter zich had verbrand, besefte Daisy dat er niets anders opzat. Ze onderdrukte een zucht.

'Winkelen.'

52

Tara genoot met volle teugen. Ze had niet vergeten hoe je moest rijden (hoera!), Josh had gezegd dat haar bochtje-achteruit vlekkeloos was en ze had er zelfs aan gedacht om haar armen niet over elkaar heen te kruisen – de ergste fout die je kon begaan – toen ze aan het stuur draaide. Bovendien scheen de zon nog steeds en had Josh uit zijn jaszak een zak aardbeienzuurtjes getoverd, dat verrukkelijke soort waar de binnenkant van je mond van samentrekt, maar niet genoeg om je ervan te weerhouden er nog eentje te nemen.

'Heb je dit van Daisy gehoord?' Tara was geroerd door zijn attentheid.

'Wat gehoord?'

'Dat ik aardbeienzuurtjes de aller-allerlekkerste snoepjes vind.'

'Nee.' Josh schudde zijn hoofd. 'Ik heb ze gekocht omdat ik ze de allerlekkerste snoepjes vind.'

'Echt waar?' Tara was opgetogen.

'Nou ja, samen met iets anders. Ik ben ook knettergek op die droprondjes,' bekende Josh.

'En Engelse drop. Toen ik klein was maakte ik de rode altijd nat en gebruikte ze als lippenstift,' herinnerde Tara zich vertederd. 'Dan vond ik dat ik er onweerstaanbaar uitzag. Jeetje, met zeven was ik al een slet.'

'Niet zo neerbuigend over jezelf doen. En je moet in de spiegel kijken voordat je richting aangeeft,' voegde Josh eraan toe toen ze een splitsing naderden.

'Wat is er gebeurd met die vriend toen hij zijn been had gebroken?'

Tara wilde dolgraag de rest van het verhaal horen – op vakantie gaan met Josh was kennelijk niet zonder risico's.

'Baz? Hij heeft zijn ski's aan de wilgen gehangen en toen is hij maar gaan rodelen. En je raadt nooit wat er gebeurde toen we drie dagen later met z'n allen naar een nachtclub gingen.'

'Toen heeft hij zijn andere been gebroken?'

'Fout. Veel te voorspelbaar,' zei Josh spottend. 'Nee, hij is op weg naar het toilet tegen een meisje opgebotst – letterlijk. Zij had haar been ook gebroken en hun krukken raakten volledig in elkaar verstrengeld. Dus natuurlijk bood Baz – zo is hij nu eenmaal – haar een drankje aan. Ze hebben een uur lang botbreuken zitten vergelijken en zitten opscheppen over hoe het was gebeurd en voor we het in de gaten hadden, waren ze verdwenen.'

'Waarheen?'

'Ze zijn samen terug naar haar chalet gehobbeld. God mag weten wat ze hebben kunnen uitvreten, maar we hebben de rest van de week Baz nauwelijks meer gezien. Volgens hem was het de beste vakantie die hij ooit heeft gehad.'

Tara giechelde. 'Wat snoeperig. O, over snoepjes gesproken...' Ze deed haar mond wijd open om te laten zien dat er geen aardbeiensnoepje meer in zat, en zo wachtte ze tot Josh er weer eentje voor haar had uitgepakt.

'Het lijkt wel of ik een klein vogeltje aan het voeden ben.' Hij stopte het in haar mond. 'Neem nu de volgende weg links en dan oefenen we een paar keer straatje keren.'

'Spiegel, richting aangeven, bijdraaien.' Tara sloeg linksaf een doodlopende straat in en stopte – heel netjes – langs de kant van de weg. 'Tussen twee haakjes, ik hoop dat je het daarginds niet met allerlei meisjes hebt aangelegd.' Ze keek hem streng aan.

Josh grinnikte. 'Natuurlijk niet.'

Een antwoord dat alle mannen geven.

'Maar dat kun je gemakkelijk zeggen,' bracht Tara naar voren. 'Hoe zouden we erachter moeten komen?'

'Het is de waarheid. Daarom ga ik niet op vakantie. Ik interesseer me niet voor ondeugende dingen met andere meisjes.'

Tara bond in. Josh was nu eenmaal zo, je kon hem echt geloven. Hij was geen leugenachtig stuk vreten zoals sommige mannen in haar kennissenkring.

De meeste mannen, als ze er eens goed over nadacht.

'O, blij dat te horen. Oké.'

Met veel gesnuif haalde ze een paar keer diep adem en wapperde met haar handen als een olympische atleet die voor goud gaat. 'Straatje keren. Mag ik alstublieft stilte, dames en heren, voor Tara Donovan uit Groot-Brittannië die een dappere poging doet om in een héél smal doodlopend straatje het bijna-onmogelijke te bewerkstelligen.'

'Daisy heeft het je nog niet verteld,' zei Josh. Het klonk eerder bevestigend dan vragend.

'Me wat verteld? Ik heb Daisy vandaag niet gezien.' Tara wou dat hij haar niet stoorde als ze op het punt stond zoiets belangrijks te doen; zag hij niet hoe ze zich probeerde te concentreren?

'We hebben er een punt achter gezet.'

Er een punt achter gezet? Ze hield even haar mond, want ze wist niet precies wat hij met die uitdrukking bedoelde. Bedoelde hij soms dat ze een datum hadden geprikt?

'Wat?'

'Het is voorbij,' herhaalde Josh geduldig. 'Het ging niet. We hebben het uitgemaakt.'

Tara's rechtervoet schoot uit en gleed van de koppeling af. De auto, die al in de versnelling stond, sprong als een kangoeroe naar voren en sloeg abrupt af.

'Handrem,' zei Josh automatisch.

'Bedoel je dat je Daisy aan de kant hebt gezet?' Tara's mond viel open.

'Technisch gezien heeft Daisy mij aan de kant gezet. Maar het was feitelijk een wederzijdse beslissing. We wisten allebei dat het niet langer ging. Je staat nog steeds in de versnelling,' zei hij nuchter. 'Zet hem maar in z'n vrij.'

'Maar ik dacht dat jullie samen zo gelukkig waren,' jammerde Tara. 'Jullie konden zo goed met elkaar opschieten.'

'En dat blijft ook wel zo. Misschien wel tot we tachtig zijn.'

'Ik kan het niet geloven. Ben je er niet kapot van?'

Josh wierp haar een glimlach toe. 'Meer opgelucht. Nou ja, opgelucht dat Daisy er het eerst over begon. Op die manier hoefde ik me niet schuldig te voelen.'

Tara's hart begon wild te kloppen. 'Bedoel je dat er iemand anders is?'

Hij haalde zijn schouders op. 'Zoiets.'
'Wíé?' Haar stem schoot omhoog.
Josh schudde zijn hoofd. Na enige aarzeling zei hij: 'Verdorie, Tara, wie denk je?'
En toen kuste hij haar.
Zijn mond smaakte naar warme aardbeien. Tara kon niet geloven dat dit gebeurde. Maar alles viel opeens op z'n plaats. De geheime code was gekraakt. Het was nog nooit eerder bij haar opgekomen om Josh aantrekkelijk te vinden, want hij was het vriendje van haar beste vriendin. Het was simpelweg iets waar je niet over dacht. In gedachten castreerde je zo iemand, dacht Tara. Aan vriendjes van beste vriendinnen hing een bordje met 'Niet beschikbaar' erop.
En toch had ze al die tijd diep in haar hart onbewust geweten dat ze Josh misschien wel heel aantrekkelijk vond als hij niet iets met Daisy had gehad.
En nu er niets meer in de weg stond merkte ze dat ze hem echt heel aantrekkelijk vond. Tara gaf zich helemaal over aan de kus en kwam tot de conclusie dat hij lekkerder smaakte dan aardbeien. En wat betreft zijn haar – zijn gekke verwarde roodblonde piekerige haar – ze moest er gewoon de hele tijd met haar handen doorheen strijken. En zijn gezicht met die wallen onder zijn ogen en die gebroken neus en die vage gouden sproeten op zijn jukbeenderen – hoe was het mogelijk dat ze nooit eerder had beseft hoe volmaakt hij eruitzag?
Na een hele tijd trok Josh zich met tegenzin terug. Twee centimeter. 'Nu komt het moment,' mompelde hij, 'waarop we erachter komen.'
Tara knipperde verward met haar ogen. 'Waarachter komen?'
'Of je me een klap in mijn gezicht gaat geven.'
O. Pfff. Ze wist een beverig glimlachje te produceren 'Nee.'
De ogen van Josh twinkelden opgelucht. 'Het is maar goed dat ik geen echte rij-instructeur ben. Ik zou hier waarschijnlijk voor ontslagen worden.'
Beduusd mompelde Tara: 'Ik wist het niet, ik wist het echt niet.'
'Dat weet ik.' Hij trok een zielig gezicht. 'Daarom was ik een beetje bang dat ik zoëven een fout maakte.'
'Ik dacht dat we gewoon goed met elkaar konden opschieten.' Tara schudde verbijsterd haar hoofd.

'Ik ook. Nou ja, in het begin,' corrigeerde Josh zichzelf. 'En toen begon ik me er langzaam bewust van te worden.'
'Wanneer?' Ze beefde over haar hele lichaam van geluk. 'Wanneer kreeg je het in de gaten?'
'Een paar weken geleden. We waren in Tetbury de hellingproef aan het oefenen. Jij had het over die audities bij het toneel.'
Tara schrok; de enige reden waarom ze tegenover Josh haar ziel had blootgelegd was dat hij volledig buiten bereik was. Dat soort dingen zou ze nooit hebben toevertrouwd aan een potentieel vriendje.
'Die gore audities? Die waarbij de regisseurs meer wilden dan alleen maar een auditie?'
'En jij zei tegen hen dat ze op het dak konden gaan zitten,' zei Josh.
'O.' Ze voelde zich opeens een beetje schuldig. Het was af en toe kantje boord geweest.
'Toen je me erover vertelde,' ging hij verder, 'kon ik die kerels wel in elkaar slaan.'
'Écht waar?' Tara was helemaal ontroerd.
'Ik wilde ze vermoorden,' verklaarde Josh. Wat onhandig zoende hij haar op het puntje van haar neus. 'Toen besefte ik wat er aan de hand was.'
'Maar je hebt me nooit een hint gegeven,' zei Tara verbaasd. 'Ik bedoel, geen enkele hint.' En laten we wel wezen als er iemand was die alles over het oppikken van hints wist, was zij het wel.
'Ik ging nog met Daisy.' Hij haalde zijn schouders op.
Daisy. Tara werd ogenblikkelijk overspoeld door schuldgevoelens. 'Ik voel me afschuwelijk.' Zo afschuwelijk dat ze er bijna niet bij stil kon blijven staan. 'Wat zal ze zeggen?' Het ergste van alles was dat ze tot het eind van haar leven de smaak van aardbeien in verband zou brengen met de kus van Josh.
'Maak je geen zorgen over Daisy. Ze vindt het prima.'
Met open mond keek Tara hem aan. 'Je bedoelt... ze wéét het?'
'Ik heb het tegen haar gezegd voordat ze ging winkelen. Nou ja, ik heb haar verteld over mijn gevoelens voor jou,' zei Josh vlug. 'Ik wist natuurlijk niet of jij hetzelfde voor mij voelde. Je had wel kunnen zeggen dat ik de pot op kon. Maar het was niet meer dan eerlijk om Daisy op de hoogte te brengen. En dat heb ik dus gedaan.' Hij begon breed te grijnzen. 'Ze was er verrukt van.'

'Werkelijk?' Tara had die geruststelling hard nodig; heel hard nodig. 'Was ze helemaal niet kwaad? Weet je zeker dat ze het niet erg vindt?'

'Ze vindt het echt niet erg. We hoorden niet echt bij elkaar, dat heb ik je toch verteld,' zei Josh. 'We deden tegenover elkaar net alsof het geweldig was, maar we wisten allebei dat dat niet waar was. Toen ik naar Oostenrijk ging, was jij degene die ik miste,' legde hij uit. 'En toen ik vanmorgen terugkwam, was jij degene die ik verschrikkelijk graag wilde zien. Maar er is één ding dat we moeten afspreken,' ging Josh ernstig verder. 'Je moet me beloven dat je Dominic Cross-Calvert nooit meer zult zien.'

O, wat een opluchting!

'Ik beloof het.' Tara knikte heftig. 'Daar is geen kans meer op. Er is niets meer tussen Dominic en mij, ik wil hem nooit meer zien.'

'Dat heb je tegen Daisy gezegd.'

'Het is de waarheid!'

'Misschien bedenk je je nog,' zei Josh.

'Hoe kun je nu zoiets zeggen?' Tranen van geluk sprongen haar in de ogen toen ze haar armen om zijn nek sloeg. Met een schor stemmetje fluisterde ze: 'Waarom zou ik dat willen? Ik heb jou toch?'

53

'... en het feest is nog niet afgelopen,' schreeuwde Dev door de telefoon heen om boven het geroezemoes op de achtergrond uit te komen, 'en Kate wil nog niet weg, dus zoeken we voor vannacht een hotel hier in de buurt.'

Daisy staarde naar de andere kant van de woonkamer waar een stapel boodschappentassen lag en dacht chagrijnig: logisch dat Kate nog niet weg wil. De slét.

Je kon weten dat je poging om winkeltherapie toe te passen niet de gewenste opbeurende uitwerking had gehad als alles wat je had gekocht 's avonds om elf uur nog onuitgepakt in chique draagtassen zat.

'Dit is allemaal bijzonder interessant, maar waarom vertel je het

me? Je bent boven de achttien,' wreef ze Dev onder de neus. 'Je hebt mijn toestemming niet nodig om een nacht weg te blijven.'
'Het gaat om Clarissa. Ik heb tegen Adam gezegd dat we rond middernacht thuis zouden zijn. Luister, het spijt me, maar ik heb net naar zijn kamer gebeld en er wordt niet opgenomen. Zou jij Adam kunnen zoeken en hem vragen of hij het niet erg vindt om tot morgenmiddag op haar te passen?'
Terwijl jij in Londen de beest uithangt, zeker?
'Vind je niet dat je nu een ietsjepietsje egoïstisch bent?' Diep verontwaardigd voegde Daisy er vinnig aan toe: 'Adam zou morgen naar Longleat gaan. Maar ik neem aan dat hij nu van zijn plannen af moet zien, alleen omdat jij er niet aan hebt gedacht dat...'
'O, schei alsjeblieft uit, ik wist dat helemaal niet van Longleat,' viel Dev haar in de rede.
Dat was niet zo verbazingwekkend, gezien het feit dat Adam zelf ook nog niet van dit plan op de hoogte was.
'Wat ga je nu doen?' Als ze alsnog door de mand viel, besloot Daisy vlug, dan zou ze volhouden dat ze Adam verkeerd had begrepen. Met dat onbehouwen puberale Australische accent was dat niet onmogelijk, nietwaar? ('O, je bedoelde dat je nog lang niet wegging op zondag? Ik dacht dat je zei dat je naar Longleat ging!')
'Het ziet ernaar uit dat ik voor het blok zit.' Dev zweeg. 'Tenzij jij op Clarissa kunt passen.'
Yes!
'Ik? Ik kan niet, ik heb het druk.' Daisy's stem ging verontwaardigd de hoogte in. 'Dev, je kunt moeilijk van mij verwachten dat ik alles laat liggen alleen om...'
'Oké, oké,' zei Dev haastig. 'Ik dacht alleen maar. Oké, ik zal iets anders regelen.'
'Wat houdt dat in? Ga je nu iedereen opbellen die je kent totdat je iemand vindt die haar kan hebben?'
'Ik wil niet...'
'Iemand die Clarissa helemaal niet kent? O, in 's hemelsnaam,' Daisy slaakte een enorme zucht. 'Ik zorg wel voor haar.'
'Nee. Geen denken aan. Ik kom terug,' zei Dev vastberaden.
'Doe niet zo stom. Ik doe het wel.'
'Maar je hebt het druk.'

'Ik weet dat ik het druk heb, maar iemand moet voor Clarissa zorgen.'
'Nu voel ik me ontzettend schuldig,' zei Dev.
'Goed zo.' Daisy hing triomfantelijk op.

Ze trof Adam en Clarissa beneden in de bar aan, terwijl ze luisterden naar Hector die 'Mack The Knife' om zeep hielp. Nou ja, ze luisterden naar Hector en een zestal gasten uit Chicago die met z'n allen 'Mack The Knife' zongen. Werkelijk ontzettend slecht. Het was duidelijk dat het weer zo'n luidruchtige zaterdagavond zou worden.
Als reactie op het wenken van Daisy duwde Adam Clarissa van zijn knie af en toen kwamen ze samen naar haar toe.
'Dev is opgehouden. Hij blijft in Londen overnachten,' legde Daisy uit, 'dus ik neem de zorg voor Clarissa wel van jou over.'
Adam keek wat beteuterd. 'Ik vind het niet erg. We hebben het zo leuk gehad samen. Ze mag wel bij mij blijven.'
'Ja, maar Dev is niet voor morgen... avond terug,' improviseerde Daisy.
Adam zei gretig: 'Maar ik heb morgen niets te doen. Echt waar, ik wil haar graag nog een dagje houden.'
'Dat is heel lief van je, maar ik heb tegen Dev gezegd dat ik het zou doen.' Ze keek hem zo zakelijk mogelijk aan om goed duidelijk te maken dat zij de manager van het hotel was en dat zij dus de hond kreeg.
'O. Nou ja, oké.' Adam slurpte van zijn cola en gaf Clarissa een spijtig klopje op haar kop. 'Tot ziens dan maar, meisje. Braaf wezen, hoor.'
Clarissa kwispelde met haar staart en gaf een likje over zijn hand. Het was allemaal erg Disney-achtig.
'Kom, schat, je had allang naar bed gemoeten.' Daisy voelde zich net Cruella de Vil, die Clarissa onder valse voorwendsels weglokte. Hoewel ze uiteraard niet van plan was haar in een jas te veranderen.
Gelukkig begon Clarissa niet te janken en ze klemde zich ook niet aan de enkel van Adam vast. Ze trippelde heel tevreden achter Daisy aan toen ze met z'n tweetjes de bar uit liepen.
Bij de receptie stond Paula Penhaligon. Ze plakte postzegels op

brieven en deed ze in de houten brievenbus. Ondanks Hectors aandringen had hij haar nog niet kunnen overhalen om met die spontane meezingfeestjes mee te doen. Ze beweerde dat haar stem rust moest hebben, maar Daisy vermoedde dat ze het beneden haar waardigheid vond. Jeetje, even vlug het refrein meezingen van 'Roll Out The Barrel' – dat kon toch geen kwaad? Paula voelde gewoon niets voor een gratis optreden.

Maar ze was wel Hectors vriendin. Beleefd blijven dus.

'Hoi, Paula... oeps.' Terwijl ze zo vriendelijk groette schoot Clarissa tussen haar benen door. Met de oortjes plat tegen het kopje gedrukt verstopte ze zich achter Daisy's voeten.

'O. Hallo.' Paula Penhaligon glimlachte heel even terug.

Maar wat raar. Waarom beefde Clarissa zo?

'Pap heeft het daarbinnen weer helemaal naar zijn zin.' Daisy wees naar de bar. 'Ga jij er ook heen?'

'O nee, ik denk het niet. Die vreselijke Amerikanen zitten me de hele tijd aan mijn kop te zeuren of ik met ze op de foto wil.' Paula trok een deftig gezicht. 'Dat is nog tot daaraan toe, maar ze kunnen nergens anders over praten dan over hun laatste trip naar Graceland. Wat hen betreft is de enige interessante muziek de rock-'n-roll uit de jaren vijftig.'

Daisy hoorde een zacht gegrom ergens bij haar voeten vandaan komen. Wat ontzettend gênant – nu ontblootte Clarissa ook nog haar tanden naar Paula Penhaligon! Geschokt pakte ze de hond op en zei: 'Shh, wat ben je toch raar aan het doen.'

'Grrr,' gromde een hevig bibberende Clarissa onheilspellend.

'God, het spijt me verschrikkelijk.' Beschaamd keek Daisy Paula hoofdschuddend aan. 'Ze heeft nog nooit eerder zoiets gedaan.'

'Dat is het vervelende van beesten. Ze zijn onvoorspelbaar. Je kunt een gevaarlijke hond niet zomaar in het hotel laten rondlopen,' zei Paula. 'Je moet hem eigenlijk aan de riem doen.'

'Waarom deed je dat?' zei Daisy bestraffend, toen ze veilig en wel in haar appartement waren. 'En waarom doe je juist bij haar zo idioot?'

'Woef,' beaamde Clarissa, en sprong zonder enige vorm van berouw op het bed.

'Misschien krijg ik dat mens wel als stiefmoeder. En jouw bed is

daarginds,' voegde Daisy eraan toe. Ze wees naar de mand die ze uit Devs kamer had gehaald. 'Jouw mand, jouw dekentje, jouw leuke piepbal... ach, laat ook maar zitten. Kom hier.' Ze zakte neer op het bed, liet Clarissa op haar schoot springen en knuffelde haar. 'O, ik vind het zo leuk dat je hier bent. Zullen we een paar koekjes pakken en naar een video kijken?'
Clarissa wiebelde verrukt met haar achterlijf en sloeg met haar staartje op het bed.
Toen ze de tv aanzette, zei Daisy: 'Ik vraag me af wat Dev nu aan het doen is.' Toen hield ze gauw haar mond, want ze wilde eigenlijk helemaal niet weten wat Dev in zijn schild voerde. 'Maar hij is niet belangrijk. Waar heb je zin in, roomkoekjes of chocoladebiskwietjes?'
Clarissa liet een kefje horen en verborg haar kopje liefkozend in haar hals.
'Fantastisch idee.' Daisy knikte goedkeurend. 'We nemen ze allebei.'

Daisy was er eerst helemaal ondersteboven van geweest, maar nu begon ze al aardig te wennen aan het idee dat Freddie de zoon van Steven was. Op zondagmorgen keken zij en Clarissa samen uit het raam en zagen hoe Mel, die met uitgespreide armen op het gazon knielde, Freddie aanmoedigde om zijn eerste wankele stapjes te zetten.
Drie wankele stapjes om precies te zijn voordat hij zijn evenwicht verloor en met een plof op het gras terechtkwam.
Het was echt een engelachtig kindje. Hij kon er niets aan doen dat Steven zijn vader was.
Clarissa sprong van de vensterbank af, rende naar de deur en begon op een damesachtige manier te janken.
'Oké, oké.' Daisy haalde vlug een kam door haar haren en liep achter haar aan. Clarissa hield figuurlijk de pootjes over elkaar, want ze moest heel nodig een plasje doen. 'We nemen de achteruitgang.'
Maar als Clarissa het al begreep, verkoos ze het om deze instructie te negeren. Wat haar betreft was de trap aan de voorkant de snelste weg. Een zucht onderdrukkend liep Daisy achter haar aan. Nou ja, ze kon moeilijk de volgende god mocht weten hoeveel jaar Mel uit de weg gaan en net doen alsof ze niet bestond.

Clarissa leegde haar blaas keurig netjes achter een taxus, maar meteen daarna schoot ze als een speer over het gazon naar Mel en Freddie toe. Een beetje te laat herinnerde Daisy zich waarom ze de riem mee naar beneden had genomen en gilde: 'Clarissa, stop, kom hier.' Ze kreeg onmiddellijk visioenen van nachtmerrieachtige krantenkoppen: kleine bastaard met belachelijke naam bijt schattig peutertje dood. Maar het enige dat Clarissa deed was Mel als een oude vriendin begroeten en verheugd aan Freddie snuffelen. Daarna draaide ze zich om en trippelde weer terug. Haar staartje kwispelde nog steeds als een metronoom.
Daisy maakte opgelucht de riem aan de halsband vast.
Mel tilde Freddie op en kwam naar hen toelopen.
'Ik heb nog geen gelegenheid gehad om je echt te bedanken.' Met haar vrije hand duwde ze de pony uit haar ogen. 'Dat je Freddie hebt gered... dat je ons hier laat wonen... nou ja, voor alles.' Ze wachtte even. 'Ik weet dat het niet zo overtuigend klinkt, maar wat kan ik anders zeggen? Bedankt.'
Ik had niet veel keus, dacht Daisy. Als iemand een baby uit een brandend huis gooide was je zedelijk verplicht hem op te vangen. Anders zouden de mensen je de rest van je leven een slechte vanger noemen.
Een beetje gegeneerd mompelde ze: 'Dat is wel goed.'
'Het is nooit mijn bedoeling geweest je te kwetsen,' ging Mel recht voor z'n raap verder. 'Ik zweer het. Als ik Barney niet was tegengekomen had je nooit geweten dat Freddie bestond.'
'Dat weet ik.' Daisy was hier uit zichzelf ook al op gekomen. En ze was er ook achter dat als zij Barney die baan niet had gegeven, hij nooit iets met Mel was begonnen. Deze hele netelige situatie had ze op de keper beschouwd aan zichzelf te wijten.
'Soms gebeuren de dingen gewoon,' zei Mel. 'Ik ben echt niet zo'n afschuwelijk iemand. En ik hou zielsveel van Barney.'
'Iedereen houdt van Barney. Waar is hij trouwens?'
'In het huisje. We gaan nu naar hem toe. Het onderzoeksteam heeft bevestigd dat het een elektrische fout was. Al die oeroude bedrading,' zei Mel huiverend. 'Ik moet er niet aan denken.'
Daisy schudde haar hoofd en dacht schuldbewust aan het moment waarop ze had gedacht dat Mel het vuur misschien wel zelf had aangestoken.

'Maar jullie zijn toch wel verzekerd?'
'Ja, godzijdank. De schade-expert is gisteren geweest. We kunnen alles weer in orde laten brengen. Waarom doe je haar dat ding om?' Om een ander onderwerp aan te snijden gebaarde Mel naar Clarissa. 'Ik heb nog niet eerder gezien dat ze een riem om had.'
'O, een van de gasten vond het niet zo fijn dat ze los rondliep.'
'Maar Clarissa doet niets!'
'Ze heeft tegen iemand gegromd,' moest Daisy toegeven. 'Het is helemaal niets voor haar, maar we kunnen beter het zekere voor het onzekere nemen.'
'En jij past op haar zolang Dev er niet is. Weet je, ik vroeg me af...'
'Wat vroeg je je af?' drong Daisy aan toen Mels stem wegstierf.
'Nou, die avond toen je ontdekte dat ons huis in brand stond. Jij en Dev waren samen...'
'We hebben niets samen als je dat soms mocht denken,' onderbrak Daisy haar. 'Helemaal niets.' Ze voelde dat ze het warm kreeg. 'Jeetje, hij is wel de laatste persoon met wie ik iets zou willen hebben.'
'Waarom niet in vredesnaam?' Mel trok verbaasd haar wenkbrauwen op. 'Hij is aantrekkelijk. Hij is succesvol – en moedig. Als dat geen goede partij is, dan weet ik het niet.'
'Zo iemand noem ik een rokkenjager,' zei Daisy er meteen bovenop, omdat ze eerlijk gezegd absoluut geen behoefte had aan een preek van Mel over mannen met wie je naar bed zou willen. 'Nee, dank je wel, ik ben al met zo iemand getrouwd geweest.'
Mel negeerde de steek onder water. 'Ik vroeg het alleen maar,' zei ze kalm.
'Ja, dat deed je. En nu heb ik het je verteld.'
'Ik vind gewoon dat je daardoor niet de rest van je leven moet laten vergallen.'

54

Daisy lag lekker languit op de bank naar *The Great Escape* te kijken toen er op de deur werd geklopt.

Clarissa, die op haar buik lag en net zo verdiept was in de film als zij, spitste haar oortjes en keek Daisy verwachtingsvol aan.
Het was zes uur. Daisy had geen moeite gedaan om zich na het bad nog eens helemaal aan te kleden. Ze trok de ceintuur van haar peignoir wat strakker en riep: 'Wie is daar?'
'Ik.'
Clarissa gleed als een paling van haar af en huppelde naar de deur. Daisy keek voor de zekerheid nog maar een keertje of haar kleding door de beugel kon en liep toen achter Clarissa aan om de deur open te maken. Het zou nu leuk zijn geweest als Clarissa enige waardigheid in acht had genomen en een beetje afstandelijk had gedaan. Maar nee hoor. Jankend van vreugde sprong ze met een verheerlijkt bekje in Devs armen. Als een naïef, enthousiast meisje dat met open armen staat te wachten op haar rotzak van een vriendje dat haar telkens voor andere vrouwen in de steek laat.
'Bedankt dat je voor haar hebt gezorgd,' zei Dev grijnzend terwijl Clarissa ijverig zijn handen zat af te likken. 'Je hebt wat van me te goed.'
Daisy stopte de handen in de zakken van haar peignoir. 'Ze dacht al dat je haar in de steek had gelaten.'
'Lieverd!' Dev drukte zijn neus tegen die van Clarissa. 'Dat zou ik je nooit aandoen.'
'Woef!' Clarissa was het ermee eens. Ze was verrukt met haar achterpootjes rond aan het fietsen in de holte van zijn arm.
'Is ze braaf geweest?'
'Ze heeft tegen Paula Penhaligon gegromd. Ik heb haar vandaag aan de riem moeten doen.'
'Gegrómd?' Dev stond even met zijn mond vol tanden. 'Weet je dat zeker?'
'Ik was er zelf bij. Ik weet heus wel hoe een grom klinkt.' Daisy kwam in de verleiding om hem een demonstratie te geven – ze had ook wel zin om te grommen.
'Misschien moet ik eens met haar naar de dierenarts. Maar in ieder geval bedankt voor de goede zorgen. Zal ik haar mand meteen meenemen?' Hij wees op Clarissa's onbeslapen mand die op de grond bij het raam stond.
Toen Daisy hem aanreikte voelde ze zich net zo diepbedroefd als een pleegmoeder die haar geliefde pupil weer aan zijn echte fami-

lie moet overdragen. Ze moest zich inhouden om Clarissa geen afscheidskusje te geven.
'We zitten beneden in de bar,' zei Dev uitnodigend, 'als je soms zin in een drankje hebt.'
Wij? Kate en ik? Dat soort wij?
'Ik ben er niet op gekleed.'
Hij keek haar plagerig aan. 'Je zou altijd kunnen proberen om – hoe noem je zoiets, een paar kleren aan te trekken.'
Daisy schudde haar hoofd. 'Nee, dank je.'
'Is er iets?' Dev gaf haar een van zijn 'je kunt me toch vertrouwen'-blikken.
'Nee hoor. Helemaal niets.' Ze was absoluut niet van plan hem te vertellen dat het uit was tussen haar en Josh. 'Ik ben alleen moe.'

Een beetje meesmuilend bekeek Daisy het verschil in Josh toen hij om tien uur terugkwam. Hij kon zijn geluk niet op, maar hij deed zijn uiterste best dit niet te laten merken omdat hij haar niet wilde kwetsen.
'Het is ongelooflijk dat ik nooit eerder heb gezien dat jullie twee zo goed bij elkaar passen.'
'Ik weet het.' Hij grijnsde opgelucht dat hij over Tara kon praten en woelde met een verbaasd gezicht door zijn haar. 'We kunnen ontzettend goed met elkaar opschieten en het rare is dat we niets gemeen hebben. Zij haat de films waar ik van houd. Ik vind haar smaak wat betreft muziek afgrijselijk. Ze wil per se geen golf leren spelen en ze vindt Roger Moore een betere James Bond dan Sean Connery. Ik bedoel, daar kan ik toch niet omheen, dit is een drama.'
Daisy sloeg vergenoegd haar armen om haar knieën. Als ze de hele affaire zelf had bedacht, had ze niet gelukkiger kunnen zijn. Telkens wanneer Tara een potentieel nieuw vriendje tegenkwam, had ze zichzelf altijd zonder na te denken veranderd in het soort meisje dat hij volgens haar zocht. Haar eigen ideeën en meningen werden onmiddellijk overboord gegooid en op alles wat hij zei, reageerde ze met: 'Oooh, ik ook!' Als ze omging met iemand die dol was op motorcross, dan was Tara daar opeens ook gek op. Als ze iemand tegenkwam die in een heavy-metalband speelde, kocht ze een stapel heavy-metal-cd's en maakte zichzelf wijs dat ze daar ont-

zettend veel van hield. Ondanks het feit dat haar favoriete zangeres Mariah Carey was.

'En ze heeft tegen me gezegd dat ze mijn overhemd niet mooi vindt.' Josh schudde zijn hoofd. Hij stond kennelijk versteld over dit gebrek aan smaak. Toegegeven, het overhemd was geel en had een patroon van grillige paarse inktvissen. Hij had het in Hawaï gekocht. Op dit punt moest Daisy Tara gelijk geven.

'Jij mag dan een twijfelachtige smaak wat overhemden betreft hebben,' zei Daisy sussend, 'maar je hebt in ieder geval geen geheime verzameling Starsky en Hutch-video's onder je bed liggen.'

O ja, Tara was stiekem een fan van Paul-Michael Glaser. Ze zou Daisy er vast flink van langs geven, dit had geheim moeten blijven. Maar Josh slaakte een indianenkreet en riep uit: 'Ik ben gek op Starsky en Hutch, die zijn fantastisch!'

'Dan is dat dus het enige dat jullie gemeen hebben. Jullie zijn een zielig, heel zielig stel.'

Maar dat waren ze natuurlijk niet. Tara en Josh waren een heel gelukkig stel. Afgezien van een klein netelig probleempje.

Ze wachtte totdat hij haar een kop koffie en de koekjestrommel had gebracht en sneed toen het onderwerp aan.

'Josh?'

Hij trok een komisch gezicht. 'Wat? Vind jij mijn overhemd ook lelijk?'

'Je overhemd is prachtig,' verzekerde Daisy hem. 'Zeer geschikt om er ramen mee te lappen.'

Hij kneep haar in de elleboog. 'Ik snap niet wat ik ooit in jou heb gezien.'

'Ik ben leuk, ik ben gewoon over de hele linie een aardige lieve meid. En daarom maak ik me ook zorgen over jouw seksleven.'

Josh verslikte zich in zijn mariabiskwietje. 'Wat voor seksleven?'

'Dat bedoel ik nou!' Daisy spreidde wanhopig haar handen uit. 'Ik heb er de hele dag over lopen piekeren. Jij logeert hier bij mij, Tara woont een eind hiervandaan bij Maggie... dat kan lastig worden als jullie eens een keertje alleen willen zijn.'

'God, Daisy, moeten we hier nu echt over praten?' Hij wierp haar een gekwelde blik toe; voor het eerst sinds ze hem kende zag ze dat Josh zich geneerde. 'Daar hoef jij je geen zorgen over te maken.'

'Ja, dat weet ik, maar ik vraag het gewoon.' Daisy had er absoluut geen moeite mee dat haar twee beste vrienden iets met elkaar hadden, maar ze wist dat Josh het niet in zijn hoofd zou halen Tara mee naar zijn kamer te nemen. Hoe goed ze het ook allemaal bedoelden, dat zou te gênant zijn. Voor alle drie.

'Je bedoelt dat je nieuwsgierig bent,' zei Josh.

'Ik vind benieuwd leuker klinken.' Daisy nam nog een koekje.

'Oké.' Hij zuchtte omdat ze het kennelijk niet zonder slag of stoot wilde opgeven. 'Je hoeft je geen zorgen te maken, want er is geen probleem. Tara wil helemaal niet met me naar bed.'

Dit keer was het Daisy's beurt om zich te verslikken en de salontafel te besproeien met kruimeltjes.

'Meen je dat?'

'Zeker weten. Geen seks. In ieder geval de eerste tijd niet,' voegde Josh eraan toe. Hoopvol.

'Maar waarom niet?' Daisy wist niet hoe ze het had. Tara had nog nooit eerder zoiets gedaan.

'Toen ik met die rijlessen begon hebben we gepraat. Urenlang,' zei Josh, 'over van alles en nog wat. Ik heb alles gehoord over haar rampzalige seksleven en hoe ze met veel te veel mannen naar bed is geweest en altijd om de verkeerde redenen. Ze kon me erover vertellen omdat we toen nog alleen maar vrienden waren,' legde hij uit. 'Het spreekt vanzelf dat ze zich nu een ongeluk schaamt en dat ze per se wil bewijzen dat ze niet de een of andere sletterige del is die met Jan en alleman het bed in duikt.'

Daisy proestte het uit van het lachen; ze kon er niets aan doen. 'Dit is schitterend. Dit had ik nooit achter Tara gezocht.'

'Ik weet het, ik weet het.' Met een zielig gezicht wreef Josh over zijn stoppelige kin. 'Theoretisch is het allemaal prachtig. Heel prijzenswaardig. Maar het is verdomd frustrerend als jíj die "Jan en alleman" blijkt te zijn.'

Op dinsdag was het warm en zonnig, weer zo'n heerlijke lentedag. Maggie zat binnen ijverig ritsen te zetten in een stapel kussenovertrekken die klaarlagen. Ze deed haar best om het gevoel van opwinding te negeren dat ze onder in haar buik voelde opborrelen. Het was idioot, maar ze kon het niet helpen. Ze voelde zich net een vrouw die al een keer of zes in de kerk in de steek gelaten is, maar die nu zeker weet dat haar bruidegom ditmaal wél komt op-

dagen. Behalve dan dat ze niet op een bruidegom wachtte, maar op haar wasmachinereparateur. Wat bijna nog spannender was. Want niet alleen had Dino – zo heette hij – haar met de hand op het hart beloofd dat hij om uiterlijk twee uur bij haar zou zijn, maar hij had haar ook verzekerd dat hij precies het juiste onderdeel bij zich zou hebben.
Hij had zo zelfverzekerd geklonken dat Maggie er niet meer aan had gedacht om sceptisch te zijn. Haar lange beproeving was eindelijk voorbij, daar was ze van overtuigd. Vanaf vandaag zou ze weer zonder enige moeite kunnen wassen en centrifugeren.
In de verte sloeg de kerkklok twee keer en Maggie voelde heel even de twijfel opkomen. Het volgende moment hoorde ze buiten het verrukkelijke gepiep van remmen en ze sprong overeind, waarbij ze spelden en klosjes garen in het rond strooide in haar gretigheid om te zien of – ja, halleluja, het was Dino, hij was er!
Jemig, hij kon er best mee door. Ze hadden voor de verandering een hele redelijke gestuurd. Niet dat het iets uitmaakte. Wat telde was dat hij een onderdeel kon vervangen.
'Jij bent vast Maggie,' deelde Dino haar opgewekt mee toen ze de deur had opengegooid om hem te begroeten.
O jeetje, ze had zo vaak aan de telefoon tegen zijn bedrijf zitten razen en tieren dat ze elkaar al bij de voornaam noemden. Waarschijnlijk noemden alle personeelsleden haar achter haar rug al Gekke Maggie.
'Kom binnen. Wat ben ik blij dat je er bent.' Maggie beloofde zichzelf plechtig dat ze hem zou laten zien dat ze in werkelijkheid heel aardig was en niet altijd zo'n krijsende feeks. 'Thee of koffie?'
'Thee, alsjeblieft.' Hij keek haar grijnzend aan. 'Zonder melk en suiker.'
Geen suiker? Wat merkwaardig. Maggie was er altijd van uitgegaan dat reparateurs op z'n minst drie suikerklontjes namen.
De schrik sloeg haar om het hart. Hij zou toch geen bedrieger zijn? Angstig vroeg ze: 'Heb je het onderdeel bij je?'
'Dat heb ik toch gezegd?' In de keuken maakte Dino zijn tas open en liet haar het plastic zakje zien met het onderdeel erin. Met twinkels in zijn lichtbruine ogen sprak hij haar quasi-bestraffend toe: 'O, gij kleingelovige!'
'Je moet me niet voor de gek houden,' protesteerde Maggie. 'Ik ben al eerder teleurgesteld.'

'Geen teleurstellingen meer. Ik ben er nu. Oké, laten we maar eens beginnen.' Zonder één keer te kreunen, wat bijzonder lofwaardig was, trok hij de wasmachine onder het werkblad uit en ging onmiddellijk aan de slag met zijn schroevendraaier. Maggie was helemaal gerustgesteld. Ze zette water op en pakte de kopjes. Het was tien over twee. Om halfdrie zou ze heerlijk armenvol met wasgoed in de wasmachine kunnen stoppen, op het knopje drukken en naar haar ronddraaiende kleren kunnen kijken.
Als een speciale traktatie legde ze een negerzoen naast Dino's kopje neer.
Om tien voor halfdrie stond hij opeens in de deur van de woonkamer. Met een uitdrukking op zijn gezicht die deed denken aan die van dokters op tv als ze op het punt staan je te vertellen dat het kwaadaardig is.
'Een klein kinkje in de kabel.' Dino veegde met de rug van zijn hand zijn voorhoofd af.
Maggie, die nog steeds ritsen aan het inzetten was, tilde langzaam haar hoofd op. 'Wat voor kinkje?'
'Het onderdeel waarvan we dachten dat het de moeilijkheden veroorzaakte... nou, dat was het niet.'
Dit was niet wat Maggie wilde horen. Ze voelde hoe haar kaak verstijfde. 'En?'
'Het spijt me verschrikkelijk. We zullen een ander onderdeel moeten bestellen.'
Hij schaamde zich kennelijk een ongeluk, maar dat interesseerde Maggie niet. 'En hoelang gaat dat duren?' Het was een retorische vraag; ze wist het antwoord al. 'Weer twee weken?'
'Misschien tien dagen. Ik zou er "dringend" op kunnen zetten. Kijk, ik weet dat je teleurgesteld bent...'
'Teleurgesteld?' Maggie hoorde dat haar stem diverse octaven omhoogging zonder dat ze er iets aan kon doen. 'Teleurgesteld beschrijft nog niet voor een kwart hoe ik me voel. Je hebt belóófd dat het vanmiddag in orde zou komen.'
'Dat weet ik wel, maar ik kon me alleen maar baseren op wat de laatste reparateur me heeft verteld. Hij dacht dat hij de fout had ontdekt, maar dat was niet zo.'
'Juist. Nou, in dat geval moeten we het gewoon op een andere manier regelen.' Maggie stond op, veegde haar zweethanden af aan

haar spijkerbroek en greep de telefoon vast. 'Wat jij nu gaat doen is jouw baas opbellen en hem zeggen dat ik er genoeg van heb. Ik wil een nieuwe wasmachine, namelijk eentje die het doet. Hij moet zorgen dat er een in een bestelwagen wordt gezet en vanmiddag hier wordt bezorgd. Dan kun jij hem voor me aansluiten voordat je de kapotte meeneemt. Klinkt je dat redelijk in de oren?'

Dino haalde zijn schouders op. 'Best redelijk, maar ik weet niet of ze ermee akkoord gaan. Het is namelijk niet gebruikelijk bij het bedrijf om...'

'Doe het nou maar,' viel Maggie hem in de rede, en ze stopte hem de telefoon in de hand.

En ere wie ere toekomt, hij deed wel zijn best. Ze bleef pal voor hem staan en keek toe hoe hij zijn uiterste best deed om iemand die meneer Ellison heette ervan te overtuigen dat dit toch wel het minste was dat ze voor haar konden doen na alles wat ze had meegemaakt.

Het werd echter al spoedig duidelijk dat meneer Ellison absoluut niet van plan was om een positieve impuls te geven aan de klantvriendelijkheid van het bedrijf en dat hij per se niet wilde toegeven.

Er knapte iets in Maggie. Heel even vroeg ze zich af of er echt stoom uit haar oren kwam. Ze stond op het punt om de telefoon uit Dino's hand te rukken en de heer Ellison eens ongenadig de waarheid te zeggen toen ze zich herinnerde hoeveel effect dat in het verleden had gehad – geen enkel noemenswaardig effect – en in plaats daarvan liep ze met grote passen naar de voordeur.

In een hopeloze situatie moest je gebruik maken van hopeloze maatregelen. Maggie dacht er geen seconde over na of het verstandig was wat ze deed – en al helemaal niet of het zou lukken. Ze deed de voordeur vanbinnen op slot. Toen liet ze de sleutel in haar beha zakken, liep naar de ramen en herhaalde de procedure.

'Wat ben je aan het doen?' siste Dino met zijn hand over de telefoon.

'Gewoon blijven praten,' commandeerde Maggie. 'Zeg maar dat ik zo meteen met hem praat.'

Ze deed de keukendeur op slot en zorgde daar ook dat het raam stevig dicht zat. Haar beha rinkelde nu van de sleutels.

'Oké,' zei Maggie, terwijl ze de telefoon uit Dino's hand griste waarbij ze hem expres niet aankeek. 'Meneer Ellison? Hallo, hoe gaat het met u, u spreekt met Maggie Donovan. Ik vroeg me af of u mijn vervangende wasmachine al in het bestelbusje had staan. Nee? O jeetje, het spijt me dat te horen. Nou, dan deel ik u bij deze mee dat uw reparateur hier nog is en dat hij niet weggaat voordat mijn nieuwe wasmachine gebracht wordt. Ja, ik meen het heel serieus. Ik houd hem vast als gijzelaar, meneer Ellison. Hij kan niet weg, daar heb ik voor gezorgd. Sorry? U vraagt of ik redelijk wil zijn?' Maggie schudde bedroefd haar hoofd. 'Meneer Ellison, ik ben de afgelopen twee maanden alleen maar redelijk geweest en ik ben er niet zoveel mee opgeschoten. Ja, prima, bel gerust de politie op. Ik ga dadelijk de nieuwsredactie van BBC Bristol bellen. Weet u wat, waarom sluiten we geen weddenschap af wie hier het eerst is?'

55

Rinkeldekinkel deden de sleutels in Maggies beha toen ze de telefoon op het salontafeltje teruglegde.
'Stel je voor. Hij heeft zomaar opgehangen.' Toen ze Dino's kant uit keek, zat hij te lachen.
'Meen je dit serieus?'
'Absoluut.'
'Ik word door jou gekidnapt?'
'Ja. Nou ja. Ik neem jou in gijzeling.' Maggie trok een grimas. 'Het spijt me.'
'Het is alleen jammer dat mijn vrouw negen maanden zwanger is,' zei Dino. 'Ze was gisteren uitgerekend. Stel dat ze het kind nu krijgt?'
Diep geschokt vroeg Maggie op schrille toon: 'Echt waar?' Verdomme, verdomme, verdómme.
'Nee hoor.' Hij begon te grinniken. 'Ik ben niet getrouwd.'
'O, hemeltjelief.' Ze greep opgelucht naar haar borst. 'Heel even dacht ik dat het waar was.'
'Rustig maar. Er is geen kind op komst.' Hij zweeg en hield zijn

donkere hoofd een beetje scheef. 'Ik heb wel voor vanavond een squashbaan geboekt, maar die kan ik, denk ik, wel afzeggen.'
'Weet je het zeker?' Maggie weifelde. 'Ik bedoel, vind je het echt niet erg?'
'Dat ik door jou gegijzeld word? Helemaal niet,' zei Dino opgeruimd. 'Ik vind het prima.'
Ze was met stomheid geslagen. Het was geen seconde bij haar opgekomen dat hij het weleens leuk kon vinden om mee te doen met haar idiote plannetje.
'Nou, bedankt,' wist Maggie na een hele poos uit te brengen.
'Geen probleem. Ik vind dat je een nieuwe wasmachine verdient. Is er trouwens nog een kopje thee?'
'O ja, natuurlijk. Ik zal gauw...'
'Ho, ho, kalm aan een beetje.' Dino stak zijn hand uit om haar tegen te houden toen ze langs hem heen wou rennen. 'Laat mij het maar doen. Bel jij ondertussen de BBC op.'

Er was klaarblijkelijk niet veel nieuws die dag. Op de nieuwsredactie van de BBC waren ze erg, érg geïnteresseerd in haar verhaal, en ze beloofden om binnen een uur een verslaggever naar Colworth te sturen. Aangemoedigd door hun enthousiasme belde Maggie vervolgens ook nog de *Bristol Evening Post* op. Ze dronk de thee op die door Dino was gezet, tuurde een tijdlang het raam uit, luisterde of ze een politiesirene hoorde en vroeg zich af of ze er echt iets aan zouden doen.
'Misschien moet je iets aan je haar doen,' suggereerde Dino behulpzaam.
'Wat?'
'Het ziet er een beetje...' Zijn chaotische gebaren gaven aan dat er wel een borstel aan te pas mocht komen. In haar opwinding had Maggie door haar haren gestreken zodat ze alle kanten op stonden. 'Als ze met tv-camera's komen, moet je er op je best uitzien.'
Daar zat wat in. Ze ging naar boven, bracht haar dunne blonde haren wat in fatsoen en smeerde lichtelijk onhandig wat lippenstift op haar mond. Toen ze in de woonkamer terugkwam, lag haar gijzelaar gezellig languit op de bank en zapte langs de tv-zenders.
'Het stelt niet veel voor,' rapporteerde Dino. 'Tot halfvijf is er niets,

dan is er *Countdown*.' Hij keek omhoog naar Maggie die er een beetje bedremmeld bij stond. 'Wat is er?'
'Ik zit me net af te vragen hoelang dit zal gaan duren. Straks krijg je honger en ik heb bijna niets in huis.' Hij nam dit ongelooflijk goed op en Maggie vond dat ze hem op z'n minst toch wel een behoorlijke maaltijd moest kunnen voorzetten.
'Niet moeilijk doen. Laten we maar eens gaan kijken.' Dino zette de tv uit en liep naar de keuken. Voor ze het wist zat hij al in haar voorraadkast te kijken en gaf hij haar een zak bloem en een doosje met eieren aan.
'Pasta,' kondigde hij zelfverzekerd aan.
'O... um, ik geloof dat ik nog maar een half pakje spaghetti heb.'
'Ik heb het nu over verse pasta. Heb je die nog nooit gemaakt?'
'Nou, nee.' Maggie was een beetje in haar wiek geschoten; alleen Jamie Oliver en mensen in chique tijdschriften maakten volgens haar hun eigen pasta.
'Er is niets aan. Ik zal het je laten zien. Heb je een deegrol?' Onder het praten was Dino zijn mouwen al aan het opstropen. Daarna waste hij zijn handen bij de gootsteen.
Maggie begon te grinniken.
'Wat is er?' vroeg Dino.
'Al gebeurt er vanmiddag helemaal niets, dan heb ik in ieder geval nog geleerd om pasta te maken.'
Tijdens het koken kletsten ze over koetjes en kalfjes. Dino Marinelli was zevenendertig en zijn scheiding was vriendschappelijk verlopen. Hij woonde in een flat aan de noordkant van Bristol en hield zijn conditie op peil door squash te spelen en marathons te lopen. Zijn Italiaanse vader had hem al vroeg de kunst van het koken bijgebracht en van zijn Engelse moeder had hij een vrij goede zangstem geërfd. Maggie was verrukt toen ze erachter kwam dat Dino tot een paar jaar geleden bij diverse bandjes in Bristol en omgeving had gezongen. Hij had zelfs een optreden gehad in de *Stars in their Eyes* als imitator van Frank Sinatra.
'Wat geweldig! Heb je gewonnen?'
Hij rolde vol afschuw met zijn ogen. 'Nee, Bonnie Langford heeft gewonnen. Nou moeten we hier een lekker pittige saus bij maken. Houd je van olijven?'
'Dat wel,' zei Maggie, 'maar ik heb ze niet in huis.'

'Ben ik in de High Street niet langs een winkel gekomen?' Dino strooide bloem over het uitgerolde vel pasta en draaide dat handig om. 'Ik ga er wel even heen om olijven te kopen.'
'Dat kun je niet maken!' Wel allemachtig, was hij niet goed bij zijn hoofd? 'Je wordt verondersteld een gijzelaar te zijn.'
Dino begon te grijnzen. 'Sorry. Dat was ik vergeten.'
Maggie begon zich af te vragen of alle anderen dat ook waren vergeten. Het was drie uur en tot dusver was er nog niemand op komen dagen. Als het zo doorging zou haar gijzelingsactie op een zielige vertoning uitdraaien.
Het volgende moment kreeg ze bijna een rolberoerte toen de bel ging.
'O.' Hélp!
'Daar gaan we dan.' Dino gaf haar een bemoedigend knikje. 'Misschien is het Dermot Murnaghan wel, je weet wel, die van het tienuurjournaal. Of een stelletje commando's die me komen redden – zorg dat ze geen rookbommen door de brievenbus gooien. Er zit trouwens wat meel op je neus,' riep hij Maggie achterna, toen ze ging kijken wie er echt voor de deur stond.
Er stond een politiewagen voor het huis geparkeerd. De spieren in Maggies nek ontspanden zich, toen ze zag dat het Barry Foster was, hun dorpsagent. Ze was niet bang voor Barry – hij was waarschijnlijk veel banger voor haar.
Ze graaide in haar beha, deed het raam van het slot af en duwde het een paar centimeter open.
'Hallo, Maggie. We hebben een telefoontje gekregen van een zekere meneer Ellison van Carver's Electricals in Bristol. Zeg, wat is er eigenlijk aan de hand?'
De stem klonk stoer, maar hij voelde zich duidelijk niet op zijn gemak. Een jaar geleden had Barry's vrouw Yvonne bij haar twee witsatijnen kussenovertrekken besteld waarop ze met roze zijde de woorden 'Troetelkonijn' en 'Wiebelkontje' had moeten borduren. Het waren cadeautjes voor haar man ter gelegenheid van Valentijnsdag. Het was Maggie met veel moeite gelukt om hier met niemand over te praten, maar Barry had haar sindsdien nauwelijks meer in de ogen durven kijken. Nu hij gedwongen was dit wel te doen, stond het schaamrood hem op de kaken.
'Ik denk dat meneer Ellison je wel het hoognodige heeft verteld.'

Maggie bleef rustig. 'De reparateur gaat niet weg voordat ik een nieuwe wasmachine heb.'
'Maggie, dat kun je niet doen.'
'Ik doe het toch.'
'Maar het haalt niets uit. Je maakt je alleen maar belachelijk.'
'Nou ja, dat gebeurt ons allemaal weleens, hè?' Nog duidelijk hoorbaar mompelde Maggie: 'Wiebelkontje.'
Barry's nek werd vuurrood. 'Ik ben Wiebelkontje helemaal niet.'
Nu wist ze het dus. Ze had het zich vaak afgevraagd. Het koosnaampje van Barry was dus Troetelkonijn en Yvonne was Wiebelkontje.
'Sorry, ik zal het nooit meer zeggen.' Het zat Maggie ook eigenlijk niet lekker. 'Maar de reparateur blijft hier.'
Barry fronste zijn wenkbrauwen. 'Heb je hem vastgebonden?'
'Nee, ik ben verschrikkelijk aardig tegen hem. Hij maakt het prima.'
'Zou ik hem even kunnen spreken, Maggie?'
'Eigenlijk is hij op dit moment aan het werk.'
'Alsjeblieft.'
Maggie riep over haar schouder: 'Dino? De politieagent wil je even spreken.'
'Ik ben net de papardelle aan het snijden.'
'Hij zegt er alsjeblieft bij.'
Dino kwam naast haar staan bij het venster, met een mes in zijn met bloem bestoven handen.
'Hoor eens, meneer, kunnen we hier niet gewoon mee ophouden?' vroeg Barry.
'Zij heeft alle sleutels.' Met een ernstig gezicht voegde Dino eraan toe: 'In haar beha.'
'Misschien kunt u door dit raam naar buiten klimmen,' smeekte Barry.
'Dít raam?' Dino keek met afgrijzen naar het smalle raampje dat nog geen twintig centimeter breed was. 'Wie denk je dat ik ben? Kylie Minogue?'
'Daar heb je de BBC,' zei Maggie. De adrenaline begon door haar aderen te stromen toen ze de gemakkelijk herkenbare bestelwagen door de High Street aan zag komen rijden met nog twee andere auto's erachteraan.

'De telefoon,' siste Dino, omdat de telefoon achter hen begon te rinkelen.
'Maggie Donovan?' vroeg een stem aan de andere kant toen ze opnam. 'Hoi, je spreekt met Tammie Houston van Radio 5 Live. Ik zou graag...'

Pam, die altijd belust was op roddeltjes, onderschepte Daisy toen ze om vier uur uit een bespreking kwam.
'Heb je al gehoord wat er in de High Street aan de hand is? Een paar gasten hebben het me net verteld. Er staan verslaggevers en tv-wagens voor een van de huizen. En de politie is er ook.'
Als ze het woord politie hoorde kwamen de herinneringen aan het ongeluk van Steven altijd weer bij haar boven. Daisy huiverde. 'Hebben ze gezegd waarover het ging?'
Tara, die net klaar was met werken en die met haar denimjasje nonchalant over haar schouder gedrapeerd langs de receptie kuierde, vroeg olijk: 'Wat ging waarover?'
'Er wordt, geloof ik, iemand in gijzeling gehouden.' Pam keek gewichtig. 'Stel je voor, midden in de High Street!'
'Welk huis?' Daisy kon het nauwelijks geloven. Per slot van rekening waren ze hier in Colworth, niet in de Bronx in New York.
'Dat zeiden ze er niet bij. Alleen dat het een blauwe voordeur had.'
Daisy en Tara keken elkaar aan. Pam woonde niet in het dorp. De enige blauwe voordeur in de High Street was die van Maggie.
'Kom op.' Daisy's hart begon te bonzen. 'We gaan erheen.'

'Dit is ongelooflijk,' kreunde Tara. 'O jezus, ik schaam me dood, mijn eigen tánte...'
Er waren onderhand al heel wat mensen komen kijken. Met inbegrip van de diverse journalisten stond er al een aanzienlijke menigte. Er werd gefluisterd dat Maggie op dat moment aan de telefoon zat om een rechtstreeks radio-interview te geven. Een tv-ploeg stond te wachten tot ze klaar was, omdat ze haar voor het zesuurjournaal wilden interviewen. Ondertussen stonden Christopher en Colin van de winkel – gekleed in opvallende vesten die qua kleur prachtig bij elkaar pasten – aan een verslaggever het verhaal te vertellen van de maanden van ellende die ze achter de rug had en dat

het de schuld was van een bedrijf dat geweigerd had haar wasmachine te repareren.
'Je moet je niet schamen,' jubelde Daisy. 'Het is hartstikke gaaf. O, kijk, daar is ze.'
Maggie verscheen bij het slaapkamerraam. Haar ogen straalden en ze kwam heel zelfverzekerd over. Ze keek in de camera's alsof ze nooit iets anders had gedaan.
'Maggie! Heb je al iets van Carver's gehoord? Sturen ze een nieuwe wasmachine?'
'Ik heb ze net aan de telefoon gehad,' riep Maggie naar beneden naar de journalist van de *Bath Echo*. 'Ze zijn advies aan het vragen aan hun advocaten.' Ze vertrok haar mond en zei: 'Ik ben zo verschrikkelijk bang!'
'Goed zo, meisje!' tetterde een Amerikaanse toerist, terwijl hij in zijn handen klapte en daarna goedkeurend op zijn vingers floot. 'En nu volhouden, hoor!'
'Maggie, kunnen we een foto van jullie tweeën maken?'
Tara schaamde zich nog steeds. Dit soort gedrag verwachtte je gewoon niet van een bezadigde kussens makende tante. Bij het slaapkamerraam kwam de gijzelaar naast Maggie staan en de camera's begonnen te flitsen.
'Jeetje,' zei Daisy, diep onder de indruk.
Hector die net naar de bank was geweest, kwam in zijn Land Rover aanrijden en liet het raampje naar beneden zakken.
'Wat gebeurt er hier?'
'Maggie heeft haar reparateur gekidnapt. Ze laat hem pas vrij als ze een nieuwe wasmachine heeft.' Daisy genoot met volle teugen. 'Daar staat hij. Kijk, daarboven. Vind je het niet ontzettend gaaf?'
Hector keek omhoog en wist niet of hij het met haar eens was. Natuurlijk had hij bewondering voor het feit dat Maggie een ultimatum had gesteld, maar hij wist niet wat hij moest denken toen hij haar en de reparateur zo gezellig samen zag staan lachen.
Een van de cameraploegen liep over straat op zoek naar iemand die een nieuw licht op de zaak kon laten schijnen. Omdat Hector ontzettend goed was in dat soort dingen, zei Daisy: 'Toe maar, pap, praat jij maar met ze. Zeg dat we allemaal achter Maggie staan.'
'Ik weet niet...' Hector aarzelde toen een van de verslaggevers naar boven riep: 'Hé, Dino, word je goed behandeld?'

'Dino,' mompelde Tara waarderend. 'Italiaans. Vandaar die ogen.'
'Ze behandelt me heel goed. Ik heb ontzettend met haar geboft.' Dino glimlachte breed waardoor een gaaf stel witte tanden zichtbaar werd. 'Ik heb niets te klagen.'
Hector greep het stuur nog steviger vast.
'Tara,' riep Maggie, die nu pas in de gaten had dat ze er ook stonden. 'Schat, het spijt me verschrikkelijk. Je vindt het toch niet erg dat ik je niet binnenlaat, hè?'
Tara was enigszins van haar stuk gebracht. 'Maar...'
'Je kunt toch wel bij Daisy logeren totdat dit achter de rug is, hè, Daisy?'
'Geen probleem. Ik vind dat je goed bezig bent, Maggie,' antwoordde Daisy vrolijk.
'Jullie zouden ons trouwens een geweldig plezier kunnen doen.' Maggie stak haar hand in de zak van haar spijkerbroek en viste er een verkreukeld biljet van tien pond uit. Ze wenkte Daisy en liet het biljet toen naar beneden dwarrelen. 'Je zou in de winkel een paar dingen voor ons kunnen kopen. Een pot groene olijven, een van die kleine blikjes ansjovis en een fles wijn.' Ze wendde zich tot Dino. 'Rode of witte?'
'Rode,' zei Dino.
'Maak er eigenlijk maar twee flessen van.' Maggie gaf Daisy een knipoogje. 'Per slot van rekening kan het nog wel even duren.'
Hector had genoeg gehoord. Hij ramde de Land Rover in de eerste versnelling. 'Ik moet naar huis. Paula zit op me te wachten.'
'Maar hoelang gaat dit duren?' Tara wist niet meer waar ze aan toe was. 'Ik moet me omkleden. Ik bedoel, ze zal dat nieuwe apparaat vanavond toch wel hebben?'
'Dat ligt aan het bedrijf,' legde een van de journalisten uit. 'Als zij niet toegeven, kan het dagen duren. Maar hij schijnt het niet zo erg te vinden,' vervolgde hij en wees met zijn duim naar Dino. 'Zeker weten, als ik door zo'n vrouw zou worden gegijzeld, dan zou ik er ook uithalen wat erin zat.'
Verbijsterd riep Tara uit: 'Weet je wel dat je het over mijn tante hebt?'
'Nou en?' De journalist keek vol bewondering omhoog naar Maggie. 'Ik vind dat die kerel ontzettend boft.'

Hector drukte met veel geweld het gaspedaal in en scheurde weg. Hij wil zeker Paula niet laten wachten, dacht Daisy een beetje geërgerd. Sinds dat voorval met Clarissa moest ze Paula niet meer. Ze vond het ook nogal teleurstellend dat Hector niet was gebleven om Maggie een hart onder de riem te steken. Nou ja.
'We moeten inkopen doen.' Ze zwaaide naar Tara met het biljet van tien pond en riep toen naar boven: 'Wat voor soort rode? Merlot? Bordeaux?'
Zonder een moment te aarzelen riep Dino terug: 'Montepulciano.'
Tara trok een wenkbrauw op. Montepulciano was Maggies lievelingswijn.

56

'Je bent een engel,' zei Maggie. Ze liet het veiligheidsslot erop zitten toen Tara de olijven, de ansjovis en de twee flessen wijn een voor een door de tien centimeter brede opening van de deur duwde. Toen ze alles in ontvangst had genomen, wrong ze op haar beurt een plastic tas van een supermarkt door de spleet heen.
Tara maakte de tas open. Naast een spijkerbroek en een trui zat haar tandenborstel erin, haar Robbie Williams T-shirt, dat tevens dienst deed als nachthemd, haar versleten roze slippers van badstof (allesbehalve cool) en haar toilettas.
'Hij blijft dus vannacht.' Ze kon het nog steeds niet geloven dat Maggie dit deed.
'Er zit volgens mij niets anders op.' Maggie haalde haar schouders op. 'Mijn nieuwe wasmachine is nog in geen velden of wegen te bekennen.'
Tara merkte afkeurend op dat ze niet bepaald bedroefd klonk.
'Let maar niet op haar,' zei Daisy terwijl ze op Tara's misprijzende mondje wees. 'Amuseer je je een beetje?'
Maggie grijnsde, waardoor ze er meteen tien jaar jonger uitzag. 'Daisy, meer dan ik ooit voor mogelijk had gehouden.'

'Daisy, heb je een ogenblikje?'

Daisy voelde zich opgelaten toen Mel in de receptie naar haar toe kwam. Ze stond op het punt naar een andere afspraak te gaan. Ze kon het nog net opbrengen om beleefd tegen Mel te doen, maar ze wilde per se niet haar vriendin worden.

'Ik heb nogal veel te doen.'

'Sorry, dat weet ik. Het duurt niet lang.' Mel was blijkbaar vastbesloten haar zegje te doen. 'Barney heeft me zojuist iets verteld wat jij volgens mij ook moet weten.'

Barney. Fantastisch. Had hij soms ook een verhouding met Steven gehad?

'Wat dan?' Daisy wierp een blik op haar horloge.

'Op de avond van de brand heeft hij gezien hoe Paula Penhaligon Clarissa een schop gaf.'

Mel had nu haar onverdeelde aandacht.

'Wát?'

'Hij durfde er niet over te beginnen. Ik bedoel, ze is vrij beroemd, hè? Maar ik heb gezegd dat je het zou willen weten. Die avond was ze er, op haar hoge hakken, samen met Hector. Barney zag hoe Clarissa om haar heen sprong en dat Paula haar toen een schop gaf. Een hele harde volgens Barney.

Daisy wist niet of ze zich misselijk of opgetogen moest voelen.

'Een hele harde schop?'

Mel knikte.

'Alsof ze tegen een voetbal schopte.'

Nou ja.

'Bedankt,' zei Daisy.

Ze wilde het tegenover Dino niet toegeven – te gênant voor woorden – maar het was de eerste keer dat Maggie eigengemaakte verse pasta te eten kreeg. Het verschil tussen eigengemaakte verse en supermarkt gedroogde was ongelooflijk. De twee flessen Montepulciano waren er ook wel ingegaan.

'Dat was verrukkelijk,' zuchtte Maggie, en ze duwde haar lege bord van zich af.

Het leuke van het woordje verrukkelijk was dat je het ook nog kon uitspreken als je een beetje aangeschoten was.

'Dat vond ik ook.' Dino knikte instemmend. Hij leunde gezellig met zijn ellebogen op de tafel. Zijn donkere ogen schitterden ondeugend toen hij vroeg: 'Staan ze nog steeds buiten?'

Maggie kwam lichtelijk onvast een klein beetje omhoog van haar stoel, net genoeg om door het raam van de woonkamer te kunnen kijken.
'Een paar. Ik zou weleens willen weten wat ze denken.'
'Daar hoef je echt geen journalist van een sensatieblad voor te zijn.' Dino keek haar grijnzend aan. 'Maar neem het ze eens kwalijk, het is toch een leuke invalshoek.' Hij zweeg even en zei toen zachtjes: 'We zouden het kunnen doen, weet je, als jij het tenminste ook wilt. Ik heb vanavond ontzettend genoten. Ik vind jou een geweldige vrouw.'
Gossie. Maggie voelde zich gevleid, maar ook geschokt. Dit bewees eens te meer dat ze iets dergelijks al heel lang niet meer bij de hand had gehad. Het was tegenwoordig kennelijk zo dat als een man je aantrekkelijk vond en met je naar bed wilde – nou, dan wond hij daar geen doekjes om. Dubben was er niet meer bij tegenwoordig.
'We zijn allebei volwassen,' vervolgde Dino alsof het de normaalste zaak van de wereld was. Hij zette hun wijnglazen aan de kant en pakte haar hand vast. 'Wat denk je ervan?'
Maggie stond met haar mond vol tanden. Hij was wel recht voor zijn raap. Aan de andere kant, waarom zou hij niet zo zijn?
Ze bloosde een beetje toen ze besefte dat ze zijn aanbod verleidelijk vond. Waarom niet? Had ze na de ellende van de afgelopen paar weken geen opkikkertje verdiend?
'Beslissen is moeilijk,' plaagde Dino. Hij liep naar het raam, zwaaide naar de rondhangende journalisten, grijnsde breed en trok de gordijnen dicht.
Buiten klonk een luid gejuich.
Maggie voelde hoe onder de tafel haar knieën begonnen te knikken.
'Je hoeft niet, hoor,' beloofde Dino en trok haar overeind. Toen sloeg hij zijn armen om haar heen en zoende haar.
Het was echt een prettige zoen. Warm en bedreven en met precies de juiste druk, niet te hard en niet te zacht; al met al was het een bijna perfecte zoen.
Jammer genoeg kwam hij van de verkeerde mond.
Zodra hij zijn lippen tegen de hare legde, wist Maggie al dat ze het niet verder moest laten komen. Dino was aantrekkelijk en ongetrouwd en buitengewoon prettig gezelschap, kortom, alles wat

je je maar kon wensen bij een man, maar hij was Hector niet.
Ze maakte zich zachtjes uit zijn armen los en glimlachte spijtig. 'Sorry, maar ik kan het niet.'
'Weet je dat zeker?'
Maggie knikte.
'Verdorie,' zei Dino goedmoedig. 'Ik vind het helemaal niet leuk als dit gebeurt.'
Maggie lachte; ze kon zich niet voorstellen dat het vaak gebeurde.
'Zal ik koffie zetten?'
Hij knikte. 'Ja, lekker.'
Terwijl ze water aan het koken was, ging in de woonkamer de telefoon. Dino, die het dichtstbij zat, nam op.
'Wie was dat?' vroeg Maggie, toen hij in de deuropening naar de keuken kwam staan.
Hij haalde zijn schouders op. 'Niemand. Ik hoorde niets.'
Twee minuten later werd er weer gebeld. Ditmaal nam Maggie op.
'Een jaloerse minnaar?' fluisterde Dino toen hij haar kopje koffie op het tafeltje voor haar neerzette.
Dat mocht ze willen.
Maggie legde een hand over de hoorn. 'Niet bepaald. Het is Sky News.'

'Waar ben je geweest?' vroeg Paula op bazige toon toen Hector naar beneden kwam.
'Ik heb voor morgen een golfafspraak gemaakt.'
'Ik zit hier al eeuwen beneden te wachten,' klaagde ze. 'We worden om tien uur in het restaurant verwacht, dus we kunnen van tevoren nog wel iets drinken in de bar.'
De bar van het hotel zat stampvol met journalisten, maar dat kon Paula niet meer schelen. De laatste vaagblauwe plekken waren uit haar hals en van haar gezicht verdwenen. Die plastische chirurg had wel geweten wat hij deed. Alle bescheidenheid op een stokje, ze wist dat ze er fantastisch uitzag.
Dat was het gekke met journalisten – je beklaagde je over hen als ze je niet met rust lieten, maar als je hen een paar weken niet had gezien merkte je dat je hen miste.
Hector keek even in de richting van de rokerige bar en schudde toen zijn hoofd. Het hele hotel gonsde van het verhaal van Mag-

gie en haar gijzelaar; overal waar hij kwam werd erover gepraat en speculeerde men over de mogelijke afloop.
'Het is daar zo lawaaierig. Ik zou trouwens vanavond liever ergens anders eten.'
'Pap! Kan ik je even spreken?' Daisy kwam de bar uit rennen begeleid door gefluit van de journalisten die hun waardering voor haar zwarte panty en haar leren rokje tot net boven de knie niet onder stoelen of banken staken.
'Sorry, we hebben geen tijd.' Hector, die niet wist hoe snel hij het hotel uit moest komen, pakte Paula bij de arm. 'Een ander keertje.'
'O, hemel,' zei Daisy toen ze weg waren.
'Dat is ook toevallig.' Een van de journalisten gaf haar een knipoogje. 'We waren je net aan het ophemelen.'

Maggie werd de volgende morgen gewekt door het geluid van een klopje op de deur. Haar eerste gedachte was: bah, een kater van de rode wijn. De tweede was dat ze godzijdank de vorige avond niet met Dino naar bed was geweest.
'Ben je toonbaar?' riep Dino door de deur heen.
'Ja.' Helemaal toonbaar. Hoera!
Hij kwam binnen met een beker thee en een krant. 'Ik dacht dat je dit wel zou willen zien.'
Maggie kwam met veel moeite overeind, slokte gretig de hete thee naar binnen en vouwde de krant open. Ongelooflijk, daar stonden ze op bladzijde 14 van de *Daily Mail*. Een verrassend flatterende foto van haar en Dino, naast elkaar uit het slaapkamerraam leunend. De toon van het begeleidende artikel – de klant slaat terug – was vrolijk en bemoedigend, en voor de goede orde stond er ook nog een klein fotootje van Dino bij, gekleed als Frank Sinatra voor zijn optreden in de *Stars in their Eyes*.
Ik had vannacht met Frank Sinatra kunnen slapen, dacht Maggie met een glimlach.
Frank was de meest favoriete zanger van Hector en de ironie hiervan ontging haar niet.
'Ik ben beneden toast aan het maken. En we moeten de telefoon weer inschakelen,' zei Dino op efficiënte toon. Hij gooide Maggies peignoir naar haar toe en maakte aanstalten om de gordijnen open te trekken.

'Niet doen!' piepte Maggie, maar het was al te laat. Het zonlicht stroomde de kamer binnen.
'Moet je zien. Ze staan buiten al op ons te wachten,' zei Dino verbaasd.
'En nu hebben ze gezien dat jij mijn slaapkamergordijnen hebt opengemaakt. Wat moeten ze wel denken?'
Terwijl ze fanatieke pogingen deed haar peignoir aan te trekken, besefte ze opeens wat ze zei. 'O verdomme, wat kan mij het ook schelen. We weten toch al wat ze denken.'
Maggie ging naast Dino voor het raam staan en slaakte een kreet van verrukking toen ze buiten de verslaggevers in een kluitje bij elkaar zag staan. Ze gooide het raam open om te horen wat ze tegen haar riepen.
'Goedemorgen Maggie. Lekker geslapen?'
'Heerlijk, bedankt.' Ze begon breed te grijnzen. 'Ik voel me erg... uitgerust.'
'Ga je hem vrijlaten?'
'Pas als ik mijn nieuwe wasmachine heb.'
'Heb je al iets van Carver's gehoord?'
'Tot nu toe nog niets. Maar we hadden de telefoon eruit getrokken.'
'Zit er een kopje thee voor ons in?' riep een van de verslaggevers hoopvol naar boven.
'Wat?' Maggie werd afgeleid, toen ze Hector achter in de groep zag staan. Tot dan toe had ze niet in de gaten gehad dat hij er was.
'Een kopje thee?' De verslaggever blies in zijn handen en wreef ze over elkaar; het was dan wel zonnig, maar nog steeds een beetje guur.
'Dat spreekt vanzelf. Ik zal water opzetten,' beloofde Maggie.
Dino legde een geruststellende hand op haar schouder. 'Ga jij je maar aankleden. Ik zet wel thee.'
De verslaggevers gniffelden.
'Je zult hem vast missen als hij weg is, Maggie. Je hebt een lot uit de loterij getroffen.'
Hector, die helemaal niet gniffelde, draaide zich om en liep de straat uit.

57

Nog geen minuut nadat Maggie de telefoon weer had ingeschakeld, werd er al gebeld.
'O, meneer Ellison!' Maggie slikte gehaast haar stuk toast door en trok haar wenkbrauwen op naar Dino, die druk bezig was een enorm assortiment bekers van suiker te voorzien.
'Mevrouw Donovan, u hebt Carver's nu meer dan genoeg ellende bezorgd.' Gilbert Ellison zei er wijselijk niet bij dat de baas van zijn bedrijf hem na het zien van de kranten van die morgen ongelooflijk op zijn donder had gegeven omdat hij de zaak niet eerder had opgelost. 'Ik bel u om u mee te delen dat er vanmorgen om elf uur een vervangende wasmachine bij u zal worden afgeleverd.'
'En aangesloten,' beet Maggie hem toe. 'Zonder extra kosten. En het moet wel een was-droogcombinatie zijn,' bracht ze hem in herinnering.
'Een van onze meest exclusieve modellen.' Gilbert Ellison klonk alsof hij haar haatte. 'Dat spreekt vanzelf. Als een gebaar van goodwill van ons bedrijf.'
'Nou, bedankt. Dat is erg lief van u,' loog Maggie.
Toen ze had opgehangen keek ze Dino aan, gaf toen een stomp in de lucht op een uiterst on-Maggie-achtige manier en zei: 'Yesss!'

De bestelwagen was er keurig om tien voor elf. Er steeg een goedkeurend gebrul op vanuit de verzamelde menigte toen het peperdure apparaat plechtig werd uitgeladen en het huis werd binnengedragen. Gilbert Ellison was zelf ook op komen draven, kennelijk vastbesloten om aan de mensen van de pers te laten zien dat ze bij Carver's goed tegen hun verlies konden. Toen hij voor de camera's poseerde glimlachte hij zoetzuur en toen bood hij Maggie een goedkope fles champagne aan. Zich tot de journalisten richtend legde hij uit hoeveel waardering ze bij Carver's voor hun klanten hadden en hoezeer het hem speet dat in dit specifieke geval Maggie onverhoopt de dupe was geworden, ondanks het feit dat ze hun uiterste best hadden gedaan.
Om halftwaalf was het nieuwe apparaat door Dino aangesloten en was al gezellig draaiend bezig met de eerste groezelige stapel was.

Gilbert had zijn gezicht in een soort permanente grijns geplooid om de schijn op te houden tegenover de verzamelde pers, maar als hij iets zei kon je zijn tanden horen knarsen.

'U hebt ons ontzettend in de problemen gebracht,' siste hij Maggie toe. 'We kunnen u nog steeds een proces aandoen, hoor. Of u laten arresteren op beschuldiging van wederrechtelijke vrijheidsberoving.'

'Maar ik heb Dino niet tegen zijn zin vastgehouden.' Maggie glimlachte onbekommerd.

'Ik heb geweldig genoten,' viel Dino haar vrolijk bij.

Maggie hoopte maar dat hij niet op staande voet ontslagen zou worden.

'Waag het niet nog eens zoiets te doen,' mompelde Gilbert terwijl hij langs haar heen het huis uit liep. 'Oké, we gaan ervandoor. Terug naar de beschaafde wereld.'

Het meisje van Radio Bristol legde haar hand op Maggies arm. 'Ben je klaar?'

Er stond een auto van de BBC op haar te wachten, die haar vliegensvlug naar de studio zou vervoeren voor de eerste van een reeks rechtstreekse uitzendingen.

'Wacht even.' Maggie aarzelde even, draaide zich toen om en gaf Dino een stevige zoen. 'Bedankt voor alles.'

Hij kneep lachend zijn ogen tot spleetjes en fluisterde: 'Bedankt voor bíjna alles. Misschien komen we elkaar nog weleens tegen.'

'Wie weet?' Maggie veegde glimlachend een kleverige lichtroze plek van zijn wang. Aan lippenstift wende ze nooit.

'Ik sluit ook afwasmachines aan,' zei Dino.

'Nou, dat is ook toevallig,' zei Maggie ernstig. 'Ik zat er net over te denken er eentje aan te schaffen.'

Brenda, de secretaresse van Daisy, bracht een stapel brieven ter ondertekening het kantoor in.

'Ik heb net even bij de receptie met Pam gepraat.' Met gefronst voorhoofd legde ze de brieven bij Daisy op het bureau. 'En ze zei iets heel vreemds.'

'Hmm?' Daisy had zich net herinnerd dat ze nog steeds niet aan Hector had verteld dat Clarissa een schop had gekregen. Ze keek verstrooid op. Voor zover ze wist zei Pam wel vaker rare dingen.

'Vanmorgen kwam ik meneer Tyzack tegen,' legde Brenda uit. 'En toen vroeg ik hem of de schilders al opschoten in zijn huis. Hij zei dat ze bijna klaar waren en dat het er prachtig uitzag.'
'Ja, en?' Daisy vond het nog niet bijster interessant.
'Nou, mijn dochter is op zoek naar een schilder die haar eetkamer kan doen, dus vroeg ik aan meneer Tyzack welk bedrijf hij had ingehuurd en dat wist hij niet! Ik bedoel, hij zei dat hij zich de naam van het bedrijf niet kon herinneren, maar vind je dat niet een beetje raar?' Brenda keek verbijsterd. 'Je zou toch denken dat een man als hij wel wist wie er in zijn huis bezig zijn.'
Daisy knikte behoedzaam, want ze wist niet goed waar dit toe leidde. 'En toen?'
'Nou, zijn telefoon ging en hij moest meteen weg. Maar toen ik het er net met Pam over had, kwam ze met iets heel raars op de proppen. Ze zei dat meneer Tyzack zich die naam misschien niet kon herinneren omdat er helemaal geen schilders zijn!'
Daisy wreef over haar voorhoofd; ze had al een uur of drie met haar administratie in de clinch gelegen. 'Ik snap het niet. Bedoel je dat Dev zelf zijn huis schildert?'
Brenda schudde nadrukkelijk haar hoofd. 'Nee, nee. Lieve hemel, nee!' Klaarblijkelijk was dit een belachelijke suggestie. 'Pám denkt dat er niets aan het huis hoeft te worden gedaan omdat er nooit een overstroming is geweest. Ze denkt dat hij het gewoon als smoes heeft gebruikt om hier een paar weken in te trekken. Denk je dat ze gelijk heeft?'
Daisy dacht dat het een volslagen belachelijk idee was. Pam had kennelijk onder de receptiebalie stiekem veel te veel spionagethrillers gelezen en dacht nu blijkbaar dat ze Miss Moneypenny was. Hardop zei ze: 'Waarom zou hij zoiets willen doen?'
'Nou, Pám denkt dat hij het op iets voorzien heeft. Of op iemand. En ik wed dat jij erachter kunt komen als je het hem lief vraagt.' Brenda gaf haar een veelbetekenende blik, zo eentje die ongeveer een combinatie was van een por, een knipoogje en een stoot in de ribben. 'Pam en ik hebben het allebei gezien.'
'Wat gezien?' Daisy kreeg opeens een droge keel.
'Dev Tyzack,' zei Brenda met een ondeugend lachje. 'Zeg nou niet dat je er niets van hebt gemerkt. Hij heeft echt een oogje op je.'

Begeerte, een enorme bruisende golf van begeerte, hield Tara in haar greep. Haar hormonen waren helemaal op hol geslagen. Het was allemaal goed en wel om braaf te verkondigen dat je, nee, echt niet, met iemand naar bed zou gaan, maar het was niet zo gemakkelijk vol te houden als je telkens aan dit soort verleidingen werd blootgesteld.
Twee uur lang niets anders dan hellingproeven, bochtjes achteruit en noodstops waarbij het adrenalinepeil drastisch werd verhoogd, hadden bij haar ook zoiets als een biologische noodsituatie veroorzaakt. Het was allemaal de schuld van Josh – ze had nooit eerder geweten dat een simpele rijles zo erotisch kon zijn. De zwoele manier waarop hij 'Minder gas geven' zei, was ongelooflijk opwindend. Ze vond de scheur in de knie van zijn spijkerbroek ook geweldig verleidelijk; blonde haartjes kwamen uitdagend te voorschijn uit de gerafelde opening en zijn been was maar een paar centimeter verwijderd van haar linkerhand. O god, wat zou ze hem graag die spijkerbroek van zijn lijf rukken en...
'Hé, moet je horen wie er op de radio is!' Josh, die met de knopjes had zitten spelen, hield daarmee op toen hij Maggies stem herkende.
'... ik kan alleen maar zeggen dat het voor mij goed heeft uitgepakt!'
'En ik kan onze luisteraars vertellen dat je er fantastisch uitziet. Het heeft je geen kwaad gedaan,' zei degene die Maggie interviewde hartelijk. 'Dit was Penny Macey, voor Radio Bristol. En we praten met Maggie Donovan, die haar blijdschap nauwelijks op kan.'
'De volgende rechtsaf,' commandeerde Josh toen ze op een splitsing afreden. 'We rijden naar Chippenham. Waarom klinkt Maggie opeens zo bekakt?'
'Dat is haar telefoonstem. Dat doet ze altijd als ze zenuwachtig is.'
'Ze klinkt niet zenuwachtig – hé, ik zei rechtsaf.'
'Dat weet ik wel.' Met een tevreden glimlachje sloeg Tara linksaf.

Het was aanmerkelijk rustiger in de High Street dan toen ze vertrokken.
'Iedereen is weg,' merkte Tara op terwijl ze langzaam langs haar huis reed. Ze lieten de auto van Josh op de parkeerplaats van het hotel staan en liepen terug naar het huisje.

In de keuken was de nieuwe wasmachine klaar met het wasprogramma.
'Ik weet niet wat we hier doen,' zei Josh. 'We hadden nog gemakkelijk een paar uur kunnen oefenen.'
'Ik heb genoeg gereden.' Tara voelde zich verrukkelijk losbandig en ondeugend. 'Nu wil ik iets anders oefenen.'
'Wat dan? Golf?'
'Iets veel leukers dan golf.' Haar ogen lachten toen ze langzaam naar hem toe liep.
'Ga onmiddellijk je mond spoelen. Iets leukers dan golf bestaat er bijna niet. Feitelijk,' Josh zweeg en deed net alsof hij hevig nadacht, 'weet ik maar één ding dat leuker is.'
'Wat toevallig. Dat is nu precies waar ik ook aan zat te denken.'
'Skiën?' Josh trok zijn wenkbrauwen op. 'Zeg, neem me niet kwalijk, waar ben je eigenlijk mee bezig?'
'Dit is een ingewikkelde technische handeling. Hij heet: "het openknopen van de spijkerbroek."'
'Maar...'
'We zijn helemaal alleen,' zei Tara. 'Maggie is niet in de buurt, die zit in een rechtstreekse uitzending bij Radio Bristol.' Ze wachtte even. 'En wij gaan naar boven.'
'Rustig aan. Ik dacht dat je me wilde bewijzen dat je geen sletterige del was die bij het minste of geringste haar broek laat zakken.' Onder het praten liet Josh zachtjes zijn hand over de witte ster op de voorkant van haar roze topje glijden. Tara beefde van verlangen. Wie werd er nu eigenlijk door wie verleid?
'We kunnen het maar beter onder ogen zien, we weten allebei dat ik een ongelooflijke sletterige del ben. Ik heb je alles over mijn twijfelachtige verleden verteld en je vindt me nog steeds aardig. Dus eigenlijk denk ik dat we lang genoeg hebben gewacht.'
'Pff, hiep hiep hoera.' Met een ondeugende grijns op zijn gezicht stak Josh zijn duimen door de lusjes van Tara's witte jeans en trok haar naar zich toe. 'Ik geloof dat ik dit een leuk plannetje vind.'
Tara wiebelde even met haar heupen tegen hem aan. 'O ja? Dat merk ik.'
'Ik ben verschrikkelijk benieuwd hoe je kamer eruitziet.'
'En ik wil hem je ontzettend graag laten zien.'

Josh ademde langzaam uit. 'Hoelang duurt het, denk je, totdat Maggie terugkomt?'
Terwijl ze hem kuste maakte Tara behendig het laatste knoopje van zijn spijkerbroek los – o ja, soms was het absoluut een voordeel als je een slet was.
'Maak je geen zorgen over Maggie. Die blijft nog uren weg.'

58

Hector had al een poosje rondgehangen op de hoek van de High Street. Meteen toen de taxi de hoek omkwam wist hij dat het Maggie was. Onwillekeurig rechtte hij zijn schouders. Juist, nu kwam het erop aan. Het moment van de waarheid. Hij stond op het punt om zich onsterfelijk belachelijk te maken of... Niet aan denken. Ze was terug en hij moest haar zien. De taxi stopte voor het huis, Maggie stapte uit en Hectors hart draaide zich om in zijn borst. Als hij eerlijk was had hij zich al een jaar of twee belachelijk gemaakt – hij was er alleen nu pas achter gekomen.
'Maggie,' riep hij, toen ze in haar tas naar de voordeursleutel stond te zoeken. De taxi reed weg en Maggie keek hem aan. Ze had haar zonnebril bovenop haar hoofd gezet, waardoor haar verwarde, blonde haren niet in haar gezicht vielen. Niet verward zoals modellen in modetijdschriften altijd hadden. Maggies haren zaten van nature verward omdat ze er nooit aan dacht er een kam door te halen.
'Hector.' Ze was op haar hoede; ze verbaasde zich erover dat hij naar haar toe kwam rennen en haar op klaarlichte dag aansprak op straat.
'Ik moet je spreken.' Hector kwam een meter of twee van haar af tot stilstand. 'Ik heb gewacht tot je terugkwam. We moeten praten.'
'Waarover?'
Voordat hij in de gaten had wat hij deed had Hector er al uitgeflapt: 'Ben je met hem naar bed geweest?'
Er volgde een stilte. Maggie keek hem met open mond aan. Toen

zag ze ook hoe er aan de overkant van de straat een paar toeristen langsliepen die driftig foto's aan het maken waren.
'Hoezo?' wist ze ten slotte uit te brengen. 'Wat heb jij daarmee te maken?'
'Ik heb er alles mee te maken! Het is belangrijk!'
'Sst. Zou je wat minder hard willen praten?'
'Nee, dat wil ik niet.' Hector schreeuwde bijna. 'Voor mijn part hoort het hele dorp het.'
Geschokt draaide Maggie zich om en duwde de sleutel in het slot van de voordeur. Misschien kon het Hector niets schelen, maar haar wel. En hoe durfde hij te insinueren dat híj rustig met iemand anders naar bed mocht, maar zíj niet?
'Je kunt beter even binnenkomen.' Met een veelbetekenende blik voegde ze eraan toe: 'Waar is Paula?'
'Dat weet ik niet. Bij een manicure geloof ik... Wat kan mij dat nou schelen.' Hector maakte een onverschillig gebaar in de richting van het hotel. Toen hij haar voor het laatst had gezien zat Paula te wachten op een of andere nagelmevrouw. En zij wist niet beter dan dat hij die middag op de golfbaan was. 'Waar ga je heen?' vroeg hij op dwingende toon. 'Ik zei toch dat we moesten praten.'
'Gewoon even kijken hoe het met de wasmachine is.' Maggie was doorgelopen naar de keuken. Hij keek toe hoe ze de voorkant van de was-droogcombinatie openmaakte, er een witte lamswollen trui uithaalde en liefkozend haar handen liet glijden over de zachte brandschone wol.
'Moet je zien,' zei ze diep onder de indruk.
'Leg het neer.' Hector begon zijn geduld te verliezen. 'Dit zou allemaal niet zijn gebeurd als je op mijn aanbod om een nieuwe machine voor je te kopen was ingegaan.'
Maggie hing de trui voorzichtig over de rug van een stoel. 'Waarom doe je zo raar?'
'Omdat ik van je hou,' brulde Hector ten einde raad. 'Ik hou van je en ik kan de gedachte van jou en die andere vent niet verdragen.'
Maggie keek hem stomverbaasd aan. 'Is dit een grap?'
'Zie ik eruit alsof ik grapjes sta te maken? Maggie, ik moet je iets bekennen. Al een hele tijd... god, ik heb al een hele tijd ontzettend de pest aan deze regeling van ons. Niet aan de seks,' corrigeerde

Hector zichzelf. 'Natuurlijk had ik niet de pest aan de seks. Maar ik betaalde ervoor... nou ja, ik voelde me gewoon...'
'Hector...'
'Nee, laat me uitspreken. Ik wilde meer,' zei hij dringend. 'Ik besefte wat ik voor jou voelde, maar ik wist ook dat jij het alleen maar voor het geld deed. Als ik je niet betaalde, wilde je niet meer met me naar bed. En ik kon je met geen mogelijkheid opgeven, echt niet.' Hector schudde zijn hoofd. 'Je kunt je niet voorstellen hoe ik ernaar uitkeek je te zien. Ik telde de uren altijd...'
'En toen kwam Paula,' zei Maggie een beetje beverig. Had hij echt de uren geteld?
'Ik wilde een echte relatie, eentje die open en eerlijk was. Was dat te veel gevraagd?' Hector keek haar wanhopig aan. 'Maar het heeft geen zin. Dat besef ik nu. Paula is niet voor mij bestemd. Ze is niet de juiste vrouw voor mij.' Hij wachtte even en zei toen uitdrukkingsloos. 'Dat ben jij.'
'Ben ik aan het dromen?' Maggie was helemaal in de war.
'Je bent wakker. Ik vertel je over mijn gevoelens,' zei Hector. 'Maar de beslissing is natuurlijk aan jou. Ik zet nu alles op het spel. Ik weet alleen dat je me aardig genoeg vindt om voor geld met me te slapen. Maar ik wil niet langer jouw... klant zijn. Ik wil normaal met je om kunnen gaan. Denk je dat je dat aankunt of sta ik mezelf hier helemaal belachelijk te maken?' Hij huiverde en trok de kraag van zijn overhemd recht. 'Als dat zo is moet je het gewoon zeggen. Ik kan het wel aan.'
'O!' Voor het eerst in lange tijd stond Maggie met de mond vol tanden. Ze wist dat ze hem al veel eerder in de rede had moeten vallen, om aan zijn onzekerheid een einde te maken, maar ze durfde het nog niet goed. Stel dat ze hem toch nog verkeerd begrepen had? Stel dat haar hersens haar op de een of andere manier hadden gedwongen te geloven wat hij volgens haar zojuist had gezegd?
'Ziezo,' zei Hector. De omstandigheden in aanmerking genomen klonk hij tamelijk autoritair. 'Ik heb mijn zegje gedaan. Nu ben jij aan de beurt.'
'Ik... ik...' God, ik ben hopeloos.
'Ja? Of nee?' vroeg hij op afgemeten toon.
Heel benepen piepte Maggie: 'Ja!' voordat hij weg kon lopen. Toen

greep ze haar zonnebril vast en stamelde: 'W-waar heb ik net mee ingestemd?'
'Jij en ik.' Hector durfde al een klein beetje te lachen. 'Dat we het samen gaan proberen. Zonder dat er geld aan te pas komt. Weet je zeker dat je dat wilt?'
Maggie slikte. 'Ja.' Ditmaal kwam het er al iets minder paniekerig uit.
Hector trok de stoute schoenen aan en deed een stap naar haar toe. 'Echt waar?'
'Ja.'
'En vanavond maak ik het uit met Paula. Vind je dat goed?'
Wat een vraag.
'Ja,' fluisterde Maggie.
'Ik heb je al gezegd dat ik van je hou. Maar dat gedoe met die, hoe heet hij ook alweer, die reparateur. Beloof je dat je hem niet meer zult zien?'
'Er is niets. Er is nooit iets geweest.' Maggie die helemaal geroerd was door het feit dat hij jaloers was geweest, moest toen nodig haar keel schrapen. Ze strekte haar armen naar hem uit en herhaalde: 'Er is niets gebeurd. Hij heeft op de bank geslapen.'
De opluchting was zo duidelijk van Hectors gezicht af te lezen dat het leek of die er met een viltstift op was getekend.
'Eerlijk waar?'
'Eerlijk waar.'
'Ik wed dat hij het wel wilde.'
Maggie keek hem geamuseerd aan. 'O, dat spreekt vanzelf. Natuurlijk wilde hij het wel.' Ze vond dat ze onder deze omstandigheden wel een heel klein beetje mocht opscheppen.
'Wie niet?' zei Hector lief en hij tilde zijn hand op om over haar haren te strijken. 'Je bent een mooie vrouw.'
'Maar ik heb hem afgewezen.'
'Waarom?'
'Omdat jij het niet was.'
Hector sloeg zijn armen om haar heen. Zijn kus gaf haar het gevoel dat ze thuiskwam. Ten slotte trok Maggie zich terug, een heel klein beetje.
'Ik heb je geld nooit gewild.' Ze pinkte vreugdetranen weg. 'Ik nam het alleen maar aan omdat je me dan zou blijven opzoeken.'

Hector kuste haar nog eens, stevig. Toen zei hij bruusk: 'We zijn een stelletje idioten geweest.'
'Je kunt het ook van de positieve kant bekijken.' Maggie begon te grijnzen. 'We hebben heel wat in te halen.'
'Uitstekend idee. En wat let ons?' mompelde Hector.
'Maar Tara dan? Ze kan elk moment thuiskomen.'
Hector schudde zijn hoofd en keek haar lachend aan. 'Nou en?'

'O, shit,' siste Tara die niet wist of ze blij of bang moest zijn. 'Ze komen naar boven.'
'Dit is fantastisch,' fluisterde Josh die achter haar in de slaapkamerdeur stond. 'Het is net zoiets als "This Is Your Life".'
Hij schudde van het ingehouden lachen. Typisch iets voor een man. Tara draaide zich om en gaf hem een stomp. Op zijn beurt duwde hij haar het kleine overloopje op.
'Oef,' hijgde Tara die terugstuiterde tegen de muur aan de overkant.
'O, goeie genade,' hoorden ze Maggie halverwege de trap gillen. 'Wat was dát?'
Nou ja, daar gaan we dan...
'Niet schrikken,' stelde Tara hun gauw gerust. 'Ik ben het maar. Nou ja,' viel ze zichzelf in de rede terwijl ze Josh bij de arm pakte en hem de overloop op trok, 'wíj zijn het maar.'
En daar kwam Maggie de trap op, op de hielen gevolgd door Hector.
'Dit is niet te geloven.' Maggie sloeg haar handen vol afgrijzen voor haar mond. 'Zijn jullie al die tijd boven geweest?'
'Tja, ik ben Peter Pan niet.' Tara wierp haar een medelijdende blik toe. 'Ik ben niet door het slaapkamerraam naar binnen gevlogen.'
'En ik ben Tinkerbel niet,' voegde Josh eraan toe.
Maggie was zo rood als een biet. Diep beschaamd fluisterde ze: 'Waren jullie, um... naar ons aan het luisteren?'
'Ik niet,' zei Josh. 'Ik had mijn vingers in mijn oren gestopt. Maar Tara wel,' vervolgde hij goedmoedig. Hij sprong vlug achteruit toen ze hem weer een stomp wilde geven.
'We deden niet ons best om te luisteren,' zei Tara verontwaardigd. 'Het was onmogelijk om niet te luisteren. Jullie waren niet bepaald zachtjes aan het praten.'

Maggie zei benepen: 'Jullie hebben dus alles gehoord.'
'Zo ongeveer.' Tara moest nog steeds moeite doen om te geloven wat ze hadden gehoord. Ze was stomverbaasd. Stel je voor, Hector en Maggie...
Maggie en Hector, godallemachtig!
Maar gek genoeg was Tara woedend geweest bij de gedachte dat Maggie en Dino de nacht samen hadden doorgebracht, op een intieme manier wel te verstaan, terwijl ze niet verblikte of verbloosde bij dit nog veel vreemdere scenario. Ondanks het feit dat ze kennelijk nog steeds niet van de schok was bekomen besefte Tara dat ze hier helemaal geen moeite mee had. Ze voelde zelfs iets van bewondering.
Maggie keek haar een beetje hulpeloos aan en zei: 'Het spijt me.'
'Godverdomme, wat zeg je me nou?' barstte Hector uit. 'Het spijt je helemaal niet, oké? Het spijt ons geen van beiden. We zijn eigenlijk heel, heel gelukkig en daar kan jij of wie dan ook geen verandering in brengen.'
Al die tijd, dacht Tara verwonderd. Zo zie je maar. Je kunt gewoon niemand vertrouwen, zelfs niet een ongetrouwde tante van middelbare leeftijd die kussens maakt.
'Hóélang zei je dat dit al aan de gang is?' Maggie had daar niets over gezegd, maar Tara wilde het vreselijk graag weten.
Trots legde Hector een arm om Maggies schouders. 'Twee jaar. Méér dan twee jaar.'
Maggie bloosde eindelijk niet meer; zelfs haar hals had de normale kleur weer terug. Hectors zelfverzekerdheid werkte aanstekelijk.
'Twee jaar en vier maanden,' zei ze tegen Tara.
'Tussen twee haakjes,' ging Hector in de tegenaanval, 'wat waren jullie tweeën hierboven aan het doen?'
'Tara zei dat ze haar kamer opnieuw wilde behangen.' Met een onschuldig gezicht wees Josh op zijn citroengele trui. 'Ze wilde zien hoe deze kleur er op de muur uit zou zien.'
Tara beet keihard op haar lip om niet in lachen uit te barsten.
'Twee jaar en vier maanden. En al die tijd heeft hij je betaald? Echt betááld?'
'Ik kan je verzekeren dat ze iedere cent waard was.' Liefkozend gaf Hector Maggie een kneepje in haar arm.
'Ik hoop niet dat je me nu een preek gaat geven,' zei Maggie flink.

'Ik denk er niet aan. Ik vind het juist een fantastisch idee! Eigenlijk,' Tara gaf Josh een por in de zij, 'wil ik het zelf ook weleens proberen.'

'Pap, ik moet met je praten.' Daisy schoot haar kantoor uit toen Hector de trap op liep om naar zijn appartement te gaan.
Hector draaide zich vriendelijk om en zei: 'Dat dacht ik wel.'
Daisy wou dat zijn ogen niet zo twinkelden. Ze zag ertegen op dat ze dit moest doen. Stel dat hij dacht dat ze maar wat zat te verzinnen omdat ze Paula niet aardig vond?
En dat was niet zo, echt waar niet. Ze wilde het allerliefst dat Hector gelukkig was.
'Tara heeft je dus gebeld,' concludeerde hij toen ze de deur van het kantoor achter hem dichtdeed.
'Tara? Waarom zou Tara me moeten bellen?' O, houd op. Kijk alsjeblieft niet zo vrolijk.
'Laat maar,' zei Hector. 'Waar gaat dit dan over?'
Daar gaan we dan, dacht Daisy. Ze zou zich neerleggen bij het uiteindelijke besluit van Hector. Hij moest alleen wel weten dat hij een relatie had met het soort vrouw dat er niet voor terugdeinsde tegen een klein hondje aan te trappen alsof het een voetbal was.
Ze voelde zich vreselijk toen ze hem verslag deed van de avond van de brand en van de confrontatie tussen Clarissa en Paula.
Hector luisterde geduldig. Toen ze klaar was zei hij: 'Je hebt haar nooit zo aardig gevonden, hè?'
Daisy wist niet waar ze moest kijken. 'Nou, nee. Maar daarom vertel ik het je niet.'
'Dat weet ik.' Hij knikte en bleef toen even peinzend staan kijken. 'Vind je Maggie aardig?'
'Wie?' Daisy, die helemaal op het verkeerde been was gezet, vroeg stomverbaasd: 'Bedoel je Maggie van Tara?'
'Ja, die bedoel ik.'
Waar was hij nu weer mee bezig? Wat was dat nou voor een vraag? Verontwaardigd antwoordde Daisy: 'Natuurlijk vind ik Maggie aardig.'
Hector stond op om te vertrekken en zei toen met een tevreden glimlachje: 'Goed zo.'

59

'Neem me niet kwalijk, maar wát heb je net gezegd?'
Paula keek Hector met open mond aan. Eerst had ze nog genoeglijk met haar impresario zitten bellen, terwijl ze ondertussen haar zojuist gemanicuurde abrikooskleurige nagels bewonderende. En toen was binnen een tijdsbestek van dertig seconden Hector de suite binnengestormd en had aangekondigd dat het uit was tussen hen. Ze had zelfs heel even gewacht totdat hij met de clou op de proppen kwam en in lachen zou uitbarsten, zo overtuigd was ze ervan dat het een grap was.
Maar Hector vertoonde geen spoortje van een grijns en er leek ook helemaal geen clou in aantocht te zijn.
'Sans rancune,' zei Hector doodgemoedereerd. 'We hebben toch lol gehad samen?' Hoewel, nu hij er eens goed over nadacht was dat niet helemaal waar. Paula was niet bepaald een lollig type. Maar het klonk goed, nietwaar?
'Jíj maakt het uit met míj?' Paula's mond veranderde in een smalle streep. Dit was haar nog nooit eerder overkomen. Haar hele leven was zij degene geweest die iets mocht uitmaken. Ze was godverdorie Paula Penhaligon!
'Ik geloof dat we elkaar niet veel meer te bieden hebben.' Hector stond er een beetje nonchalant bij, met zijn handen in zijn zakken. Alsof ze het over een restaurant hadden dat een beetje was tegengevallen.
'Dit is ongehoord,' barstte Paula uit. 'Je bent niet goed bij je hoofd!'
'Je hebt Clarissa een trap gegeven.'
'Wát?'
'De hond van Dev Tyzack. Op de avond van de brand.'
Nu wist ze zeker dat hij gestoord was. 'Bedoel je dat het uit is tussen ons omdat ik naar een hond heb getrapt?'
Hector zei: 'Is dat niet reden genoeg?' Toen aarzelde hij. Hoe sneller dit achter de rug was, des te beter voor alle betrokkenen. 'Oké, het is niet de belangrijkste reden. Er is iemand anders.'
'Je liegt.' Paula's glanzende abrikooskleurige nagels drongen zich diep in haar handpalmen. 'Hoe kan dat nou? We zijn altijd samen – je hebt geen tijd gehad om iemand anders te zien.'

Hector schudde zijn hoofd. 'Het is iemand die ik al heel lang ken. Een hele lieve vrouw. Ze woont hier in het dorp.'
'Ik geloof het niet.' Hij had de brutaliteit het met haar uit te maken voor een andere vrouw? Wat een lef! Met staalharde ogen siste Paula: 'Wie is dat dan?'
Rustig aan. Geen geheimen meer. Alles eerlijk vertellen.
'Ze heet Maggie. Ze is de tante van Tara.'
O nee, nee, dit was onverdraaglijk. Nog geen halfuur geleden had Paula de krant doorgebladerd. Ze had het verhaal gelezen van de gegijzelde reparateur en de foto die erbij stond gezien en was tot de ontdekking gekomen dat het om dezelfde vrouw ging die ze nog maar pas geleden op handen en voeten door de sneeuw had zien kruipen tussen de scherven van een kapotgevallen fles rode wijn.
'Ze draagt een anorak!'
'Ik ook,' zei Hector.
Verblind van woede greep Paula een glazen asbak vast en smeet die naar hem toe. Helaas bereikte hij zijn doel niet, maar ketste tegen de muur.
'Klootzak,' krijste ze tegen Hector. 'Donder op, godverdomme!'

Ze was er bijna. Daisy, die zich net een privédetective voelde, keek nog eens naar de straatnaam en haalde diep adem. Gisteren toen ze in de computer in haar kantoor het adres opzocht was ze zich een ongeluk geschrokken toen de deur door Pam werd opengegooid. Omdat ze zich ontzettend schuldig voelde en zeker wist dat ze betrapt was, had Daisy de muis zo'n enorme zet gegeven dat hij bijna van het bureau af viel en toen had ze gegild: 'Wat moet je?'
Toen had Pam op haar beurt uitgeroepen: 'Je raadt nooit wat er net gebeurd is. Paula Penhaligon is vertrokken.'
Nu had ze twee redenen om zich opgelucht te voelen.
Paula had Barney blijkbaar in haar suite ontboden om haar gepakte koffers op te halen. Daarna was ze zonder van iemand afscheid te nemen het hotel uit gestormd en in een auto gestapt die op haar stond te wachten. En ze had Barney niet eens een fooi gegeven.
Daisy was alleen maar blij dat Pam niet naar binnen was komen rennen om haar ervan te beschuldigen dat ze Dev Tyzacks adres opzocht omdat ze hem een lekker stuk vond.

Net als bij een liedje dat je op de radio hoort en daarna niet meer uit je hoofd kunt krijgen waren de opmerkingen van Brenda en Pam in het hoofd van Daisy blijven rondzoemen. Als Dev inderdaad had gesimuleerd dat zijn huis onbewoonbaar was, alleen om zijn intrek in het hotel te kunnen nemen, zou hij dat misschien toch hebben gedaan omdat hij, zoals Brenda het uitdrukte, een oogje op Daisy had. Het klonk weliswaar volslagen krankzinnig, maar Daisy had geen rust voordat ze het wist. Ze wist ook dat ze het niet aan Dev kon vragen.

En daarom was ze nu hier en sloeg rechtsaf Garrick Avenue in. En daar het een vrij eenvoudige missie was, hoefde ze absoluut niet zenuwachtig te zijn. Dev woonde op nummer 15, een stukje verder aan de linkerkant. Ze hoefde alleen maar langs het huis te rijden en te kijken of er een busje van het schildersbedrijf voor geparkeerd stond. Schilders en behangers maakten zonder uitzondering gebruik van busjes waarop de naam van hun bedrijf stond. Een klein busje, dat was alles wat ze nodig had om die belachelijk vergezochte theorie van Brenda voor altijd en eeuwig uit haar hoofd te bannen.

Langzaam reed Daisy de hele brede straat door waarin aan weerskanten bomen stonden. Aan het eind van de straat keerde ze om en reed nog eens terug.

Afgezien van een chique groen-witte van een delicatessenzaak die bij nummer 38 etenswaren afleverde, was er geen bestelbusje te bekennen.

O, verdorie. Daisy had een droge mond en haar maag ging tekeer alsof er een nest slangen in lag. Ze wist natuurlijk wel dat Dev haar aantrekkelijk vond – daar was hij altijd rond voor uitgekomen. Maar als een zo op het oog normale man loog dat hij barstte en in een hotel ging wonen dat niet bepaald goedkoop was, enkel en alleen om in de buurt te kunnen zijn van iemand die hij aardig vond – nou ja, was dat niet een tikje sinister? Dev leek niet zo erg op een bezeten stalker, maar misschien kon hij dat gewoon heel goed verbergen.

Daisy was lichtelijk van haar stuk gebracht door deze griezelige gedachte en stopte. Het was pas vier uur en de schilders zouden er eigenlijk nog moeten zijn. Ze was er zo zeker van geweest dat er een bestelbusje zou staan. Oké, nu was het zaak haar hoofd erbij te houden. Misschien maakte Dev gebruik van een schilder die om de een of andere reden geen busje had. Ze was hier nu, ze kon net zo goed iets dichterbij gaan kijken. Als ze gewoon langs het huis liep, zou ze misschien door een van de ramen een glimp opvangen van een vreemde man in een overall vol verfvlekken. Toen ze wegging was Dev nog in het hotel geweest, dus ze zou ook best kunnen aanbellen om te zien of er een schilderachtig type de deur opendeed.

En dan? Nou, dan zou ze net doen alsof ze een Jehova's Getuige was natuurlijk en bidden dat hij de deur voor haar neus zou dichtslaan.

Maar toen ze aanbelde werd er niet gereageerd. Er werd niet opengedaan, niet door een schilder en ook niet door iemand anders. Daisy probeerde het opnieuw.

Nog steeds niets.

Ze liep naar een van de ramen aan de voorkant toe. De zon weerkaatste tegen de ruiten en daarom was het moeilijk om naar binnen te kijken, maar het zag er niet naar uit dat er overal verfpotten en ladders in de kamer stonden. Met de handen om de ogen en de neus tegen het raam gedrukt kon Daisy midden in de kamer een antieke eettafel met stoelen zien staan. Ook zag ze een nogal indrukwekkende marmeren schouw en verscheidene mooi ingelijste schilderijen die prachtig bij het behang pasten dat...

'Daisy?'

Daisy was zo verdiept geweest in haar spionageactiviteiten dat ze niet eens een auto achter zich had horen stoppen. Ze stootte haar neus pijnlijk tegen het glas en draaide zich schielijk om.

Flessengroen, dat was de kleur van het behang in de eetkamer van Dev.

Daisy, die zich van de weeromstuit ook groen voelde wegtrekken, stak aarzelend haar hand op naar Dev die achter het stuur zat.

Ze kon er niet omheen, dit kon je kwalificeren als Een Netelige Situatie.

'Um... hoi.'

Hij trok een wenkbrauw op. 'Wat doe jij hier?'

Daisy schrok. Ze had zo gehoopt dat hij die vraag niet zou stellen. Haar hersens, die verwoed bezig waren met het formuleren van een antwoord, lieten het jammerlijk afweten. Tenzij ze Dev ervan kon overtuigen dat ze in haar vrije tijd als Jehova's Getuige langs de deuren ging.

Terwijl zij koortsachtig stond na te denken parkeerde Dev achteruitrijdend zijn auto pal tussen twee auto's. Het was frustrerend om te zien dat hij er nog geen twee seconden over deed en dat hij noch de stoeprand, noch de auto achter hem raakte.
'En?' vroeg hij toen hij naast Daisy stond.
Ze probeerde zichzelf moed in te spreken. Soms, als je geen enkele overtuigende leugen meer voorhanden had, was de waarheid de beste oplossing.
Oké, meneer de Perfecte Achteruitrijder, eens kijken hoe je je hieruit redt.
'Ik wou weleens zien of het schilderwerk opschoot.'
'Dat heb je me laatst ook al gevraagd.' Dev wachtte even. 'Dat heb ik toch gezegd? Het is bijna klaar.'
Ondanks het feit dat hij haar kennelijk niet geloofde, ging Daisy monter verder. 'Mag ik het huis zien?'
'Waarom?'
O, verdorie, wat maakte het ook uit. 'Omdat iemand me pas heeft verteld dat je huis helemaal niet werd opgeknapt. Eigenlijk dacht ze dat er waarschijnlijk nooit leidingen kapot zijn geweest en dat er ook nooit iets onder water is gelopen.'
'Is dat zo?' Zijn mondhoeken trilden. 'En mag ik vragen waarom ze dat dacht?'
Omdat ze Pam en Brenda buiten schot wilde houden gebaarde ze naar de auto's die in de straat geparkeerd stonden. 'Waar zijn die schilders dan?'
'Die waren vandaag vroeg klaar.' zei Dev. 'Ze moesten naar een vrijgezellenavond in Cheltenham.'
Was dit een leugen?
'Mag ik dan eens zien wat ze hebben gedaan?'
Hij aarzelde.
Dus toch een leugen!
'Oké,' zei Dev ten slotte. 'Als ik je daar een plezier mee doe.'
Daisy keek hoe hij de sleutel in het sleutelgat stopte. Haar hart begon sneller te kloppen.
Toen de deur openzwaaide was het eerste wat ze merkte...

60

… dat er een verflucht hing.
Langzaam, heel langzaam ademde Daisy weer uit. Alles zag er pas geverfd uit. En de plafonds waren pas gepleisterd. Toen ze achter Dev naar de keuken liep zag ze rollen behang opgestapeld tegen de muur liggen. Potten met grondverf stonden netjes in een hoek bij elkaar naast een stapel stoflakens, een behangtafel en een verzameling verfkwasten.
'Dit is de laatste kamer,' zei Dev. 'In de rest van het huis zijn ze klaar. Tenzij je denkt dat dit er allemaal staat om een goede indruk op bezoekers te maken.' Hij voegde er droogjes aan toe: 'Misschien wil je zelf nog met ze praten om te bewijzen dat ze echt bestaan.'
'Nee, dank je.' Daisy schudde beslist haar hoofd toen hij zijn mobieltje te voorschijn haalde en een nummer intoetste. Ze deinsde verschrikt achteruit toen Dev haar de telefoon in de hand wilde drukken.
Met een brede grijns zei hij: 'Jeff, hoi. Je spreekt met Dev Tyzack. Ja, ik ben er net. Hoor eens, ik moet morgen in Londen zijn, daarom laat ik het geld hier liggen, dan kun je het morgen meenemen. Oké? Goed. En vrijdag zijn jullie klaar, hè? Fantastisch. Jeff, zou je voor ik ophang alsjeblieft even een vriendin van mij te woord willen staan? Bedankt.'
Daisy had geen zin zich nog langer te laten intimideren en pakte resoluut de telefoon vast.
'Hoi, Jeff, ik heb begrepen dat je een schilder en een behanger bent. Zou je me de naam van jouw bedrijf kunnen geven, alsjeblieft?'
Aan het andere eind zei een stomverbaasd klinkende Jeff: 'Um, Phoenix Services.'
'Dank je wel.' Daisy knikte parmantig. 'Tot ziens.'
'Tevreden?' informeerde Dev.
'Phoenix Services.'
'Juist.'
Omdat er geen reden meer was haar personeel in bescherming te nemen zei Daisy: 'Toen mijn secretaresse naar die naam vroeg, wist je het niet.'

‘Aha, ik begrijp het.’ Dev knikte, want hij had het eindelijk door. ‘Nou, dat komt omdat Jeff tot voor kort de naam JR Services gebruikte. Zijn achternaam is Richardson,’ legde hij uit alsof Daisy dom was. ‘Maar een paar weken geleden kreeg hij een telefoontje van een man die John Rowlands heette. Hij heeft een schildersbedrijf in Melksham en raad eens hoe zijn bedrijf heet?’
Geïrriteerd zei Daisy: ‘Oké, oké, ik ben niet achterlijk.’
‘Jij bent degene die ernaar vroeg,’ wreef Dev haar onder de neus. ‘Nou, hoe het ook zij, John Rowlands wil uitbreiden en vestigt zich in Bath en toen heeft hij Jeff geld geboden om de naam van zijn bedrijf te veranderen. Toen jouw secretaresse me naar de naam vroeg, kon ik niet zo gauw op hun nieuwe naam komen.’
‘Nou, dat weten we dan ook weer.’ Daisy wou dat hij zijn mond hield; ze had het akelige gevoel dat hij haar uitlachte.
‘O, kom op, zeg, kijk niet zo somber.’ Dev schonk haar een verblindende glimlach. ‘Aangezien je de moeite hebt genomen helemaal hierheen te komen, kan ik je net zo goed laten zien wat er allemaal gedaan is.’
Ze liet zich rondleiden. Het was een prachtig huis. Jeff had prima werk afgeleverd. Daisy bewonderde plichtmatig wat er in alle kamers was gedaan en vroeg zich ondertussen af hoe vlug ze met goed fatsoen kon vertrekken.
Dev wachtte tot ze weer in de keuken waren voordat hij de dodelijke vraag stelde, waar ze de afgelopen twintig minuten met angst en beven op had gewacht.
‘Wat ik niet begrijp is waarom iemand net zou doen alsof zijn huis in de vernieling ligt, als dat helemaal niet zo is?’ Hij schudde zijn hoofd en keek Daisy met een verbaasd gezicht aan. ‘En als we dan toch bezig zijn, waarom zou iemand in vredesnaam zijn intrek nemen in een hotel als hij een prima huis tot zijn beschikking heeft?’
O, help. Niet gaan blozen, alsjeblieft niet blozen…
‘Tja.’ Daisy trok ook een verbaasd gezicht. ‘Dat vroeg ik me nou ook af. Ik bedoel, het klinkt volslagen onlogisch, maar toen Brenda zei…’
‘Maar wat ik echt, écht niet begrijp,’ viel Dev haar in de rede, ‘is waarom je het me niet gewoon hebt gevraagd als je het zo graag wilde weten.’
Zijn blik was ondoorgrondelijk. Verdomme. De knalrode blos die

Daisy zo manmoedig binnen de perken had weten te houden barstte opeens in volle hevigheid los. Ze voelde hem langs haar hals omhoogkruipen helemaal tot aan de haargrens. Hoogstwaarschijnlijk was ze boven op haar hoofd ook rood.
'Ik weet het niet. Ik wilde je niet... hmm, in verlegenheid brengen.'
Dev glimlachte. 'Ik denk eigenlijk dat ik het wel weet. Je dacht dat ik dat overstromingsverhaal had verzonnen en in het hotel was komen wonen omdat ik je zo aardig vond dat ik tot alles bereid was om maar bij jou in de buurt te kunnen zijn. Heb ik gelijk?'
'O, in 's hemelsnaam!' Daisy perste er een lach uit die op het hysterische af was. 'Hoe kom je erbij? Natuurlijk dacht ik dat niet.'
Die stomme Brenda ook, dit was allemaal haar schuld. Ze zou eigenlijk de laan uitgestuurd moeten worden.
'Zeker weten?' mompelde Dev.
'Absoluut! God, ik heb nog nooit zoiets belachelijks gehoord!'
'Maar je bloost wel.' Hij kwam vlak bij haar staan. 'En erg ook.'
Dat was nu het vervelende van papieren zakken, als je ze nodig had waren ze er niet.
'Ik moet weg,' zei Daisy stoer, terwijl ze probeerde hem te passeren. Godzijdank ging hij overmorgen weg uit het hotel.
'Nog niet.' Dev stak een arm uit en zei: 'Eigenlijk had je voor de helft gelijk.'
Daisy wist niet meer wat ze moest denken en hield op met tegenstribbelen. 'Waarover dan?'
'Ik vond je heel erg aardig. Misschien niet genoeg om naar de zolder te rennen en gaten in de boiler te boren,' corrigeerde Dev zichzelf, 'maar wel genoeg om jouw hotel boven alle andere te verkiezen.'
Daisy's hart had het zwaar te verduren; ze kon het in haar keel voelen kloppen. Dit wist ze eigenlijk toch altijd al? Waarom had het dan nu zo'n verlammend effect op haar?
Maar dat was allemaal goed en wel in theorie. Het was lang niet zo gemakkelijk om kalm te blijven als de persoon in kwestie pal voor je stond en doodgemoedereerd vertelde wat hij voor je voelde.
'Ik heb dit al eerder gezegd,' ging Dev verder, 'en ik weet dat je het niet leuk vindt, maar jij en Josh passen niet bij elkaar. Je hebt hem uitgekozen omdat je je veilig bij hem voelt.' Hij wachtte even.

'En dat is niet goed genoeg. Zo moet je niet leven – het is zo jammer. Je verdient meer. Ik zag je gisteren met hem staan praten en ik kon duidelijk zien dat je niet van hem houdt. Ik keek gewoon naar twee vrienden.'
Daisy besefte dat ze haar adem inhield. Hij wist niet dat zij en Josh niet langer bij elkaar waren. Hij wist het nog niet van Josh en Tara...
'Ik wil niet over Josh praten,' fluisterde ze.
'Ik heb je een keer eerder proberen te kussen.' Dev bleef haar strak aankijken. 'En toen gaf je me een klap in mijn gezicht.'
Hij wíst het.
Daisy's mondhoeken gingen een heel klein beetje omhoog. 'Nou, je zou het nog een keertje kunnen proberen.'
De deuren zaten op slot. Clarissa was in het hotel onder de hoede van Rocky. Ze waren moederziel alleen in het huis. Daisy vroeg zich af wanneer ze onbewust had besloten dit te doen. Eén keertje maar, om haar nieuwsgierigheid te bevredigen en om te zien hoe Dev Tyzack werkelijk was.
Hij stelde haar niet teleur. Ze voelde hoe hij haar tergend langzaam mee de trap op nam. Ze kwamen bijna niet tot de bovenste trede. Eerst waren er verrukkelijke zoenen en toen werden er allerlei kledingstukken in het rond gegooid. Daisy liet haar handen over Devs atletische lijf glijden en kon het nauwelijks opbrengen haar mond van de zijne te halen om lucht te happen. Ze verlangde zo hevig naar hem dat ze daar op de trap met hem had kunnen vrijen. Gelukkig had Dev zichzelf nog zodanig onder controle dat ze net de slaapkamer haalden. Een spoor van uitgegooide kledingstukken achterlatend bereikten ze uiteindelijk het enorme tweepersoonsbed.

'Waar denk je aan?' Op een elleboog steunend duwde Dev een lok haar uit haar halfgesloten ogen.
Daisy lag op haar rug met een arm boven haar hoofd en luisterde naar haar ademhaling die langzaam weer normaal werd.
'Ik dacht eraan hoeveel vrouwen dat plafond op deze manier hebben gezien.'
'Je bent de eerste.'
'Dat zal wel, ja.'

'Echt waar,' hield Dev vol. Toen begon hij te grijnzen. 'Het plafond is vorige week opnieuw gepleisterd.'
Daisy glimlachte. 'Jij weet hoe je een meisje het gevoel moet geven dat zij iets bijzonders is.'
'Je bent ook iets bijzonders.'
'O, alsjeblieft!'
'Ik meen het,' zei Dev, die opeens heel ernstig keek. 'Ik heb hier zo ontzettend lang op gewacht.'
Daisy was verbaasd hoe overtuigend hij klonk. Alsof hij het echt meende.
Aan de andere kant ging hij waarschijnlijk met al zijn nieuwe veroveringen zo om. Iemand met zoveel ervaring als Dev wist hoe hij een meisje moest paaien, hoe hij haar het gevoel kon geven dat ze belangrijk en begeerlijk was. Het was een wezenlijk onderdeel van zijn verleidingstechniek waar hij al talloze keren gebruik van had gemaakt.
Het verschil met haar was natuurlijk dat zij niet meteen maanden geleden al met hem in bed was gedoken; ze had het onvoorstelbare gedaan door hem te laten wachten. Maar het wachten was nu voorbij. Hij had zijn zin gekregen. Nu hoefde Dev haar alleen nog maar een paar keer te zien, ervoor te zorgen dat ze stapelverliefd op hem werd, genoeg van haar te krijgen op de beproefde manier van een serieverleider en haar dan te dumpen precies zoals hij al die anderen had gedumpt. En dan zou haar arme gebroken hart boven op de enorme stapel worden gegooid, een stapel zo hoog als een kolenberg.
O ja, dacht Daisy. Precies zo zou het gebeuren.
'Jij bent het helemaal voor mij,' zei Dev terwijl hij met zijn vingertoppen haar arm streelde. 'Je weet niet hoeveel je voor me betekent.'
Ja, ja, dat kennen we. Om precies te zijn, van Steven.
Maar het was niet zo gemakkelijk om de lichamelijke gevoelens te negeren die hij met die verleidelijke vingers bij haar wist op te wekken. Voor de tweede keer beefde Daisy van verlangen, en ze drukte zich tegen hem aan. Een uur geleden had ze zichzelf wijsgemaakt dat het alleen voor deze ene keer was.
Nou ja, wat maakte het uit. Nog één keertje.

'Zes uur,' zei Daisy lui toen ze Devs arm had vastgepakt om op zijn horloge te kijken. De tweede keer hadden ze langzamer gevreeën dan de eerste keer, niet zo fel, maar wel sensueler. Ze moest toegeven dat Dev zijn reputatie wel waar maakte. Het was heerlijk geweest.
'Je hoeft niet echt weg, hè?' Hij kuste haar in haar hals, en liet zijn warme tong over haar overgevoelige huid glijden.
Jawel.' Mijn god, ik moet echt weg. Als ik nu niet ga...
'Ik kom met je mee,' zei Dev. 'Je moet het tegen Josh zeggen.'
Daisy sloot haar ogen. 'Wat moet ik tegen Josh zeggen?'
'Dat weet je toch wel. Dat het uit is. Dit is nu de realiteit.' Onder het verfomfaaide dekbed streelde hij met een warme hand over haar buik. 'Je hoort bij mij.'
Moet je hem horen praten, het is echt ongelooflijk. Wat Dev betrof was het een uitgemaakte zaak. Het was gewoonweg niet bij hem opgekomen dat ze haar hart heel wilde laten en niet wilde dat het terecht zou komen op de kolenberg bij alle andere.
'Nee, dat is niet zo.' Daisy legde zijn onderzoekende hand opzij en glipte het bed uit. 'Dit is gewoon iets wat vanmiddag is gebeurd. Je zond de hele tijd signalen uit dat ik iets heel speciaals miste en ik moet toegeven dat ik nieuwsgierig was.' Ze haalde onverschillig haar schouders op en strekte haar hand uit om haar beha op te rapen en haar – waar was het? O ja, het bungelde aan de deurklink – slipje. 'Maar dat we met elkaar naar bed zijn geweest wil nog niet zeggen dat we nu onmiddellijk een stel zijn. Ik ga nog steeds met Josh en dat blijft ook zo.'
Dev keek haar met een wezenloze, maskerachtige blik aan. 'Meen je dit?'
'Ik heb nog nooit iets zo erg gemeend.' Daisy had haar beha en haar slipje weer aan. Ze maakte de deur van de slaapkamer open en zag haar rok en haar schoenen verspreid over de overloop liggen. 'Nu hoef ik niet meer nieuwsgierig te zijn.'
'Maar...'
'Dit zal nooit, nóóit meer gebeuren,' vervolgde Daisy, 'en Josh komt dit nooit, nóóit te weten. Jij gaat weg uit het hotel, jij en ik zien elkaar nooit meer en we leven allemaal lang en gelukkig.'
Dev lag daar, heel stil, steunend op een elleboog. 'Wil je dat echt?'
'Absoluut.' Ze wierp hem een vrolijk 'ik moet er nu echt vandoor'-glimlachje toe. 'En zo zal het gebeuren ook.'

61

Er was ontzettend veel gebeurd in de afgelopen twee weken. Eerst waren Paula Penhaligon en even daarna Dev en Clarissa nogal abrupt vertrokken. Een paar dagen later was Maggie praktisch bij Hector ingetrokken. Toen de bedrading en de verdere reparaties in Brock Cottage waren afgerond hoefden Barney en Mel ook niet meer van het hotel gebruik te maken en ze woonden nu weer thuis. Tara glimlachte in zichzelf, want ze had de belangrijkste verhuizing tot het laatst bewaard. Vanzelfsprekend woonde Josh nu bij haar in Maggies huis. Josh had die morgen in bed nog tegen haar gezegd dat het verdomd veel leek op een ingewikkeld soort stoelendans.

En nu dit.

De man die naast haar zat, hield op met schrijven in zijn boekje en maakte aanstalten om iets te zeggen.

Tara zette zich schrap.

'Gefeliciteerd, juffrouw Donovan,' zei de examinator die er net nog zo eng had uitgezien. 'Het doet mij veel genoegen u te kunnen vertellen dat u geslaagd bent.'

Tara barstte prompt in tranen uit.

'Ik dacht dat je het had verknald.' Josh omhelsde haar onstuimig. 'Toen ik je zag huilen dacht ik dat je was gezakt.'

'Ik was gewoon zo vreselijk blij. Die arme man was duidelijk totaal in de war. God, ik kan het nog niet geloven.' Ze deed een klein vreugdedansje op het trottoir, greep Josh bij de hand en sleepte hem mee naar de overkant van de weg. 'Ik ben van die lessen af! Hij zei dat ik het echt goed had gedaan! Jij moet ons trouwens wel naar huis rijden.'

'Waarom?'

Tara duwde hem voor zich uit door de draaideur van de wijnbar die tegenover het examengebouw lag.

'Omdat, domoortje, ik het ga vieren met een flinke borrel.'

In de bar was Tara zo van haar succes aan het genieten dat ze het eerste deel van de zin miste. Wat ze alleen nog opving was: '... met mij.'

'Wat zei je? Oeps, sorry.' Ze wreef de gemorste Frascati in het denim dat het verrukkelijke dijbeen van Josh omspande, en wurmde toen plagerig haar vinger door het gerafelde scheurtje op zijn knie. 'Wist je dat je de lekkerste knieën hebt die ik ooit heb gezien?'
'Je let helemaal niet op,' zei Josh.
Tara straalde. De alcohol – op een lege maag omdat ze die morgen van de zenuwen niet had ontbeten – stroomde bruisend als een sorbet door haar aderen. Ze voelde zich fantastisch, fabelachtig goed en... dartel.
'Ik hou niet alleen van je knieën, hoor. Er zijn andere stukjes waar ik ook heel gek op ben.' Ze boog zich gevaarlijk voorover op haar barkruk en fluisterde wellustig: 'Ik ben dol op jouw... navel.'
'Laat die aanbiddelijke lichaamsdelen van mij nu maar zitten.' Josh sloeg zijn ogen ten hemel. 'Ik wil het met je over Miami hebben.'
'O.' Dat was ook toevallig; ze had de laatste paar weken juist zo haar best gedaan het niet over Miami te hebben. Er zelfs niet aan te denken.
'Ik wil dat je met me meekomt,' zei Josh.
O.
'Waarheen?' Bedoelde hij naar het vliegveld? Om hem uit te zwaaien?
'Naar Miami. Ik hou van je.' Josh pakte met zijn grote handen de hare vast. 'Het is er geweldig. Je zou het er fantastisch hebben. En we zouden samen zijn.' Hij zweeg en keek haar onderzoekend aan. 'En, wat vind je ervan?'
Tara vond dat het prima uitkwam dat hij haar handen vasthield. Anders zou ze waarschijnlijk zomaar van haar kruk zijn af gevallen.
Naar Amerika verhuizen. Met een man die haar adoreerde. Wat een aanbod.
De oude Tara zou ogenblikkelijk hebben toegehapt. Toen ze nog een brok onzekerheid was, had de eerste de beste geliefde alles kunnen voorstellen – in een blokhut in Siberië met hem gaan wonen, haar intrek nemen in een miezerig tentje in de berm van de M25 – en dan zou ze er meteen op zijn ingegaan, ongeacht in welke afgrijselijke omstandigheden ze terecht zou komen, alleen maar oneindig dankbaar dat er iemand was voor wie ze sokken mocht wassen.

Maar de laatste paar weken waren een openbaring geweest, en ze was er geweldig van opgekikkerd. Net als een ruwe oude trui die voor de eerste keer in contact komt met een wolwasmiddel voelde ze zich zijdeachtig glad en verzorgd, begeerlijk en herboren... En ze had nu voldoende zelfvertrouwen om nee te zeggen als ze daar zin in had.

'Je gaat nee zeggen, hè?' De hoop verdween uit de groen-grijs gespikkelde ogen van Josh.

'Ik hou van je.' Toen ze haar armen om hem heen sloeg en hem een zoen gaf, dacht Tara eraan hoeveel ze aan hem te danken had. Hij had haar het geloof in haarzelf teruggegeven. Josh was haar eigen menselijke wasverzachter.

'Je houdt wel van me, máár...' souffleerde hij.

'Ik hou van je en ik ga met je mee naar Miami.'

'Ik hoor nog steeds een máár.'

Tara gaf hem nog een zoen en zei toen glimlachend: 'Maar nog niet meteen.'

'Het is uit. Ik ben bij hem weg. Nou ja, dat is niet waar – ik heb hem eruit gegooid.'

'Nee! O, mijn god, hoe voel je je?'

'Eerlijk zeggen? Fantastisch!'

Tara was eerst op haar hoede geweest toen Annabel had opgebeld dat ze haar wilde spreken. Maar Annabel had nadrukkelijk gezegd dat er niets bijzonders aan de hand was, dat ze haar alleen maar wilde bijpraten over Dominic. Ze had zo vrolijk geklonken dat Tara bij zichzelf had gedacht dat ze te horen zou krijgen dat Annabel zwanger was, dat Dominic beterschap had beloofd en dat ze het verleden zouden vergeten en van de weeromstuit voor het ouderschap hadden gekozen. Ze had hen in gedachten al voor zich gezien, hand in hand samen naar de zwangerschapsgymnastiek.

Maar goed dat ze nooit in de verleiding was gekomen zich ergens als helderziende te vestigen.

'Vertel me eens wat er is gebeurd,' drong Tara aan. 'Ik wil alles horen.'

Het was een zonnige zondagmiddag, warm genoeg om buiten te zitten. Josh had zich tactisch teruggetrokken en was met Hector een rondje golf aan het spelen. Zoals het hoorde vlogen de vogels

en de bijtjes af en aan in de achtertuin en er waren zelfs al een paar vlinders die de heerlijkheden van de bloeiende magnolia's aan een onderzoek onderwierpen.
'Het komt er eigenlijk op neer dat ik inzag hoe ik me had vergist.' Annabel nam een slokje thee en zag er opmerkelijk opgewekt uit. 'Dominic is een leugenaar en zal altijd een leugenaar blijven. Toen ik hem op het matje riep, probeerde hij mij uit alle macht ervan te overtuigen dat ik een enorme fout had gemaakt. Toen ik hem de foto's van de privédetective liet zien schakelde hij onmiddellijk over op de bekende nederige houding en zwoer dat hij nooit meer naar een andere vrouw zou kijken. Nou ja, dat is alsof...'
'De vos belooft dat hij van de kip zal afblijven,' zei Tara. 'En ik raad het al. Je hebt hem nog een keer betrapt.'
Annabel schudde resoluut haar hoofd. 'Helemaal niet. O nee, Dominic heeft nog nooit zo goed zijn best gedaan. Ik was het zelf. Ik besefte gewoon dat ik hem nooit meer zou kunnen vertrouwen. Plotseling wist ik dat ik de rest van mijn leven niet met zo iemand getrouwd zou kunnen blijven. Dus heb ik hem verteld dat hij kon vertrekken.' Ze stroopte de mouwen van haar lichtblauwe trui op en liet haar ellebogen rusten op de leuning van de gietijzeren tuinstoel. Ze had haar gemanicuurde vingers losjes in elkaar gevouwen. 'Dominic nam het niet zo goed op. Hij smeekte me op mijn besluit terug te komen. Toen dat niets uithaalde begon hij te schreeuwen en noemde me een dikke vette koe. Ik zei dat hij kon ophoepelen en toen schold hij me uit voor van alles en nog wat. Toen vertrok hij. Dat was twee weken geleden. Sindsdien heb ik hem niet meer gezien, maar ik weet waar hij is.'
Tara, die de hele tijd aan haar lippen had gehangen, zei: 'Hij woont zeker ergens in een kartonnen doos.'
Annabel giechelde. 'O, alsjeblieft. We hebben het hier wel over Dominic, hè? Kun je je voorstellen dat hij ergens op een houtje bijt?'
Nee dus.
'Oké, een met nerts beklede kartonnen doos met badkamer en jacuzzi.'
'Je wordt al warmer. Jeannie heeft inderdaad twee badkamers en trouwens ook een jacuzzi.'
Jeannie? Wie was Jeannie? Maar toen ging er bij Tara een lichtje branden. 'Je zus? Ze vindt het goed dat hij bij haar woont?' He-

meltje, dat was een beetje te veel van het goede – je mocht toch zeker wel van je eigen zus verwachten dat ze zich solidair met jou toonde?
Annabel glimlachte toen ze zag hoe verontwaardigd Tara keek. 'Hij doet meer dan alleen maar bij haar wonen. Jeannie blijkt al jaren straalverliefd op Dominic te zijn.'
'Nee! Dat meen je niet!' Maar daar Annabel dat duidelijk wel deed gilde Tara: 'Dat is idioot.'
Annabels blauwe ogen twinkelden. 'Niet echt. Per slot van rekening heeft ze net zoveel geld geërfd als ik.'
'Maar hoe kan ze jou dat nou aandoen? Mijn god, ze knapte bijna van woede toen ze mij en Dominic betrapte in het zomerhuis, ze was helemaal door het dolle heen.'
'Precies,' zei Annabel. 'Vanzelfsprekend dachten we allemaal dat zij zo kwaad was voor mij. Maar ze was klaarblijkelijk gewoon stinkend jaloers op jou.'
'En nu woont hij bij haar.' Tara schudde verbijsterd haar hoofd. 'Word je daar niet ontzettend boos van?'
Annabel glimlachte. 'Ze is mijn kleine zusje. Ze wilde vroeger altijd al met mijn speelgoed spelen. Ik ben er zelf ook ingetrapt, hoe kan ik Jeannie dan kwalijk nemen dat ze hetzelfde doet? Maar ik neem aan dat het niet lang zal duren. Ze krijgt hem uiteindelijk ook wel door.'
Jeetje, over verdraagzaamheid gesproken.
'Je neemt het ontzettend goed op,' zei Tara bewonderend. 'Je bent zo rustig.'
Annabel haalde haar schouders op. 'Ik houd mezelf niet meer voor de gek. Ik heb een fout gemaakt en nu heb ik orde op zaken gesteld. En eerlijk gezegd is dat een opluchting. Ik voel me geweldig. Mijn moeder zegt de hele tijd dat ik wel iemand anders zal ontmoeten, maar dat interesseert me eigenlijk helemaal niet. Ik wil gewoon een tijdje genieten, dingen doen die ik altijd al heb willen doen.' Toen ze met haar hand haar blonde haren naar achteren gooide zag Tara dat ze heel vrijmoedig geen ring meer droeg. 'Nu hebben we genoeg over mij gepraat. Hoe is het eigenlijk met jou?'
O jeetje. Tara aarzelde even; was dit zoiets als tegen iemand die bankroet was zeggen dat je zojuist de staatsloterij hebt gewonnen? Maar kennelijk was Annabel nogal monter bankroet gegaan.

'Nou, ik heb iemand anders ontmoet.' Ze kon er niet omheen; ze was zo verliefd dat het sowieso moeilijk was ergens anders over te praten. 'En ik ben nog nooit zo gelukkig geweest. Hij is precies wat ik altijd al heb gezocht.'
'Getrouwd?' Annabel grijnsde ten teken dat ze een grapje maakte.
'Zelfs niet getrouwd. Het is net een wonder. Ik ben knettergek op hem. En hij houdt ook van mij.'
'Goeie genade, dit klinkt serieus. Mag ik bruidsmeisje zijn?'
'Hij gaat over twee weken naar Florida voor een nieuwe baan.'
De blonde wenkbrauwen van Annabel schoten omhoog. 'En jij gaat met hem mee?'
'Dat wil hij wel, maar ik heb nee gezegd.' Toen ze dit zei zwol Tara op van trots. Dankzij Josh had ze nu zoveel zelfvertrouwen dat ze hem niet onmiddellijk achternaging, doodsbenauwd dat hij zodra zij buiten beeld was het aan zou leggen met talloze gebruinde blonde strandmeisjes. Hij was degene die haar de zekerheid had gegeven om voor het eerst in haar leven iemand af te wijzen.
'Maar Florida – is dat geen geweldige plaats om te wonen?' Annabel was duidelijk in de war. 'Bedoel je echt dat je liever hier in het hotel blijft werken?'
Tara begon zich steeds trotser te voelen. 'Ik heb mijn ontslag ingediend. Florida is fantastisch, maar een heleboel andere plaatsen in Amerika ook. Sinds ik klein was heb ik New York al willen zien, en Californië en de Grand Canyon, kortom, al die mooie plaatsen. Ik wist wel dat het een illusie was, omdat ik nooit het lef heb gehad er iets aan te doen.'
Annabel begon te begrijpen wat ze bedoelde en vroeg: 'Tot nu toe?'
'Tot nu toe.' Tara verkneukelde zich en sloeg haar armen om haar knieën. 'Ik besef nu dat niets nog in de weg staat. Ik heb geld opzij gelegd voor een auto, maar in plaats daarvan ga ik nu een kaartje voor een Greyhound-bus kopen en dan probeer ik zo veel mogelijk van het land te zien. Wyoming,' zei ze dromerig. 'Seattle. Boston, Los Angeles. En als ik dat allemaal heb gezien, nou, dan ga ik naar Miami.'
'Waar jouw fantastische man staat te trappelen van ongeduld.' Annabel keek nadenkend.
Tara voelde zich opeens gemeen en tactloos. 'Het spijt me, hier zit je helemaal niet op te wachten.'

'Doe niet zo raar, ik vind het geweldig. Ik dacht er net aan dat ik je benijd.' Terwijl ze een streng lang blond haar peinzend om haar vinger wond, zei Annabel: 'Ik moet zeggen, als je behoefte zou hebben aan wat gezelschap onderweg, zou ik geen seconde aarzelen en met je meegaan.'
Tara's mond viel open. 'Meen je dat?'
'Waarom niet? Ik zou best een poosje ergens anders heen willen. Het klinkt fantastisch. Twee meisjes die samen reizen is veiliger dan een. En ik zou me niet aan jouw verloofde vergrijpen als we in Miami zijn,' beloofde Annabel grijnzend. 'Dat laat ik aan jou over.'
'Meen je het echt serieus?'
'Ik zou dolgraag met je meegaan. Tegen de tijd dat ik terug ben, heeft Jeannie Dominic wel gedumpt. Een paar maanden in het buitenland is nu precies wat ik nodig heb. Mijn god, als we helemaal naar Wyoming gaan, kom ik daar misschien wel een cowboy tegen...'
'Maar dan niet voor een serieuze relatie,' bracht Tara op strenge toon in het midden. 'Alleen voor de seks.'
'O, dat spreekt vanzelf. Uiteraard alleen voor de seks. En,' Annabel leunde met twinkelende ogen naar voren, 'wat vind je ervan?'
Jeetje. Tara wierp een blik op hun lege kopjes en toen weer op Annabel, die er enthousiast en opgewonden uitzag.
'Ik denk dat het hoog tijd wordt dat we een fles wijn openmaken. Ik moet nodig aan de alcohol.'

62

Aangezien je hem bepaald geen fanatiek lezer kon noemen, was het ironisch dat Rocky degene was die het artikel las in de krant die een van de gasten in de bar had laten liggen.
Hij zocht de roddelrubriek op en liet hem aan Daisy zien.
'Laat Hector dit maar niet zien,' zei Rocky met gedempte stem toen Daisy begon te lachen. 'Hij wordt woest.'
'Wat mag je niet aan Hector laten zien?' vroeg Hector die net de bar binnenzeilde waardoor Rocky zich een hoedje schrok.

Daisy gaf hem grinnikend een klopje op de arm. 'Een blunder per dag is een absolute verplichting. Toe maar, Rocky, laat het hem maar zien.'
Maggie kwam er ook bij staan en las over Hectors schouder mee. 'Paula Penhaligon, ster van het Londense toneel, is wel degelijk terug van haar verblijf in de rimboe met Hector MacLean, de schepper van Dennis de Dashond,' las Maggie hardop voor. 'Over haar vrijage met de flamboyante hoteleigenaar zei ze: "Het was best aardig, maar ik verveel me nu eenmaal gauw. Ik heb vaak tegen Hector gezegd dat het niet voor altijd en eeuwig was." Er wordt gefluisterd dat er een nieuwe man in het leven van Paula is verschenen, namelijk de puissant rijke financier Alfred Swick, die bla bla bla...'
'Dat mens heeft lef,' riep Hector verontwaardigd uit. 'Ze doet net alsof zij het heeft uitgemaakt! Ik heb veel zin om de krant op te bellen om te vertellen hoe het echt is gegaan.'
'Ben je gek.' Maggie verfrommelde de krant en mikte hem keurig in de prullenmand. 'Dat is beneden je waardigheid. Het doet er ook niet meer toe. Wat maakt het uit of ze een miljardair aan de haak heeft geslagen?' Ze gaf Hector een plagerig kusje op de wang. 'Jij hebt een kussenmaakster op de kop getikt.'
'Wat kan een man zich nog meer wensen?' beaamde Hector en hij legde zijn arm om haar middel.
'En Alfred Swick is kaal,' kwam Daisy behulpzaam tussenbeide. 'Maggie heeft tenminste nog haren.'
'Dat is godverdomme nog waar ook. Ze is op alle fronten volmaakt. Eigenlijk...' Hector sloeg met zijn vuist op de bar. 'Rocky, ga mijn accordeon halen. Ik voel een serenade opkomen.'

Zoek degene die niet in het rijtje thuishoort, dacht Daisy een paar uur later toen ze zag hoe Josh voor Tara op zijn knieën viel, zijn armen spreidde en zich waagde aan een luidruchtige, lichtelijk valse weergave van 'If You Were The Only Girl In The World'. Tara gaf hem het ene kushandje na het andere en de verzamelde gasten barstten in gejuich uit. Die avond werd het afscheidsfeest van Josh en Tara gevierd. Morgen zouden ze op Heathrow Annabel Cross-Calvert ontmoeten. Om twaalf uur zou Josh door Tara en Annabel worden uitgezwaaid voor zijn vlucht naar Miami en daar-

na zouden ze met z'n tweeën naar New York vertrekken voor de eerste etappe van hun eigen grote avontuur.
Het zou vreemd zijn zonder hen.
Josh en Tara.
Hector en de stralende Maggie.
Op Tara's aandringen waren zelfs Barney en Mel aanwezig.
Al die stelletjes, dacht Daisy met een gevoel van pijn. En ik.
O jeetje, ze moest niet sentimenteel worden.
Ze draaide zich om naar de bar en ving Rocky's blik op.
'Nog een wodka, alsjeblieft.' Daisy gaf hem een knipoogje. 'En wil je met me trouwen?'
Rocky plensde haar glas vol wodka en dacht heel even over haar aanzoek na.
'Dat zou ik best willen,' zei hij ten slotte, 'maar ik doe het toch maar niet.'
'Spelbreker,' zei Daisy.
Hector sloeg met een zware asbak op een van de tafels en vroeg om een moment stilte.
'Dames en heren,' riep hij, toen ze eindelijk allemaal luisterden. 'We zijn vanavond bij elkaar om afscheid te nemen van Tara en Josh. Zoals de meesten van jullie weten kwam Josh hier eigenlijk naartoe om zijn vriendschap met mijn lieve dochter Daisy te hervatten. Terwijl Tara, die trouwens verdomd leuke beha's draagt die ze aan Jan en alleman laat zien, op het gebied van mannen de ene blunder na de andere maakte...'
'Zie je wel.' Rocky haalde zijn schouders op en keek Daisy aan, terwijl de rest van het gezelschap zich een ongeluk lachte. 'Daar zit 'm de kneep. Ik bedoel: je bent heel knap en aardig en zo, maar ik moet er niet aan denken dat ik Hector als schoonvader krijg.'
Zijn huivering sprak boekdelen. Het betekende dat Hector een groot risico inhield en dat Rocky een enorme zak was.
Maar goed dat ze toch niet echt met hem had willen trouwen.
'Ik snap wat je bedoelt.' Daisy sloeg de wodka in één keer achterover en likte haar lippen af. 'Nou ja, ik neem er nog een.'

Barney en Mel liepen te wandelen in het Victoria Park in Bath toen Freddie, die bij Barney op de schouders zat, begon te wiebelen en opgewonden 'Kar! Kar!' begon te roepen.

Barney was apetrots en kneep Freddie even in zijn enkels. Op de weg die langs het park liep reden ontzettend veel auto's.
'Goed zo, manneke, je hebt gelijk. Daar zijn een heleboel karren.'
'Kar! Kar! Kar!' brulde Freddie. Hij greep grote plukken van Barneys haar vast en wipte op en neer.
'Hij is een genie.' Barney keek Mel grijnzend aan.
'Dat is eigenlijk niet zo,' zei Maggie. 'Auto's noemt hij broembroems. Kar was zijn naam voor Clarissa.'
Maar Freddie had gelijk. Omdat ze hem op haar beurt ook had gezien rende Clarissa dwars over het gazon naar Freddie toe. Barney zette hem weer op de grond en keek toe hoe ze elkaar onhandig omhelsden. Als Freddie in het bezit van een staart was geweest zou hij er, net als Clarissa, mee hebben gekwispeld.
Het was net een van die tv-programma's waarin mensen elkaar na lange tijd weer zien.
Dev kwam op zijn dooie gemak aanlopen in een spijkerbroek en een oude donkerblauwe polo. Hij zette zijn zonnebril af en keek glimlachend naar Freddie en Clarissa die dolgelukkig samen over het gras rolden.
'Moet je kijken. Het lijkt wel of ze elkaar in jaren niet hebben gezien.'
'We zijn met Freddie op weg naar de kinderspeelplaats,' zei Barney, op-en-top de trotse vader. 'Hij is gek op de glijbaan.'
'Hij is gegroeid.' Dev knikte naar Freddie met zijn witblonde haardos en zijn stralende blauwe ogen. Hij woonde al een maand niet meer in het hotel. 'Wonen jullie weer in je eigen huis?'
'O. Allang,' zei Mel. 'Net nadat jij vertrokken was. We hebben het heerlijk samen,' voegde ze eraan toe. 'Dankzij jou.'
Dev stopte zijn handen in zijn zakken; hij had er helemaal geen behoefte aan weer onder de dankbetuigingen te worden bedolven. Eerlijk gezegd was hij Barney en Mel liever niet tegengekomen. De laatste paar weken waren zo al moeilijk genoeg geweest. Maar nu hij hen toch zag kon hij net zo goed de vraag stellen die hem de afgelopen maand dag en nacht had beziggehouden.
'Hoe gaat het met iedereen? Is het druk in het hotel?'
Dat was eigenlijk de vraag niet. Hij maakte eerst een omwegje, want hij wilde het subtiel brengen.
'Heel druk.' Barney knikte heftig. 'Het is ongelooflijk. Alleen de-

ze week al vijf grote partijen. Alle hotelkamers zijn bezet. We komen om in het werk.'
'Dat zal Daisy fijn vinden.' Dev haalde onmerkbaar adem en vroeg: 'Hoe gaat het trouwens met ze? Met Daisy en Josh?'
Daar had je de vraag dan.
Barney keek even verbaasd, maar toen begon het te dagen.
'Dat was ik vergeten. Je was al weg toen het allemaal gebeurde. Josh is weg. Tara en hij zijn twee weken geleden vertrokken.'
Nu was het Devs beurt om verbaasd te kijken. 'Josh en Tára? Waar zijn ze heen?'
'Naar Amerika. Samen. Nou ja, niet echt samen. Eerst hebben Daisy en Josh het met elkaar uitgemaakt en toen heeft hij iets met Tara gekregen. Dat was zo'n beetje toen Maggie die wasmachineman gegijzeld heeft. En toen Josh weg moest omdat hij in Florida met zijn nieuwe baan begon, wilde hij dat Tara met hem meeging,' legde Barney uit. 'Maar zij wou liever eerst een paar maanden in de Verenigde Staten rondreizen met een vriendin van haar die Arabella heet.'
'Annabel,' verbeterde Mel hem. 'Ze heet Annabel Cross-Calvert. Maar na hun reis gaat Tara bij Josh wonen.'
Dit was te veel informatie in een te kort tijdsbestek. Dev had nog steeds moeite om iets te begrijpen wat Barney eerder had gezegd. 'Wacht even, ik begrijp jullie niet helemaal. Heb ik het goed begrepen dat Josh en Daisy al uit elkaar waren vóórdat Maggie die wasmachineman kidnapte?'
Barney keek Mel vragend aan. 'Dat klopt toch, hè? Of zit ik nu helemaal fout?'
'Nee, je hebt gelijk.' Mel knikte en keek toen met belangstelling naar de uitdrukking op het gezicht van Dev. Ze wist niet precies wat er was, maar dat Dev stof tot nadenken had was wel zeker.
'En je raadt nooit wat er nog meer is gebeurd,' riep Barney met stralende ogen uit. 'Tara is geslaagd voor haar rijexamen! Is dat niet fantastisch?'
Dev herhaalde verstrooid: 'Ja, fantastisch.'
'Nee schat, Clarissa kan niet met ons mee.' Mel greep Freddie bij de schouderbanden van zijn tuinbroek toen het stel stiekem de heuvel af wilde lopen. 'Honden mogen niet op de speelplaats komen.'

'Ik bedoel, niemand van ons dacht dat ze het zou doen,' babbelde Barney verder.
Dev keek verschrikt op. 'Wat doen?'
'Slagen voor het rijexamen!'
'O, juist.' Heel even was hij in de veronderstelling geweest dat Barney bedoelde dat Daisy iets buitengewoons had gedaan.
En dat had ze ook!

63

Daisy keek op haar horloge; nog vijf minuten tot de volgende afspraak.
Make-up, misschien hielp dat.
Ze dook in de la van haar bureau en haalde een spiegeltje te voorschijn plus een matroze lippenstift van Guerlain waar niet zoveel meer van over was en haar vertrouwde poederdoos. Ze kon het bijna blindelings op haar gezicht smeren, en toen ze een glimp opving van haar spiegelbeeld, had ze al weer spijt van het spiegeltje. Bah, wat zag ze eruit. Als ze zo doorging kon ze het binnenkort opnemen tegen Margaret Thatcher. Voor de lol trok Daisy een gek gezicht tegen haar spiegelbeeld en zag dat ze leek op *De schreeuw* van Edvard Munch, maar het was veel te waarheidsgetrouw om nog leuk te zijn. Ze was mager geworden, vooral in haar gezicht, en het was bepaald niet flatterend. Haar ogen sprankelden niet meer, een eigenschap waar ze altijd op had kunnen rekenen. Ze zag er moe en weggetrokken uit en daar hielp geen matroze lippenstift meer aan. Zelfs haar haren hingen er mismoedig en zielig bij, alsof ze alle hoop hadden opgegeven.
Daisy slaakte een zucht en begon toch maar met de herstelwerkzaamheden. Daarna haalde ze ook nog even een kam door haar haren om aan alle fatsoensnormen te voldoen. Pam had haar gisteren pas op de hoogte gebracht van het feit dat ze om drie uur een afspraak had met een zekere meneer Smith, die ongetwijfeld even spannend zou blijken te zijn als hij klonk.
O, verdorie, ze moest echt proberen wat meer enthousiasme op te

brengen. Maar hoe moest ze dat doen? Ze had het gevoel dat ze vanbinnen dood was.

Er werd net geklopt toen Daisy nog een laatste blik in de doos onder haar bureau wierp. Haastig veegde ze haar schoonheidsattributen – Ha! – terug in de open lade. Toen stond ze op om de heer Smith te begroeten en riep: 'Binnen.'

Het volgende moment hapte ze naar adem.

Het was Dev.

O nee, dit is niet eerlijk, dit is écht niet eerlijk...

'Wat doe jij hier?' Helaas begon haar stem door de schok te beven. 'Je had moeten bellen. Ik heb een afspraak met...'

'Meneer Smith. Dat weet ik.' Met een ernstig gezicht zei Dev: 'Ik heb mijn naam bij de notaris laten veranderen.'

Daisy ontdekte dat er geen bloed meer door haar aderen stroomde, maar stroop. Het sloeg bepaalde plekken over en haar hart ging als een trommel tekeer.

'Dev. Wat is er?'

Hij haalde zijn schouders op. 'We konden niet bepaald goed met elkaar opschieten toen ik hier wegging. Ik wilde vermijden dat je me de toegang tot het hotel zou weigeren.'

'Ga zitten.' Daisy maakte een gebaar naar de stoel tegenover haar en ging toen zelf ook zitten. Nogal abrupt. Waarom had ze in godsnaam haar haren vanmorgen niet gewassen? En wat had haar bezield om een grijs vest aan te trekken?

Dev bleef staan waardoor ze nog meer in het nadeel was. Hij had een donker pak aan en een donkerblauw overhemd en er waren geen wallen onder zijn ogen te bekennen. Eigenlijk had hij er nog nooit zo begeerlijk uitgezien.

'Ik wil graag een van de zalen reserveren.' Hij wachtte even. 'Als jij dat goedvindt tenminste.'

Daisy ademde langzaam uit. Dit was dus helemaal geen gezelligheidsbezoekje. Oké, als het moest kon zij ook zakelijk zijn.

'Weer een conferentie?'

'Een huwelijksreceptie.'

Bóinggg. O god. Haar handen begonnen te beven. De kleur liep uit haar gezicht weg als melk door een zeef.

'Ga je trouwen?' De woorden kwamen er wat hortend en stotend uit. Als hij haar had verteld dat hij op het punt stond een geslachts-

verandering te ondergaan had ze niet geschokter kunnen zijn.
'Dat is wel de bedoeling als je bezig bent een receptie te regelen.'
Dev zweeg. Hij bleef haar met zijn donkere ogen strak aankijken.
'Ga je me niet feliciteren?'
Daisy was misselijk. Dit bewees eens te meer hoe stom ze was. Terwijl zij de afgelopen maand niets door haar keel had kunnen krijgen omdat ze zo naar hem had verlangd had Dev zich met een of ander knap jong meisje zodanig uitgeleefd dat hij nu met haar wilde trouwen.
Tja, eerlijk gezegd kon ze niet verwachten dat het een lelijke oude taart was.
'Gefeliciteerd.' Ze kon het nauwelijks over haar lippen krijgen. Waarom was dat woord ook zo lang?
'Bedankt. Hoe gaat het trouwens met Josh?'
Beleefdheidspraatjes. Wat beschaafd. Dat had ze nu net nodig.
'Prima.' Daisy wist met veel moeite een glimlachje te voorschijn te toveren. Toevallig had ze die morgen een ansichtkaart van Josh gehad waarin stond dat het allemaal fantastisch ging. Het pas aangelegde golfcomplex was kennelijk te mooi om waar te zijn.
'Waar is hij?'
'Hij is aan het golfen.' Een gokje, maar ongetwijfeld niet zo ver bezijden de waarheid.
Dev knikte. Na een poosje zei hij: 'Je hebt vergeten te vertellen dat hij in Florida is.'
O shit!
Daisy drukte de ballpoint waarmee ze zat te spelen aan een stuk door in en uit. In, uit, in, uit.
'Gisteren in Bath ben ik Mel en Barney tegengekomen,' ging Dev verder.
O, fantastisch.
'O ja?'
'Waarom heb je me niet verteld dat het uit was tussen jou en Josh?'
Het deed haar op een afschuwelijke manier denken aan het moment waarop de directrice haar had gevraagd waarom ze haar huiswerk niet af had. Daisy probeerde langs hem heen te kijken, en ze voelde zich als een veertienjarige die betrapt wordt. Toen mompelde ze: 'Dat heb ik gewoon niet gedaan.'
'Je hebt tegen me gelogen.' Dev schudde zijn hoofd. 'Je hebt Josh

als smoes gebruikt om mij niet meer te hoeven zien. Ik heb vanaf het moment dat Barney het me vertelde geprobeerd erachter te komen waarom je dat hebt gedaan.' Hij zweeg. 'En ik ben er nu achter, geloof ik.'
Omdat ze vond dat het gesprek de verkeerde kant uitging nam Daisy haar toevlucht tot een grapje. 'Misschien vind ik je gewoon niet zo goed in bed.'
Toen ze zag hoe hij naar haar keek draaide haar maag zich om van verlangen.
'Maar we weten allebei dat dat niet waar is.'
Omdat ze langzamerhand ten einde raad was flapte Daisy eruit: 'Met wie ga je eigenlijk trouwen?'
'Domoor.' Een spoor van een lachje gleed over Devs gezicht. 'Ik ga niet trouwen.'
Niet trouwen. Het begon Daisy te duizelen.
'Nee? Waarom ben je dan hier?'
'Dat heb ik je toch gezegd.' Hij kwam dichter bij het bureau staan. 'Ik ben er eindelijk achter.'
'En?'
Hij ging zachter praten. 'Daisy, luister eens goed. Ik ben Steven niet.'
Haar hart maakte nu bokkensprongen als een danser zonder enig gevoel voor ritme.
'Wat bedoel je daar nu weer mee?'
'Kom nou. Dat weet je best. Wat er een paar weken geleden tussen ons is gebeurd was niet zomaar een vluggertje. Het betekende voor jou evenveel als voor mij. En je bent je dood geschrokken,' ging Dev meedogenloos verder, 'omdat je met jezelf een soort afspraak had gemaakt dat je nooit meer met iemand in zee zou gaan die jou uiteindelijk zou kunnen kwetsen. Zoals Steven heeft gedaan.'
Helemaal waar. Hij had gelijk. Hulpeloos haalde Daisy haar schouders op. 'Is dat dan niet logisch?'
'Logisch? Ik ben er knettergek van geworden,' riep Dev uit. 'Ik ben al stapel op jou vanaf de eerste dag dat ik je ontmoette. Je moet eens proberen je voor te stellen hoe frustrerend het was om werkeloos toe te moeten kijken. Ik wist dat je met iemand omging die jou niet zo gelukkig maakte als ik volgens mij zou kunnen.'

Daisy beet haar lip stuk. Ze was niet in staat om iets te zeggen. Daar had ze zelf ook iets van geleerd. Ze had zichzelf eerst wijsgemaakt dat zij en Josh samen gelukkig konden zijn, maar nu wist ze wel beter. Relaties – echte relaties – werkten niet zo. Het moest alles of niets zijn.

Dev was 'alles', en dat was eng. Maar 'niets' had geen enkele zin.

'Ik heb nog nooit van mijn leven zoveel voor iemand gevoeld.' Er trilde een spiertje in Devs kaak. 'Ik hou van je en ik heb dit nog nooit eerder tegen iemand gezegd. Deze afgelopen maand is... ik kan je niet zeggen hoe afschuwelijk geweest. Dat ik je niet zag was nog erger dan dat ik je met Josh zag.' Hij trok een grimas. 'En dat zegt wat.'

Het was een poosje stil. Ten slotte fluisterde Daisy: 'Ik ook.'

Hij keek haar aan. 'Ik ook wat?'

'Al die dingen. Alles wat je net hebt gezegd. Ik óók.' Daisy kon niet begrijpen dat ze dit deed. Ze kon er niets aan doen. Een beetje bibberig duwde ze haar stoel achteruit.

Dev sloot haar in zijn armen en zij klemde zich aan hem vast, de hete tranen van opluchting brandden in haar ogen. Want laten we wel wezen, als ze zich zo ellendig voelde zonder Dev, wat had ze dan nog te verliezen? Ze kon de sprong net zo goed wagen en kijken waar ze uitkwam. Hemeltje, misschien werd ze uiteindelijk nog gelukkig ook!

En hij kon echt... mmm... ontzettend goed zoenen.

Het duurde een hele tijd voordat hij zich terugtrok.

'Is dat een ja?' mompelde Dev. 'Gaan we ervoor?'

Daisy lachte en veegde haar ogen af. 'Wat kan mij het schelen. Waarom ook niet?'

Hij was Steven echt niet.

'Je krijgt er geen spijt van.' Dev klonk opgelucht. 'Je hebt geen idee hoe eng ik het vond om vandaag hierheen te komen.'

Eng? Dev?

'Maar je zei dat je wist wat er aan de hand was!'

'In theorie, ja. Maar ik wist het pas zeker toen ik het over dic huwelijksreceptie had.' Hij had duidelijk een binnenpretje toen hij zei: 'Je had je gezicht moeten zien.'

'Ontzettend slim van je. Trouwens,' sloeg Daisy terug, 'ik heb je geen seconde geloofd.'

‘Ik heb een voorstel. Jij liegt niet meer tegen mij en ik lieg niet meer tegen jou.’
Een beetje te laat dacht Daisy eraan dat ze hem nog iets moest vertellen. Ze vroeg: ‘Hoe gaat het met Clarissa?’
Dev keek geamuseerd. ‘Hetzelfde. Nog even bazig. Ik heb haar in de auto achtergelaten voor het geval dat je aan haar meer aandacht besteedde dan aan mij.’ Hij zweeg even. ‘Ze heeft je echt verschrikkelijk gemist.’
‘Ik heb haar ook gemist. Maar ze kan nu over iemand anders de baas spelen.’ Tijdens het praten stak Daisy haar hand onder haar bureau en haalde de kartonnen doos te voorschijn waar ze zojuist nog in had gekeken.
‘Iemand anders? Je wilt toch niet zeggen dat je in verwachting bent – o, mijn god.’ Devs gezichtsuitdrukking veranderde toen ze een hoekje terugvouwde van een blauw-met-wit gestreepte deken.
Een paar roetzwarte ogen keken slaapdronken naar hem omhoog. Onder de deken begon er voorzichtig een staartje te kwispelen. Daisy tilde het hondje op, gaf het een kusje op zijn kop en liet het trots aan Dev zien.
‘Zo erg heb ik Clarissa gemist. Ik heb hem gevonden in hetzelfde asiel. Hij heet Clive.’
Nu hij toch eenmaal wakker was begon Clive zich hevig te roeren en hij likte enthousiast aan Devs hand. Met zijn gladde zwarte vacht en zijn stevige beweeglijke lijfje leek hij precies op een dik babyzeehondje.
‘Is hij van een bepaald ras?’ Dev zei het alleen maar om beleefd te zijn; de pup was duidelijk een mengelmoesje van allerlei rassen. Hoewel de lengte van het lijfje een beetje aan een dashond deed denken.
‘Hij is gewoon Clive.’ Daisy gaf het hondje liefkozend een zoen op zijn grappige puntneusje. ‘Hij is uniek.’
‘En hij moet van jou in een kartonnen doos liggen,’ merkte Dev op. ‘En nog wel een kapotte cornflakesdoos. Chic, hoor.’
‘Ik heb een echte mand voor hem gekocht, maar daar wil hij niet in blijven liggen. Hij vindt het hier het fijnst.’
‘Clive en Clarissa,’ zei Dev peinzend en toen draaide hij zich om, want aan de andere kant van de deur van het kantoor was er een verwoed gekrabbel te horen.

Toen hij de deur openmaakte schoot Clarissa als een katapult de kamer in. Pam, die er geagiteerd uitzag en in haar mollige handen stond te wringen, zei: 'Het spijt me, ze rende gewoon keihard langs de receptie...'
'Ik heb het raampje opengelaten. Ze heeft zich er zeker doorheen gewurmd. Het geeft niets,' zei Dev.
Dodelijk benieuwd gluurde Pam langs hem heen naar Daisy. 'Is hier alles in orde?'
'Kon niet beter.' Dev grijnsde en deed de deur stevig achter haar dicht.
Zodra ze het vreemde wezen in Daisy's armen in de gaten kreeg, schoot Clarissa onmiddellijk achteruit.
'Ik wed dat ze allemaal weddenschappen aan het afsluiten zijn in de receptie,' merkte Dev droogjes op, 'over hoe we het met elkaar uithouden.'
'Over ons hoeven ze zich geen zorgen te maken. Maar hoe zullen deze twee het met elkaar stellen?'
Met een blij kefje bewoog Clive zijn staartje op en neer en wrong zich in allerlei bochten omdat hij op de grond gezet wilde worden.
Bevend van angst drukte Clarissa zich plat tegen de verste muur.
'Ze twijfelt nog,' zei Daisy glimlachend. 'Ze denkt wel dat ze hem aardig vindt, maar helemaal zeker weet ze het nog niet.'
'Woef,' blafte Clive, om aan te geven hoe graag hij Clarissa tot zijn vriendin wilde maken.
'Ze heeft gewoon wat tijd nodig,' legde Daisy uit.
'Woef, woef, woef.' Clive kronkelde zich naar alle kanten in Daisy's armen.
'Het is in orde, lieverd,' zei Daisy op kalmerende toon tegen Clarissa die achterdochtig naar Clive stond te gluren. 'Hij doet je echt niets.'
'Waar heb ik dit eerder gehoord?' vroeg Dev.

Ik ben enorm veel dank verschuldigd aan Marie-Louise Pecorelli, de marketing manager van het fantastische Manor House hotel in Castle Combe in Wiltshire. Ze heeft me werkelijk alles verteld over hoe je een hotel moet runnen. Uiteraard zijn de personen in deze roman lang niet zo efficiënt...